Sue Harrison
Der Gesang des Flusses

Roman

Aus dem Amerikanischen von
Margarete Längsfeld und
Martina Tichy

Limes

Die Originalausgabe erschien 1997
unter dem Titel *Song of the River. The Story-Teller Trilogy Book I*
bei Avon, New York.

1 2 3 4 5 99 98 97

Satz: Wilhelm Röck, Weinsberg
Druck und Bindung:
Graphischer Großbetrieb Pößneck

ISBN 3-8090-2420-1

Für das Volk der Alëuten
in Dankbarkeit und Respekt

Spätherbst, 6480 v. Chr.
Westlich vom Iliamna-See, Alaska

Das Winterdorf des Vetter-Fluß-Volkes

Der entsetzliche Schmerz war es nicht, woran sich K'os erinnerte. Sie erinnerte sich an ihre Hilflosigkeit.

Sie hatte sich gewehrt – gekratzt, getreten, einem Mann ein Ohrläppchen abgebissen, einem anderen ein Auge ausgestochen.

Sie kannte ihre Namen: Möwenschwinge, Bellender Fuchs und Schläft-lange. Sie waren vom Nahe-am-Fluß-Dorf gekommen, um Handel zu treiben. Bellender Fuchs hatte die schmalen Augen eines Mannes, der log, und Schläft-lange bewegte sich langsam wie einer, der an Trägheit gewöhnt ist, doch Möwenschwinge hielt sich wie ein Jäger. K'os hatte ihn an jenem Abend in der Behausung ihrer Mutter beobachtet, hatte gelächelt, wenn er zu ihr hinsah.

Am nächsten Morgen war sie ihnen zum Großvater-See gefolgt, hatte sich hinter dem Großvater-Felsen versteckt. Dieser Felsen war eine Stätte des Glücks für Frauen. Die, die schwanger waren, gingen hin, um dort zu sitzen, darauf hoffend, daß die Magie durch den Felsen in die Kinder überginge, die in ihren Körpern ruhten. Sie sprachen ihre Hoffnungen laut aus: auf einen Sohn, der ein Jäger würde, auf eine Tochter, die sich um ihre Eltern kümmerte, wenn sie alt wären, auf eine leichte Geburt.

Die Tiere wußten um das Gute der Stätte. Karibus, Luchse,

Bären kamen, um zu trinken. Bisamratten gruben ihre Erdhöhlen in die Uferböschungen der Flüsse, die in das Nordmeer mündeten. Im Sommer gab es dort Vögel – Gänsesäger, Seetaucher. Im Winter hatte der See günstige Stellen, wenn man diese kleinen Wale fangen wollte, winzig und weich, gut roh zu verzehren, sehr ölhaltig. Schon einige wenige genügten, um einen Winterbauch zu füllen, den es nach Fett verlangte.

Es war ein beschwerlicher Weg vom Sommerfischlager zum Großvater-See, durch Sumpf und Moor, über Büschel vertrockneten Grases, die kniehoch über dem Erdboden aufragten. Sie waren scharfkantige Hindernisse, diese Büschel, und tückisch für die Knöchel aller, die sich vorgenommen hatten, auf den Höhen zu gehen. Frauen, die zum Großvater-See wanderten, mußten sich anstrengen, dorthin zu gelangen. Das Glück war der Lohn für ihre Mühe.

Doch heute war es keine Stätte des Glücks für K'os gewesen.

Geschwächt und blutend vom Kampf, machte sie nun einen Bogen um ihr Dorf, anstatt den Weg mitten hindurch zu nehmen. Die Eingänge der Behausungen waren nach Osten hin ausgerichtet, zur Morgensonne. Sie näherte sich der Behausung ihrer Mutter von der Rückseite des Lagers, von den Abfallhaufen her. Sie zog sich die Kapuze ihres Parkas aus Backenhörnchenfell über den Kopf, barg ihr Gesicht in der Umrandung aus Vielfraßfell.

Sie schob die Türklappe beiseite, kroch durch den Eingangstunnel. Die Behausung war geräumig: Drei große Männer konnten ausgestreckt auf dem Boden schlafen, und doch hatte eine Frau noch Platz zum Gehen zwischen ihnen und der Wand. Flußsteine, glattgeschliffen vom Wasser, waren vor langer Zeit ins Winterdorf getragen worden, vielleicht von ihrem Großvater oder von seinem Vater, genug, um die Wände der Grube einzufassen, die mehrere Handbreit in die Erde eingelassen war. Die Pfosten der Behausung, über dem Boden zu einer weiten Kuppel zusammengebunden, waren mit zwei Schichten Karibufellen bespannt, damit der Wind die Wärme des Holzfeuers nicht stehlen konnte.

Die Karibufelle an den Wänden waren gut genäht, der Fußboden war mit Karibufellen gepolstert, der Schlafplatz mit weichen, warmen Fellen ausgelegt – Wolf, Luchs und Fuchs.

Nerz, K'os' Mutter, seufzte vor Erleichterung, als sie K'os sah, sagte aber nur: »Du warst zu lange fort.«

K'os hatte mit mehr Schelte gerechnet. Der lächelnde Mund ihrer Mutter verbarg eine scharfe Zunge.

»Ich habe dir gesagt, daß ich zum Großvater-Felsen gehe«, erwiderte K'os. Die Worte klangen fremd in ihren Ohren, als kämen sie aus dem Mund einer anderen Frau. Sie hob die Hand ans Gesicht. Ihre Lippen fühlten sich an wie immer, ihre Nase, ihre Augen. Sie blieb, wo sie war, sorgsam darauf bedacht, die Augen nicht auf die Waffen ihres Vaters zu richten. Blut war Blut. Obwohl ihre Blutung keine regelmäßige Mondblutung war, könnte sie genug Macht in sich tragen, um die Speere, Messer und Haken ihres Vaters zu verfluchen.

»Wo sind die Wurzeln?«

K'os atmete ein – ein schnelles, keuchendes Luftholen. Sie hatte ihrer Mutter gesagt, daß sie am Großvater-See Fichtenwurzeln sammeln würde. Die Schwarzfichte, die in der dunklen, feuchten Sumpferde an der Westseite des Sees wuchs, hatte lange, seilartige Wurzeln, kräftig, doch leicht zu spalten. Sie hatte einen Lieblingskorb ihrer Mutter mitgenommen, um die Wurzeln darin zu tragen. Sie mußte den Korb zurückgelassen haben, nachdem die Männer sie dort gefunden hatten.

»Ich habe sie nicht«, antwortete K'os.

»Du hast sie nicht? Wo sind sie?«

K'os hörte die Schärfe in der Stimme ihrer Mutter, und beinahe hätte sie ihr erzählt, was geschehen war. Warum eine solche Not für sich behalten? Sollten ihre Mutter und ihr Vater doch ihr Leid mit ihr teilen. Aber die Zunge ihrer Mutter war nicht nur scharf, sie war auch emsig. Bald würden alle Frauen im Dorf es wissen. Nicht nur die Frauen, auch die Männer. Und wer würde K'os dann noch zur Frau wollen?

»Meine Blutung hat angefangen«, sagte K'os. »Gerade dann, als der Korb fast voll war. Ich wußte nicht, was ich mit den Wurzeln tun sollte. Ich fürchtete, daß zuviel von der Macht meines Blutes in ihnen sei, deshalb habe ich sie zurückgelassen. Ich weiß, wo der Korb ist. Ich habe ihn versteckt. Wenn ihr sagt, die Wurzeln sind gut, hole ich sie. Wenn nicht, lasse ich sie dort.«

Ihre Mutter begann zu jammern, ihr Vater aber sagte: »Sie hat klug gehandelt. Laß sie gewähren. Was, wenn du die Wurzeln verwendet hättest, um ein *sael* zu nähen, und später hätte ein Jäger daraus gegessen? Sie kann den Korb holen, wenn ihre Mondblutung aufgehört hat.«

Er sah K'os mit gerunzelter Stirn an, dann wies er mit dem Kinn auf ihr Gesicht. »Du brauchst Wasser. Du hast Blut an der Wange.«

Abermals hob K'os die Hand und berührte ihr Gesicht.

Sie war eine schöne Frau, so hieß es allgemein, und sie hatte erkannt, daß es gut war, schön zu sein. Es lag Macht darin. Sie konnte sich aus Mißlichkeiten herauslügen. Sie konnte Dinge verlangen, und sie wurden ihr gegeben.

Sie dachte oft über ihre Schönheit nach. Worin bestand sie? Im Abstand zwischen den Augen? Einer geraden Nase, Lippen, nicht zu klein oder zu groß? Glänzenden Haaren? War da noch etwas, etwas, das mit Glück zu tun hatte? Heute hatte sie gewiß alles verloren, was ihr je an Glück zu eigen war.

Sie sah ihre Mutter an. »Ich bin gestürzt«, sagte sie.

»Die Büschel«, meinte ihre Mutter und schüttelte den Kopf. »Ich hatte dir geraten, nicht zu gehen.«

»Du hattest recht«, erwiderte K'os.

Nerz wies mit dem Kopf zu der Seite der Behausung, wo

Packen von gebündelten Pelzen und Häuten darauf warteten, verarbeitet zu werden. »Es gibt genug für dich zu tun«, sagte sie. »Und ich werde meiner Schwester sagen, daß sie deine kleine Base Gguzaakk in die *tikiyaasde* bringen soll. Dort ist Platz für euch beide. Du kannst auf sie aufpassen, während wir arbeiten.«

K'os hatte nicht viel übrig für Gguzaakk. Die Kleine zählte erst zwei Sommer; sie war weinerlich und kletterte überallhin. Doch K'os nickte. Ja, während sie in der Hütte der Mondblutung war, wollte sie auf Gguzaakk aufpassen. Und diesmal sollte Gguzaakks Mutter keinen Grund zur Klage haben.

Nerz brachte ihr ein mit Wasser gefülltes *cilt'ogho* aus Birkenrinde. K'os griff danach. Auf ihrer Handfläche war getrocknetes, verkrustetes Blut. Nerz, die ihrer Tochter fest ins Gesicht sah, bemerkte es nicht.

»Dein Kinn und dein Auge auch«, sagte sie zu K'os und drückte ihre Hand an ihr eigenes Gesicht. »Geschwollen.«

K'os setzte sich hin. Sie hielt sich den Mund zu, um ein Stöhnen zu unterdrücken. Jede Bewegung tat weh. Die Schmerzen hatten ihren Gang auf dem Rückweg ins Dorf langsam werden lassen, und sie hatte gefürchtet, die Behausung ihrer Mutter nicht zu erreichen, bevor die Dunkelheit kam. Welche Aussichten wären ihr dann geblieben – allein und vom Glück verlassen?

Die Männer hatten sie schlimm genug geschlagen, um ihr die Seele aus dem Leib zu prügeln, daher wußte sie nicht alles, was sie ihr angetan hatten. Auf dem langen Rückweg vom Großvater-See hatte sie die Empfindung, als habe ihr Bauch nichts, was ihn zusammenhielt, und sie war sicher, daß sie etwas in ihrem Innern zerrissen hatten. Wenn sie Wasser ließ, kam auch Blut.

Sie tauchte ihre Hand in das *sael*. Es war töricht gewesen von den drei Männern, dort im Gras beim Großvater-Felsen liegenzubleiben, allesamt, während sie noch am Leben war.

Sie hatten sicher gedacht, sie sei tot oder würde zumindest lange Zeit nicht aufwachen.

Sie hatte dort gelegen und ihren Prahlereien gelauscht, zuerst darüber, was sie ihr angetan, dann über andere Frauen, die sie sich genommen hatten. Sie wollten sie noch einmal nehmen, hatten sie beschlossen, und dann wollten sie gehen, zurückkehren ins Nahe-am-Fluß-Dorf, zu ihren Frauen und Kindern.

Sie hatten K'os' Parka hochgeschoben, ihren Bauch und ihre Brüste entblößt, doch ohne sich die Mühe zu machen, ihr den Parka auszuziehen. Vielmehr hatten sie ihr die Kapuze übers Gesicht gezogen und ihr ein Stück von der Umrandung in den Mund gestopft, ihr das Fell in den Hals gedrückt, bis sie all ihre Kraft brauchte, um nur zu atmen. Sie hatten das Frauenmesser gefunden, das sie sich an die Taille gegürtet hatte, nicht aber die Klinge, die, unter dem Ärmel ihres Parkas verborgen, an ihren linken Unterarm geschnallt war.

Dieses Messer war ein Geschenk von einem ihrer älteren Brüder. Er hatte es ihr gegeben, bevor er fortging, um bei der Familie seiner Frau im Vier-Flüsse-Dorf zu leben – ein Männermesser, um sie zu beschützen, weil all ihre Brüder mit ihren Frauen in anderen Dörfern lebten.

K'os hatte das Ärmelmesser mit beiden Händen ergriffen und sich vom Felsen gewälzt, die Klinge zwischen den Brüsten nach vorn haltend, das Heft mit den Fäusten umklammernd und eng an die Brust gedrückt. Möwenschwinge lag dem Felsen am nächsten. Sie landete auf ihm und trieb ihm das Messer ins Herz, bevor er wußte, wie ihm geschah. Sie zog es heraus und stieß es ihm in ein Auge, dann in den Hals. Seine gurgelnden Schreie ließen die anderen Männer aufspringen, und K'os zog Möwenschwinge das Messer aus dem Hals, richtete die Klinge auf sie.

»Welchen töte ich als nächsten?« fragte sie, rittlings auf Möwenschwinge sitzend, der unter ihr im Todeskampf schauderte. Sie tauchte ihren Finger in das Blut von Möwenschwinge und leckte ihn sauber.

Sie war darauf gefaßt, daß sie angriffen. Sie machten kehrt und rannten davon.

Sie rappelte sich hoch, stöhnend, da ihr Magen sich heftig auf und ab bewegte. Dann rannte auch sie, fort von dem See, fort von dem Felsen, fort von dem toten Möwenschwinge.

Fallend und rennend, fallend und rennend, hielt sie erst an, als das Blut wie ein Fluß zwischen ihren Beinen hervorströmte. Dann verbarg sie sich in einer Weidengruppe und stopfte ihre Scheide mit Moos und Blättern voll, um das Blut aufzuhalten.

Sie blieb dort wie ein verwundetes Tier. Anfangs fürchtete sie, die Männer würden sie finden, fürchtete, sie würde sterben, doch später hatte sie Angst, sie würde nicht sterben, geschändet, wie sie war.

Schließlich hatte sie beschlossen, ihren Weg zum Dorf fortzusetzen, doch als sie aufstand, wollten ihre Füße nicht in diese Richtung gehen. Statt dessen schlugen sie den Weg zum Großvater-See ein. Statt dessen trugen sie sie zurück zum Leichnam von Möwenschwinge.

Dort schnitt sie Möwenschwinge das Herz heraus und machte es dem Großvater-Felsen zum Geschenk.

Vier Tage später

Das Winterdorf des Nahe-am-Fluß-Volkes

Das Kind war das vierte von Tagfrau. Die Wehen hätten nicht so anhaltend, so mühsam sein dürfen. Die alte Frau Ligige' machte sich Gedanken, was dies bedeuten könnte. Hatte Tagfrau Tabus verletzt? Sie schien in jeder Hinsicht eine achtbare

Person zu sein, doch in den vergangenen zwei Jahren hatte jegliches Glück sie verlassen. Ihr erstgeborener Sohn war ertrunken, als er mit seinem Vater fischte; ein anderes Kind, eine Tochter, war tot zur Welt gekommen.

Die alte Frau Gelbe Feder sagte, sie habe vor diesen Todesfällen des Nachts einen Raben schreien hören, und das bedeute natürlich Tod. Doch Gelbe Feder war weder Tante noch Großmutter von jemandem in der Familie von Tagfrau; warum war dann der Tod, als Gelbe Feder den Schrei hörte, zu den Kindern von Tagfrau gekommen?

Einige Alte sagten, das Mißliche sei Möwenschwinge, der Mann von Tagfrau. Ligige's eigener Mann mochte mit Möwenschwinge weder jagen noch fischen. Alle wußten, daß er achtlos mit Tieren war. Er durchtrennte nicht die Gelenke der Wölfe, die er tötete, und er lachte, wenn ein Mann einem toten Fuchs einen Knochen als Geschenk ins Maul legte. Doch wenn das Geschenk nicht gemacht wurde, wie sollte der Fuchs dann wissen, daß man ihn ehrte? Warum sollte er im kommenden Jahr wiederkehren, um sich abermals Dem Volk hinzugeben?

Alle glaubten, daß etwas geschehen werde, und es geschah. Vor drei Tagen waren zwei von den Dorfjägern, Bellender Fuchs und Schläft-lange, von einem Besuch im Dorf des Vetter-Fluß-Volkes zurückgekehrt. Möwenschwinge, Bruder von Bellender Fuchs, Mann von Tagfrau, war mit ihnen gezogen. Er war nahe dem See namens Großvater von einem Bären getötet worden. Der Bär hatte seinen Leichnam verschleppt, und sie hatten ihn nicht finden können, so daß sie nichts – nicht einmal Knochen – mit ins Dorf brachten.

Niemand war überrascht. Ein Mann wie Möwenschwinge verdiente sein Schicksal.

An dem Abend, als Tagfrau ihre Trauer begonnen hatte, beschloß ihr Kind, in die Welt einzutreten, und jetzt, drei Tage später, mühte es sich noch immer – drei Tage, dabei waren ihre anderen Kinder so leicht gekommen, daß Tagfrau über die Anstrengung gelacht hatte.

Ligige' verlor sich in ihren Gedanken, in der Hocke kauernd, die Arme eng um die Knie geschlungen. Sie wünschte, sie könnte Tagfrau einen Teil der Schmerzen abnehmen. Sie strich mit ihrer knotigen Hand über ihren eigenen Bauch. Er war so weich und schrumpelig wie in all den Jahren seit der Geburt ihres letzten Kindes. Das Kind war gestorben wie ihre anderen Kinder auch, aber sie hatte Tagfrau, eine brave Nichte, die ihr stets zu essen brachte, Dinge, die die Zunge einer alten Frau erfreuten, Dinge, die für die Jungen verboten waren, etwa das köstliche Fleisch des rothalsigen Seetauchers, jenes schwerfälligen Vogels, dessen Fleisch die Füße eines Kindes oder eines Jägers langsam machte. Doch warum sich bei einer alten Frau deswegen sorgen? Die Füße von alten Frauen waren immer langsam.

Während Ligige' dem Schmerz über den Verlust ihrer eigenen Kinder nachhing, kam ihr der Gedanke, daß Tagfrau, sollte dieses Kind sterben, wohl beschließen könnte, ihm zu folgen. Dieses mitgerechnet, würde Tagfrau drei tote Kinder und einen toten Mann haben. Würde sie nicht lieber bei ihnen sein wollen als bei Sok, dem einzigen Sohn, der noch lebte? Freilich, das war schwer zu sagen. Sok war ein großer, gesunder Junge. Geschwind im Laufen, kräftig im Werfen. Die Männer des Dorfes sagten, er werde ein guter Jäger sein, ein tüchtiger Krieger.

Vielleicht würde Tagfrau beschließen, noch eine Weile am Leben zu bleiben und diesen Jungen heranwachsen zu sehen, und dann, wenn er ein Mann wäre, gefangen in seiner eigenen Welt, würde sie zu den Toten gehen. Immerhin können die Lebenden jederzeit entscheiden, Geist zu werden. Die Toten haben keine Wahl mehr.

Ligige' nickte mit dem Kopf, und sie überließ sich den Träumen, ihre Augen bewegten sich, um die Erscheinungen zu sehen, die sich unter die weiche Innenhaut ihrer Lider zwängten. Sie seufzte, lächelte beinahe. Aber dann stieß Tagfrau einen Schrei aus, einen Schrei, der Ligige' aufwachen ließ, und ihre Haut wellte sich vom Hals bis zu den Handgelenken in winzigen Erhebungen. Vielleicht versuchte noch etwas anderes als ein Kind den Weg hinaus zu finden. Vielleicht hatte Möwenschwinges Mißachtung den Leib von Tagfrau verflucht.

Ligige' stemmte sich auf die Füße und wandte sich zum Eingang, bereit zu rennen, sollte etwas Entsetzliches aus dem angeschwollenen rosa Fleisch zwischen den Beinen von Tagfrau hervorkommen.

Tagfrau schrie wieder. Ligige' sah den glänzenden schwarzen Schopf eines Säuglings. Sie atmete einmal tief durch. Wenigstens war das Etwas ein Kind. Falls es mißgebildet war, so wäre es nicht der erste derartige Säugling, dem sie auf die Welt geholfen hatte.

Tagfrau hockte sich hin, die Beine gespreizt, und hielt sich an einem *babiche*-Seil fest, das von den Pfosten der Geburtshütte herabhing. Ihr Gesicht verzerrte sich. Sie preßte, stöhnte vor Anstrengung, und Ligige' kniete sich zwischen ihre Knie, legte die Hände um die Schamlippen, als diese sich weit dehnten, um dem Kind Eintritt in die Welt zu gewähren.

Der Kopf des Kindes kam, dann folgten die Schultern. Ligige' faßte das Kind und legte es auf das Nest aus Moos, das Tagfrau unter sich gebreitet hatte.

»Ah! Du bist gesegnet!« rief Ligige'. Das Kind war ein Junge, sein kleiner Penis stand vielsagend von seinem Körper ab. Seine Stimme ertönte in einem kräftigen Schrei.

Tagfrau lachte, holte einmal rasch Atem, als die Nachgeburt kam, lachte dann abermals. »Wieder ein Sohn«, frohlockte sie.

Ligige' reichte den Säugling seiner Mutter. Tagfrau legte ihn an ihre Brust, und obgleich den meisten Neugeborenen an ihrem ersten Lebenstag nicht viel an Nahrung zu liegen scheint, öffnete dieses Kind den Mund weit über der Brustwarze seiner Mutter und saugte. Tagfrau verzog das Gesicht, als ihre Milch plötzlich einschoß, dann lachte sie wieder vor Entzücken.

Ligige' wickelte die Nachgeburt in Birkenrinde und band die Nabelschnur ab, die sie sodann mit ihrem Obsidianmesser abtrennte. Sie brachte die Nachgeburt nach draußen, ging vorsichtig, das Birkenrindepäckchen hoch erhoben, auf daß keine Jäger ihren Weg kreuzten und Gefahr liefen, ihre Macht zu verlieren. Als sie das Päckchen vergraben hatte, kehrte sie in die Hütte zurück.

Tagfrau schlief. Das Kind ruhte an ihrer Brust, Geburtsblut klebte dunkel an seiner Haut. Ligige' nahm den Jungen vorsichtig auf und trug ihn zu dem Rindenkorb, den sie mit geschmeidig geriebenen Backenhörnchenfellen ausgelegt hatte. Sie zog eine Karibublase mit Wasser von den Pfosten, entfernte den geschnitzten Geweihstöpsel und drückte etwas Wasser auf ein Stück geschabter Karibuhaut, die sie mit Fett weich gemacht hatte. Sie wischte das Blut vom Gesicht des Säuglings, entfernte mit dem Fingernagel Schleim aus seinen winzigen Nasenlöchern, dann rieb sie ihm Brust und Bauch ein, bis sie rosa glänzten. Sie wusch die Karibuhaut aus und strich damit über seine Beine, hinunter bis zu einem Fuß, dann zum anderen, schließlich hielt sie inne.

Ihr Bauch schmerzte vor Entsetzen. Die letzten drei Zehen an beiden Füßen waren zusammengewachsen, und der linke Fuß des Jungen war so gebogen, daß die Sohle einwärts zeigte. Sie streckte den Fuß mit Gewalt nach unten, bis das Kind anfing zu schreien. Sie hatte eine solche Mißbildung schon einmal gesehen. Die Eltern hatten beschlossen, das Kind sterben zu lassen. Mit einem derart verformten Fuß – wie sollte er Schritt halten mit Dem Volk, wenn seine Leute dem Karibu folgten oder vom Winterdorf zum Sommerfischlager wanderten? Und was wurde aus den anderen Müttern, die Kinder im

Leib trugen? Allein vom Anblick dieses einen könnte die Mißbildung auf die ungeborenen Kinder übertragen werden. Durfte ein solcher Junge am Leben bleiben? Wie sollte er jemals eine Frau finden? Wie sollte Tagfrau einen Mann finden, wenn ihre Zeit der Trauer vorüber wäre? Würde ein Mann eine Frau wollen, deren Sohn womöglich die eigenen ungeborenen Kinder verfluchte?

Ligige' sah zu Tagfrau hinüber. Sie schlief ruhig und zufrieden. Es wäre besser, Ligige' würde das Kind jetzt hinausbringen, doch Ligige' war nicht die Mutter. Die Entscheidung lag nicht bei ihr. Sie wickelte den Säugling in Backenhörnchenfelle und legte ihn auf den festgestampften Erdboden der Hütte, weit fort von den Armen seiner Mutter. Es wäre das beste, wenn Tagfrau sich nicht daran gewöhnte, ihn zu halten, und das beste für das Kind, keine Erinnerungen an seine Mutter in die Welt der Geister mitzunehmen. Dann würde es vielleicht nicht nach ihr rufen, damit sie die Lebenden verließe.

Ligige' wanderte durch das schlafende Dorf zur Behausung ihres Bruders. Er war ein geachteter Ältester und, wichtiger noch, der Vater von Tagfrau. Seit er ein junger Mann war, hatte er im Traum Erscheinungen gehabt. Er würde wissen, was zu tun war.

Die Stimme war sanft, ein Laut wie ein Eulenruf. Sie gebot Tsaani, sich für den Tod bereit zu machen. Er schauderte, wußte er doch, daß Eulen nur in Gewißheit sprachen, und er fragte sich, ob der Vogel seinen Tod meinte oder den Tod von jemand anderem im Dorf. Sein eigener Tod wäre kein schrecklicher Verlust – schließlich war er ein alter Mann. Er hatte viele Sternennächte, viele Sonnentage genossen. Aber höchstwahrscheinlich galt der Ruf der Eule seiner Tochter, Tagfrau.

Wie viele Frauen überlebten Geburtswehen von drei Tagen? Ihr Verlust würde nicht so schrecklich sein wie der Verlust eines Jägers, doch sie war eine junge Frau, noch fähig, Kinder zu gebären, und sie war stark. Ungewöhnlich unter Angehörigen von Dem Volk war an ihr, daß sie keine Furcht vor dem Wasser hatte. Sie watete tief in den Fluß, um die Fischfallen auszubessern, und einmal hatte sie ein Kind gerettet, das von der schnellen Strömung der hohen Frühjahrsflut fast fortgerissen worden wäre.

Es ging die Rede, daß ihre Familie das Blut der Seejäger in sich trug, jener Männer, die draußen auf den Inseln des Nordmeeres lebten. Aber wer konnte das genau wissen?

Der Ruf ertönte wieder, und diesmal erkannte Tsaani, daß es nicht die Stimme einer Eule war, die ihn aus dem Schlaf gerissen hatte, sondern die seiner Schwester Ligige'. Tsaani erhob sich schwerfällig von den Fellen, die sein Schlaflager bildeten, und legte eine Decke aus geflochtenen Hasenfellen um seine bloßen Schultern. Sie fiel in weichen weißen Linien herab und streifte seine Füße.

»Ich bin wach, Schwester«, sagte er. »Komm.«

Ligige' trat ein, und im matten Schein der glühenden Holzstücke der Feuerstelle sah Tsaani ihr in besorgte Falten gelegtes Gesicht.

»Meine Tochter?« fragte Tsaani und hütete sich, ihren Namen zu nennen. Falls sie tot war, wollte er ihren Geist nicht in seine Behausung rufen. Warum den Tod daran erinnern, daß er ein alter Mann war?

»Tagfrau ist wohlauf. Es ist das Kind.«

»Tot?«

»Lebendig, kräftig und ein Junge.«

Das war gute Kunde, doch er wußte, daß seine Schwester in Kummer gekommen war. »Was dann?« fragte er.

»Das Kind ist verkrüppelt.«

»Wie?«

»Ein Fuß ist gekrümmt. Er kann vielleicht gehen lernen. Er wird niemals rennen.«

»Kann man nichts machen?«

Ligige' hob die Hände. »Die Knochen eines Säuglings sind weich. Würde man den Fuß zurechtbiegen und an Ort und Stelle halten, hilft es möglicherweise, aber vielleicht auch nicht.«

»Er könnte großes Unglück über seine Mutter bringen oder, schlimmer noch, über seinen Bruder. Gar über das ganze Dorf.«

»Ja.«

»Wenn wir ihn sterben lassen, wird seine Mutter vielleicht beschließen, ihm zu folgen.« Tsaani sprach leise, mehr zu sich selbst. »Sie ist jung. Es wäre schlimm, sie zu verlieren.«

Ligige' hob zustimmend die Augenbrauen.

»Was sagt die Mutter?«

»Nichts. Sie weiß es nicht. Sie schläft.«

»Hat sie ihn schon gestillt?«

»Ja.«

Tsaani zischte, und Ligige' schalt sich für ihre Unachtsamkeit. Sie hätte die Mißbildung bei der Geburt bemerken müssen. Milch war so stark wie ein Sehnenseil, und sie verband die Mutter mit dem Kind.

Tsaani hob das Gesicht zum Dach der Behausung. Hinter ihm stieg der Rauch von der Feuerstelle auf, als trüge er seine Gebete empor.

»Bring das Kind zu mir«, sagte er schließlich, »aber versuche, die Mutter nicht aufzuwecken.«

Als seine Schwester fort war, beobachtete Tsaani den Rauch in der Dunkelheit, dann ging er zu seinem Medizinbeutel, einer Flußotterhaut, noch mit Schwanz, Beinen und Kopf verbunden, der Bauch gefüllt mit getrockneten Pflanzen, eine jede mit einer eigenen Kraft. Er suchte ein Päckchen heraus, das mit einem einzigen Knoten verschnürt war. Moltebeerenblätter, getrocknet und zu feinem Staub zerkrümelt. Er band den Knoten auf und schüttete vorsichtig eine kleine Menge des Pulvers in seine gewölbte Hand.

Tsaani streute das Pulver zwischen die Glut, dann sprach er langsam, gab seine Worte eines nach dem anderen dem aufsteigenden Rauch mit. Er bat um Weisheit, um Kraft, nicht nur für sich selbst, sondern auch für Tagfrau und Ligige'.

Als er seine Gebete zu Ende gesprochen hatte, kratzte Ligige' wieder an der Türklappe aus Karibuhaut. Er ging zu ihr, hieß sie aber, draußen zu bleiben. Warum Gefahr laufen, daß ein Fluch in seine Behausung getragen wurde?

Er wickelte das Kind aus den Fellen. Beim Licht des Vollmonds konnte er erkennen, daß der Junge kräftig war, Kopf und Gesicht waren wohlgestaltet, die Schultern breit. Vorsichtig ließ Tsaani seine Hände an den Beinen des Kindes hinabgleiten. Die Knochen waren gerade, doch wie bei allen Säuglingen waren die Sohlen einwärts gedreht. Er zog sacht am rechten Fuß, legte ihn flach an seinen Handteller. Er schob, und der Säugling schob mit erstaunlicher Kraft zurück. Dann legte Tsaani seine Hand an die Sohle des linken Fußes. Obwohl der Fuß sich leicht bog, blieb er verdreht.

Tsaani holte tief Luft und stieß sie in einem Seufzer aus. »Der Fuß dieses Kindes ist gekrümmt wie eine Bärentatze, die Fische aus dem Wasser schnappt«, sagte er zu Ligige'. »Seine Mutter muß einen Bären beim Fangen von Lachsen gesehen haben.« Warum lernten die Frauen nie, die Tiere zu ehren, denen Ehre gebührte? »Hast du bemerkt, daß seine Zehen zusammengewachsen sind?« fragte er seine Schwester.

Ligige' nickte. »Das ist kein Fluch«, sagte sie.

»Nein, aber der Fuß ...« Tsaani schüttelte den Kopf. Als er wieder sprach, tat er es mit der zitternden Stimme eines alten Mannes. »Ich werde ihn zum Großvater-Felsen bringen. Wenn Tagfrau am Morgen aufwacht, wird das Kind schon fort sein.«

Tagfrau rief nach Ligige'. Ihre Brüste schmerzten, sagte sie. Sie seien voll Milch. Wo sei das Kind?

Zunächst tat Ligige' so, als hörte sie nichts. Sie nähte an einem Behältnis aus Birkenrinde. Es war so lang wie ihr Arm vom Handgelenk bis zur Schulter und rundum so dick wie eines Mannes Schenkel. Sie hatte den Boden des Behältnisses zusammengeheftet und mit gespaltenen Fichtenwurzeln dicht umwickelt. Jetzt nähte sie die Seite zu, indem sie mit einer Vogelknochenahle Löcher in die überlappende Rinde stanzte und die Naht mit langen, einander überkreuzenden Stichen festigte. Das müßte ein nützlicher Gegenstand sein, den sie sich auf den Rücken hängen würde, wenn sie in den Wald ging, um Pflanzen zu sammeln.

»Ich brauche meinen Sohn«, sagte Tagfrau, und mit Hilfe des Geburtsseils, das noch über ihr hing, zog sie sich auf die Füße. Sie schlurfte zum Kinderbett aus Birkenrinde mit seinem Nest aus Backenhörnchenfellen, dann unterdrückte sie einen Schrei.

»Rufe nicht nach ihm«, sagte Ligige' ruhig. »Die Geister haben ihn geholt. Es mußte sein.« Sie berichtete von dem Fuß des Säuglings.

Tagfrau raffte die Backenhörnchenfelle an ihre Brust und sank auf den Erdboden.

»Ich habe deinen Vater aufgesucht«, sagte Ligige' ruhig. »Er spricht Gebete. Der Geist des Kindes ist in Sicherheit. Ich habe mein Wort gegeben, bei dir zu bleiben in diesen Tagen, da die Jäger ihre Kraft nicht der Gefahr der Mächte aussetzen dürfen, die du in dir hast.«

»Ich könnte beschließen, meinem Sohn zu folgen«, sagte Tagfrau.

Ligige' schnaubte. »Du bist jung. Du wirst wieder Kinder bekommen.« Doch sie schlug beim Sprechen die Augen nieder, damit Tagfrau das Mitleid darin nicht sah.

Tagfrau stöhnte und fragte: »Wie kann das sein? Ich habe keinen Mann.«

»Deines Mannes Bruder Bellender Fuchs sagt, er wird dich nehmen.«

»Er hat zugestimmt?«

»Dein Vater ist gestern abend bei ihm gewesen. Er hat zugestimmt.«

Tagfrau schwieg lange, und Ligige' sah, daß sie den Gesichtsausdruck eines Menschen hatte, der einen Entschluß faßt. Am Ende ließ Tagfrau die Klänge ihres Trauergesangs aufsteigen. Sie schlang die Arme um ihre geschwollenen Brüste und legte sich nach vorn, drückte das Gesicht auf den festgestampften Erdboden. Ligige' stellte ihr Behältnis aus Birkenrinde beiseite und wühlte in dem Fischhautkorb, den sie immer bei sich trug, wenn sie in Geburtshütten ging. Sie nahm einen aus Birkenholz geschnitzten Kamm heraus und begann, ihn sachte durch die Haare von Tagfrau zu ziehen. Während sie kämmte, sang auch sie die Worte, die Das Volk wählte, um Neugeborene in die Welt der Geister zu geleiten.

Der Großvater-See

Die Flechten auf dem Felsen stachen in die nackte Haut des Kindes, und es krümmte den Rücken. Obwohl die Tage sich dem Winter zuneigten, schien die Sonne hell und heiß. Der Säugling kniff die Augen fest zu und ruderte mit den Armen, doch da war keine Nähe eines Körpers oder einer Umhüllung, und er zuckte zusammen, als ob er abstürzte. Plötzlich wurde eine weiche Decke über ihn geworfen, die das Licht abhielt und die Hitze auf seinem Gesicht sammelte. Die Decke schmiegte sich an seinen Mund, und er hörte auf zu schreien. Er bewegte Kopf und Lippen, suchte nach der Brust seiner Mutter. Er erwischte ein Stückchen Decke und saugte, doch es kam keine Milch. Der hungrige Säugling preßte seine Lippen um das Fell, saugte fest und zog ein paar lose Fellhaare in seine Kehle. Er würgte, drehte den Kopf zur Seite, nach Atem ringend. Sein Gesicht wurde dunkelrot; seine Lippen färbten sich blau.

Schließlich hustete er und würgte die Fellhaare aus seiner Kehle in seinen Mund zurück. Er stieß sie mit der Zunge heraus, holte dann Luft und schrie.

Der alte Mann ging fort; die Schreie verfolgten ihn. Er hielt sich die Hände an die Ohren und betete um Schutz vor dem Geist des Kindes.

Es war Nachmittag, als K'os den Großvater-See erreichte. Sie hatte nicht gehen wollen, doch ihre Mutter hatte darauf bestanden. Sie hoffte, den Korb rasch zu finden.

Sie suchte zuerst am Wasserrand. Vielleicht war der Korb während des Kampfes dorthin gefallen.

Sie fand Federn von Wassertretern, Spuren von Bären, sonst nichts. Einen Augenblick hockte sie sich hin und ruhte aus. Sie hatte vier Tage geblutet, dann hatte es aufgehört, doch ihr Bauch schmerzte noch. Sie blickte über den See. Das Wasser war ruhig; nur die kleinen Wellen von springenden Fischen bewegten die Oberfläche.

Sie hielt den Rücken dem Hügel zugekehrt, wo der Großvater-Felsen lebte. Selbst aus dieser Entfernung spürte sie, wie der Felsen sie anzog, und es dünkte sie, daß sie ihre eigenen Schreie hörte, den Schmerz fühlte von den Händen der Männer an ihren Handgelenken und Knöcheln, zwischen ihren Beinen.

Es wird nicht immer so sein, gelobte sie sich. Schon konnte sie an Möwenschwinge denken und frohlocken. Sie wollte auch die anderen töten. Irgendwie, obwohl sie eine Frau war, würde sie sie töten. Wenn sie stark genug war, das zu tun, war sie auch stark genug, den Großvater-Felsen und den verwesenden Leichnam von Möwenschwinge daneben anzusehen.

Sie drehte sich um und ging den Hügel hinan, hielt aber immer noch den Blick vom Felsen abgewandt, suchte vielmehr beim Gehen den Boden ab nach dem Korb. Es war ein Korb aus Lachshaut, gefertigt aus sechs Fischhäuten, am Bauch aufgeschlitzt, ausgenommen und mit den Schwänzen nach unten zu einem schmalen Boden zusammengenäht. Jede Haut war so dünn geschabt, daß das Licht hindurchschien. Ihre Mutter hatte die Fischköpfe abgeschnitten, und die Windungen der Kiemenschlitze am oberen Rand des Korbes waren wie eine Linie von Wellen, eine auf die andere folgend.

K'os preßte die Lippen zusammen und hob den Kopf, um den Felsen zu sehen. Gras verdeckte ihn fast überall, aber irgendwo in der Nähe lag, was vom Leichnam von Möwenschwinge übrig war. Erinnerungen übermannten sie, drückten sich an ihr Fleisch, bis für nichts mehr Raum war als für ihren Zorn und ihren Schmerz.

Sie rief dem Großvater-Felsen zu: »Gib mir ein langes Leben. Laß meinen Haß so stark und dunkel werden wie eine Fichte. Laß ihn alle meine Jahre hindurch währen.«

Sie wiederholte ihre Worte, bis sie zu einem Gesang wurden, und sie sang, bis ihre Stimme heiser war. Sie erklomm den Hügel, dann blieb sie stehen.

Eine geflochtene Decke aus Hasenfellen, rein weiß, war über den Felsen geworfen. Wer ließ eine so schöne Decke liegen? Beim ersten Regen würde sie zu faulen beginnen. K'os ging langsam, vorsichtig, Ausschau haltend nach Knochen von Möwenschwinge. Doch da war nichts, keine Knochen, kein Fleisch. Freilich, er könnte von einem Bären verschleppt worden sein. Oder von Wölfen. Sie glaubte, eine Schleifspur im Gras zu sehen, eine Vertiefung, aber sie war nicht sicher. Ein Jäger würde es erkennen, ein Mann, der daran gewöhnt war, Tiere aufzuspüren.

Vielleicht waren die Freunde von Möwenschwinge gekommen, um ihn zu holen, oder sie hatten ihn zum Felsen gebracht und die Decke über seinen Leichnam gebreitet.

Sie wollte die Decke anheben, um zu sehen, wie weit der

Mann verwest war, um zu lachen über die Haut und die Muskeln, die sich von den Knochen lösten, die von Raben herausgerissenen Augen, das von Füchsen abgefressene Fleisch. Doch etwas in ihr zögerte. Wer konnte sicher sein, was unter der Decke war? Wer konnte sagen, welch ein Fluch womöglich ihrer harrte?

Lieber den Korb ihrer Mutter finden und gehen.

Sie stieg den Nordhang des Hügels hinab, wandte sich dann dem schwarzen, feuchten Erdreich zu, wo die Fichten dicht und hoch wuchsen. Sie hielt den Blick am Boden und sah schließlich den Korb, der auf der Seite lag. Ihre Mutter würde zürnen, wenn er beschädigt wäre. Sie hob ihn auf. Er war heil; doch nun mußte sie ihn mit Fichtenwurzeln füllen.

Sie bückte sich, ohne auf die stechenden Schmerzen zu achten, die sich von ihrem Kreuz her ausbreiteten, und begann, ihren Grabstock in die Erde zu stoßen. Wenn sie einen Widerstand fühlte, schob sie den Stock von der Seite unter das Hindernis und hob ihn an, bis sie einen Wurzelstrang an die Oberfläche brachte. Sie setzte den Stock geschickt ein und zog mit beiden Händen, bis sie zwei Armlängen von der Wurzel über dem Erdboden hatte, dann hackte sie sie ab und folgte ihr fort vom Baum, wickelte sie beim Gehen auf, zog, bis die Wurzel dünn genug war, um zu reißen. K'os ging zu einem anderen Baum, nahm wieder eine Wurzel, dann eine dritte. Sie arbeitete, bis der Korb mit aufgewickelten Wurzeln gefüllt war.

Sie wußte, daß sie ein Opfer für die Bäume zurücklassen sollte. Ihre Mutter hatte darauf bestanden, daß sie getrocknete Blätter von Aufrechtem Beifuß mitnahm, doch sie ließ die Blätter im Beutel, den sie sich um die Körpermitte gebunden hatte. Die Bäume hatten die Männer kommen sehen, hatten beobachtet, wie sie sie zum Großvater-Felsen brachten, aber sie hatten nichts getan, um ihr zu helfen. Warum sollte sie ihnen etwas dalassen?

Sie wollte den Rückweg zum Dorf antreten, beschloß dann aber, noch einmal zum Großvater-Felsen zu gehen. Sie wollte *doch* unter die Decke sehen und Lobgesänge auf die Tiere anstimmen, die das Fleisch von Möwenschwinge gefressen hatten. Auf halbem Wege hügelan nahm sie den Gestank von verwesendem Fleisch wahr. Der Geruch kam nicht vom Felsen. Sie kehrte sich vom Pfad ab und sah den Haufen Knochen, die Fleischfetzen, die einmal Möwenschwinge gewesen waren.

Sie stand da und lachte, rief ihn an, hob ihren Parka, sagte dem Mann, er solle ihren Körper nehmen, wenn er ihn so begehrenswert fände, und setzte sodann, immer noch lachend, ihren Weg fort, hinauf zum Großvater-Felsen. Wenn Möwenschwinge sich nicht unter der Decke befand, wäre es töricht von ihr, sie liegen zu lassen. Warum sie nicht den Decken hinzufügen, die sie schon gesammelt hatte für den Tag, da sie Frau sein und eine eigene Behausung haben würde?

Sie stellte den Korb aus Fischhaut neben dem Felsen auf die Erde und betrachtete für einen Augenblick die Decke. Sie war aus Winterhasenfellen geflochten, ein jedes rein weiß, und lag da als Haufen, als würde sie etwas zudecken. K'os hob eine Ecke an. Sie vernahm ein Geräusch, es war wie das Zirpen eines Vogels. Sie ließ die Decke fallen, wich zurück.

Es ist nichts als ein Vogel, sagte sie sich voll Abscheu. Du kannst ihn mit deinem Stock töten und ihn mit nach Hause nehmen für den Kochbeutel. Du kannst die Federn verwenden, um deinen Parka zu verzieren. Sie hob den Stock, bereit zuzuschlagen, dann warf sie die Decke zurück.

Auf dem Felsen lag ein Säugling.

K'os schloß rasch die Augen, aus Furcht, eine schwere Mißbildung an dem Kind zu sehen. Warum wäre das Kind sonst hier ausgesetzt worden? Sie hatte schon genug Glück verloren, ohne ein Kind zu sehen, das so mißgebildet war, daß selbst derjenige, der es zurückließ, es zugedeckt hatte.

Der Säugling fing an zu schreien. K'os wollte ihn sehen,

wollte wissen, was ihm fehlte. Sie öffnete die Augen nur einen Spalt und blickte durch die Fransen ihrer Wimpern.

Das Kind war heil und drall, ein Junge, der Körper lang und vollständig. K'os hockte sich neben den Felsen. Woher war er gekommen? Niemand, den sie kannte, hatte in den letzten zwei Monden ein Kind geboren, und dieses war erst ein, zwei Tage alt. Der schorfige Stummel der Nabelschnur stand noch von seinem Bauch ab. Vielleicht war er vom Nahe-am-Fluß-Volk, oder er gehörte zu einer der Banden der Karibujäger, die umherzogen und den Herden folgten. Langsam streckte sie die Hand aus und berührte seine Wange. Er drehte den Kopf zu ihren Fingern hin.

Sie erinnerte sich, daß Gguzaakk, als sie klein war, das auch getan hatte, nach der milchgefüllten Brust ihrer Mutter suchend. Ein Jammer, daß K'os' Tante nicht hier war. Sie könnte ihn stillen.

Die Lippen des Säuglings waren rissig und trocken. Er brauchte Milch. K'os ließ ihren Stock fallen, spuckte in die Hand und rieb dem Kind den Speichel auf die Lippen. Es versuchte, an ihren Fingern zu saugen, doch sie zog sie fort.

Sie schüttelte den Kopf. Ein Jammer, daß nicht jemand anders ihn gefunden hatte. Es gab viele Frauen, die einen Sohn begrüßen würden. K'os nicht. Nein. Sie drückte eine Hand auf den Bauch. Morgen wollte sie zu Alte Schwester gehen und ihr erzählen, daß sie etwas Törichtes getan hatte. Sie habe mit einem der Söhne der Schwester ihrer Mutter das Lager geteilt und wolle nicht, daß ihr Vater es erfahre. Ob Alte Schwester etwas habe, das K'os nehmen könne? Es gebe doch gewiß Arzneien … Sie sah den Säugling an. Er zitterte jetzt. Seine Arme und Beine zuckten krampfartig. Ja, ein Jammer.

Sie schloß die Augen und dachte an das Herz von Möwenschwinge, das mitten auf dem Felsen gelegen hatte, genau da, wo jetzt der Säugling lag.

Mit einemmal wurde K'os ganz still. Sie hatte das Herz als

Geschenk zurückgelassen. Was, wenn der Großvater-Felsen ihr dafür ebenfalls ein Geschenk gemacht hatte? Von dem Herzen war nichts zu sehen, doch hier war das Kind. Sie beugte sich hinunter, betrachtete sein Gesicht. Es hatte etwas, das sie an Möwenschwinge erinnerte. Die Augen, die Brauen? Nein, das war dumm. Sieh nur, die langen Finger des Kindes. Die von Möwenschwinge waren kurz gewesen, dick. Auch die Zehen des Kindes waren lang, und ... Wieder wurde K'os ganz still. Sie waren zusammengewachsen; jeder der letzten drei Zehen war mit dem nächsten verbunden.

Da wußte sie Bescheid.

Es war ein Kind mit Tier-Gabe. Wie in den Geschichten. Waren nicht die größten Jäger, die angesehensten Schamanen ihres Volkes diejenigen mit Tier-Gabe, irgendwie entstanden aus einem Blutklumpen oder einem Stück Fleisch?

Dieses Kind gehörte zu ihnen. Der Großvater-Felsen hatte ein Kind geformt, vielleicht aus dem Blut von Möwenschwinge, aber eher noch aus Tierblut. Jetzt machte ihr der Felsen das Kind zum Geschenk, um ihr Macht zu verleihen. Um ihr das Glück zurückzubringen.

Sie hob den Wurzelkorb ihrer Mutter auf, dann den Säugling. Sie wickelte ihn in die Decke aus Hasenfellen und spie in seinen Mund. Sie hatte keine Milch in ihren Brüsten, aber sie konnte ihn am Leben erhalten, bis sie ins Dorf kamen, dann konnte ihre Mutter eine Frau finden, um ihn zu stillen.

K'os fühlte ihre Macht wachsen mit jedem Schritt. Sie konnte ihr Lachen nicht in ihrer Kehle halten. Es sprudelte aus ihrem Mund und tänzelte vor ihr her, als sie das Kind mit der Tier-Gabe ins Dorf trug.

TEIL EINS

Zwanzig Jahre später
Winter, 6460 v. Chr.

SCHAU! WAS SEHE ICH? KNOCHEN SCHNEIDEN IN IHRE FÜSSE.

Ich gab Dem Volk dieses Rätsel auf, bevor ich mein Dorf verließ. Ich sprach diese Worte und erzählte auch viele Geschichten. Ich sprach bis tief in die Nacht, und Das Volk hörte, was ich sagte, doch habe ich wenig Hoffnung, daß es mich verstand.

Die Knochen sind die Knochen von Erster Lachs, Wandelnder Karibu, Mutter Bär und allen Tieren, die wiederkehren, um sich Jahr für Jahr hinzugeben, auf daß Das Volk lebe. Die Füße gehören Menschen, die diesen Tieren nicht mehr die Ehre erweisen, die ihnen gebührt.

Die Ältesten flüsterten untereinander, und ich hörte ihre Worte.

»Seht, was Mißachtung uns gekostet hat«, sprachen sie. »Seht, was geschieht, wenn die Menschen nicht mehr den alten Wegen folgen. Der Lachs verläßt unsere Flüsse. Die jungen Männer dürstet es nach Krieg.«

Und so muß ich, Chakliux, nun meine Gedanken dem Kampf zuwenden, nicht einem Kampf mit Messern und Speeren, sondern einem Kampf des Geistes. Ich gehe, um für den Frieden zu kämpfen. Warum wäre ich sonst als Geschichtenerzähler geschult worden? Warum wäre ich sonst Dem Volk als Tier-Gabe geschenkt worden?

1

Das Nahe-am-Fluß-Dorf

Chakliux' Gedanken waren wie der bittere Geschmack von Weidenrindentee, und er schüttelte den Kopf, mit einemmal unwillig über sein Selbstmitleid. Wenigstens war sie schön. Er konnte sich damit trösten. Wenn er ihr nicht in die Augen blickte und die Leere dort nicht sah. Wenn er nicht auf ihr dummes Gekicher hörte, ihre kleinlichen Klagen.

Was war wichtiger? Sein Glück oder die Sicherheit der Menschen in diesem Dorf und seinem eigenen?

Er hatte das Unwetter kommen sehen, hatte es beobachtet, als es nur eine Verschiebung der Sterne war, ein Wolkenfetzen, doch mit jedem Vorkommnis – dem Diebstahl einer Falle, der Zurückweisung eines Brautpreises – ballten sich die Gewitterwolken dichter zusammen, bis es nur mehr einer Kleinigkeit bedurfte, bevor sich die Jäger gegenseitig an die Gurgel gingen.

Was gab es Besseres, um die Dorfbewohner zu binden, als einen Bund von Mann und Frau? Welcher Bund war stärker als der zwischen einem Sohn, als *Dzuuggi* geschult, und der Tochter des Schamanen des Nahe-am-Fluß-Volkes?

Die alten Jäger in seinem Dorf hatten ihn beneidet. Er hatte über ihre Scherze gelächelt, über das Verlangen in ihren Stimmen, wenn sie von ihr sprachen, dieser schönen Frau vom Nahe-am-Fluß-Volk. Aber Chakliux wollte sie nicht. Wie konnte sie sich mit seiner Gguzaakk messen?

Gguzaakks Seele war in ihren Augen. Noch jetzt spürte er ihren Geist in seiner Nähe. Er fürchtete sich nicht vor ihr, hatte keine Angst, daß sie versuchen könnte, ihn in die Welt der Toten zu rufen, um ihr und ihrem kleinen Sohn zu folgen. Gguzaakk verstand, was er tun mußte, und er konnte ihren Kummer fühlen.

Er sagte sich, daß Schnee-im-Haar jung war. Gguzaakk hatte mehr als vier Handvoll Sommer gehabt, als sie starb. Die Weisheit kommt mit den Jahren. Schnee-im-Haar würde an Weisheit zunehmen, wenn die Zeit verging.

Chakliux beobachtete sie, als sie mit ihrer Mutter sprach, wie sie lachte und wie ihre Augen die jungen Krieger anblitzten, die eine Rechtfertigung nach der anderen suchten, um in ihrer Nähe zu sein. Sie trug einen Kapuzenparka aus weißem Wieselpelz; jedes der schmalen Felle war so genäht, daß der Schwanz mit der schwarzen Spitze frei herabhing. Der Parka konnte einem den Atem rauben, und Chakliux tröstete sich mit der Hoffnung, daß Schnee-im-Haar ihn selbst genäht hatte. Er lächelte, als er daran dachte, wie ungeschickt Gguzaakk mit Ahle und Nadel gewesen war. Doch was hatte das schon ausgemacht? Gguzaakk verstand sich auf Dinge des Geistes. Sie konnte einem Menschen in die Augen sehen und wußte, was gesagt werden mußte.

Aber, dachte Chakliux, es wäre gut, eine Frau zu haben, die nähen konnte. Wie kann eine Frau die Tiere besser achten als dadurch, daß sie aus ihren Fellen und Häuten schöne Dinge anfertigt?

Auch Chakliux trug einen besonderen Parka. Er war aus Seeotterhäuten – bei Walroßjägern eingetauscht –, um das Nahe-am-Fluß-Volk an seine Macht zu erinnern. Seine Mutter hatte ihn gefertigt. Sie war eine Frau, die gut mit der Nadel umzugehen wußte, mit flinken Fingern begabt. Er trug Gamaschen aus Karibuhaut, aber nichts an den Füßen. Er wußte, daß die Menschen seine zusammengewachsenen Zehen sehen wollten, seinen einwärts gedrehten Fuß, das Zeichen seines Otterblutes. Wer konnte beim Anblick jenes stets zum Paddeln bereiten Fußes bezweifeln, daß er Otter war?

Wäre nicht Winter gewesen, hätte er ihnen gezeigt, daß er schwimmen konnte.

Sogar jetzt sehnte er sich nach der stillen Kälte der Tiefe, dem klaren Silberlicht, das ins Wasser hinunterschien. Er hätte anderen gern das Schwimmen beigebracht, aber sie wollten es nicht versuchen, und jedes Jahr wurden Kinder, die sich vielleicht hätten retten können, wenn sie nur wüßten, wie, vom Fluß geholt. Sogar Gguzaakk hatte Angst vorm Schwimmen gehabt ...

Ah, er durfte nicht zuviel an Gguzaakk denken. Bald würde er eine neue Frau haben. Er mußte ihr ein guter Mann sein.

Er wandte seine Gedanken der Behausung zu, den Karibufellen, die über die Pfosten gespannt waren, den dicken Matten auf dem Boden. Es war eine gute Winterbehausung. Es würde ein angenehmer Aufenthalt sein, und der Vater von Schnee-im-Haar schien ein kluger Mann. Es würde nicht schwierig sein, mit dieser Familie zu leben.

Schnee-im-Haar stand da und nahm ein weiteres Geschenk entgegen: einen Weidenkorb, gefertigt aus gespaltenen und geflochtenen Wurzeln. Darin war die Haut eines Goldspechts. Die gefleckten Federn dieses Vogels – eines Vogels, den ein Mensch in seinem ganzen Leben vielleicht nur ein-, zweimal zu Gesicht bekommt – würden ihnen Glück in ihrem gemeinsamen Leben bringen.

Er dankte derjenigen, die das Geschenk gebracht hatte – eine alte Frau, die er hatte Ligige' nennen hören. Ihr Rücken war so bucklig und gebeugt, daß er ihr nicht ins Gesicht sehen konnte, doch er spürte die Achtung, die andere in der Behausung der Frau zollten; auch hatte man ihr den Ehrenplatz am Feuer gegeben.

Sie murmelte etwas, als er ihr dankte, dann wandte sie sich

ab. Plötzlich erstarrte sie. Sie blickte auf seine Füße, und er fühlte die Glut ihrer Augen, als hätte sie beim Hinsehen ein Feuer entfacht. Mit Mühe richtete sie sich auf, sah ihm ins Gesicht, stöhnte. Sie sagte nichts, wendete nur die Augen ab, hielt sich eine Hand vor den Mund. Doch als sie fortging, fühlte Chakliux, wie Gguzaakks Geist sich bewegte, gleich einem unsteten Wind, der aus allen Richtungen bläst.

Sok betrachtete Schnee-im-Haar, liebkoste mit den Blicken ihre anmutigen Arme, die kleinen Hügel ihrer Brüste unter ihrem Parka. Heute abend würde sie Frau des Vetter-Fluß-Jägers werden, jenes Mannes, dessen Füße dem Otter gehörten. Wußte er ihre Schönheit zu würdigen? Sok hatte den Mann genau beobachtet; er entdeckte keine große Freude in seinen Augen, wenn er Schnee-im-Haar ansah. Vielleicht war er mehr Otter als Mensch. Vielleicht wünschte er sich eine Frau wie Glücklicher Mund, die wie ein Otter aussah.

Sok erinnerte sich, daß Schnee-im-Haar, als er sie zum erstenmal sah, noch ein Kind war, das im Schmutz vor der Behausung der Mutter spielte. Schon damals hatte er ihre Schönheit erkannt, und er hatte sich hinuntergebeugt, um mit ihr zu spielen, bis einer von seinen Jagdgefährten ihn sah und spöttisch lachte.

Er hätte zehn Jahre warten und einen Brautpreis sparen können, den nicht einmal ein Schamane zurückweisen würde, doch seine Lenden hatten gebrannt vor Verlangen. Selbst auf der Jagd konnte er an nichts anderes denken als an Frauen. Die Tiere spürten seine Mißachtung und weigerten sich, seinen Speer anzunehmen. Schließlich merkte es sogar sein Stiefvater und riet ihm, sich eine Frau zu suchen. Sok hatte Rotes Blatt gewählt, eine gute Frau. Sie hatte ihm zwei gesunde, kräftige Söhne geboren, doch jedesmal, wenn er Schnee-im-Haar sah, wünschte er, er hätte gewartet.

Er hatte daran gedacht, sie sich als zweite Frau zu erbitten, doch wenige Männer von Dem Volk hatten eine zweite Frau, und nur dann, wenn ihre erste unfruchtbar oder kränklich war, und Rotes Blatt war nichts von beidem. Seine einzige Hoffnung war, oberster Jäger oder ein berühmter Krieger zu werden. Krieger und oberste Jäger hatten oft zwei oder gar drei Frauen. Doch nun war da dieser Ottermann. Der Gestank des Vetter-Fluß-Dorfes war noch an ihm. Schnee-im-Haar verdiente etwas Besseres.

»Laß sie ihn nicht sehen«, sagte Ligige' zu ihrem Bruder. »Zumindest nicht vor heute nacht, wenn sie mit ihren Körpern besiegelt haben, was mit Worten gesagt wurde, und ihr Vater die Geschenke des Mannes angenommen hat.«

»Ist das klug?« fragte ihr Bruder. »Du kannst die Wahrheit nicht ändern.«

»Dieser Bund bringt Hoffnung auf Frieden. Du weißt, unsere jungen Jäger suchen jede Rechtfertigung, um gegen das Vetter-Fluß-Dorf zu kämpfen. Sie verknoten ihre eigenen Fallenschnüre, um sich einen Grund zu verschaffen.«

Tsaani nickte. Seine Schwester hatte recht. Und es wäre nicht das erstemal, daß ein Kampf stattfand zwischen diesem Dorf und dem Vetter-Fluß-Dorf. Da nur ein Weg von zwei, drei Tagen zwischen den Winterdörfern und ein noch kürzerer zwischen den Sommerfischplätzen lag, sahen sich die Menschen zu oft; sie ließen sich zu viele Gründe für gegenseitigen Zorn einfallen, besonders da die Laichwanderung der Lachse in den vergangenen Jahren spärlich war.

Doch nur die wenigen Ältesten in diesem Dorf – seine Schwester Ligige', Blaukopfente und er selbst – konnten sich an den letzten Kampf erinnern. Worte waren nicht stark genug, um die Schrecken zu schildern: junge Männer getötet, Tage der Trauer und harte Winter mit zu wenigen Jägern in beiden Dörfern, um die ganz Alten und die ganz Jungen am Leben zu erhalten.

Um weiteres Töten zu verhindern, mußten er und Ligige' dieses Geheimnis bewahren, vor allem vor Tagfrau.

Tsaani hatte die Leute vom Vetter-Fluß-Dorf mit ihrem Sohn, der Tier-Gabe war, prahlen hören, doch aus irgendeinem Grund hatte er geglaubt, dieser sei noch ein Kind. Sogar seine eigenen Leute waren von dort gekommen und hatten von seiner Fähigkeit zu schwimmen berichtet. Ein Mensch, der schwimmen konnte? Wie sollte einer das kalte Wasser der Flüsse von Dem Volk ertragen? Doch Tsaani erinnerte sich daran, daß seine eigene Tochter keine Furcht vor dem Wasser hatte und daß die Rede ging, ihre Familie trage Seejägerblut in sich. Diese Inselleute behaupteten, Brüder des Seeotters zu sein. Vielleicht waren die Gaben des Mannes nicht mehr als das – eine Erinnerung an lange verstorbene Großväter.

Wenn es so war, dann hatte Ligige' recht. Der junge Mann, der gekommen war, um die Tochter ihres Schamanen zur Frau zu nehmen, war nicht Tier-Gabe, sondern nur das Kind von Tagfrau, das gefunden worden war, bevor es auf dem Großvater-Felsen starb.

Das Vetter-Fluß-Dorf

K'os streckte die Arme über den Kopf und bog die Zehen. Sie lag auf ihren Schlafmatten und sah zu, wie Bärfinder seinen Lendenschurz zurechtrückte und seine Gamaschen neu band. Sie sei eine alte Frau, sagten die Leute. Sie lachte. Bärfinder sah sie an, neigte den Kopf.

»Bist du glücklich?« fragte er.

»Ich bin glücklich«, sagte sie.

Alt, ja. Alt, aber so glatthäutig und flachbäuchig wie ein Mädchen. Sieben Handvoll Sommer, und immer noch wie ein Mädchen. Ihre Haare waren schwarz, ohne eine weiße Strähne, ihr Gesicht glatt, ihre Zähne kräftig. Nur ihre Hände verrieten die Jahre, doch die Männer sahen nicht auf ihre Hände. Sie hatte andere Dinge, die sie lieber sehen wollten.

Bärfinder duckte sich in den Eingangstunnel und schob vorsichtig die Türklappe zur Seite.

K'os schnaubte vor Verachtung. »Wenn du dich vor meinem Mann fürchtest, solltest du gar nicht erst hierherkommen«, sagte sie.

Er kroch aus dem Tunnel, zog seinen Parka an. Sie sah das rote Brennen auf seinen Wangen, aber er sagte nichts. Er würde wiederkommen. Alle kamen wieder. Und was konnte Erdschläger tun? K'os hinauswerfen? Die Männer töten? Er war ein alter Mann. Sie könnte ihm alles erzählen, und er würde ihr glauben. Vor allem jetzt, da ihr Sohn Chakliux fort war. Warum sich sorgen?

Chakliux. Sie fragte sich, wie es ihm im Nahe-am-Fluß-Dorf erging. Sie lächelte. Hatten sie herausgefunden, wer er war? Vermutlich nicht. Die Menschen vom Nahe-am-Fluß-Dorf waren nicht für ihren flinken Verstand bekannt. Sie war froh, daß er fort war, aber sie vermißte ihn. Er war so überaus klug. Er konnte sie zum Lachen bringen. Oder zum Denken. Seine Rätsel! Wer hatte bessere?

Doch er machte ihr auch angst. Er wußte, was sie war, hatte es vermutlich schon als Kind gewußt. Aber sie kannte auch seine Geheimnisse, Dinge, die er nicht einmal von sich selbst wußte. Dinge, die niemand in diesem Dorf wußte.

Gguzaakk hatte sein Herz besessen, aber sie war K'os nicht gewachsen. Keine Frau konnte eine Mutter ersetzen. Schon gar nicht eine Frau, die unglücklicherweise bei der Geburt ihres Kindes gestorben war.

Ah, gut, Chakliux war jetzt im Nahe-am-Fluß-Dorf. Es hieß, die Tochter des Schamanen sei schön. Er würde seine rundliche, unansehnliche Gguzaakk bald vergessen.

Chakliux' Macht war groß, aber sie war wie die Macht der

Eule. Niemand wollte die Augen von Chakliux auf sich gerichtet sehen. Er brachte kein Glück. Niemand war in Sicherheit. Nicht einmal seine Mutter. Nicht einmal seine Frau.

K'os warf den Kopf zurück und lachte. Sollte das Nahe-am-Fluß-Volk mit Chakliux' Schicksal leben.

Das Nahe-am-Fluß-Dorf

Die Jahre hatten Tsaanis Beine geschwächt. Er jagte noch, aber alles, was er tat, geschah langsam. Als er jetzt zur Behausung seiner Tochter ging, setzte er die Füße vorsichtig auf den festgestampften Schneepfad. Schlamm sickerte durch das Eis in der Mitte des Pfades, und der feuchte Erdgeruch stieg Tsaani in die Nase. In dem großen Kampf zwischen der Sonne und der Nacht würde der Winter wieder einmal unterliegen.

Tsaani kam zur Behausung in der Nähe der Dorfmitte, wo seine Tochter lebte. Es war eine kleine Behausung; die Dachbespannung aus Karibuhaut mußte ersetzt werden, doch da sie zweite Frau war, hatte Tsaani wenig Hoffnung, daß das geschehen würde.

Vielleicht würde er auf den Jagdausflügen in diesem Jahr ein paar Karibus erlegen. Seine eigene Frau brauchte die Häute nicht. Ihre Behausung war neu. Er wollte nicht, daß seine Tochter in Schande lebte, weil sie zweite Frau war und weil ihr Mann lieber schlief als jagte.

Er kratzte an der Türklappe, doch niemand kam. Schließlich kroch er durch den Eingangstunnel hinein – was er nirgends getan hätte, nur hier, in der Behausung seiner Tochter. Die Behausung war leer.

Bellender Fuchs, der Mann von Tagfrau, war ein Mensch, dessen Gedanken immer auf sich selbst gerichtet waren. Er hatte zweifellos beide Frauen mitgenommen, um den *Dzuug-*

gi des Vetter-Fluß-Volkes aufzusuchen, und dachte bestimmt, der *Dzuuggi* würde ihn für eine wichtige Persönlichkeit halten. Wenn ein Mann zu faul war, um zu jagen, wozu waren dann Frauen gut? Wenn einer seine Frauen in einer Behausung leben ließ, die nach Schimmel stank, wer konnte dann denken, er sei wichtig?

Tsaanis Knie und Fußgelenke schmerzten, doch er zwang sich, schneller zu gehen. Die Behausung des Schamanen war am anderen Ende des Dorfes. Tsaanis Mokassins aus Karibuhaut rutschten mehr als nötig, doch schließlich gelangte er zu der Behausung und zu der Menschenmenge, die sich dort versammelt hatte.

Als die Leute ihn sahen, machten sie ihm Platz.

In der Behausung war es warm, zu warm von zu vielen Menschen, die mit Worten und Gelächter die Hitze steigerten. Tsaani blieb am Rand der Gruppe stehen; wenn ihn auch einige der Gäste zu den bequemen Fellmatten und Rückenstützen aus Weidengeflecht drängen wollten, die den Ältesten vorbehalten waren, blieb er doch, wo er war, und beobachtete, lauschte.

Sein Blick fiel als erstes auf den *Dzuuggi* vom Vetter-Fluß-Volk, und sogleich fragte er sich, warum Ligige' ihn überhaupt gebeten hatte zu kommen. Er konnte nichts tun. Der junge Mann stand mit bloßen Füßen, der Otterfuß und die zusammengewachsenen Zehen waren unbedeckt, so daß jeder sie sehen konnte. Doch selbst wenn die Füße des Mannes bedeckt gewesen wären, wie hätte er seine hohe Stirn, die breiten Wangenknochen, die schönen Augen verbergen können? Dies war der Sohn von Möwenschwinge. Der junge Mann lachte, und es war das Lachen von Möwenschwinge. Waren sie blind? Waren sie taub?

Er blickte in die Gesichter der Versammelten. Da war niemand sonst vom Vetter-Fluß-Dorf. War der Mann allein gekommen? Vielleicht hatte er wie Tsaani und Ligige' erkannt, daß zu viele junge Jäger sich danach sehnten, Krieger zu werden, und hatte deswegen beschlossen, nur sein eigenes Leben aufs Spiel zu setzen.

Tsaani beobachtete den Mann eine Zeitlang, lauschte, als er zu den Menschen sprach. Vielleicht sah er wie sein Vater aus, doch er hatte eine Weisheit, die jene weit übertraf, die Möwenschwinge besessen hatte. Es mußte diese Weisheit sein, befand Tsaani, die jedermanns Augen davor verschloß, wer der *Dzuuggi* war.

Nacheinander betrachtete Tsaani jedes Gesicht, die Männer und Frauen seines Dorfes, alte und junge, solche, die klug waren, und andere, die es nicht waren. Sie hörten zu, als der *Dzuuggi* von den Verbindungen zwischen den beiden Dörfern sprach, als er Geschichten von den Kämpfen und den Jagden erzählte, von den Großvätern und Kriegern, die sie zu einem Volk vereinten.

Dann fiel Tsaanis Blick auf seine Tochter, und er sah, daß sie Bescheid wußte. Ein Schmerz war in ihrem Gesicht, Kummer grub tiefe Falten in ihre Wangen. Sie öffnete den Mund, und Tsaani fürchtete, sie würde sprechen, würde etwas sagen, um den Bann zu brechen, den der *Dzuuggi* wob, doch obwohl ihr Mund sich bewegte, kam kein Laut heraus.

Tsaani bahnte sich nun einen Weg zu seiner Tochter, um sie zu warnen, zu erklären, daß sie diesen Mann nicht als Sohn beanspruchen dürfe, daß sie ein Opfer bringen müsse, wie sie es einst, als dieser Sohn geboren wurde, gebracht hatte, um ihr Dorf zu schützen.

Weitere Menschen drängten in die Behausung, drückten sich gegen Tsaani, so daß er sich wie in einem Traum fühlte, in dem kein Schritt ihn voranbrachte, doch schließlich waren nur noch drei Frauen zwischen ihm und seiner Tochter, dann zwei. Er streckte die Hand aus, um sie an der Schulter zu fassen, doch ehe er sie berühren konnte, kam der Schrei, eine lange, laute Klage.

Als sei der Schrei eine Wand, fühlte sich Tsaani am Weitergehen gehindert. Tagfrau warf sich dem jungen Mann zu Füßen, umklammerte seine Knöchel und rief: »Mein Sohn, o mein Sohn, du bist zu mir zurückgekommen.«

»Denkst du, ich will einen Mann, der ausgesetzt wurde?« sagte Schnee-im-Haar. »Denkst du, ich will Kinder, die verflucht sind? Meine Kinder sind vielleicht schon verflucht, nur weil ich dich angesehen habe. Nur weil ich neben dir saß!«

»Niemand im Vetter-Fluß-Dorf ist meinetwegen verflucht worden«, sagte Chakliux leise.

»Weil sie nicht wissen, wer du bist!«

»Nichts hat sich geändert. Ich bin derselbe Mensch, der ich immer war«, sagte Chakliux, doch noch während er sprach, nagten Zweifel an seinem Herzen.

Gguzaakk war bei der Geburt ihres Kindes gestorben. Hatte er sie verflucht? Er schüttelte den Kopf. Nein. Er wußte, warum sie gestorben war. Das war auch ein Grund, weshalb er hier war. Wie konnte er es ertragen, in seinem eigenen Dorf zu bleiben, wenn ihn dieses Wissen zerriß?

Dann fühlte er den Trost von Gguzaakks Geist in seiner Nähe, und er zwang sich, daran zu denken, daß sein Sohn heil und vollkommen geboren worden war. Ohne Mißbildungen, ohne Male, die von Flüchen kündeten.

Wolf-und-Rabe und seine Frau Blaue Blume saßen, ohne zu sprechen. Sie beobachteten ihre Tochter, als sei sie eine Tänzerin, die sich vor ihnen bewegte. Als Schnee-im-Haar schließlich erschöpft war, warf sie sich nieder, um zu weinen, barg das Gesicht im Schoß ihrer Mutter.

Einen Augenblick später räusperte sich Wolf-und-Rabe. Chakliux wartete darauf, daß der Mann sprach, und während er wartete, sammelte er Worte für seine Erwiderung. Er mußte Wolf-und-Rabe überzeugen, daß weder er noch der alte Erspricht, der Schamane von Chakliux' Dorf, beabsichtigt hatten, Schnee-im-Haar oder sonst einem Menschen im Nahe-am-Fluß-Dorf etwas zuleide zu tun. Sie wollten nur, daß alle zusammen in Frieden lebten.

»Es gibt Menschen, die sagen, das Vetter-Fluß-Dorf hat dich geschickt, um uns zu verfluchen«, sagte Wolf-und-Rabe schließlich. Er war ein Mann mit länglichem Gesicht und loser Haut, und seine Lippen waren zu groß für seine Worte, die sie zusammenwischten, so daß Chakliux genau zuhören mußte, um zu verstehen, was er sagte. »Ich glaube das nicht.«

Chakliux hob die Augenbrauen, um dem Mann seine Zustimmung zu bekunden.

»Ich sah deine Überraschung, als Tagfrau Anspruch auf dich erhob. Ich glaube, du bist gekommen, um Frieden zu bringen. Den haben wir nötig. Ich erinnere mich nicht an den letzten Kampf zwischen unseren Dörfern, aber es gibt noch Menschen, die sich erinnern. Wenn wahr ist, was sie sagen, möchte ich nicht, daß dasselbe wieder geschieht.

Ich habe deinen Vater gekannt, deinen richtigen Vater. Du hast sein Gesicht, wenngleich es scheint, daß du nicht seinen Geist hast. Und Tagfrau ist keine Frau, die lügt. Auch Ligige' lügt nicht.« Er hielt inne, um mit dem Kinn auf Chakliux' Füße zu deuten. »Sie sagte, deine Zehen sind wie die Zehen eines Säuglings, dem sie vor langer Zeit auf die Welt half – dem Sohn von Tagfrau. Das Kind wurde zum Großvater-Felsen gebracht. Und deine Mutter vom Vetter-Fluß-Dorf sagte, daß du auf dem Großvater-Felsen gefunden wurdest.«

Ja, dachte Chakliux. Von seiner Mutter gefunden. Er kannte die Geschichte gut. Wie auch nicht, da er doch *Dzuuggi* war?

»Aber wir brauchen den Frieden«, sagte Wolf-und-Rabe. »Ich habe mit deinem Großvater Tsaani gesprochen. Er stimmt mir zu. Schnee-im-Haar will nicht deine Frau sein. Ich kann sie nicht zwingen. Ich kenne die Wege deines Dorfes nicht, aber hier wird eine Frau einem Mann nicht gegen ihren Willen gegeben.«

»In meinem Dorf ist es dasselbe«, sagte Chakliux leise.

»Wir laden dich ein zu bleiben. Mit uns zu jagen und mit uns zu fischen, dieses Jahr bei uns zu verbringen, damit unsere Leute sehen, daß du kein Fluch bist. Die jungen Jäger müssen verstehen, daß sie, wenn sie den Kampf wählen, gute Menschen töten werden – Männer, die so sind wie sie.

Vorerst wirst du bei deinem Bruder leben. Der Mann deiner Mutter will dich nicht in ihrer Behausung haben, bis er weiß, daß du nicht verflucht bist. Dein Bruder aber ist ein starker Jäger. Er und seine Frau sagen, du bist in ihrer Behausung willkommen.«

»Wie ist sein Name?«

»Sok. Du hast ihn gesehen. Seine Frau macht das Sonnenmuster aus durchstochenen Häuten auf seinen Parkas und Stiefeln.«

Ja, dachte Chakliux. Er kannte den Mann. Er sah kräftig aus, nicht groß, aber stark. Seine Stimme war laut, und er lachte oft. Er schien ein Mann zu sein, der Beachtung suchte, der sich am Neid anderer erfreute. Es war seltsam, an ihn als an einen Bruder zu denken.

»Um meiner Tochter willen«, sagte Wolf-und-Rabe, »wünsche ich, du wärest Tier-Gabe. Was mich selbst betrifft, ist es mir einerlei. Tier-Gabe oder nicht, wir brauchen dich in unserem Dorf, um unsere Völker in Freundschaft zu verbinden. Zu viele werden sterben, wenn wir Feinde sind.«

Die Worte des Mannes strömten durch Chakliux wie klares Wasser. Wenn es im Nahe-am-Fluß-Dorf Menschen gab, die auf Frieden hofften, dann waren die Aussichten gut.

»Ich werde bleiben«, sagte Chakliux.

Er senkte den Kopf, so daß Wolf-und-Rabe den Zweifel nicht sehen konnte, der seine Augen verdunkelte. Er hatte einen Bruder, den er nicht kannte, eine Mutter, die nichts wahrzunehmen schien als ihre eigene Not. Warum hatte sie jetzt Anspruch auf ihn erhoben, wenn sie ihn einst ausgesetzt hatte, um ihn in Kälte und Wind und durch die Zähne von Tieren sterben zu lassen? Warum ihm jetzt seine Ehre als Tier-Gabe nehmen?

Aber hätte sie nichts sagen sollen? Er war nicht Tier-Gabe. Er war nur ein ausgesetztes Kind, ein Fluch.

Dann kam Gguzaakks Stimme zu ihm, sie sprach in seinem Herzen, erinnerte ihn daran, weshalb er im Nahe-am-Fluß-Dorf war. Er mußte lernen, Menschen von Haß zu Verständigung zu führen. Es hatte keine Bedeutung, ob er Tier-Gabe war. Es hatte keine Bedeutung, ob sein Fuß ein Zeichen dafür war, daß er Otterblut in sich hatte. Wenn er keinen Frieden bringen konnte, dann würden viele Menschen in diesem und in seinem eigenen Dorf sterben.

2

Das Dorf der Ersten Menschen,
Herendeen-Bucht, Alaska-Halbinsel

Aqamdax blickte über den eisbedeckten Wasserlauf nach Norden zur See hin, dann nach Osten zum Land des Flußvolkes. Vielleicht würde ihre Mutter nächsten Sommer zurückkommen. Es waren vier Jahre vergangen, seit sie mit dem Händler fortgezogen war, aber sie hatte Aqamdax versprochen, sie werde wiederkommen, und jeden Sommer wartete Aqamdax und hielt Ausschau.

Der Wind wehte schneidend von Westen und zwang Aqamdax, sich vorgebeugt gegen ihn zu stemmen. Es war sonst niemand am Ufer, daher rief sie ihre Worte hinaus, legte sie auf den Wind und betete, die Botschaft möge den Weg zu ihrer Mutter finden.

»Du hast mich im *ulax* von Er-singt zurückgelassen«, rief Aqamdax, und ihre Worte stiegen auf wie ein Gesang. »Sein Wurfbrett ist stark. Seine Robbenharpune ist listig, und es gibt Essen genug für alle. Seine Frauen hassen mich trotzdem, doch ich tue, was ich kann, um ihnen zu helfen.

Seit zwei Sommern ist mein Blut nun dem Mond gefolgt. Bald werde ich Frau sein. Komm zurück und habe teil an meiner Freude.«

Sie hätte noch mehr gesagt, doch aus den Augenwinkeln sah sie, daß die zweite Frau von Er-singt ans Ufer gekommen war. Die Frau näherte sich, gebeugt im Wind, ihr Mund ging auf und zu wie ein Fischmaul. Sie zerrte ihre jüngste Tochter an der Hand. Das kleine Mädchen brüllte, aber der Wind trug das Geräusch fort, und Aqamdax wußte von ihrem Unmut nur, weil sie ihr Gesicht sah.

Als Fischnehmerin sich näherte, legte sie ihre Hände mitten auf den Rücken des Mädchens und schob das Kind zu Aqamdax hin.

»Ich habe dir heute morgen gesagt, du mußt auf sie aufpassen. Wie soll ich den Parka meines Mannes fertigmachen, wenn sie mir andauernd auf den Schoß krabbelt?«

»Sie hat geschlafen«, sagte Aqamdax zu der Frau.

»Sie ist aufgewacht.«

Fischnehmerin wandte sich den grasnarbenbedeckten *ulas* zu und überließ Aqamdax das Mädchen. Das Kind war noch nicht in dem Alter, sich etwas einzuprägen, aber es konnte sprechen und laufen. Aqamdax kniete sich so neben das Kind, daß es im Windschatten ihres Körpers war, abgeschirmt vom ärgsten Sturm.

»Kleiner Vogel, warum weinst du?«

»Ich will essen«, sagte sie. Sie hob die in einem Fäustling steckende Hand, um den Rotz abzuwischen, der ihr aus der Nase lief, dann stieß sie mit einem Schluckauf einen Schluchzer aus.

»Hier, ich habe etwas.« Aqamdax zog einen Streifen Trokkenfisch aus dem Ärmel ihres *sax* aus Vogelhaut.

Aqamdax aß gut im *ulax* des obersten Jägers, doch hatte sie den Sommer nach dem Tod ihres Vaters nicht vergessen, bevor Er-singt sich bereit erklärt hatte, sie und ihre Mutter zu ernähren. Jetzt trug sie stets getrocknetes Fleisch oder getrockneten Fisch bei sich, versteckte sogar etwas an ihrem Schlafplatz.

Kleiner Vogel griff nach dem Fisch, doch Aqamdax biß einen Brocken ab, wärmte ihn einen Augenblick in ihrem Mund, dann gab sie ihn dem Kind.

»Wir sollten ins Dorf zurückkehren«, sagte Aqamdax. »Es ist zu kalt am Ufer.«

Aqamdax hob das Kind auf eine Hüfte, dann ging sie auf dem getrampelten Pfad im Schnee die Uferböschung hinauf. Sie trug Kleiner Vogel zur Behausung von Speergeber. Speergeber war ein Ältester und hatte nie etwas dagegen, wenn es jemandem gefiel, sich in den Windschatten seines *ulax* zu setzen. Überdies war er einer der wenigen Jäger im Dorf, die nie in Aqamdax' Schlaflager gekommen waren. Selbst wenn die Frau von Speergeber Aqamdax vor seinem *ulax* sitzen sähe, sollte es keinen Unmut geben.

Aqamdax hockte sich hin und zog Kleiner Vogel an sich. Sie saßen aneinandergeschmiegt und aßen. Kleiner Vogel plapperte in halbfertigen Kinderworten, die Aqamdax nicht verstehen konnte, doch das Kind schien es nicht zu stören, daß Aqamdax nicht antwortete.

Aqamdax' Gedanken kehrten zum Vorabend zurück. Es hatte sie nicht überrascht, jemanden am Vorhang ihres Schlafplatzes kratzen zu hören. Viele Jäger kamen des Nachts zu ihr, wenngleich nur wenige den Mut hatten, das *ulax* von Er-singt zu betreten, wenn der Mann nach einem seiner zahlreichen Jagdausflüge zu Hause war.

Lachs, hatte Aqamdax gedacht. Er besuchte sie oft. Als sie aber den Vorhang zurückzog, war dort Tagbrecher, der älteste Sohn von Er-singt. Ihr Atem stockte so plötzlich, daß sie nicht imstande war, etwas zu ihm zu sagen, und ihn nur mit ausgebreiteten Armen in der Wärme ihrer Robbenschlaffelle willkommen heißen konnte.

Er hatte sie rasch genommen, hatte sich hart in ihren Körper gestoßen, und sie war froh, die Macht seines Verlangens zu fühlen, doch das war es nicht, woran sie jetzt dachte.

Sie dachte daran, was er zu ihr gesagt hatte, als er ihren Schlafplatz verließ: »Gib mir einen Sohn«, hatte er geflüstert, »dann will ich dich als meine Frau nehmen.«

An jenem Tag hatte ihre Jagd darin bestanden, zu warten und Ausschau zu halten, über die weiten Hügel zu blicken, jenseits des Dickichts aus Weiden- und Grünerlen, das die Flußufer säumte.

»Du wirst Dampf aufsteigen sehen wie von kochendem Wasser«, hatte sein Großvater Tsaani zu ihm gesagt. »An einem Tag mit Nebel oder Schnee wirst du ihn nicht sehen, doch an einem stillen, kalten Morgen wie diesem wird er dasein, aus der Erde kommend, und du wirst wissen, daß ein Bär wartet, warm in seiner Höhle.«

Diese Art des Jagens erforderte andere Gesänge, andere Gebete als jene, die Chakliux kannte, doch während des Mondes, den er bei seinem Bruder Sok lebte, hatte Chakliux viel gelernt. Sein Großvater hatte ihm sogar zwei von seinen Gesängen für die Bärenjagd geschenkt, eine Gabe, so kostbar wie irgend etwas, was Chakliux jemals zu empfangen hoffte.

Doch obwohl sie Ausschau hielten, sahen sie nichts, und am Ende beschlossen sie, ins Dorf zurückzukehren. Die Männer stritten, schnappten nacheinander wie Hunde, die nicht gefüttert worden sind, alle hielten den Blick von Chakliux abgewendet, beschämt, daß er ihre Niederlage gesehen hatte, aber auch zornig, und sie murmelten in sich hinein, daß er ihr Glück vernichtet habe.

Eine schöne Art, Frieden zu bringen, dachte Chakliux verbittert. Eine schöne Art, junge Jäger von Kampfträumen fortzuführen. Dann blieb Tsaani plötzlich stehen. Chakliux sah Tsaani an, und Tsaani wies mit dem Kinn auf seine Hündin Schwarze Nase.

Ihre Pfoten stampften in unruhigem Takt auf die Erde, und sie winselte in hohen Tönen. Tsaani kniete sich neben sie, und Chakliux sah, daß sie zitterte.

Tsaani war alt, aber er jagte noch, hauptsächlich wegen seiner Hunde, Schwarze Nase, Langer Schwanz und dem jüngsten, dem er keinen richtigen Namen gegeben hatte, nur Hund – ein Name, so gut wie jeder andere, dachte Chakliux. Alle drei Tiere standen nun steifbeinig da, das Fell im Nacken gesträubt.

Chakliux hatte den Eindruck, daß die beiden Rüden sich ständig gegenseitig an die Gurgel gingen und einander das Fressen streitig machten oder darum wetteiferten, Schwarze Nase zu besteigen, doch wenn Tsaani sie mit zum Jagen nahm, war es, als würde jeder Hund die Gedanken des anderen kennen. Tsaani hatte ihm erzählt, daß sie Schwarzbären erlegt hätten, größer als ein Mensch.

Tsaani gab den Jägern hinter ihm ein Zeichen, machte mit dem Kopf eine ruckartige Bewegung zu einer schneebedeckten Erhöhung, die aus einem Hügel zu ihrer Linken ragte. Die Männer schlichen mit gebeugten Knien heran, bewegten die Füße lautlos. Langer Schwanz begann in der gefrorenen Erde am Rand der Erhöhung zu scharren und warf dabei Erd- und Schneeklumpen zwischen seinen Beinen nach hinten.

Ein leises Knurren grollte in der Kehle von Schwarze Nase. Tsaani legte seine Hand auf ihren Kopf und umfaßte mit den Fingern die Wölbung ihres Schädels. Er hatte sie geschult, sich auf Jagden still zu verhalten, bis die Männer zum Töten anrückten, aber sie war trächtig – wenn es auch noch mindestens einen Mond dauern würde, bis sie warf –, und in dieser Zeit war sie schwerer zu bändigen.

Sok, ein Messer mit kurzer Klinge in der Hand, streckte den Arm aus und ließ es unmittelbar vor der Nase der Hündin durch die Luft schwirren. Sie fiel auf die Hinterbeine. Wütend packte Tsaani Soks Handgelenk. Welcher Hund, der zum Fürchten abgerichtet war, bewies Mut, wenn Mut gefordert war? Hätte Tsaani Soks Hunde auf dieser Jagd zugelassen, würden sie sich jetzt hinter den Männern verkriechen, statt wie seine eigenen ruhig in der Höhle zu scharren.

Sok funkelte Tsaani böse an, seine Augen blitzten. Chakliux trat fort von der Gruppe der Männer, stellte sich hinter die Hündin und legte ihr beide Hände auf den Rücken. Schwarze Nase stand wieder auf, die Schnauze vorgestreckt, die Ohren flach am Kopf.

Chakliux sah Tsaani an, deutete auf die Höhle, schüttelte dann den Kopf. Tsaani verstand, was er meinte. Da stimmte etwas nicht. Schwarze Nase knurrte nicht ohne Grund. Seltsam, dachte Tsaani, wie gut er mit seinem Enkelsohn jagte, obwohl er ihn erst seit einem Mond kannte.

Tsaani machte den Jägern ein Zeichen, die Höhle zu umstellen. Plötzlich zuckte Schwarze Nase zusammen, und ein Brummen, das mehr wie das eines Bären als das eines Hundes klang, kam aus ihrer Kehle. Chakliux sprang hinzu, um sie am Genick zu packen, griff aber daneben und fiel nach vorn, bevor er sich fangen konnte.

Plötzlich brach die Seite des Hügels auf. Ein Bär stürmte durch das Erdreich, so daß Langer Schwanz und Hund rückwärts zu den Jägern geworfen wurden.

Die Männer unternahmen zunächst nichts. Sogar Tsaani hatte in all seinen Jahren des Jagens nie ein Tier auf diese Weise aus der Erde brechen sehen.

Macht ist am Werk, dachte Tsaani. Einen Augenblick fragte er sich, ob sie den Bären in Ruhe lassen sollten. War hier etwas Heiliges, das zu zerstören die Menschen kein Recht hatten? Vielleicht hatte einer seiner Jäger ein Tabu verletzt oder irgend etwas mit Mißachtung behandelt.

Tsaanis Gedanken machten seine Hände langsam, doch Schwarze Nase sprang auf den Bären zu. Tsaani hielt den Atem an. Der Bär würde ihr den Bauch aufschlitzen, während sie sprang. Doch ihre Schnelligkeit schien den Bären zu überrumpeln. Sie grub ihre Zähne in seinen Hals und klammerte sich mit dem Kiefer fest, ein langer weißer Streifen, der sich vom schwarzen Fell des Bären abhob.

Der Bär schüttelte den Kopf, so daß ihm Erde und Schlamm aus dem Gesicht flogen, dann schlug er nach Schwarze Nase und grub ihr die Krallen in den Rücken. Blut befleckte ihr Fell, und Tsaani stöhnte. Trotz ihrer Wunden ließ die Hündin nicht locker, und alsbald griffen auch Langer Schwanz und Hund an, sprangen herbei und bissen den Bären in die Hinterbeine.

Der Bär drehte den Kopf und schlug nach den Hunden. Er schwenkte auf den Kreis der Männer zu und ließ sich auf alle viere fallen, während sich Schwarze Nase noch immer an seinem Hals festhielt. Der Bär wandte sich gegen Chakliux, der noch auf Händen und Knien lag, Speer und Wurfstock neben sich auf der Erde.

Chakliux packte den Speer und rappelte sich auf, sein schwaches Bein mit dem verdrehten Fuß schonend. Sok stellte sich neben seinen Bruder, und beide sahen den Bären an. Sok ergriff seinen Speerwerfer und holte aus. Er warf, und der Speer durchbohrte die rechte Schulter des Bären, riß eine tiefe Wunde.

Der Bär schlug nach dem Speer, dann packte er ihn mit den Zähnen und brach den Schaft ab, doch die Speerspitze und der vordere Knochenschaft steckten noch in seiner Schulter.

Schwarze Nase ließ den Hals des Bären los und sauste zwischen seinen Beinen hervor. Der Bär stürzte sich auf sie, erwischte jedoch nichts als ein Büschel Fell. Sie drehte sich um, um Langer Schwanz und Hund beim Angriff auf das Hinterteil des Bären zu unterstützen.

Tsaani warf seinen Speer, dann warfen auch die anderen Jäger. Der Bär bäumte sich ein letztes Mal auf den Hinterbeinen auf, während die Speere aus seinem Kopf und seinen Seiten ragten, dann fiel er nach vorn und lag still.

Die Jäger schrien auf, als der Bär fiel, als aber Tsaani zu dem Tier ging, verstummten sie. Er gab seinen Hunden einen Befehl, dann trat er zurück.

Die Jäger würden den Bären ausweiden und ihm das Fell abziehen, wo er lag. Wie konnte ein Jäger erwarten, weitere Bären zu erlegen, wenn er einen auf der Erde zum Dorf schleifte, als sei er nichts weiter als ein Frauenpacken, der zum Fischlager gebracht wurde?

Eine Weile standen die Männer schweigend vor dem Bären, und die Stille war wie ein Dankgebet, doch schließlich hob Tsaani die Stimme, zuerst zu einem Jägergesang, dann zu dem alten Segen: »Wir ehren dich, der du uns mit deinem Leben geehrt hast.«

Er trat vor, nahm ein heiliges Jademesser aus seinem Ärmel und schlitzte vorsichtig die Augen des Bären. Falls einer der Jäger durch eine Unachtsamkeit ein Tabu verletzte, während er den Kadaver ausnahm, war es besser, wenn der Bär es nicht sah. Mit seinem Jagdmesser mit der langen Klinge schnitt Tsaani die Tatzen des Bären ab, um seinen Geist im Innern zu halten, dann winkte er die anderen Jäger zu sich.

Wenn das Schlachten getan war, würden sie das Fleisch des Kopfes und das zarte fette Fleisch um die ersten Rippen essen. Alles andere würden sie mit ihren Familien teilen, aber das Fell würden sie hier bei der Höhle lassen, auf daß keine Frau versucht wäre, es zu berühren und damit das Jagdglück ihres Mannes zu zerstören.

Tsaani stöhnte vor Wonne. Was war besser als ein voller Bauch und eine gute Frau? Er lehnte sich an die Rückenstütze, die Blaubeere aus gespaltener Weide geflochten hatte. Es knarrte, als er seine Schulterblätter an das Geflecht schmiegte. Er schloß die Augen und dachte an die Jagd zurück. Es war ein guter Tag gewesen.

Tsaani war ein alter Mann – so alt, daß er nicht mehr wußte, wie viele Sommer er gesehen hatte, vierzehn Handvoll mindestens. Seit Sterne-im-Mund im Winter gestorben war, war er der älteste Mensch im Dorf. Seine Schwester Ligige' hatte drei oder vier Sommer weniger als er, doch zuweilen, wenn sie schlechter Laune war, behauptete sie, die Älteste zu sein.

Er hörte die Türklappe aufgehen, dann die leisen Schritte von Blaubeere. Er war überaus froh, keine Frau zu sein. Eine Frau konnte den Kopf oder das Rippenfleisch eines Bären nicht essen, konnte den Bären nicht einmal beim Namen nennen. Das Tier war zu heilig. Wenigstens war Fett genug dagewesen, daß jede Familie einen Anteil erhielt, und die alten Frauen konnten das *bitaala'* essen, das lange fetthaltige Stück, das beim Bären zwischen Magen und Leber liegt. Das ließ die Klagen jeder alten Frau verstummen.

Sie waren eine Plage, diese alten Weiber. Er erinnerte sich an eine Zeit, als sie den Mund nur geöffnet hatten, um Geschichten zu erzählen oder Ratschläge zu erteilen. Aber die alten Weiber heute! Natürlich wurden sie angeführt von Ligige', deren Mundwerk schon laut war, als sie aus dem Leib ihrer Mutter kam.

Tsaani öffnete die Augen, um Blaubeere anzusehen. Er hatte sie kurz nach der Zeit ihrer ersten Mondblutung genommen, vor weniger als einem Jahr. Sie war noch nicht geschwollen von einem Kind, doch Tsaani war oft in ihren Decken und hoffte, sich auf seine alten Tage einen Sohn zu schenken. Es war sein einziger wahrer Kummer, daß seine Söhne und alle Töchter bis auf eine im Kindesalter gestorben waren.

Blaubeere lächelte und sah ihn mit hochgezogenen Augenbrauen an. »Jemand dachte, du schliefest«, sagte sie mit der Höflichkeit der Frau für den Mann, der Jungen für die Alten. »Sok ist draußen. Er fragt nach dir.«

»Sag ihm, er soll hereinkommen«, sagte Tsaani. Es wäre eine gute Art, diesen Tag zu beenden, eine Zeit, um über die Bärenjagd zu reden, sie mit Worten in seinem Geist zu festigen.

Blaubeere duckte sich, um durch den Eingang hinauszurufen. Das Volk war noch im Winterlager, in den stabilen Winterbehausungen. Jede war ein in die Erde gegrabener Kreis, vier, fünf Handlang tief, gedeckt mit doppelten Schichten von Karibuhaut, die überlappend zusammengenäht und dann eingefettet worden waren, um das Wasser abzuhalten. Das Dach hatte in der Mitte eine Öffnung, seine Klappen waren mit Stöcken gestützt, die verschoben werden konnten, um den Regen abzuhalten oder den Rauch des Feuers abzuleiten.

Tsaani ließ seinen Blick auf dem Rücken von Blaubeere verweilen, dort, wo er sich über ihren Hüften verengte. Tsaani war nach dem Tod seiner letzten Frau viele Jahre allein gewesen, und er hatte sich darauf verlassen, daß Ligige' sich seiner annahm. Es war gut, wieder eine Frau zu haben, Freude in den Schlafdecken zu erfahren. Es war auch gut, fort zu sein von Ligige's scharfer Zunge. Es hatte Zeiten gegeben, da Tsaani dachte, es könne leichter sein, die Frauenarbeit selbst zu verrichten, als mit seiner Schwester zu leben.

Sok trat in die Behausung, den Blick ehrerbietig von Blaubeere abgewandt und in der Gegenwart seines Großvaters gesenkt, doch Tsaani sah das Lächeln, das in Soks Mundwinkel zuckte, und er fühlte das gleiche Lächeln im eigenen Mund. Welcher Mann unter den Jägern würde heute nicht lächeln? Ein Bär im Mond der leeren Bäuche. Es war ein günstiges Zeichen, zumal nach einem dritten Sommer ohne viele Lachse.

Sok setzte sich Tsaani gegenüber, die Glutstücke der Feuerstelle wärmten den Raum zwischen ihnen. Blaubeere nahm ihr *sael* aus Birkenrinde und verließ die Behausung. Sie ging vermutlich zu den Kochstellen in der Mitte des Dorfes, um etwas zu holen, falls Tsaani oder Sok noch hungrig waren. Obwohl er sich nicht vorstellen konnte, noch mehr zu essen, wollte er es versuchen, damit Blaubeere wußte, daß er ihre Bemühungen anerkannte.

Aus Höflichkeit sprach Sok nicht. Tsaani wußte, daß er das Gespräch beginnen sollte. Die Wärme des Feuers und der volle Bauch machten Tsaanis Augen schläfrig, doch schließlich fragte er: »Dein Bauch ist voll?«

Sok antwortete ihm mit erhobenen Augenbrauen und Lachen.

»Du solltest bereit sein für noch mehr«, sagte Tsaani und deutete auf den leeren Platz seiner Frau auf der Frauenseite der Behausung.

Als Blaubeere zurückkam, bot sie ihr *sael* zuerst Tsaani an, der mit Freuden sah, daß sie kein Fleisch mehr gebracht hatte, sondern zu ihrem Vorratslager gegangen war und ein paar Fladen aus getrockneten Beeren und gehärtetem Karibufett geholt hatte. Er nahm einen Fladen und hielt ihn in die Höhe, damit Sok ihn sehen konnte. Sok grunzte anerkennend und nahm zwei. Die Wangen von Blaubeere kräuselten sich, und sie blickte über die Schulter zu Tsaani wie ein Kind, das den Beifall des Vaters sucht.

Tsaani nickte ihr zu. Blaubeere war eine nützliche Frau. Ihr Name paßte gut zu ihr.

Blaukopf-Ente hatte Tsaani erzählt, daß an diesem Tag ein Händler in ihr Dorf gekommen sei. Das Eis des Flusses war fest – würde noch mindestens einen Mond fest bleiben –, daher war der Mann zu Fuß über die gefrorenen Flüsse des Spätwinters gekommen. Er hatte vielleicht eine Kleinigkeit, die eine Frau erfreute, vor allem, wenn Tsaani ihm eine Bärentatze anbot.

»Schwarze Nase?« fragte Sok, während er in den Beerenfladen biß.

»Die Wunden sind nicht tief«, erwiderte Tsaani. »Hast du etwas Labkraut?«

»Ja«, sagte Sok. »Rotes Blatt hat letzten Sommer etwas getrocknet. Es ist nicht so gut wie frisches, aber ...« Er hob die Hände und sah auf die Wände der Behausung, als könnte er durch die Karibuhäute auf den Schnee draußen blicken. »Ich werde dir etwas bringen, heute abend, wenn du möchtest.«

»Nein«, antwortete Tsaani. »Bringe es morgen.« Er hielt inne und aß seinen Beerenfladen, winkte ab, als Blaubeere ihm den Korb noch einmal anbot. Sok beugte sich vor und nahm noch einen Fladen.

»Schwarze Nase ist ein guter Hund«, sagte Tsaani, »aber so etwas hat sie noch nie getan.«

»Viele Jäger hoffen, einen von ihren Welpen zu bekommen. Es ist gut, daß sie nicht getötet wurde.«

»Dies war nicht ihr Tag zum Sterben. Der große Schwarze, er hat sich uns hingegeben. Ein Bär spürt es, wenn ein Mann und seine Hunde voll Achtung sind.«

Sok rutschte hin und her, als sei ihm nicht wohl bei Tsaanis Worten. Zweimal öffnete er den Mund, als wollte er sprechen, und schloß ihn dann wieder. Hatte Sok etwas getan, um dieses Glück zu zerstören, das zu ihrem Volk gekommen war? fragte sich Tsaani. Sok war ein harter Mann, streng bei der Ausbildung von Hunden und schroff im Umgang mit anderen, doch er handelte lediglich so, wie er es gelernt hatte. Wer würde etwas anderes erwarten von einem, den Bellender Fuchs aufgezogen hatte?

»Es ist wieder ein Hund gestorben«, sagte Sok schließlich.

»Wieder einer? Deiner?«

»Meiner. Der junge Rüde, schwarz mit weißer Blesse.« Sok fuhr sich mit einer Hand übers Gesicht.

Tsaani schüttelte den Kopf. Der beste von Soks jungen Hunden. Zwei Hunde von Sok waren tot, ein Rüde und eine Hündin, beide aus demselben Wurf. Und drei weitere Hunde im Dorf waren ebenfalls im vergangenen Mond gestorben. Einer war alt, wenngleich stark, doch die anderen waren wie Soks Hunde, jung und ohne Anzeichen von Krankheit.

»Da ist ein Fluch«, sagte Sok.

»Dies ist ein Dorf achtsamer Menschen«, erwiderte Tsaani. »Jeder Mann ehrt das Leben; jede Frau beachtet Tabus. Welchen Fluch sollten wir auf uns ziehen? Was haben wir getan? Weißt du, wer dies herbeigeführt haben könnte?«

Lange Zeit sagte Sok nichts, dann sprach er leise, so leise, daß Blaubeere, die neben dem Eingang der Behausung saß und nähte, den Kopf wandte, um ihn deutlicher zu hören. »Es gibt wenige Veränderungen in unserem Dorf. Nur Sterne-im-Mund ist gestorben, und sie war keine Frau, die Hunde liebte. So glaube ich nicht, daß es ihre fehlenden Gebete sind. Es scheint etwas zu sein, das vergangenen Mond geschehen ist. In dieser Zeit haben wir fünf gesunde Hunde verloren, und mehrere Welpen aus zwei verschiedenen Würfen sind tot geboren. Vielleicht hätten wir die gesunden Welpen aus diesen Würfen nicht leben lassen sollen. Vielleicht hätten wir sie alle töten sollen.«

»Wie viele Welpen aus beiden Würfen sind noch übrig?«

»Fünf.«

»Wer hat sie?«

»Einer wurde mir gegeben, und einer dem Mann meiner Mutter. Einen hat Schläft-lange. Zwei hat Blaukopfente bekommen.«

»Geh zu diesen Männern«, sagte Tsaani. »Sage ihnen, sie können jeder einen Welpen von Schwarze Nase haben, wenn sie die anderen Hunde töten. Auch du wirst einen Welpen von Schwarze Nase bekommen.«

Sok nickte.

»Wir hatten diese Verluste im vergangenen Mond, sagst du?« fragte Tsaani.

Sok sah Tsaani lange in die Augen. »Ja«, sagte er. Er blieb noch eine Weile, sprach mit Tsaani über die Jagd. Am Ende stand er auf und wandte sich dem Eingangstunnel zu. Er blieb stehen, um den letzten Beerenfladen zu Blaubeere hin zu erheben. »Gut«, sagte er zu ihr.

Sie neigte ergeben den Kopf, als er ging, dann kam sie zu Tsaani und stellte sich neben ihn. Tsaani legte seinen Arm um ihre Mitte. Ohne ein Wort gingen sie zu den Schlafdecken von Blaubeere. Sie schlüpfte aus dem losen Kleid aus Karibuhaut, das sie in der Behausung trug, und stand in ihren Gamaschen, die bis zur Mitte ihrer Schenkel geschnürt waren, vor ihrem Mann. Tsaani ließ seine Decke aus geflochtenen Hasenfellen fallen und führte Blaubeeres Hände an seinen Lendenschurz. Sie kniete nieder, um den Riemen aufzubinden, und Tsaani glitt mit den Fingern durch den glatten dunklen Strom ihrer Haare.

Ein Mond, dachte er. Wann ist Chakliux zu uns gekommen? Ein Mann wie Chakliux – ein Mann, als *Dzuuggi* aufgezogen –, wenn der einen Fluch trug, konnte er ein ganzes Dorf vernichten. Aber heute hatten sie einen Bären erlegt. Das war gewiß ein gutes Zeichen.

Ja, dachte Tsaani. Wir hätten den Bären nicht erlegt, wenn Chakliux einen Fluch trüge.

Das Jagdglück kehrte zu ihm zurück, und so schob er alle Gedanken fort, außer jenen, welche die Wonne rühmten, die die kleinen, listigen Hände seiner Frau ihm bereiteten.

Sok ging durch das Dorf. Es war dunkel, und die Bespannung aus Karibuhaut über jeder Winterbehausung glühte gelb, von innen beleuchtet von den Feuerstellen.

Er hatte seinem Großvater die eine Sache nicht erzählt, die ihn am meisten bedrückte – sein Begehren nach Schnee-im-Haar –, doch wenigstens fing Tsaani nun an, darüber nachzudenken, was es bedeutete, Chakliux in diesem Dorf zu haben. Es war eine solche Torheit gewesen, seinen Bruder zu finden. Sok hatte nicht einmal gewußt, daß er einen Bruder hatte. Wie sollte er? Keiner sprach von den Toten. Warum Gefahr laufen, ihre Geister zu rufen? Warum diejenigen, die sie liebten, an ihren Verlust erinnern?

Sok hatte gehofft, die Gunst von Wolf-und-Rabe zu gewinnen, wenn er Chakliux Obdach in der Behausung seiner Frau gewährte, doch der Mann schien ihn nicht anders zu behandeln denn je. Wenigstens hatte er Schnee-im-Haar nicht gezwungen, Chakliux' Frau zu werden. Und nach Chakliux sollte Sok eine gute Wahl für sie sein.

Viele Jäger wollten sie jetzt nicht einmal mehr ansehen. Sie fürchteten das Unglück, das sie durch die Zurückweisung von Chakliux über sich gebracht hatte. Aber Sok wollte sie noch nehmen, allerdings müßte Chakliux eine andere Behausung finden. Doch warum sich sorgen? Chakliux konnte jederzeit zum Vetter-Fluß-Volk zurückkehren.

Chakliux hatte mehrere Male mit ihm über den Zorn gesprochen, der sich zwischen den jungen Männern beider Dörfer aufstaute, doch Sok konnte sich nicht über eine solche Sache grämen. Es war immer so gewesen, so lange er zurückdenken konnte. Ein Streit zwischen zwei Jägern, ein paar zornige Worte, was war das schon? Und wenn es einen richtigen Angriff geben sollte, ein Dorf gegen das andere ... Sok konnte das Lächeln nicht in seinem Mund behalten. Wann hatte ein Mann eine bessere Gelegenheit, seinen Wert zu beweisen? Schnee-im-Haar würde stolz sein, einen Mann zu haben, der auch Krieger war.

Wenn Chakliux so besorgt war wegen des Streits zwischen den Dörfern, dann sollte er zum Vetter-Fluß-Volk zurückkehren und die Menschen warnen. Er sollte ihnen sagen, daß dies ein Dorf der starken Jäger war. Wenn das Vetter-Fluß-Volk einen Kampf beginnen sollte, würden sie nicht siegen.

Sok ging mit gesenktem Kopf, seine Augen sahen nur seine Gedanken, und so stieß er beinahe mit einer Frau namens Daes zusammen. Beide stöhnten überrascht auf, und die Frau murmelte eine Entschuldigung.

Sok nickte, dann – neugierig geworden, was Daes mit ihrem dreijährigen Sohn, den sie auf der Hüfte trug, am Abend draußen machte – schlich er in den Schatten neben einer Behausung und wartete. Sie ging rasch zu dem Gebüsch am Rande des Dorfes, wo sich die Frauen erleichterten.

Warum nahm sie an einem so kalten Abend das Kind mit? fragte sich Sok. Es sollte schlafen. Vielleicht ließ die Schwesterfrau von Daes, Braunes Wasser, nicht zu, daß das Kind in der Behausung Wasser ließ. Die meisten Mütter verwahrten den Urin ihrer Kinder in Holztrögen. Alter Urin war für vieles gut: um Fett aus Haaren und Fellen zu waschen, Farben auf geschabten Häuten zu festigen. Daes war dritte Frau eines alten Mannes, und jeder wußte, daß seine erste Frau, Braunes Wasser, zu Zorn und törichten Bemerkungen neigte. Aber vielleicht hatte Braunes Wasser, wenn sie so etwas verlangte, einen Grund.

Daes war von jenen Menschen gekommen, die auf den Seeinseln weit im Westen lebten. Da der Junge ein Seejäger war, hatte er vielleicht eine Macht in seinem Urin, die Braunes Wasser nicht in ihrer Behausung haben wollte.

Geschichtenerzähler sprachen von Zeiten, als die Seejäger und Das Volk oft Handel miteinander trieben, sogar Frauen und Kinder tauschten, doch es ging auch die Rede von Kampf und Haß. Warum Menschen trauen, die manchmal Handelsgefährten, manchmal Feinde waren? Es war das Beste, sie in Ruhe zu lassen. Menschen wie jene waren kein rechtes Volk.

Diese Daes hatte Glück gehabt, überhaupt einen Mann zu finden. Ein Händler hatte sie mitgebracht, ihr Bauch war rund gewesen von einem Kind. Sok hatte nie verstanden, warum der Händler sie hiergelassen hatte. Das Kind war seins, das sagten sogar die alten Frauen, aber vielleicht wollte der Händler keine Seejägerfrau, war sie doch nur zum Teil ein Mensch.

Er war ein-, zweimal zurückgekommen, seit der Junge geboren war. Nun war der Mann wieder hier. Sok lächelte. Vielleicht war Daes mehr Mensch, als er dachte. Vielleicht schlich sie aus der Behausung von Braunes Wasser, um mit dem Händler zusammenzusein. Warum nicht? Sie war eine schöne Frau. Es würde ihn nicht wundern, wenn der Händler sie in seinen Schlafdecken willkommen hieß.

Sok dachte einen Augenblick an Schnee-im-Haar, und sein Verlangen nach ihr war wie Feuer in seinen Lenden. Er war ein geachteter Jäger, und bis Chakliux gekommen war, hatte er die gesündesten Hunde im Dorf besessen. Sogar der alte Tsaani fragte ihn um Rat, wenn er Medizin für seine Tiere benötigte.

Soks Macht und seine Jagdkünste sollten genügen, um Schnee-im-Haar zufriedenzustellen, vor allem dann, wenn Tsaani ihm seine Gesänge für die Bärenjagd schenkte und sein Glück an ihn weitergab. Dieser Tag würde bald kommen. Sok war der einzige richtige Enkelsohn von Tsaani – wer konnte Chakliux zählen?

Dann wäre Schnee-im-Haar vielleicht bereit, seine zweite Frau zu werden. Sok wollte ihr soviel Ehre erweisen wie einer ersten Frau. Er würde ihr sogar Karibuhäute geben, damit sie ihre eigene Behausung haben könnte. Welche Frau würde mehr wollen?

Tsaani schlief den traumlosen, schwer lastenden Schlaf, der immer dann kam, wenn er sich bei seiner jungen Frau verausgabt hatte. Als Blaubeere ihn anstieß, erwachte Tsaani – in dem Glauben, sie wolle mehr – mit einem Lachen im Mund, dann aber hörte er, was sie sagte, und sah, daß sie in ihre Kleider schlüpfte. Jemand kratzte an der Türklappe.

Blaubeere blies in die Glut der Feuerstelle, legte Stöcke auf, um die Flammen zu nähren, dann ließ sie den Wartenden ein. Es war Wolf-und-Rabe, der Schamane. Tsaani, der sich seine geflochtene Decke rasch um die Schultern geworfen hatte, hieß Blaubeere, zur Behausung ihrer Mutter zu gehen und die Nacht dort zu verbringen und am Morgen zurückzukehren, um das Essen zu bereiten.

»Warte«, rief Tsaani und sah Wolf-und-Rabe nicht ins Gesicht. Der Mann war sicher nicht erfreut, daß Tsaani Zeit verschwendete, um mit seiner Frau zu sprechen, aber das kümmerte Tsaani nicht. Er wollte verhindern, daß der Vater von Blaubeere dachte, er sei verstimmt und wolle sie ihren Eltern zurückgeben. Er fand ein kleines Amulett, den Fuß von einem

Schneehuhn, und gab es Blaubeere. »Für deinen Vater«, sagte er. »Um ihm zu danken für seine Tochter, die eine so gute Frau ist.«

Blaubeere neigte den Kopf, doch ihr Lächeln blähte ihre Wangen zu vollen Rundungen auf. Sie ging, und Tsaani wandte sich an Wolf-und-Rabe, wies dem Mann seinen gepolsterten Sitz im hinteren Bereich der Behausung zu. Wolf-und-Rabe nahm Platz. Lange Zeit sprachen sie nicht, und Tsaani wußte, daß der Mann Macht in sich versammelte. Was immer er zu sagen hatte, war wichtig, und vermutlich war es nichts, was Tsaani mit Freuden hören würde.

Schließlich sprach Wolf-und-Rabe: »Ich bin wegen der Hunde gekommen.«

»Deine Hunde sind wohlauf?« fragte Tsaani. Er hatte Wolf-und-Rabe eine schöne, großknochige Hündin gegeben. Sie würde bald Junge werfen.

»Meine Hunde sind gesund. Aber ich höre, daß andere Hunde im Dorf – viele – sterben. Es heißt, sie wurden verflucht. Es heißt, du bist derjenige mit Macht, wenn es um Hunde geht. Das Volk kann einen strengen Winter nicht überleben ohne seine Hunde. Wie wollen wir jagen? Wer wird unsere Vorräte tragen, wenn wir dem Karibu folgen? Was werden wir in einem Hungerwinter essen, wenn wir unsere Hunde verlieren?«

»Du mußt mir die Wichtigkeit der Hunde nicht erklären. Meist bin ich es, der dich ermahnt, sie in Ehren zu halten.«

Wolf-und-Rabe straffte die Schultern und blähte seine Brust, aber Tsaani sah, daß der Mann mehr aus Luft bestand als aus Muskeln und den Atem anhielt, um seine Erscheinung aufzuplustern – wie ein Hund, der vor einem Kampf sein Nackenfell sträubt.

»Als Chakliux in unser Dorf kam«, sagte Wolf-und-Rabe, »kam er, ohne zu wissen, wer er war, doch er sprach sich für Frieden zwischen unseren Völkern aus. Ich beschloß, ihn bei uns bleiben zu lassen, damit er für den Frieden wirkt. Nun glaube ich, er könnte einen Fluch gebracht haben. Wenn unsere Hunde sterben, werden wir schwach sein. Die Vetter-Fluß-Männer werden uns mühelos besiegen.«

»Dann sage ihm, er soll zurückgehen«, erwiderte Tsaani. »Wenn er dies herbeigeführt hat, dann schicke ihn fort. Was ist daran so schwierig?«

»Manche von Dem Volk glauben immer noch, daß er Tier-Gabe ist. Sie sahen ihn im Fischlager der Vetter-Fluß-Menschen schwimmen. Manche sagen, er ist selbst Otter.«

Tsaani zuckte die Achseln. »Du bist Schamane. Du solltest wissen, was richtig ist.«

Das Gesicht von Wolf-und-Rabe verfinsterte sich. Tsaani kannte den Mann seit vielen Jahren. Er war keiner, der Entscheidungen traf. Aber wenn er die Ehre wollte, Schamane zu sein, dann mußte er auch die Verantwortung auf sich nehmen.

»Wenn du noch nicht weißt, was richtig ist, warum bist du dann hier?« fragte Tsaani. »Gehe heim in die Behausung deiner Frau. Sprich Gebete. Tu, was du tun mußt. Du bist Schamane. Du weißt es. Du brauchst mich nicht, um es dir zu sagen.«

Wolf-und-Rabe sah Tsaani an; zornig begegnete er Tsaanis Blick.

»Oder bist du ein Kind?« fragte Tsaani leise.

Wolf-und-Rabe sprang auf. »Hüte deine Zunge, alter Mann«, sagte er, und seine Worte waren kurz und scharf wie das Bellen eines Fuchses. »Ich weiß mehr von Geistern und Gesängen als du. Wir sehen schon, daß deine Gebete nicht stark genug sind, um unsere Hunde zu beschützen. Sei froh, daß ich hier bin, um diesen Fluch zu bekämpfen.«

Wolf-und-Rabe trat zum Eingang und schlug die Türklappe zurück. Über die Schulter blickend, sagte er: »Halte Sok von unserer Tochter fern. Er hat heute abend die Behausung meiner Frau besucht. Schnee-im-Haar verdient etwas Besseres, als zweite Frau deines Enkelsohnes zu sein.«

Tsaani stand auf und ging zur Tür. Er band die Klappe wieder fest zum Schutz gegen den Wind, der sich in der Nacht erheben könnte, dann legte er sich ermattet nieder und wickelte sich in seine Schlaffelle.

»Sok«, flüsterte er in die Nacht. »Warum machst du dir alles immer so schwer? Du hast eine gute Frau. Wenn du meinst, du brauchst eine zweite, wähle eine Witwe, eine, die dankbar ist für deinen Schutz, aber noch jung genug, um dir Söhne zu geben.«

Doch als der Schlaf ihm die Lider schloß, sah Tsaani Schnee-im-Haar, die anmutige Art, wie sie beim Gehen die Hüften schwenkte, ihre festen, runden Brüste. Tsaani fühlte die Spannung in seinen Lenden. »Ah, Sok«, murmelte er. »Ah, Sok …«

3

»Da hat also jemand beschlossen, daß ein alter Mann nicht schlafen sollte?« rief Tsaani, doch er erhob sich von seinem Schlaflager und band die Türklappe auf. »Ah«, sagte er, als er Bellender Fuchs sah. »Auch du bist draußen in der Nacht?«

Bellender Fuchs kam herein, doch Tsaani bot ihm seinen gepolsterten Sitz im hinteren Bereich der Behausung nicht an; er schürte nicht einmal das Feuer. Tsaani wandte sich seinem Schlaflager zu und setzte sich zwischen die Felle. »Wie geht es meiner Tochter?« fragte er.

»Es geht ihr gut.«

»Sok war hier, dann kam ein anderer Mann, jetzt du. Warum bist *du* hier?«

»Um mit dir über den Sohn deiner Tochter zu sprechen.«

»Sok oder Chakliux?«

»Ihren richtigen Sohn, Sok.«

»Meine Schwester sagt, Chakliux ist ebenso Sohn von Tagfrau wie Sok.«

Bellender Fuchs hockte sich hin und schob die Kapuze seines Parkas zurück. Der Parka war schön gearbeitet, er lief vorne und hinten in einer langen Spitze aus; Wieselschwänze mit schwarzen Enden hingen von den Schultern herab, und Vielfraßfelle waren rund um die Kapuze genäht. Bellender Fuchs verdient so einen Parka nicht, dachte Tsaani. Vor allem aber verdiente er Tagfrau nicht. Die Leute sagten, es sei mutig von Bellender Fuchs gewesen, sie zur Frau zu nehmen, doch Tsaani war anderer Meinung. Bellender Fuchs war ein träger Mann und ein schlechter Jäger. Er hatte Tagfrau nicht genommen, um Mut zu beweisen, sondern weil sie schwer arbeitete und gut anzuschauen war.

Bellender Fuchs war ein dünner Mann mit großen Händen, zu groß für seine Arme. Tsaani dachte, daß sie so gewachsen waren, um all die Dinge zu greifen und festzuhalten, die Bellender Fuchs haben wollte, ohne sie zu brauchen. Jetzt streckte er die Hände aus, die Handflächen nach oben, und fragte: »Sok war hier?«

»Ja.«

»Warum ist er gekommen?«

Tsaani wandte den Kopf ab vor der Unhöflichkeit von Bellender Fuchs. Sogar ein Kind wußte, daß es ungezogen war, sich nach den Gesprächen eines Mannes zu erkundigen.

Als Tsaani nicht antwortete, fragte Bellender Fuchs: »Weißt du von den Hunden?«

»Ich weiß es«, sagte Tsaani.

»Weißt du von der Tochter von Wolf-und-Rabe?«

»Ich weiß, daß sie einem Mann eine gute Frau sein wird«, antwortete Tsaani.

»Sok will sie haben«, sagte Bellender Fuchs, »aber ihr Vater will nicht erlauben, daß sie zweite Frau ist.«

»Glaubst du, Sok wird Rotes Blatt verstoßen?«

»Nein«, sagte Bellender Fuchs. »Ein Mann kann seine Frau verstoßen. Aber zwei Söhne und eine gute Behausung? Nein.«

»Sok braucht keine zweite Frau«, sagte Tsaani. »Er will zuviel. Er wird sich den Rücken brechen beim Tragen all der Dinge, die er haben will. Wenn ich sterbe, wird er meine Hunde besitzen. Ich habe ihm schon viele von meinen Jagdgesängen geschenkt. Wenn er diese Gesänge klug verwendet, wird er ein mächtiger Mann sein. Dann wird er vielleicht zweier Frauen würdig sein.«

Bellender Fuchs rieb sich die Hände und beugte sich hinunter, um sie an die Glutstücke zu halten.

»Es ist dunkel. Du solltest in der Behausung deiner Frau sein«, sagte Tsaani, doch Bellender Fuchs machte keine Anstalten zu gehen. »Ich bin ein alter Mann«, sagte Tsaani. »Bleibe, wenn du willst, aber ich muß schlafen.«

Er rollte sich in seine Schlaffelle und kehrte Bellender Fuchs den Rücken zu.

Die Behausung des Händlers war nur ein Sommerzelt. Die Dachbespannung aus Karibuhaut war mit einem Kreis aus Steinen gesichert, und die Wärme wurde nur von einem Wall aus Fichtenzweigen und Schnee gehalten. Ein kleines Feuer brannte flackernd in der Mitte der Behausung. Seine Wärme wurde verschluckt, ehe sie die Wände der Behausung erreichte, aber Daes fror nicht. Sie schmiegte sich an den Körper von Cen. Sie wußte, daß sich sein Liebesspiel rasch vollziehen würde, aber es war besser als das, was ihr von dem alten Mann zuteil wurde, der langsam war und manchmal weinte, wenn er nicht hart genug wurde, um in sie einzudringen. Es sei nicht schlimm, sagte sie zu ihm, und das war die Wahrheit. Er war ein guter Mann. Er hatte ihr ein Heim geboten, als sie nichts besaß als den Fluch eines Kindes in ihrem Leib.

Nein, es war nicht schlimm, nicht mit ihrem alten Mann und nicht mit diesem Händler. Sie war vor mehr als vier Jahren gestorben, als ihr Mann von den Ersten Menschen ertrunken war. Daes hob den Kopf von den Fellen des Schlaflagers, um sich zu vergewissern, daß ihr Sohn Ghaden noch in dem Nest aus Matten auf der anderen Seite des Feuers lag. Er war wach, hatte die Augen geöffnet, doch er war still, warm eingepackt in die geflochtenen Decken aus Hasenfell, die herzustellen Glücklicher Mund sie gelehrt hatte. Daes meinte ihn leise einen Gesang des Flußvolkes summen zu hören. Er war ein gutes Kind, aber sie liebte ihn nicht so sehr, wie sie ihre Tochter Aqamdax liebte. Wie konnte sie? Ghaden war der Sohn von Cen.

Cen zog sie neben sich. »Dem Jungen geht es gut«, sagte er, dann sah er zu dem Kind hinüber, wie um sich zu vergewissern, daß es wahr war. »Er wird eines Tages ein guter Händler sein, doch zuvor werde ich dich zu meiner Frau machen. Wenn dein alter Mann stirbt, werde ich Anspruch auf dich erheben«, sagte er, »und eines Tages bringe ich dich zurück, damit du dein Volk besuchen kannst.«

»Ja«, flüsterte Daes. »Ja.« Natürlich würde sie seine Frau sein wollen. Sie würde jedermanns Frau sein wollen, wenn es nur hieße, daß sie zu den Ersten Menschen und zu Aqamdax zurückkehren könnte. Wenn sie erst wieder in ihrem eigenen Dorf wäre, wollte sie es nie mehr verlassen. Bis dahin wollte sie sein, wie immer Cen sie haben wollte.

Eine Weile sprach Bellender Fuchs von Soks Habgier, seiner Selbstsucht, doch dann schien er plötzlich seine Meinung zu ändern. Er pries Soks Jagdkünste, seine Hunde und seine beiden kleinen Söhne. Er sagte, Tsaani solle seine Weisheit und seinen Platz schon vor seinem Tod weitergeben; er solle Sok alle seine Gesänge für die Bärenjagd schenken. Wer weiß, wenn Sok oberster Bärenjäger wäre, würde Wolf-und-Rabe ihn vielleicht bitten, seine Tochter zu nehmen.

Obwohl Tsaani mit dem Rücken zu ihm lag, grunzte er zuerst ein paar Antworten. Was konnte er sonst mit einem Mann machen, der nicht einmal wußte, wie unhöflich er war? Am Ende war Tsaani still, obwohl Bellender Fuchs von den Dorfhunden zu reden begann und von dem Fluch, der durch Chakliux über sie alle gekommen war. Als Bellender Fuchs immer noch nicht aufhörte zu sprechen, atmete Tsaani durch die Nase ein und machte Schnarchgeräusche. Dann hörte er Bellender Fuchs aufstehen und gehen, aber nicht, bevor er die Vorratsbeutel von Blaubeere durchwühlt hatte.

Wenigstens geht der Mann nicht hungrig fort, dachte Tsaani und stopfte sein Lachen in seine Wange, als er ins Träumen glitt.

Als ihr Liebesspiel beendet war, wischte Cen sich an den Fellen seines Schlafplatzes ab, rückte seinen Lendenschurz zurecht und schlüpfte in seine Gamaschen und seinen Parka. Er beobachtete Daes, als sie sich anzog, seine Augen waren dunkel, sanft. Sie konnte ihn nicht ansehen. Einst hatte sie gedacht, er könne die Leere füllen, die durch den Verlust ihres ersten Mannes entstanden war. Es war töricht von ihr gewesen, doch ihr Leid war so groß, und sie hätte fast alles getan, dem zu entfliehen. Sie hatte sich Cen hingegeben und das Tabu ihrer Trauer verletzt. Zur Strafe hatte sie empfangen.

Sie wußte, daß sie nicht bei ihrem Volk bleiben konnte, und so hatte sie das Dorf verlassen. Wie sonst hätte sie ihre Tochter vor den Geistern schützen können, die zürnten über das, was sie getan hatte?

Zu spät entdeckte sie die Unbilden eines Händlerlebens. Wie konnte sie bei ihm bleiben, den Stürmen trotzen, die Flüsse und die Tundra bereisen und dabei für ein Kind sorgen? Sie hatte ihn gebeten, sie in ein Dorf zu bringen, wo sie das Kind gebären konnte, hatte gebeten, für sie einen Mann zu finden, einen Jäger, der sich ihrer annahm.

Bekümmert hatte er ihre Bitte erfüllt und sie verlassen, aber er kam jedes Jahr zurück, manchmal zweimal im Jahr. Sie hatte ihm gesagt, es sei das beste für ihren Sohn. In diesem Sommer nun war Ghaden kräftig genug für die Reise zum Dorf der Ersten Menschen. Dieses Jahr wollte Daes Cen nicht allein ziehen lassen. Sie legte ihre Hände auf seinen Rücken, strich über seinen Parka aus Wolfspelz.

»Ja«, flüsterte sie. »Ich werde mit Freuden deine Frau sein. Dann kehren wir in mein Dorf zurück. Ich werde meine Tochter wiedersehen. Du kannst dort eine Behausung bauen, und wenn du nicht unterwegs bist, um zu handeln, wirst du eine warme Heimstatt haben und eine Frau, die auf dich wartet.«

Er drehte sich um und sah ihr in die Augen. »Sage deinem Mann, daß er bald sterben muß.«

»Er wird keinen Winter mehr überleben«, sagte Daes und fühlte plötzlich eine Traurigkeit, wohl wissend, daß ihre Worte wahr waren. »Aber ich werde gehen, wenn du es willst. Soll es jetzt sein, daß ich mitkomme, werde ich kommen.«

Cen kniff die Augen zusammen, neigte den Kopf und starrte auf die Wände aus Karibuhaut. »Von hier«, sagte er, »gehe ich flußaufwärts zum Felsenhügeldorf und noch weiter. Bis das Eis bricht, werde ich zurück sein. Sei bereit, dann mit mir zu kommen.«

»Geh fort«, rief Tsaani, und in seinem Bedürfnis nach Schlaf bereute er seine Unhöflichkeit nicht. »Ich habe genug Menschen in dieser Behausung gehabt. Geh fort und komm nicht vor morgen wieder.«

Tsaani drehte den Kopf zur Türklappe, doch die Behausung war so dunkel, daß er nichts sehen konnte. Sogar die Feuerstelle war dunkel, dort, wo die Ränder der heruntergebrannten Holzstücke rot glühen sollten.

Du hast das Feuer nicht mit Asche bedeckt, alter Mann, sagte er sich. Aber er war sich doch sicher, es getan zu haben – Asche über die Glut gegeben zu haben, damit sie über Nacht anhielt –, gleich nachdem Wolf-und-Rabe gegangen war. Vielleicht hast du es geträumt, dachte er.

Blaubeere würde am Morgen Feuer aus der Behausung ihrer Mutter borgen müssen. Ah, gut, es würde kaum schaden, da ihre Mutter wissen mußte, daß Tsaani und nicht Blaubeere das Feuer hatte ausgehen lassen.

Er blickte noch einmal zur Feuerstelle, dann sah er einen Lichtrand, und noch einen, dann sperrte Dunkelheit das Licht wieder aus. Tsaanis Herz klopfte, ging von der Langsamkeit des Schlafes zur Schnelligkeit der Furcht über. Es war ein Geist in der Behausung, etwas zwischen ihm und der Feuerstelle.

Der Bär, dachte Tsaani. Der Bär. Hatte Tsaani sich unehrerbietig gezeigt? Hatte er einen Lobgesang vergessen? Hatte er Fleisch ohne Dankbarkeit verzehrt? Nein. Er hatte alles in Ehrfurcht getan. Er hatte Tatzen und Kopf abgetrennt; er hatte das Bärenfell in Streifen geschnitten, auf daß es von Tieren und Vögeln als Futter und Unterlage verwendet und nicht vergeudet werde. All dies war mit Achtung verrichtet worden, getreu den Wegen von Tsaanis Großvätern und deren Großvätern.

Dann sah er, daß der Bär den Kopf eines Menschen hatte. Auch hatte er Hände und Füße, und das dunkle Fell war nur ein Parka.

Tsaanis Herzschlag verlangsamte sich vor Erleichterung, und er ließ sich in seine Schlaffelle zurücksinken, doch dann kam Zorn über ihn, und er sagte: »Warum bist du hier? Warum kommst du mitten in der Nacht zu einem alten Mann? Du brauchst vielleicht keinen Schlaf, aber ich!«

Wer da vor ihm stand, sprach nicht, und als Tsaani im Schatten schließlich das Messer sah, war es zu spät.

Daes kauerte draußen vor dem Eingangstunnel der Behausung von Braunes Wasser. Es war mitten in der Nacht. Sie sollte nicht im Freien sein in Kleidern, die sie nur zu außergewöhnlichen Gelegenheiten trug. Braunes Wasser haßte sie. Sie sagte ihrem Mann immer, er solle sie verstoßen.

Ich hätte um eine eigene Behausung bitten sollen, dachte Daes. Glücklicher Mund und ihre kleine Tochter Yaa wären mit mir gekommen. Soll doch Braunes Wasser die Arbeit allein tun, um ihre eigene Behausung zu erhalten.

Aber es war nicht leicht für eine Frau, eine Behausung zu

bauen, wenn ihr Mann nicht mehr jagte. Von wem sollte sie die Karibuhäute erhalten, zumal wenn Braunes Wasser alles Wertvolle für sich beanspruchte, das zu ihrem Mann kam? Außerdem, warum die zusätzliche Arbeit tun? In einem Mond, vielleicht in zwei Monden würde sie das Dorf des Flußvolkes verlassen und zu den Ersten Menschen zurückkehren.

Daes senkte den Kopf, um zu lauschen. Sie konnte das Schnarchen ihres Mannes hören, aber es kam kein Geräusch von der Frauenseite der Behausung, und Braunes Wasser schnarchte gewöhnlich lauter als jeder andere. Braunes Wasser wartete auf ihre Rückkehr. Sie würde Daes beschuldigen, bei Cen gewesen zu sein. Welche Verteidigung konnte Daes aufbieten? Am besten wartete sie, bis Braunes Wasser eingeschlafen war, und kroch dann in die Schlafdecken ihres Mannes. Sie könnte behaupten, früh zurückgekommen zu sein, als Braunes Wasser geschlafen habe, und wenn Braunes Wasser später aufgewacht sei und auf Daes gewartet habe, sei sie dumm, weil Daes fast die ganze Nacht im Schlafplatz ihres Mannes gewesen sei.

Aber wenn Daes auf das Schnarchen von Braunes Wasser warten wollte, mußte sie Ghaden absetzen. Er war schwer, und ihr Arm war taub von seinem Gewicht. Sie sah ihren Sohn an, konnte aber im Dunkeln seine Augen nicht erkennen. Sie fuhr mit den Fingerspitzen sanft über seine Lider. Er blinzelte. Sie drückte einen Finger an seine Lippen und flüsterte ihm zu, er solle ruhig sein, dann sagte sie, sie müsse ihn hinstellen, nur eine kleine Weile.

Als sie sich bückte, um ihn abzusetzen, bewegte sich etwas im Dunkeln. Jemand ging an der Behausung vorüber. Ein Geist. Was könnte es sonst sein? Sogar das Flußvolk wußte, daß Geister in der Nacht zwischen den Behausungen wandelten.

Sie drückte sich in den Eingangstunnel, doch Ghaden entschlüpfte ihrem Griff und lief hinaus in die Nacht – dem wandelnden Geist, wer immer es war, in den Weg. Daes zögerte, ob sie sich versteckt halten und hoffen sollte, daß der Geist, wenn er ein unschuldiges Kind sah, vorübergehen würde, ohne ihm etwas anzutun, dann aber spürte sie den Schmerz über den Verlust von Aqamdax und erkannte, es würde genauso sein, wenn sie ihren Sohn verlöre. Sie kroch aus dem Tunnel der Behausung und stand auf.

Die Sterne waren nahe, so wie immer in Nächten, in denen Geister wandelten. In ihrem Licht sah sie Ghaden, dann hielt sie den Atem an, als sie erkannte, daß der Geist sich um seine Beine geklammert hatte.

»Das ist mein Junge«, sagte sie mit dünner Stimme und strengte sich an, um ihre Worte nicht zittern zu lassen. Daes griff nach Ghaden, und es schien, daß die Bewegung ihrer Arme ihren Körper zöge, als ob sie nicht ginge, sondern über dem festgestampften Eispfad schwebte. Sie packte ihren Sohn und hob ihn auf. Sie hielt den Blick gesenkt, fort vom Gesicht des Geistes. Im Sternenlicht sah sie die pelzbesetzten Stiefel des Geistes, die Klappern aus Karibuhufen, die in der Höhe seiner Fußgelenke angebunden waren.

Dann legte Ghaden etwas Langes, Hartes an ihre Brust. Es war ein Messer, und sie zog es ihm aus den Händen. Es roch nach Blut.

»Ghaden«, sagte sie, »wo ...« Sie hob den Kopf und sah, daß es kein Geist war, der vor ihr stand.

»Hast du etwas getötet?« fragte Daes. »Brauchst du Hilfe?« Doch während sie sprach, überlegte sie, wer denn in der Nacht jagte. Nur Tiere. Dann ist dies vielleicht eine Eule oder ein Wolf, und meine Augen täuschen mich, so daß ich glaube, es ist jemand aus diesem Dorf.

»Wenn du Hilfe brauchst«, sagte Daes rasch, »werden ich und meine Schwesterfrau Glücklicher Mund kommen.«

Der Jäger nahm ihr das Messer aus der Hand. Daes überließ

es ihm leicht, als wäre es nichts weiter als eine Feder in ihrer Hand. Sie wandte sich der Behausung von Braunes Wasser zu, doch obwohl ihre Füße eben noch mühelos schwebten, als sie von dort fortging, schien sie jetzt mit jedem Schritt einzusinken.

Ihre Füße brachen zuerst durch das Eis, sanken dann in den Boden. Die Erde war kalt und drückte hart gegen ihr Fleisch. Sie zog die Hitze aus ihrem Körper, als würde Mark aus einem Knochen gesaugt.

Dann fühlte sie das Messer. Da war kein Schmerz, nur die Gewalt der zustoßenden Klinge. Es stieß sie weiter und weiter in das Erdreich, bis nur noch ihre Augen und ihr Scheitel über der Erde waren. Dann sah sie, daß auch Ghaden eingesaugt wurde, seine Füße waren schon begraben, seine Beine waren bleich im Sternenlicht, so daß er aussah wie eine wachsende Birke. Dann aber stieß das Messer nach ihm. Er fiel zusammengekrümmt auf die Erde, und das Blut, das aus seiner Wunde quoll, lief Daes in die Augen, bis sie nichts mehr sehen konnte.

4

Chakliux' Atem war eine Wolke in der kalten Luft. Die dunklen Fichten, die rings um das Dorf wuchsen, waren mit Rauhreif bedeckt, doch der frühe Morgenhimmel war klar. Bis zum Mittag würde die Sonne die Eispfade in Schlamm verwandeln.

Mehr als einmal war Chakliux in den schwarzen Schmutz dieser Pfade gestürzt, doch obwohl sein Klumpfuß sein Gleichgewicht beeinträchtigte, hinkte er nur, wenn er müde war oder rannte. Heute morgen trug er ein großes *sael*; das Gefäß aus Birkenrinde war gefüllt mit getrocknetem Fisch für die Hunde seines Großvaters.

Chakliux besuchte Tsaani gerne. Mit wenigen Bemerkungen oder einer einfachen Geschichte konnte der alte Mann Chakliux' Gedanken auf eine Reise schicken, die den ganzen Tag währte.

Als er an der Behausung von Tagfrau vorbeiging, senkte Chakliux den Kopf und hoffte, er werde sie nicht sehen. Sie trug das Herz in den Augen, und er konnte sie nicht anschauen, ohne sich zurückversetzt zu fühlen in die Zeit, als er ihr Kind war, der Säugling, den sie ausgesetzt hatte, um ihn sterben zu lassen. Jeder Tag, den er in diesem Dorf verbrachte, schien ihm mehr von seiner Kraft zu nehmen. Er wünschte, er könnte zu seinem eigenen Volk zurückkehren und wieder lernen, er selbst zu sein, doch er mußte im Nahe-am-Fluß-Dorf bleiben. Tsaani und Wolf-und-Rabe hatten beide Vertrauen zu ihm gefaßt und erkannt, daß er für den Frieden wirkte.

Die heiseren Rufe von Hähern drangen zu ihm und brachen

das Schweigen des Spätwinters. Er hob den Blick zu den Vögeln und sah das Fellbündel erst, als er darüber stolperte. Er ließ das *sael* fallen, konnte den Sturz aber abfangen. Wie er da stand, merkte er, daß das Bündel keine achtlos vor einer Behausung zurückgelassene Decke war, sondern eine junge Frau. Er erkannte sie – Daes von den Seejägern –, und er erkannte auch, daß sie tot war, die Augen offen starrend, die Wangen weiß von Reif. Sie lag auf dem Bauch, den Kopf zurückgewandt, als versuchte sie über die Schulter zu erblicken, was ihren Tod herbeigeführt hatte.

Ein Fluch, dachte Chakliux und schloß die Augen in der plötzlichen Erkenntnis, daß die Nahe-am-Fluß-Menschen ihm die Schuld geben würden, wie sie ihm die Schuld am Tod der Hunde gaben. Sogar sein Bruder Sok, der Chakliux durchaus mit Achtung behandelte, konnte seine wachsende Unruhe nicht verbergen, als ein Hund nach dem anderen starb.

Chakliux kniete neben der Frau nieder, dann sah er das Blut auf ihrem Rücken, die Wunden. Dies war kein Fluch. Seit wann benutzte ein Fluch ein Messer?

Was konnte er tun? Den Schamanen rufen? Sok verständigen? Jedes Dorf hatte seine eigenen Wege. Was tat das Nahe-am-Fluß-Volk?

Sag es ihrem Mann, dachte Chakliux. Die Männer hier hatten lautere Stimmen als in seinem eigenen Dorf. Sie erwarteten, alles zuerst zu erfahren, und trafen die meisten Entscheidungen.

Chakliux stand auf, und da hörte er ein leises Stöhnen. Zuerst dachte er, es käme von Daes, vielleicht von ihrem Geist, doch als er sich bückte, sah er, daß ihr kleiner Sohn unter ihr lag. Er konnte sich nicht an den Namen des Jungen erinnern. Das Stöhnen kam wieder, und obwohl Chakliux die tote Frau nicht berühren wollte, aus Furcht, seine Jagdkünste mit Fluch zu beladen, schob er ihren Leichnam beiseite und holte das Kind hervor.

Im Sterben mußte die Mutter es unter sich gezogen haben, dachte Chakliux, und so hatte sie es vor dem Erfrieren bewahrt. Aber der Junge war kalt, seine Haut weiß, seine Augenlider und Brauen bereift. Er schrie auf, und Chakliux sah das Messer in seinem Rücken, das Heft dunkel von Blut.

Nein, kein Fluch, dachte Chakliux. Etwas Schlimmeres.

Das Mädchen Yaa war die erste in der Behausung, die Ghadens Schrei hörte. Das Geräusch kam von draußen. Warum war ihr Bruder dort, fragte sich Yaa, deren Gedanken noch mit ihren Träumen vermischt waren. Sie sah zu ihrer Mutter hinüber, doch Glücklicher Mund schlief, und Braunes Wasser würde sich, selbst wenn sie wach wäre, nicht mit Ghaden befassen. Ghadens Mutter Daes war nicht in ihrem Schlaflager. Sie muß mit ihm draußen sein, dachte Yaa, doch sie hüllte sich in eine ihrer Schlafdecken und stand auf.

Sie bückte sich, um das Feuer zu schüren, dann vernahm sie den Schrei abermals. Es klang, als sei Ghaden verletzt. Sie ging zu ihrer Mutter, rüttelte sie wach. Sie machte den Mund auf, um es ihr zu erklären, aber da ertönte ein Ruf – eine Männerstimme, die um Hilfe bat.

Glücklicher Mund stieß ihre Tochter beinahe um, als sie von ihrem Schlaflager aufsprang, und obwohl sie Yaa bedeutete zurückzubleiben, folgte diese ihr durch den Eingangstunnel.

»Ghaden!« schrie Yaa, als sie den Jungen in Chakliux' Armen sah. Sie faßte nach der Hand ihrer Mutter. »Er ist verletzt«, rief sie und zog sie zu Chakliux, aber sie blieb stehen, als sie Daes erblickte, die bleich und mit Reif bedeckt auf der Erde lag. Yaa hatte schon Tote gesehen. Sie erkannte die Steifheit und Blässe des Todes. Ihr Magen hob sich in ihre Kehle, und sie begann zu würgen, trockene Stöße, die ihr schier den Magen umdrehten.

»Hol Braunes Wasser«, zischte ihre Mutter ihr zu. »Wecke deinen Vater nicht auf.«

Yaa hielt sich die Hände vor den Mund, und durch die Finger saugend, füllte sie ihre Lungen mit Luft, bis ihr Magen aufhörte, sich zu heben, dann huschte sie hinein. Braunes Wasser und ihr Vater waren beide wach.

»Mutter«, sprach Yaa Braunes Wasser höflich an, »deine Schwesterfrau braucht dich.«

Braunes Wasser hüllte sich in eine Decke und sagte: »Du warst töricht. Ich habe dir gesagt, du sollst drinnen bleiben.«

Zuerst dachte Yaa, Braunes Wasser spreche zu ihr, aber dann merkte sie, daß die Frau sich in der Behausung umsah, als spreche sie zu jemandem oben am Rauchloch.

»Denkst du, wir wußten nicht, daß du zu dem Händler gehst?« sagte Braunes Wasser.

Yaa blickte zum Dach der Behausung hinauf. Hatte Braunes Wasser den Geist von Daes gesehen, der irgendwo da oben schwebte?

»Was ist geschehen?« fragte Yaas Vater, die Stimme kratzig von Alter und Schlaf.

Yaa ging zu seinem Schlaflager, ein Platz, an dem sie eigentlich nicht sein durfte, aber jetzt war das etwas anderes. Niemand mußte ihr sagen, daß Daes seine Lieblingsfrau war und daß ihm von all seinen Kindern – die eingerechnet, die erwachsen waren und in anderen Behausungen lebten – Ghaden das liebste war, aber das machte Yaa nichts aus. Sie war der Liebling ihrer Mutter. Obwohl Ghadens Mutter Daes ihn fütterte und ihm Kleider nähte, mochte sie ihn nicht halten oder ihm vorsingen oder Geschichten erzählen. Es war gut, daß der Vater ihn am liebsten hatte.

Yaa kniete neben dem alten Mann nieder. Er stützte sich auf einen Ellenbogen und blickte zur Tür. »Was ist geschehen?« fragte er wieder. »Wo sind sie alle?«

»Sie sind draußen«, sagte Yaa, »aber ich bin hier bei dir. Ich verlasse dich nicht. Hab keine Angst.«

Sommergesicht blinzelte und sah sich in der Behausung um.

Wo Glücklicher Mund und Braunes Wasser geschlafen hatten, war das Schlaflager zerwühlt, doch die Schlaffelle von Daes waren nicht aufgerollt worden. »Daes, meine Frau«, flüsterte der alte Mann und hob die Stimme, um zu fragen: »Wo ist Daes, Tochter?«

»Draußen mit meiner Mutter«, antwortete Yaa und hielt den Atem an. Ihr Herz schlug so laut in ihrer Brust wie eine Trommel. »Möchtest du Wasser oder Essen?« fragte sie, ihr lautes Herzklopfen übertönend. »Ich kann dir etwas holen.«

»Ja«, sagte ihr Vater und legte sich entspannt in seine Schlaffelle zurück. »Wasser. Daes wird mir später Essen bringen.«

Yaa verließ ihren Vater und stellte sich auf die Zehenspitzen, um sich einen der Wasserbehälter aus Karibublasen zu greifen, die von den Pfosten der Behausung herabhingen. Sie hoffte, die Augen ihres Vaters seien so trübe, daß er ihre Hände nicht zittern sehen konnte. Sie trug das Wasser zu ihm und wartete, als er sich aufrichtete, um aus dem geschnitzten hölzernen Mundstück zu trinken. Als er fertig war, legte er sich zurück und schloß die Augen.

Yaa fragte sich, was sie als nächstes tun sollte. Es war merkwürdig, dachte sie, wie ihr Vater sie in mancherlei Weise an Ghaden erinnerte – nicht so sehr an Ghaden jetzt, sondern an Ghaden als Säugling, die Zuwendung, die er einforderte, und wie oft er schlief. Die Gedanken an Ghaden brachten ein Brennen in ihre Augen, und sie wandte sich ab. Ihr Vater brauchte sie nicht weinen zu sehen, aber wie konnte sie ihre Tränen zurückhalten? Ihr Bruder war verletzt, und Daes war tot.

Es war Blut geflossen, soviel Blut ... und Ghaden hatte so klein und weiß ausgesehen. Der Vetter-Fluß-Mann hatte ihn gehalten. Einige von den anderen Kindern sagten, der Vetter-Fluß-Mann sei verflucht. Vielleicht hatte er Daes getötet und Ghaden verletzt. Aber nein, vermutlich nicht. Warum würde er um Hilfe rufen, wenn er derjenige war, der ihnen das angetan hatte?

Sie preßte die Fingerspitzen auf ihre Augen und versuchte, die Tränen unter die Lider zurückzudrängen. Was würde Ghaden empfinden, wenn er erfuhr, daß seine Mutter tot war? Er könnte beschließen, selbst zu sterben.

Yaa erinnerte sich an die Zeit, als sie sich die besten Stücke Fleisch genommen hatte, bevor Ghaden mit seinen langsameren Kinderhänden zugreifen konnte. Sie erinnerte sich, wie sie ihn angeschrien hatte, wenn sie mit ihren Basen spielte. Sie war nicht immer die beste Schwester gewesen, aber sie wollte es sein. Von jetzt an wollte sie es sein ...

Braunes Wasser versuchte, Chakliux den Jungen fortzunehmen, doch er schloß seine Arme fester um ihn und drehte sich um. »Ich werde ihn zum Schamanen tragen«, sagte er.

Braunes Wasser stieß gegen das schwache Bein von Chakliux, setzte ihre Körpermasse ein, um ihn aus dem Gleichgewicht zu bringen.

»Wenn du mich umwirfst, könnte die Wunde des Jungen wieder zu bluten anfangen«, sagte er mit leiser Stimme, obwohl er die Frau wegen ihrer Dummheit am liebsten angebrüllt hätte.

»Zieh das Messer heraus«, zischte sie ihn an. »Zieh das Messer heraus.«

»Das Messer hält vielleicht das Blut drinnen. Ich werde ihn zum Schamanen bringen. Ist er ein Heiler? Oder gibt es jemand anderen?«

Die Frage schien Braunes Wasser zu beschwichtigen, und sie trat nachdenklich zurück. »Wolf-und-Rabe weiß Gebete«, sagte sie. »Ja, bringe den Jungen zu seiner Behausung, und ich hole die alte Ligige'. Sie ist eine Heilerin mit Medizin aus Pflanzen. Sie weiß vielleicht etwas, das Wolf-und-Rabe nicht weiß.«

»Gut«, sagte Chakliux und machte sich auf den Weg zur Behausung des Schamanen, mit langsamen Schritten auf dem vereisten Pfad. Er sah Braunes Wasser wieder neben Daes niederknien und dann mit groben Gesten etwas zu ihrer Schwesterfrau sagen. Glücklicher Mund ging in die Behausung. Chakliux nahm an, daß ihr die Aufgabe zugewiesen worden war, dem alten Mann von dem Todesfall zu berichten.

Daes war getötet worden. Der Gedanke brachte Furcht. In der kurzen Zeit, seit Chakliux im Dorf lebte, hatte er der Frau wenig Beachtung geschenkt, hatte nie gehört, daß sie Ursache für Unmut irgendwelcher Art gewesen wäre. Doch wie er stammte sie aus einem anderen Ort. Vielleicht gab es jemanden, der annahm, daß auch sie verflucht sei. Oder vielleicht ... Nein, er wollte sich nicht erlauben zu denken, daß jemand aus seinem eigenen Dorf Menschen so etwas antun würde. Nicht Daes. Nicht Ghaden.

Chakliux wandte den Blick kurz vom Pfad ab, um das Heft des Messers anzusehen, das aus der Schulter des Jungen ragte. Das Heft war grob aus einem Geweih geschnitzt und mit langen Strähnen dunkler Haare umwickelt. Er erkannte mit einemmal, daß das Messer denen glich, die er und mehrere andere Jäger tags zuvor eingetauscht hatten. Wenn es eins von den Messern des Händlers war, dann war die Klinge nicht lang – doch lang genug, um zu töten.

Der Junge stöhnte plötzlich und spannte seine verletzte Schulter an. Er schlug kurz die Augen auf, und Chakliux beugte sich über ihn, während er sich zugleich bemühte, seinen Schritt beizubehalten, ohne zu fallen.

»Sei still«, murmelte er dem Kind zu. »Sei still. Sei jetzt ruhig. Versuche zu schlafen.«

Der Junge tat einen langen Atemzug, und Blut sickerte aus der Wunde. Dann erhob er plötzlich die Stimme zu einem durchdringenden Geheul. Die Töne holten die Menschen aus ihren Behausungen, Frauen mit Rührstöcken in den Händen, Männer, noch in ihre Schlaffelle gehüllt.

Die meisten starrten nur, doch ein Mann rief: »Du, aus dem Vetter-Dorf. Was gibt es?«

»Der Junge ist verletzt. Ich bringe ihn zu Wolf-und-Rabe«, antwortete Chakliux.

»Wessen Kind?« rief eine Frau, doch Chakliux zog den Kopf ein, beugte sich über den Jungen und rannte humpelnd weiter.

Ghaden heulte immer noch, und Chakliux sprach mit fester Stimme: »Du bist ein Mann. Weine nicht. Sei still.«

Das Geheul des Jungen brach so plötzlich ab, daß Chakliux fürchtete, er sei gestorben. Er blickte hinunter. Der Geist des Jungen lugte noch aus seinen Augen, in Furcht, in Schmerz.

»Sei still. Es tut weniger weh, wenn du dich nicht bewegst«, sagte Chakliux, obwohl er wußte, daß sein humpelnder Lauf die Verletzung erschütterte. Der Junge öffnete den Mund, und sein Atem kam keuchend, aber er weinte nicht.

Dann war die alte Frau Ligige' an seiner Seite, bedeutete den Menschen wegzubleiben und fragte: »Lebt er noch?«

»Ja«, antwortete Chakliux. Dann wies er mit dem Kinn auf die Schulter: »Eine Messerwunde.«

»Zwei Behausungen weiter«, sagte Ligige', als hätte sie Chakliux' Gedanken gehört und verstanden, daß er wissen wollte, wie weit er den Jungen noch tragen mußte. »Erkennst du das Messer?« fragte sie.

»Es wurde bei dem Händler eingetauscht«, antwortete Chakliux. »Es könnte jedem gehören.«

»Du denkst, der Händler ...«, begann die Frau, doch dann waren sie an der Behausung von Wolf-und-Rabe. Ohne an der Türklappe zu kratzen, ohne sich zu räuspern oder höflich zu rufen, kroch Ligige' in den Eingangstunnel und bedeutete Chakliux, ihr zu folgen.

Wolf-und-Rabe war noch in seinem Schlaflager, seine Frau reichte ihm eine Holzschale mit Essen. Bärenfleisch, dachte Chakliux, der den kräftigen Geruch und die Sprenkel von geschmolzenem Fett in der Brühe erkannte. Bei all seiner Sorge um das Kind knurrte sein Magen und erinnerte ihn daran, daß er an diesem Morgen nicht gegessen hatte.

»Was tut ihr?« fragte Wolf-und-Rabe, die Stimme laut von Unmut.

»Sei ruhig und hilf uns, kleiner Vetter«, sagte Ligige', die den Schamanen nicht ehrerbietig, sondern von Kind zu Kind anredete. Chakliux wartete auf den Wutausbruch des Mannes, aber dann sah er seine Augen sanft werden. Sie waren also Vetter und Base, dachte Chakliux, Sohn und Tochter von Geschwistern, der Verwandtschaftsbezeichnung entsprechend, die Ligige' benutzt hatte.

»Das Kind ist verletzt. Eine Messerwunde«, sagte Ligige'. Sie bückte sich und flüsterte Wolf-und-Rabe etwas ins Ohr, ohne Zweifel etwas, das der Junge nicht hören sollte, vermutlich, daß seine Mutter tot war.

Die Frau von Wolf-und-Rabe häufte eilig ein paar Hasenfelle zu einem Lager, und Chakliux legte den Jungen bäuchlings auf die Decken. Die alte Frau kniete sich neben das Kind, doch Wolf-und-Rabe wandte sich Chakliux zu.

»Du hast gesehen, wie dies geschah?« fragte er.

»Dummkopf!« sagte Ligige'. Das grobe Wort erschreckte den Jungen, und wieder erhob er die Stimme zu einem Geheul, doch Ligige' achtete nicht darauf und sprach laut weiter: »Das meiste Blut um die Wunde herum ist alt, dunkel. Es geschah letzte Nacht. Der Junge hat viel Blut verloren, und er ist kalt. Rufe die Schmerzgeister fort, während ich das Messer herausziehe und ihn wärme.«

Chakliux erwartete, daß Wolf-und-Rabe ihr wütend antworten würde, aber er tat es nicht. Der Schamane ging in den hinteren Bereich der Behausung und öffnete mehrere Beutel aus Karibuhaut; jeder einzelne war mit der Haut eines Schutztieres verziert – Goldspechte und kleinere Wiesel. Einem Beutel entnahm er einige gefaltete Päckchen, die mit Pulver in unterschiedlichen Farben gefüllt waren. Er vermischte die Pulver mit Fett und bemalte damit sein Gesicht und seine Arme. Einem anderen Beutel entnahm er Klappern und Blätter, Federn und Muscheln. Chakliux befürchtete, daß einige Dinge zu heilig seien, als daß er sie sehen durfte. Um sich und Wolf-und-Rabe zu schützen, wandte er den Blick ab und beobachtete Ligige'.

Sie hatte das Kind in warme Felldecken gehüllt und vermischte jetzt zu Pulver zerstoßene Blätter und Wurzeln in einem *cilt'ogho* mit Wasser. Sie goß etwas von dem Wasser auf eine geschabte Backenhörnchenhaut, dann zog sie mit einer raschen Bewegung das Messer aus der Schulter des Jungen und drückte die zusammengelegte Haut auf die Wunde. Der Junge gab ein leises Wimmern von sich.

»Halte das«, herrschte Ligige' Chakliux an, und Chakliux kniete sich neben den Jungen, um die Backenhörnchenhaut an Ort und Stelle zu halten. »Fest drücken«, sagte sie.

Ligige' tauchte ihre Finger in die Schale und träufelte Flüssigkeit in den Mund des Jungen. »Das wird die Schmerzen lindern«, sagte sie zu ihm.

Sie goß etwas von der Flüssigkeit rings um die Wunde, und mit einer anderen weichgemachten Haut wischte sie das alte Blut fort. Schließlich bedeutete sie Chakliux, seine Hand wegzunehmen. Sie fuhrt fort, die Wunde zu säubern, dann faltete sie eine weitere Backenhörnchenhaut zusammen und band sie mit langen *babiche*-Streifen fest.

Wolf-und-Rabe beendete seine Vorbereitungen und stimmte einen Gesang an; im Takt des Liedes scharrte er mit den Füßen. Chakliux verstand einige von seinen Worten, doch andere wirkten verwischt, als gehörten sie nicht zur Sprache von Dem Volk. Bald glänzte die Stirn von Wolf-und-Rabe von Schweiß. Der Schamane war beinahe ein alter Mann, er hatte schon den geblähten Bauch und die dünnen Arme eines Menschen, der die meiste Zeit saß, doch seine Füße standen nicht still, und sein Gesang blieb laut, klar. Wenn seine Gebete jene Geister fernhalten konnten, die Schmerzen brachten, jene, die Wunden faulen ließen und mit Eiter füllten, dann würde das Kind vielleicht am Leben bleiben – falls seine Mutter es nicht rief, um ihr im Tod zu folgen.

Wenn das geschähe, würde ein Schamane nicht viel ausrichten können, dachte Chakliux. Welches Kind würde nicht mit seiner Mutter gehen, wenn es gebeten wurde?

»Wenn du bleiben willst, bist du willkommen«, flüsterte Ligige' Chakliux zu, »wenn du aber gehen willst ...«

Chakliux nickte zum Zeichen, daß er verstanden habe. »Mein Großvater wartet auf mich«, sagte er. »Ich sollte gehen.« Er wartete einen Augenblick, während die alte Frau mit ihren knotigen Händen die Haare des Jungen zurückstrich und noch eine Decke über ihn breitete.

Das Kind war ein Eisbündel in Chakliux' Armen gewesen. Es würde lange dauern, bis die Kälte es verließ. Vielleicht würde sie nie weichen, da es unter dem toten Körper seiner Mutter gelegen hatte. Wer vermochte zu sagen, was das einem Kind antat? Doch als er Ligige' bei der Arbeit beobachtete, fühlte Chakliux seine Hoffnung wachsen. Ihre Hände waren flink und sicher, als sie Breiumschläge und Tees bereitete.

Chakliux ging. Der Morgen draußen war strahlend. Er kehrte zurück zur Behausung von Braunes Wasser. Er wollte berichten, daß der Junge noch lebte, daß das Messer herausgezogen und die Blutung gestillt war. Viele Menschen standen am Eingang der Behausung, doch sie traten beiseite, als sie Chakliux sahen, wichen zurück, als trage er den Geist des Todes mit sich. Er blickte hinunter, sah das Blut, das seinen Parka von der Brustmitte bis zu dem Wolfsfell befleckte, das unmittelbar über seinen Knien endete. Dann war Braunes Wasser am Eingang und sprach mit fester Stimme zu Chakliux: »Mein Mann will mit dir reden.«

Chakliux bückte sich, um Braunes Wasser durch den Eingangstunnel zu folgen. Die Behausung war groß und sauber. Ein Kochbeutel aus Karibuhaut mit brodelnder Suppe hing nahe der Feuerstelle in der Mitte. Das Kind, das er zuvor gesehen hatte, als er den Jungen fand – ein Mädchen von sechs oder sieben Sommern –, war von der Körpermitte an in eine Decke aus geflochtenen Hasenfellen gehüllt; sie saß bei einem alten Mann und tätschelte ihm mit ihren kleinen Händen die fellbedeckten Schultern.

Sie war die Tochter des alten Mannes; sie hatte die gleichen starken Knochen unter halbmondförmigen Augen. Wie bei ihm erhob sich ein Haarwirbel mitten über der hohen Stirn zu einer Spitze.

Sie schluckte, und er sah das Grübchen in einem Mundwinkel: wie das Grübchen, das ihrer Mutter den Namen Glücklicher Mund gegeben hatte. Es war das Gesicht eines Menschen, der oft lachte und die guten Dinge der Erde sah, und Chakliux war froh, daß der alte Mann eine solche Tochter hatte.

»Der Junge lebt«, sagte Chakliux, obwohl die Frau nicht gefragt hatte und der alte Mann nicht zu begreifen schien, was geschehen war.

»Das Messer?« fragte Braunes Wasser, dann blickte sie zur Seite.

Chakliux folgte ihrem Blick und sah, daß die Tote dort lag. Reif und Blut waren von ihrem Gesicht gewaschen worden. Lange *babiche*-Streifen waren um die Handgelenke und Ellenbogen der Frau geknotet, und weitere Streifen lagen neben ihr.

»Das Messer war eines, das der Händler mitgebracht hat«, begann Chakliux.

»Ich habe ihr gesagt, sie soll nicht zu ihm gehen.« Braunes Wasser sah mit geweiteten Augen zu ihrem Mann hinüber, doch sein Blick wanderte, als habe er sie nicht gehört.

»Es gibt keine Möglichkeit zu wissen, ob der Händler ...«,

sagte Chakliux, doch Braunes Wasser machte eine Kopfbewegung zu dem alten Mann hin, und Chakliux endete: »Viele Männer haben gestern Dinge getauscht.« Er zog den Ärmel seines Parkas hoch, so daß die Frau das Messer sehen konnte, das in einer Scheide an seinem Unterarm steckte. Es glich dem, das jetzt in der Behausung von Wolf-und-Rabe lag. »Ich habe dieses getauscht.«

»Du hast sie gefunden, als du auf dem Weg warst zu …«

»Meinem Großvater. Ich füttere jeden Morgen seine Hunde.«

»Ja. Ich habe dich gesehen. Weißt du sonst nichts?«

»Sonst nichts«, sagte Chakliux, dann blickte er zu der Toten hinüber. Er wies mit dem Kopf auf die *babiche*-Streifen. »Tut, was ihr könnt, um ihren Geist hier zu halten.«

Braunes Wasser und Glücklicher Mund hoben zustimmend die Augenbrauen, dann kniete sich Glücklicher Mund neben die Tote, nahm einen *babiche*-Streifen und band ihn um ihr Schultergelenk. Waren erst alle Gelenke festgebunden, würde der Geist seine Macht verlieren. Dann würde das Kind vielleicht nicht gerufen, um seiner Mutter im Tod zu folgen.

Chakliux verließ die Behausung. Das *sael* mit Fisch lag dicht bei der Wand. Er hob es auf. Er fragte sich, ob der Lärm und die Trauerrufe Tsaani geweckt hatten.

Vermutlich nicht, dachte er. Es war noch früh, und alte Männer schliefen fest.

5

Cen schlief, als sie kamen.

Sie traten nicht durch die Tür seiner Behausung ein, sondern durch die Bespannung aus Karibuhaut, die sie mit Messern und Speerspitzen aufschlitzten. Bevor er sich aus seinen Schlafdecken befreien konnte, fielen die Männer über ihn her, hielten seine Arme fest, schlugen ihn, traten ihn. Dann kamen die Frauen, kratzten mit den Fingernägeln an seinen Augen, hinterließen lange Schrammen auf seinen Wangen und auf seiner bloßen Brust.

Er versuchte die Frauen abzuwehren, aber die Männer hielten ihn fest. Dann fragte er schreiend, warum sie ihn angriffen. Er sei ein geachteter Händler. Viele Jahre sei er in dieses Dorf gekommen. Habe er jemals einen Menschen betrogen? Habe er jemals die Gastfreundschaft ihres Volkes mißbraucht?

Seine letzte Frage schien ihren Zorn aufs neue anzufachen, und eine Frau schrie ihn an: »Was ist mit meiner Schwesterfrau? Was ist mit ihrem kleinen Sohn? Du tötest sie, und dann sagst du, du würdest Achtung erweisen?«

Er kannte die Frau, ihre laute Stimme, ihre schroffe Art. Es war Braunes Wasser. Ihre Worte durchbohrten sein Trommelfell wie Nadeln aus Vogelknochen. Was hatte sie von Töten gesagt? Meinte sie Daes? Ghaden?

»Wer ist tot?« rief er, doch seine Frage löste erneut Kreischen und Zorn aus. Mehrere Männer schlugen ihn – feste, schwere Hiebe in sein Gesicht und auf seinen Bauch, so daß er sich zusammenkrümmte, um seinen Körper zu schützen. Seine Gedanken schwirrten, als erlebte er einen Traum. Er hob einen Augenblick den Kopf, um auf sein Schlaflager zu schauen, und erwartete beinahe, sich dort liegen zu sehen, von Schmerzen träumend.

Chakliux hatte beobachtet, wie die Jäger vom Nahe-am-Fluß-Volk und eine Anzahl Frauen, angeführt von Braunes Wasser, das Dorf verließen. Er wußte, daß sie zum Lager des Händlers gingen. Mehrere Männer bedeuteten ihm, er solle sich ihnen anschließen, doch er schüttelte den Kopf. Dachten sie, weil Daes mit einem Händlermesser getötet wurde, der Händler habe es getan? Welcher Mann würde so töricht sein, ein so eindeutiges Zeichen zu hinterlassen?

Chakliux hatte den Händler beobachtet, hatte gesehen, wie geschickt er feilschte, wie gut er Menschen beurteilte. Wenn er jemanden ermordet hätte, würde er sein Messer nicht zurücklassen. Chakliux wollte nicht teilhaben an dem, was sie mit dem Mann zu tun gedachten.

»Du hast gehört, was geschehen ist?«

Chakliux drehte sich um, als er die Stimme seines Bruders erkannte.

»Ich habe sie gefunden«, antwortete Chakliux.

»Du?«

»Ja.«

»Sie war tot, als du sie gefunden hast?«

»Ja, und der Junge beinahe.«

»Glaubst du, er wird leben?«

»Ligige' hat die Blutung gestillt, und der Schamane betet. Vielleicht wird er leben, vielleicht nicht.«

»Sie denken, der Händler hat es getan?«

»Ein Messer des Händlers steckte noch in der Schulter des Jungen.«

Sok schnaubte. »Cen ist nicht dumm«, sagte er. »Wenn er jemanden erstochen hätte, würde er sein Messer nicht zurücklassen.«

»Denkst du, sie werden ihn töten?« fragte Chakliux.

Sok hob die Hände, die Finger gespreizt. »Wer kann das sagen?« erwiderte er. »Sie werden ihn ins Dorf bringen, bevor sie entscheiden, was zu tun ist.«

»Sollen wir auf sie warten?« fragte Chakliux. »Ein Mann darf nicht getötet werden für etwas, das er nicht getan hat. Wenn wir mit ihnen reden ...«

»Ich werde auf sie warten. Du solltest es nicht tun«, entgegnete Sok, dann fügte er hinzu: »Du weißt, was manche Leute über die Hunde sagen.«

Chakliux nickte. »Ja.« Wie viele waren gestorben, seit er in das Dorf gekommen war? Sieben, acht? Die Leute gaben ihm die Schuld. Die Hunde aus dem Nahe-am-Fluß-Dorf waren stark und gesund, bis er kam.

»Wenn sie dir die Schuld am Tod der Hunde geben, geben sie dir möglicherweise auch die Schuld an anderen Dingen«, sagte Sok. »Ich werde auf sie warten und versuchen, mit ihnen zu reden.«

Chakliux ging ein paar Schritte den Pfad entlang auf die Behausung ihres Großvaters zu, bevor sein Bruder ihn rief, um ihn aufzuhalten.

»Wohin gehst du?«

»Die Hunde unseres Großvaters füttern.«

»Du hast die Hunde noch nicht gefüttert?«

»Nein.«

Sok schnalzte mit der Zunge, als sei Chakliux ein Kind, das gescholten wurde. »Ich werde das machen«, sagte Sok. »Geh. Verlasse für heute das Dorf. Tu, was immer du tun möchtest, aber verlasse das Dorf.«

Chakliux sah den Unmut in den Augen seines Bruders. Das Füttern der Hunde war gewöhnlich die Aufgabe eines Jungen. Chakliux tat es, weil er gern mit Tsaani zusammen war. Wie sonst konnte er seine Dankbarkeit für die Geduld des Mannes bekunden, für seine Bereitschaft, Chakliux ohne Mitleid oder Angst vor seinem Anderssein anzunehmen?

Chakliux ging zurück zur Behausung von Rotes Blatt. Sein Bruder hatte recht. Er sollte das Dorf verlassen, fortbleiben bis zum Abend. Rotes Blatt würde nicht traurig sein, wenn sie ihn gehen sah, und sei es nur für einen Tag. Er war einer mehr, der ernährt werden, ein Mann mehr, für den sie nähen mußte. Sie war Sok eine gute Frau und Soks Söhnen eine gute Mutter, aber sie gab sich keine Mühe, ihre Abneigung gegen Chakliux zu verbergen.

Rotes Blatt war eine große Frau, so groß wie Chakliux, mit breiten Hüften und Schultern – eine Frau, die einem Mann kräftige, starke Söhne schenken konnte. Ihr Gesicht war so eckig wie ihr Körper, die Haut dunkel und glatt. Wenn Sok in die Behausung kam, ließ Rotes Blatt ihn nie aus den Augen. Ihre Hände, gewöhnlich tüchtig und kräftig, flatterten, wenn er sprach, und wenn sie den Schnee von seinem Parka wischte, verweilten ihre Finger auf dem Fell.

Jede Begrüßung Chakliux' war begleitet von einem mißmutigen Runzeln ihrer Lippen, einem Zusammenkneifen ihrer Augen, doch diesmal lächelte sie und gab ihm eine Schale mit Fleisch und Brühe, dann umrundete sie ihn, um Schnee von seinem Parka zu wischen.

»Du warst es, der sie fand«, sagte sie, als sie hinter seinem Rücken stand. »Denkst du, daß Geister sie getötet haben?«

Chakliux hob die Schale an die Lippen und trank. Er wischte sich mit der Hand den Mund ab und sagte: »Geister benutzen keine Messer.«

»Hast du niemanden gesehen? Jemanden, der sie getötet haben könnte?«

Chakliux hockte sich ans Feuer. Rotes Blatt kniete sich neben ihn und flüsterte: »Wandelnde Nacht sagt, Braunes Wasser könnte es selbst getan haben.«

»Ich habe niemanden gesehen«, erwiderte Chakliux. »Sie war schon eine lange Weile tot, als ich sie fand.«

Rotes Blatt kniff die Lippen zusammen.

Chakliux stellte die Schale auf die geschabten Karibuhäute, die den Boden bedeckten. »Ich werde heute jagen«, sagte er, doch er sah die Frau nicht an. Was hatte sie nur? Dies war keine Feier. Daes war tot. Ihr Kind war schwer verletzt, starb vielleicht. Am schlimmsten von allem, jemand hatte den Mord begangen.

In seinem eigenen Dorf hatte Chakliux die Geschichten seines Volkes gelernt, Geschichten, die es weiterzugeben galt, damit bestimmte Dinge nicht vergessen wurden. Einige dieser Geschichten handelten davon, daß Menschen andere getötet hatten, aber das war lange her, als Tiere und Menschen noch miteinander sprechen konnten. Dieser Mord war jetzt geschehen.

Chakliux nahm seine Waffen und seinen Jägerbeutel. Er zog die Kapuze seines Parkas eng um sein Gesicht und verließ die Behausung. Als er den Rand des Dorfes erreichte, hörte er plötzlich laute Stimmen, die Trauerrufe von Frauen. Ihre Gesänge waren wie Eis an seinen Zähnen. Das Kind ist gestorben, dachte er, und sein Zorn erhob sich gegen denjenigen, der so etwas getan hatte.

Er spähte zwischen die Behausungen. Eine Menschenmenge hatte sich auf der anderen Seite des Dorfes versammelt. Sie hatten den Händler gefangengenommen. Chakliux ging rasch zum Fluß. Sok hatte recht. Er durfte nicht dort sein. Wenn er am Abend wieder ins Dorf käme, wenn er zorniges Geflüster hörte, das gegen ihn gerichtet war, würde er zu seinem eigenen Volk zurückkehren. Welche Hoffnung hatte er, diesem Dorf Frieden zu bringen, wenn die Menschen glaubten, er würde eine Frau und ein Kind töten?

Sobald er ins Vetter-Fluß-Dorf zurückgekehrt wäre, wollte er sich aufmerksam umhören, und wenn er entdecken sollte, daß die Morde dort geplant worden waren, wollte er dafür sorgen, daß Leben für Leben gegeben wurde.

Als Glücklicher Mund kam, um Ligige' zu holen, erkundigte sie sich zuerst nach Ghaden.

»Nicht tot«, erwiderte Ligige'. Sie hatte die Wunde oft gesäubert, hatte gesungen, wenn sie den Breiumschlag entfernte, damit keine Geister durch das Messerloch in den Körper des Jungen drangen.

Ghaden wimmerte, und Ligige' hielt die Hände des Jungen hoch, um Glücklicher Mund zu zeigen, daß seine Fingerspitzen rosig waren, mit nur wenigen Flecken von Erfrierungen. Sie strich ihm die dunklen Haare aus der Stirn. Die Haut seines Gesichtes war ebenfalls gesund, und nur zwei schmale Linien getrockneten Blutes waren auf seinen Lippen zurückgeblieben, die von der Kälte aufgesprungen waren. Daes war eine gute Mutter gewesen. Noch im Tod hatte sie gekämpft, um ihren Sohn die lange Nacht hindurch warm zu halten.

»Seine Füße?« fragte Glücklicher Mund.

Ligige' schlug die Decken zurück. Auch Ghadens Füße sahen gut und rosig aus, ohne weiße Flecken oder geschwärzte Zehen.

»Sie sagen, du sollst jetzt kommen«, sagte Glücklicher Mund. Ihre Lippen bewegten sich auf merkwürdige Weise, als kämpfe sie gegen das Weinen an.

Ja, dachte Ligige'. Der Junge war die Tränen einer Frau wert. Nun, da Daes tot war, würde Glücklicher Mund Ghaden wohl als ihren eigenen Sohn aufziehen.

»Ich kann hierbleiben«, sagte Ligige'. »Ich habe in meiner Behausung niemanden zu ernähren. Mein Bruder hat jetzt seine eigene Frau.«

»Ligige' ...«, sagte Glücklicher Mund leise.

Ligige' sah der Frau ins Gesicht und merkte, daß der

Schmerz darin nicht Ghaden galt, sondern ihr. Das Herz von Ligige' zog sich so klein zusammen, als versuche es, sich in ihrer Brust zu verstecken. »Wer?« fragte sie.

»Dein Bruder«, sagte Glücklicher Mund. Wieder zuckten ihre Lippen, um die Tränen zurückzuhalten. »Er ist tot.«

Ligige' bückte sich, um die Decken um Ghaden zurechtzuziehen, dann hob sie den Kopf, tat einen langen Atemzug. »Er war ein alter Mann«, sagte sie, obwohl er in ihren Gedanken nie alt war.

Glücklicher Mund schüttelte den Kopf. »Tot durch dasselbe Messer«, flüsterte sie.

Zuerst verstand Ligige' die Worte nicht. Gewiß war ihr Bruder von einem der Geister gerufen worden, die alten Menschen den Tod bringen – einem, der das Herz stillstehen oder den Atem langsamer werden läßt, der die Sprache oder den Verstand raubt. Aber ein Messer? Dasselbe Messer, das Daes getötet hatte?

»Getötet ...« Ihre Stimme brach. »Warum?«

Glücklicher Mund antwortete nicht. Sie half Ligige' beim Aufstehen, führte sie aus der Behausung. Ligige' hörte kaum, wie Glücklicher Mund nach ihrer Tochter Yaa rief, verstand sie kaum, als sie Yaa anwies, bei Ghaden zu bleiben, sie oder Braunes Wasser zu holen, wenn der Junge aufwachte oder wenn er plötzlich heiß oder kalt wurde.

Ligige' hob den Blick in die Helligkeit des Morgens. Der Geist ihres Bruders war dort und beobachtete sie, dessen war sie sicher. Sie sah sein Gesicht, das sanft lächelte, sie neckte, mit ihr lachte, ihr Geschichten erzählte.

»Ich bin die Älteste«, flüsterte sie und blickte hoch, damit ihr Bruder es hörte.

Cen starrte in die Gesichter der Männer, die ihn festhielten. Eines seiner Augen war zugeschwollen, und in seinem Kopf schien es mit jedem Schlag seines Herzens zu trommeln. Er war sicher, daß sie ihm die Nase, mehrere Rippen und vielleicht das linke Handgelenk gebrochen hatten.

In seinen Jahren als Händler hatte er dem Tod oft ins Auge gesehen. Eines seiner *iqyan* war in der Brandung zerschellt. Einmal war er in einen Einsturztrichter gefallen, als er zwischen Dörfern über Land wanderte. Oft hatten ihn Winterstürme überrascht.

Es war ihm gelungen, beim Schiffbruch seines *iqyax* an Land zu treiben, wenn auch die Kälte der Wellen ihn beinahe umgebracht hätte. In dem Einsturzloch hatte er zu den Gräsern rings um ihn gesprochen, sie gebeten, ihm ihre Stärke zu leihen, und war durch Ziehen und Klammern herausgeklettert. Er hatte die Stürme in Schneehöhlen überlebt, die er mit eigenen Händen gegraben hatte. Aber das hier war etwas anderes. Bei Wind und Wasser hatte ein Händler Aussichten, wenn er sich ehrerbietig zeigte. Bei Menschen …

Sie schleppten ihn in die Mitte des Dorfes. Dort stellten sie ihn hin, nackt in dem kalten Wind bis auf seinen Lendenschurz. Die Jäger und die Frauen beschimpften ihn, warfen mit Steinen, schlugen ihn mit Stöcken.

Das Bild von Daes kam ihm in den Sinn. Sie stand in ihrem neuen Parka vor ihm, dem, den er ihr von den Walroßjägern mitgebracht hatte. Sie öffnete den Mund. Statt Worten floß Blut, und da wußte er, daß sie tot war. Die Erkenntnis war Eis in seinem Herzen, und plötzlich war es ihm einerlei, ob die Flußmenschen ihn töteten. Er und Daes würden zusammensein. Jenseits dieses Dorfes, jenseits dieser Menschen. Doch wenn Ghaden lebte, durfte Cen sich dann die Freude erlauben, bei Daes zu sein? Wer würde ihren Sohn beschützen? Wer würde dafür sorgen, daß er zu einem guten, starken Mann heranwuchs?

Cen nahm seine Kräfte zusammen, hielt sich so gerade, wie es ihm möglich war.

»Sagt mir«, rief er. »Sagt mir, ist mein Sohn noch am Leben?« Seiner Frage wurde mit Zorn begegnet, die Männer hoben die Fäuste und Speerschäfte gegen ihn, bis er sich zusammenkrümmen mußte, das Gesicht zwischen den Knien, die Hände im Nacken verschränkt.

Schließlich zog einer der Männer ihn auf die Füße. Er war groß, sein Kopf war breit und zernarbt, die linke Seite seines Gesichts runzlig, als sei er einmal von der Stirn bis zum Mund verbrannt. »Du fragst nach dem Jungen«, sagte er. »Warum?«

»Ich habe ihn nicht getötet«, antwortete Cen durch seine von abgebrochenen Zähnen zerschnittenen Lippen. »Warum sollte ich meinen eigenen Sohn töten? Würde einer von euch seinen Sohn töten? Warum denkt ihr dann, daß ich es tun würde? Sehe ich aus wie einer von den Nicht-Menschen, die am Rande der Fernen Berge leben?« Er hielt inne, um Atem zu holen, und der Schmerz war wie ein Speer, der seine Brust durchbohrte. Er spuckte Blut und hoffte, es sei nur von den Schnitten in seinem Mund. »Ich habe meinen Sohn nicht getötet«, wiederholte er.

Das Geschrei ließ nach, und die Männer umrundeten ihn. Cen fühlte ihre Blicke auf seinem Gesicht. Durch ihre Aufmerksamkeit ermutigt, sagte er: »Die meisten von euch wissen, daß die Seejägerfrau, als ich sie hierherbrachte, meinen Sohn in ihrem Leib trug. Aber wie kann ein Händler eine Frau haben? Ich konnte nicht für sie jagen, konnte einen Sohn nicht jagen lehren. So habe ich sie hierhergebracht, in dieses gute Dorf. Jedes Jahr bin ich zurückgekommen, um mit euch zu handeln und um meinen Sohn zu sehen. Ich hoffe, eines Tages wird er mit mir kommen und auch ein Händler sein.«

Ein großer dünner Mann gab zurück, der Händler werde gewiß nicht leben, um seinen Sohn erwachsen zu sehen.

»Dann lebt er also«, sagte Cen, und eine Frau, die er bisher unter den Männern nicht gesehen hatte, zischte den an, der gesprochen hatte.

»Er lebt«, wiederholte Cen.

»Ja«, sagte der narbige Mann schließlich. Ein junger Mann bahnte sich seinen Weg an Cens Seite. Cen hatte ihn schon früher gesehen. Ja. Er nannte sich Sok und hatte gestern mehrere Gegenstände eingetauscht.

»Der Junge lebt«, sagte Sok, »aber der Geist seiner Mutter ruft nach ihm, und auch der Geist meines Großvaters, der ebenfalls getötet wurde.«

Der Händler starrte den Mann an. Sagte er, es sei noch jemand gestorben? Drei Menschen waren überfallen worden?

»Tot durch ein Messer, das wir gestern in deinen Händen gesehen haben.«

»Du hast das Messer?« fragte Cen.

»Ja.«

»Viele von euch haben gestern Messer eingetauscht«, sagte Cen. »Denkt ihr, wenn ich einen Grund gehabt hätte, die Frau und meinen Sohn zu töten und einen alten Mann, den ich nicht kenne, wäre ich so dumm, mein eigenes Messer zu benutzen? Und es zurückzulassen?«

Es entstand ein Schweigen, das nur durch das Stöhnen einiger Frauen, das Gemurmel der Männer gebrochen wurde. Eine Welle von Schmerz überspülte Cen, aber er kämpfte dagegen an. »Bring das Messer hierher«, sagte er. »Laß es mich sehen. Vielleicht erinnere ich mich daran, wer es eingetauscht hat.« Er sah die Männer an, die ihn umringten. War da Furcht in einigen Gesichtern?«

»Bringt das Messer«, sagte der junge Jäger. »Ich muß Rache nehmen an dem, der meinen Großvater getötet hat.«

Chakliux ging am Fluß entlang, der noch zugefroren war. Das Eis war teils blankgefegt, teils mit Schnee bedeckt, den der Wind hart gemacht hatte. In ein oder zwei Monden würde das Eis schmelzen, und eine Flut aus Wasser, Eis und Erde würde von weit flußaufwärts zum Meer donnern. Schon jetzt konnte Chakliux Narben von früheren Aufbrüchen sehen, Stellen, wo ganze Bäume entwurzelt und große Teile des Ufers weggeschwemmt worden waren.

Hätte er dergleichen nicht schon früher beobachtet, wäre es schwer vorstellbar. Unter Eis und Schnee schien der Fluß so ruhig, als wäre er nie etwas anderes als ein weißer Pfad für Chakliux' Füße.

Chakliux vermißte sein eigenes Dorf, sein eigenes Volk. Er vermißte das Geschichtenerzählen, aber wenigstens hatte dieses Dorf einen Fluß. So lange er zurückdenken konnte, hatte er das Wasser geliebt. Als Kind hatte man ihm im Fischlager viele Male gesagt, er solle vom Fluß wegbleiben, trotzdem hatte er in den Untiefen gespielt und gepaddelt. Schließlich hatte er schwimmen gelernt, obwohl ihm im kalten Wasser die Knochen weh taten.

Er sei ein Otter, befand der Schamane schließlich. Wer konnte das leugnen? Wer konnte nicht seine Otterfüße sehen? War er nicht ein Säugling mit Tier-Gabe gewesen, auf irgendeine Art aus einem Klumpen Tierblut entstanden? Außerdem wußte jedermann, daß Menschen nicht schwammen.

Danach hatte seine Mutter K'os nicht mehr versucht, ihn vom Wasser fernzuhalten. Sein Können war nützlich, er baute die Fischfallen des Dorfes und besserte sie aus, er holte verlorengegangene Haken und Handschnüre zurück. Er hatte einen Platz in seinem Dorf und wurde wegen seines Andersseins geachtet.

Er war nicht Otter genug, um im Meer zu schwimmen, doch ein-, zweimal hatte er gesehen, daß Händler von Seejägern gebaute Boote benutzten. *Ikyan* wurden sie genannt, diese Boote, die geschmeidig waren wie ein Otter und mit Seelöwenhaut oder gespaltener Walroßhaut bespannt waren. Wie sehr unterschieden sie sich von den plumpen Flößen, die Das Volk benutzte, um im Sommer über den Fluß zu setzen.

Die Seejäger, hatte ihm ein Händler einst erzählt, betrachteten sich als Brüder des Seeotters. Einmal war einer ihrer Jäger ins Fischlager gekommen, um Waren zu tauschen. Er war kleiner und von dunklerer Hautfarbe als Das Volk, mit langen Armen und breiten, kräftigen Schultern. Chakliux hatte gesehen, wie er das *iqyax* schob und aus dem Fluß kam, und Wasser tropfte von seinem breiten lächelnden Mund. Er trug einen Parka aus Vogelhäuten, und deshalb sagten einige Frauen, er sei kein Mensch, sondern ein Seevogel. Sie stritten untereinander, welche ihn einladen sollte, das Lager mit ihr zu teilen, denn alle hofften, ein magisches Seevogelkind zu gebären.

Chakliux und die Männer waren mehr von dem Umhang angetan, den er über dem Vogelhaut-Parka trug. Er sei, sagte der Seejäger, aus Robbendärmen gefertigt, jeder Darm gespalten und flach gepreßt, dann so dünn geschabt, daß das Licht durchschien. Die Streifen waren so zusammengenäht, daß die Nähte kein Wasser durchließen. Als der Mann sein *iqyax* schob, schützte ihn der Parka aus Därmen, so daß das Wasser nicht durch seine Kleidung dringen und mit seiner Kälte sein Herz zum Stillstand bringen konnte.

Eines Tages, beschloß Chakliux, würde er sein eigenes *iqyax* haben. Er wollte kein Händler sein. Es war nicht angenehm, fremden Menschen zu begegnen, wenn man anders war, wenn man Fragen und Besorgnis in den Augen aller las, die einen ansahen. Er war zufrieden damit, Jäger zu sein. Wenn er lernte, von einem *iqyax* aus zu jagen, würden seine Angehörigen nicht allein von Fisch, Karibu und manchmal einem Bären leben müssen. Sie würden auch Fett und Öl von Meeressäugetieren haben – von Robben, Seelöwen und Walrossen, denn er würde mit seinem *iqyax* flußabwärts zum Nordmeer fahren und dort jagen.

Ja, er war Jäger. Er fand Freude daran, wenn ein Tier beschloß, sich hinzugeben, damit Das Volk leben konnte, doch es war schwierig, mit den anderen Jägern mitzuhalten, seinen Anteil zu tragen, auf schmalen Fährten durch Moor und Flußgestrüpp das Gleichgewicht zu halten. Seine Beine waren fürs Wasser gemacht, nicht fürs Land.

Einst hatten, wie die alten Geschichtenerzähler seines Dorfes berichteten, die Seejäger sogar Wale gejagt. Als *Dzuuggi* wurden ihm Geheimnisse anvertraut – Geschichten, die selten an Winterfeuern erzählt wurden, die aber in Erinnerung bleiben mußten, wenigstens bei einigen. Diese Geschichten besagten, es gebe eine Insel, beinahe am fernen Rande der Welt, wo die Männer noch Wale jagten. Der Seejäger erzählte ihnen, daß jene Waljäger vor langer Zeit ausgestorben seien, da ein erzürnter Berg sie aus einem Grund, an den sich niemand erinnern konnte, vernichtet hatte.

Seit der Begegnung mit dem Seejäger hatte Chakliux davon geträumt, ein eigenes *iqyax* einzutauschen, vielleicht sogar zu lernen, eines zu bauen. Als er nun auf den Fluß blickte, dachte er zum erstenmal daran, das alte Volk der Waljäger selbst aufzusuchen. Waren sie noch dort, auf jener fernen Insel? Würde es alle Sommer eines Lebens dauern, um den Rand der Welt zu finden?

Das Nahe-am-Fluß-Volk glaubte, er sei verflucht. Die Frau, die ihn zur Welt gebracht hatte, erzählte ihm, er sei zum Sterben ausgesetzt worden. Vielleicht hatten unterdessen sogar die Menschen in seinem eigenen Dorf die Geschichte vernommen und wollten ihn nicht mehr als *Dzuuggi* haben, den, der sich an ihre Vergangenheit erinnerte. Wenn das wahr wäre, warum dann bleiben? Er konnte keinen Frieden bringen, wenn er in keinem Dorf geachtet wurde.

Chakliux schützte seine Augen vor der Helligkeit der Mittagssonne. Der Schnee schmolz. Er hatte Tauschwaren – den Brautpreis aus Fellen und Häuten, den Wolf-und-Rabe zurückgewiesen hatte –, vielleicht genug, um ein *iqyax* dafür zu erhalten. Was würde ihn dann noch daran hindern, jene Waljäger zu suchen, die Brüder des Otters?

Der Schmerz war fast zu stark, um ihn nicht zu beachten, doch Cen bekämpfte ihn. »Ich sagte dir«, wiederholte er, »bring das Messer.«

Der große Mann verließ die Gruppe, und als er zurückkam, hatte er das Messer bei sich, das noch blutverkrustet war. Cen preßte die Lippen zu einem schmalen Strich zusammen und bemühte sich, seine Enttäuschung nicht zu zeigen. Es gab mehrere Messer, an die er sich gut erinnerte – sie unterschieden sich durch die Länge der Klinge, die Farbe des Heftes. Er wußte, was für sie eingetauscht worden war, doch dieses Messer stammte von einem Karibujäger, dem er letzten Sommer auf einer Fährte begegnet war. Seine Messer waren alle gleich, mit so kleinen Abweichungen, daß ein Mann eines kaum vom anderen unterscheiden konnte. Cen hatte fast zwei Handvoll dieser Karibumesser mit den Leuten dieses Dorfes getauscht.

Er bedeutete dem Mann, das Messer näher an seine Augen zu halten, und betrachtete es sorgfältig. Es mußte ein Kampf stattgefunden haben. Ein Teil der Haare, die um das Heft gewickelt waren, war gerissen. Die Haare hingen wie schwarze Fransen von dem geschnitzten Geweihgriff herab. Cens Gedanken verwirrten sich. Einen Augenblick konnte er sich an nichts erinnern, was ihm irgend jemand für seine Messer gegeben hatte. Felle? Ja, dessen war er sicher. Vermutlich auch Körbe aus Fischhaut.

»Ihr seht«, sagte Cen und deutete mit dem Kinn auf das Messer, »der Griff ist locker. Der Händler, der mir diese Messer gegeben hat, war vom Karibuvolk. Er klebt den Griff mit Fichtenharz an die Steinklinge.«

»Was haben wir damit zu tun?« fragte der jüngere Mann.

Nein, mit dem Klebstoff hatten sie nichts zu tun, doch die Worte würden die Leute beschwichtigen und zum Nachdenken bringen. Wenn die Menschen sich Zeit zum Nachdenken nahmen, waren sie weniger geneigt, im Zorn zu handeln. Cens

Worte schienen auch seine eigenen Gedanken zu beruhigen, und plötzlich fiel ihm ein, was er wissen mußte.

»Du hast ein solches Messer eingetauscht«, sagte er und blickte Sok ins Gesicht, sah Soks Augen sich vor Überraschung weiten. Cen wandte sich einem anderen Mann zu. »Und du«, sagte er. Er deutete auf weitere, neigte den Kopf sogar zu einem der Männer, die ihn festhielten. »Du auch«, sagte er.

»Ja«, sagte der Mann, der ihn festhielt, und ließ Cens Schulter los. Der Jäger schob seinen Ärmel hoch, um ein Messer in einer Scheide zu zeigen, die oberhalb seines Handgelenks festgeschnallt war. »Ich habe es noch.«

»Meins habe ich auch«, sagte ein anderer Mann, und noch einer. Sok, der noch vor dem Händler stand, hielt ein Messer in die Höhe. Weitere Messer wurden gezeigt, mehr Messer, als Cen mit diesen Männern getauscht hatte, viel mehr. An einem anderen Ort zu einer anderen Zeit hätte er gelacht.

Aber warum nicht ein Messer vorzeigen? Besser behaupten, eins zu haben, als des Mordes bezichtigt zu werden.

Der große Mann, der noch das Mordmesser hielt, sah auf die Jäger, ihre zum Himmel erhobenen Klingen. Da riß Cen, einen Arm frei und kurze Zeit von den Leuten aus den Augen gelassen, dem großen Mann die Waffe aus der Hand. Dieser brüllte auf, doch Cen richtete das Messer auf ihn, dann auf den anderen Mann, der ihn noch festhielt. Der, ein Dorfältester, ließ ihn los.

Aber sie waren zu viele, und es waren zu viele Waffen. Cen würde nie entkommen. Außerdem, wie weit konnte er rennen mit gebrochenen Rippen, die Augen fast zugeschwollen? Die Männer waren vorsichtig. Warum der erste sein, der auf den Händler losging? Warum derjenige sein, der seine Klinge zu spüren bekam? Wenn er einmal getötet hatte, würde er nicht zögern, abermals zu töten.

»Einer von euch hat dieses Messer eingetauscht«, sagte Cen.

Er hielt die Klinge weiterhin vorgestreckt, und er bewegte sich langsam im Kreis, als er sprach. Die Männer waren still, doch alle beobachteten ihn, warteten ab, die eigenen Messer in den Händen. »Einer von euch hat die Frau und den Großvater dieses Mannes getötet.« Cen deutete mit dem Kinn auf Sok. »Einer von euch hat versucht, meinen Sohn zu töten. Dafür werde ich dich töten, wer immer du bist. Wenn ich dich nicht finde, solange ich lebe, werde ich dich finden, wenn ich tot bin, wenn ich Geist bin und mich ungesehen bewegen kann.

Ich sage dies jedem von euch: Ich habe niemanden getötet. Ich habe meinen Sohn nicht verletzt.«

Cen stemmte seine Füße gegen die Erde. Was halfen Worte, wenn Schwindel ihn befiel?

Plötzlich kam ein Bild zu ihm, das er vor langer Zeit aus seinen Gedanken zu löschen versucht hatte – eine Trauerfeier, die er weit im Norden gesehen hatte, bei einem Volk, dem er nicht einmal einen Namen geben konnte. Eine Frau hatte ihren Mann verloren, ein Vater seinen Sohn. Sie hatten sich mit Messern geschnitten, um ihren Kummer zu zeigen. Das war an sich nicht so ungewöhnlich, doch die Frau hatte sich auch einen Finger, der Mann einen Streifen Fleisch von seiner Wade abgeschnitten.

Blut für Blut, dachte Cen und rief: »Ich erhebe meine Stimme in Trauer.« Er sah Sok an. »Ich trauere um den Mann, den du Großvater nanntest«, sagte Cen. »Ich trauere um die Frau, die unter euch Mutter und Frau war.«

Er wartete, niemand bewegte sich auf ihn zu, niemand sprach.

»Ich habe diese Menschen nicht getötet«, sagte er wieder. »Und ich habe meinen Sohn nicht verletzt. Ich erhebe meine Stimme zu Geistern, die meinen Sohn vielleicht in ihre Welt rufen werden. Ich biete Blut für Blut. Meins für seins.«

Cen straffte das Kinn. Sie wollten Blut. Er konnte es in ihren Augen sehen, sie waren wie Hunde, die keuchend nach den Lungen von frisch erlegtem Karibu lechzten. Hofften diese Männer, es würde ihren Schmerz lindern? Oder mußten sie ihre eigene Stärke beweisen? Glaubten sie, wenn sie die Macht zu töten beherrschten, könnte sie nicht gegen sie verwendet werden?

»Blut für Blut«, sagte Cen wieder. Er stieß die dünne Klinge aus Hornstein in sein Bein und löste ein langes Stück Haut. Der Schmerz war stärker, als er sich vorgestellt hatte. Dunkelheit umfing seine Augen. Er biß die Zähne zusammen und wartete, bis sein Geist klar wurde, dann hob er den Hautlappen an, schnitt ihn von seinem Bein und warf ihn auf die Erde. »Um meine Trauer zu zeigen«, sagte er.

Er beugte sich vor und nahm einen faustgroßen Stein vom Rand des nächsten Feuers. Sok rückte auf ihn zu, doch Cen hielt sein Messer hoch. »Ein Handel mit den Geistern«, erklärte er.

Er nahm den Stein in die linke Hand und drückte ihn an seine Brust. Er umklammerte das Messer und machte mit aller Kraft einen Schnitt durch seinen kleinen Finger, unmittelbar oberhalb des mittleren Gelenks. Die Klinge durchtrennte sein Fleisch, ein gellender Schrei, dann traf sie auf Knochen. Cens Qual war unerträglich, als das Messer eindrang und knirschte. Aber er lockerte den Druck auf die Klinge erst dann, als sie den Stein erreicht hatte.

Der abgetrennte Finger fiel auf die Erde, und Cen ließ den Stein los. »Ein Handel mit den Geistern«, sagte er wieder. Mit der triefenden Klinge wies er auf den Finger. »Für das Leben meines Sohnes.«

Sok fing ihn auf, als er zusammenbrach.

6

Das Dorf der Ersten Menschen

Lachs beugte sich vor und fuhr mit den Fingern über das Gesicht von Aqamdax. Er roch nach Fisch, aber seine Haut war warm, und Aqamdax spürte, wie ihr Bauch sich langsam spannte. Er glitt mit der Hand hinunter und umfaßte ihre linke Brust.

»Es ist lange her bei mir«, flüsterte er.

Aqamdax blickte zur Seite. Er war am hellichten Tag zu ihr gekommen, hatte sie beim Korbflechten gestört, und als er sah, daß sie allein im *ulax* war, hatte er begonnen, in süßen, listigen Worten zu ihr zu sprechen. Seine erste Frau war im fünften Monat schwanger mit ihrem dritten Kind. Seine andere Frau, die dieselbe Anzahl Sommer hatte wie Aqamdax, hatte ihm soeben eine Tochter geboren. Um seines Jagens willen sollte Lachs sich beherrschen und warten.

Doch warum sich um die Jagd von Lachs sorgen oder an seine Frau denken? Erst vor zwei Tagen hatte Aqamdax gedacht, sie werde bald Frau sein. Sie hatte den geflüsterten Versprechungen von Tagbrecher geglaubt, doch als sie heute morgen bei Er-singt und seinen vier Frauen saß, war Tagbrecher zu ihnen gekommen, hatte verkündet, er werde Lächelt-viel zur Frau nehmen, eine Frau, deren Mutter und Vater im Dorf lebten, eine Frau mit vier starken Brüdern. Später, als Tagbrecher und Er-singt den Vater von Lächelt-viel besuchten, hatte Aqamdax Grasaugen und Fischnehmerin flüstern hören. Sie kicherten hinter vorgehaltener Hand, sagten, daß Lächelt-viel bereits das Kind von Tagbrecher im Leib trüge, daß drei Mondblutungen ausgeblieben seien.

Da wußte Aqamdax, daß die Versprechungen von Tagbrecher Lügen waren, ausgesprochen, um sich Zugang zu ihrem Schlaflager zu verschaffen.

Warum also sollte sie zögern, sich mit Lachs zu vergnügen, sogar am hellichten Tag? Würde es das *ulax* von Er-singt mehr entweihen als das, was sein Sohn getan hatte?

Die Frauen im Dorf verachteten sie ohnehin, spuckten hinter ihr aus, wenn sie vorüberging. Aqamdax kümmerte das nicht. Sie neideten ihr nur ihre Schönheit. Sie sah das Begehren in den Augen der Männer, wenn es an Sommerabenden lange hell blieb.

Lachs warf seinen Lendenschurz beiseite und legte sich auf Aqamdax, stieß sie auf die gewebten Grasmatten, die den Boden des *ulax* bedeckten. Seine Finger nestelten an dem Band, mit dem ihre Grasschürzen befestigt waren, lange geflochtene Bahnen, eine von ihrer Körpermitte vorn herabhängend, eine zweite über ihrem Gesäß, die einzigen Kleidungsstücke, die die Frauen der Ersten Menschen im *ulax* trugen.

Die Finger von Lachs waren groß und ungeschickt, und es war ihm noch nicht gelungen, die Schürzen aufzubinden, als Aqamdax ein Kreischen vernahm und wußte, es war Grasaugen.

Aqamdax schalt sich für ihre Dummheit, Lachs nicht mit in ihren Schlafplatz genommen zu haben. Zwar hätte Grasaugen gewußt, was sie taten, doch wenigstens hätte sie nichts gesehen, und Aqamdax hätte die Behauptungen der Frau abstreiten können.

Lachs sprang auf die Füße, ergriff seinen Parka und wartete, bis Grasaugen von dem eingekerbten Stamm geklettert war, der vom Boden des *ulax* schräg an das viereckige Eingangsloch im Dach gelehnt war. Dann kletterte er den Stamm hinauf, war draußen und rannte, bevor die Schreie von Grasaugen zu Worten werden konnten.

Aqamdax wollte sie nicht ansehen. Statt dessen strich sie ihre Schürzen glatt und schob das schwarze Haar über den Ohren zurück. Dann kräuselte sie einen Mundwinkel und lächelte auf eine Weise, die Grasaugen haßte.

Grasaugen nahm den Korb auf, den Aqamdax geflochten hatte. Es war ein großer offener Korb, zum Sammeln geeignet. Sie warf ihn nach Aqamdax.

»Du bist nutzlos«, rief sie. »Alle Frauen in diesem Dorf schämen sich, wenn sie dich sehen. Du bist schlimmer als deine Mutter. Weißt du nicht, daß die Männer über dich lachen? Wie kannst du so dumm sein? Geh mir aus den Augen. Ich verfluche den Tag, an dem deine Mutter dich verlassen hat!«

Aqamdax hob den Korb auf. »Sieh dir diesen Korb an«, sagte sie mit ruhiger Stimme zu Grasaugen. »Er ist besser als alles, was du machen kannst, und doch sagst du, daß ich nutzlos bin. Niemand in diesem Dorf flicht so gut wie ich. Ich flechte, bis meine Augen brennen und meine Finger bluten. Du tauschst meine Körbe ein und behältst die Tauschwaren, dann sagst du mir, ich bin nutzlos. Hast du vergessen, daß Fischnehmerin so faul ist, daß sie die Ränder der Häute nicht schabt, sondern sie rauh und steif läßt? Was ist mit Geflecktes Blatt? Ihre Finger sind so langsam, daß sie ein Jahr brauchen würde, um einen *sax* anzufertigen, selbst wenn sie Kormoranhäute verwenden würde. Und ich brauche dir nicht zu sagen, daß Dreh-herum nur ein Kind ist. Was kann sie tun, außer euren Mann in seinem Lager zu erfreuen? Vielleicht bist du diejenige, die nutzlos ist. Warum würde Er-singt sonst drei weitere Frauen brauchen? Du weißt ihn offensichtlich nicht zu erfreuen.« Aqamdax lächelte. »Ich werde es dich gerne lehren.«

Grasaugen bog die Finger zu Klauen und wollte angreifen. Aqamdax nahm ihren *sax* aus Vogelhäuten, den sie auf den

Boden gelegt hatte, und flüchtete den Kletterstamm hinauf. Sie rutschte an der Seite des *ulax* hinunter, ohne darauf zu achten, daß Eis und gefrorenes Gras ihre bloßen Beine verletzten, dann rannte sie zum Ufer.

Der Boden war kalt unter ihren nackten Füßen. Es war dumm von ihr, daß sie ihre Stiefel aus Robbenflossen nicht mitgenommen hatte. Es war unangenehm, wie sie sich anfühlten. Sie waren hart an ihren Knochen, zwängten ihre Füße ein, so daß sie schmal und zierlich wirkten, so wie Geflecktes Blatt, die dritte Frau des Häuptlings, es liebte – aber es war besser, als barfuß im Schnee zu gehen. Aqamdax zog ihren *sax* an. Er war lang, nach der herkömmlichen Art der Ersten Menschen gefertigt, und hing lose bis weit über ihre Knie. Sie kauerte sich neben einen mit Ufergras bedeckten Hügel, mit dem Rücken zum Wind, und stopfte den *sax* um ihre Beine und unter ihre Füße.

Sie lebte ungern im *ulax* des Häuptlings, aber welche Wahl hatte sie? Da sie keinen Vater oder Großvater mehr hatte und ihre Mutter nicht im Dorf lebte, mußte sie dort wohnen, wo es die Ältesten bestimmten.

Aqamdax versuchte an den Abend zurückzudenken, als ihre Mutter Abschied genommen hatte, doch mit jedem Jahr, das verging, trübte sich die Erinnerung stärker, und jetzt schien sie beinahe ein Traum.

Daes war in den Schlafplatz gekommen, den sie und Aqamdax sich teilten. Sie flüsterte ihr zu, wie sehr sie sie liebe, dann sagte sie, daß sie das Dorf verlassen werde, daß sie zum Flußvolk gehe. Aqamdax hatte weinend gebeten, mitkommen zu dürfen, doch ihre Mutter sagte, der Händler wolle sie nicht beide mitnehmen. Sie versprach zurückzukehren, Geschenke mitzubringen. Da war Aqamdax im Schlafplatz geblieben, und erst später war ihr klargeworden, daß sie nicht wußte, welchen Händler ihre Mutter meinte oder in welches Flußdorf sie ziehen wollten.

Im ersten Jahr war Aqamdax jeden Tag ans Ufer gegangen, sogar im Winter, hatte gewartet und Ausschau gehalten. Sie fragte jeden Händler, der ins Dorf kam, ob er etwas von ihrer Mutter gehört habe. Keiner wußte etwas.

Sie hatte den Klatsch der Dorffrauen gehört. Sie sagten, ihre Mutter sei weggerannt, um bei dem Händler zu sein, doch Aqamdax kannte den wahren Grund für die Trennung.

Vor einem Mond war der Vater von Aqamdax bei der Jagd ertrunken. Nach seinem Tod schlug Zorn Wurzeln in Aqamdax' Brust, und sie griff die Dorfbewohner an, sogar ihre Mutter, bis Daes mit dem ersten Mann, der sich von ihr angetan zeigte, fortgegangen war.

Aqamdax' Kehle schnürte sich zusammen, aber sie gestattete sich keine Tränen. Tränen würden ihren Vater nicht wieder zum Leben erwecken oder ihre Mutter vom Flußvolk zurückbringen. Tränen würden ihr nicht einmal helfen, einen weiteren Tag mit den Frauen des obersten Jägers zu ertragen.

Sie haßten sie, diese vier Frauen. Jede war so überzeugt, die allerwichtigste Frau im Dorf zu sein: Grasaugen, weil sie erste Frau des Häuptlings war; Fischnehmerin, weil sie die meisten Kinder geboren hatte; Geflecktes Blatt wegen ihrer Schönheit und Dreh-herum, weil sie die Lieblingsfrau des Häuptlings war.

In den ersten beiden Jahren im *ulax* von Er-singt hatte Aqamdax gehofft, er würde sie als Tochter annehmen. Dann wäre ihr ein Mann sicher gewesen. Wer würde zögern, die Tochter des obersten Jägers zur Frau zu erbitten? Wann immer aber ein Mißgeschick geschah, wurde ihr die Schuld gegeben. Die Schwesterfrauen sahen sie mit hochgezogenen Augenbrauen an und schnalzten mit der Zunge, flüsterten hinter vorgehaltener Hand und beobachteten sie mißtrauisch.

Als Aqamdax schließlich einsah, daß sie sie niemals zufriedenstellen würde, verbrachte sie die Nächte damit, sich auszudenken, wie sie sie erzürnen könnte. Warum sich nicht die

Freude machen, Streiche zu spielen, wenn ihr sowieso die Schuld an jedem Unheil gegeben wurde?

Wie war die Halskette von Geflecktes Blatt auf den Boden des Nähkorbs von Fischnehmerin geraten? Warum hatte Dreh-herum die Beeren gegessen, die Grasaugen für ihren Mann aufbewahrte? Und der schöne Parka, den Grasaugen gemacht hatte – wie kam es, daß er auseinanderfiel, als der Häuptling ihn tragen wollte?

Jahr für Jahr hoffte Aqamdax, daß ein Jäger sie als Frau erbitten werde – vielleicht einer von den alten Männern, vielleicht ein ganz junger –, dann könnte sie das *ulax* des obersten Jägers verlassen. Alle Mädchen, mit denen sie aufgewachsen war, die Gespielinnen ihrer Kindheit, waren Frauen. Die meisten hatten Kinder, aber kein Mann wollte Aqamdax als Frau.

Dann hatte Tagbrecher begonnen, des Nachts in ihren Schlafplatz zu schleichen …

Aqamdax hob den Blick, um über die Bucht hinauszusehen. Schichten aus gezackten Eisklumpen lagen am Ufer, und ein Wind blies von Westen, zauste die Federn von Aqamdax' *sax*. Sie hob die Schultern, damit der hohe Kragenrand ihre Ohren bedeckte. Sie brauchte einen Parka, einen Parka aus Otterfell mit einer Kapuze, wie sie die Walroßjäger trugen, aber woher würde sie die Felle bekommen, um sich einen solchen zu machen?

Sie könnte die Männer bitten, die das Lager mit ihr teilten, aber sie würden vielleicht zornig werden und nicht mehr zu ihr kommen. Wie könnte sie dann die Einsamkeit ertragen? Ihre einzige Hoffnung war, schwanger zu werden, zu behaupten, das Kind sei von dem Jäger, der am ehesten in der Lage war, sie zur Frau zu nehmen. Doch obwohl sie viele Männer erfreut hatte, war nie eine Mondblutung ausgeblieben.

Sie legte eine Hand auf ihren Bauch. Die alte Qung erzählte manchmal Geschichten von Frauen, denen, zur Strafe für ein verletztes Tabu, Kinder versagt blieben. Vielleicht sollte

Aqamdax die Frauen des Häuptlings mit mehr Achtung behandeln.

Sie seufzte. Es würde nicht leicht sein; jede von ihnen war so anders gesinnt, doch wenn sie mit einem Geschenk anfinge, würden sie vielleicht glauben, sie habe die Absicht, sich zu ändern. Sie blickte am Ufer entlang. Es bestand wenig Aussicht, etwas zu finden, solange die Bucht noch zugefroren war. Sogar die Dorfjäger waren zu Hause bei ihren Frauen.

Natürlich gab es immer Treibholz, sofern sie hart genug arbeitete und herankam. Ein großer Holzklotz, so lang wie ihr Arm, so dick wie der Schenkel eines Jägers, war seit dem zweiten Winterunwetter im Ufereis eingefroren. Nach dem Unwetter hatten mehrere Frauen sich angestrengt, ihn zu lokkern, aber am Ende hatten sie aufgegeben. Aqamdax könnte ihn Grasaugen mitbringen. Vielleicht würde die Frau ihn als Friedensangebot annehmen und vergessen, daß sie Lachs und Aqamdax zusammen gesehen hatte.

Aqamdax ging zurück in das *ulax*, um ihre Stiefel aus Robbenflossen zu holen. Die beiden kleinen Töchter von Grasaugen saßen neben ihrer Mutter, beide jammerten, da sie versuchte, ihnen das Flechten von Körben beizubringen.

»Ich werde bald zurück sein, um dir zu helfen«, sagte Aqamdax.

Die Frau sah sie an, erwiderte aber nichts.

Aqamdax zog ihre Stiefel an und ging wieder hinaus. Sie kletterte über das Ufereis, bis sie zu dem Treibholz kam. Mehr als die Hälfte des Holzstücks war im Eis eingefroren, doch Aqamdax dachte, es könnte ihr gelingen, es herauszubekommen. Sie ging am Ufer entlang zu einer Ansammlung von faustgroßen runden Steinen, die Wasser und Wind im Laufe der Jahre glattgeschliffen hatten. Sie trat mit dem Fuß, bis ein Stein sich löste, den sie zum Treibholz trug. Sie hob den Stein mit beiden Händen in die Höhe und ließ ihn auf das Eis krachen, das das Holz umschloß.

Wieder und wieder warf sie den Stein auf das Eis, bis ihre Hände schmerzten und ihre Finger bluteten. Schließlich gelang es ihr, als sie ihr ganzes Gewicht dagegen stemmte, das Treibholz zu bewegen, nur einen Spaltbreit, aber immerhin, es bewegte sich. Sie steckte die Hände in ihre Ärmel, um ihre Finger zu wärmen. Sie waren taub, und als das Gefühl zurückkehrte, schmerzten sie so sehr, daß es ihr die Tränen in die Augen trieb. Sie wischte sich das Gesicht am Ärmel ab und lockerte das Holz weiter, bis es sich herausziehen ließ.

Sie hob es auf, stemmte es auf eine Schulter und bahnte sich den Weg über das Ufereis zurück, vorbei an den gefrorenen Grasbüscheln, die die Hochwassermarke kennzeichneten, und hinauf zum Dorf.

Es waren dreimal zehn *ulas* im Dorf, jedes warm und widerstandsfähig genug, um dem Angriff grimmiger Winde, die vom Meer her bliesen, standzuhalten. Die meisten beherbergten große Familien: Jäger und Frauen, Kinder, manchmal Großeltern, Tanten, Onkel. Die *ulas* waren in die Erde gegraben und mit Sparren aus Treibholz oder Walkieferknochen gedeckt, die mit Grasmatten, Stroh und Grasnarben überzogen waren.

Drinnen brannten Tag und Nacht ein oder zwei Lampen – Flußsteine, an der Oberseite ausgehöhlt, um Robbenöl aufzunehmen, oder kleinere Steinlampen, jede mit Moosdochten. Ihre Hitze genügte, um das *ulax* zu erwärmen, sogar im Winter.

Das *ulax* des obersten Jägers war größer als die meisten anderen. Es hatte sieben Schlafplätze; jeder, ausreichend für zwei oder drei Personen, war mit Seeotterfellen und Fuchspelzen gepolstert und vom Hauptraum durch einen Vorhang aus geflochtenem Gras abgeteilt. Vorratsnischen für Robbenhäute mit Öl und Seelöwenmägen mit getrocknetem Robbenfleisch, getrockneten Fischen, Wellhorn- und Käferschnecken waren in die Wände gegraben. Karibumägen und -blasen, versehen mit geschnitzten Elfenbeinstöpseln, prall gefüllt mit Wasser, hingen von den Dachsparren des *ulax*.

Das Dorf war ein guter Ort zum Leben. Die Jäger hatten fast immer Erfolg; die Kinder waren wohlgenährt und gesund. Sogar im Winter gab es genug zu essen. Die Jäger, die nicht durch plötzlich hereinbrechende Unwetter oder von erzürnten Meerestieren getötet wurden, und die Frauen, die die Geburt ihrer Kinder überlebten, konnten vielen Jahren als Älteste entgegensehen, geachtet, umsorgt, ernährt.

Oft kamen Händler ans Ufer. Die Jäger der Ersten Menschen hatten stets Fleisch und Öl. Wer fertigte bessere Körbe, schönere Parkas aus Vogelhäuten als die Frauen in diesem Dorf der Ersten Menschen?

Der Wind trieb Aqamdax beim Gehen vor sich her. Sie senkte den Kopf, drehte eine Schulter gegen den Wind, so daß sie die alte Frau nicht sah, bis sie fast mit ihr zusammenstieß. Plötzlich hatte sie die dunklen Kormoranfedern vom *sax* der Frau vor sich, und Aqamdax blieb so plötzlich stehen, daß ihr das Treibholz von der Schulter rutschte und gegen ihre Knöchel schlug, bevor es auf der Erde landete.

Zornige Worte lagen Aqamdax auf der Zunge, doch sie hielt sich zurück. Die alte Frau war Qung, die von allen geachtete Geschichtenerzählerin des Dorfes.

Unter denen, die ihre Stimme gegen Aqamdax erhoben, waren die ältesten Frauen oft die schlimmsten, doch in den Jahren, seit sie begonnen hatte, Männer in ihrem Schlaflager willkommen zu heißen, hatte Aqamdax Qung niemals ein Wort gegen sich äußern hören.

Als sie daran dachte, wurde sie plötzlich von einer Welle der Dankbarkeit überschwemmt. Aqamdax bückte sich und beugte sich vor, um der alten Frau in die Augen zu sehen, denn diese war wahrhaftig mit dem Leiden der Steifheit geschlagen und so gekrümmt, daß der Buckel auf ihrem Rücken und ihr Kopf auf einer Höhe waren.

»Ich bitte um Verzeihung, Tante«, sagte Aqamdax, die höfliche Anrede für die alte Frau benutzend.

»Ah, meine Augen sind nicht so gut, Kind«, antwortete Qung. Sie drehte den Kopf zur Seite und aufwärts und sah Aqamdax blinzelnd ins Gesicht. »Aqamdax, nicht wahr?« fragte sie. »Die Tochter von Daes?«

»Ja, Tante.«

Qung tätschelte Aqamdax' Hand. »Armes Kind.«

Ihre Worte erstaunten Aqamdax. Es war Qung, alt und gebeugt, mit langsamen Schritten gehend, die bedauert werden sollte.

»Du hast etwas fallen lassen«, sagte Qung.

»Treibholz«, erwiderte Aqamdax. Dann sagte sie, in dem Wunsch, Qung zu zeigen, daß sie Dinge mühelos herschenken konnte und nicht bemitleidet werden wollte: »Ich brauche es nicht. Möchtest du es haben?«

Sie wartete, während sich die alte Frau noch näher zur Erde hinabbeugte und die knotige Hand ausstreckte, um über das Holz zu streichen. Das Nordmeer hatte ihm die Borke genommen, so daß es sich glatt anfühlte, aber rauh aussah. Es war dicht gemasert, gefroren, aber nicht vom Wasser verfault.

In der Nähe des Dorfes der Ersten Menschen wuchsen Bäume, vorwiegend verkrüppelte Weiden und vom Wind verformte Schwarzfichten, aber wenn die Geschichtenerzähler recht hatten, kamen die Ersten Menschen von Inseln ohne Bäume, wo alles Holz, das sie für *iqyan* oder als Dachsparren für *ulas* brauchten, am Ufer aufgelesen werden mußte, ein Geschenk des Meeres. Aber es war immer noch leichter, Holz vom Ufer zu holen, als sich landeinwärts zu begeben und die lebenden Bäume zu fällen.

»Du meinst, Er-singt braucht es nicht?« fragte Qung. Sie lächelte Aqamdax an, und Aqamdax sah, daß ihre Zähne fast bis zum Zahnfleisch abgenutzt waren. Sie war alt, diese Frau. Kein Wunder, daß sie so viele Geschichten kannte.

Aqamdax hob das Holz auf und trug es zu Qungs *ulax*. Es war das kleinste *ulax* im Dorf, ein neues, das Qungs Töchter für die alte Frau gemacht hatten, damit die Dorfleute, wenn Qung Geschichten erzählte, dorthin gehen konnten, lange Tage, lange Abende sitzend und lauschend, ohne das Leben von Qungs Kindern zu stören. Sie wohnte allein dort, doch kamen ihre Töchter oft zu Besuch.

Aqamdax ging selbst manchmal in das *ulax*, um zuzuhören. Sie dachte, es wäre wunderbar, ein eigenes *ulax* zu haben, einen Platz, wo keine Frauen sie schelten konnten, aber sie hatte keinen Mann und keine Schwestern, die ihr helfen würden, eins zu bauen, und wie könnte es eine Frau allein schaffen? Sie wäre vielleicht imstande, die Vertiefung dafür in den Hügel oberhalb des Ufers zu graben, Steine zu sammeln, um die Wände zu verstärken, aber sie war nicht kräftig genug, um die Dachsparren aufzurichten.

Selbst wenn sie es wäre, würden die Dorfältesten ihr, einer jungen Frau, nicht erlauben, ihr eigenes *ulax* zu haben.

Aqamdax trug das Holz auf das Dach, dann ging sie wieder hinunter, um Qung hinaufzuhelfen. Qung forderte sie auf hereinzukommen, versprach ihr Essen und eine Geschichte.

Aqamdax ging freudig mit. Wie konnte Grasaugen zürnen, wenn Aqamdax ihr erzählte, daß sie den Tag bei Qung verbracht, daß sie der alten Frau Treibholz zum Geschenk gemacht hatte?

Das *ulax* war warm. Die Moosdochte der Lampen ließen dünne Fahnen weißen Rauchs aufsteigen, und die Wände waren glatt und trocken, wohlbedeckt mit gewebten Matten. Ja, das wäre ein guter Platz zum Leben.

Qung holte Essen und Wasser hervor, dann nahm sie ein Stück getrockneten Fisch, hockte sich neben Aqamdax nieder und erzählte Geschichten. Sie begann mit jenen vom uralten Großvater Shuganan, dann erzählte sie von einer Frau und deren Bruder, die Seeotter wurden.

Es waren gute Geschichten. Aqamdax verlor sich darin, wünschte, sie besäße die Kraft dieser alten Menschen – des Mannes, dem eine Hand fehlte, der Frau, die ihre Söhne vor dem Schwindler Rabe gerettet hatte.

Aqamdax blieb so lange, wie sie sich traute: bis das Licht blasser wurde und es dunkelte. Dann schlich sie durch das Dorf zum *ulax* des obersten Jägers, zu seinen kreischenden Frauen und den lärmenden Kindern.

Sie kehrte zurück zu zornigen Worten, zu Anschuldigungen von Grasaugen und ihren kleinen Töchtern, dem mürrischen Schweigen der Schwesterfrauen.

»Du hast den ganzen Tag weitab von der Arbeit verbracht, die getan werden muß«, sagte Grasaugen. »Du läßt die Robbenhäute liegen, die weich gemacht, die Körbe, die geflochten, die Speisen, die bereitet werden müssen. Aber du bringst uns nichts vom Ufer mit.«

Gewöhnlich hätte Aqamdax zurückgeschrien und Grasaugen daran erinnert, wer die meiste Arbeit im *ulax* tat, hätte sie gefragt, was irgend jemand im Winter vom Ufer mitgebracht habe. Doch diesmal lächelte sie nur.

In dieser Nacht gönnte sich Aqamdax keinen Schlaf. Statt dessen wartete sie, bis alle den Hauptraum des *ulax* verlassen hatten, sogar Fischnehmerin, die oft des Nachts wach blieb und wartete, um einen Jäger abzufangen, der Aqamdax womöglich besuchen wollte. Als alle schliefen, schob Aqamdax einen Zipfel ihres Vorhangs zur Seite, erhob die Stimme zu einem hellen, singenden Klagen und wartete, daß die Frauen von ihren Schlafplätzen kamen.

Fischnehmerin war die erste, dann folgte Geflecktes Blatt. Als Grasaugen erschien, kam auch Aqamdax aus ihrem Lager, die Arme zu den Dachsparren erhoben, die Augen geschlossen. Sie erzählte die Geschichte von Shuganan mit leiser, singender Stimme.

Die Frauen begannen zu streiten, jede von ihnen schlug vor, eine andere möge Aqamdax wecken, doch die achtete nicht auf sie, setzte ihre Geschichte fort und fand Gefallen an der Verwirrung der Frauen. Sie brach plötzlich mitten in einem Wort ab, öffnete die Augen und sah sich im *ulax* um, als wäre sie überrascht.

Die Frauen drängten sich zusammen, hielten sich aneinander fest; die Lampe, die sie für die Nacht brennen ließen, warf ihre Schatten an die Wand, lang und dunkel. Aqamdax sah zum Schlafplatz von Dreh-herum. Sie und Er-singt hatten den Vorhang beiseite geschoben. Beide spähten zu ihr hinaus.

»Oh«, rief Aqamdax aus. »Ich bin hier. Wo ist Qung?«

»Qung?« fragte der oberste Jäger. »Woher sollen wir das wissen?«

»Ich dachte, sie wäre hier bei mir, um mich zu unterweisen. Ich dachte, ich wäre eine Geschichtenerzählerin.«

Dreh-herum fing an zu lachen, doch Grasaugen richtete sich gerade auf und nickte, dann kehrte sie zu ihrem Schlafplatz zurück. Geflecktes Blatt und Fischnehmerin taten das gleiche.

Später in der Nacht hatten Grasaugen, Fischnehmerin und Geflecktes Blatt alle denselben Traum. Als Dreh-herum am Morgen eine Weile nachdachte, erinnerte sie sich, daß auch sie geträumt hatte.

Vier Schwesterfrauen war in derselben Nacht derselbe Traum beschieden. Wer konnte leugnen, daß das etwas Heiliges war? Aqamdax solle unbedingt zu Qung gehen. Sie müsse im *ulax* von Qung leben und die uralten Geschichten der Ersten Menschen lernen.

Sie schickten ihren Mann hinaus in den Tag mit stürmischen Winden und Schnee, damit er mit Qung redete.

7

Das Nahe-am-Fluß-Dorf

Der Schein des abendlichen Feuers fiel goldglänzend durch die Wände der Behausung, und der Himmel war von jenem dunklen Blau, das er bei Sonnenuntergang annimmt. Chakliux hatte in seinen Fallen zwei Hasen gefangen. Er trug sie in die Behausung von Rotes Blatt und legte sie innen bei der Tür ab. Rotes Blatt würde sie häuten und Fleisch und Knochen dem siedenden Eintopf im Kochbeutel beifügen.

Die Behausung war leer. Es war nicht ungewöhnlich, daß sich Sok woanders aufhielt, doch Rotes Blatt und ihre Söhne Trägt-viel und Schreit-laut hätten hiersein sollen.

Chakliux zog Parka, Stiefel und Gamaschen aus. Er schüttelte den Schnee vom Fell, bevor dieser in der Wärme der Behausung schmolz, dann schlüpfte er in ein weiches Hemd aus Karibuhaut. Die meisten Männer im Nahe-am-Fluß-Dorf trugen in ihren Behausungen solche Hemden. Nicht so die Jäger von Chakliux' Dorf, die an den kältesten Tagen ihre Innenparkas bevorzugten und sonst nur ihren Lendenschurz trugen. Chakliux fühlte sich noch nicht wohl in dem Hemd, doch Rotes Blatt war so freundlich gewesen, es für ihn anzufertigen, und so trug er es.

Ein dünner Ruf, ein Trauerruf, drang durch die Wände. Der Junge, dachte Chakliux und seufzte. Er fühlte noch das Gewicht des Kindes auf seinen Armen, als er es zur Behausung des Schamanen getragen hatte. Wenigstens würde der Junge betrauert werden. Der alte Sommergesicht hatte ihn als Sohn angenommen, so hatte er einen Vater, Schwestern, Tanten und Onkel. Für Daes würde man nur die notwendigen Vorkehrungen treffen. Sie hatte hier niemanden außer einem alten Mann, der ihr bald im Tode folgen würde. Nächstes Jahr, wenn man ihre Knochen von den Totenpodesten nähme, sie bündelte und beerdigte – wer würde sich dann noch an sie erinnern?

Chakliux nahm seine Schale, und mit einem Schöpflöffel, der aus dem Schulterblatt eines Karibus gefertigt war, füllte er sie mit dem warmen Eintopfgericht. Ein Geräusch im Eingangstunnel ließ ihn den Kopf herumdrehen. Sok kam herein und blieb einen Augenblick stehen, ohne zu sprechen.

»Der Junge?« fragte Chakliux. »Ich höre die Trauerrufe.«

Doch als Sok in den Lichtschein des Feuers trat, sah Chakliux, daß sich der Mann die Haare abgeschnitten hatte, so daß sie über den Ohren in rauhen Büscheln abstanden, und daß sein Gesicht mit Asche beschmiert war.

»Wer?« fragte Chakliux. Das Wort kratzte in seinem Hals wie eine Klinge.

»Unser Großvater«, sagte Sok leise.

»Unser Großvater?« wiederholte Chakliux, und die Worte waren eine Frage, als würde sein Zweifel ändern, was Sok gesagt hatte.

»Mit demselben Messer.«

Der Klang von Soks Stimme stürmte auf die Ohren von Chakliux ein, und das Licht und die Gerüche der Behausung dröhnten auf einmal in seinem Kopf. Ein Gewicht senkte sich auf seine Brust, so daß sein Atem keuchend ging, wie bei einem Mann, der zu weit, zu lange gerannt ist.

»Warum?« fragte Chakliux schließlich. »Wer wollte sich ihn tot wünschen? Wer wollte die Frau und den Jungen töten?«

»Der Junge lebt noch«, sagte Sok, doch zuerst hörte Chakliux, ohne zu verstehen, und dann begriff er mit einer

Dumpfheit, die ihm keine Freude, keine Erleichterung gestattete.

Chakliux reichte Sok seine Schale mit Essen. »Iß das«, sagte er. »Ich kann nicht.«

Sok nahm die Schale.

»Weiß jemand, wer es getan hat?« fragte Chakliux.

»Manche sagen, der Händler, andere sagen, jemand aus einem anderen Dorf.« Er erwähnte das Vetter-Fluß-Dorf nicht, doch Chakliux sah den Vorwurf in seinen Augen.

»Dem Vetter-Fluß-Dorf?« fragte Chakliux.

Sok beugte den Kopf über die Schale mit Essen und antwortete mit vollem Mund: »Manche sagen es.«

»Warum sollte jemand aus dem Vetter-Fluß-Dorf unseren Großvater oder die Frau töten? Was hätte er zu gewinnen?«

»Ehre«, erwiderte Sok und sah Chakliux in die Augen. »Ehre als Krieger.«

»Um den Kampf zu beginnen, meinst du«, sagte Chakliux.

»Ja.«

»Warum hat er dann kein Zeichen hinterlassen, ein Amulett oder ein Messer, um zu zeigen, wer es getan hat?«

Sok zuckte die Achseln. »Die jungen Männer sagen, daß etwas hinterlassen wurde, aber daß du es versteckt hast.«

»Dummköpfe!« rief Chakliux. »Ich habe nichts gefunden, nur den Jungen. Was ist mit demjenigen, der unseren Großvater fand? War es Blaubeere? Hat sie gesagt, daß etwas hinterlassen wurde, um zu verkünden, wer es getan hat?«

»Es war nicht Blaubeere«, sagte Sok.

Sein Blick verfinsterte sich, und Chakliux fragte leise: »Hast du ihn gefunden, als du die Fische für die Hunde gebracht hast?«

»Ich habe ihn gefunden«, sagte Sok.

»War da irgend etwas, woraus man erkennen kann, wer ihn getötet hat?«

Er schüttelte den Kopf. »Nichts«, sagte er. »Nichts.«

»Wissen es die Ältesten und die Jäger?«

»Sie wissen es, aber sie sagen, ich verstecke etwas.« Er hielt inne. »Um dich zu beschützen, kleiner Bruder.«

Wie konnten die Männer dieses Dorfes solche Dummköpfe sein? fragte sich Chakliux. Jetzt war seinetwegen der Ehrenplatz von Sok bedroht, die Achtung, die ihm von den Ältesten und Jägern erwiesen wurde.

»Es tut mir leid, Bruder«, sagte er zu Sok. »Ich will tun, was ich kann, um ihnen zu zeigen …«

»Was kannst du tun?« fragte Sok, die Worte grob, von Zorn geschärft. »Was wäre, wenn *du* etwas gefunden hättest? Würdest du es uns erzählen? Du sagst, du bist gekommen, um Frieden zu bringen. Wenn ein paar Männer aus deinem Dorf hier Menschen getötet hätten – nur einen alten Mann und eine Frau –, lohnt ihr Tod den Verlust von Jägern? Lohnt er den Verlust von Kindern und Ältesten in einem Hungerwinter, weil nicht mehr genug Jäger da sind, um Fleisch mitzubringen?«

Soks Worte schnitten Chakliux ins Herz. Wenn es Vetter-Fluß-Jäger gewesen wären, hätte er sie beschützt? Vielleicht, wenn sich dadurch Leben retten ließen … Doch wenn sie einmal getötet hatten, würden sie dann nicht wieder töten?

»Der Händler«, sagte Chakliux schließlich. »Was haben sie mit ihm gemacht?«

»Sie haben ihn laufenlassen.«

»Sie denken, er hat es nicht getan?«

»Die meisten denken, er würde seinen eigenen Sohn nicht töten. Daes vielleicht. Sie war eine Frau, die zuviel klagte. Das sagt zumindest Braunes Wasser, und Rotes Blatt sagt es auch. Aber selbst wenn es so war, warum sollte ein Mann, ein Händler – der nicht mit ihr zusammenleben mußte –, sie töten wollen? Warum sie nicht einfach verlassen? Es gibt andere Frauen in anderen Dörfern.«

Sok sprach weiter, aber Chakliux konnte mit seinen Gedanken nicht bei den Worten seines Bruders bleiben. Vielmehr dachte er an seinen Großvater, an das Lachen, das sie miteinander geteilt hatten, die Scherze und Rätsel. Warum hätte jemand Tsaani töten wollen? Er war ein alter Mann, stark in seiner Weisheit, großzügig im Geben – und noch imstande, mit seinem Jagen Das Volk zu ernähren.

War es möglich, daß Chakliux einen Fluch über seinen Großvater gebracht hatte? Was, wenn Schnee-im-Haar recht hatte? Was, wenn sein verbogener Fuß kein Zeichen seiner Verwandtschaft mit dem Otter wäre, sondern ein Zeichen von Unglück?

»Er hatte ein gutes Leben, ein langes Leben, mit viel Freude«, sagte Sok, und die Worte lenkten Chakliux von seinen Gedanken ab. »Zwei gute Frauen«, sprach Sok weiter, »eine, die mit ihm alt wurde, und eine, die ihm seine Jugend zurückgab. Starke Söhne, heißt es, wenngleich sie jung starben, und unsere Mutter – seine Tochter – eine gute Frau. Zwei Enkelsöhne. Er war froh, dich zu haben«, sagte Sok. »Das habe ich oft von ihm gehört.«

Chakliux rieb sich mit dem Handballen die Stirn. »Glaubst du, es war jemand aus diesem Dorf? Glaubst du, es gibt hier einen Menschen, der so etwas tun würde?«

Lange Zeit sagte Sok nichts. Schließlich erwiderte er: »Den ganzen Tag habe ich mich das gefragt. Den ganzen Tag haben andere dieselbe Frage gestellt. Meine Antwort ist: Nein. Ich glaube nicht, daß es einen Menschen in diesem Dorf gibt, der so etwas tun würde.«

»Glaubst du, der Händler hat es getan?«

Sok hob die Hände und spreizte die Finger. »Wer kann das sagen? Niemand hat gesehen, was geschah.«

»Der Junge hat es gesehen«, sagte Chakliux.

Sok neigte den Kopf, schien einen Augenblick zu überlegen. »Vielleicht, aber er ist klein, und es muß Nacht gewesen sein, als es geschah.«

Chakliux nickte. »Sagt irgend jemand, daß ich es war?« fragte er.

»Nein, kleiner Bruder«, erwiderte Sok. »Aber wenn ich etwas höre, werde ich es dir sagen.«

»Wir sollten zu unserer Mutter gehen.«

»Ja.« Sok seufzte. »Rotes Blatt ist dort mit meinen Söhnen. Unsere Mutter ist nicht leicht zu trösten. Sie hat zuviel Kummer gehabt im Leben.«

Chakliux zog Gamaschen, Stiefel und Parka an, dann folgte er seinem Bruder aus der Behausung. Er erinnerte sich an das letztemal, als er seinen Großvater sah. Seit er in das Nahe-am-Fluß-Dorf gekommen war, hatte Chakliux dem alten Mann Rätsel beigebracht – ein Brauch in seinem eigenen Dorf, aber nicht hier.

»Schau! Was sehe ich?« hatte Chakliux zu Tsaani gesagt. »Es wächst braun, wo es einst weiß war.«

Tsaani hatte gelacht und dann geantwortet: »Das ist ein Kinderrätsel. Wenn der Sommer naht, färben sich die weißen Federn des Schneehuhns braun.«

Es war das erste Rätsel, das der alte Mann gelöst hatte, ohne daß Chakliux ihm Hinweise und Erklärungen gab, und er hatte einen seltsamen Stolz gefühlt, als wäre sein Großvater das Kind und er der Lehrer.

Es hatte zu schneien begonnen, große Flocken, die auf dem schlammigen Pfad haftenblieben. Sie verfingen sich in den Wimpern von Chakliux und schmolzen auf seinen Lidern.

Ein Rätsel für dich, Großvater, dachte Chakliux, als er Sok zur Behausung ihrer Mutter folgte. Schau! Was sehe ich? Es blutet, aber kein Mensch sieht die Wunde. Dann gab Chakliux laut die Antwort: »Das Herz deines Enkelsohnes.«

Yaa beobachtete Braunes Wasser, als diese eine andere Frau willkommen hieß, einen Korb mit frischen Kleinwalen und ein *sael* mit getrockneten Blaubeeren in Empfang nahm. Yaas

Mund gelüstete es nach den Blaubeeren, doch sie beobachtete, wie geschwind Braunes Wasser das *sael* versteckte, und wußte, sie wollte nicht, daß Yaa die Beeren sah. Sie wandte den Kopf ab und tat, als hätte sie nicht mitbekommen, was Braunes Wasser machte. Sie kam leichter mit ihr aus, hatte sie gemerkt, wenn sie sich so dumm anstellte, wie Braunes Wasser sie haben wollte.

Doch Yaa würde es ihrer Mutter erzählen, und sie könnten sich beide von den wertvollen Beeren nehmen, wenn auch nur ein paar zum Kosten, damit Braunes Wasser nicht merkte, daß sie fehlten. Yaas Mutter würde auch ihrem Mann welche geben – einen guten Anteil –, denn wie könnte Braunes Wasser darüber klagen?

Yaa sah dorthin, wo ihr Vater lag. Er schien zu schlafen, doch sie glaubte es nicht. Seine Augen waren geschlossen, aber nur, damit er die Behausung ohne seine Frau und seinen Lieblingssohn nicht sehen mußte.

Wenigstens, dachte Yaa, würde Ghaden vielleicht zurückkommen. Als sie das letztemal über ihn wachte, schien es ihm nicht besser, aber auch nicht schlechter zu gehen. Sogar Ligige', die sich aus Trauer um ihren Bruder die Wangen mit Asche schwarz gefärbt hatte, wirkte erleichtert, als sie Ghadens Stirn befühlte und die Wunde in seiner Schulter betrachtete.

Warum bist du überrascht? hätte Yaa gerne gefragt. Ich bin groß genug, um auf meinen Bruder aufzupassen. Aber sie hatte sich gehütet, so grob zu sein, und ehrerbietig die Augen niedergeschlagen, als der Schamane und Ligige' miteinander über den Jungen sprachen.

Yaa ging zu ihrem Vater, setzte sich neben ihn und strich mit den Händen über seinen Kopf. Er hatte es gern, das wußte sie, wenn man ihm die Haare kämmte und die Kopfhaut rieb. Daes hatte das immer für ihn getan. Seine Lider flatterten einen Augenblick lang, und er sah Yaa an. Sie glaubte, er versuche zu lächeln, doch es schien, als sei sein Mund selbst dafür zu müde. Er schloß die Augen, und Yaa kämmte mit den Fingern beider Hände durch seine langen weißen Haare. Er seufzte, und sie wußte nicht, ob es ein Seufzer aus Sorge, Kummer oder Zufriedenheit war, doch sie sah, wie sich seine Lippen abermals einem Lächeln näherten, und die Last auf ihrem Herzen schien ein wenig leichter zu werden.

Er ist zu alt für diesen Schmerz, dachte Yaa. Seine Knochen sind zu schwach. Wenn sein Herz so weh tat wie das von Yaa, was würde seine Rippen daran hindern zu brechen? Unter seiner Decke sahen sie so dünn aus wie dürre Zweige.

»Yaa!« rief Braunes Wasser, und Yaa erschrak so sehr, daß sich ihre Finger in den Haaren ihres Vaters verfingen und an seinem Kopf rissen. Er öffnete überrascht die Augen. »Du bist nutzlos«, sagte Braunes Wasser. »Sieh dich um. Ich brauche Feuerholz. Hole es, und lege es innen bei der Tür ab. Du weißt, wenn der Schnee Tag um Tag schmilzt, muß das Holz drinnen sein, um zu trocknen.«

Yaa wußte, daß genug Holz da war – trockenes Holz –, aber es war sinnlos, das zu sagen. Sie blickte zu ihrem Vater hinunter und sah, daß seine Lippen lautlos das Wort »Geh!« formten.

Sie strich ihrem Vater noch einmal übers Haar, dann stand sie auf. Sie zählte erst sieben Sommer, darum trug sie in der Behausung nichts als eine kurze Schürze, etwas, um sich daran die Hände abzuwischen und es zwischen ihre Beine zu schlagen, wenn sie sich auf eine borstige Karibuhaut setzte. Braunes Wasser verwendete vollbehaarte Häute auf dem Boden, obwohl die Haare ausgingen, in ihr Essen und ihre Schlafdekken gerieten.

Yaa hatte beschlossen, daß sie, wenn sie ihre eigene Behausung hätte, alle Häute schaben würde, auch wenn das mehr Arbeit machte. Ihr Mann würde nicht in jedem Bissen Essen Karibuhaare haben.

»Du bist faul«, sagte Braunes Wasser. »Es wäre besser gewesen, das Messer hätte dich und nicht deinen Bruder genommen. Er könnte wenigstens eines Tages ein Jäger sein.«

Yaa war daran gewöhnt, von Braunes Wasser gekränkt zu werden, vor allem dann, wenn ihre eigene Mutter nicht in der Behausung war, doch diese Worte schienen sich in ihrer ganzen Schärfe Yaas Kehle hinabzuwinden. Sie blinzelte die Tränen fort und hielt den Kopf abgewendet, damit Braunes Wasser es nicht sah. Dann fühlte sie die harten trockenen Finger ihres Vaters an ihrer Wange.

»Gute Tochter«, sagte er.

Yaa tätschelte seine Hand und sah zu ihrem Erstaunen, daß Tränen unter seinen Lidern hervorsickerten. Da verstand sie. Ihr Vater hatte ihre Tränen genommen, hatte sie von ihrer Wange gerieben und in seine eigenen Augen getan, damit sie den Kränkungen von Braunes Wasser ohne das beschämende Weinen begegnen konnte.

Yaa hob den Kopf. Sie sah Braunes Wasser an mit Augen, so trocken wie Steine. Noch während sie die Frau anstarrte, zog sie Parka und Gamaschen und ihre mit Pelz besetzten Stiefel an. Braunes Wasser versuchte, den Kopf wegzudrehen, doch Yaa zwang die Frau mit der Macht ihres Blickes, sie anzusehen. Schließlich fing Braunes Wasser an zu kreischen. Sie warf eine Kelle nach ihr, aber Yaa war zu flink. Sie huschte in den Eingangstunnel, dann verließ sie die Behausung.

Sie ging nicht gern hinaus, wenn es dunkel war, doch heute abend war sie froh, von Braunes Wasser fortzukommen. Sie schlich auf Zehenspitzen über die Stelle, wo Daes gestorben war. Der Leichnam war in der Behausung, doch sehr wahrscheinlich war ihr Geist hier, wo man sie getötet hatte.

Yaa blieb eine Weile stehen und blickte hinunter auf den dunklen Fleck nahe dem Eingang, wo Ghaden und Daes gelegen und mit ihrem Blut den Schnee zum Schmelzen gebracht hatten.

Fast hätte sie laut gesprochen und Daes gebeten, Ghaden zu erlauben, bei ihnen in diesem Dorf zu bleiben, doch sie fürchtete sich vor dem Geist der Frau, vor ihrem Zorn darüber, daß sie tot war.

Also sagte Yaa nichts, sondern eilte zum Pfad, der in die Mitte des Dorfes führte. Sie würde Braunes Wasser das Feuerholz später bringen; würde es aus dem Schnee ausgraben, der die Zweige bedeckte, die sie, ihre Mutter und Daes rund um die Behausung gestapelt hatten, als der Winter jung war.

Jetzt wollte sie zu den Kochfeuern gehen. Sie war kein kleines Kind mehr, über das die alten Großmütter mit der Zunge schnalzten und dem sie einen besonders guten Bissen zartes Fleisch gaben. Eher würden sie eine Kelle erheben und Yaa mit Geschichten von jenen Geschwänzten drohen, den *Cet'aeni*, die Kinder mit zu sich in ihre Wohnstätten in den Bäumen nahmen. Aber sie verstand es sehr gut, sich Essen zu verschaffen, und heute würden die Großmütter ihr vielleicht etwas geben, vor allem, da ihr kleiner Bruder so krank war. Vielleicht würde ihre Brust nicht so weh tun, wenn ihr Bauch voll wäre.

»Mein Vater«, rief die Mutter von Chakliux. »Wer wollte meinen Vater töten?«

Als sie die Frage das erstemal stellte, hatte Chakliux versucht, ihr eine Antwort zu geben, Trost zu spenden, doch jetzt, nachdem er dieselben Worte fünf Handvoll Male von ihren Lippen hatte kommen hören, saß er nur da und ließ seinen Blick ins Leere gehen, seinen Geist außerhalb der Wände aus Karibuhaut umherwandern. Vor seinem inneren Auge suchte er seine Habe zusammen, Felle und Häute, auch die wenigen Dinge, die er in seinem eigenen Dorf zurückgelassen hatte. Er gäbe den Walroßjägern alles für ein *iqyax*. Wieviel, fragte er sich, wollten Walroßjäger für ein *iqyax* haben? Gewiß mehr, als ein Mann für eine Frau geben würde.

Er wußte nicht, wie lange er so gesessen hatte, als er einen heißen Blick auf sich spürte. Er sah zu Sok hinüber, sah, daß ihn sein Bruder mit finsterem Gesicht und zusammengekniffenen Augen anschaute. Sok bog seine Finger, ballte sie zu Fäusten.

»Ich muß ihn töten, wer immer es getan hat«, sagte Sok, und seine Worte fielen zwischen sie wie scharfe Steine.

»Wenn du weißt, wer es getan hat, werde ich dir helfen«, erwiderte Chakliux, und als er auf seine Hände hinabsah, stellte er fest, daß auch die geballt waren.

»Er war ein guter Mensch, ein guter Großvater«, sagte Bellender Fuchs: die ersten Worte, die er an seine Stiefsöhne richtete, seit sie in die Behausung gekommen waren. Er bewegte die Lippen und deutete auf ihre Mutter. »Er war ihr ein guter Vater«, sagte er.

Sok drückte seine Faust in seinen Handteller, ließ jeden einzelnen Knochen hörbar knacken. Es kratzte an der Tür, und mehrere Frauen kamen herein. Sie trugen einen Kochbeutel, aus dem Dampf aufstieg. Rotes Blatt erhob sich und half ihnen, ihn an die Pfosten der Behausung zu hängen. Die Frauen sahen einen Augenblick zu Tagfrau hin, dann gingen sie ohne ein Wort der Hoffnung oder des Trostes.

Rotes Blatt nahm drei Schalen und füllte sie. Sie gab Bellender Fuchs die erste, dann Sok eine, Chakliux eine. Chakliux schüttelte den Kopf, doch sein Stiefvater befahl: »Eßt. Beide. Ich habe etwas zu sagen. Etwas, das euer Großvater mir erzählt hat an dem Abend, bevor er getötet wurde.«

Er wartete, solange sie aßen, ließ seine eigene Schale unberührt, beobachtete die zwei, als wäre er eine alte Frau, die darauf wartet, ihnen Essen nachzufüllen. Chakliux war als erster fertig. Er stellte seine Schale auf den Boden. Bellender Fuchs sah Sok an, dann drehte er sich so, daß er Chakliux das Gesicht zuwandte.

»Euer Großvater bat mich, euch dies zu sagen«, sprach Bellender Fuchs. Er leckte sich die Lippen, als würde er die Worte, die er benötigte, in seinen Mund ziehen. »Er war derjenige, der beschloß …« Er hielt inne, neigte den Kopf zurück und ließ ihn von einer Schulter zur anderen rollen, dann sah er Chakliux wieder an und sagte: »Weißt du, nach deiner Geburt war es nicht deine Mutter, die dich verließ. Die alte Ligige', sie kam zu deinem Großvater, fragte ihn, was zu tun sei.«

Chakliux war von den Worten von Bellender Fuchs überrascht. Aber er hätte es natürlich wissen müssen, dachte er. Da sein Vater tot war, konnte allein ein Großvater oder ein Onkel mütterlicherseits die Entscheidung über sein Leben fällen. Einen Onkel hatte es nicht gegeben. Seine Brust fühlte sich auf einmal seltsam an, als würden die Knochen darin aneinander reiben, als würden sie drücken und knirschen.

»Dein Großvater sagte, er habe die falsche Entscheidung gefällt. Deswegen hat dich das Mädchen vom Vetter-Fluß-Volk gefunden. Deswegen haben sie beschlossen, dich als Sohn zu behalten, als *Dzuuggi* aufzuziehen. Er erzählte mir, daß er eines Tages etwas tun wolle, um dein Leben besser zu machen.«

Chakliux sah zu Sok hinüber. Die Wangen seines Bruders waren voll mit Essen, aber er kaute nicht.

»Er gab mir, was ich brauchte«, sagte Chakliux leise. »In der kurzen Zeit, die ich in diesem Dorf gewesen bin, habe ich viel gelernt. Alles dank der Weisheit meines Großvaters und der Jagdkünste meines Bruders.«

Bellender Fuchs hielt seine Hände mit den Innenseiten nach oben, als wollte er zeigen, daß er keinen Streit mit Chakliux hatte. Dann sah er Sok an und sagte: »Sok, du sollst die Waffen deines Großvaters haben. Seine Speere und Speerspitzen, seinen Speerwerfer, seine Fischnetze und Haken und seinen Wurfstock: was immer seine Frau nicht neben ihn auf das Begräbnispodest gelegt hat. All das gehört dir. Die Behausung, das Essen in der Nische, die Körbe und Schalen, die Schlafdecken und Felle gehören alle seiner Frau.«

Natürlich, dachte Chakliux. Es war eigenartig, daß Bellender Fuchs diese Dinge erwähnte. Jedermann wußte, daß der Frau die Behausung, alle Kochgegenstände, Schlafdecken, Körbe gehörten. In seinem eigenen Dorf war es genauso, aber vielleicht kannte Bellender Fuchs die Bräuche in Chakliux' Dorf nicht und gab eine Erklärung, damit Chakliux verstand.

»Du, der jüngste Sohn meiner Frau«, sagte Bellender Fuchs zu Chakliux, »du sollst haben, was du benötigst, um einen Platz in diesem Dorf zu behaupten. Dein Großvater wünschte, daß seine Frau Blaubeere zu dir geht.«

Die Worte waren wie etwas Hartes, Kaltes, das Chakliux in die Brust schnitt. Blaubeere sollte seine Frau sein? Sie war eine gute Frau, war gut zu Tsaani gewesen, aber sie war jung. Sie sollte frei sein, um sich einen Mann im Dorf auszusuchen. Sie würde Chakliux nicht haben wollen.

»Hat sie gesagt, sie will meine Frau sein?« fragte Chakliux.

»Sie ist einverstanden.« Bellender Fuchs räusperte sich, dann sagte er: »Dies ist nicht die größte Ehre, die Tsaani dir gewährte.« Chakliux sah Sok seinen Mundvoll Essen hinunterschlucken, seine Schale hinstellen und sich vorbeugen.

»Du sollst seine Hunde haben. Er dachte, du wirst ein großer Jäger sein und bewirken, daß die Bären zu diesem Dorf kommen.«

Sok machte ein Geräusch im Hals, als ob er würgte. Als er sprechen konnte, sagte er: »Unser Großvater hat Chakliux die Hunde gegeben?«

»Ja«, antwortete Bellender Fuchs, doch seine Hände bewegten sich schnell und unruhig.

Chakliux sah von seinem Bruder zu seinem Stiefvater. Die beiden Männer starrten sich an, ließen sich nicht aus den Augen.

Wenn Sok die Hunde möchte, dachte Chakliux, kann er sie haben. Blaubeere auch. Eine Frau, Hunde? Ich brauche sie nicht. Wenn ich hier nicht erwünscht bin, werde ich in mein Dorf zurückkehren und sehen, was die Menschen dort glauben. Wenn sie denken, ich sei verflucht, werde ich Das Volk verlassen und zu den Seejägern gehen. Wie kann ich das tun mit einer Frau und Hunden?

Er sah Sok an. Das Gesicht seines Bruders war dunkelrot vor Zorn, sein Mund leidvoll verzerrt. »All die Jahre war ich es, der seine Hunde versorgt hat. All die Jahre hat er mich unterwiesen.«

»Sie gehören dir«, sagte Chakliux zu Sok. »Die Hunde gehören dir. Ich will sie nicht. Auch eine Frau will ich nicht.« Er sah seinen Stiefvater an. Der Mund des Mannes stand offen, als wollte er die Worte von Chakliux verschlucken. »Finde einen anderen für Blaubeere. Sag ihr, sie ist frei. Sok, du bist ein guter Jäger. Du kannst eine zweite Frau ernähren. Blaubeere hat schon ihre eigene Behausung. Du wirst wohl keinen Brautpreis benötigen, um Anspruch auf sie zu erheben.«

Sok und Bellender Fuchs sahen Chakliux an, als wäre er ein kleines, törichtes Kind. »Du kannst nicht weggeben, was dir dein Großvater im Tode geschenkt hat«, sagte Bellender Fuchs.

»Manche sagen, du bist verflucht«, setzte Sok hinzu, und seine Stimme war rauh wie Stein. »Wenn du Blaubeere und die Hunde zurückweist, wirst du es sein. Du kannst unserem Großvater nicht solche Schande machen.«

Doch während Sok sprach, schlug er mit den Händen in die Luft, als würde er Chakliux wegschieben, hinaus aus der Behausung ihrer Mutter.

»Blaubeere muß einen Mond lang trauern«, sagte Bellender Fuchs. »Dann wirst du zu ihr gehen. Wenn sie dir mißfällt, kannst du sie verstoßen. Wenn du ihr mißfällst, kann sie dich verstoßen, aber du darfst sie nicht zurückweisen. Auch die Hunde nicht.«

»Die Jungen«, sagte Chakliux und sah Sok und Bellender Fuchs an. »Darf ich die Jungen weggeben?«

»Sie sind alle schon versprochen«, sagte Sok. »Eines geht an

Schläft-lange, eines an Bellender Fuchs, zwei an Blaukopfente und eines an mich.«

»Du wirst das eine bekommen und noch mehr. Aus jedem Wurf«, versprach Chakliux. »Ich will die Stellung unseres Großvaters als oberster Jäger nicht. Du mußt oberster Jäger sein. Du hast seine Waffen.«

»Du hast seine Hunde«, sagte Sok und breitete die Hände aus, als würde er eine Frage stellen. »Wir werden sehen, welchen von uns die Geister erwählen.«

»Es wird vielleicht keiner von euch sein«, sagte Bellender Fuchs leise, aber er lachte, als Sok und Chakliux ihn ansahen. »Wer kann wissen, was die Geister tun werden? Was können wir mehr erbitten, als daß das Dorf Fleisch haben wird? Da euer Großvater tot ist, müssen wir zuerst an unsere Bäuche denken.«

Yaa rannte, als sie zur Behausung von Ligige' kam. Am besten, sie ging nicht zu nahe heran. Der Geist des alten Mannes könnte auf der Lauer liegen und versuchen, jemanden zu finden, der ihn in die Welt der Toten begleitete. Es war Abend, die Zeit, da die Geister unachtsam werden, angezogen von den starken Gerüchen, die aus Rauchlöchern und von Feuerstellen aufsteigen.

Als sie vorüber war, blickte sie über die Schulter zurück, um sich zu vergewissern, daß ihr kein Geist folgte. Plötzlich wurde sie heftig gestoßen. Sie fing sich mit den Händen ab, doch vom Sturz schmerzten ihre Handgelenke.

»Dummkopf!« schrie jemand. »Wo hast du deine Augen?«

Yaa brauchte nicht aufzusehen. Sie kannte die Stimme. Es war Flußeistänzer, ein Junge, etwas älter als sie und fast doppelt so groß. Er beugte sich zu der Stelle hinunter, wo sie auf der Erde saß. Yaa sagte nichts. Sie hatte nicht aufgepaßt, er aber auch nicht. Sonst hätte er ihr ausweichen können. Sie war klein, sie nahm nicht den ganzen Pfad ein.

»Wohin gehst du denn?«

Yaa antwortete nicht. Sie stand auf, wischte sich den nassen Schnee vom Hinterteil.

Flußeistänzer war gemein. Er brachte andere Kinder mit Drohungen und listigen Worten dazu, gefährliche Dinge zu tun, und wenn sich dann jemand verletzte, ging Flußeistänzer zu den alten Frauen und petzte.

Flußeistänzer konnte nicht schnell rennen oder weit werfen. Er traf mit seinem Speer nicht genau, und er hatte kein Geschick darin, Fische zu fangen, doch er wußte sich Furcht zunutze zu machen. Das konnte er von allem am besten.

»Du willst nicht mit mir sprechen?« fragte Flußeistänzer.

Yaa versuchte, um ihn herumzugehen, doch er vertrat ihr den Weg. »Denkst du, du kannst fort?«

»Laß mich in Ruhe«, sagte Yaa. »Meine Mutter hat mich gebeten, etwas für sie zu holen.«

»Was?«

»Etwas, das wir zum Trauern brauchen.«

Sie schob sich an ihm vorbei, doch er packte sie am Ärmel und zog sie zurück.

»Rühr mich nicht an«, sagte Yaa. »Ich könnte einen Fluch haben.«

Flußeistänzer lachte.

»Es macht mir nichts aus, wenn du dir meinen Fluch fängst«, sagte Yaa.

Flußeistänzer ließ sie los, aber er brachte sein Gesicht nahe an ihres und sagte: »Ich denke, du hast recht. Du hast einen Fluch. Mußt du ja, nachdem Da ... du weißt schon, die Tote, so gestorben ist.«

Yaa lächelte. »Du hast beinahe ihren Namen gesagt. Du hast dich beinahe selbst verflucht.«

Flußeistänzer schubste sie fest mit beiden Händen, doch Yaa war darauf gefaßt und stemmte sich ihm entgegen, so daß sie nicht hinfiel.

»Warst du in der Behausung, als sie starb?« fragte Flußeistänzer.

»Sie ist draußen gestorben«, sagte Yaa.

»Hast du etwas gehört?« Er ließ ihr keine Zeit zu antworten, senkte vielmehr seine Stimme zu einem Flüstern: »Ich glaube, deine Mutter hat es getan. Sie ist die garstige Frau. Sie ist es, die sie getötet hat.«

Seine Worte verstopften Yaa die Kehle, bis sie zu würgen begann. Ihre Mutter war eine gute, sanfte Frau. Sie würde keinem Menschen etwas zuleide tun. Voll Zorn sah Yaa Flußeistänzer in die Augen, voll Zorn holte sie mit der Faust aus.

Flußeistänzer verzog grinsend die Oberlippe, dann spuckte er Yaa mitten ins Gesicht. Sie schlug ihn, so fest sie konnte. Der Hieb landete mitten auf seiner Nase.

Flußeistänzer schrie auf und schien damit einen Strom von Blut auszulösen: Es floß ihm aus der Nase über Mund und Kinn.

»Meine Mutter ist gut!« brüllte Yaa ihn an.

Sie drehte sich um und rannte, blickte nicht zurück, bis sie zu den Kochstellen kam. Ihr Herz klopfte so heftig, daß sie es in ihren Trommelfellen spüren konnte, und ihre Faust schmerzte, dennoch durchströmte Yaa Freude über das, was sie getan hatte.

Sie suchte sich einen Platz in der Gruppe der Kinder, die auf Essen warteten. Fünf Herdfeuer waren in einem großen Kreis in der Mitte des Dorfes angelegt. Neben jedem hingen an dreibeinigen Gestellen große Kochbeutel aus Karibuhaut, und in die Erde hatte man die Enden von dicken Ginster-Bratstöcken getrieben, an denen Hasen und Schneehühner, von Fett triefend, aufgespießt waren.

Einige Großmütter gaben den Jüngsten Fleischhappen, doch die älteren Kinder blieben unbeachtet. Die Frauen waren zu sehr damit beschäftigt, für die trauernden Familien zu kochen.

Yaa dachte an das Fleisch, das die Frauen bereits in die Behausung von Braunes Wasser gebracht hatten, doch sie wußte, daß sie davon wenig abbekommen würde.

Plötzlich stürzte sich eine dunkle Gestalt auf die Kleinen. Yaas erster Gedanke galt Flußeistänzer, dann Geistern, doch als die Kinder ringsum anfingen zu schreien, merkte sie, daß es nur ein Hund war. Er zerrte sein Bindeseil hinter sich her, als er zu den Kochstellen lief. Die Frauen, mit Kellen bewaffnet, stürzten ihm nach, eine jede bemüht, ihn von ihrer eigenen Behausung, von den Hunden ihres Mannes fernzuhalten.

Der Hund warf sich auf einen großen Rüden, der in der Nähe angebunden war. Die beiden Tiere verkeilten sich ineinander und kläfften, gingen sich gegenseitig an die Kehle in einem Gewirr aus weißem und dunklem Fell.

Die meisten Kinder folgten unter Geschrei und Zurufen den Frauen, doch Yaa blieb zurück. Einen Augenblick lang war niemand bei den Kochstellen. Sie sauste hin und schnappte sich einen Bratstock, an dem ein fetter Hase aufgespießt war.

Der Stock war heiß, aber Yaa hielt ihn fest und rannte. Sie stürmte durch die Schatten des Dorfes, hielt den Hasen so eng an ihren Körper, wie sie konnte, wechselte den Stock von einer Hand in die andere, bis er abkühlte.

Sie hielt nicht eher inne, als bis sie zu der Schwarzfichte kam, die einen schmalen, unter den hängenden Zweigen des Baumes verborgenen Tierpfad kennzeichnete. Sie huschte unter die Fichte, und in der Hocke watschelnd, gelangte sie schließlich zu der Höhle, die sie vor einigen Jahren entdeckt hatte. Sie hob den Stock auf, den sie stets am Eingang liegen ließ, und stieß damit hinein. Die Höhle war leer.

Der Eingang war so niedrig, daß sie auf dem Bauch hineinrutschen mußte, doch drinnen konnte sie sich aufsetzen, mit gekreuzten Beinen hockend, wobei ihre Haare den Bogen aus Steinen und Baumwurzeln an der Decke der Höhle streiften.

Sie tat einen langen Atemzug, dann grub sie die Zähne in das heiße Fleisch. Sie schluckte, ihr Magen war zu leer, als daß sie sich mit dem Kauen aufhalten konnte. Sie fühlte, wie das Fleisch hinunterrutschte und unmittelbar unter ihren Rippen eine behagliche Wärme verbreitete.

»Ich wünschte, Ghaden wäre hier bei mir«, sagte sie, nur für den Fall, daß Daes zuhörte. »Es ist genug für uns beide da. Wir könnten ein Festmahl haben.«

Der Gedanke an Ghaden schnürte ihr die Kehle zu, so daß sie nicht mehr schlucken konnte. Ihre Gedanken wanderten zu Flußeistänzer, zu dem befriedigenden Knirschen, das ihre Faust an seiner Nase erzeugt hatte. Sie lachte, und da öffnete sich ihre Kehle, und Yaa konnte weiteressen.

8

Cen bahnte sich einen Weg in das dichte Gestrüpp am Ufer des Flusses, dann hockte er sich hin, bis sein Herz langsamer schlug. Verstecken hatte keinen Sinn. In dem weichen Schnee ließen sich seine Spuren leicht verfolgen, doch wenn er ausruhte, fühlte er sich abseits vom Fluß sicherer. Er atmete den reinen Geruch der Weiden rings um ihn ein. Die gelbe Borke wechselte in das Graugrün des Frühjahrs, und Blattknospen schwollen schon, obwohl der Schnee noch nicht von allen Zweigen geschmolzen war.

Von dem Bedürfnis nach Schlaf ergriffen, schloß er die Augen, doch kurz darauf fuhr er hoch. Er mußte vom Dorf fortkommen, so weit er nur konnte. Er schloß die rechte Hand um ein kurzes Stoßmesser. Was von einem Wurfspeer übrig war, hatte er sich über die Schulter geworfen. Wenn sie versuchten, ihn zu fassen, wollte er wenigstens einen von ihnen töten.

Nachdem ihn die Flußleute hatten laufenlassen, säuberte Cen seine Wunden, doch er wußte, daß er noch nach Blut roch. Wölfe sind gefährlicher als die Flußmenschen, sagte er sich. Welches Rudel würde zögern, einen Verwundeten anzugreifen? Er hatte sich Amulette um den Hals gehängt, das Amulett, das ihm sein Onkel zu seiner Geburt geschenkt hatte, und andere, die er bei Dorfbewohnern weit von hier entfernt am Großen Fluß eingetauscht hatte. Vielleicht würden sie genügen, um Tiere abzuschrecken.

Er wünschte, er hätte ein Amulett von den Ersten Menschen, dem Volk von Daes. Sie hatten Macht, diese Seejäger.

Die Flußmenschen hatten ihn einen ganzen Tag lang gefangengehalten, ihn in der Mitte des Dorfes warten lassen, bis die Ältesten entschieden, daß er gehen konnte. Dummköpfe! Er hätte Daes oder seinen eigenen Sohn niemals getötet. Es war schwer genug, das Dorf zu verlassen, ohne zu wissen, ob der Junge leben oder sterben würde. Doch warum Gefahr laufen, daß sich die Ältesten anders besannen oder daß wieder ein Mensch tot aufgefunden wurde? Wer auch immer Daes und den alten Mann getötet hatte, es war einer der Ihren.

Solange er ihr Gefangener war, hatten sie Cen nichts zu essen gegeben. Da er ohne Nahrung war, drang die Kälte tief in seine Knochen, doch bei jeder Ablenkung rückte er nach und nach näher an die Kochfeuer heran. Es bestand keine Aussicht, Essen zu stehlen, aber die Wärme linderte seine Schmerzen, und er konnte den Dampf einatmen, der von den Kochbeuteln aufstieg. Die Schamanen sagten, die Geister selbst nährten sich vom Rauch brennenden Fettes. Wenn die Geister das konnten, dann würde es Menschen vielleicht auch gelingen.

Als sie ihn schließlich losbanden, jagten ihn kleine Jungen mit ihren Hunden aus dem Dorf. Bevor er den Waldrand erreichte, war er zweimal gefallen, hatte die Stockschläge zu spüren bekommen, die ihm die Jungen auf seine Arme und Beine versetzten, war einmal an der Hand, ein andermal am Fußgelenk gebissen worden, doch schließlich hatten sie kehrtgemacht und ihn die kurze Strecke zur Behausung der Händler gehen lassen. Dort fand er seine Packen zerstreut, die meisten seiner Tauschwaren und Waffen entwendet und den Schaft seines einzigen verbliebenen Speeres abgebrochen. Sie hatten ihm eine Handvoll getrocknetes Fleisch gelassen, das er sich in den Mund stopfte, noch bevor er mit seinem Feuerbogen die Glut neu entfachte.

Seine wärmsten Decken hatten sie ihm genommen, aber seine heiligen Bündel mit Spechthäuten nicht angerührt. Seine besten Parkas waren fort, der schwere aus Wolfshaut und der leichtere aus Backenhörnchenfell, dessen Kapuze aus winzigen Fellen von Backenhörnchenköpfen zusammengesetzt war; jedes Kopffell war nur so lang wie ein kleiner Finger.

Wer immer seine Parkas genommen hatte, der hatte ihm einen alten Parka aus Vielfraßfell dagelassen. Er war von Schimmel durchsetzt und würde ihm in Fetzen vom Körper fallen, wenn er sich nicht vorsichtig bewegte, aber er war warm.

Cen hatte in einem Beutel an einem dreibeinigen Gestell Schnee geschmolzen und das eiskalte Wasser getrunken. Dann ging er in den hinteren Bereich der Behausung und hob eine schimmlige alte Matte hoch, die er mit Bedacht an diese Stelle gelegt hatte. Er taute den Boden dort mit Feuer auf und blieb während seiner ersten Nacht in der Behausung wach, um die Glut zu nähren, bis die Erde weich genug war, daß er graben konnte. Er hatte ein Loch gemacht und darin einen Beutel Fleisch und Beerenfladen, einen kleinen Vorrat Obsidian und einen Graskorb versenkt.

Cen hockte sich ans Feuer, gönnte sich zwei Beerenfladen. Der Stumpf seines abgetrennten Fingers pochte, und jeder Atemzug schnitt ihm wie ein Messer in die Brust. Sein linkes Handgelenk war fast zur Breite seiner Hand angeschwollen. Er packte Schnee darum und auf sein Gesicht, hoffte, daß die Schwellung, die ihm fast die Augen verschloß, zurückging. Die Schmerzen verwirrten seine Gedanken, doch er zwang sich zu beschließen, was er als nächstes tun mußte.

Die meisten seiner Tauschwaren hatten sie ihm genommen, doch wegen seiner Verletzungen war es immer noch zuviel für ihn, um es zu tragen.

Er war stark, normalerweise konnte er schwere Lasten auf einem Schlitten ziehen, den er aus den Pfosten seiner Behausung gebaut hatte, indem er einige von ihnen durch Holzstreben, die er schnitzte, verband und andere mit Streifen von Elfenbein verkleidete, um Kufen zu machen. Jetzt konnte er keinen Schlitten ziehen. Es war schwer genug, zu gehen. Er mußte alles zurücklassen, außer Nahrung und seinen Amuletten.

Cen hatte zusammengesucht, was er mitnehmen wollte, und alles in eine der Matten gewickelt, die sie ihm gelassen hatten. Er sicherte das Bündel mit mehreren Schnüren von den Pfosten seiner Behausung, dann rollte er sich am Feuer zusammen und gönnte sich Schlaf. Warum nicht? Wenn sie kämen, um ihn zu holen, was könnte er tun?

Er war aufgewacht, als sein Feuer heruntergebrannt war. Er legte ein Glutstück in einen ausgehöhlten Astknoten, schlang ihn sich um den Hals und schnallte sich den Packen dann auf den Rücken. Es war noch Nacht, als er die Behausung verließ, doch schon konnte er über den Bäumen den ersten Schimmer des Morgengrauens sehen.

Er hatte kurze Pausen gemacht, gegessen, einmal sogar geschlafen, sich dann gezwungen weiterzugehen.

Jetzt quälte er sich abermals auf die Beine und zwängte sich durch das Gestrüpp am Ufer des Flusses. Er ging, bis er vor Erschöpfung nicht mehr denken konnte, bis seine Füße wie etwas waren, das nicht zu ihm gehörte, und er die Schmerzen in den Knochen seines Handgelenks nicht mehr fühlen konnte. Dann lag er plötzlich auf den Knien und konnte sich nicht erinnern, wie er gestürzt war.

Er zwang sich aufzustehen und wandte seine Gedanken Daes zu. Sie war eine gute Frau – zu gut, um im Dorf des Flußvolkes zu sterben, wo sie niemanden hatte, sie zu betrauern.

Der Zorn gab ihm Kraft. Er schritt wieder fest auf dem Schnee aus. Er würde seine Rache bekommen, und auf diese Weise würde Daes betrauert werden. Sie hatte eine Tochter, von der sie oft gesprochen hatte und an die sich Cen zu erinnern glaubte. Sie war damals ein Mädchen von zehn, zwölf

Sommern gewesen. Unterdessen war sie eine Frau und hatte vermutlich selbst Kinder.

Er sollte zu ihr gehen und ihr sagen, daß ihre Mutter tot war. Cen führte sich das Bild der Tochter vor Augen. Sie hatte Daes sehr ähnlich gesehen. Ja, er mußte zu den Ersten Menschen gehen, mußte ihnen erzählen von Daes, von Ghaden. Vielleicht würden einige Jäger bereit sein, ihm zu helfen, den Tod seiner Frau zu rächen.

Am Tag nach der Bestattungsfeier ging Chakliux zu Blaubeere. Ohne Tsaani wirkte die Behausung leer, kalt.

Blaubeere sah ihn nicht an. Mit gesenktem Kopf wies sie zum Feuer, auf den Platz, wo Tsaani immer gesessen hatte, doch Chakliux wollte eine Ehre nicht annehmen, die ihm nicht gebührte. Blaubeere brachte ihm eine Schale mit warmem Fleisch, die Brühe war mit geschmolzenem Fett gesprenkelt und mit Sauerampferblättern gewürzt. Chakliux hob das Gefäß an die Lippen, schob sich mit den Fingern Fleisch in den Mund.

»Gut«, sagte er. »Sehr gut.«

Da schaute sie ihn an, und er sah, daß ihre Augen geschwollen und rot waren und daß sie sich die Haare abgeschnitten hatte, so daß sie rund um ihre Ohren in ungleichmäßigen Büscheln abstanden. Seine Brust schmerzte vom Leid der jungen Frau. »Ich teile deinen Kummer«, sagte er.

Blaubeere machte ein finsteres Gesicht. »Warum?« fragte sie. »Der Tod deines Großvaters hat dir eine Frau gegeben. Denkst du, ich höre das Gelächter der Frauen nicht? Denkst du, ich bin stolz darauf, zu bekommen, was Schnee-im-Haar nicht haben wollte?«

Chakliux konnte nicht antworten. In der kurzen Zeit, die er im Nahe-am-Fluß-Dorf lebte, hatte er diese Behausung oft besucht. Blaubeere schien eine stille Frau zu sein, keine, die mit Kränkungen um sich warf.

Es ist ihr Kummer, sagte er sich und erwiderte: »Ich gebe nicht vor, zu sein, was dein Mann war, aber ich bin immer ein Jäger gewesen. Ich werde Nahrung in die Behausung bringen. Du und deine Kinder werden genug zu essen haben.«

»Diese Kinder«, fragte Blaubeere, »werden sie Otter oder Menschen sein?«

Chakliux sagte, plötzlich zornig: »Niemand wird dich zwingen, meine Frau zu sein.«

»Denkst du, ich will meinen Mann verstimmen und ihm Schande bereiten, indem ich mich weigere zu tun, was er verlangt?«

»Wie ehrt es deinen toten Mann, wenn du seinen Enkelsohn mit Geringschätzung behandelst?«

Sie kniff die Augen zusammen und öffnete den Mund, um zu sprechen, doch in diesem Augenblick kratzte es an der Türklappe. »Komm!« rief Blaubeere, ihre Stimme noch laut von Zorn.

Sok kam herein. Er blieb kurz am Ende des Eingangstunnels hocken und betrachtete die beiden. Blaubeere kehrte den Männern den Rücken zu und ging auf die Frauenseite der Behausung.

Sok verzog den Mund, und als wäre sie nicht da, sagte er zu Chakliux: »Es ist kalt hier drinnen. Was ist mit der Frau geschehen, der diese Behausung gehört? Kann sie kein Feuer in Gang halten?« Er hob mehrere Holzstücke auf und entfachte die Glut zu hellen Flammen, dann bedeutete er Chakliux, sich neben ihn zu setzen.

Chakliux hockte sich hin. »Laß sie trauern«, sagte er mit leiser Stimme.

»Sie will nicht wieder Frau sein?« fragte Sok.

»Nicht meine.«

»Junge Frauen sind oft töricht«, sagte Sok. Er sprach laut und hielt den Kopf so, daß seine Worte an den Rücken von Blaubeere gerichtet waren.

»Da ist Essen«, sagte Chakliux und nickte in Richtung des Kochbeutels.

Sok holte eine Schale und füllte sie, dann hockte er sich neben seinen Bruder. Er aß ein wenig, dann sagte er: »Es kommt mir nicht richtig vor ohne unseren Großvater.«

Plötzlich drehte sich Blaubeere um, das Gesicht dunkelrot, die Zähne zusammengepreßt. Schroff hob sie den Arm, um auf Chakliux zu zeigen; ebenso schroff redete sie und sprach seinen Namen in kühnem Ton aus. »Chakliux, es gibt etwas, das du wissen solltest. Dein Großvater war es, der entschieden hat, dich auszusetzen. Er war es, der dich deiner Mutter wegnahm und dich im Freien allein zurückließ, auf daß du sterben würdest. Weißt du das?«

»Ich weiß es«, sagte Chakliux leise.

Sie stand da mit offenem Mund, dann nahm sie eine geflochtene Hasenfelldecke und wickelte sie um sich. »Er meinte nicht, daß du leben solltest«, rief sie. »Er wollte dich tot. Warum hat er mir dann gesagt, ich muß deine Frau sein?«

Sie warf ihm die letzten Worte über die Schulter zu, als sie die Behausung verließ.

Sok legte Chakliux seine Hand auf die Schulter.

»Ich kann nicht ihr Mann sein«, sagte Chakliux.

»Du willst Großvater Schande bereiten, indem du sie zurückweist?« fragte Sok. »Laß sie in Ruhe. Komm nicht in diese Behausung, außer um Fleisch zu bringen. Mit der Zeit wird sie einsehen, daß unser Großvater recht hatte.«

Chakliux preßte die Lippen zusammen. Mehr denn je wollte er jetzt zurückkehren in sein eigenes Dorf, zu seinem eigenen Volk. Sollte er bleiben, wo er nicht erwünscht war, an einen Ort gebunden durch Hunde und eine Frau, die ihn haßte?

»Es gibt noch etwas anderes zu bedenken«, sagte Sok, und seine Worte kamen langsam und klangen traurig, so daß Chakliux mit angehaltenem Atem wartete, was Sok zu sagen hatte. »Es sind noch mehr Hunde gestorben.«

»Wessen?« fragte Chakliux.

»Die von Blaukopfente.«

Chakliux rieb sich mit einer Hand übers Gesicht.

»Die Ältesten versammeln sich jetzt, um zu beschließen, was zu tun sei. Sie haben mich gebeten, am Mittag zu ihnen zu kommen. Mir anzuhören, was sie zu sagen haben.«

»Richte ihnen aus, ich werde dieses Dorf verlassen«, sagte Chakliux. »Ich habe genug. Ich werde mit Freuden zu meinem eigenen Volk zurückkehren.« Er sah Sok nicht an, wollte nicht sehen, ob Schmerz in den Augen seines Bruders war.

Sok stand im Kreis der Ältesten. Jeder von ihnen war auf seine Art geachtet, wegen einer besonderen Geschicklichkeit, einer besonderen Weisheit.

Der-mit-den-Hunden-übt sprach. Er hatte mehr Hunde als jeder andere Mann im Dorf. Da Tsaani nun tot war, wurde Der-mit-den-Hunden-übt von den Ältesten anerkannt als derjenige, der am meisten von Hunden verstand.

»Uns sind viele Hunde gestorben, viele, die nicht krank oder alt oder verletzt waren. Welpen werden tot geboren oder sind zu schwach, um zu überleben. Wir hatten solche Nöte nicht, bis dein Bruder zu uns kam. Uns wurde von dem Vetter-Fluß-Schamanen gesagt, daß Chakliux ein Mann mit Tierkräften ist, einer Gabe von Tieren. Aber wir in diesem Dorf erinnern uns, wie deine Mutter ein Kind zur Welt brachte, erinnern uns an ihren Kummer, als sie einen Sohn aufgeben mußte, weil er nicht imstande sein würde, zu gehen oder zu rennen.

Wir meinen, er muß unser Dorf verlassen. Wir meinen, er könnte die Ursache unseres Mißgeschicks mit Hunden sein. Es heißt auch, daß jemand aus seinem Dorf, ein Jäger, der unsere jungen Männer zum Angriff bewegen will, deinen Großvater und die Seejägerfrau getötet hat.«

»Mein Bruder ist sich all dessen bewußt, was du soeben gesagt hast«, erwiderte Sok. »Er möchte hier keine Schwierigkeiten machen. Er kam, um für Verständigung zu wirken, auf daß sein und unser Dorf weiterhin gemeinsam in Frieden leben können.«

»Einige von uns denken, dein Bruder muß unser Dorf verlassen«, sagte der Älteste, der sich Blaukopfente nannte. Blaukopfente hatte viele Kinder, alle am Leben. Er sah Der-mit-den-Hunden-übt an, obwohl er zu Sok sprach. »Aber einige von uns denken, er hat Macht. Ein zum Sterben ausgesetztes Kind, das nicht stirbt, besitzt die Gunst der Geister. Ein Kind, das nicht imstande sein sollte zu gehen, aber als Mann gehen kann, hat seinen Fluch auf irgendeine Weise überwunden.«

»Aber die Hunde sterben«, sagte Der-mit-den-Hunden-übt. »Denkt ihr, dieses Dorf wird überleben, wenn unsere Hunde sterben? Was werden wir essen, wenn wir einen Hungerwinter haben? Wie sollen wir zum Fischlager kommen? Wollt ihr, daß unsere Frauen alles tragen?«

»Du weißt, ich möchte, daß unsere Hunde leben«, sagte Blaukopfente geduldig. »Aber warum Macht ausschlagen?«

»Mein Bruder ist anders als wir übrigen«, sagte Sok. Seine Worte waren vorsichtig gewählt, er sprach langsam. »Er hat Kräfte, die wir nicht verstehen. Ist das ein Grund, ihm die Schuld zu geben an dem, was geschehen ist? Wir sollten lieber überlegen, wie er uns helfen kann. Ihr wißt, daß wir oft versucht haben, das Vetter-Fluß-Volk zu bewegen, uns einen seiner Hunde einzutauschen – diese goldäugigen Hunde, die ihre Großväter von den Karibuverfolgern erworben haben, die weit oben im Norden leben. Was, wenn Chakliux uns einen von diesen Hunden verschaffen kann? Das würde vielleicht genügen, um diesen Fluch aufzuheben.«

Lange Zeit sprach niemand. Schließlich sagte Der-mit-den-Hunden-übt: »Sag deinem Bruder, er soll zu mir kommen. Ich werde ihn bitten, das Vetter-Fluß-Dorf zu besuchen und ein gutes Tauschgeschäft zu machen.«

Bellender Fuchs hob den Blick vom Feuer. »Dieser Plan klingt nach einer Dummheit«, stieß er schnaubend hervor. »Was will Chakliux eintauschen? Er hat nichts als die Hunde seines Großvaters und die Frau seines Großvaters.«

»Meine Enkeltochter wird nicht mitgehen«, sagte ein anderer von den Ältesten, der Vater der Mutter von Blaubeere.

»Dann wird Chakliux allein gehen«, sagte Der-mit-den-Hunden-übt, »und wir alle werden ihm Tauschwaren geben, auf daß ein jeder von uns an dem Glück teilhabe.«

Es war eine gute Idee, fand Chakliux. Wenn er Erfolg hätte, würde er in einem Mond zurückkehren und den Nahe-am-Fluß-Menschen Hunde aus seinem Dorf mitbringen. Die Hunde, die dort aufgezogen wurden, waren größer und stärker als die hiesigen, aber nicht so begierig aufs Kämpfen. Von den wenigen, die sich durch goldene Augen auszeichneten, war bekannt, daß sie besondere Kräfte besaßen, doch die Jäger seines Dorfes trennten sich nicht leicht von ihnen.

Ein Mann konnte für einen Wurf goldäugiger Hunde fast alles bekommen. Alles außer einem Seejäger-*iqyax*, dachte Chakliux. Die Händler sagten, daß die Seejäger keine Hunde hatten. Warum sollten sie? Sie waren nicht wie das Karibuvolk, das den Herden folgte, wenn sie im Frühjahr und Herbst umherzogen; sie waren nicht wie diese Nahe-am-Fluß-Menschen, die Hunde brauchten, um den Bären zu jagen. Sie mußten im Winter nicht hungern und ihre Hunde als Fleisch verwenden. Wer hungerte, wenn es Wale zu jagen gab?

Die Ältesten des Nahe-am-Fluß-Dorfes sagten ihm, sie würden mit einem einzigen goldäugigen Hund zufrieden sein. Männlich oder weiblich, alt oder jung, solange er nicht zu alt war, um sich zu paaren. Als Chakliux nun in Soks Behausung stand, prüfte er die Tauschwaren, die sie ihm mitgeben wollten, alle in Körbe aus Fischhaut gepackt, deren Nähte mit Einfassungen aus Karibuhaut verstärkt und mit den grünen

Kopffedern des Gänsesägermännchens verziert waren. Einige Körbe waren gefüllt mit Pelzen von Bibern, gefangen zu Beginn des Winters, als ihr Fell dick und glänzend war; andere enthielten Beerenfladen, getrocknetes Fleisch oder geräucherten Fisch.

Blaukopfente hatte drei schöne Wolfsfellparkas geschickt, die mit Vielfraßfell eingefaßt waren; Sok hatte Gamaschen aus Karibuhaut, Muschelperlen und eine Handvoll schmale Klingen aus Hornstein gegeben, die ein Mann in ein scharf gemachtes Knochen- oder Elfenbeinstück einsetzen konnte, um eine Speerspitze zu erhalten, die zu hohem Blutverlust führte und rasch tötete. Andere hatten Fischnetze aus Weidenborke und geflochtene Hasenfelldecken gebracht, Messerklingen aus Jade, Schneebrillen aus Karibugeweih, Schaber, Frauenmesser, Fischhaken aus Knochen und Elfenbein, sogar einen Feuerbogen. Genug, um mehrere Hunde einzutauschen, dessen war Chakliux sicher.

Sok hatte ihm seinen Schlitten geliehen, der stark und widerstandsfähig war, mit aus Birkenholz geschnitztem Rahmen und Kufen und einem aus gespaltenen Weidenwurzeln geflochtenen Rumpf. Die Kufen waren mit Walroßelfenbein überzogen, das Sok eingetauscht hatte. An den kältesten Tagen, wenn der Schnee wie Sand war, oder in wärmeren Zeiten, wenn er pappig war, konnte ein Mann auf die Kufen Wasser lassen. Wenn der Urin gefror, bildete er eine dünne Eisschicht, mit deren Hilfe über jede Art von Schnee zu gleiten war.

Chakliux band alles, was sie ihm gegeben hatten, auf dem Schlitten fest und fügte dann Ersatzstiefel, einen Parka und Wurfspeere hinzu, die er auf der Reise brauchen würde. Er befestigte auch ein Bündel seiner eigenen Tauschwaren darauf. Vielleicht konnte er einen Hund für sich selbst mitbringen.

Wolkenfinder, der Vetter seiner Mutter, hatte mehrere goldäugige Hunde. Er könnte bereit sein zu tauschen, und das wäre ein Weg, wie Chakliux ein *iqyax* bekäme, zumindest von den Walroßjägern. Ihre *iqyan*, so hieß es, seien nicht so gut wie die der Seejäger, doch anders als die Seejäger hielten die Walroßmenschen Hunde.

»Bist du bereit?« fragte Sok, als er in die Behausung kam.

»Ja. Ich denke, daß ich am Morgen aufbreche.«

»Rotes Blatt ist an der Kochstelle. Sie und viele der alten Frauen haben ein Festmahl bereitet. Alle werden zusammen essen. Komm, es wird getrommelt und getanzt. Dein Vorhaben gibt uns Grund zu feiern.«

Chakliux folgte Sok zu den Kochfeuern. Er wollte ein Weilchen bleiben und dann zu seiner Mutter gehen, bevor er aufbrach. Und auch zu Blaubeere. Keiner der Besuche würde leicht sein.

Eine alte Frau bot Chakliux eine Schale mit Essen an, doch die meisten Menschen hielten Abstand zu ihm, beobachteten ihn aus den Augenwinkeln. Chakliux nahm die Schale, dann ging er, um Sok zu suchen.

Er stand in einer Gruppe von Männern und erzählte Jagdgeschichten. Er hielt inne, als er Chakliux sah, winkte ihn heran und begann, mit den Künsten seines Bruders zu prahlen.

Chakliux hörte höflich zu, konnte aber die Männer ringsum nicht ansehen, während Sok sprach. Er war es nicht gewohnt, daß andere über seine Erfolge bei der Jagd sprachen. Es war aber gut, als Jäger bekannt zu sein. Er war geschickt mit seinem Speer, hatte als Junge hart geübt, da er dachte, ein starker Arm würde sein schwaches Bein ausgleichen.

Schließlich war Sok fertig. Die Männer sahen Chakliux an, und er merkte, daß von ihm erwartet wurde, eine Geschichte über Sok zu erzählen.

Er war mehrmals mit seinem Bruder auf der Jagd gewesen, und Sok hatte es gut gemacht, sich tapfer verhalten, wenn er auch barsch zu seinen Hunden war. Chakliux könnte von diesen Jagden sprechen, doch beim Erzählen einer solchen Geschichte gab es viele Wege, wie sich ein Mann in Unehrerbietigkeit verfangen konnte. Jedes Dorf hatte seine eigene Art der Lobpreisung.

Besser aufrichtig sprechen, dachte Chakliux, als Gefahr laufen, seinen eigenen Bruder zu verfluchen.

»Jemand«, sagte Chakliux vorsichtig, »weiß, daß sein Bruder ein geachteter Jäger ist.« Er sah Sok an und lächelte.

Sok erwiderte sein Lächeln, und mehrere Männer riefen stürmische Lobpreisungen.

Chakliux fuhr fort: »Eines Tages wird ihn jemand mit Geschichten ehren, die auf den Zungen der Menschen verweilen werden für die Abende eines Winters, doch wenn ein Mann noch nicht alle Wege eines Dorfes kennt, ist es allzu leicht, beim Preisen zu verfluchen.«

Chakliux blickte den Männern in die Augen, sah ihre hochgezogenen Brauen zum Zeichen, daß sie ihm beipflichteten.

»Im Vetter-Fluß-Dorf«, sagte Chakliux, »gibt es einen anderen Brauch, der von den Geschichtenerzählern ins Leben gerufen wurde. Rätsel. Ich sage euch, was ich sehe, und jeder Mann muß in seinen Gedanken suchen, um zu erkennen, wovon ich spreche. Sogar Großväter unterweisen ihre Enkelsöhne mit Rätseln. Also hört zu, und versucht zu erraten, wovon ich spreche.«

Chakliux blickte sich im Kreis der Männer um. Es waren noch mehr gekommen, sie scharten sich zu zweit und zu dritt hintereinander um Chakliux und Sok in der Mitte. Die meisten hatten Schalen mit Fleisch und trugen Parkas, doch einige waren in Felldecken gehüllt, als beabsichtigten sie nur, sich ihr Essen zu holen und dann in ihre warmen Behausungen zurückzukehren. Chakliux sah in jedes Gesicht, nicht aus Unehrerbietigkeit, sondern um die Männer wissen zu lassen, daß er sich ihnen ebenbürtig fühlte, von Jäger zu Jäger.

»Schau! Was sehe ich?« begann er nach der herkömmlichen Weise seines Dorfes. »Es läuft weit, es singt, und Sok ist der erste, der seinen Mund mit Fleisch füllt.«

Chakliux wartete. In seinem eigenen Dorf, wo die Männer ein Rätsel zu entwirren wußten, wäre die Antwort rasch gekommen. Welcher Jäger hat nicht die Stimme seines Speeres gehört, wenn er den Speerwerfer verläßt?

Einige Männer begannen zu murren, mit leisen, fast zornigen Stimmen, so daß sich Chakliux fragte, ob er, indem er einen Fluch vermeiden wollte, in einen anderen geraten sei.

»Nun«, begann er, über das Unbehagen der Nahe-am-Fluß-Jäger hinwegsprechend, »jedes Rätsel hat ein Geheimnis. Ich will euch dieses eine nennen, und ihr werdet zu den wenigen gehören, die es kennen.«

Und auf dieselbe Weise, wie Chakliux Großväter durch ein Rätsel zu ihren Enkelkindern hatte sprechen hören, erklärte er es den Männern vom Nahe-am-Fluß-Dorf. »Alle Jäger kennen die Stimme ihres Speeres, wenn er ihre Hände verläßt«, begann Chakliux.

Da lachten einige Männer, das prahlerische Lachen plötzlichen Verstehens.

»Und was ißt zuerst?« fragte Blaukopfente. »Noch vor dem Jäger?«

»Sein Speer!« riefen mehrere Männer aus.

»Dann lautet die Antwort: Soks Speer«, sagte Rotbrustschnepfe.

Einer nach dem anderen fingen die Jäger an zu lachen, ein Gelächter, in dem sich die neue Einsicht ausdrückte, die ihre Herzen erhob. Dann schlüpfte Chakliux aus ihrem Kreis und flüsterte Sok zu, er wolle ihre Mutter und auch Blaubeere besuchen.

»Nimm Essen mit«, sagte Sok zu ihm, und Chakliux ging zu einer der älteren Frauen, zu der, die den anderen zu sagen schien, was sie zu tun hatten. Er bat sie um Essen, etwas, um es seiner Mutter zu bringen, etwas, um es Blaubeere zu geben. Die Frau füllte zwei kleine Beutel aus Karibuhaut mit Fleisch und Brühe, dann ließ sie in jeden einen heißen Stein von den

Kochfeuern fallen. Die Steine zischten und knackten, als sie in die Brühe sanken.

Chakliux hielt die Beutel beim Gehen vor sich. Als er zur Behausung seiner Mutter kam, kratzte er und rief, dann duckte er sich, um durch den Eingangstunnel zu schlüpfen.

Seine Mutter saß im Dunkeln, das Feuer war nur noch Glut, ihr Gesicht schwarz vom Ruß. Sie wandte den Kopf, um zuzusehen, als er die Karibubeutel an einen Pfosten hängte. Er schöpfte eine Schale mit Fleisch heraus und gab sie ihr.

»Iß«, sagte er. »Auch in Trauer soll ein Mensch essen.«

Seine Mutter nahm die Schale, hob sie aber nicht an die Lippen.

»Es ist nicht Trauer, die das Essen von meinem Mund fernhält«, sagte sie. »Es ist Angst.« Sie sah ihn an. »Um dich.«

Er hockte sich neben sie auf die Fersen, tauchte zwei Finger in ihre Schale und nahm ein Stück Fleisch heraus. Er schob es ihr zwischen die Lippen. Langsam begann sie zu kauen.

»Du weiß, ich gehe nur zum Vetter-Fluß-Dorf«, sagte er. »Dort wird mir nichts geschehen.«

Eine Träne tropfte aus ihrem linken Auge und fiel auf ihre Wange. »Was, wenn sie herausgefunden haben, daß du …« Sie brach ab, wischte sich das Gesicht an der Schulter ab, dann sprach sie: »Du hast mir gesagt, daß sie glauben, du seist Tier-Gabe. Was wird geschehen, wenn sie herausfinden …«

»Wenn sie es nicht schon wissen, werde ich es ihnen sagen«, antwortete Chakliux. »Ich bin derselbe Mensch wie vorher. Ich kenne noch die Geschichten von Dem Volk, ich kann noch schwimmen, ich trage noch das Zeichen des Otters. Wenn das, was ich ihnen sage, sie erzürnt, dann werde ich hierher zurückkommen. Wenn ich hier nicht erwünscht bin, werde ich ein anderes Dorf finden. Es gibt viele Dörfer. Mehr, als ein Mann im Laufe seines Lebens besuchen kann.«

Chakliux schob ihr noch ein Stück Fleisch zwischen die Lippen. »Denkst du, es gibt mir Kraft, zu wissen, daß meine

Mutter in ihrer Behausung verhungern möchte? Denkst du, es wird meine Reise leichter machen?«

Sie wirkte älter als zu der Zeit, da Chakliux ins Dorf gekommen war. Neue weiße Strähnen nahmen ihrem Haar den Glanz. Doch obwohl ihr Gesicht faltig war und sie grau wurde, war ihre Schönheit stark, und die Haut spannte sich straff über ihren Knochen.

»Dies ist etwas, das wir im Vetter-Fluß-Dorf tun«, sagte Chakliux, zupfte sich einige Haare vom Kopf, rollte sie zwischen seinen Händen zusammen und verknotete sie dann. Er drückte seiner Mutter den Knoten in die Hand. »Tu dies in dein Amulett. Bewahre es dort. Es wird mich hierher zurückziehen.«

Sie umklammerte die Haare mit beiden Händen.

Chakliux stand auf. »Ich muß jetzt Blaubeere besuchen«, sagte er, und ihm entging der besorgte Ausdruck nicht, der kurz über das Gesicht seiner Mutter huschte.

Ja, welche Mutter würde sich nicht sorgen, dachte Chakliux, wenn in wenig mehr als einem Mond zwei Frauen ihrem Sohn sagten, daß sie ihn nicht zum Mann wollten.

Nachdem seine Frau Gguzaakk gestorben war, schien Chakliux nichts zu empfinden – nicht einmal das Bedürfnis nach einer Frau. Doch als die Monde vergingen, verklang der Schmerz zu einem dumpfen Weh, etwas, womit er leben konnte. Er aß wieder und genoß sein Essen; er jagte und feierte jede Beute; schließlich spürte er auch wieder Verlangen nach einer Frau.

Blaubeere und Schnee-im-Haar waren beide gut anzuschauen. Er konnte sein Verlangen nach ihnen nicht leugnen; dennoch, dieses Verlangen war nicht so stark wie einst, als er jünger war. Jetzt konnte er warten. Er wollte sich keine Frau nehmen, nur um eine für sein Lager zu haben.

Die Behausung war gut erleuchtet, und als Chakliux kratzte, rief Blaubeere mit fröhlicher Stimme. Als sie ihn sah, schien sie überrascht.

Ihr Gesicht war sauber, und sie trug gute Kleider, nichts Zerrissenes oder Beschmutztes zum Zeichen der Trauer.

Also, dachte Chakliux, als er den Beutel mit Fleisch an einen Pfosten hängte, hat sie jemanden erwartet. »Die Frauen haben Essen geschickt«, sagte Chakliux und nickte in Richtung des Beutels.

»Möchtest du etwas?« fragte sie.

Chakliux sah sie einen Augenblick an. »Kommt noch jemand?« fragte er.

»Nein«, sagte sie.

»Du trauerst nicht mehr um deinen Mann?« Er deutete mit gehobenen Brauen auf ihr sauberes Gesicht, ihre gekämmten und geflochtenen Haare.

Blaubeere bedeckte ihre Wangen mit den Händen, bevor sie die Finger zu ihren Zöpfen gleiten ließ. Sie biß sich auf die Lippe und sagte dann: »Letzte Nacht kam ein Traum zu mir. Er war von deinem Großvater. Er sagte mir, er wolle seine Frau nicht schmutzig haben. Er sagte, er wolle, daß sie schön sei, damit jedermann wisse, daß er eine gute Frau hatte.«

Chakliux hörte zu, sah die allzu flinken Bewegungen ihrer Hände, sah, wie ihre Zunge immer wieder vorschnellte, um ihre Lippen zu lecken.

»Ich bin hungrig«, sagte Chakliux und hockte sich hin, während sie eine Schale füllte. Die Brühe schwappte über seine Finger, als sie ihm das Gefäß reichte.

Chakliux sagte nichts. Er wischte sich die Hände an seinen Gamaschen ab und verzog das Gesicht zu einem Lächeln. Er aß die Schale leer und gab sie ihr zurück, um sie sich aufs neue füllen zu lassen.

»Du hast gehört, daß ich zum Vetter-Fluß-Dorf gehe?« fragte er.

Sie reichte ihm das Gefäß mit Fleisch und Brühe. »Ja«, sagte sie. Eine verschlagene Freude war in ihren Augen.

Chakliux hielt seine Schale schräg, um die Brühe zu trinken. Er stand auf und ging zu den Fellen, die auf einer Seite der Behausung gestapelt waren. Er nahm mehrere aus dem Haufen und ordnete sie im hinteren Bereich zu einem Lager. »Es ist bei meinen Leuten Brauch, vor einer Reise in der Schlafstatt zu nächtigen, in die sie zurückzukehren hoffen.«

»Das ... Das ist hier nicht Brauch«, stammelte Blaubeere.

Doch Chakliux legte sich auf die Felle, zog eines über sich und schloß die Augen. Es dauerte nicht lange, bis er ein Kratzen an der Türklappe hörte. Er öffnete die Augen und sah Blaubeere zum Eingangstunnel eilen, doch er wälzte sich geschwind von den Fellen und war als erster dort.

Draußen stand Wurzelgräber, den Mund weit offen vor Überraschung. Chakliux kannte ihn von der Bärenjagd.

»Blaubeere erwartet dich«, sagte Chakliux zu dem Mann, doch Wurzelgräber wich murmelnd zurück. Er rutschte im Schnee aus und krabbelte schließlich auf Füßen und Fingerspitzen den glitschigen Pfad entlang.

Chakliux kroch in die Behausung. Blaubeere stand mit dem Rücken zu ihm.

»Denkst du, ich bin ein Dummkopf?« fragte Chakliux. »Ich habe gesehen, was du vorhattest, sobald ich in deine Behausung kam.«

Blaubeere antwortete nicht.

»So«, sagte Chakliux, »ich werde heute nacht nicht hier schlafen. Ich denke nicht, daß ich in diese Behausung oder in deine Schlafstatt zurückkehren will. Denkst du, Sok möchte gern erfahren, was geschehen ist? Du weißt, daß er nach demjenigen sucht, der deinen Mann getötet hat. Frage Wurzelgräber, ob er ein Messer verloren hat.«

Er verließ die Behausung, umrundete das Dorf, um nicht durch die Menge bei den Kochfeuern gehen zu müssen. Schon schlugen die Trommeln; der Himmel dunkelte. Wenn er am frühen Morgen aufbrechen wollte, wäre es besser für ihn zu schlafen, statt zu tanzen.

Er ging zur Behausung von Rotes Blatt. Sie war leer. Er rollte seine Schlafdecken aus und legte sich auf die Felle. Er versuchte, entspannt einzuschlafen, doch seine Gedanken verscheuchten seine Träume.

War Blaubeere seinem Großvater wirklich eine gute Frau gewesen, oder hatte sie Wurzelgräber heimlich in ihre Behausung eingelassen, wann immer sich der alte Mann woanders aufhielt?

Wenn es so war, dann hoffte Chakliux, daß Tsaani nichts davon gewußt hatte. Er seufzte. Er würde sich später Gedanken um Blaubeere machen, nachdem er zurückgekehrt war. Wenigstens hatte er einen Grund, sie zu verstoßen. Wenigstens gab es eine Sache weniger, die ihn an dieses Dorf band. Die Frau war es nicht wert, über sie nachzudenken.

Die Reise zu seinem eigenen Dorf war wichtiger. Er freute sich darauf, Erdschläger zu sehen, seinen Vater, und er mußte mit seiner Mutter K'os sprechen. Bevor er am Morgen aufbrach, wollte er Blaukopfente aufsuchen. Vielleicht hatte der Mann eine Weisheit, die Chakliux helfen würde, mit seiner Mutter umzugehen. Er mußte wissen, ob sie etwas mit den Morden hier im Nahe-am-Fluß-Dorf zu schaffen hatte. Er glaubte nicht, daß sie persönlich Tsaani oder Daes getötet hatte. Wenn sie es vorgehabt hatte, war es wahrscheinlicher, daß sie einen jungen Mann verleitet hatte, es für sie zu tun. Aber wer konnte das sagen?

Immerhin hatte sie Gguzaakk getötet.

9

Yaa hob den Kopf und blickte gebannt auf das Rauchloch. Vielleicht lichtete sich der Himmel, wenigstens ein bißchen. Sie hatte die ganze Nacht wach gelegen, Bilder, halb Gedanken, halb Träume, waren gekommen und gegangen.

Sie hatte alles versucht, was sie immer tat, wenn sie nicht schlafen konnte: zählen, die Namen ihrer Freundinnen aufsagen, sich an Spiele erinnern und sich Geschichten erzählen. Schließlich war sie unter ihren Schlafdecken hervorgekrochen und zum Kochbeutel geschlichen. Wenn sie nur ein wenig zu essen hätte, dachte sie, das würde vielleicht helfen. Doch selbst im Dunkeln hatte Braunes Wasser sie gesehen.

Sie war von ihrem Schlafplatz aufgefahren, hatte die Kelle ergriffen und sie auf Yaas Hand krachen lassen. Nun lag Yaa da, versuchte nicht nur zu schlafen, sondern auch, das Pochen in ihrem Handgelenk nicht zu beachten.

In nur einem Mond hatte es in ihrer Behausung viele Veränderungen gegeben. Zuerst war Daes getötet und Ghaden in die Obhut von Wolf-und-Rabe gegeben worden. Und vor fünf Tagen war Yaas Vater gestorben. Die Wunde dieses Todes war noch so frisch, daß sie schlimmer schmerzte als ihre Hand.

In der ersten Nacht nach seinem Tod hatte Yaa von ihrem Vater und von Daes geträumt. Sie hatten sie zu sich gerufen. Seitdem fand Yaa nur schwer Schlaf, und wenn sie endlich schlief, wachte sie plötzlich angsterfüllt wieder auf, und ihr Herz schlug so heftig, daß es sich anfühlte, als wollte es aus ihrer Brust herausbrechen.

Tagsüber verrichtete Yaa schleppend ihre Pflichten; sie handelte sich Hiebe und Schelte ein, bis ihre Ohren es müde waren, sich die Worte anzuhören, die Braunes Wasser brüllte. Doch gestern hatte Wolf-und-Rabe die Behausung aufgesucht und hatte Braunes Wasser erklärt, Ghaden könne nun zu ihnen zurückkehren. Er sagte, Daes sei vermutlich zu weit entfernt, um den Jungen zu sich in die Geisterwelt zu rufen. Nach einer Nacht der Gesänge und Gebete werde er Ghaden in die Behausung von Braunes Wasser bringen.

Die Worte von Wolf-und-Rabe nahmen das Grau von Yaas Welt. Ihre Hände und Füße waren auf einmal imstande, Dinge auf die alte Weise zu tun, ohne daß sie stolperte oder sich verhedderte.

Sie hatte ihrer Mutter geholfen, das Lager für Ghaden zu bereiten. Sie hatten seine Decken aus Hasenfell gelüftet und glückbringende Amulette unter die Matten aus geflochtenem Gras gelegt.

Als sie fertig waren, sagte Yaas Mutter zu ihr: »Nun hole deine Schlafsachen, und lege sie hierher neben die von Ghaden. Braunes Wasser und ich haben beschlossen, daß du diejenige sein mußt, die ihn hütet. Es wird bald Frühling, und ich werde zu beschäftigt sein.«

Dann hatte sie Yaa angelächelt, und ein großer Klumpen war in Yaas Kehle gekommen. Sie war gewiß, daß sie in dieser Nacht schlafen würde, doch obwohl sie mit der Kraft ihres Willens in Träume glitt, schienen ihre Muskeln unter ihrer Haut zu tanzen. Jetzt war es fast Morgen, und Yaa glaubte fest, die ganze Nacht wach gewesen zu sein.

Sie hörte, wie sich Braunes Wasser räusperte, um den Rauch des Feuers aus ihrer Kehle zu husten, und sie blinzelte, um in der dunklen Behausung zu sehen, wie die Frau aufstand und die Glut schürte. Yaa kniff die Augen vor dem Feuerschein zusammen, und gleich darauf mußte sie eingeschlafen sein, denn schon rüttelte Braunes Wasser sie wach und schimpfte sie Seemöwe, einen faulen Vogel, der Kochstellen und Fleischgestelle ausraubt.

Yaa schlug die Augen auf und sprang hoch, zog ihren Parka an und lief hinaus, um Holz zu holen. Sie hieb jedes Stück auf die Erde, um lockeren Schnee abzuschütteln. Vor drei Tagen hatten sie einen Sturm gehabt, doch seither hatte es nur dicken Reif gegeben, der auf den Karibubespannungen der Behausung knackte und im klaren Morgenlicht glitzerte.

Mit jedem Tag zeigte sich die Sonne früher. Yaa konnte die Veränderungen in der Luft wahrnehmen, so als würden die Bäume den ersten Geruch der Blätter aus ihren kahlen, brüchigen Ästen entlassen.

Sie trug sechs Armladungen Holz hinein, ging dann hinaus, um eine weitere zu holen, als Braunes Wasser rief: »Genug!« und in Richtung des Kochbeutels nickte, so daß Yaa wußte, sie durfte jetzt essen.

Sie leerte eine Schale Fleisch, dann setzte sie sich nieder, um eine Grasmatte zu weben. Weben war nicht ihre Lieblingsbeschäftigung. Das getrocknete Gras wurde in ihren Fingern immer klebrig, und ihre Augen brannten, wenn sie sich anstrengte, in der rauchigen Behausung etwas zu sehen. Aber, sagte sie sich, es ist besser als nähen.

Ihre Lieblingsarbeit am Morgen war das Hüten eines Kochbeutels an den Kochstellen des Dorfes. Sie hörte die alten Frauen gerne reden. Sie sprachen unter Gekicher von ihren Männern, und so erfuhr Yaa Geheimnisse vieler Jäger, von Männern, die mit hochgerecktem Kinn gingen und mit Muscheln besetzte und mit Federn verzierte Parkas trugen.

Der alte Blaukopfente, der geachtet war, weil er viele Karibus getötet hatte, ließ sich gerne am Gesäß kratzen, bevor er abends schlafen ging, und Rotbrustschnepfe, dessen boshafte Natur Kinder von ihm fernhielt, fürchtete sich vor Wühlmäusen.

Aber heute morgen mußte Yaa in der Behausung bleiben.

Wenn sie Ghaden hüten sollte, hatte sie dazusein, wenn er nach Hause kam.

Ghaden wachte von den Geräuschen auf, als Blaue Blume Essen auslegte. Es roch gut. Er war hungrig. Er wälzte sich auf die Seite und stemmte sich vorsichtig hoch.

Die Schmerzen waren da, griffen nach ihm wie Finger mit scharfen Nägeln, aber es war nicht mehr so schlimm wie vorher. Lange Atemzüge waren ihm noch verhaßt. Jeden Tag kam die alte Frau Ligige', hieß ihn aufstehen und seine Brust mit Luft füllen, bis er nichts tun konnte als husten. Manchmal stellte er sich schlafend, wenn er sie hörte. Anfangs hatte es genützt. Die alte Frau war fortgegangen, hatte versprochen, am nächsten Tag wiederzukommen, doch jetzt schüttelte sie ihn nur, wenn er sich schlafend stellte, bis er am Ende das Schütteln als schlimmer empfand als die langen Atemzüge.

Es tue ihm gut, sagte Glücklicher Mund und erklärte ihm, er müsse Ligige' gehorchen und essen, auch wenn er nicht hungrig sei. Dann könne er nach Hause gehen. Ja, er wollte nach Hause, das wünschte er sich mehr als alles andere, sogar mehr, als daß die Schmerzen verschwanden.

»Ghaden, bist du wach?« fragte Blaue Blume.

Ghaden lächelte sie an. Sie erinnerte ihn ein wenig an seine Mutter. »Hungrig«, sagte er.

»Hungrig! Gut!« Sie füllte eine Schale und reichte sie ihm.

Ghaden kreuzte die Beine und stellte das Gefäß auf seinen Schoß. Er fischte mit den Fingern in der Brühe und zog ein Stück Fleisch heraus.

»Heute?« fragte er Blaue Blume.

Sie hob die Augenbrauen. »Ja, heute«, sagte sie.

Sein Lachen perlte wie kleine runde Tropfen und platzte aus seinem Mund wie die Speichelblasen, die er und Yaa mit den Lippen formten. Heute konnte er in die Behausung von Braunes Wasser zurückkehren. Heute würde er seine Mutter sehen.

Wolf-und-Rabe kam nicht, bevor die Sonne hoch am Himmel stand. Bis dahin gab das Warten Yaa ein Gefühl, als würde ihre Haut von ihrem Körper kriechen. Sie sprang auf, als sie das Kratzen an der Tür hörte, doch Braunes Wasser bedeutete ihr, sich hinzusetzen. Sie seufzte und zog die Matte wieder auf ihren Schoß, fädelte einen neuen Strang durch das gewebte Gras und schob ihn mit einem eingekerbten Vogelknochen an Ort und Stelle.

Braunes Wasser begrüßte Wolf-und-Rabe. Zu Yaas Enttäuschung hatte er Ghaden nicht bei sich, doch nach einigen Worten der Höflichkeit duckte er den Kopf in den Eingangstunnel und rief nach seiner Frau. Sie kam mit dem Jungen auf dem Arm herein.

Ghadens Gesicht war ein bleicher Kreis, in Felle gehüllt. Er wirkte winziger, als Yaa ihn in Erinnerung hatte, obwohl sie ihn oft besucht hatte.

Braunes Wasser deutete zum Schlafplatz des Jungen, und Blaue Blume trug ihn dorthin, bettete ihn in die Decken.

»Yaa«, sagte Braunes Wasser und wies mit dem Kinn auf den Jungen.

Yaa rollte freudig ihre Matte zusammen und setzte sich neben ihren Bruder. Blaue Blume tätschelte ihr den Kopf und gesellte sich dann zu den Erwachsenen am Feuer. Braunes Wasser bot ihnen Essen an, und Glücklicher Mund füllte Schalen, dann fragte sie Ghaden, ob er hungrig sei.

Er schüttelte den Kopf, stemmte sich aber zum Sitzen hoch. Yaa huschte hinter ihn, um seine Schultern zu stützen. »Er sagt nein«, erklärte sie ihrer Mutter, dann beugte sie sich vor, um die Worte aufzufangen, die Ghaden murmelte.

»Meine Mutter«, sagte er. »Wo ist meine Mutter? Wo ist sie?«

Yaa öffnete den Mund, wußte aber nicht, was sie sagen sollte. Hatte ihm niemand erzählt, daß Daes tot war? Hatte niemand erklärt, daß sie nicht hiersein würde? Yaa blickte auf

Wolf-und-Rabe, auf die bedeutsamen Federn, die er im Haar, die Amulette, die er um den Hals trug. Seine Frau war mit einem schönen Parka bekleidet, der aus Vielfraßfell gemacht und an den Schultern mit Einsätzen aus weißem Wieselfell verziert war. Die Frau erzählte einen Witz. Braunes Wasser lachte, Yaas Mutter ebenso.

Yaa hätte sie am liebsten angeschrien, sie unhöflich unterbrochen, um zu fragen, was sie Ghaden erzählt hatten. Vielleicht gar nichts. Vielleicht erwarteten sie von Yaa, ihm zu sagen, daß Daes tot war.

»Ich will zu meiner Mutter«, sagte Ghaden nun, und Yaa sah den Schimmer von Tränen in seinen Augen.

Sie beugte sich vor und drückte die Lippen dicht an Ghadens Ohr. »Deine Mutter wurde verletzt, so wie du verletzt wurdest, kleiner Bruder«, sagte sie leise. »Aber sie wurde zu schlimm verletzt, um gesund zu werden. Sie mußte fortgehen, um bei den Geistern zu leben. Sie ist jetzt dort.«

Ghaden wandte den Kopf, um sie anzusehen. »Wann kommt sie zurück?« fragte er.

»Sie kann eine lange Zeit nicht zurückkommen«, sagte Yaa und hoffte, daß ihre Worte wahr seien, hoffte, daß Daes ihnen ihre Ruhe lassen würde.

Ghadens Augen wurden groß und rund. Er schob seinen Daumen in den Mund und lutschte, etwas, das Yaa ihn nicht hatte tun sehen, seit er ein Säugling war.

»Sei unbesorgt«, sagte sie. »Du wirst trotzdem hier bei uns leben.«

Ghaden zog den Daumen aus dem Mund. Es gab ein nasses, schnalzendes Geräusch. Er preßte die Lippen zu einem dünnen Strich zusammen, und in diesem Augenblick erinnerte sein kleines Jungengesicht Yaa an Daes. Er sah zu dem Kreis der Menschen hinüber, die um das Feuer saßen. Es waren noch weitere gekommen. Träger Schnee, der die Behausung nebenan gehörte, hatte einen Korb getrocknete Blaubeeren bei sich. Sie hatte wohl gesehen, wie Wolf-und-Rabe Ghaden nach Hause brachte, dachte Yaa, und einige ihrer kostbaren Beeren geopfert, um herkommen und beobachten zu können, was vor sich ging. Blaukopfente, der Onkel von Braunes Wasser, hatte sich ebenfalls eingefunden, ohne Zweifel geladen als geehrter Ältester.

»Ist Braunes Wasser jetzt meine Mutter?« fragte Ghaden mit dünner, zitternder Stimme.

Braunes Wasser saß hoch aufgerichtet, den Hals gereckt vor lauter Wichtigkeit. Was könnte schlimmer sein, als Braunes Wasser als Mutter zu haben? dachte Yaa.

»Nein«, sagte sie zu Ghaden. »Braunes Wasser ist nicht deine Mutter. Ich werde deine Mutter sein.«

Ghaden seufzte, dann drückte er sich zufrieden an Yaa. Er schob den Daumen wieder in den Mund, und Yaa beugte sich vor, um ihre Wange an seinen Kopf zu lehnen. Ghaden nestelte seine Finger in ihr Haar, dann schloß er die Augen und nuckelte lautlos.

10

Das Vetter-Fluß-Dorf

Chakliux betrachtete den Mann, der vor ihm saß. Wolkenfinder war hochgewachsen, aber sein Körper war weich und fett wie der einer alten Frau, die viele Söhne hat, sie zu ernähren. Seine Augen jedoch waren strahlend und listig.

Wolkenfinder wurde als Ältester angesehen, eine Ehre, die ihm mehr um seiner Weisheit als um seines Alters willen zuteil wurde. Er war ein guter Jäger, ein geachteter Mann.

Wenn Händler kamen, um Hunde einzutauschen, suchten sie zuerst Wolkenfinder auf. Seine Tiere kämpften selten, auch zuckten oder winselten sie nicht, wenn sich ihnen Menschen näherten. Ihre Muskeln waren fest und zeichneten sich deutlich unter dem glänzenden Fell ab. Wenn Chakliux Hunde wie diese mit in das Nahe-am-Fluß-Dorf bringen könnte, dann würden die Ältesten vielleicht glauben, daß ihm daran gelegen war, ihrem Volk zu helfen.

»In den Tagen, seit du bei uns bist, hast du also bemerkt, daß die jungen Männer unseres Dorfes das Herumsitzen leid sind«, sagte Wolkenfinder. »Sie meinen, daß sie ihren Wert am besten im Krieg beweisen. Du sagst, daß dies auch beim Nahe-am-Fluß-Volk so ist? Ich bin erstaunt. Sie sind doch Bärenjäger. Finden sie denn nicht genug Ehre in der Jagd? Wenn sich unsere jungen Männer auf die List verstünden, Winterhöhlen aufzuspüren, wären sie zufriedener.« Er zuckte die Achseln. »Das Frühjahr ist eine schlechte Zeit. Unsere jungen Männer – sogar meine vier Söhne – haben genug vom Winter, genug von Frauenstimmen und Kinderliedern. Sie hungern nach frischem Fleisch und Ehre.«

»Das ist wahr«, sagte Chakliux, »doch vielleicht wollen die Männer des Nahe-am-Fluß-Dorfes nicht mehr kämpfen, wenn ich ihnen gute Hunde mitbringe.«

»Es gibt hier etwas, das wichtiger ist als Hunde«, sagte Wolkenfinder. »Wollen die Ältesten des Nahe-am-Fluß-Volkes kämpfen, oder suchen sie Frieden?«

»Wie die meisten Ältesten in diesem Dorf wünschen sie Frieden«, sagte Chakliux. »Was bringt ein Kampf einem alten Mann Gutes? Möchte ein Vater seine Söhne verlieren? Du weißt, Er-spricht hat mich in das Nahe-am-Fluß-Dorf geschickt, damit ich mir eine Frau nehme und auf diese Weise die Bindung zwischen unseren Völkern festige, doch die Frau wollte mich nicht haben. Sie fürchtete, unsere Kinder würden Füße bekommen, die wie meine sind.«

»Was ist so schlimm daran?« fragte Wolkenfinder. »Sie wollte keinen Mann mit der Macht der Tier-Gabe?«

Chakliux hob die Hände. »Wer kann verstehen, was sich eine Frau wünscht?« sagte er. »Die Hunde sterben in ihrem Dorf. Starke, gesunde Hunde. Einige der jungen Männer, die versuchen, Zorn gegen unser Volk zu schüren, haben gesagt, ich hätte ihnen einen Fluch gebracht. Vielleicht denkt auch die Tochter des Schamanen, daß ich einen Fluch trage. Die Ältesten hoffen, wenn ich goldäugige Hunde mitbringe, wird das Volk verstehen, daß ich nicht geschickt wurde, um zu verfluchen, sondern um zu helfen.«

Wolkenfinder beugte sich vor und blickte Chakliux fest in die Augen. »Da ist noch etwas«, sagte er.

Chakliux saß lange Zeit da und überlegte, was er Wolkenfinder erzählen sollte. Schließlich sagte er: »Weniger als einen Mond bevor ich aufbrach, um hierher zurückzukehren, wurden im Nahe-am-Fluß-Dorf zwei Menschen getötet, ein Ältester, ein geachteter Jäger, und eine Frau. Außerdem wurde ein kleines Kind verletzt. Der Älteste wurde in seiner Behausung getötet, als er schlief. Die Frau war draußen, auf dem Rückweg zur Behausung ihrer Schwesterfrau. Das Kind war ihr Sohn. Die Morde geschahen mit einem Messer.«

»Du denkst, es waren welche von unseren jungen Männern?«

»Ich weiß es nicht. Der Schamane des Nahe-am-Fluß-Volkes sagt, Geister hätten sie getötet.«

Wolkenfinder stieß entrüstet die Luft aus. »Welcher Geist benutzt ein Messer?« fragte er.

»Es war ein Händler im Dorf«, sagte Chakliux. »Manche denken, er hat es getan.«

»Was denkst du?«

»Warum hätte er einen Dorfältesten töten wollen? Der Junge war der Sohn des Händlers. Das Messer steckte noch in der Schulter des Jungen, als er gefunden wurde. Es war eines der Messer, die der Händler ins Dorf gebracht hatte. Warum hätte er sein Messer zurücklassen wollen?«

»Ist er dumm, dieser Mann?«

»Nicht, wenn er mit Tauschwaren handelt.«

»Also denkst du, daß vielleicht einer von unseren jungen Männern ...«

»Ich weiß es nicht genau. Wenn ein Jäger von diesem Dorf den Nahe-am-Fluß-Leuten einen Grund zum Kämpfen geben wollte, warum würde er eine Frau oder ein Kind töten, warum einen alten Mann?«

»Wer braucht mehr Schutz?« fragte Wolkenfinder. »Wenn junge Männer kämpfen, tun sie es für ihre Ehre und um jene zu schützen, die nicht kämpfen können – die Ältesten, die Kinder, die Frauen.«

»Das ist wahr, doch warum ein Händlermesser zurücklassen? Warum nicht wissen lassen, daß ein Jäger vom Vetter-Fluß-Volk den Mord beging?«

Wolkenfinder nickte.

»Weißt du von Jägern, die so lange, wie man brauchen würde, um so etwas zu tun, nicht in diesem Dorf waren?« fragte Chakliux. »Vermutlich sechs, acht Tage wenigstens.«

Wolkenfinder runzelte die Stirn, blickte zum Dach der Behausung hinauf und schürzte die Lippen. »Meine Söhne, Nachtmann und sein Bruder Tikaani, waren zwei Tage lang jagen«, sagte er langsam. »Sie haben einen Luchs, einige Hasen und einen Fuchs mitgebracht.« Er schwieg eine Weile. »Von anderen weiß ich nichts. Du hast in der Hütte der Jäger gewohnt, nicht?«

»Ja.«

»Junge Männer prahlen oft. Du hast nichts gehört?«

»Ich habe in meinen Decken gelegen und mich schlafend gestellt, jedoch bis weit in die Nacht gelauscht. Ich habe nichts gehört.«

»Wenn es jemand von unserem Volk war, dann wollte er aus irgendeinem Grund, daß es geheim bleibt. Es *gibt* eine, die so etwas tun könnte, allerdings nicht mit eigener Hand. Sie würde jemanden schicken.«

Er sah Chakliux mit hochgezogener Augenbraue an, und Chakliux spürte ein Flattern im Bauch. K'os. Wer anders als K'os, und wenn sie es war, warum es dem Nahe-am-Fluß-Volk sagen? Es würde den jungen Männern Grund zu kämpfen geben. Lieber nur abwarten und beobachten, gefaßt sein auf alles, was sie als nächstes zu tun beschloß.

»Ich verstehe«, sagte Chakliux leise.

»Und du weißt, daß es das beste ist, abzuwarten?«

»Ja.«

Wolkenfinder tat einen langen Atemzug. »Wir müssen beobachten und lauschen, du und ich«, sagte er. »Wir werden sie aufhalten.« Er stand auf, füllte seine Schale abermals bis zum Rand und deutete mit dem Kinn auf die von Chakliux.

Chakliux schüttelte den Kopf.

Wolkenfinder setzte sich. Den Mund voll Essen, sagte er: »Einstweilen brauchst du Hunde. Warum kommst du zu mir?«

»Du hast die besten Hunde.«

Wolkenfinder lachte. »Es ist gut, für etwas bekannt zu sein außer dafür, daß ich fett bin«, sagte er, dabei wußte jedermann, daß er stolz war auf seine Leibesfülle.

Ein Mann, der fett war, selbst noch im Frühjahr, hatte seine Frau gut gewählt und war ein tüchtiger Jäger. Oder aber er war habgierig, doch niemand, der die Behausung von Wolkenfinder aufsuchte, hatte ihm jemals Habgier vorgehalten. Chakliux blickte hinunter auf die große Holzschale auf seinem Schoß. Er hatte gegessen, seit er gekommen war, und das Gefäß war immer noch halb voll.

»Dann bietest du also einen Handel an?« fragte Wolkenfinder.

»Ich habe eigene Waren und auch Dinge vom Nahe-am-Fluß-Volk, Felle und Parkas, Hasenfelldecken, ein *sael* mit Gänsefett, Fischhautkörbe, Fischnetze, Haken, Speerspitzen. Ich habe einen Feuerbogen, den einer der Ältesten gemacht hat. Viele Dinge.«

»Und für das alles möchtest du einen Hund?«

»Eine Hündin, die vor kurzem geworfen hat.«

»Und Welpen hat?«

»Ja. Du hast mehr als eine Hündin. Mehrere haben jüngst geworfen.«

»Es ist nicht leicht für mich, einen meiner Hunde wegzugeben. Sie sind wie meine Kinder. Ich muß wissen, daß sie gut versorgt werden.«

»Du kennst mich, seit ich ein Junge war, Wolkenfinder. Du weißt, ich werde für die Hündin sorgen.«

Wolkenfinder neigte den Kopf. »Ich würde dies nicht in Betracht ziehen, wenn du irgendein Mann wärest, der einen guten Hund sucht, doch ich möchte unser Volk nicht kämpfen sehen. Wir sind Vettern des Nahe-am-Fluß-Volkes. Wir haben dieselben Großväter. Was, wenn ein anderer Feind unter uns kommt? So etwas ist schon einmal geschehen. Es könnte wieder geschehen. Es gibt Fremde, die zwei, drei Handvoll Tage von hier entfernt leben. Sie benutzen Waffen, wie wir sie nicht zu machen wissen, und sie achten heilige Dinge nicht. Ihre Sprache ist eine, die niemand versteht. Was, wenn sie unsere Dörfer überfallen? Was, wenn sie kommen, um unsere Töchter und Frauen zu rauben? Was würden wir tun, wenn wir uns nicht mit dem Nahe-am-Fluß-Volk verbinden könnten?« Er seufzte, dann sagte er: »Zeige mir, was du mitgebracht hast. Vielleicht werde ich tauschen.«

»Also«, sagte K'os und kräuselte die Lippen, »hat er beschlossen, dir einen Hund zu geben?«

Chakliux war seiner Mutter ausgewichen, seit er hierhergekommen war, doch ein Jäger muß die Kochstellen eines Dorfes aufsuchen, wie wollte er sonst essen?

Jetzt stand sie allein bei den Herdfeuern und rührte in einem der Kochbeutel, ganz so, als würde sie sich dabei stets mit den anderen im Dorf abwechseln. Sie deutete nickend auf seine leere Schale. »Hast du schon gegessen?« fragte sie.

»Heute morgen bei Wolkenfinder«, antwortete Chakliux.

»Warum willst du dann hier essen?« fragte sie. »Außerdem, wenn du wieder hungrig bist, habe ich in meiner Behausung besseres Essen.«

Ihr Essen war gut. Die Jäger brachten ihr oft das beste Fleisch für die Gunst, die sie gewährte. Sie teilte es selten mit anderen Familien, und es kam nicht oft vor, daß sie die Kochstellen des Dorfes benutzte, außer bei Festlichkeiten, wenn die Männer in der Nähe waren und K'os keine Sorge haben mußte, daß die Dorffrauen diejenige, die das Lager mit ihren Männern und jungen Söhnen teilte, mit Kellen voll heißem Essen bewarfen.

»Ich kann nicht. Ich muß in die Hütte der Jäger zurückkehren. Sie warten auf mich.«

»Du irrst dich. Sie wollen nichts mehr hören von deinen Bitten um Frieden, deinen Geschichten von dem guten, großzügigen Nahe-am-Fluß-Volk. Sie haben nicht vergessen, daß diese Menschen unsere Fischerei verflucht haben. Hast du ihnen erzählt, daß die Töchter des Nahe-am-Fluß-Volkes dich nicht haben wollen?« Sie hob die Augenbrauen und lachte. »Nein, natürlich nicht. Welche Ehre würde dir in diesem Dorf zuteil werden, wenn sie wüßten, was das Nahe-am-Fluß-Volk weiß?«

Wäre er jünger gewesen, weniger erfahren im Umgang mit seiner Mutter, so hätte der Zorn unachtsame Worte aus seinem Mund gebracht. Er hätte ihr gesagt, daß es den jungen Jägern nicht um die Ehre ging, die ihm im Nahe-am-Fluß-Dorf zuteil – oder nicht zuteil – wurde. Ihnen war mehr daran gelegen, die Geheimnisse der Winterhöhlenjagd zu lernen. Doch er hielt den Mund geschlossen, seine Gedanken verborgen. Je weniger sie wußte, desto besser für alle.

Natürlich hatte sie viele Wege, zu erfahren, was sie wissen wollte. Unter den Wonnen, die sie mit ihren Händen bereitete, würde ein junger Mann alsbald auf jede Frage antworten, die sie stellte. Als Kind hatte Chakliux in seinen Schlafdecken gelauscht und schon damals K'os' Hinterlist erkannt.

Eine alte Frau bahnte sich einen Weg zu den Kochstellen. Als sie K'os sah, schlug sie die Arme um sich, als wollte sie die Ränder ihres Parkas vor der Berührung durch K'os bewahren. Die Frau schob die Kapuze ihres Parkas zurück und warf eine Handvoll getrocknete Beeren in einen Kochbeutel. Chakliux ging auf sie zu, hielt ihr seine Schale hin. Die Frau hob die Augenbrauen und sah K'os an, einen Mundwinkel zu einem Lächeln hochgezogen. Sie füllte die Schale von Chakliux. Er ging fort, ohne seine Mutter anzusehen, doch er spürte ihre Augen brennend in seinem Rücken.

»Ich habe mich entschieden«, sagte Wolkenfinder. Er und Chakliux saßen im hinteren Bereich der Hütte der Jäger, ein Ehrenplatz, der ihnen von den jüngeren Männern zuerkannt worden war.

Chakliux hielt die Luft an, dann stieß er sie enttäuscht aus, als Wolkenfinder sagte: »Es ist nicht genug. Ich kann meine Hunde nicht weggeben für das, was du bietest.«

Chakliux kämpfte gegen den Zorn an, der ihm törichte Worte in den Mund schob. Wolkenfinder hatte gesagt, er verstehe; er hatte sich den Frieden zwischen den Dörfern anscheinend ebensosehr gewünscht wie Chakliux. Warum verlangte der Mann dann mehr? Chakliux hatte sonst nichts. Nach drei Tagen des Feilschens hatte er sogar Pelze von seinem Vater geborgt, um sie den Tauschwaren hinzuzufügen.

»Meine Hunde gehören nicht mir allein, sondern allen in diesem Dorf«, sagte Wolkenfinder. »Wie kann ich sie an ein anderes Dorf weggeben, ohne außer für mich selbst auch etwas für die anderen Jäger zu verlangen?«

Chakliux streckte die leeren Hände aus. »Du weißt, ich habe alles geboten, was ich besitze, sogar meine Ersatzstiefel. Mehr habe ich nicht. Du weißt, meine Frau und mein Sohn sind tot, deshalb kann ich kein Kind zur Ehe versprechen.«

»Ich verlange nicht mehr von *dir*«, sagte Wolkenfinder. »Ich wünsche etwas vom Nahe-am-Fluß-Dorf.«

Chakliux hielt den Blick des Mannes fest. Er sah nicht Habgier, sondern Weisheit, und so wartete er, bis Wolkenfinder sprach.

»Das Nahe-am-Fluß-Volk braucht unsere starken, goldäugigen Hunde, aber es hat auch etwas, was wir brauchen.« Er hielt inne und wandte den Kopf, um die Männer ringsum anzusehen.

Jeder von ihnen war mit etwas beschäftigt – einen Speerschaft glätten, eine Klinge einsetzen, eine Speerspitze bearbeiten. Obwohl ihre Blicke nicht auf Chakliux und Wolkenfinder gerichtet waren, wußte Chakliux, daß sie sich anhörten, was gesprochen wurde, und daß sie die Worte, die sie vernahmen, zu Vätern und Onkeln tragen würden und zu den Frauen, um die sie warben; bald wüßte es das ganze Dorf.

»Welches Tier wird mehr verehrt als der Bär?« fragte Wolkenfinder. »Welches Tier hat mehr Macht? Doch im späten Winter und frühen Frühjahr, wenn es unsere Leute nach fettem Fleisch gelüstet, können wir keine Bären jagen, weil wir sie nicht finden können.

Die Hunde gehören dir«, sagte er, »die Hündin und ihre fünf Welpen, für die Tauschwaren und eine andere Sache. Du mußt mich mitnehmen in das Nahe-am-Fluß-Dorf. Während ich dort bin, werde ich die Nahe-am-Fluß-Leute lehren, wie meine Hunde versorgt werden müssen, und ihre Jäger werden mich lehren, Bären zu finden. Dann werde ich zurückkommen und es diesen jungen Männern erzählen.« Er deutete mit dem Kinn in Richtung der Jäger auf der anderen Seite des Feuers.

Chakliux fühlte Hoffnung in seinem Herzen. Es war ein guter Plan, einer, der gelingen könnte. Er wünschte, Tsaani würde noch leben, um sein Wissen mitzuteilen, doch Sok war ein tüchtiger Jäger, und er hatte Tauschwaren geschickt. Einer der Welpen würde ihm gehören. Vielleicht wäre Sok bereit, Wolkenfinder zu lehren, was Tsaani ihn gelehrt hatte.

Wolkenfinder war klug. Warum sollte, wer seinem Dorf den Frieden erkaufte, nicht auch etwas tun, um sich selbst zu helfen? Er würde mit einem Wissen zurückkehren, wie es sich jeder Jäger wünschte. Mit nur wenigen erlegten Bären würde ihm die Ehre gebühren, oberster Jäger zu sein. Es gab gegenwärtig im Dorf keinen obersten Jäger im herkömmlichen Sinn. Erdschläger, der Vater von Chakliux, wurde von den meisten Männern noch immer geachtet, doch andere Jäger brachten mehr Fleisch mit. Es war an der Zeit, daß ein Mann als Häuptling angesehen wurde, daß ein Mann den Ehrenplatz einnahm.

»Ja«, sagte Chakliux, und die jungen Jäger rückten näher an ihn heran. Ihre Aufregung war wie etwas Lebendiges in den Wänden der Behausung.

»Du wirst mich mitnehmen?«

»Ich breche morgen auf.«

»So bald«, sagte Wolkenfinder, dann fügte er hinzu: »Ich werde bereit sein.«

Chakliux nickte. Wenn sie jetzt nicht zurückkehrten, würden keine Höhlenbären mehr zu finden sein. Das warme Wetter würde sie ins Freie locken. Außerdem war es das beste, zu gehen, bevor seine Mutter es herausfand, das beste, es so lange wie möglich vor ihr geheimzuhalten. Sie würde Wolkenfinder nicht als obersten Jäger wollen. Er besuchte sie nicht – wie konnte sie ihn dann in ihre Pläne verwickeln?

Natürlich hatte Chakliux die meisten dieser jungen Jäger das eine oder andere Mal die Behausung seiner Mutter betreten sehen. Es war das beste, die Männer über Nacht hierzubehalten, bis er und Wolkenfinder auf dem Weg in das Nahe-am-Fluß-Dorf waren.

Als Wolkenfinder die Behausung verließ, stand Chakliux auf und sagte: »Jeder Mann, der bereit ist, die heiligen Gesänge zu lernen, und der Achtung in seinem Herzen trägt, kann Höhlenbären jagen«, sagte er. »Bleibt diese Nacht hier. Ich werde euch Gesänge lehren, die mir der oberste Jäger des Nahe-am-Fluß-Volkes gegeben hat. Noch als er ein alter Mann war, hatte seine Stärke sagenhaften Ruf. Wenn Wolkenfinder in dieses Dorf zurückkommt, werdet ihr bereit sein, euch von ihm unterweisen zu lassen. Dann könnt ihr jagen.«

Mehrere Männer bewegten sich unruhig. Chakliux wußte, daß es diejenigen waren, die mit dem Nahe-am-Fluß-Volk kämpfen wollten. Jetzt wurde ihnen gesagt, sie müßten es achten, indem sie seine Gesänge lernten, doch die meisten sprachen mit aufgeregten Stimmen. Sie stellten Fragen, und Chakliux antwortete auf eine Weise, daß selbst die Männer, die die

Augen niederschlugen, zuzuhören begannen. Und als sich Chakliux mehrmals erbot, Gesänge zu lehren, blieben alle Männer und sangen mit ihm, bis sie die Worte kannten, die Tsaani an Chakliux weitergegeben hatte, der Großvater an den Enkelsohn.

Am frühen Morgen ging Chakliux zur Behausung von Wolkenfinder. Er wurde am Eingangstunnel von Stern empfangen, der Tochter von Wolkenfinder. Chakliux hatte Geschichten von ihrer Eigenartigkeit gehört: daß sie bald wie ein Kind schien, das zu klein war, um von seiner Mutter fortzugehen, bald wie eine Frau, klug in jeder Hinsicht.

Als er in ihre großen Augen sah, fühlte sich Chakliux zu ihr hingezogen.

Stern beugte sich vor und flüsterte Chakliux zu: »Gib acht auf meinen Vater. Er denkt, er ist noch jung. Gerade jetzt versteckt sich meine Mutter in unserer Behausung und schämt sich ihrer Tränen.«

»Dein Vater ist ein kluger Mann«, antwortete Chakliux und ließ seinen Blick auf dem Gesicht des Mädchens verweilen, auf ihrer glatten Haut, dem rosa Hauch auf ihren Wangen. »Seine Klugheit wird seine Sicherheit gewährleisten und vermutlich auch die meine, doch ich will tun, was ich kann, um ihn zu beschützen.«

»Ich habe gehört, die Frauen des Nahe-am-Fluß-Dorfes tragen Gamaschen, die mit Muschelperlen besetzt sind«, sagte Stern.

Von ihrer Kühnheit überrascht, dachte Chakliux einen Augenblick lang nach und versuchte sich zu besinnen, was die Frauen trugen. »Ja«, sagte er. »Manche.« Er sah die Tochter von Wolkenfinder an und fühlte sich abermals von ihren Augen gefesselt. »Wenn ich nach dem Handel mit deinem Vater noch Tauschwaren übrig habe«, sagte er, »will ich versuchen, Gamaschen für dich zu bekommen.«

Sie lächelte, und ein Grübchen zeigte sich in ihrem Mundwinkel. Dann rief ihr Vater aus dem Inneren der Behausung, und Stern duckte sich hinein. Wolkenfinder kam heraus. In seinem Fellparka war er so groß wie ein Bär. Wie hatte ein solcher Mann eine kleine, schöne Tochter gemacht? fragte sich Chakliux. Dann riß er seine Gedanken von dem Mädchen los und sah Wolkenfinder zu, der die Hündin Schneefalke vor Soks Schlitten spannte.

Chakliux war froh, daß Wolkenfinder beschlossen hatte, Schneefalke einzutauschen. Sie war stark, mit breiter Brust und wohlgeformten Beinen. Anders als andere Hunde zog sie einen Schlitten, ohne sich jemals gegen das Geschirr aufzulehnen. Außerdem hatte sie vor kurzem einen Wurf gesunder Welpen geboren. Wolkenfinder reichte Chakliux die Jungen. Sie steckten in Beuteln aus Karibuhaut, die an einer Schlinge hingen.

»Nimm sie hinein«, sagte Wolkenfinder und deutete auf Chakliux' Brust. Er band Chakliux die Schlinge um den Hals, und dieser schob die Welpen unter seinen Parka. Sie waren noch klein, nicht größer als seine Hand. Er fühlte ihre warmen Zungen auf seiner Haut, als er sie an ihren Platz drückte.

Wolkenfinder schnallte seine Schneeschuhe an, Ringe aus Weiden, mit einem Gurt aus ungegerbter Haut zu einem Rund gebunden. Sie waren länger und breiter als die Schneeschuhe, die Chakliux trug. Er gab einen Befehl, und Schneefalke legte ihr Gewicht in Soks Schlitten.

»Vier Weibchen, ein Männchen«, sagte Wolkenfinder, indem er mit den Lippen auf die Ausbuchtung unter Chakliux' Parka wies.

Chakliux hob die Augenbrauen, um zu zeigen, daß er verstand. Vier Weibchen – fünf, Schneefalke mitgerechnet – und ein Männchen. Und Wolkenfinder, um das Nahe-am-Fluß-Volk starke Hunde aufziehen zu lehren. Ein besserer Handel, als er zu hoffen gewagt hatte.

Wolkenfinder ergriff das Geschirr von Schneefalke, als sie den Schlitten an den Hunden vorbeizog, die noch im Windschutz der Behausung seiner Frau angebunden waren. Schneefalke hob die Nase und jaulte. Chakliux blickte unruhig zu K'os' Behausung zurück. Sie lag auf der anderen Seite des Dorfes, doch K'os hatte ein scharfes Gehör. Er beugte sich zu Schneefalke vor und legte ihr seine Hand über die Schnauze. Sie hörte auf zu jaulen, doch sie tänzelte, als Wolkenfinder einen seiner größeren Rüden losband.

»Großer Hals«, sagte er zu Chakliux.

Chakliux erinnerte sich an den Hund. Er war der Winzling eines Wurfs gewesen, der so groß war, daß die Mutter Mühe hatte, alle zu säugen. Der Besitzer hatte beschlossen, den Welpen zu töten und sein Fleisch den Kochbeuteln des Dorfes beizufügen, doch Wolkenfinder hatte den wahren Wert des Hundes erkannt und ihn gegen eine minderwertige Kleinigkeit eingetauscht. Jetzt wäre jeder Mann im Dorf stolz, Großer Hals zu besitzen.

Großer Hals hielt den struppigen Schwanz hoch aufgerichtet, die Ohren nach vorn, und seine Füße tanzten, als er mit Schneefalke zusammentraf. Die Hunde berührten sich mit den Nasen, und dann führten sie, dem Befehl von Wolkenfinder gehorchend, den Weg aus dem Dorf an.

»Sie sind begierig darauf, die Hunde des Nahe-am-Fluß-Dorfes kennenzulernen«, sagte Wolkenfinder und lachte.

Chakliux lächelte, gab seiner Freude aber nicht mit Worten Ausdruck. Was könnte besser sein? Sie hatten Schneefalke und ihre fünf Welpen. Während Wolkenfinder das Nahe-am-Fluß-Dorf besuchte, würde Großer Hals vielleicht Hündinnen von dort decken. Dann würden sogar die jungen Jäger die Großmut des Vetter-Fluß-Volkes anerkennen müssen.

Sie gingen den ganzen Tag hindurch, hielten nur an, um den Schnee zu entfernen, der zwischen den Ballen der Hundepfoten Klumpen bildete, und um Schneefalke ihre Jungen säugen zu lassen.

Am Abend machten sie mit Holz, das Wolkenfinder auf den Schlitten geladen hatte, ein Feuer. Sie aßen, was die Frau von Wolkenfinder ihnen eingepackt hatte: gehärtetes Fett, Beerenfladen und getrocknetes Fleisch, dann kippten sie den Schlitten auf die Seite, als Abwehr gegen den Wind und als Schutz für das Feuer, und sprachen von Zeiten, die sie gemeinsam im Dorf erlebt hatten.

Schließlich bat Wolkenfinder: »Erzähle mir von diesen Nahe-am-Fluß-Menschen. Ich bin oft in ihrem Dorf gewesen und habe mit einigen ihrer Frauen das Lager geteilt, aber ich kenne die Menschen nicht, wie du sie kennst.«

»Sie sind ein schwer arbeitendes Volk«, antwortete Chakliux. »Ihre Wege sind unseren sehr ähnlich. Sie sind tüchtige Jäger, doch ihre Hunde sind nicht so gut wie unsere, und ihre Frauen sind nicht so schön.«

Wolkenfinder lachte, seine Stimme erklang laut in der kalten Luft. »Du hast mir erzählt, die Tochter des Schamanen wollte dich nicht haben, aber hast du um eine andere Frau unter ihnen angehalten?« fragte er.

»Nein«, antwortete Chakliux. Er hatte die Welpen unter seinem Parka hervorgeholt. Sie lagen jetzt auf Fichtenzweigen, die mit einer Karibuhaut bedeckt waren, und saugten an ihrer Mutter. Er bückte sich und streichelte die Flanke von Schneefalke. Er dachte an Blaubeere, sagte aber: »Ich habe keine Frau unter ihnen.«

Wolkenfinder schwieg, und Chakliux wußte, daß der Mann auf eine Erklärung wartete. Schließlich sagte Chakliux: »Ich muß dir etwas sagen, etwas, das ich selbst nicht wußte, bis ich das Nahe-am-Fluß-Dorf besuchte.« Er richtete sich auf und sah Wolkenfinder an. »Es gibt eine Frau im Nahe-am-Fluß-Dorf, die mich als Sohn beansprucht. Sie sagt, sie hat mich wegen meines Fußes ausgesetzt, mich dem Wind überlassen.«

»Dann«, sagte Wolkenfinder, »bist du für die Nahe-am-Fluß-Menschen nicht Tier-Gabe. Sehen sie dich als verflucht an?«

»Einige. Andere nicht. Sie wissen, daß ich schwimmen kann. Sie sehen meine Füße als Beweis für Otterblut.«

Eine lange Weile sah Wolkenfinder den Flammen ihres Feuers zu, dann sagte er: »So sehe ich dich, als Otter. Ein Mann, der für den Frieden wirkt, ist ein guter Mann, einerlei, wer seine Mutter ist.«

Und Chakliux wußte, er meinte nicht seine Mutter vom Nahe-am-Fluß-Volk, sondern K'os.

Sie erwachten durch einen Sturm. Die Hunde rollten sich eng zusammen, um sich vor dem Wind zu schützen, und hielten sich die Schwänze vor die Nasen. Die Männer hatten die Welpen die Nacht über bei ihrer Mutter schlafen lassen, und Chakliux kroch auf Händen und Knien aus dem Obdach aus Felldecken und Harschschnee, um nach ihnen zu sehen.

Der Wind warf mit Schnee und Eis, scharf wie Stein. Chakliux sprach zu den Hunden, doch der Sturm peitschte seine Worte fort. Er wollte Schneefalke nicht erschrecken, wollte sich nicht ihren Zähnen aussetzen, wenn sie aufsprang, um ihre Jungen zu beschützen. Doch sie rührte sich nicht. Vorsichtig schob er seine Hand in den Schneehaufen, der sie bedeckte, darauf bedacht, ihn nicht zu zerstieben, da er wußte, daß er sie warm hielt, doch sie hob bei seiner Berührung den Kopf. Er streifte den Fäustling aus Karibuhaut von seiner Hand und ließ seine Finger zum Bauch von Schneefalke hinuntergleiten.

Er fand den ersten Welpen, die Schnauze dicht an einer Zitze seiner Mutter. Das Herz des Welpen schlug kräftig gegen die Fingerspitzen von Chakliux. Er fuhr mit der Hand über jedes Junge. Sie waren warm, trocken und lebendig. Er ging an seinen Platz zurück, drängte sich dicht an den umgekippten Schlitten. Er fühlte ein Zupfen am Arm und antwortete auf die stumme Frage von Wolkenfinder.

»Schneefalke und den Welpen geht es gut. Ich habe nicht nach Großer Hals gesehen.«

»Er hat viele Stürme erlebt«, sagte Wolkenfinder. »Mach dir um ihn keine Sorgen.« Er reichte Chakliux einen Stock mit getrocknetem Fleisch. Chakliux schob sich das Ende zwischen die Zähne und schnitt mit seinem Ärmelmesser einen Bissen ab. Der Geschmack von Holzrauch wärmte ihn, als hätte er ein kleines Kochfeuer im Mund.

Der Sturm verließ sie am nächsten Abend, und sie brachen im klaren Schein der Sterne auf. Schneefalke schien unruhig, die Hündin zog am Schlittengeschirr, bis Chakliux sie losgehen hieß.

Unterwegs hörte er ein knackendes Geräusch, das erst zu seinem Geist und dann an sein Ohr drang. Er blickte über die Schulter zurück zu dem hohen dunklen Himmel des Nordens, lächelte, als er den *yaykaas* – den blitzenden Himmel – sich wölben und in grünen und rosa Tönen schimmern sah.

»Sieh«, sprach Wolkenfinder und hob einen Arm zu den Lichtern, die sich wie Tänzer über der Erde bewegten. »Unsere Ahnen sagen uns, daß wir es gut machen. Sie sind die Großväter beider Dörfer und wollen nicht mit ansehen, wie sich ihre Kinder gegenseitig töten.«

»Ja«, sagte Chakliux. Er fühlte das Krauchen der Tiere unter seinem Parka, und eine plötzliche Kraft erfüllte seinen Körper. Was immer die Nahe-am-Fluß-Menschen über ihn dachten – wenn sie die Hunde sahen, konnten sie nicht leugnen, daß er versuchte, etwas Gutes zu ihnen zu bringen.

Er blickte nach vorn zu Schneefalke. Kein Hund im Nahe-am-Fluß-Dorf konnte sich mit ihr messen, nicht einmal die guten Bärenhunde von Tsaani. Sie schien den Schlitten ohne große Anstrengung zu ziehen. Großer Hals ging neben ihr, den Kopf hoch erhoben, mit spähendem Blick, als wäre er allein verantwortlich für ihrer aller Sicherheit.

Plötzlich blieb Großer Hals stehen, reckte die Nase in die Luft. Wolkenfinder schlug Chakliux mit einem Arm auf die Schulter und wies mit seiner in einem Fäustling steckenden Hand auf den Hund. Chakliux nickte, als Großer Hals unruhig im Kreis tänzelte, dann zurückstürmte, um zu sehen, was hinter ihnen war. Der Hund reckte abermals die Nase und knurrte tief in der Kehle.

»Wölfe«, sagte Wolkenfinder. »Nach dem Sturm werden sie hungrig sein.«

Er sagte etwas in scharfem Ton zu Großer Hals. Der Hund winselte, kam dann zu ihnen, rückte nahe an Schneefalke heran. Schneefalke sah ihn an, zog aber weiter, warf hin und wieder den Kopf zurück, um auf die Brust von Chakliux zu sehen, die Ausbuchtung, die ihre Welpen bildeten. Chakliux winkte sie stumm vorwärts, und sie setzte ihren Weg fort, doch sie stimmte ein helles Winseln an, das Chakliux über das Geräusch der Schlittenkufen hinweg hören konnte.

Er beugte sich zu der Hündin hinunter und sagte: »Keine Sorge. Sie sind in Sicherheit.« Doch sie winselte weiter und beschleunigte ihre Gangart, so daß Chakliux beinahe rennen mußte, um mit ihr Schritt zu halten.

»Laß sie langsamer gehen«, rief Wolkenfinder. »Sie bringt uns zum Schwitzen.«

Ja, dachte Chakliux, wohl wissend, daß der Schweiß auf ihrer Haut eine dünne Eisschicht bilden würde, die genügte, sie erfrieren zu lassen, bevor sie in das Nahe-am-Fluß-Dorf gelangten. Er ergriff das hintere Ende des Schlittens und hielt es fest, bis Schneefalke unter dem Druck seiner Hände langsamer ging. Er drehte sich nach Wolkenfinder um. Der nickte ihm zu, dann hob er die linke Hand und zeigte Chakliux, daß er sein Ärmelmesser aus der Scheide genommen hatte.

Sok hatte Chakliux an dem Morgen, als er das Nahe-am-

Fluß-Dorf verließ, ein Obsidianmesser mit langer Klinge gegeben; nicht um es zu tauschen, hatte Sok ihm gesagt, sondern zum Schutz. Chakliux zog es nun aus der Scheide, die er an die Außenseite seiner rechten Wade geschnallt hatte. Die schwarze Klinge rief bei Wolkenfinder ein bewunderndes Nicken hervor.

»Von meinem Bruder«, sagte Chakliux.

»Würdest du einen Tausch in Erwägung ziehen?« fragte Wolkenfinder.

»Das kann ich nicht.«

»Dann hat dein Besuch bei den Nahe-am-Fluß-Menschen dir doch etwas Gutes gebracht«, sagte Wolkenfinder. »Deinen Bruder.«

»Ja.«

»Vielleicht wird uns sein Messer Glück bringen gegen die Wölfe.«

Großer Hals blieb stehen und drehte sich um, um zu sehen, was immer ihnen folgte. Schließlich blieb auch Wolkenfinder stehen und blinzelte den Pfad entlang.

Chakliux ging weiter, und als Wolkenfinder ihn einholte, fragte er: »Hast du etwas gesehen?«

»Nichts, aber steck dein Messer nicht weg. Wir sollten so weit gehen, wie wir können. Vielleicht können wir das Nahe-am-Fluß-Dorf erreichen, ohne anzuhalten.«

»Und die Hunde?«

»Es wird für sie leichter sein als für uns«, sagte Wolkenfinder und versuchte zu lachen, doch sein Lachen klang hohl unter der Kuppel des Nachthimmels.

Es ist zu weit, dachte Chakliux, der schon den Schmerz in seinem Fuß spürte und den rasselnden Atem von Wolkenfinder hörte. Wenn er zwei starke Füße hätte, wenn Wolkenfinder dünn, behende wäre, könnte es ihnen vielleicht gelingen, aber nein, nicht so, wie sie beschaffen waren. Sie würden anhalten und sich den Wölfen stellen müssen.

Sie gingen die Nacht hindurch und in den folgenden Tag hinein; die Sonne flimmerte durch die Schlitze ihrer Schneebrillen aus Karibugeweih, und sie setzten ihren Weg fort, als die Sonne untergegangen war. Noch immer hatten sie das Nahe-am-Fluß-Dorf nicht erreicht, so daß Chakliux sich fragte, ob sie in dem Sturm angefangen hatten, im Kreis zu gehen, ob sie sich in der Weite verirrt hatten. Wenigstens waren die Hunde nicht mehr unruhig. Die Wölfe, folgerte Chakliux, mußten es aufgegeben haben, ihnen zu folgen.

Schließlich hielten sie an. Selbst die Hunde bewegten sich mit steifen Beinen. Chakliux brannten die Augen; den ganzen Tag über hatte die Sonne den Schnee beschienen, und im Dunkeln wirkten alle Gegenstände wie mit Lichtschlitzen gefleckt, so daß er nicht recht wußte, was er sah. Seine Hände, unterdessen an das Geschirr von Schneefalke gewöhnt, arbeiteten ohne die Hilfe seiner Augen, um die Hündin auszuspannen. Er griff in seinen Parka, um ihr die Welpen zum Säugen zu geben, doch sie sprang weg, als Wolkenfinder ihr und Großer Hals Brocken von Lachs hinwarf.

Chakliux scharrte den Schnee beiseite, bis er auf die nackte Erde stieß, dann breitete er eine Schicht aus Fichtenzweigen darauf und legte Holz für ein Feuer aus. Er nahm Flaum von Afterkreuzkraut und Schnipsel von getrockneter Birkenrinde aus einem Päckchen, das an seinem Hals hing, ordnete beides um ein Stück gekerbtes Holz an und holte seinen Feuerbogen heraus. Er wand die Schnur um den Drehstock, steckte den Stock in das gekerbte Holz und drückte das Kinn gegen die Höhlung an der Spitze des Stockes. Mit dem Bogen wand er die Schnur vor und zurück und wirbelte den Stock, bis die durch Bewegung und Druck entstehende Hitze stark genug war, um ein Feuer zu entfachen. Die Flammen erfaßten das Afterkreuzkraut, dann griffen sie auf Rinde und Holz über.

Wolkenfinder hockte sich neben Chakliux und unterhielt geduldig das Feuer, bis es loderte, dann baute er ein dreibeiniges Gestell darüber auf, an das er einen kleinen Kochbeutel hängte, mit einem Eintopfgericht darin, das die Frau von Wolkenfinder zubereitet hatte. Unterwegs war es im Beutel gefroren. Wolkenfinder hätte es beinahe zurückgelassen; er sagte zu Chakliux, sie hätten genug getrocknetes Fleisch und Beerenfladen, um satt zu werden. Nachdem sie nun den langen Tag und davor fast die ganze Nacht gewandert waren, nachdem sie zwei Tage mit Sturm abgewartet hatten, war Chakliux froh über die Gelegenheit, etwas Warmes zu essen. Die beiden Männer schaufelten Schnee in ihre Holzschalen und stellten sie an den Rand des Feuers, damit der Schnee zu Wasser schmolz.

Chakliux konnte allmählich besser sehen, und so wurde er gelöster, die Spannung in Schultern und Rücken klang zu einem pochenden Schmerz ab. Wenn Wölfe sie verfolgt hätten, dachte er, würden sie jetzt angreifen, in der Dunkelheit, doch die Hunde zeigten keine Anzeichen von Unruhe; Schneefalke säugte ihre Jungen, Großer Hals schlief. Natürlich würde das Feuer helfen, die Wölfe fernzuhalten, aber, wandte er selbst ein, der Geruch von Essen würde sie anlocken. Er hatte, als sie anhielten, um zu lagern, sein Messer in die Scheide geschoben, jedoch seine Speerspitze so in den Schnee gelegt, daß sie leicht zu erreichen war.

Er stocherte in dem Schnee in seiner Schale, bis er geschmolzen war. Er trank, dann wartete er, als Wolkenfinder sein Gefäß in den Kochbeutel tauchte und mit dem Eintopf füllte. Chakliux füllte seine eigene Schale. Sie aßen noch, als Großer Hals den Kopf hob und knurrte.

Der Hund stand mit steifen Beinen, das Fell auf seinem Rücken gesträubt. Chakliux ergriff seinen Speer und sprang auf.

Ein Ruf ertönte aus der Dunkelheit, die Stimme eines Mannes.

Wolkenfinder warf den Kopf zurück und lachte. »Flußspringer, du weißt immer, wo es Essen gibt!«

Flußspringer trat in das Licht des Feuers, und auch Chakliux grinste.

»Du bist uns gefolgt?« fragte Chakliux.

»Ah, meine Frau, sie hat mich wieder hinausgeworfen«, sagte er. Sein Gesicht war nur ein dunkler Kreis, der in der Umrandung seines Parkas steckte. »Ich mußte so weit gehen, um Essen zu bekommen!«

Wolkenfinder tauchte seine Schale in den Kochbeutel und hielt sie dem Mann hin. »So war das also mit unseren Wölfen«, sagte er. »Sie sind uns gefolgt. Sie müssen dich gewittert und unsere Spur verlassen haben. Sie sind schlau genug, nicht zwischen zwei Gruppen von Jägern zu geraten.«

Flußspringer nahm die Schale von Wolkenfinder entgegen. »Ich habe ihre Fährten gesehen«, sagte er. »Es waren fünf.«

»Es war gut, daß sie nicht kehrtgemacht und dich angegriffen haben«, sagte Wolkenfinder. »Du hättest nicht allein kommen sollen. Es ist ein gefährlicher Weg für einen Mann ohne Freunde.«

Flußspringer hob seine Schale mit Fleisch zu Chakliux hin. »Diesem jungen Mann ist es gelungen. Ich wußte, mir würde es auch gelingen. Nur dachte ich, ich würde euch schon früher einholen. Ich möchte euch helfen, mit den Nahe-am-Fluß-Menschen einen guten Handel abzuschließen. Sie sind Menschen der glatten Worte.« Er lachte. »Aber das bin ich auch.«

Chakliux legte seinen Speer hin, nahm seine Schale und verließ den Kreis des Feuerscheins. Er zog sein Ärmelmesser aus der Scheide und schnitt in den hart gewordenen Schnee. Er wußte, Flußspringer mußte durstig sein.

Er hörte Wolkenfinder lachen und die laute Stimme von Flußspringer, dann ein gedämpftes Geräusch, als ob etwas in den Schnee gefallen wäre. Er drehte sich um, die Schale in der einen Hand, sein Ärmelmesser in der anderen.

Zuerst begriff er nicht, was er sah: Flußspringer stand mit einem Messer in der Hand da. Blut tropfte von der Klinge.

Chakliux warf seine Schale hin, duckte sich, sah sich nach den Wölfen um, die, so glaubte er, angegriffen hatten. Dann sah er Wolkenfinder zusammengesackt neben dem Feuer, und ihm wurde klar, daß da keine Wölfe waren. Nur Flußspringer.

Schneefalke wich zurück, mehrere Welpen versuchten, sich an ihren Zitzen festzuhalten. Chakliux hätte ihr beinahe zugerufen, tat es dann aber nicht. Warum die Aufmerksamkeit von Flußspringer auf sich ziehen?

Großer Hals knurrte, und Flußspringer drehte sich zu ihm um. Der Mann rief etwas, und Großer Hals griff ihn an. Flußspringer erwartete ihn mit dem Speer von Wolkenfinder und stieß ihn dem Hund in den Bauch, als er lossprang. Das Tier jaulte und stürzte. Es schrie auf, als es auf die Erde fiel, dann war es still.

Flußspringer zog den Speer aus dem Körper von Großer Hals. Schneefalke stellte sich zwischen den Mann und ihre Welpen, die Ohren flach am Kopf, die Zähne gebleckt.

»Keine Angst, kleine Mutter«, sagte Flußspringer. »Ich werde dir nichts zuleide tun.« Er bückte sich langsam und hob den Speer von Chakliux auf. Dann stand er da, hielt beide Waffen in die Höhe und rief: »Deine Mutter K'os sendet ihre Grüße.«

11

Warum?« rief Chakliux Flußspringer zu und wies mit einer Hand auf Wolkenfinder. Der Mann lag im Schnee, Blut sikkerte in den Boden.

»Schau! Was sehe ich?« Flußspringer antwortete in der vertrauten Form eines Rätsels. »Der Winter wird alt und schickt im Zorn den Wind.«

»Du bist der Wind?« fragte Chakliux.

Flußspringer lachte. »Du ehrst mich«, sagte er und schüttelte den Kopf. »Du bist ein Kind, Chakliux. Versuche nicht, zu verstehen.«

Schneefalke stand neben ihren Welpen, ihr Blick wanderte von Chakliux zu den Speeren in den Händen von Flußspringer. Sie duckte sich, und Chakliux sah, wie die Muskeln in ihren Flanken spielten. Er kannte Schneefalke; er hatte sie bei den Dorfhunden beobachtet. Sie würde für ihre Jungen kämpfen. Sie würde Flußspringer an die Gurgel gehen, obwohl sie gesehen hatte, daß Wolkenfinder und Großer Hals getötet worden waren.

Chakliux wechselte das Ärmelmesser in die linke Hand und zog vorsichtig die Obsidianklinge aus der Scheide an seinem Bein. Es war ein feines Messer, das gut in der Hand lag, und er verstand mit Messern umzugehen, aber wer konnte sagen, ob Messer, die im Nahe-am-Fluß-Dorf gemacht wurden, denselben Auftrag in sich trugen wie jene, mit denen er aufgewachsen war? Jede Waffe war anders, wie jeder Mensch. Er faßte das Dreieck unter dem Kinn von Flußspringer ins Auge, die Lücke, welche die Umrandung seiner Parkakapuze frei ließ. Diese weiche, empfindliche Stelle.

Schneefalke knurrte, ein tiefes Grollen in ihrer Kehle. Der Blick von Flußspringer wanderte zu dem Tier. In diesem kurzen Augenblick holte Chakliux aus und warf.

Er sah die Überraschung im Gesicht von Flußspringer, dann hörte er das Zischen aus der Kehle des Mannes, sah das Blut hervorsprudeln. Der Arm von Flußspringer sank herab, und er ließ die Speere fallen. Und bevor Chakliux Schneefalke zurückhalten konnte, griff sie den Mann an, riß ihn mit ihrem Gewicht zu Boden, versenkte ihre Zähne in seine Kehle und riß Fleisch heraus.

Chakliux rief sie an, und sie hielt ein, über Flußspringer stehend, ihre Schnauze triefend von Blut.

»Geh«, sagte er mit lauter, aber beherrschter Stimme. »Laß ab von ihm.«

Sic bleckte die Zähne, betrachtete ihre Beute.

Chakliux trat vorsichtig um sie herum zum Lager aus Fichtenzweigen, wo ihre Jungen sich zusammendrängten. Eines nach dem anderen nahm er sie hoch und setzte sie in den Schnee. Das kleinste, eine schwarzweiße Hündin, begann zu winseln.

Schneefalke sah auf den Leichnam von Flußspringer herab. Sie hob den Kopf, knurrte Chakliux an, dann lief sie zu ihren Welpen.

Chakliux stand still, als Schneefalke die Jungen zum Lager aus Fichtenzweigen zurücktrug, dann ging er langsam am Leichnam von Flußspringer vorbei zu Wolkenfinder.

Er muß tot sein, sagte sich Chakliux. Niemand kann einen Speer in der Brust überleben. Doch zu seinem Erstaunen gingen die Augen von Wolkenfinder flatternd auf. Chakliux fühlte Hoffnung keimen. Vielleicht war der Speer von einer Waffe, die Wolkenfinder unter seinem Parka verborgen hatte, abgelenkt worden. Da versuchte Wolkenfinder zu sprechen.

Blut schäumte aus seinem Mund, und Chakliux' Hoffnung erstarb. »Geh«, würgte Wolkenfinder hervor.

»Nein«, sagte Chakliux. Er kniete neben Wolkenfinder nieder und hob den Parka des Mannes an, versuchte die Wunde zu finden, das fließende Blut zu stillen.

»Dummkopf!« sagte Wolkenfinder. »Flußspringer ... ist sicher nicht allein ... gekommen. Andere ... da draußen ...« Seine Worte verloren sich in Würgeanfällen.

Chakliux hob den Kopf von Wolkenfinder, um ihm das Atmen zu erleichtern. Er lockerte die Kapuze des Parkas, zog sie vom Hals des Mannes fort.

»Geh!« sagte Wolkenfinder wieder. »Bleib nicht stehen, bis ...« Er tat schaudernd einen langen Atemzug. »Laß mich allein«, flüsterte er. »Ich bin tot.«

Ein helles, dünnes Klagen stieg in die Luft, und Chakliux erkannte, daß es Schneefalke war. Sie lag bei ihren Welpen, doch ihr Blick ruhte auf Wolkenfinder.

»Bring meinen Hund«, flüsterte Wolkenfinder, dann streckte er die Hand nach Großer Hals aus.

Chakliux nahm den toten Hund auf die Arme und legte ihn neben Wolkenfinder. Wolkenfinder nestelte seine Finger in das dicke Fell, und als er zu Chakliux aufsah, versuchte er zu lächeln. »Geh«, sagte er ein letztes Mal.

Schneefalke ging mit flach angelegten Ohren, das Nackenfell gesträubt. Chakliux hatte den Schlitten zurückgelassen – er würde sie nur behindern – und trug einen kleinen Packen mit wenigen Vorräten.

Chakliux hatte das Ärmelmesser von Wolkenfinder aus der Scheide gezogen und es ihm in die rechte Hand gelegt, doch als er schließlich aufbrechen konnte, war Wolkenfinder schon tot.

Chakliux schleuderte den Speer von Flußspringer weit ins Dunkel der Nacht. Er bediente sich dazu nicht seines Speerwerfers. Warum Gefahr laufen, daß der Speer das Böse von Flußspringer zu Chakliux' eigenen Jagdgeräten, zu seinem Werfer, seinen Klingen und Speeren brachte? Doch wollte er die Waffe nicht für diejenigen zurücklassen, die folgten. Er hatte im Vetter-Fluß-Dorf alle seine Speere bis auf einen im Tausch weggegeben, daher beschloß er, den Speer von Wolkenfinder mitzunehmen.

Er sagte sich, das Nahe-am-Fluß-Dorf müßte bald erreicht sein. Chakliux überlegte, ob er auf dem Flußeis gehen oder den Tierspuren durch Schnee und Dickicht am Ufer folgen sollte. Im Dickicht war die Möglichkeit geringer, daß er gesehen wurde, doch käme er langsamer voran. Er würde das Dorf nicht bis zum Morgen erreichen, und bei Tageslicht wären seine Spuren leicht zu verfolgen. Wenn er auf dem Fluß ging, könnte er das Dorf bis zum Morgen erreichen, bevor man ihn einholte. Überdies bestand gute Aussicht, daß die anderen Männer für die Nacht haltgemacht hatten. Es war gefährlich, im Dunkeln zu gehen.

Ja, befand Chakliux, sie hatten vermutlich für die Nacht angehalten, und sie hatten Flußspringer vorausgeschickt, um Chakliux' Lagerplatz auszukundschaften. Bis sie nachsehen würden, warum Flußspringer nicht zurückgekehrt war, könnte Chakliux vielleicht schon im Nahe-am-Fluß-Dorf sein.

Schneefalke knurrte, doch Chakliux sagte sich, daß Hunde nicht alles wußten. Vielleicht knurrte sie nur den Wind an.

Er zog die Kapuze seines Parkas eng um die Augen, spürte aber die schneidende Kälte der Nacht auf dem Nasenrücken. »Der Winter wird alt«, dachte er, als ihm das Rätsel von Flußspringer einfiel. Seine Mutter hatte die Männer geschickt. Vielleicht war sie es auch, die den alten Schamanen Er-spricht bedrängt hatte, Chakliux als Mann für die Tochter von Wolf-und-Rabe anzubieten. Selbst wenn Tagfrau nicht erkannt hätte, daß Chakliux ihr Sohn war, hätte es für jemanden im Nahe-am-Fluß-Dorf nur eines Flüsterns zu der richtigen Person bedurft, um zu entdecken, wer er war – ein Fluch, der dem Volk zurückgegeben wurde. Sie, seine Mutter, könnte es gewesen sein, die Tsaani hatte töten lassen.

Aber warum? Vielleicht mußte sie sich vergewissern, daß sie die jungen Männer noch beherrschte, sie nach Lust und Laune kämpfen oder sterben lassen konnte.

Bis zum Tod von Gguzaakk war er blind gewesen für K'os' Verderbtheit. Gguzaakk hatte versucht, es ihm zu sagen, doch wann hörte ein Mann auf das, was seine Frau über seine Mutter äußerte? Es war Frauensache, eine Torheit, die zu verstehen Männer sich nicht die Mühe machten. Selbst nachdem Gguzaakk und ihr Sohn gestorben waren, hatte er nicht glauben wollen …

»Meine Mutter«, sagte Chakliux laut, so daß Schneefalke den Kopf schief legte und ihn ansah. »Meine Mutter.« Er spie die Worte hervor, schleuderte sie von sich.

»Meine Mutter ist Tagfrau«, sagte er zu der Nacht. »Mein Volk ist das Nahe-am-Fluß-Volk. Ich bin ein Jäger des Nahe-am-Fluß-Dorfes. Nicht Tier-Gabe, nicht *Dzuuggi.*« Er flüsterte es dem grünen Licht zu, das wellenförmige Strahlen wie Finger in den Nordhimmel sandte. Dann drehte er sich um und sprach dieselben Worte nach Süden hin zum Nahe-am-Fluß-Dorf.

Ein Jäger. Welcher Mann mußte mehr sein?

Die Kälte der Nacht kroch in seine Gelenke und machte seine Schritte steif und unbeholfen. Seine Knie ächzten wie Bäume im Wind. Er blieb stehen, um die Eisklumpen zwischen den Fußballen von Schneefalke abzubrechen. Sie schnüffelte an der Vorderseite seines Parkas.

»Noch nicht«, sagte er zu der Hündin. »Noch nicht. Bald.«

Dann sah er den schmalen dunklen Rand auf dem Schnee, die Bäume, die das gewundene Band des Flusses kennzeichneten. Der Anblick verlieh seinen Beinen Kraft, und er ging schneller. Schneefalke schien seine Erregung zu spüren und begann zu rennen, aber er packte sie am Schwanz und zwang sie, langsam zu gehen. In diesem Schnee konnte er es nicht wagen zu rennen.

Sie bahnten sich ihren Weg durch das Dickicht, bis sie an einen von Tieren ausgetretenen Pfad kamen, der sanft zum Fluß abfiel. Das Flußeis war fest und von einer harten Schneekruste bedeckt, die der Wind blank gefegt hatte. Chakliux zog seine Schneeschuhe aus. Der Schnee war fest genug, man sank nicht ein. Er schnallte sich die Schuhe auf den Rücken und fing an zu gehen. Der Schmerz in seinem Otterfuß ließ nach. Es war gut, auf dem Fluß zu sein. Sogar Schneefalke bewegte sich mit größerer Sicherheit, als wäre sie dem Fluß schon früher gefolgt, als wüßte sie, wohin er führte.

Chakliux blickte hoch. Im Sommer wäre der Himmel zu dieser Nachtzeit hell, doch jetzt verbarg die Sonne noch ihr Gesicht, weil sie sich schämte, sagten die Ältesten, daß sie dem Winter gestattete, so lange beim Nahe-am-Fluß-Volk zu verweilen. Bis er das Dorf erreichte, würde die Sonne aufgegangen sein und ihre Bahn am Himmel ziehen. Er hatte noch einen weiten Weg vor sich, war aber nahe genug, um zu hoffen, daß die Männer vom Vetter-Fluß-Dorf, falls sie ihm folgten, lieber umkehren würden, als Gefahr zu laufen, es mit Jägern vom Nahe-am-Fluß-Dorf aufnehmen zu müssen.

Er sah das überfließende Wasser erst, als es zu spät war. Zuerst hörte er es – den brüchigen Gesang des Eises unter seinen Füßen. Das Wasser mußte tagsüber durch einen Spalt nach oben geströmt sein und das Eis überspült haben, um dann zu Schneematsch zu gefrieren. Ein Mann, der durch diesen Matsch ging, würde naß werden, und wenn er nicht rasch handelte, würden seine Füße erfrieren.

Chakliux kannte Jäger, denen es so ergangen war, und er erinnerte sich an ihre Leiden. Gewöhnlich führte die Fäulnis, selbst wenn Zehen und Fersen abgeschnitten wurden, zu einem langsamen, qualvollen Tod. Diejenigen, die überlebten, wie der alte Netzmacher, waren verkrüppelt, eine Last für Das Volk, wenn sie zum Fischlager zogen oder dem Karibu folgten.

Doch manchmal gab das Eis eine Warnung ab, wie es das für ihn getan hatte, eine Stimme, die einen Jäger retten konnte, wenn er gut hinhörte, wenn er weiterging und nicht stehenblieb. Er beschleunigte seinen Schritt, setzte seine Füße vorsichtig und schob Schneefalke vor sich her. Die vom Wasser überflutete Stelle war groß. Viele solche Stellen waren nur ein paar Schritte weit, diese aber ging über die ganze Breite des Flusses.

Dann sah er vor sich das klare Dunkel von festem Eis, wo der Wind den Schnee fortgeweht hatte. Eis – oder ein Spalt, durch den das Wasser zu erkennen war. Eis, sagte er sich. Eis, nicht Wasser, dann machte er zwei schnelle Schritte und sprang.

Eis, fest, hart. Eis unter seinem Otterfuß. Doch sein guter Fuß, der Fuß, mit dem er abgesprungen war, brach nach dem Aufsetzen ein und wurde naß und kalt.

Schneefalke war bei ihm, beschnüffelte seinen Parka, und ein hohes, dünnes Wimmern kam aus ihrer Kehle. Er sah zu der Hündin hinunter, dann kniete er sich hin, um den Schnee von ihren Ballen abzubrechen. Während er sich an ihren Vorderpfoten zu schaffen machte, hielt er seinen Kopf leer, als könnte er das Geschehene ändern, indem er sich weigerte, daran zu denken. Er stellte die eine Vorderpfote hin, hob die andere. Beide Pfoten waren trocken.

Wenn du nicht anhältst, wirst du sterben, dachte er, und die Worte kamen zu Chakliux, als habe jemand anders sie gesprochen. Und es ist keine gute Art zu sterben.

»Ein Mann hat immer sein Messer«, erwiderte Chakliux. »Ich kann ohne den einen Fuß leben.«

Außerdem, was blieb ihm übrig? Wenn er anhielt, Feuer

machte, seinen Fuß und seinen Stiefel trocknete, würden die Männer vom Vetter-Fluß-Dorf ihn einholen. Was konnte er gegen sie ausrichten? Sie würden ihn töten, Schneefalke und die Welpen nehmen, und es gäbe keine Hoffnung auf Frieden. Viele Männer würden sterben, auch Frauen und Kinder. Was war sein Leben gegen so viele?

»Wir gehen, Schneefalke«, sagte er, als er ihre Vorderpfote hinstellte und ihren linken Hinterlauf prüfte.

Der Hund winselte wieder. Chakliux fuhr mit den Fingern über das dicke Fell, das die Pfote polsterte. Er hob den anderen Hinterlauf und dann wieder beide Vorderpfoten.

»Du auch«, sagte er schließlich und drückte sachte ihre beiden Hinterpfoten. Sie waren naß.

Chakliux ging, bis die Uferböschung flach wurde, dann führte er Schneefalke durch das Dickicht zu einer blanken Stelle, wo der Schnee zu einer harten, glänzenden Kruste gescheuert war. Er schnitt Fichten- und Weidenzweige ab und brach sie mit seinem Ärmelmesser bis zum trockenen Hartholz auf. Er entfachte ein Feuer und nährte es sorgsam, dann kramte er in seinem Packen. Er hatte ein paar Hasenfelle. Er zog seinen Stiefel aus und umwickelte seinen Fuß mit den Fellen. Er stellte den Stiefel nahe ans Feuer und beobachtete, wie das Wasser verdampfte.

Schneefalke rollte sich zusammen und leckte eine Hinterpfote. Chakliux nahm ein Stück Karibuhaut aus seinem Pakken. Damit rieb er ihre andere Pfote, bis das Fell sich trocken anfühlte. Als beide Pfoten trocken waren, zog er ihre Welpen aus der Schlinge und ließ sie säugen, dann steckte er die Hündchen wieder unter seinen Parka.

Er drehte seinen Stiefel um, schob ihn näher ans Feuer, rieb ihn, wie er die Pfoten von Schneefalke gerieben hatte, dann aß er, teilte sein getrocknetes Fleisch mit dem Hund. Er aß rasch, dann rieb er seinen Stiefel ein letztes Mal. Er war nicht trokken, aber Chakliux wollte nicht länger warten. Sein Fuß war wenigstens warm; vielleicht wurde das Gehen ihn vor dem Erfrieren bewahren, wenn er das Nahe-am-Fluß-Dorf schnell genug erreichte.

Er wickelte seinen Fuß abermals in ein Hasenfell und band es mit einem Stück *babiche* an seinem Knöchel fest. Als er nach seinem Stiefel griff, knurrte Schneefalke. Er zog das lange Messer aus der Scheide an seiner Wade, wandte langsam den Kopf, sah Schneefalke an. Sie hatte die Ohren gespitzt.

»Menschen, nicht Wölfe?« fragte Chakliux leise.

Schneefalke legte den Kopf wieder auf die Pfoten und starrte mit weit offenen Augen in die Dunkelheit. Chakliux stand auf und ging langsam einmal im Kreis, blickte dabei fort vom Feuer, bis seine Augen sich an die Nacht gewöhnt hatten. Er sah nichts.

Schnell schnitt er mit seinem Messer in den gehärteten Schnee und grub dann mit beiden von Fäustlingen geschützten Händen.

Schneefalke hob den Kopf, um zuzusehen, wie er den Schnee zu einem Hügel türmte und eine Hasenfelldecke aus seinem Packen darüberlegte. Ja, dachte er. Es könnte ein Mensch sein. Wenn man es glaubte. Er warf noch ein paar Stöcke ins Feuer, dann nahm er seine Speere und die von Wolkenfinder auf und ging rückwärts fort. Er trat vorsichtig in die Spuren, die er gemacht hatte, als er vom Fluß kam, bis er ein Dickicht erreichte. Schneefalke stand auf, wie um ihm zu folgen, doch er befahl ihr zu bleiben. Sie legte sich nieder, die Nase auf die Stelle gerichtet, wo er versteckt war.

Chakliux umschlang seine Beine mit den Armen und wehrte sich gegen das Gefühl der Kälte, die sich von der Erde in die Sohle seines umwickelten Fußes fraß. Das Hasenfell reichte nicht aus, seinen Fuß vor dem Erfrieren zu bewahren, doch für eine Weile würde es genügen. Vor allem dann, wenn er hin und wieder aufstand, um das Gewicht zu verlagern.

Wie alle jungen Männer hatte man Chakliux schon als Säugling in eisigen Nächten ein paar Augenblicke nackt ins Freie gesetzt, um seinen Körper abzuhärten. Er verstand sich darauf, die Kälte abzuwehren. Er bewegte Finger und Zehen, zog die Umrandung seines Parkas eng um die Augen und ließ seine Gedanken zu anderen Dingen treiben.

Er hatte seinen Speerwerfer in seinen linken Ärmel geschoben. Er lag warm an seiner Haut, als könnte er seinem Körper Kraft verleihen. Chakliux hatte den Werfer selbst gefertigt – wie es die meisten Männer taten –, um ihn seiner Hand anzupassen. Er hatte eine Höhlung in die Unterseite geschnitzt, so daß er bequem an dem Fleischballen am unteren Ende seines Daumens anlag. Sein erster Finger wurde unter dem Werfer ausgestreckt und in ein Loch gesteckt; seinen Daumen legte er um eine Seite des Werfers, die übrigen Finger um die andere.

Der Speer lag in einer Einkerbung an der Oberseite, die Spitze auf das Ziel gerichtet. Die Waffe wurde mit erhobenem Arm gehalten, die Hand rückwärts in die entgegengesetzte Richtung gestreckt, in die der Speer geworfen wurde. Mit dem Werfer konnte Chakliux seinen Speer weiter und mit mehr Kraft schleudern.

Die Nacht verging langsam. Schließlich blickte Chakliux zum östlichen Himmel. War es Einbildung, oder war da Licht am Himmel? Er stand auf, dann sah er, wie der Kopf von Schneefalke herumschnellte, hörte das Knurren. Chakliux' Finger schlossen sich fester um seinen Speer, und er zog sein Obsidianmesser aus der Scheide.

Ihre Speere kamen schnell, zwei an der Zahl, und bohrten sich in den fellbedeckten Schnee seitlich vom Feuer. Schneefalke sprang auf, als vier Männer in den schmalen Ring des Feuerscheins traten.

Nachtmann und Tikaani, Karibu und Schleicher – die Söhne von Wolkenfinder. Fast hätte Chakliux sie angerufen, doch dann besann er sich, daß er jeden von ihnen in der Behausung seiner Mutter gesehen hatte. Handelten sie auf Anweisung von K'os? Wenn ja, dachten sie vielleicht, daß er sowohl Flußspringer als auch ihren Vater getötet hatte.

Die vier Männer näherten sich langsam dem fellbedeckten Hügel. Chakliux wünschte, er hätte sich die Zeit genommen, ihn einem schlafenden Menschen ähnlicher zu machen, einen Fäustling oder ein paar Haare herausschauen lassen. Schneefalke stand noch knurrend da.

Nachtmann stieß mit einem Fuß an das Bündel, dann stöhnte er und zog die Decke von dem Schneehaufen.

Er hob die Stimme und rief: »Chakliux, wir sind gekommen, weil der Jäger, den du getötet hast, gesagt hat, du wolltest unseren Vater töten. Wir betrauern beide Männer. Wir werden dich töten und jeden, der behauptet, dein Freund zu sein!«

»Sogar dieser Hund wird sterben«, sagte der Bruder mit dem Namen Schleicher. Er drehte sich um, so daß sein Rücken Chakliux zugekehrt war, hob seinen Speer, als wolle er ihn Schneefalke in die Brust stoßen.

Schneefalke knurrte und duckte sich, die Zähne gefletscht.

»Wolkenfinder, mein Freund«, flüsterte Chakliux. »Vergib mir, was ich tue.«

Er zog seinen Speerwerfer heraus und steckte das eingekerbte Ende seines Speers in die flache Scheibe aus Elfenbein, die ihn an Ort und Stelle hielt. Er hob ihn über die Schulter und warf. Der Speer landete mit einem leisen Aufschlag mitten im Rükken von Schleicher. Der Mann sank stöhnend in die Knie. Seine Brüder bewegten sich langsam, als könnten sie nicht glauben, was ihre Augen ihnen sagten.

Chakliux steckte den Speer von Wolkenfinder in sein Wurfbrett und warf abermals. Der Speer beschrieb einen Bogen und traf Nachtmann in der rechten Schulter. Nachtmann schrie auf und drehte sich, dann fiel er, sich windend, in den Schnee.

Schneefalke begann zu bellen, ein helles, rasendes Kläffen. »Hör auf, Hund!« schrie Nachtmann, die Stimme scharf vor

Schmerz. Er zog den Speer aus seiner Schulter, dann fiel er zurück, den Speer noch in den Händen.

Chakliux wußte, daß er zu hoch gezielt hatte, doch er hatte gehofft, der Speer würde sich in das Schulterblatt von Nachtmann bohren. Das war nicht geschehen. Nachtmann hatte ihn zu leicht herausgezogen.

Nachtmann stand auf, stützte sich auf den Speerschaft von Wolkenfinder, um auf die Füße zu kommen. Er hustete und würgte, übergab sich in den Schnee. Er spuckte, versuchte dann zu sprechen, aber es gelang ihm nicht. Für einen Augenblick wollte Chakliux sich abwenden, fortlaufen. Die vier waren Jungen, alle miteinander. Sie waren, vermutlich auf Drängen seiner Mutter, gekommen – in dem Glauben, ihren Vater zu schützen –, um zu töten und im Töten Ehre zu erlangen. Bis zu dieser Nacht hatte Chakliux noch keinen Menschen getötet. Es war nicht, als ob man ein Tier erlegte, um das Fleisch zu nehmen. Welches Tier gab sich nicht willig hin? Das Volk ehrte es mit Gesängen und Tänzen, Lobpreisungen und Gebeten. Die Geister der Tiere verstanden und nahmen solche Dinge an, und im nächsten Jahr kehrten sie zurück, um sich wiederum zu geben und um wiederum zu empfangen.

Was konnte man beim Töten eines Menschen gewinnen? Wurden Gaben gespendet? Wurden Kinder genährt?

»Chakliux!« rief Tikaani. »Denkst du, wir werden dich am Leben lassen, wenn du unseren Vater getötet hast?«

Chakliux rührte sich nicht. Er hatte beide Speere geworfen und konnte sich jetzt nur noch mit Messern verteidigen. Was würde er ausrichten? Sie waren zwei. Drei, wenn Nachtmann nicht zu schwer verletzt war. Sogar Schneefalke hatte sich neben sie gestellt und blickte mit gefletschten Zähnen in das Dickicht aus Bäumen und Büschen, wo Chakliux sich versteckt hielt. Wenigstens hatte er die Dunkelheit. Wenn er sich nicht bewegte und nicht rief, würden sie vor der Morgendämmerung nicht sehen, wo er war.

Überdies wußten sie nicht, daß er keine Speere mehr hatte. Bei jedem Windstoß, jedem Knacken von Zweigen fuhren sie zusammen.

Nachtmann setzte sich ans Feuer und drückte eine Handvoll Schnee in den blutigen Riß in seinem Parka.

»Er kann dich sehen, dort am Feuer«, sagte Karibu zu seinem Bruder.

»Er sieht uns alle«, erwiderte Tikaani. Er zog seinen Speer aus der Hasenfelldecke. »Er hält uns für Dummköpfe.«

»Wir waren Dummköpfe«, sagte Karibu. Er rückte fort vom Feuer, so daß Chakliux nur die weiße Verzierung an den Schultern seines Parkas erkannte, zwei weiße Linien, die sich im Dunkeln bewegten. »Ihr verbringt eine Nacht in K'os' Schlafplatz, und schon seid ihr bereit, alles zu tun, was sie will«, fuhr Karibu fort, »alles zu glauben, was sie euch erzählt. Ihr denkt, das Nahe-am-Fluß-Volk hat Chakliux geschickt, um uns zu verfluchen? Wenn das wahr ist, warum hat K'os ihn dann aufgezogen? Sie ist der Fluch, nicht ihr Sohn. Ihr wißt, was die Frauen sagen. Ich habe es unsere Mutter flüstern hören – daß K'os die Frau von Chakliux getötet hat, weil sie nicht wollte, daß ihre Base ein Kind hatte, wenn sie selbst keins haben konnte. Unser Vater ist tot – und unser Bruder!«

»Und war es ein Frauenmesser, das sie getötet hat?« stieß Tikaani wütend hervor. »Es war der Speer von Chakliux. Doch du gibst K'os die Schuld. Denk nicht mehr an sie. Jetzt ist die Zeit gekommen, den zu töten, der so vielen den Tod bringt. Ich glaube, er hat keine Speere mehr. Sonst hätte er Nachtmann getötet, der ein leichtes Ziel ist, wenn er so am Feuer sitzt.«

Nachtmann begann zu wimmern, und Tikaani wandte sich ihm zu, riß die Parkakapuze seines Bruders zurück und schlug ihn ins Gesicht. Nachtmann zog sein Ärmelmesser und hielt es mit der Spitze nach oben, bis Tikaani sich abwandte.

»Chakliux ist vermutlich schon flußaufwärts zu seinem

Dorf gegangen«, rief Karibu ihnen aus dem Dunkel zu. »Es ist nicht weit zum Nahe-am-Fluß-Dorf. Während ihr euch streitet, entkommt er.«

»Ich glaube, du willst ihn nicht töten«, sagte Tikaani und verließ ebenfalls den Lichtkreis, trat ins Dunkel, bis Chakliux nicht mehr sehen konnte, wohin er gegangen war. »Wir müssen zu Ende führen, was wir begonnen haben, sonst werden alle Männer aus dem Nahe-am-Fluß-Dorf Jagd auf uns machen. Sie werden an den Spuren unserer Stiefel erkennen, wer wir sind.«

Ja, dachte Chakliux. Die Frauen des Nahe-am-Fluß-Volkes machten Stiefel mit dicken doppelten Sohlen, oben gekräuselt mit Nähten, die etwas entfernt von der Unterseite des Stiefels angebracht waren. In weichem Schnee würde ein Mann erkennen, von welchem Volk der Jäger war, der die Spuren hinterlassen hatte.

»Sie werden es durch unseren toten Bruder wissen«, sagte Tikaani.

»Du denkst, ich werde meinen Bruder zurücklassen?« fragte Karibu aus dem Dunkel.

Chakliux regte sich und drehte den Kopf, versuchte zu erkennen, woher die Stimme kam. Der Mann schien sich zu ihm hin zu bewegen. Chakliux trat zurück, vorsichtig, langsam, um kein Geräusch zu machen. Wenn er an den Fluß gelangen, am Ufer entlangschleichen könnte, würde er vielleicht genügend Abstand zwischen sich und die Männer bringen. Sie würden nicht viel weiter kommen. Das Dorf war zu nahe. Es war sogar möglich, daß Schneefalke ihm folgen würde. Er hatte ihre Welpen.

Er griff in seinen Parka, strich mit den Händen über die Köpfe der Welpen, dann rieb er seine Finger an einem Baumstamm ab. Er machte noch mehrere Schritte, dann blieb er wieder stehen, lauschte.

Er hörte das Messer, bevor er es sah, hörte das Zischen der

Klinge, als es auf ihn zu schwirrte. Er fühlte das Kratzen der Spitze, als sie in seine Brust schnitt, dann vernahm er den hohen, dünnen Schrei eines der Welpen. Er zog das Messer heraus, sprang dann, es in der linken Hand haltend, vorwärts, sein eigenes Messer in der rechten. Arme kamen ihm aus der Dunkelheit entgegen, und er fühlte, wie das Messer in seiner linken Hand in Fleisch schnitt. Er hörte ein rauhes Atemholen, dann wurden die Arme fortgedreht, das Messer mit ihnen. Er schlug mit der Klinge in seiner rechten Hand zu, doch sie wurde durch Äste abgelenkt.

Chakliux wich zurück und stolperte. Er fiel in Weidengestrüpp und verlor sein Messer, doch er sprang auf, um seinem Angreifer entgegenzutreten. Es war Karibu. Ein kleiner, kräftiger Mann, stärker als Chakliux und schlauer als seine Brüder.

Karibu hatte ein Messer. Chakliux schloß seine Finger um Karibus Handgelenk, doch Karibu riß mit der freien Hand an Chakliux' Parkakapuze, bis er hineinlangen und seinen Daumen an Chakliux' Kehle pressen konnte. Chakliux' Arme wurden schwach, als ihm der Atem abgeschnürt wurde, dann fiel er und brach im Fallen Zweige nieder; Schnee bedeckte seinen Kopf, als ihn das Gewicht des Körpers von Karibu nach unten preßte. Dann hörte er ein Knurren. Schneefalke.

Im Fallen hatte sich Chakliux' Griff um das Handgelenk von Karibu gefestigt. Als Karibu sich nun zu befreien suchte, um sich dem Hund zuzuwenden, mit seinem Messer nach ihm zu stechen, grub Chakliux seine Daumennägel in das Handgelenk des Mannes und drückte zu, bis Karibu das Messer schließlich fallen ließ.

Chakliux löste seinen Griff, hob die Beine, um Karibu fortzustoßen, dann tastete er mit den Fingern im Schnee, bis er das Messer fand.

Chakliux hob es auf, und mit einer einzigen raschen Bewegung stieß er die Klinge in die weiche Haut unter dem Kiefer des Mannes. Ein Schwall von Blut ergoß sich über seine Finger, machte seine Hände glitschig, so daß ihm das Messer entglitt und in die Parkakapuze fiel. Dann riß Schneefalke an der Kehle des Mannes, und die Schreie von Karibu erstarben.

Chakliux suchte nach seinen eigenen Messern, fand schließlich die Obsidianklinge im Schnee vergraben, dort, wo Karibu ihn zuerst angegriffen hatte. Er lehnte sich an einen Baum, nach Atem ringend, und spähte zum Feuer. Nur Schleicher war noch dort, der Mann lag mit dem Gesicht nach unten im Schnee. Chakliux' Speer war nicht mehr da.

Wo waren Tikaani und Nachtmann? fragte er sich. Auf dem Weg zurück in ihr Dorf, oder warteten sie in der Dunkelheit auf ihn?

12

Das Nahe-am-Fluß-Dorf

Ghaden klopfte auf den Haufen Schlafdecken neben sich. Er fuhr mit den Fingern durch die Decken, bis er Yaas Gesicht ertastete. Sie schlief. Sonst hätte sie seine Hand genommen, sie gehalten.

Sie war jetzt seine Mutter, eine gute Mutter. Sie erzählte ihm Geschichten und spielte mit ihm, und wenn seine Schulter zu schmerzen begann, rieb sie ihm den Rücken. Sie schrie ihn nie an wie Braunes Wasser, trotzdem vermißte er seine erste Mutter, vermißte sie so sehr, daß er oft nichts anderes tun konnte als weinen.

Yaa kannte die Gesänge seiner anderen Mutter nicht und wußte nicht die geheimen Worte, die sie ihn gelehrt hatte – Worte der Ersten Menschen, die er nicht zu anderen Menschen sprechen durfte.

Manchmal schien Yaa auch nicht groß genug, um eine Mutter zu sein. Sie konnte ihm nicht immer Essen bringen, wenn er danach verlangte. Meistens mußte sie es aus dem Kochbeutel entwenden, wenn Braunes Wasser nicht hinsah. Und ihr Schoß war klein, so daß Ghaden, wenn sie ihn hielt, immer das Gefühl hatte, er würde gleich hinunterrutschen. Doch war sie ihm als Mutter lieber als Braunes Wasser. Sie war sogar besser als Glücklicher Mund. Deshalb bemühte er sich, seine Tränen zurückzuhalten und nicht an seine andere Mutter zu denken.

Meistens weinte er, wenn Yaa draußen war. Dann erinnerte er sich, was seiner ersten Mutter zugestoßen war, und sorgte sich, daß jemand auch Yaa etwas zuleide tun könnte. Wer würde dann seine Mutter sein?

Er umklammerte einen von Yaas langen Zöpfen, steckte den Daumen in den Mund und rieb den Zopf über seine Lider. Das Haar war weich und roch nach Holzrauch. Ghaden fühlte, wie sich die Tränen in seiner Kehle sammelten, bis sie ihn fast erstickten.

Hier war es besser als in der Behausung des Schamanen. Er hatte Yaa, und die alte Großmutter Ligige' kam nicht so oft. Er wußte, daß es Ligige' nur darum zu tun war, ihn zu heilen, doch ihre Tees schmeckten nicht, und wenn sie Medizin auf die Messerwunde in seiner Schulter geben mußte, brannte es. Ligige' hieß ihn husten, und das tat weh. Wenn er weinte, nannte sie ihn einen Säugling und sagte ihm, er müsse stark sein wie ein Mann.

Er wußte, daß sie recht hatte. Er mußte stark sein, doch zuweilen fiel es ihm schwer, vorzugeben, daß etwas nicht weh tat oder gut schmeckte.

Einmal hatte er sie um eine Medizin gegen das innere Weh gebeten. Er wußte nicht recht, woher dieses Weh kam. Vielleicht hatte das Messer tief in seiner Brust etwas zerschnitten, das von außen nicht zu erkennen war.

Ligige' hatte ihn überall betastet, hatte mit harten, krumpeligen Fingern auf seine Knochen getrommelt und ihr Ohr vorne und hinten an ihn gedrückt. Schließlich sagte sie, ihm fehle nichts, nichts, was ihre Medizin heilen konnte. Doch obwohl der Schmerz von der Messerwunde allmählich verging, blieb dieses innere Weh bestehen, schmerzte und schmerzte immerzu.

Nach einer Weile kam Ghaden zu dem Schluß, daß Ligige' wußte, daß das Weh da war, aber keine Medizin dafür hatte. Er bat Wolf-und-Rabe, Gesänge für ihn anzustimmen, doch selbst das half nichts. Eines Tages, als die Frau von Wolf-und-Rabe das Knochenwerfspiel mit ihm spielte, ging das Weh fort, nur für eine kleine Weile, und das ließ Ghaden hoffen, daß es nicht für immer bei ihm bleiben würde. Doch es schmerzte die meiste Zeit, besonders am Abend oder wenn er allein war.

Er seufzte und wischte mit dem Ende von Yaas Zopf über seine Nase. Das Weh ließ ein ganz klein wenig nach. Ghaden schloß die Augen und versuchte zu schlafen, den Zopf fest mit der Hand umklammernd.

Das Ziehen an ihren Haaren weckte sie auf. Yaa lächelte, ohne einen Laut von sich zu geben. Sie lag still, bis sie Ghadens Atem in das sanfte Gleichmaß des Schlafes übergehen hörte, dann drehte sie sich um, vorsichtig, um ihm den Zopf nicht aus der Hand zu reißen.

Die alte Ligige' hatte Braunes Wasser aufgefordert, am Morgen in ihre Behausung zu kommen. Der Junge sei fast genesen, hatte Ligige' gesagt. Sie brauche ihn nicht jeden Tag zu sehen. Sie wolle Braunes Wasser lehren, ihm seine Medizin zu geben.

Zu Yaas Überraschung hatte Braunes Wasser, nachdem Ligige' gegangen war, sie gebeten mitzukommen. »Du bist es, die sich des Jungen annehmen wird«, sagte sie. »Du mußt dir all die Anweisungen anhören. Ich habe keine Zeit für solche Dinge.«

Yaa hatte ihr Glück in sich verschlossen gehalten. Wenn sie zuviel lächelte, könnte Braunes Wasser es sich vielleicht anders überlegen. Überdies waren alle in der Behausung noch in Trauer um Yaas Vater. Yaa selbst hatte oft das Bedürfnis, in ihre Tierhöhle zu schleichen und zu weinen, sich der sanften Art ihres Vaters zu erinnern, ohne daß andere ihre Tränen sahen.

Yaa drückte sich eng an Ghaden. Er lag auf dem Rücken, das

Gesicht erhellt von dem sanftgoldenen Licht der Feuersglut. Seine Wangen wurden allmählich wieder rund und dick, und seine Wimpern lagen schwarz auf seiner Haut. Und obwohl er noch ein kleines Kind war, hatte sein Nasenbein schon einen kleinen Höcker in der Mitte. Wie die Nase des Händlers, dachte Yaa und versuchte, sich das Gesicht des Mannes vor Augen zu holen.

Dann kam ihr ein Gedanke: Der Händler war vermutlich Ghadens Vater. Er hatte Daes in das Dorf gebracht. Yaa war damals noch ein kleines Mädchen gewesen, doch sie erinnerte sich daran.

Deswegen war er jedes Jahr gekommen, um Daes und Ghaden zu sehen, und vermutlich war Daes aus der Behausung geschlichen, um ihn zu besuchen. Und deswegen hatte sie sich auch die Schläge gefallen lassen, die Braunes Wasser ihr erteilte, weil sie so etwas tat.

Obwohl Wolf-und-Rabe allen erzählte, daß ein erzürnter Geist Daes und den alten Mann Tsaani getötet hatte, glaubten einige Frauen nach wie vor, daß es der Händler war. Yaa hatte sie an den Herdfeuern des Dorfes über ihn flüstern hören, aber warum, so fragte sie sich, sollte ein Mann versuchen, seinen eigenen Sohn zu töten? Warum sollte er die Mutter seines Sohnes töten? Er hatte Daes und Ghaden immer Geschenke mitgebracht. Manchmal hatte er auch für Yaa ein Geschenk und sagte ihr, sie solle auf Ghaden aufpassen, ihrem kleinen Bruder eine gute Schwester sein. Wenn er so besorgt war um seinen Sohn, warum sollte er ihm oder seiner Mutter etwas zuleide tun?

Yaa dachte zurück an den Abend, als Daes getötet wurde. Etwas hatte sie aufgeweckt. Ein Geräusch, dessen war sie sicher. Vielleicht war es der Aufschrei von Daes oder Ghaden gewesen, aber sie hatte geträumt und damals gedacht, das Geräusch sei Teil ihres Traumes.

Sie hatte von Flußeistänzer geträumt. Er ärgerte sie, einen

Wurfstock in der Hand. Einen Wurfstock. Ja. Und der hatte sich plötzlich verwandelt in ... was? Eine Wurfschlinge. Er schwang sie. Die Steine zogen einen weiten Kreis, drehten sich aufwärts über seinen Kopf, kamen dann im Bogen herab zur Erde. Plötzlich waren die Steine keine Steine, sondern Geweihstücke, die aneinander rasselten. Rasselten in einem Gleichmaß wie die Schritte eines Menschen, das Geräusch, das ein Mensch macht, der Klappern aus Karibuhufen am oberen Ende seiner Stiefel hat. Ja, Festtagsstiefel, bei Tänzen getragen.

Viele Männer hatten Karibuklappern an ihren Tanzstiefeln, doch dieses Geräusch war ein wenig anders. Es war das Geräusch von Klappern, aber etwas mehr ... Etwas anderes gehörte noch dazu.

Von der Anstrengung, sich zu erinnern, pochte es in Yaas Kopf.

Ghaden stöhnte und drehte sich um. Yaa zog die Hände aus den warmen Schlaffellen und nahm den Jungen in ihre Arme.

War es möglich, daß Ghaden wach war, als seine Mutter angegriffen wurde? fragte sich Yaa. Wenn nicht, würde der Angriff ihn gewiß aufgeweckt haben. Erinnerte er sich an irgend etwas?

Selbst wenn es so war, würde er es Wolf-und-Rabe oder Ligige' wohl nicht erzählt haben. Er war schon immer scheu, aber vielleicht würde er mit Yaa sprechen, und dann könnte sie vielleicht herausfinden, wer Daes getötet hatte.

Der Mörder mußte jemand sein, der stark war. Er hatte nicht nur Daes getötet, sondern auch Tsaani. Tsaani war ein alter Mann, aber er war noch Jäger. Er hätte gewiß gekämpft, um sein Leben zu retten.

Dann dachte Yaa an etwas, das ihre Knochen gefrieren ließ. Was, wenn der Mörder fürchtete, daß Ghaden sich an ihn erinnerte?

In der Behausung von Wolf-und-Rabe war Ghaden in Sicherheit gewesen. Wer würde in der Behausung eines Schamanen zu töten versuchen? Doch hier, wo nur Frauen und Kinder waren, gab es niemanden, um den Mörder aufzuhalten. Yaas Herz schlug heftig gegen ihre Rippen.

Wenn ich alt genug wäre, dachte sie, würde ich mich einem starken jungen Mann zur Frau geben und ihn in diese Behausung bringen, damit er uns alle beschützt. Aber kein Mädchen von sieben Sommern war alt genug, um Frau zu sein.

Am besten wäre es, Yaas Mutter oder Braunes Wasser würde von einem Mann zur Frau genommen, aber niemand wollte Braunes Wasser. Sie war zu alt, und sie nörgelte die ganze Zeit. Vielleicht würde jemand Yaas Mutter wollen. Zumindest als zweite Frau, doch sie mußte erst die Trauerzeit abwarten, bevor ein Mann sie nehmen konnte. Wie lange war diese Zeit? Yaa konnte sich nicht besinnen. Ein Mond, vielleicht auch zwei.

Bis dahin wäre es der beste Schutz für sie alle, wenn Yaa herausfinden könnte, wer Daes getötet hatte, und es allen erzählte. Morgen, wenn ihre Mutter und Braunes Wasser draußen wären, wollte sie mit Ghaden sprechen. Vielleicht würde er es ihr sagen.

Am Morgen wollte Yaa Ghaden nicht verlassen. Die Ängste der Nacht lasteten schwer auf ihr, und sie stellte sich einen Mann mit einem Messer vor, der sich seinen Weg in die Behausung schlitzte.

Yaa sagte sich, daß der Mörder so etwas nicht bei Tag tun würde, wenn jedermann ihn sehen konnte, dennoch hatte sie ein unbehagliches Gefühl. Sie bat ihre Mutter, auf Ghaden aufzupassen, bei ihm zu bleiben. Sie sagte es ihr so viele Male, daß Braunes Wasser ihr schließlich mit der offenen Hand einen Schlag an den Kopf versetzte und sie aus der Behausung zerrte.

Tränen brannten Yaa in den Augen, doch sie blinzelte sie

fort. Der Schlag von Braunes Wasser hatte nicht so weh getan, aber die Furcht in Ghadens Augen, als er sie gehen sah, schien wie ein Messer, das in ihrem Herzen umgedreht wurde. Sie folgte Braunes Wasser auf den schmalen Dorfpfaden zu Ligige's Behausung, dann setzte sie sich, einem Schatten gleich, an die Seite von Braunes Wasser.

Ligige' und Braunes Wasser sprachen anfangs über Unbedeutendes, dann setzte Ligige' ihnen Schalen mit Brühe aus dem kleinen Kochbeutel vor, der an den Pfosten ihrer Behausung aufgehängt war.

Erst als sie gegessen hatten, begann Ligige', Kräuter und Stückchen von getrockneten Dingen auszulegen, Zweige und Pulver – schmale Streifen Grünerlenborke, die, gekocht und abgekühlt, auf die wunde Stelle gelegt werden mußten, Dreiblättrige Goldwurz zur Stärkung, die innere Rinde der Weide gegen Fieber.

Während sie erklärte, wie jede Medizin anzuwenden war, sah sie Yaa oft in die Augen, und so wußte Yaa, daß die alte Frau sie als diejenige anerkannte, die die Medizin verabreichte, die die Verantwortung trug.

Schließlich war die Sitzung mit Ligige' zu Ende, und sie gingen zurück zur Behausung von Braunes Wasser. Alles war genau so, wie sie es verlassen hatten. Es waren keine Schlitze in den Wänden der Behausung, kein Blut und keine Leichen lagen draußen.

Siehst du, wie töricht du bist, sagte sich Yaa und folgte Braunes Wasser in den Eingangstunnel. Doch am Ende des Tunnels hielt Braunes Wasser an und versperrte Yaa den Weg hinein. Die Frau machte ein eigenartiges Würgegeräusch in der Kehle, und Yaas Arme wurden plötzlich schwach von Furcht.

»Du hättest mir sagen sollen, daß du in meine Behausung kommst«, sagte Braunes Wasser, dann fragte sie: »Wo ist Glücklicher Mund?«

Yaa stieß Braunes Wasser an, und die Frau kroch beiseite, ließ Yaa in die Behausung. Yaas Furcht schwand so plötzlich, daß sie beinahe auf dem Boden zusammenbrach. Es war der Älteste Blaukopfente. Er hockte neben Ghaden. In seinen Händen war ein kleiner braun-weißer Welpe. Ghaden lächelte. Er kicherte, als das Hündchen sich vorstreckte, um ihm die Nase zu lecken.

»Das ist mein Hündchen«, rief Ghaden Yaa zu, dann sah er Braunes Wasser ernst ins Gesicht und sagte: »Mutter, das ist mein Hund. Dieser Großvater wird mich lehren, für ihn zu sorgen.«

»Glücklicher Mund ist fortgegangen, um Essen vom Herd zu holen«, sagte Blaukopfente zu Braunes Wasser. »Sie wird bald zurück sein.«

Braunes Wasser nickte, warf die Kapuze ihres Parkas zurück und bedeutete Yaa, mehrere Wasserblasen aufzubinden. Yaa stellte den Korb mit Ligige's Medizin neben ihre zusammengefalteten Schlafmatten und beeilte sich zu tun, was Braunes Wasser sagte.

Was, wenn Blaukopfente der Mörder wäre? dachte sie, als sie ihm eine gefüllte Blase anbot. Mit einem Hündchen in seinen Armen, wer würde ihn verdächtigen? Er hätte Ghaden töten und fortgehen können, bevor ihre Mutter zurückkehrte.

Blaukopfente tat einen langen Zug, dann nahm er die Wasserblase wieder herunter und sah Braunes Wasser an. »Dieser Welpe ist aus einem starken Stamm«, sagte er. »Er wird ein guter Hund zum Jagen und Hüten sein. Er sollte drinnen gehalten werden.«

Drinnen, dachte Yaa erstaunt. Wer hielt schon einen Hund drinnen? Sie sah Braunes Wasser an, erwartete, daß sie in Zorn ausbrach. Selbst ein Ältester konnte einer Frau nicht befehlen, einen Hund in ihrer Behausung zu halten.

Aber Braunes Wasser wurde nicht zornig. Sie blickte vielmehr lange und nachdenklich auf das Hündchen. »Kann er laut bellen?« fragte sie.

»Ja.«

»Dann wird der Welpe ein guter Hund für diese Behausung sein.«

Da begriff Yaa, daß sie nicht die einzige war, die Ghaden in Gefahr glaubte.

Ghaden rollte den Hautstreifen zu einer Kugel und warf. Das Hündchen stürmte ihr bellend nach. Ghaden wußte, daß sie zuviel Lärm machten. Wäre Braunes Wasser in der Behausung, hätte sie ihn gescholten, doch er und Yaa und sein neues Hündchen waren allein.

Er wollte den Hund Beißer nennen, aber das hatte er noch niemandem erzählt. Wenn Beißer ausgewachsen war, würde er ein großer Hund sein, mit langen, starken Zähnen, und alle würden sich vor ihm fürchten. Wäre Beißer in jener Nacht bei ihnen gewesen, hätte er Ghadens erste Mutter wahrscheinlich gerettet.

Der Welpe war hellbraun mit Kreisen aus dunklerem Fell um die Augen. Am Kinn hatte er einen kleinen weißen Fleck, einem Stern ähnlich, und auch Brust und Bauch waren weiß.

»Wie wirst du ihn nennen?« fragte Yaa.

Ghaden blickte in Yaas rundes Gesicht und zog dann die Lippen über den Zähnen zurück. »Beißer«, sagte er und knurrte.

»Beißer!«

Ghaden knurrte abermals und sah Yaa aus den Augenwinkeln an, die Lider halb geschlossen. »Er ist ein grimmiger Hund«, sagte Ghaden.

»Ich hatte einmal einen kleinen Hund. Ich nannte ihn Schwanzjäger«, erzählte Yaa. Sie senkte den Kopf, um Ghaden ins Gesicht zu sehen. »Schwanzjäger ist ein guter Name«, sagte sie.

Schwanzjäger! dachte Ghaden. Wer würde sich vor einem Hund mit Namen Schwanzjäger fürchten?

»Sein Name ist Beißer.«

Yaa hob die Arme und breitete die Hände aus. »Es ist dein Hund. Du sollst ihn nennen, wie es dir gefällt.«

Ghaden kroch hinter Beißer her, nahm ihm den Hautstreifen fort und warf ihn wieder. »Holen, Beißer!«

Der Hund wedelte mit dem buschigen Schwanz und lief hinterher. »Was ist aus Schwanzjäger geworden?« fragte Ghaden.

»Wir haben ihn gegessen«, antwortete Yaa. »Es war Ende des Winters, und unser Vater konnte nicht mehr jagen.« Sie rieb ihre Hände, als sie an die geschwollenen Gelenke dachte, die ihren Vater von einem Jäger in einen alten Mann verwandelt hatten.

»Keiner wird Beißer essen«, sagte Ghaden. »Er wird jeden zuerst fressen.«

Yaa hob die Augenbrauen. »Wir brauchen einen Wachhund in dieser Behausung«, sagte sie. »Vielleicht ist Beißer ein guter Name für ihn.«

Yaa sah zu dem Welpen hinüber. Er hatte den Hautstreifen in der Schnauze und schüttelte den Kopf. Jetzt war die Zeit günstig, fand sie. Ihre Mutter und Braunes Wasser waren bei den Kochstellen, und Ghaden war seit dem Tod seiner Mutter nicht mehr so gesprächig gewesen.

»Jetzt bist du in Sicherheit«, begann Yaa und sah Ghaden an.

Er hob beipflichtend die Augenbrauen. »Niemand wird mich kriegen«, bestätigte er mit fester Stimme.

»Ghaden«, sagte Yaa, »niemand weiß, wer … getötet … wer dich verletzt hat.«

Ghaden kroch zu seinem Hündchen, nahm es auf den Schoß und hielt ihm den Hautstreifen über den Kopf. Beißer machte einen Satz, stolperte über Ghadens Beine und plumpste dann auf die Nase. Er stand wieder auf, sprang zu dem Streifen und schnappte ihn. Ghaden lachte.

»Weißt du, wer dich verletzt hat?« fragte Yaa.

Es schien, als hätte Ghaden ihre Frage nicht gehört. Er spielte weiter mit dem Hund, ließ den Hautstreifen über dem Kopf von Beißer tanzen.

»Ghaden, weißt du es?«

Yaa kroch zu ihrem Bruder, packte seine Arme und sah ihm ins Gesicht. »Ghaden, ich habe dich gefragt, ob du weißt, wer dich verletzt hat«, sagte sie mit strenger Stimme.

Ghaden schloß die Augen und schüttelte so lange den Kopf, bis Yaa sein Gesicht mit beiden Händen umfaßte, um ihn stillzuhalten.

»Ghaden«, flüsterte sie, »wenn wir wissen, wer dich verletzt hat, können wir es den Ältesten sagen. Sie werden ihn fortschicken, und er wird dir nie wieder weh tun.«

Ghaden sah sie mit runden Augen an. Er blinzelte die Tränen fort. »Ich habe ... ich habe ...«, sagte er, dann klopfte er sich auf die Beine.

»Du hast seine Beine gesehen?«

»Ja, habe ich gesehen.«

»Ich dachte, es war ... ich dachte, es war ... Cen.«

»Der Händler?« Ghaden hob die Augenbrauen.

»Aber er war es nicht?«

»Nein.« Er schüttelte den Kopf.

»Weißt du, wer ...?«

Wieder schüttelte er den Kopf. »Ich habe das Messer gesehen«, sagte er. »Mit Blut daran.«

Ghaden steckte den Daumen in den Mund und zog die Beine unter sich. Er streckte die Hand nach einem von Yaas Zöpfen aus, dann nahm er sie zurück. Beißer sprang hoch, um Ghadens Gesicht zu lecken. Ghaden schob ihn fort. Der Hund hielt den Kopf schräg, spitzte die Ohren, dann setzte er sich still neben ihn.

Ghaden legte einen Arm um den Welpen, schob die Finger in das dicke Fell.

»Kannst du dich an irgend etwas von ihm erinnern?« fragte Yaa.

»Groß«, sagte Ghaden mit dem Daumen im Mund.

»Hast du irgendein Geräusch gehört? Hatten seine Stiefel Klappern?«

Ghaden versuchte, an jene Nacht zurückzudenken. Die Stiefel waren anders gewesen, aber er konnte sich nicht besinnen, wie. Es war dunkel, und er war schläfrig gewesen. Er hatte bei Cen bleiben wollen. Es gab Dinge zum Spielen in den Packen des Händlers und immer eine Menge zu essen. Doch seine Mutter sagte, sie müßte wieder in die Behausung von Braunes Wasser.

Als sie ankamen, wollte Ghaden in seine eigene Schlafstatt, aber aus irgendeinem Grunde ging seine Mutter nicht hinein. Sie warteten draußen, bis die Kälte der Luft durch seine Kleider gedrungen war.

Er hatte über die Schulter seiner Mutter geblickt, als sie in den Eingangstunnel krochen, und jemanden gesehen. Er dachte, es sei Cen, der sie holen käme, um sie in seine warme Behausung zurückzubringen. Ghaden stahl sich fort von seiner Mutter, lief hinaus, um Cens Beine zu fassen, damit er nicht an ihnen vorüberginge.

Sie waren im Schatten. Er könnte einfach vorbeigehen, und Ghaden fror.

Es war nicht Cen. Wer immer es war, er trug ein Messer. Selbst im Dunkeln konnte Ghaden Blut an der Klinge sehen. Er wußte bis heute nicht, warum er danach gegriffen hatte, doch er erinnerte sich, daß er erschrocken war. Er war mit dem Messer zu seiner Mutter gelaufen und hatte so den Mörder zu ihr geführt …

Ghaden rollte sich auf die Seite und kugelte sich zusammen. Beißer leckte seine Wange, und Yaa stellte noch mehr Fragen.

Ghaden legte eine Hand über seine Augen, um sie nicht ansehen zu müssen. Sie war wie die Frau von Wolf-und-Rabe, wie die alte Ligige', wie der Mann, der in die Behausung von Wolf-und-Rabe gekommen war, als Ghaden dort allein war. Sie alle hatten zu viele Fragen gestellt.

Schließlich verwandelten sich Yaas Fragen in ein Wiegenlied, einen weichen Gesang in ihrer Kehle. »Ich werde nicht mehr davon sprechen, Ghaden«, sagte sie. »Fürchte dich nicht.«

Beißer legte sich neben ihm nieder, drückte seine kalte, feuchte Nase an Ghadens Gesicht. Ghaden tätschelte seinen Hund, und Yaa sang, bis er eingeschlafen war.

13

Der Morgen war warm, der Südwind hatte den Schnee unter Chakliux' Füßen weich gemacht. Die Gräser vom Vorjahr standen in dunklen Büscheln am Flußufer. Eine dünne Rauchschicht lag über den Behausungen des Nahe-am-Fluß-Dorfes. Die Hunde bellten – einige aus Freude, weil sie gefüttert wurden; andere, die den Fisch rochen, den ihre Nachbarn erhielten, verlangten lärmend ihren Anteil.

Schneefalke spitzte die Ohren und blieb stehen. Sie winselte und sah zu Chakliux' Parka hoch, wo ihre Jungen an seine Brust geschnallt waren. Eines war gestorben, getötet vom Messer von Karibu. Chakliux hatte das Hündchen aus seinem Parka genommen, es Schneefalke gezeigt, ihm sodann in dem verkrusteten Flußschnee ein kleines Loch gegraben. Chakliux hatte Schneefalke ihre anderen Welpen säugen lassen, sie dann wieder in seinen Parka gesteckt und den Weg zum Nahe-am-Fluß-Dorf fortgesetzt. Die Stiefel des toten Mannes an Chakliux' Füßen waren trocken, warm.

Die Kinder sahen ihn zuerst, Jungen, die die Hunde ihrer Väter fütterten. Sie schrien auf, als er sich näherte, verstummten dann, als sie sahen, wer er war. Und Chakliux fragte sich, ob er als Fluch betrachtet wurde oder nur als ein zurückkehrender Jäger?

»Wem gehört der Hund?« rief einer der größeren Jungen.

»Sie gehört den Ältesten«, antwortete Chakliux.

Der Junge kam näher, blickte zurück zu seinen Gefährten, als wollte er sehen, wie sie seinen Wagemut aufnahmen.

»Bleib fort von ihr. Sie ist unruhig. Sie kennt dieses Dorf nicht«, sagte Chakliux zu dem Jungen. »Ihre Welpen sind hier in meinem Parka.« Er legte die Hand auf seine Brust. »Sie wird kämpfen, um sie zu beschützen.«

Der Junge nickte, dann betrachtete er blinzelnd den Hund und rief: »Sie hat goldene Augen. Seht doch! Goldene Augen.«

Chakliux griff in den Packen auf seinem Rücken und zog ein kurzes Stück Schnur aus geflochtener Rinde heraus. Er band es um den Hals von Schneefalke und führte sie durch das Dorf, um Hunde herum, die neben den Behausungen angebunden waren und nach ihr schnappten.

Er hielt als erstes an der Behausung von Soks Frau an, kroch hinein. Den Hund nahm er mit.

Rotes Blatt nähte einen Parka, ein schönes Stück, wahrscheinlich für Sok. Sie blickte auf, als Chakliux eintrat, fuhr vor Überraschung ein wenig zusammen, als er den Hund mit hereinbrachte. Sie hob die Hand, wies grob mit einem Finger auf die Tür und schimpfte: »Schaff den Hund aus meiner ...« Dann brach sie ab. »Ein Goldauge«, sagte sie. »Du hast einen bekommen.«

»Fünf, ich habe fünf«, antwortete Chakliux und griff in seinen Parka, setzte die vier Welpen, zwei mit dunklem Fell, die anderen überwiegend weiß, auf die Erde. »Drei Weibchen, ein Männchen«, sagte Chakliux und nahm sie hoch, um Rotes Blatt die Augen zu zeigen. Schneefalke beschnupperte ein jedes und leckte das dunkel gewordene Blut von dem weißschwarzen Fell des kleinsten.

»Es wurde verletzt?« fragte Rotes Blatt.

»Nein«, sagte Chakliux, doch mehr erzählte er ihr nicht. Er wollte nicht, daß sie die Geschichte seiner Reise unter den Dorffrauen verbreitete, bevor Sok und die Ältesten Gelegenheit hatten, sie zu hören.

Rotes Blatt füllte eine Schale mit warmer Brühe und reichte

sie Chakliux. Er behielt seinen Parka an. Da das Messer von Karibu den Welpen getroffen hatte, war nur eine oberflächliche Wunde in Chakliux' Brust entstanden, doch Rotes Blatt brauchte sie nicht zu sehen.

Chakliux hielt die Schale schräg und schlürfte einen Mundvoll warmer Flüssigkeit. Sie linderte den Schmerz in seinem Bauch und verbreitete ihre Wärme bis in seine Arme und Beine hinein. Er leerte die Schale, dann fragte er: »Wo ist Sok?«

»Er und meine Söhne sind gegangen, um seines Groß … um deine Hunde zu füttern.«

Ja, seine Hunde. Er hatte sie beinahe vergessen. Während seiner Reise hatte die Welt nur aus ihm, Schneefalke und ihren Welpen bestanden. Hier hatte er andere Hunde und eine Frau.

Rotes Blatt füllte seine Schale aufs neue. Er trank mehrere Mundvoll, dann stellte er die Schale für Schneefalke auf die Erde. Sie lag auf der Seite, ihre Welpen drängten sich an ihrem Bauch und saugten. Rotes Blatt gab ihrem Unmut Ausdruck, als der Hund begann, die Brühe zu schlabbern, doch Chakliux sagte: »Schneefalke hat es verdient.«

»Warum sind sie dir gefolgt, was denkst du?« fragte Der-mit-den-Hunden-übt. Sein Gesicht war angespannt, und im flakkernden Feuer vertieften sich die Falten, die seine Wangen und seine Stirn zeichneten.

Abseits des Feuers war die Behausung so dunkel, daß Chakliux sich besinnen mußte, daß noch nicht Nacht war. Es kam ihm so vor, als hätte er Sand unter den Lidern, und während er den Ältesten berichtete, was geschehen war, mußte er mehrmals die Lippen zusammenpressen, um nicht zu gähnen.

Chakliux schüttelte den Kopf. »Ich weiß es nicht. Wolkenfinder hat mir die Hunde im Tausch gegeben. Als ein Ältester des Vetter-Fluß-Dorfes kam er mit mir, um zu euch allen zu sprechen, euch mitzuteilen, daß die Ältesten des Vetter-Fluß-Dorfes Frieden wollen, daß nur die jungen Jäger, von den dunklen Tagen des Winters gelangweilt, von Kampf sprechen.«

»Und so wurden drei getötet?« fragte Rotbrustschnepfe. Er saß neben Der-mit-den-Hunden-übt auf einem der Ehrenplätze im hinteren Teil der Behausung. Sok saß neben Chakliux, dem Halbkreis der Dorfältesten gegenüber.

»Drei, vielleicht vier. Ein weiterer Jäger wurde verwundet«, sagte Chakliux.

»Aber sie haben diesen Ältesten getötet, der mit dir die Hunde getauscht hat?«

»Ja«, antwortete er. »Einer der Jäger hat ihn getötet.«

»Uns ist nichts geschehen«, sagte Sok. »Keiner von unseren Männern wurde getötet. Dieser Älteste war einer von ihnen. Mein Bruder«, er nickte zu Chakliux hin, »ist auch aus ihrem Dorf. Vielleicht haben wir hiermit nichts zu schaffen, und sie müssen die Sache unter sich austragen.«

»Aber wir wissen nicht, was die Jäger des Vetter-Fluß-Dorfes ihrem Volk erzählt haben«, sagte Der-mit-den-Hunden-übt. »Vielleicht werden sie behaupten, daß Chakliux die Hunde gestohlen hat, daß es keinen gerechten Tausch gab und daß er den Ältesten und ihre Jäger getötet hat, um die Hunde für uns zu bekommen.«

Chakliux spürte die Blicke der Ältesten auf sich. Was Der-mit-den-Hunden-übt sagte, war richtig. Die Söhne von Wolkenfinder glaubten wahrscheinlich, daß er ihren Vater getötet hatte. Wäre es gerecht, wenn dieses Dorf wegen einer Fehde zwischen Menschen aus dem Vetter-Fluß-Dorf leiden mußte?

»Ich werde zu ihnen zurückgehen«, sagte Chakliux. »Ich werde ihnen berichten, was geschehen ist.«

»Nein«, begann Sok, wurde aber von seinem Stiefvater unterbrochen.

»Was ist mit den Hunden?« fragte Bellender Fuchs. »Du hast alle unsere Waren für diese Hunde eingetauscht. Du kannst sie nicht zurückbringen.«

»Wenn er sie nicht zurückbringt«, sagte Der-mit-den-Hunden-übt, »wird das Vetter-Fluß-Dorf wissen, daß sie hier sind. Sie werden denken, wir haben getötet, um ihre Hunde zu bekommen.«

»Wartet«, sagte Sieht-Licht, der Großvater von Blaubeere. Er wies mit dem Kinn auf Chakliux. »Dieser Jäger ist jetzt Mann meiner Enkeltochter. Glaubt ihr, man wird ihn am Leben lassen, wenn er wieder in das Vetter-Fluß-Dorf kommt?« Er hielt inne, doch die Männer schwiegen. »Was, wenn er nicht mit den Hunden hierher zurückgekehrt wäre? Was könnte das Vetter-Fluß-Volk darüber sagen?«

»Und wo sollte er dann sein?« fragte Sok.

»Er könnte zu den Walroßjägern gegangen sein, um diesen goldäugigen Hund bei ihnen einzutauschen.«

»Welchen Nutzen hätte das für uns?« fragte Bellender Fuchs. »Wir haben Chakliux in der Hoffnung in das Vetter-Fluß-Dorf geschickt, daß ein goldäugiger Hund den Fluch brechen würde, der zu unseren eigenen Tieren gekommen ist.«

»Sie hat vier Welpen, nicht wahr?« fragte Sieht-Licht. »Wie viele von euch haben Hündinnen mit einem frischen Wurf?«

Einige Männer murmelten, nickten mit den Köpfen, hoben die Augenbrauen, unter ihnen Bellender Fuchs.

»Vielleicht werden einige Hündinnen einen neuen Welpen annehmen. Wenn sie am Leben bleiben, werden diese Welpen uns eine Hilfe sein, um den Fluch zu brechen. Wenn das Vetter-Fluß-Volk Männer ausschickt, um Chakliux zu finden, werden wir die Welpen verstecken. Das wird nicht schwer sein. Sie sind klein.«

»Und Chakliux?« fragte Sok.

»Er war ein Fluch unter uns«, sagte Sieht-Licht. »Wir sind froh, daß er in sein eigenes Dorf zurückgekehrt ist. Wir sind froh, daß er nicht wiedergekommen ist.«

So hast du ihn entkommen lassen?« fragte K'os, ihre Stimme glatt wie Eis. »Er hat den Hund und die Welpen, und er ist nicht verletzt?«

Der Mann schluckte und sagte: »Er hat meinen Vater getötet.«

»So ist der alte Mann tot, aber mein Sohn, er ist in Sicherheit?«

»Er wird nicht in Sicherheit sein«, stieß Tikaani wütend hervor.

»Er hat Flußspringer und Schleicher und Karibu getötet. Nachtmann ist fast tot, und ich soll dir glauben, daß du Chakliux töten wirst?« K'os lachte und wußte, daß Tikaani ihr Lachen auf sich bezog, doch es galt der Findigkeit ihres Sohnes. Er war einfallsreicher, als sie gedacht hatte. Es hatte sich als ein feines Spiel erwiesen. Besser, als sie gehofft hatte. Wer konnte glauben, daß der alte Tor Wolkenfinder und ihr verkrüppelter Sohn sich gegen Flußspringer und vier der besten jungen Jäger des Dorfes behaupten konnten? Freilich, Chakliux hatte die Hunde.

»Die Hündin ist nicht verletzt?«

»Ich glaube nicht. Die Welpen habe ich nicht gesehen.«

K'os zuckte die Achseln. »Welpen sterben leicht«, sagte sie.

»Es war die Hündin, die meinen Bruder Karibu getötet hat. Sie hat ihn angegriffen.«

Dann hatte vielleicht nicht Geschicklichkeit, sondern Glück Chakliux gerettet, dachte K'os. Oder Macht. Der Gedanke beunruhigte sie. Chakliux war doch ihr Scherz gewesen, ein schrecklicher, schrecklicher Scherz …

Sie dachte zurück an die Zeit, als sie jung war. Sie war jetzt noch schön. Damals war sie unbeschreiblich schön gewesen. Jeder Mann im Dorf hatte sie begehrt. Die jungen Jäger … Ah, ihre Körper schrien nach ihrem, doch ihr Vater sah nur die Ehre, die ihm zuteil würde, wenn er K'os einem Ältesten gäbe.

Die Geschenke von Namengeber waren wunderbar, doch er war wie ein vertrockneter alter Stock. K'os hatte einen jungen Mann gewollt.

Sie erinnerte sich an den Morgen, als ihr Vater ihr seinen Entschluß mitteilte. Sie hatte aus der Türklappe gespäht, hatte Erdschläger und Flußspringer draußen gesehen. Sie hatten ein Ziel aus Karibuhaut aufgestellt, straff auf einen Rahmen aus Schößlingen gespannt, und warfen mit Übungsspeeren mit stumpfen Spitzen. Wie Jungen, wie kleine Jungen. Sie hatte sie hinter der Türklappe hervor beobachtet und einmal gehustet, damit sie wußten, daß sie da war. Dann hatte die Hand ihres Vaters sie fortgezerrt.

»Du denkst, weil du schön bist, kannst du jeden jungen Mann im Dorf haben«, hatte er zu ihr gesagt. »Du denkst, weil du ein Tier-Gabe-Kind gefunden hast, sollst du alles haben, was du willst. Du bist nicht besser als irgendeine andere Frau. Du darfst einen einzigen Mann haben; du mußt Söhne bekommen, um diesen Mann zu ehren. Ich habe Namengeber gewählt.«

Die Worte waren wie Steine, die in ihren Magen fielen. Sie hatte ihn angefleht, doch er wollte seine Meinung nicht ändern. K'os hatte sich in ihre Schlafdecken gerollt und geweint, bis ihr Vater erbost die Behausung verließ. Zornige Worte ausspeiend, hatte sie Namengeber verflucht. Warum wünschte sich ein alter Mann eine junge Frau? Es gab Witwen im Dorf. Was war mit Drei Vögel? Sie war nicht häßlich. Was war mit Morgenfrau?

Später war K'os, Chakliux auf den Rücken geschnallt, zum Großvater-See gegangen. Sie wollte die anderen jungen Frauen des Dorfes nicht sehen, ihr Lächeln hinter erhobenen Händen, die vor Vergnügen blitzenden Augen, wenn sie hörten, daß K'os Frau von Namengeber sein würde. Am See rief sie dem Großvater-Felsen ihren Zorn zu, bot Gaben dar, versprach sogar, Chakliux den Großvater-Geistern zurückzugeben, wenn der alte Namengeber bei ihrer Rückkehr ins Dorf tot wäre. Der See und der Felsen erhörten sie nicht. Namengeber lebte, und sie wurde seine Frau, von ihrem Vater gegeben zum Tausch für die Verheißung von totem Karibu und getrocknetem Fisch.

Namengeber konnte in ihrer Schlafstatt nichts ausrichten. K'os erzählte es ihrer Mutter und ihrem Vater und fragte, ob sie ihn verstoßen, in die Behausung ihrer Mutter zurückkehren könne, doch sie sagten ihr, das wäre nicht möglich. Sie sagten, es sei wegen der Ehre, die sie verlieren würde, doch K'os wußte, daß es ihnen nicht um ihre Ehre zu tun war, nur um die Gaben von Namengeber.

Schlimmer noch, als Chakliux ein Mondjahr zählte, bemerkte K'os die Mißbildung seines Fußes. Es war ein neuer Ärger neben jenen, die ihr das Leben vergällten. Sie ahnte, daß Chakliux nicht Tier-Gabe war, sondern nur ein Kind, das jemand ausgesetzt hatte. Indem sie Männer, die aus dem Naheam-Fluß-Dorf zum Tauschen kamen, vorsichtig ausfragte, hatte sie herausgefunden, daß sie recht hatte.

Eines Tages, als Namengeber einen anderen Ältesten besuchte, war Erdschläger in K'os' Behausung gekommen, und sie hatte ihn überredet, das Lager mit ihr zu teilen. Als sie in den Armen von Erdschläger lag und sich an der Erfüllung freute, die ihren Leib wärmte, erzählte er, daß er Drei Vögel zur Frau nehmen werde. Sie hatte zornige Worte hervorgestoßen, hatte ihn aus ihrer Behausung vertrieben.

Das war, als K'os begann, Alte Schwester zu besuchen. Alte Schwester war eine Heilerin, mit großer Kenntnis von Medizin aus Pflanzen. Sie unterwies K'os, welche Pflanzen und Kräuter die Gesundheit von Namengeber bewahren würden. Sie unterwies sie auch, welche es zu meiden galt. Jeden Tag, fast ein Jahr lang, besuchte K'os Alte Schwester. Jeden Tag lernte sie, bis Alte Schwester ihr nichts mehr beizubringen hatte.

Wie traurig, als eine seltsame Krankheit über das Dorf kam. K'os bereitete viele Heilmittel, doch aus irgendeinem Grunde halfen sie nicht. Sie schnitt sich in Trauer die Haare ab, als die Krankheit Alte Schwester fortnahm. Sie tröstete Erdschläger in seinem Gram, als die Krankheit Drei Vögel holte. Sie trug die Lumpen und die Asche einer Witwe, als auch Namengeber ihr erlag.

K'os wandte ihren Blick Tikaani zu. Er war wenig mehr als ein Junge. Sein Brustkasten war noch nicht ausgefüllt, seine Arme waren noch nicht dick und stark, doch seine Beine mit den kräftigen Muskeln sagten den Mann voraus, der er einmal sein würde, und sie war seiner in ihrem Schlaflager noch nicht müde geworden.

»Geh zurück in die Hütte der Jäger«, sagte sie zu ihm. »Wir werden unsere Rache haben, doch es ist nicht an dir, sie allein zu vollbringen. Warte. Ich werde dir sagen, wann die rechte Zeit ist. Dann wird das Nahe-am-Fluß-Dorf verwüstet, und seine Bewohner werden Futter für Raben und Füchse sein.«

K'os ging zuerst zu den Onkeln, dann zu den Vettern. Sie sagte ihnen, daß Schleicher und Karibu zu jung waren, um für die Selbstsucht ihres Sohnes Chakliux und für die Habgier des Nahe-am-Fluß-Volkes gestorben zu sein. Nachtmann liege in der Behausung seiner Mutter, fast tot, mit eiternder Schulter. Es sei ein Wunder, daß Tikaani ihn ins Dorf zurücktragen konnte. Flußspringer sei einer ihrer besten Jäger gewesen. Wer werde nun seine Kinder ernähren? Und dann Wolkenfinder, ein Mann der Weisheit, ein Ältester, von vielen verehrt.

K'os ließ schamvoll den Kopf sinken, da sie wisse, daß ihr Sohn ihn getötet habe. Was könne sie zu Stern sagen, der jungen Tochter von Wolkenfinder, die noch in der Behausung seiner Frau wohnte?

Es sei ihre Schuld, sagte K'os zu ihnen. Sie habe Chakliux in dieses Dorf gebracht, da sie dachte, er werde den Menschen hier Ehre und Macht bringen.

Sie lud die Männer in ihre Behausung ein, und da sie jeden von ihnen denken ließ, er werde dort mit ihr allein sein, wußte sie, daß alle kommen würden.

Sie bereitete sich mit Eifer auf ihre Ankunft vor, füllte Kochbeutel mit Fleisch und Wasser, trug sie zum Erhitzen zu den Herdfeuern des Dorfes, hütete sie, damit andere sich nichts nahmen. Sie achtete nicht auf das Zungenschnalzen der anderen Frauen, als sie deren begierige Kellen fortstieß von ihrem Essen.

Als sie die zornesroten Wangen von Backenhörnchen sah und die verkniffene Blässe im Gesicht von Eulenfängerin, neckte sie sie: »Habt keine Sorge. Eure Männer werden heute nacht in euren Schlafstätten sein. Dieses Essen ist für die Familien in Trauer.«

Da ließen sie sie gewähren, halfen ihr sogar, die Kinder vom Essen fernzuhalten.

Als das Fleisch heiß war und, angereichert mit Fett und gewürzt mit getrockneten Beeren, in seinem eigenen Saft brodelte, trug K'os die Kochbeutel in ihre Behausung, hängte sie an die Pfosten und wartete auf die Ankunft der Männer.

Das Nahe-am-Fluß-Dorf

Chakliux setzte sich in der Behausung von Rotes Blatt auf den Boden aus Karibuhaut und rieb seinen Otterfuß. Der hatte seit dem Kampf mit Tikaani und seinen Brüdern weh getan, doch heute schien der Schmerz geringer.

Rotes Blatt kam in die Behausung, die Arme voll Feuerholz. Er stand auf, nahm ihr das Holz ab und stapelte es neben dem

Eingangstunnel, während sie ihren Parka auszog. Sie sah auf seinen Fuß hinunter.

»Er macht dir noch zu schaffen?« fragte sie.

»Ja.«

»Ich habe etwas.« Sie hielt einen kleinen Packen in die Höhe. »Ligige' hat es mir gegeben. Es ist etwas, wovon ihr die Seejägerfrau erzählt hat. Es wird *sixsiqax* genannt. Ligige' sagte, frische Blätter sind besser, doch sie hatte nur getrocknete. Ich habe sie in heißem Wasser eingeweicht.« Sie nickte zum hinteren Bereich der Behausung hin, in Richtung der Herdfeuer des Dorfes. Die Frauen dort hielten stets eine Karibuhaut voll mit heißem Wasser bereit, das mit Steinen von den Rändern der Kochfeuer erhitzt wurde. »Setz dich hin«, sagte sie zu Chakliux.

Er setzte sich, und Rotes Blatt kniete neben ihm nieder. Sie schichtete die nassen, warmen Blätter auf seinen Fuß. Sie schienen den Schmerz aus seinen Knochen zu ziehen.

»*Sixsiqax?*« fragte Chakliux. Das Wort war rauh in seiner Kehle, war seiner Zunge fremd. »Ein Seejägername?«

Rotes Blatt zuckte die Achseln, dann fragte sie: »Wo ist Sok?«

»Bei den Hunden.«

»Was hat sich bei den Ältesten ergeben?«

Chakliux wußte, daß sie Sok eine solche Frage nicht stellen würde, doch bei ihm war sie kühner.

»Sie sind erfreut über die Hunde.«

»Das sollten sie wohl sein.«

Rotes Blatt wartete, und Chakliux wußte, daß sie mehr hören wollte, aber Frauen brauchten nicht zu wissen, was sich in der Hütte der Ältesten zutrug.

»Was denkst du über unsere jungen Männer?« fragte Rotes Blatt. »Einige wollen das Vetter-Fluß-Dorf angreifen.«

»Sie sind töricht«, sagte Chakliux.

Lange Zeit sprach Rotes Blatt nicht. Chakliux wartete. Sie

war eine Frau, die an den Kochfeuern viel Zeit mit Lauschen und Erzählen verbrachte. Sie würde nicht lange schweigen.

Schließlich sagte sie: »Es gab keine Toten, seit du unser Dorf verlassen hast, weder Hunde noch Menschen.«

»Dann denken die Frauen, ich habe meinen Großvater und die Seejägerfrau getötet?« Chakliux' Kehle schnürte sich zu, als er die Frage stellte.

»Die meisten denken, daß der Händler sie getötet hat«, sagte sie. »Die meisten denken, der Händler ist tot. Er war schlimm verletzt, als er unser Dorf verließ. Einige von den jungen Männern dachten, du seist der Mörder, doch Blaukopfente sagte ihnen, wenn du es wärst, würdest du nicht in dieses Dorf zurückkehren.«

Chakliux tat einen langen Atemzug. »Ich bin nicht der Mörder«, sagte er.

»Nun, da du die Hunde gebracht hast, denkt niemand im Dorf, daß du es warst«, sagte Rotes Blatt, doch sie sah fort, während sie sprach.

Chakliux nickte. Er wußte, daß sie ihm nicht die ganze Wahrheit sagte. Viele fürchteten sich noch vor ihm.

»Einige Frauen sagen, du wirst das Dorf verlassen. Einige sagen, du wirst hierbleiben und Blaubeere als Frau nehmen. Andere denken, du wirst sie verstoßen.«

»Einige Frauen reden zuviel«, entgegnete Chakliux.

Rotes Blatt griff zu dem Parka, an dem sie arbeitete. Sie begann, einen Sehnenfaden durch Löcher zu fädeln, die sie mit einer Ahle gestochen hatte. »Wenn du Blaubeere nicht haben willst, denkst du, Sok wird sie nehmen?« fragte sie.

Die Frage überraschte Chakliux. Es stand Rotes Blatt nicht an, so etwas zu fragen. »Ich weiß es nicht«, antwortete er. »Frage deinen Mann.«

Rotes Blatt schnaubte. »Blaubeere ist besser als Schnee-im-Haar«, sagte sie, dann hielt sie den Parka so in die Höhe, daß

Chakliux das verschlungene Sonnenmuster auf dem Rücken sehen konnte. »Doch keine ist gut genug, um einen Parka wie diesen zu machen.«

Das Vetter-Fluß-Dorf

K'os lud nicht nur Onkel und Vettern ein, die schon Jäger waren, sondern auch junge Vettern, die noch als Kinder galten. Sie brauchte die jungen, vielleicht mehr noch als jene, die erfahrene Jäger waren. Alle Männer schienen überrascht, als sie ihre Behausung betraten – zuerst darüber, ihren Mann Erdschläger zu sehen, dann darüber, andere zu sehen, darunter ihre Väter, Söhne oder Brüder.

K'os lachte in sich hinein, als sie jedes Gesicht beobachtete, den Wechsel von Begierde zu Verlegenheit, dann das Dunkeln der Haut, das von Zorn kündete. Er würde ihrem Zweck sehr dienlich sein, dieser Zorn.

Sie spielte die Rolle der Frau, reichte jedem Mann eine Schale mit Fleisch; das der Ältesten hatte sie tückisch versetzt mit der Wurzel der hohen, purpurn blühenden Pflanze, die sie selbst gefunden hatte, eine, die nicht einmal Alte Schwester bekannt war. Ihr schwacher scharfer Geschmack würde kaum bemerkt werden, doch die Männer würden ruhig werden, gelöst. Sie würden still sitzen und nichts tun, während sie selbst auf die jungen Männer einwirkte und deren Zorn entfachte.

Die Jäger aßen schweigend und sahen sich gegenseitig von der Seite an. Bleibt zornig, sagte K'os im stillen zu den jungen Männern. Bleibt zornig. Listig suchte sie den Blick jedes einzelnen Jägers, hob die Brauen, schürzte die Lippen. Ihr Mann beobachtete sie, dessen war sie sicher. Er wußte viel zuviel. Wie betrüblich. Es war keine gute Zeit, um in Trauer zu gehen, aber manche Dinge waren nicht zu ändern.

Schließlich räusperte sie sich und sah Erdschläger an. Wenigstens war er jetzt einverstanden. Sie kniff die Lippen zusammen, um nicht zu lächeln. Er dachte vermutlich, es sei sein eigener Einfall gewesen.

»Ich habe euch alle hierher gebeten«, sagte er.

K'os sah die Verwunderung in den Augen der Männer. Sie hatte ihnen nicht gesagt, daß ihr Mann sie hier haben wollte, aber was gab es Besseres, um den Zorn der jungen Männer zu schüren?

»Jeder von euch ist in Trauer. Meine Frau und ich wollen euch wissen lassen, daß wir euren Kummer teilen. Wir haben Gaben.«

Er schwenkte seinen Arm zu einem Haufen Tauschwaren in der Ecke der Behausung, Dinge, die er und K'os in den zwei Tagen seit Tikaanis Rückkehr ins Dorf gesammelt hatten. Die meisten Dinge, die K'os gebracht hatte, waren ihr von den Männern gegeben worden, die ihre Behausung besuchten. Sie verwahrte die Geschenke hinten in ihrer Speisenische, vergrub sie unter Ballen von getrocknetem Fisch, gefrorenem Fleisch und Karibudärmen, ausgestopft mit Fett und Beeren. Sie hatte wenig Sorge, daß Erdschläger diese Schätze finden würde. Welcher Mann grub weiter als bis zu einem guten Stück Fleisch?

K'os hatte Erdschläger erzählt, sie habe Fleisch gegen Waren getauscht, bei ihren Freundinnen, ihrer Tante, einer Base.

Die Männer betrachteten die Tauschwaren, und Gier ließ ihre Augen glänzen.

»Mit diesen Gaben ehren wir euch«, sagte Erdschläger. »Wir wissen, daß unser Sohn der Grund für eure Trauer ist, und somit trauern auch wir.«

Er machte es gut, fand K'os, wenn auch seine Stimme dünn war und fast brach, als er jeden der toten Männer pries, als er einen Heilgesang für Nachtmann anstimmte.

Er war keine schlechte Wahl als Mann gewesen. In ihren

jungen Jahren, als Namengeber gestorben war, als K'os noch auf Kinder gehofft und noch nicht erfahren hatte, daß eine Frau keinen Mann brauchte, um sie zu ernähren, hatte sie ihn begehrt. Sie wollte ihn behalten, ja, für eine kleine Weile. Aber er wollte nicht gegen das Nahe-am-Fluß-Volk kämpfen, und weil er so viele Jahre oberster Jäger des Dorfes gewesen war, würden andere seinem Entschluß folgen, zumindest die älteren Männer. Die jungen Männer würden tun, was Tikaani sagte. Immerhin war Tikaani der eigentliche oberste Jäger des Dorfes. Er brachte mehr Fleisch mit, als Erdschläger es je getan hatte, und er war stets begierig, ihr Schlaflager mit ihr zu teilen.

So würde sie ihm vielleicht geben, was er sich am meisten wünschte: Anerkennung als des Dorfes einziger oberster Jäger. Dann würden sie gemeinsam ihre Rache am Nahe-am-Fluß-Volk weiter betreiben – für das, was seine Männer ihr angetan hatten.

14

Das Nahe-am-Fluß-Dorf

Chakliux stand in der Behausung am Feuer und rieb seine Haut mit Gänsefett ein. Er kleidete sich langsam an: ein neuer Lendenschurz, den Rotes Blatt ihm gemacht hatte, seine weichen Innengamaschen aus Hasenfell, das Hemd aus Karibuhaut, mit feinem Sand saubergerieben, dann seine Innenstiefel aus Backenhörnchenfell, seine Außengamaschen aus Karibuhaut, seinen Backenhörnchenparka und seine Robbenhautstiefel.

Er hatte Gaben, Dinge, die einer Frau gefallen würden: einen Wolfspelz, ein Nadelkästchen, geschnitzt aus Elfenbein, einen hölzernen Kamm, getrockneten Fisch, getrocknete Beeren, ein Frauenmesser aus Jade und einen Fischköder, aus Walroßbein geschnitzt. Freilich würden diese Dinge nicht genügen für einen Brautpreis, doch da er Blaubeere von seinem Großvater bekommen hatte, gab es keine Notwendigkeit für Geschenke. Er hoffte, sie würde Gefallen finden an dem, was er ihr brachte. Vielleicht würde es diese Nacht leichter machen, die sie zusammen verbringen mußten.

Er hatte keine Frau gehabt, seit Gguzaakk gestorben war – ja, länger noch. Sie war gestorben, kurz nachdem ihr Sohn geboren war, und welcher Mann nimmt eine schwangere Frau in sein Schlaflager?

Ein Mann, der sich nicht zügeln kann, auf eine Frau zu warten, wird nicht die Geduld haben, die er braucht, um gut zu jagen. Was war Jagen anderes als Beobachten und Warten? Eine Bewegung zur falschen Zeit konnte den Unterschied bedeuten zwischen einer Familie, die einen harten Winter überstand, und einer, die ihn nicht überstand.

Blaubeere war eine schöne Frau – viel schöner als Gguzaakk, doch Gguzaakk war im Inneren schön gewesen, schön und klug. Chakliux war sich nicht sicher, ob Blaubeere klug war, aber sie hatte seinen Großvater gut behandelt. Zumindest soweit er es gesehen hatte.

Eine Nacht, sagte er sich. Ich muß ihr eine Nacht geben. Das genügte, um Tsaani zu ehren. Daß er sie mit Wurzelgräber angetroffen hatte, als sie noch in Trauer war, war ein gerechter Grund für Chakliux, sie zu verstoßen, doch aus Achtung für seinen Großvater wollte er das nicht erwähnen. Chakliux wollte das Band zwischen Mann und Frau nur lösen wegen der Reise, die er zu den Walroßjägern machen mußte. Wer konnte sagen, wann er zurückkehren würde? Vielleicht würden die Walroßjäger ihn willkommen heißen, und dann würde er bleiben und lernen, Seetiere zu jagen, ein eigenes *iqyax* zu bauen. Er könnte vielleicht sogar beschließen, Seejägerdörfer zu besuchen.

Ein unbestimmtes Unbehagen befiel ihn jedesmal, wenn er an seine Reise dachte. Was wußte er über die Walroßjäger? Konnte er wirklich lernen, Seetiere zu jagen? Konnte ein erwachsener Mann lernen, etwas zu tun, das zu meistern ein ganzes Leben erforderte?

Vielleicht. Wenn er bereit war, wieder ein Junge zu sein, wenn sein Stolz seinem Lernen nicht im Wege stand.

Er legte die Gaben in einen Korb aus Fischhaut. Heute abend würde er seine erste Unterweisung haben. Heute abend würde er beginnen zu lernen, ohne Stolz zu leben.

»Wir werden morgen aufbrechen«, sagte Sok zu Sieht-Licht. »Ich werde mit meinem Bruder gehen.«

»Wie lange werdet ihr fort sein?« fragte der Mann.

»Sorge dich nicht«, sagte Sok. »Gerade in dieser Stunde bemüht sich mein Bruder, daß ein anderer Mann deine Enkeltochter als Frau nimmt. Sie wird nicht hungern.«

Sieht-Licht nickte, dann hob er das Kinn zu Sok hin. »Und deine Frau?«

»Sie hat Brüder.« Für einen Augenblick wurde Soks Stimme hart. »Sie ist eine Frau, die für sich selbst sorgen kann. Und ich werde zurückkommen, wenn mein Tauschhandel beendet ist. Chakliux wird nur zurückkehren, wenn das Vetter-Fluß-Volk nicht nach ihm sucht. Andernfalls wird er bei den Walroßjägern bleiben. Vielleicht werden sie verstehen, welche Ehre er ihnen gewährt als einer, der beides ist, Otter und Mensch.«

Sieht-Licht blickte weg, und Sok spürte seine Verlegenheit. Soll er verlegen sein, dachte Sok. Er hoffte, daß Sieht-Licht seiner Enkeltochter eingeschärft hatte, daß eine Frau ihrem Mann Achtung schuldet, insbesondere einem Mann wie Chakliux.

Chakliux besaß Macht. Wie sonst wäre es zu erklären, daß ihm, dem jüngsten Sohn, all die Dinge zugesprochen wurden, die Sok sich wünschte? Doch wie konnte Sok sich beklagen? Wie konnte er Zorn gegen Chakliux hegen, wenn dieser sich auf so vielen Wegen Soks Achtung verdient hatte – durch sein Jagen, seinen geschickten Umgang mit Waffen, sogar durch die Art, wie er Soks Söhne behandelte? Und Rotes Blatt – selbst ihre Gefühle für den Mann waren sanfter geworden.

Chakliux hatte ihm einmal erzählt, es sei sein Traum, ein *iqyax* zu haben und zu lernen, Seetiere zu jagen. Wenn er das könnte, würde er vielleicht bei den Walroßjägern bleiben. Oder gar bei den Seejägern leben. Dann würde er vielleicht eines Tages in dieses Dorf zurückkehren, würde Sok lehren, Seetiere zu jagen. Der Gedanke hob Soks Stimmung, doch er war bemüht, sich nicht vorzustellen, wie es sein würde, allein in dieses Dorf zurückzukehren, ohne Chakliux, den Bruder,

der zuviel forderte, den Bruder, der von Geburt an von den Geistern bevorzugt wurde, den Bruder, den er lieben gelernt hatte.

Blaubeere stand auf, als Chakliux in die Behausung trat. Sie trug keinen Zierat, nur ein langes Hemd aus Karibuhaut und Strümpfe aus Hasenfell, die bis an ihre Knie reichten. Chakliux bereute, keine Halsbänder, keine Federn oder Wieselschwänze mitgebracht zu haben. Er hatte sich zu lange von Frauen ferngehalten und vergessen, was ihnen Freude machte.

Er reichte ihr den Fischhautkorb. »Das ist für dich«, sagte er leise.

Sie nahm den Korb wortlos und senkte den Kopf, so daß Chakliux den langen weißen Scheitel sehen konnte, der ihr Haar teilte. Sie war eine kleine Frau und schmal in den Hüften, genauso wie Gguzaakk. Sein Herz zog sich bei dem Gedanken zusammen, dann besann er sich, daß Blaubeere nur für eine Nacht seine Frau wäre. Nie würde er das Gefühl haben, daß seine Seele aus Furcht zerreißen müßte, wenn die Frau sich mit dem Gebären eines Kindes quälte.

Blaubeere stellte den Korb auf die Erde und brachte ihm eine Schale mit Essen. Er setzte sich und aß, sah aus den Augenwinkeln zu, als sie die Gaben begutachtete, die er ihr gebracht hatte. Sie äußerte sich erfreut über jede einzelne, ihre Worte waren leise, aber fröhlich, und ihre Freude füllte auch sein Herz. Gewiß hatte sie schon früher Geschenke bekommen. Gewiß wußte eine Frau, die so schön war wie Blaubeere, wie es war, gute Dinge zu empfangen.

Er reichte ihr seine leere Schale, und ihr Blick ging rasch zum Kochbeutel, der an den Pfosten der Behausung hing.

»Es war sehr gut«, sagte Chakliux.

»Die Geschenke sind auch wunderschön«, sagte Blaubeere mit so leiser Stimme, daß Chakliux sich vorbeugen mußte, um sie zu hören.

»Es gibt heute abend noch ein Geschenk für dich.«

Sie hob die Augenbrauen und sah auf seinen Schritt hinunter.

»Nein«, sagte er und konnte ein Lächeln nicht zurückhalten. Er hob das Kinn zu seiner Schale hin. »Fülle meine Schale noch einmal und noch eine.«

»Ich bin nicht hungrig«, sagte Blaubeere.

»Es ist nicht für dich.«

Jemand kratzte an der Türklappe, und Chakliux rief: »Komm.«

Blaubeere starrte mit geweiteten Augen auf den Eingangstunnel, und als Wurzelgräber hereinkam, ließ sie Chakliux' Schale fallen und bedeckte ihr Gesicht mit beiden Händen.

»Frau«, sagte Chakliux, »unser Gast braucht Essen.«

Blaubeere hob Chakliux' Schale auf, füllte sie und reichte sie ihm. Sie füllte eine zweite Schale für Wurzelgräber. Chakliux winkte dem Mann, sich neben ihn zu setzen.

Wurzelgräber war unruhig. Seine langen dünnen Finger zitterten, als er Blaubeere die Schale aus den Händen nahm.

Blaubeere brachte eine Wasserblase und stellte sie neben Chakliux, dann ging sie in ihre Korbecke, ließ sich zwischen Schilfrohr und Gräsern nieder, den Stapeln mit Fischhautkörben, die sie dort verwahrte. Sie legte ein Bündel getrocknete Gräser auf ihren Schoß und begann, mit dem Daumennagel einen Halm zu spalten.

Chakliux aß. Er sagte nichts zu Wurzelgräber oder zu Blaubeere, doch er bemerkte, daß beide ihn hin und wieder aus den Augenwinkeln anblickten.

Als Chakliux aufgegessen hatte, stellte er seine Schale auf die Erde. Blaubeere sprang auf, um sie aufs neue zu füllen, doch er hielt eine Hand in die Höhe, und sie ließ sich wieder zwischen ihren Körben nieder.

Chakliux wartete, bis Wurzelgräber aufgegessen hatte. Der Mann ißt langsamer als nötig, dachte Chakliux, doch dann besann er sich, daß Wurzelgräber ein langsamer Mann war, langsam zu Fuß und langsam im Denken. Warum nicht auch langsam im Essen?

»Ich habe bemerkt«, begann Chakliux und drehte sich so, daß er Wurzelgräber ins Gesicht blickte, »daß du in der Behausung deiner Mutter lebst. Da ich erst seit wenigen Monden in diesem Dorf bin, weiß ich nicht alles über jeden, doch ich habe gehört, daß du keine Frau hast.«

»Nein, ich habe keine«, bestätigte der Mann; seine Worte klangen hell und quieksend wie die eines Jungen.

»Du brauchst eine Frau«, sagte Chakliux.

»Ja«, sagte Wurzelgräber, und sein Gesicht wurde blaß.

»Es sind viele Frauen in diesem Dorf, junge Mädchen und Witwen, die nicht versprochen sind. Da ist Schnee-im-Haar, die Tochter von Wolf-und-Rabe; da ist Gebrochenes Gras, eine Witwe, noch jung genug, um Kinder zu haben. Da ist die Enkeltochter von Der-mit-den-Hunden-übt, die soeben das Alter erreicht, in dem sie Frau werden kann.« Er hielt inne, bückte sich, fuhr mit einem Finger über seine Schale. Er leckte den Fleischsaft von der Fingerspitze.

»Denkst du an eine dieser Frauen?« fragte Chakliux.

»Nur an Gebrochenes Gras«, sagte Wurzelgräber.

Chakliux blickte Blaubeere an, sah die Überraschung in ihrem Gesicht. Glaubte sie, er dachte nur an sie, dieser Mann? Ihr Mann war erst einen Mond tot.

Wurzelgräber folgte Chakliux' Blick zu Blaubeere, dann senkte er den Kopf, sein Gesicht war plötzlich rot.

»Du weißt, daß ich Blaubeere als Frau beanspruchen muß«, sagte Chakliux und sah Wurzelgräber wieder an.

»Ich weiß«, sagte Wurzelgräber.

Chakliux wandte sich Blaubeere zu. »Du verstehst das, Frau?« fragte er.

»Ja.«

»Aber es gibt noch etwas, das ich euch sagen muß.« Er

lehnte sich an die Rückenstütze, die einst seinem Großvater gehörte. »Ich bin soeben aus dem Vetter-Fluß-Dorf zurückgekehrt, von meinem eigenen Volk. Ich habe in gutem Glauben eine goldäugige Hündin und ihre Welpen eingetauscht. Ich habe die Hunde in der Hoffnung hierhergebracht, den Fluch zu brechen, der die Tiere dieses Dorfes heimsucht. Die jungen Jäger im Vetter-Fluß-Dorf wünschen keinen friedlichen Handel zwischen uns. Sie suchen Ehre, indem sie Krieger werden. Sie haben mich überfallen, als ich auf dem Weg hierher war.«

Chakliux blickte Blaubeere an, die mit runden Augen und offenem Mund zuhörte. Auch Wurzelgräber starrte ihn an.

»Warum?« fragte er.

»Wer weiß? Unter Ehre versteht ein Mann dies, ein anderer Mann jenes.«

»Ich habe die Hündin gesehen, die du mitgebracht hast, und ihre vier Welpen«, sagte Wurzelgräber.

»Es waren fünf Welpen«, sagte Chakliux. »Sie haben einen getötet, außerdem einen Rüden, den ich mitgenommen habe, auf daß er sich mit unseren Hündinnen paare. Sie haben zudem einen ihrer Ältesten getötet, der mich begleitete. Drei dieser Jäger starben. Drei von fünfen. Ein weiterer wurde verwundet. Dann kehrten sie in ihr Dorf zurück, und ich kam hierher.«

»Sie werden kommen, um nach dir zu suchen«, sagte Blaubeere, und sie wechselte auf die Seite des Feuers, wo die Männer saßen, kniete sich zwischen sie, als hätte sie vergessen, wo ihr Platz als Frau war.

»Sie werden kommen, und wenn wir dich nicht ausliefern, werden sie angreifen«, sagte Wurzelgräber.

»Das ist es, was die Ältesten glauben«, erwiderte Chakliux. »Was auch ich und mein Bruder glauben. Daher werden wir das Dorf morgen verlassen. Wir werden gehen, um mit den Walroßjägern Handel zu treiben; vielleicht werden wir noch weiter ziehen und mit den Seejägern Handel treiben.«

Er blickte Blaubeere an, sah die Falten auf ihrer Stirn und wußte, daß sie nachdachte.

»Du wirst eine lange Zeit fort sein«, sagte sie leise.

»Ich komme vielleicht nicht zurück«, entgegnete Chakliux, und die Worte hingen kalt und leer in der Behausung. »Ich werde vielleicht nicht imstande sein zurückzukehren. Die Ältesten haben sich geeinigt zu sagen, daß ich nie mit den golddäugigen Hunden hier angekommen bin. Auf diese Weise wird unser Volk keine Schuld treffen am Tod der Vetter-Fluß-Jäger. Was könnt ihr dafür, wenn ein Vetter-Fluß-Mann einen anderen Vetter-Fluß-Mann tötet? Wie können die jungen Jäger das zum Vorwand nehmen, um einen Krieg zu beginnen?«

»Dann willst du mit den Hunden fortgehen?« fragte Blaubeere.

»Warum die Hunde mitnehmen?« fragte Wurzelgräber. »Du hast sie für uns eingetauscht.«

Blaubeere sah den Mann an, Empörung zeichnete sich in ihrem Gesicht ab. »Wenn ihre Krieger kommen, werden sie die Hündin erkennen«, sagte sie.

»Und die Welpen?« fragte er.

»Wir suchen noch nach einer Lösung«, sagte Chakliux. Die Ältesten hatten die Männer noch nicht ausgewählt, die die Welpen erhalten sollten. Einer würde Der-mit-den-Hunden-übt gehören, ein anderer vielleicht seinem Stiefvater Bellender Fuchs. Aber warum das sagen? Je weniger Menschen von den im Dorf verbliebenen Welpen wußten, desto besser.

»Ich habe eine Hündin mit einem frischen Wurf«, sagte Wurzelgräber. »Sie könnte noch einen Welpen säugen.«

Chakliux biß sich in die Innenseite seiner Wange. »Die Entscheidung treffen die Ältesten«, sagte er. »Geh und sprich mit Der-mit-den-Hunden-übt. Vielleicht beschließen sie, daß es nicht sicher ist, die Welpen hier im Dorf zu lassen.«

»Welcher Mann erkennt einen Welpen, wenn er erst ausgewachsen ist?« fragte Wurzelgräber.

»Sie haben die Augen«, antwortete Chakliux.

»Hin und wieder ist bei unseren Würfen ein Goldäugiger.«

Vielleicht ist es wahr, dachte Chakliux. Er hatte nicht lange genug im Dorf gelebt, um es zu wissen. »Meine Sorge gilt nicht den Hunden«, sagte er zu Wurzelgräber. »Meine Sorge gilt meiner Frau. Ich kann sie nicht mitnehmen. Ich weiß nicht, ob ich zurückkomme. Willst du sie als Frau beanspruchen? Auf diese Weise wird sie einen Jäger haben, der für sie da ist, und ich kann sicher sein, daß sie das Fleisch hat, das sie für den nächsten Winter braucht.«

Wieder bedeckte Blaubeere ihr Gesicht.

»Ich werde sie nehmen, wenn sie zu mir kommen will«, sagte Wurzelgräber. Seine Finger schlossen sich um die Schale, die er noch auf dem Schoß hielt.

»Blaubeere?«

»Ja, ich will zu ihm gehen«, sagte sie, die Stimme gedämpft durch ihre Hände.

»Ich habe über dich nachgefragt«, sagte Chakliux zu Wurzelgräber. »Ich würde dir Blaubeere nicht geben, wenn du nicht ein guter Jäger wärst und ein guter Mann.«

Wurzelgräber nickte, schluckte. Er hatte einen langen Hals, und sein Kopf ragte aus seinem Parka wie der Schößling eines jungen Farns.

»Nun gehe«, sagte Chakliux. »Komm am Morgen zu uns, wenn es noch dunkel ist. Dann wollen Sok und ich aufbrechen.« Er drehte sich zu Blaubeere um und zog ihr die Hände vom Gesicht. »Du verstehst, daß ich dich verstoßen muß. Andernfalls wirst du nicht frei sein, um Frau von Wurzelgräber zu sein.«

»Ja.«

»Wenn wir dies früh am Morgen tun, wird es außer uns niemand sehen. Du wirst keiner Schande ausgesetzt.«

Chakliux tat einen langen Atemzug. Er hatte nichts mehr zu sagen. Es fiel nicht leicht, die eigene Frau einem anderen

Mann zu geben, selbst wenn es eine Frau war, die man nicht wollte.

Wurzelgräber stand auf, wandte sich Chakliux zu, dann sah er Blaubeere in die Augen. Die Frau senkte den Kopf, blickte zu Chakliux. Wurzelgräber ging hinaus, und die Behausung war mit einemmal zu groß, zu still.

Chakliux reichte ihr die Schale, obwohl sein Bauch voll war. Essen gab ihm etwas zu tun, und, ermahnte er sich, es kämen während ihrer Reise bald Tage, da er sich das gute Essen aus der Behausung von Blaubeere wünschen würde. Dann würde er gern an diese zusätzliche Schale Fleisch denken.

»Nimm dir auch eine«, sagte er.

Sie legte eine Hand auf ihren Bauch, und er dachte, sie würde sagen, sie sei nicht hungrig, doch sie füllte ihre Schale, setzte sich dann auf die andere Seite der Feuerstelle und begann zu essen. Sie hielt die Schale schräg, so daß sie ihr Gesicht verbarg.

Als sie aufgegessen hatte, nahm sie die Schale herunter und sah Chakliux an. »Danke«, sagte sie leise.

Chakliux wußte nicht genau, ob sie ihm für das Essen dankte oder für Wurzelgräber. Er fragte sich abermals, ob Blaubeere mit Wurzelgräber die Tabus der Trauer gebrochen hatte oder ob sie ihn in ihrem Lager willkommen geheißen hatte, als Tsaani noch lebte, doch dann sagte er sich, daß er darüber nicht zu urteilen habe. Wenn Tabus gebrochen und Versprechen nicht eingehalten wurden, müßte das Glück Blaubeere verlassen, und das Jagdglück von Wurzelgräber würde versiegen. Wenn sie einander gehörten, würden die Flüche auf sie zurückfallen, wie es sein mußte.

Dann schob Chakliux alle Gedanken an Wurzelgräber fort und führte Blaubeere zur Schlafstatt. Er legte seine Kleider ab bis auf den Lendenschurz. Blaubeere zog ihr Hemd über den Kopf. Ihr Rücken war der Feuersglut zugekehrt, so daß Chakliux sie nicht deutlich sehen konnte, nur die Hügel ihrer Brüste, dunkler in der Mitte, den Schatten der Spalte zwischen ihren Beinen.

Sie war dünner, feinknochiger als Gguzaakk. Als er sie ansah, bemerkte Chakliux zunächst nur die Unterschiede zwischen den beiden Frauen, dann schien es, als sähe er sie Seite an Seite, und schließlich begannen sie ineinanderzufließen wie zwei sich vereinende Ströme – die dunkle, dünne Blaubeere, die hellere, breitere Gguzaakk: verschmolzen zu einer Frau. Er zog Blaubeere an sich, streichelte ihren Rücken, ihre Schultern und Arme.

Dann waren die Hände von Blaubeere auf ihm, leicht und sanft, die Schwielen ihrer Handflächen klein und rauh auf seiner Haut. Er hatte die Wonne eines Frauenkörpers vergessen, die Hitze. Er war mit einemmal froh, daß er Blaubeere schon Wurzelgräber versprochen hatte. Er war nicht sicher, ob er es noch gekonnt hätte, nachdem er sie diese Nacht zur Frau genommen hatte.

Das Vetter-Fluß-Dorf

K'os faltete sorgsam ein Stück Karibuhaut um das Pulver. Sie hatte die Haut mit Blutwurz gefärbt, und die rote Farbe sollte ihr als Warnung dienen. Sie verknotete das Päckchen mit vielen Sehnensträngen und legte es dann zuunterst in ihren Medizinbeutel aus Biberhaut. Erdschläger hatte einen Aufschub verdient. Es würde eine andere Zeit kommen, dachte sie, und klopfte auf den Beutel. Fürs erste wollte sie tun, was Erdschläger geraten hatte.

Es war gefährlich. Sie waren bekannt im Nahe-am-Fluß-Dorf. Erdschläger hatte mit einigen der Männer gejagt und auch mit ihnen gehandelt. Auch sie kannte einige Jäger aus dem Nahe-am-Fluß-Dorf. Kannte sie sehr gut. Aber das war etwas, das diese vielleicht zu verbergen wünschten, vor allem dann, wenn sie zusammen mit ihrem Mann dort war.

Erdschläger öffnete die Türklappe am Eingangstunnel und rief: »Bist du bereit?«

Sie setzte ihre Parkakapuze auf, zog sie stramm um ihr Gesicht. Es war früher Morgen, eine gute Zeit zum Aufbruch, die Erde fest und gefroren. Sie konnten nicht tagelang warten, um zu beschließen, was zu tun sei. Der Frühlingseinbruch war zu nahe. Dann würde niemand den Fluß überqueren können, bis die Überflutung zurückwich. Sie wollten jetzt gehen, ihrem Sohn im Nahe-am-Fluß-Dorf gegenübertreten.

Jeder der Hunde trug einen Packen. Es waren drei, eine junge Hündin und zwei Rüden, alle mit goldenen Augen. Wenn die Menschen im Nahe-am-Fluß-Dorf begierig auf Frieden waren, würden sie es vielleicht nicht mehr sein, wenn sie diese Hunde sähen. Wenn ihre jungen Männer erkannten, daß sie Hunde wie diese erringen konnten, würden sie vielleicht lieber kämpfen wollen.

Ihr Mann beugte sich über jedes Tier, überprüfte die Riemen, mit denen ihre Packen gesichert waren. K'os trat von ihm zurück und stellte sich dicht zu den beiden jungen Jägern, Tikaani und Schneebrecher, die mit ihnen ziehen würden.

Ihre Stimme war ruhig und tief, gedämpft durch den Pelzbesatz um ihr Gesicht. »Er denkt, er wird das Nahe-am-Fluß-Volk zum Frieden überreden. Ich glaube nicht, daß Aussicht auf Frieden besteht. Bewacht ihn. Wenn sie seine Hunde sehen, werden sie versuchen, ihn zu töten. Sie werden sagen, es ist ein Unfall, aber …« Sie hob die Hände, spreizte dic Finger in den Fäustlingen.

Erdschläger blickte zu ihnen, winkte sie vorwärts. Jeder der Männer ging neben einem Hund. K'os folgte ihnen. Das Dorf war still am frühen Morgen, aufsteigender Rauch legte sich als dünne Schicht über die Behausungen, die Sterne leuchteten noch hell. Schnee knirschte unter K'os' Stiefeln aus Robbenhaut. Sie trug ihre Schneeschuhe und einen kleinen Packen mit Vorräten auf dem Rücken. Um ihre Mitte hatte sie Frauenmesser in Scheiden befestigt, um ihr linkes Handgelenk ein Messer mit kurzer Klinge geschnallt. Unter ihrem Parka, warm auf der Haut, war der Medizinbeutel. Sie klopfte auf den Beutel und fühlte ihr Herz wie zur Antwort pochen. Sie lächelte, als sie aus dem Tunnel ihrer Kapuze lugte. Es würde ein langer Weg sein, doch sie freute sich darauf, ihren Sohn wiederzusehen. Sie vermißte ihn.

15

K'os setzte ihre Schneebrille ab. Sie war aus Karibugeweihen gemacht, zu kleinen Schalen ausgehöhlt, die auf die Rundungen ihrer Augen paßten. Schmale Sehschlitze und die mit Ruß geschwärzte Rückseite der Brille milderten das Blenden von Sonne und Schnee, dennoch schmerzte ihr Kopf, und sie sah Flecken. Wenigstens waren sie den größten Teil des Tages auf Flußeis gegangen, statt sich durch Weidendickicht oder den schmelzenden Schnee der Steppe zu kämpfen.

Sie waren drei Tage gegangen, und als nun der Fluß eine weite Biegung machte, drehte sich Erdschläger zu ihr um und rief: »Da, das Nahe-am-Fluß-Dorf.«

Ein in den Schnee getrampelter Pfad führte vom Flußufer hinauf zu einem Gehweg aus Steinen, der leicht zu erklimmen war, so daß ein Mensch, der etwas trug, sich nicht an Bäumen festhalten oder auf allen vieren hinaufkriechen mußte. Als sie oben an der Böschung ankamen, sah K'os, daß das Dorf größer war als in ihrer Erinnerung.

Die Behausungen standen näher beieinander als in ihrem eigenen Dorf. Sie fragte sich, wo die Trockengestelle waren. Zwischen den Behausungen war kein Platz dafür. Vielleicht an den Rändern des Dorfes, dachte sie, wo die Sonne sie besser erreichen konnte, aber dann würden auch die Tiere leichter herankommen.

Sie beugte sich zu Tikaani und flüsterte: »Das Dorf ist kleiner als unseres.«

Er nickte.

Doch es kam auf die Anzahl der Männer in diesen Behausungen an, ermahnte sich K'os. Wie viele Männer. Wie viele Kampffähige?

Sie wurden von einer Schar Kinder empfangen, Jungen und Mädchen, warm eingepackt in Parkas und Gamaschen. Ihre Wangen waren rund, ihre Augen klar.

Hier herrscht kein Mangel an Essen, dachte K'os. An Kindern zeigte sie sich immer zuerst – eines Dorfes Schwäche oder Stärke.

»Wir sind Besucher aus dem Vetter-Fluß-Dorf«, sagte Erdschläger zu ihnen.

Eines der älteren Kinder trat vor, ein Junge. Er war stämmig und wirkte kräftig, sein Kinn stand vor, so daß die unteren Zähne sich über die oberen schoben. Die anderen Kinder hielten Abstand von ihm, ließen ein kleines Rund um ihn herum frei.

K'os betrachtete ihn. Sie würde einen solchen Jungen vielleicht eines Tages gebrauchen können.

Er machte den Mund auf, doch bevor er sprechen konnte, fragte K'os: »Wie ist dein Name?«

Zorn verfinsterte seinen Blick. Dies war keine Frage, die Fremde – zumal eine Frau – stellen durften. Ein Name ist zu heilig. Wenn man den Namen eines Menschen kennt, hat man Macht über ihn.

»Ich bin K'os«, sagte sie, ihren Namen preisgebend, damit der Junge sich genötigt sähe, auch seinen zu nennen. Es war kein gleichwertiger Handel. Es gab wenig Macht, die der Junge gegen sie ausüben konnte.

»Wir werden euch zu den Ältesten bringen«, sagte er, K'os den Rücken zugekehrt, seine Worte an Erdschläger gerichtet.

K'os lächelte. Er war nicht dumm, dieser Junge. Ein Großmaul, ja, aber nicht dumm. Um so besser. Wie viele Male waren ihre Pläne durch Dummheit vereitelt worden? Flußspringer, bah! Er verdiente, was ihm widerfahren war.

»Ja, richtet ihnen aus, daß wir in ehrenhafter Absicht kommen, um unsere Brüder zu besuchen«, sagte Erdschläger.

Die Kinder kehrten um und liefen zur Mitte des Dorfes.

»Richtet ihnen aus, daß wir goldäugige Hunde bringen«, rief Tikaani ihnen nach.

»Sie sind nicht blind«, sagte Erdschläger. »Sie sehen, was wir bringen.«

K'os hob den Kopf, blickte auf die Behausungen ringsum. Bald wird keine mehr stehen, dachte sie. Nicht eine. Heute in einem Jahr wird dies ein Dorf von Backenhörnchen und Schneegänsen sein. Sie hielt ihr Lachen zurück. Die Nahe-am-Fluß-Menschen verdienten es, tot zu sein. Sie zogen Flüche an und verbreiteten sie ohne Bedenken über andere.

Bald kehrten die Kinder zurück. Zwei Älteste waren bei ihnen. K'os betrachtete die Gesichter der alten Männer, erkannte sie aber nicht. Gut, dachte sie, dann senkte sie den Kopf, stellte sich hinter ihren Mann. Wartete, wie Frauen warten mußten.

Die Hütte der Ältesten war groß. Die Pfosten waren dicht behangen mit Häuten heiliger Tiere – weiße Zwergwiesel, Goldspechte, Murmeltiere, Biber und zahlreiche Vielfraße. Die Männer saßen im Kreis um die Feuerstelle. K'os hatte man einen Platz hinter ihrem Mann gegeben. Frauen huschten mit Essen von den Kochfeuern im Freien herein. Sie aßen gut, dann übergab ihr Mann die Geschenke, die er mitgebracht hatte: Obsidian- und Jadeklingen für alle Männer. Sie nahmen die Gaben mit ernsten Gesichtern entgegen, wie es Brauch war in diesem Dorf, doch sie konnten das Leuchten der Freude in ihren Augen nicht verbergen. So waren denn die Geschenke – ihres Mannes Einfall, den sie nicht ohne weiteres gutgeheißen hatte – eine richtige Entscheidung gewesen.

Die Männer sprachen von vielen Dingen, von Jagden und der Frühjahrsschmelze, sogar von Kindern und Frauen, was

K'os verwunderte. Die Männer in ihrem Dorf sprachen selten von ihren Familien. Es ist gut, daß diese Menschen ihre Kinder so sehr schätzen, sagte sie sich. Um so heftiger würden sie für sie kämpfen; dennoch verdrängten Zweifel andere Gedanken, Zweifel, die sie nicht fortschieben konnte. Als sie das Nahe-am-Fluß-Dorf das letztemal besucht hatte, war sie noch ein Mädchen gewesen. Wenn sie sich recht besann, hatten die Menschen hier um Männer getrauert, die im Fluß ertrunken waren. Sie wußte nicht, wie das geschehen war, sehr wahrscheinlich während der Frühjahrsüberflutung, doch sie erinnerte sich, daß das Dorf damals viel kleiner war. Obwohl sie nur ein Kind war, war sie froh gewesen, im Vetter-Fluß-Dorf zu leben, und hatte ihren Vater gebeten, sie keinem Mann aus dem Nahe-am-Fluß-Dorf zu versprechen.

Ihr war bewußt, daß das Dorf sich mit den Jahren verändern würde, daß es stark werden könnte. Während nun die Männer sprachen, überlegte sie, wie ein solches Dorf mit Gewalt genommen werden könnte. Es würde nicht leicht sein. Selbst die Ältesten sahen wohlgenährt aus.

So vertieft war sie in ihre Gedanken, daß sie die Frage ihres Mannes beinahe überhört hatte. »Habt ihr unseren Sohn gesehen?« fragte er. »Er hat goldäugige Hunde aus unserem Dorf zu euch gebracht. Er hatte gehofft, noch mehr zu bekommen, und wir konnten zwei Rüden für ihn sichern, nachdem er aufgebrochen war. Wir haben sie ihm mitgebracht.«

K'os war fast von ihrem Mann verborgen, so daß sie im Schatten im rückwärtigen Teil der Behausung ihre Stellung wechseln konnte, um jedem der Ältesten ins Gesicht zu blicken. Sie sahen sich an, bissen sich auf die Lippen, hoben die Augenbrauen, bis einer schließlich sagte: »Er ist nicht gekommen. Wir haben ihn nicht gesehen, seit er vor fast einem Mond unser Dorf verlassen hat, um zu euch zurückzukehren.«

Mehrere Älteste regten sich unbehaglich, doch die meisten nickten, hoben zustimmend das Kinn.

Es stand einer Frau nicht zu, auf einer Versammlung der Ältesten zu sprechen. Es war schon eine große Ausnahme, daß man ihr erlaubt hatte, anwesend zu sein, doch sie war eine Heilerin, und sie kannte einige von diesen Männern – den alten Blauhäher und Lagermacher. Sie war sicher, daß sie sie nicht vergessen hatten. Überdies war sie eine Frau, die um ihren Sohn bangte. Wer würde sie tadeln, wenn sie sprach?

Sie holte rasch und keuchend Atem, schlug dann die Hände vors Gesicht und stöhnte. »Er ist nicht hier?« fragte sie. »Er hat unser Dorf vor sechs, sieben Tagen verlassen.«

Sie blinzelte Tränen aus den Augen und beugte sich vor, damit das Feuer ihr Gesicht beleuchtete.

»Es gibt andere Dörfer«, sagte ein Ältester, der Mann, den sie Der-mit-den-Hunden-übt nannten. »Vielleicht ist er zum Vier-Flüsse-Dorf gegangen, in der Hoffnung, mehr Hunde zum Tauschen zu finden, bevor er hierherkommt.«

K'os schüttelte den Kopf. »Er wußte, daß wir versucht haben, Hunde für ihn zu finden. Er wußte, daß wir vielleicht einige Tage später folgen würden.«

Sie begann zu weinen, tiefe erschütternde Schluchzer, und Blauhäher fragte: »Ihr habt auf eurem Weg hierher keine Spuren seiner Lagerstätten gesehen?«

»Eine«, antwortete Erdschläger, und K'os sah ihn an, preßte die Zähne zusammen. Er sagte die Wahrheit. Sie hatten eines seiner Lager gefunden, und zwei Leichen – das, was von ihnen übrig war –, doch es war wichtig für K'os, daß Erdschläger schwieg und sie sprechen ließ. Aber er wußte nicht, was sie plante. Er glaubte, sie suchten nur nach ihrem Sohn, um ihn vor dem Zorn zu warnen, der sich in ihrem Dorf gegen ihn erhob, und ihm Hunde zum Tauschen zu bringen, damit er sich einen Platz in diesem oder einem anderen Dorf sichern konnte.

K'os senkte den Kopf, ließ ihr Schluchzen verklingen.

Blauhäher stand auf, kam zu ihr. »Sie kann in die Behausung meiner Frau gehen«, sagte er leise zu Erdschläger, dann bückte er sich, um K'os aufzuhelfen.

Sie waren am Eingangstunnel, als Der-mit-den-Hunden-übt sagte: »Es ist schade, daß der junge Jäger nicht in unser Dorf zurückgekehrt ist.«

K'os wandte sich um und schaute den Mann an, sah, daß sein harter Blick auf das Gesicht von Blauhäher gerichtet war. »Ja, es ist schade«, murmelte Blauhäher.

So, dachte K'os, vorerst werde ich nichts erfahren, doch neben den Ältesten gibt es andere in diesem Dorf, und Frauen tun nicht immer, was ihre Männer ihnen sagen.

Die Frau von Blauhäher wurde Gesang genannt, ganz schlicht. Ein seltsamer Name, fand K'os, doch bald verstand sie. Die alte Frau tat nichts, ohne dabei zu singen. Ihre Stimme, dünn und krächzend, kratzte K'os in den Ohren, bis ihr der Kopf schmerzte.

Gesang summte ihr zu, bekundete schnalzend ihr Mitgefühl, betrachtete K'os mit winzigen schwarzen Augen, die Lider so faltig, daß K'os sich fragte, wie die Frau sie öffnen konnte, um zu sehen.

»Dein Junge, ihm wird nichts geschehen«, sang die Frau. »Er ist stark und gesund. Seine Mutter muß sich nicht grämen.«

Ja, dachte K'os, während die alte Frau die Worte wieder und wieder sang, Chakliux ist hiergewesen. Aus irgendeinem Grunde wollen sie nicht, daß wir es wissen. Vielleicht hat Chakliux ihnen selbst erzählt, daß Jäger vom Vetter-Fluß-Dorf einen Anlaß suchten, um anzugreifen. Wenn es so war, dann hatten sie und Erdschläger Glück, daß die Ältesten sie willkommen geheißen hatten. Die Eltern von Chakliux sah man vielleicht eher als Freunde an denn als Feinde.

Vorerst war dies kein angenehmer Aufenthalt. Die Behausung war sauber und ordentlich. Körbe aus Fischhaut und

Gras waren an einem Platz gestapelt, die Schlafdecken an einem anderen zusammengefaltet und aufeinandergelegt. Die Karibuhäute auf dem Boden waren gut geschabt. K'os kannte Frauen in ihrem eigenen Dorf, die aus solchen Häuten lieber Kleidungsstücke machten, als sie auf den Boden zu legen. Doch ein Blick auf den Parka der alten Frau, der am Eingang an einem Pflock hing, ließ K'os verstehen. Er war aus Seeotterpelz, dessen war sie sicher, mit einer Umrandung aus Vielfraßfell und mit Bündchen, eingefaßt mit Karibuhaut, geschabt und weich gemacht, bis sie fast weiß war. Die Rückseite des Parkas lief in einem breiten zugespitzten Schwanz aus einem seltsamen gefleckten Fell aus, einem steifhaarigen Pelz, wie K'os ihn noch nie gesehen hatte.

An einer Seite der Behausung hingen Waffen und Männerkleider, Bündel aus heiligen Goldspechtfedern und ein Beutel aus Biberfell, ähnlich dem, den sie unter ihrem Parka trug: mit dem Kopf als Klappe, die sich über einer in den Hals geschnittenen Öffnung schloß.

Mehrere Feuerbögen waren da, einer größer als alle, die sie je gesehen hatte. Wie kann ein Mann mit einem so langen Bogen Feuer machen? fragte sie sich. Je mehr sie ihn betrachtete, desto verwirrter wurde sie. Der hölzerne Teil war sehr dick und, so schien es, mit gedrehten Sehnen verstärkt.

»Ah, du bist hungrig«, sagte die alte Frau. Sie summte vor sich hin, dann humpelte sie zu dem Kochbeutel, der an den Pfosten der Behausung unmittelbar über einem ausgehöhlten Stein hing.

K'os hatte einen solchen Stein schon einmal gesehen. Er war dazu da, hatte man ihr erzählt, um ein Feuer zu unterhalten, und wurde von dem Volk verwendet, das Seejäger genannt wurde. Es war ihr töricht erschienen. Wieviel Hitze konnte so ein Stein abgeben? Und wie paßte Holz da hinein? Jetzt sah sie, daß die Höhlung mit Öl gefüllt war. Stücke von gedrehtem Moos schwammen darin. Gesang nahm ein Glutstück aus ihrer Feuerstelle und zündete das Moos an. Es brannte, wurde aber aus irgendeinem Grunde nicht von den Flammen verzehrt. Der Stein war von einer Seite zur anderen nicht breiter als die Entfernung von ihrem Ellenbogen bis zu ihrem Handgelenk, und nur kleine Flammen stiegen vom Moos auf, doch K'os konnte die Hitze des Steines an ihrem Sitzplatz auf der anderen Seite der Behausung fühlen.

Die alte Frau schöpfte Essen in eine Schale und brachte sie ihr.

»Das«, sagte K'os und hob ihr Kinn zu dem ausgehöhlten Stein hin, »was ist das?«

»*Qignax*«, sagte die alte Frau. »Die Seejäger verbrennen Robbenöl darin. Es ist sauberer als ein Holzfeuer und eine gute Art, altes Fett zu verwenden, das zu ranzig ist zum Kochen. Mein Mann war ein Händler, als er jung war.« Sie summte wieder etwas ohne Worte.

Ja, dachte K'os. Sie erinnerte sich, daß er sich ihre Gunst mit einer feinen Halskette aus Seifenstein, zu verzweigt gemusterten Kugeln geschnitzt, erkauft hatte.

»Hat er diesen Feuerbogen eingetauscht?« fragte K'os und blickte auf den Bogen, der zwischen den Waffen hing.

Die alte Frau lachte. »Das ist kein Feuerbogen«, sagte sie. »Es ist ein eigenartig geformter Speerwerfer. Er hat ihn von dem Volk bekommen, das an den fernen Bergen lebt, die das Südmeer säumen.«

K'os hatte Geschichten von einem solchen Volk gehört. »Es sind keine Menschen, wurde mir erzählt«, sagte sie.

Die alte Frau hob die Schultern. »Mein Mann sagt, ihre Sprache ist anders, und ihre Wege sind anders. Sie leben in Behausungen aus Erde und abgestorbenen Bäumen. Aber sie achten ihre Ahnen, und ihre Kinder sind gesund. Er sagt, es ist gut, daß wir nicht in ihrer Nähe leben. Sie sind Krieger, und ihre Waffen würden es uns schwermachen, einen Angriff zu überleben.«

»Waffen wie dieser Feuerbogen?« fragte K'os. »Was macht man damit?«

»Ich darf ihn nicht berühren«, sagte die alte Frau. »Selbst mein Mann rührt ihn selten an. Wir nehmen ihn nicht mit zum Fischlager oder wenn wir dem Karibu folgen. Wir lassen ihn hier im Winterlager. Er hat große Macht, aber mein Mann hat mir gezeigt, was man damit tut, und ich will es dir zeigen.«

Sie holte einen kleinen Feuerbogen, hockte sich neben K'os und zog die Sehne straff, bis diese das Holz des Bogens spannte. Sie reichte ihn K'os, dann kroch sie zu ihrem Stapel Feuerholz und kramte darin nach einem Stock. Sie kerbte das Ende des Stockes mit ihrem Frauenmesser ein und steckte die Kerbe in die Sehne, spannte und ließ den Stock los. Er flog durch die Behausung und landete mit einem Plumps an der Wand aus Karibuhaut.

»Sie tun das mit Speeren?« fragte K'os.

»So sagt mein Mann. Kleine Speere mit Federn am Ende, wie sie unsere Männer an ihre Wurfspeere mit Knochenspitzen stecken. Die Schäfte sind nur so lang«, sagte sie und hielt ihre Hände schulterbreit auseinander. »Auch die Speerspitzen sind klein, nicht länger als ein Finger, dünn und leicht, aus Knochen und Scheiben aus Hornstein gefertigt.«

»Und warum wohl gebrauchen Menschen eine Waffe wie diese?« fragte K'os.

»Sie ist leicht zu tragen. Ein Mann kann eine Handvoll, zwei Handvoll kleine Speere nehmen und sie schnell werfen, und sehr weit.«

»Weiter als ein Mann, der einen Speer mit einem Speerwerfer schleudert?«

»Ja«, sagte die alte Frau, doch sie antwortete langsam, als sei sie nicht ganz sicher, ob sie recht hatte. »Ich versuche mit zu besinnen, was mein Mann mir gesagt hat.« Sie schwieg einen Augenblick, dann sah sie K'os mit hochgezogenen Brauen an. »Ein schwacher Mann kann seinen kleinen Speer fast so weit schicken wie ein starker Jäger. Das ist das Gute daran. Es hilft einem Jungen oder einem alten Mann, Fleisch für seine Familie mitzubringen.«

»Das *ist* gut«, sagte K'os und hob die Schale mit Essen an die Lippen. Der Eintopf der alten Frau aus Fleisch und Wurzeln wärmte K'os vom Mund bis zum Bauch. Sie ließ den Blick auf dem Bogen an der Wand ruhen, streichelte ihn in Gedanken. Sie dachte an all die jungen Männer, die sie im vergangenen Jahr in ihrem Schlafplatz empfangen hatte – Jungen mit dünnen Armen, noch nicht imstande, es an Schlagkraft mit einem erwachsenen Mann aufzunehmen. Würden sie mit diesen Speerbögen so furchterregend sein wie ältere Krieger? War das möglich?

K'os aß ihr Fleisch auf, dann griff sie in ihren Parka nach den vielen Halsketten, die sie auf der Haut trug. Die jungen Männer fertigten sie für sie. Halsketten waren nicht so gut wie manche andere Dinge. Man konnte sie nicht essen, und sie hielten nicht warm, aber sie hatten ihren Nutzen.

»Du warst gut zu mir«, sagte sie zu Gesang. »Nimm dies als Zeichen meiner Dankbarkeit.«

Einen Augenblick lang sah K'os eine junge Frau durch die verblaßten Augen von Gesang scheinen, dann griff eine klauenhafte Hand nach der Halskette. K'os stand auf und hängte sie Gesang über das Hemd aus Karibuhaut, dann verschloß sie die Ohren vor den kläglichen Lobgesängen der alten Frau.

»Du würdest einen goldäugigen Hund nehmen?« fragte K'os.

»Nein«, sagte der alte Mann. »Wie kann ich den Bogen weggeben? Er enthält mein Glück. Es gibt nichts, was du dafür tauschen kannst, nicht einmal einen goldäugigen Hund. Ich jage noch, ein alter Mann wie ich. Dieser Speerbogen hält meinen Speerwerfer und meine Speere stark. In diesem Jahr habe ich einen Bären getötet. Ich habe auch viele Karibus erlegt. Sieh dir meine Behausung an. Sieh die Felle; sieh die Körbe mit getrocknetem Fleisch. Meine Nische ist noch fast voll. Bald werde ich ein Gabenfest ausrichten. Es ist zuviel für meine Frau und mich, daher werde ich, was ich habe, mit anderen teilen. Wir werden feiern und essen. Ich kann es tun, bevor ihr aufbrecht. Dein Mann und die Jäger aus eurem Dorf werden sehen, wieviel Glück ich habe.«

K'os kniff die Augen zusammen, verzog die Lippen zu einem dünnen, straffen Strich. Blauhäher war ein Dummkopf. Warum brauchte er Glück? Er war alt.

»Wenn ich ihn jemals weggeben wollte«, sagte er, »würdet ihr ihn erhalten. Doch ein Mann darf sein Glück nicht verlieren. Besonders ein alter Mann.«

Sie hörte das Flehen in seiner Stimme und erkannte, daß er war wie alle Männer, eifrig darauf bedacht, jedem zu Gefallen zu sein. Sie stand auf. »Ich verstehe«, sagte sie. »Ich werde dergleichen nicht von dir verlangen, noch wird es mein Mann tun.«

Der alte Mann lächelte, Erleichterung in den Augen.

»Du weißt, ich wurde eingeladen, meines Sohnes Mutter im Nahe-am-Fluß-Dorf zu besuchen«, sagte K'os.

Blauhäher sah auf seine Hände. »Ich weiß, du glaubst, dein Sohn ist Tier-Gabe«, sagte er. »Einige von uns in diesem Dorf glauben es auch. Laß dir von dieser Frau nicht den Mut nehmen.«

K'os lächelte. »Chakliux ist Tier-Gabe, aber wenn Tagfrau denkt, er ist ihr verlorener Sohn, dann bringt ihr dieser Glaube vielleicht Trost. Ich werde *ihr* nicht den Mut nehmen.«

»Du bist gütig«, sagte Blauhäher, dann zeigte er mit einem Rucken des Kopfes auf Gesang. »Meine Frau wird dir den Weg weisen.«

K'os nickte und folgte Gesang aus der Behausung.

»Er ist ein guter Mann, sorgt sich um alle«, sagte Gesang.

»Ja«, antwortete K'os. Wie schade, dachte sie, daß es mit seinem Glück ein Ende hat.

Nachdem Gesang sie allein gelassen hatte, spürte K'os die Unruhe von Tagfrau. Sie konnte den Blick nicht heben, und ihre Hände zitterten, als sie K'os ein Fleischgericht reichte. K'os stellte das Essen neben sich auf die Erde.

Die Augen von Tagfrau wurden groß. »Möchtest du lieber etwas anderes?« fragte sie.

»Ich hatte genug Essen«, sagte K'os. Sie lächelte über den betroffenen Ausdruck im Gesicht von Tagfrau, dann fragte sie: »Du bist Chakliux' richtige Mutter?«

Sie erwartete keine Antwort. Sie hatte solche Frauen schon früher gesehen, kannte viele von ihnen. Sie versuchten stets, anderen zu Gefallen zu sein. Sie hatte einmal ein Sprichwort gehört: »Die es freut, Hunde zu treten, werden Hunde finden, sie zu treten.« Der Mann von Tagfrau war ohne Zweifel ein Hundetreter.

Die Behausung von Tagfrau war ein Beweis dafür. Die Pfosten waren krumm und klein, die Schlaffelle alt, und der Schimmelgeruch war stark. Die Karibuhäute auf dem Boden waren gut geschabt, aber viele zerfielen.

»Ja, ich bin Chakliux' Mutter«, sagte Tagfrau.

K'os war erstaunt, aber erfreut über die offene Antwort. Eine Herausforderung war ihr stets willkommen.

»Nein«, sagte K'os, »du bist nicht seine Mutter. Er ist Tier-Gabe, wurde mir gegeben. Seine Macht ist für die Menschen meines Dorfes.«

Tagfrau saß mit offenem Mund, und K'os sah die Augen der Frau sich mit Tränen füllen.

»Weinen wird nicht ändern, was wahr ist.«

»Ich weine nicht wegen dem, was du sagst«, erwiderte Tagfrau. Ihre Stimme war lauter als zuvor, als hätten die Tränen ihre Kehle gekräftigt. »Ich trauere um die Jahre, die ich ihm keine Mutter war, und ich danke dir, daß du seine Mutter warst, als ich es nicht sein konnte.«

K'os zuckte die Achseln, dann nahm sie ihre Schale zur

Hand und begann zu essen. Als sie aufblickte, bemerkte sie, daß Tagfrau, da sie sie essen sah, sich entspannte. Gastfreundschaft war diesen Menschen sehr wichtig, ermahnte sich K'os. Selbst die Männer aus dem Nahe-am-Fluß-Dorf, die zum Handeln in ihr Dorf und dann aus anderen Gründen in ihre Behausung kamen, brachten stets Geschenke und gute Worte mit, langweilten K'os mit Reden über Dinge, die ohne Belang waren. Sie hatte Augen; nichts hinderte sie daran, hinauszublicken, um den Himmel zu sehen, zu wissen, ob es regnete oder nicht, ob es schneite oder klar war. Warum mußten sie von solchen Dingen sprechen, als sei sie auf ihre Worte angewiesen, um Kenntnis davon zu erlangen?

K'os setzte ihre Schale ab, sah Tagfrau ins Gesicht. Ja, sie konnte eine Ähnlichkeit mit Chakliux feststellen, der Bogen des Mundes, das rechte Auge, das etwas größer war als das linke. »Wenn du seine Mutter bist«, sagte sie langsam, »dann verstehst du, wie mir zumute ist. Mehr als zwei Handvoll Tage sind vergangen, seit er unser Dorf verlassen hat. Er war auf dem Weg hierher. Wir haben den Mann, der mit ihm zog, tot aufgefunden. Es gibt kein Anzeichen von meinem Sohn, und eure Ältesten sagen, er ist nicht in dieses Dorf gekommen.« Sie blickte zu Tagfrau, dann hinauf zum Dach der Behausung. Sie hielt die Augen weit offen, gestattete sich nicht zu blinzeln, bis der Rauch von der Feuerstelle brannte, dann hob sie eine Hand, um die Tränen von ihren Wangen zu wischen. »Ich kann den Gedanken nicht ertragen, daß er ...«

Tagfrau beugte sich vor, schüttelte den Kopf. »Weine nicht, Schwester. Weine nicht.« Sie kroch auf Händen und Knien zu K'os und legte die Arme um K'os' Schultern.

K'os versteifte sich gegen die Berührung der Frau, zwang sich aber stillzuhalten. Tagfrau streichelte K'os' Haare, als sei sie ein Kind.

»Die Ältesten fürchten die jungen Krieger in eurem Dorf«, sagte Tagfrau. »Sie fürchten, die Vetter-Fluß-Jäger werden denken, daß Chakliux goldäugige Hunde für uns gestohlen hat.« Wieder strich sie über K'os' Haare, dann schaukelte sie auf den Knien. »Schscht jetzt. Chakliux lebt. Gräme dich nicht um ihn. Er ist auf dem Weg zu den Walroßjägern. Er ist jetzt in Sicherheit, er und sein Bruder, mein Sohn Sok.«

16

Das Geschrei weckte Yaa, und zuerst dachte sie, es sei Ghaden. Als sie merkte, daß er schlief, streckte sie die Hand nach ihm aus. Er fuhr bei der Berührung zusammen. Yaa nahm ihn in die Arme, und er zuckte, als sie ihn zu eng umschloß.

»Was gibt es? Ist etwas geschehen?« rief Braunes Wasser.

»Draußen«, sagte Glücklicher Mund.

Im Halblicht des frühen Morgens sah Yaa, wie Braunes Wasser sich von ihren Schlafmatten wälzte, sich in eine Hasenfelldecke hüllte und durch den Eingangstunnel hinauskroch.

»Yaa, Ghaden, seid ihr wach?« fragte Yaas Mutter.

»Ja. Wir sind wach«, antwortete Yaa.

»Zieht eure Stiefel an, aber bleibt in euren Schlafstätten«, sagte Glücklicher Mund.

Braunes Wasser steckte den Kopf herein und sagte: »Ein Feuer. Die Behausung von Gesang.«

Yaa holte tief Atem. Wenn ein Feuer ausbrach, verbreitete es sich geschwind von Dach zu Dach, die gefetteten Karibuhäute brannten so schnell, daß die Menschen oft drinnen gefangen waren.

Dies war einer der Gründe, weshalb die Frauen das Kochen zum größten Teil im Freien besorgten und in den Behausungen nur ein kleines Feuer unterhielten, im Winter der Wärme wegen, im Sommer, um Stechmücken und Fliegen zu vertreiben. Es gehörte zu den ersten Dingen, die Yaa gelernt hatte: das Feuer zu bewachen, es klein zu halten.

Die Behausung von Gesang, hatte Braunes Wasser gesagt. Feuer brach anscheinend oft in der Behausung einer alten Frau aus.

Yaa streifte Ghaden seinen Parka über den Kopf, half ihm in seine Stiefel und zog ihn zum Eingangstunnel. Das Hündchen gähnte, watschelte zum Tunnel und hob, beinahe umkippend, das Bein, um an der Seite der Behausung Wasser zu lassen.

»Du Schlimmer!« schrie Yaa ihn an, hatte aber keine Zeit, noch mehr zu tun. Sie nahm den Nähkorb von Braunes Wasser und den Beutel ihrer Mutter mit Messern und Werkzeug zum Häuten und stellte beides neben Ghaden.

»Bleib hier, bis ich dich hole«, sagte sie zu ihm. »Leg dich nicht wieder schlafen.« Dann zog sie ihren Parka an, holte die drei größten Holzschalen und ging hinaus. Ihre Mutter und Braunes Wasser schichteten Schnee an die Behausung. Yaa gab jeder eine Schale, schaufelte ihre mit nassem, schwerem Schnee voll und packte ihn an die Wände aus Karibuhaut.

»Mein Mann«, schluchzte K'os. »Er hat versucht, es aufzuhalten. Ihr müßt ihn herausholen. Ihr müßt. Gesang ist dort und ihr Mann. Sie sind alle drinnen.« Sie ließ ihre Stimme zu einem Schrei ansteigen, dann sah sie Tikaani und stürzte sich auf ihn; sie sank auf die Knie, umklammerte seine Beine. »Erdschläger, mein Mann, Erdschläger!« schrie sie.

Tikaani zog sie auf die Füße. »K'os, sei still. Sie werden ihn herausholen. Ich werde ihn herausholen.« Er machte einen Schritt auf die brennende Behausung zu, doch sie stürzte ihm nach, packte ihn, so daß er stehenbleiben mußte. Er rief, jemand möge sie halten. Ein alter Mann kam, einer der Ältesten des Nahe-am-Fluß-Dorfes. Er zog ihre Hände fort, hielt sie fest.

Die Flammen züngelten von der Behausung von Gesang zu

der Behausung nebenan. Der Wind war nicht stark, daher bestand wenig Aussicht, daß das ganze Dorf abbrennen würde. Schade, dachte K'os.

Sie strich sich die Haare zurück. Ihr Gesicht und ihr Parka waren voll Ruß, auch ihre Hände. Sie beobachtete Tikaani, als er sich durch den Eingangstunnel duckte. Sie hielt den Atem an, hoffte, er werde nicht verletzt. Sie wollte den Weg zurück in ihr Dorf nicht ohne ihn machen, und sie wollte nicht länger als nötig im Nahe-am-Fluß-Dorf bleiben. Es würde schlimm genug sein, während der Zeit der Trauer hier zu sein, aber vielleicht erwartete man nicht von ihr, daß sie den ganzen Mond blieb, sondern nur so lange, bis ihr Mann eingehüllt und auf ein Bestattungspodest gelegt worden war.

Die Menschen hatten das Feuer in der Behausung nebenan fast gelöscht. Nur ein Teil der Bespannung aus Karibuhaut war verbrannt. Selbst die Pfosten schienen unversehrt. Andere im Dorf hatten Trauergesänge angestimmt. K'os hob die Stimme, um mitzusingen.

Tikaani kam aus der Behausung von Gesang und schleppte eine Leiche. Es war Erdschläger. K'os tat einen langen Atemzug, stieß ein hohes Kreischen aus und riß sich von dem alten Mann los, der sie hielt. In diesem Augenblick stürzten die Pfosten der Behausung nach innen ein und trugen die Flammen mit sich. Das wütende Feuer verzehrte alles, was in der Behausung war.

K'os warf sich über den Leichnam ihres Mannes, achtete nicht auf den Gestank nach verbranntem Fleisch. Sie zog ein Frauenmesser aus dem Ärmel, schlitzte ihren Unterarm mit der Klinge. Das Blut tropfte dunkelrot auf das verkohlte Gesicht von Erdschläger.

Fünf Tage blieb K'os bei dem Nahe-am-Fluß-Volk, weinte, trauerte. Sie gab dem ältesten Sohn von Gesang einen der goldäugigen Hunde, einen gab sie den Ältesten. Sie schüttelte den Kopf über das Wunder, daß sie lebte, nickte jenen dankbar zu, die einen Schlitten mit Gaben und Nahrung beluden, und schlug Angebote von Jägern des Nahe-am-Fluß-Volkes aus, sie in ihr Dorf zu begleiten.

Die Menschen versprachen, Erdschläger zu ehren, und als sie flehte, sie den Leichnam mitnehmen zu lassen, redeten sie es ihr mit Geschichten von Wölfen aus.

Am sechsten Tag stand sie früh auf, packte fertig und entschuldigte sich, um zu der Stelle am Rande des Dorfes zu gehen, wo die Frauen sich erleichterten.

Yaa lag draußen vor der Tierhöhle, einen halben gebratenen Hasen in den Händen. Sie hatte ihn einer alten Frau bei den Herdfeuern gestohlen, das Fleisch war mager und zäh vom Winter, aber gut. Sie hatte das meiste davon in ein Stück Karibuhaut gewickelt, um es Ghaden mitzubringen, es ihm zu geben, wenn sie allein waren, aber sie hatte nicht warten können, ihr eigenes Stück zu verzehren.

Sie lag auf dem Bauch, auf die Ellenbogen gestützt, und spähte durch die niedrigen Zweige der Schwarzfichte, die die Höhle verbargen. Es war gut, hier zu sein. Sie hatte keine Gelegenheit gehabt, den Ort aufzusuchen, seit Ghaden in ihre Behausung zurückgekehrt war. Er war den Verzicht jedoch wert, und bald würde er kräftig genug sein, um mit ihr zu kommen. Es war ein gutes Versteck.

Besonders gern war sie am frühen Morgen in der Höhle, wenn die Frauen den Weg zu der Stelle machten, wo sie sich erleichterten. Es war noch sehr früh, und nur wenige Frauen – die, die an der Reihe waren, die Kochfeuer des Dorfes in Gang zu bringen, und die Schwangeren, deren dicke Bäuche sie früh von ihren Schlafstätten zwangen – waren auf dem Pfad. Yaa grub ihre Zähne in das Hasenfleisch und biß einen Mundvoll ab.

Als sie die Stiefel sah, wußte sie, daß es die Frau von den

Vetter-Fluß-Menschen war. Sie machten ihre Stiefel falsch, die Nähe zu hoch am Fuß. Yaa schob sich mit den Ellenbogen vorwärts und spähte hinaus, beobachtete die Frau. Braunes Wasser sagte, die Frau habe sich aus Trauer den Arm aufgeschlitzt, aber ihre Haare waren noch lang, ungeschnitten. Sie würde heute aufbrechen, hatte Flußeistänzer ihr erzählt und sie dann mehrmals geschlagen, als Preis für seine Mitteilung.

Gut, ich habe sie gesehen, dachte Yaa und freute sich darauf, es ihren Freundinnen zu erzählen.

Yaa legte ihr Fleisch auf die Matte aus abgestorbenen Fichtennadeln, die den harten Schnee bedeckten, und rückte näher an den Pfad heran. Mit einer Hand ergriff sie einen Fichtenzweig und zog ihn herab, um ihr Gesicht zu verbergen. Bald kam die Frau wieder den Pfad entlang. Yaa betrachtete ihre Füße, strengte sich an, die Stiefel der Frau ganz genau zu sehen, um es ihrer Mutter berichten zu können. Ihre Mutter machte die besten Stiefel im Dorf, warm und trocken, die Nähte an der richtigen Stelle, so daß die Zehen sich keine Blasen daran rieben.

Als die Frau auf dem Pfad ein gutes Stück weitergegangen war, huschte Yaa unter dem Baum hervor, langte zurück nach ihrem Fleisch. Sie hatte schon einmal Essen durch Nachlässigkeit verloren. Kleine Tiere kamen rasch. Der Pfad wand sich hinter einem dichten Weidengebüsch, dann senkte er sich hinab zum Dorf, so daß Yaa, als sie aufgestanden war, die Frau aus den Augen verloren hatte, doch Yaa richtete den Blick auf die Stelle, wo sie aus dem Gebüsch auftauchen würde. Yaa wartete eine lange Zeit, dann sah sie etwas.

Es war eine Frau, ja, und die beiden jungen Jäger, die mit ihr gekommen waren. Sie hatten nur einen Hund. Einer von den beiden anderen gehörte jetzt Lagermacher. Den dritten hatte der älteste Sohn von Gesang bekommen.

Also würde die Frau nicht ins Dorf zurückkehren. Sie mußte schamvoll gekommen sein, um sich zu erleichtern. Flußeistänzer hatte gesagt, sie würden drei, vielleicht vier Tage brauchen, um in das Vetter-Fluß-Dorf zurückzukehren. Auf offenem Gelände würde die bedauernswerte Frau sich noch oft genug im Beisein dieser Jäger hinhocken müssen, und es waren nicht einmal ihre Söhne. Es war Yaa zuwider, wenn sie dem Karibu folgten und es keine Stelle gab, wo man ungestört sein konnte, aber wenigstens gingen die Mädchen in einer Gruppe zusammen. Die Jungen – ha! –, sie waren gänzlich unbekümmert. Einige blieben mitten auf dem Weg stehen. Natürlich hatten sie es leichter.

Yaa aß einen Bissen Fleisch und beobachtete, wie die jungen Jäger die Frau begrüßten. Sie gab einem der Männer etwas. Einen Feuerbogen, meinte Yaa, dann schüttelte sie den Kopf, nein. Es war zu lang für einen Feuerbogen. Ah, sie wußte, was es war. Die seltsame Waffe von den Nicht-richtigen-Menschen. Ein heiliger Gegenstand, der dem alten Blauhäher gehört hatte. Er mußte ihn ihr vor dem Brand gegeben haben. Sie hatte Glück gehabt, daß es ihr gelungen war, ihn herauszuholen. Er hätte verbrennen können.

Yaa beobachtete die Vetter-Fluß-Menschen, bis sie an der Böschung verschwanden, die zum Fluß führte, dann huschte sie wieder unter die Fichte. Sie mußte rasch essen. Sie war schon eine lange Zeit fort, zu lange, um nur Feuerholz zu sammeln. Sie aß noch ein paar Bissen, dann steckte sie den Rest Fleisch in ihren Parka.

Sie kam unter der Fichte hervor, paßte ihre Füße in die Abdrücke der Vetter-Fluß-Frau und ging so den Pfad zum Dorf hinunter. Yaa seufzte. Es war traurig für diese Frau. Wenigstens hat der alte Blauhäher ihr ein Geschenk gemacht, dachte Yaa, aber es war nicht viel als Tausch für einen Mann.

TEIL ZWEI

Sommer, 6459 v. Chr.

Im Zorn brachte ich sie in meine Behausung – in die Wärme meiner Robbenöllampen, in die Geborgenheit der dicken Wände meines ulax. *Ich sage dies, damit ihr versteht, daß ich den Weg vor uns nicht geebnet haben wollte. Darum sagt mir nicht, wie eine alte Frau durch Jammern ihren Willen bekommt.*

Unser Weg wurde von dem obersten Jäger unseres Dorfes und den Frauen seines ulax *gewählt. Ihnen war derselbe Traum beschieden, einer jeden von ihnen, diesen Schwesterfrauen, in derselben Nacht. Vier Frauen träumten denselben Traum. Wer kann leugnen, daß dies etwas Heiliges ist?*

Ihre Träume sagten, daß Aqamdax, Tochter von Daes – eine von jenen, die als Enkeltochter von Shuganan verehrt wurden –, zu mir kommen solle, Schwester von ihres Vaters Großmutter, auf daß Aqamdax lerne, die nächste Geschichtenerzählerin zu werden.

Fünfmal zehn Monde lang habe ich die alten, heiligen Geschichten unseres Volkes erzählt. Wie sonst würde irgend jemand von dem Großvater Shuganan und dem Krieger Samiq wissen? Einzig aus meinem Munde kamen die Geschichten von der Otterruferin Chagak, von dem Schwindler Rabe und der Schnitzerin Kiin, und von Kiins Enkelsohn Ukamax, der den Ersten Menschen ihre heiligen Tänze gab. Diese Geschichten wurden weitergegeben, von Geschichtenerzählerin zu Geschichtenerzählerin, aus einer Zeit, so fern, daß niemand die Jahre zählen kann.

Diese Schwesterfrauen, sie sagten, die Geister haben ihnen gesagt, Aqamdax sei diese eine. Hii! Ihr Mann mag ihnen glauben, aber ich glaube ihnen nicht.

Er ist ein guter Mann, und so hatte er die Mutter und das Kind in sein ulax *genommen. Wer sonst hätte es getan, ihr Mann-Vater tot, von Seetieren verflucht bei der Jagd? Aber hat die Frau Dankbarkeit gezeigt? Nein.*

Bald nachdem ihre Trauer zu Ende war, nahm sie einen Na-

men des Flußvolkes an – Daes – und lief mit einem Händler davon. Man sagt, sie lebt jetzt bei den Flußmenschen. Fischesser, die nicht einmal wissen, Seetiere zu jagen!

Hii! Was war von der Tochter von Wasserklatscher anderes zu erwarten?

So hört, was ich euch zu sagen habe, denn ich spreche die Wahrheit: Diese Frauen, die Frauen des obersten Jägers, sie hatten genug von Aqamdax' Gezänk, genug von ihrer List und ihren Streichen. Welcher Weg war besser, sich des Mädchens zu entledigen, als sie mir zu geben? Habe ich nicht jahrelang gebetet, der nächste Geschichtenerzähler möge offenbart werden? Habe ich nicht jedes neugeborene Kind ins Auge gefaßt und gefleht, es möge das richtige sein? Wie kann ich also den Beschluß der Geister in Zweifel ziehen? Immerhin ist Aqamdax eine schöne Frau.

Wenn ihr sie sehen könntet, ihr würdet nicht merken, daß sie nur eine Robbenblase ist, eine nayux, *deren Haut Gestalt gegeben wird vom Atem ihres Hasses.*

17

Das Dorf der Ersten Menschen

Vogelrufer schauderte und ließ von ihr ab. Aqamdax griff im Dunkeln nach ihm, es verlangte sie nach dem Gewicht und der Wärme seines Körpers, doch er kroch ohne ein Wort aus ihrem Schlafplatz. Er war nicht anders als die anderen. Waren sie erst befriedigt, gingen sie fort.

Worüber war er beunruhigt? Daß die alte Frau sie hören würde? Man mußte schreien, um etwas in ihre Ohren zu bringen.

Es gab andere Männer. Aqamdax konnte ihre Nächte mit ihnen füllen. Sie rollte sich in ihre Schlaffelle und schlug die Arme um die Brust. Ja, das wollte sie tun. Eines Abends wollte sie es tun. Sie würde sich sechs Männer nehmen, vielleicht sieben, und die ganze Nacht hätte sie einen nahe bei sich, einen, der sie festhielt. Dann würde die Kälte aus ihren Knochen weichen, und sie würde es warm haben wie einst, als ihr Vater noch lebte, als die Erde so gut und leuchtend war wie ihres Vaters Lächeln.

Der junge Mann ging durch das *ulax* zum Kletterstamm, doch Qung tat, als bemerke sie ihn nicht. Sie dachten, sie sei dumm, weil sie alt war, aber sie sah, wer zu Aqamdax kam und wie oft.

Es war fast Nacht. Qung war neugierig, ob noch ein Mann kommen würde oder ob Aqamdax sich mit einem einzigen zufrieden gäbe. Das Mädchen war genau wie seine Mutter. Es wäre ein Segen für das ganze Dorf, wenn ein Händler käme und sie mitnähme. Qung seufzte und rollte die Grasmatte zusammen, die sie webte. Es war eine rauhe Matte, nicht wie jene, die sie gemacht hatte, als sie jung war, aber ihre Fingergelenke waren geschwollen und schmerzten so sehr, daß sie kein gespaltenes Gras mehr weben konnte.

Bis Aqamdax etwas tat – einen Mann nahm oder das Dorf verließ –, mußte Qung sie unterweisen, und Aqamdax wurde nicht gerne unterwiesen. Sie war aufgeweckt. Sie brauchte nicht lange, um eine neue Geschichte zu lernen, doch sie konnte nicht still sitzen. Sie ging auf und ab, während Qung sie unterwies, und Qung wurde oft schwindlig, wenn sie ständig den Kopf drehen mußte, um das Mädchen im Auge zu behalten.

Aqamdax übte die Geschichten, das mußte Qung zugeben. Sie hatte sogar gelernt, ihre Stimme auszusenden, so daß sie von Dachloch oder Schlafplatz, Öllampe oder Dachsparren zu kommen schien, und sie machte es fast so gut wie Qung selbst. Doch Aqamdax neigte zu Zorn, wenn es keinen Grund für Zorn gab, zum Werfen von Gegenständen, zu Unwillen.

Aqamdax lebte nun seit mehr als drei Monden bei ihr, und Qung hatte sich immer noch nicht an die Ausbrüche des Mädchens gewöhnt. In den ersten Tagen hatte Qung jedesmal Hoffnung geschöpft, wenn ein junger Jäger das Mädchen besuchte. Aqamdax zählte fünfzehn Sommer. Die meisten Frauen in diesem Alter hatten einen Mann, hatten Kinder. Jetzt sah Qung ein, es gab wenig Hoffnung, daß Aqamdax einen Mann finden würde, der sie zur Frau nahm.

Warum einer Frau trauen, die mit jedem Mann das Lager teilte, der sie fragte? Außerdem, welcher Jäger würde eine Frau wollen, die trotz so vieler Gelegenheiten noch nicht schwanger geworden war? Und wer würde eine Frau wollen, die immer zornig war, immer streitsüchtig?

Qung seufzte. Sie war alt, aber noch kräftig. Sie könnte noch einige Winter leben, aber welche Freude machte ein langes Leben, wenn man das *ulax* mit einer wie Aqamdax teilte?

Qung stellte sich langsam auf die Füße, zwickte mehrere Dochte in der großen Öllampe aus, ließ einen brennen. Sie watschelte zu ihrem Schlafplatz; das Lampenlicht warf lange Schatten von ihren buckligen Schultern und dünnen Armen auf die Wand vor ihr. Als sie die Grasvorhänge des Schlafplatzes zurückzog, hörte sie ein Geräusch und drehte sich um. Jemand kam den Kletterstamm herunter. Lachs. Warum war er hier? Er hatte zwei Frauen.

Qung schnalzte empört mit der Zunge und wartete, bis Lachs sie erblickte. Sie sah ihn kopfschüttelnd an, und er schlug die Augen nieder, wich ihrem Blick aus. Wie konnten diese Männer hoffen, Jagdglück zu haben, wenn sie sich so viele Frauen nahmen, um ihr Verlangen zu befriedigen? Achteten Seetiere solche Schwäche? Wie konnte Lachs erwarten, sein *iqyax* davor zu bewahren, eifersüchtig zu werden, wenn er jeden Morgen mit dem Geruch einer Frau an seinen Händen zu ihm kam? Eines Tages würde es ihn ins Meer kippen. Wer würde dann für seine Frauen und ihre Kinder jagen?

Qung legte sich in ihrem Schlafplatz zur Ruhe, hüllte die Füße sorgsam in das dickste Pelzrobbenfell. Die alten Wege wurden allmählich vergessen. Alte Tabus wurden nicht beachtet. Was nützte es, eine Geschichtenerzählerin zu sein, wenn die Menschen nicht zuhören und lernen wollten?

Qung drehte sich so, daß sie mit dem Rücken zum Grasvorhang lag. Vielleicht waren die Menschen es müde, auf eine alte Stimme zu hören, die ihnen sagte, wie die Dinge sein sollten. Vielleicht war es an der Zeit, die Geschichten auf neue Weise zu hören, von einer kräftigen, jungen Stimme erzählt. Aber was würde mit den heiligen Geschichten geschehen, wenn sie aus dem Mund von Aqamdax kamen? Waren sie stark genug, sich rein zu erhalten, oder würde Aqamdax' Mißachtung sie verdrehen, wie eine Frau einem Schneehuhn den Hals umdrehte?

18

»Heute abend ist Lange-Sonne-Fest«, sagte Qung.

»Ich weiß«, erwiderte Aqamdax und biß sich auf die Zunge, um den Spott aufzuhalten, der ihr allzu leicht in den Mund kam. Jedermann wußte, daß Lange-Sonne-Fest war.

»Du hast Essen bereitet?« fragte Qung.

Aqamdax hob überrascht die Augenbrauen und breitete die Hände über den getrockneten Fisch und die abgezogenen Stiele von *iitikaalux*, die sie auf Grasmatten aufgeschichtet hatte.

Qung nickte, als hätte sie soeben erst gesehen, was Aqamdax gemacht hatte. »Nimm ein paar von unseren Eiern«, sagte sie.

Wieder war Aqamdax überrascht. Die Eier, in Robbenöl eingelegt und in Sand vergraben, waren Qungs Lieblingsspeise. Sie teilte sie mit niemandem, und selbst Aqamdax mußte sich heimlich von dem Vorrat nehmen, obwohl sie auf die Klippen geklettert war, um sie einzusammeln.

»Eier?« wiederholte sie, um sicherzugehen, daß sie die alte Frau richtig verstanden hatte.

»Eier. Ich sagte Eier«, antwortete Qung, die Stimme ärgerlich erhoben. »Nimm Eier.«

»Ja, Tante.«

»Es ist ein Fest, wie du weißt.«

Aqamdax lächelte. »Ich weiß.« Der Lange-Sonne-Tag war ein Tag, der stets Hoffnung brachte, ein Tag, um der Sonne zu zeigen, daß die Ersten Menschen ihren Aufgang an jedem

Morgen priesen. Wenn sie dies nicht taten, wenn keine Lobpreisungen erfolgten, wer weiß? Vielleicht würde die Sonne beschließen zu bleiben, wo immer sie hinging in der Nacht, und nie zurückzukehren.

»Die Ersten Menschen werden eine neue Geschichtenerzählerin haben.«

Aqamdax machte den Mund auf, sagte aber nichts. Eine neue Geschichtenerzählerin. Qung mußte sie meinen, aber kannte sie die Geschichten schon gut genug? Was, wenn die Menschen nicht zuhören wollten, wenn sie sprach? Wie konnte sie hoffen, ihre Achtung zu erringen, wie Qung sie errungen hatte?

Die Männer kamen äußerst willig in ihren Schlafplatz, aber sie wußte, was hinter ihrem Rücken gesprochen wurde. Sie verstand den Zorn der Frauen und Mütter. Es war eine Sache, wenn ein Mann auf einer langen Reise sein Vergnügen bei einer Frau suchte, die willig war, aber eine solche Frau im Dorf zu haben, bereit, wann immer die eigene Frau es nicht war ... Wenn Aqamdax Frau eines Mannes wäre, würde sie wohl dieselbe Abneigung spüren.

Doch niemand hatte sie jemals als Frau beansprucht, und jeden Mond kam ihre Blutung. Wie konnte sie da hoffen, daß ein Mann sie als Frau nähme? Warum einen Brautpreis geben für eine unfruchtbare Frau, wenn sie ihn ohnedies in ihrem Schlafplatz willkommen hieß? Warum sich die Mühe machen, sie zu ernähren?

Würden die Menschen einer wie ihr zuhören? Was würden sie empfinden, wenn die heiligen Geschichten aus ihrem Mund kamen?

»Du bist bereit«, sagte Qung. »Ich weiß es. Du bist bereit.« Sie sprach die Wort mit einer Zuversicht, welche die Angst, die in Aqamdax' Brust flatterte, zur Ruhe brachte.

»Ich bin bereit«, erwiderte Aqamdax und bemühte sich, ihre Stimme so sicher klingen zu lassen wie Qung. Sie lächelte

Qung ins Gesicht, das so runzlig war, daß man die Augen kaum sehen konnte. »Denkst du, unser Volk ist bereit für mich?«

Sie lachte, als Qung ihr nicht antwortete, dann hob sie den Kopf. Es würde nicht anders sein, als wenn sie mit den Frauen Muscheln sammelte oder mit den Frauen des obersten Jägers kleine Wale fischte. Sie verstand sich darauf, spitze Worte zu überhören, hinterhältiges Lächeln, zusammengekniffene Augen zu übersehen. Wenn sie die Geschichten gut genug erzählte, würden die Menschen vielleicht vergessen, wer sprach, und nur an das denken, was erzählt wurde.

Der Tanz endete erst, als die Sonne hinter dem nordwestlichen Rand der Erde versunken war. Qung ließ das *ulax* dunkel, hatte nur wenige Dochte in einer Öllampe angezündet, und Aqamdax fragte sich, ob sie dies in der Hoffnung tat, daß die Menschen vergessen würden, wer sprach.

Aqamdax hatte ihren gefiederten *sax* anbehalten, den wadenlangen Umhang, den die meisten Ersten Menschen nur außerhalb des *ulax* trugen. Sie wünschte, sie könnte einen Winterparka tragen, mit der Kapuze über dem Kopf, um sich vor den Gedanken der Menschen zu schützen. Wenigstens verhüllte der *sax* ihren Bauch und ihre Brüste, die von zu vielen Männern liebkost worden waren.

Sie hatte nicht einmal am Tanz teilgenommen und während des Festmahls sehr wenig gegessen. Es schien, als seien die Menschen der Geschichten in ihrem Kopf lebendig geworden, wo sie tanzend, singend und schreiend ihr eigenes Fest begingen, ihr in die Ohren flüsterten, ihr ihre Gesänge in den Mund schoben, bis sie so von Menschen in ihrem Inneren erfüllt war, daß sie die Gesellschaft derer um sie herum nicht mehr ertragen konnte.

Sie hatte sich draußen im Windschutz des *ulax* versteckt, das von der Feier am weitesten entfernt war, hatte dort gekauert, um dem Geplapper in ihrem Kopf zu lauschen, bis sie am Ende merkte, daß sie am *ulax* der Toten lehnte.

Aqamdax war aufgestanden, um zu gehen, war dann aber doch geblieben. Hier hatte sie ihre Ruhe. Niemand würde sie stören, wenn sie die Geschichten nacherzählte. Vielleicht würde es die Knochen in dem *ulax* freuen, die Geschichten noch einmal zu hören.

Sie begann mit den Schöpfergeschichten, in denen es darum ging, wie alle Dinge erschaffen wurden – Himmel und Erde, Tiere und Menschen. Dann erzählte sie von lange vergangenen Zeiten, als Seeotter und Erste Menschen Brüder waren. Sie erzählte, wie ein Bruder und eine Schwester, verflucht, weil sie sich auf dem Schlaflager in Liebe vereint hatten, Sonne und Mond wurden. Man konnte sie noch sehen, wie sie einander am Himmel nachjagten. Sie erzählte diese Geschichten und andere, jüngere Geschichten, von Jägern und Kriegern, von strengen Wintern und guten Sommern. Als schließlich die Sonne in die Erde gesunken war, kehrte Aqamdax in Qungs *ulax* zurück.

Qung wartete. Ihre schmalen Augenschlitze funkelten, als Aqamdax in das *ulax* hinunterkletterte. Aqamdax war neugierig, ob die alte Frau auch Geschichten erzählen würde oder ob sie wollte, daß Aqamdax das Erzählen allein übernahm. Wenn ein Dorf mehr als eine Geschichtenerzählerin hatte, wechselten sie sich gewöhnlich ab, zuerst erzählte die eine, dann die andere, und jede spann Geschichten aus dem, was bereits erzählt worden war.

Sie saßen eine Weile schweigend, dann sagte Qung: »Ich werde die erste Geschichte erzählen. Wenn ich fertig bin, bist du an der Reihe. Wenn jemand widerspricht, halte nicht ein. Ich werde tun, was immer getan werden muß.«

»Weiß irgend jemand, daß ich …«

»Ich habe es dem obersten Jäger gesagt. Vielleicht wird er es seinen Frauen erzählen. Vielleicht auch nicht, aber was können sie sagen? Sie sind es, die dich im Traum hier gesehen haben.«

Aqamdax lachte. Ja, sie hatten sie im Traum hier gesehen. Was hätten sie sonst mit ihr tun können? Sie mußte Frau eines Mannes sein. Wenn nicht, warum dann nicht Geschichtenerzählerin?

»Halte still, Aqamdax«, sagte Qung, und Aqamdax merkte, daß sie auf und ab ging, mit langen, raschen Schritten von einer Seite des *ulax* zur anderen. Sie setzte sich hin, doch ihre Füße zuckten, ihre Knie ruckten, und die Muskeln ihrer Beine tanzten unter ihrer Haut.

»Da«, sagte Qung und drückte etwas in Aqamdax' Hand. Sie öffnete die Finger. Es war ein Walzahn, in die Windungen einer Muschel geschnitzt. Glatt und kühl lag er, als sei er geformt, um sich in eine Hand einzupassen. Aqamdax' Finger folgten streichelnd den Windungen. Die Unruhe schien aus ihrem Körper zu gleiten, während ihre Finger langsam, langsam über die Linien der Walzahnmuschel fuhren.

»Er gehört jetzt dir«, sagte Qung. »Ich brauche ihn nicht.«

Aqamdax war überrascht. Sie hatte Qung gewiß keinen Grund gegeben, Geschenke zu machen.

»Von Shuganan?« fragte Aqamdax. Ihre Mutter hatte mehrere von den alten Schnitzereien des Mannes gehabt, aber sie hatte sie mitgenommen, als sie die Ersten Menschen verließ.

»Nein, nicht von Shuganan«, antwortete Qung. »Von einer seiner Enkeltöchter.«

»Danke«, sagte Aqamdax, und ihr wurde bewußt, daß sie lange Zeit niemandem gedankt hatte – nicht, seit ihre Mutter fortgegangen war.

»Ich tu es mir selbst zu Gefallen«, erwiderte Qung. Sie wies mit einem Arm auf Aqamdax' Füße. »Jetzt brauche ich deine Zappelei nicht mehr zu ertragen.« Sie gackerte, ein Altweibergelächter, dann stand sie auf und humpelte zu dem eingekerbten Kletterstamm. Sie sah erwartungsvoll hinauf.

Ihr Gehör ist nicht so schlecht, wie sie vorgibt, dachte Aqamdax, und nahm sich vor, dies nicht zu vergessen. Dann stiegen die Menschen in das *ulax* herunter, Männer, hinter ihnen Frauen und Kinder. Säuglinge waren auf Rücken, Krabbelkinder auf Hüften geschlungen, Kleinkinder kletterten vorsichtig hinunter, die älteren Kinder sprangen vom oberen Ende des Stammes in das *ulax*.

Qung setzte sich neben Aqamdax und neigte den Kopf. Aqamdax, die es sah, tat desgleichen. Es war klug gehandelt, stellte Aqamdax fest. Das Neigen des Kopfes schien alle davon abzuhalten, ein Gespräch anzufangen, und es half Aqamdax, ihre Gedanken den Geschichten zuzuwenden, die sie erzählen würde.

Als Qung mit der ersten Geschichte begann, hob Aqamdax den Kopf, sah zu den Menschen hin. Aller Augen waren auf Qung gerichtet, alle beugten sich vor, als müßten sie bereit sein, die Worte aufzufangen, die aus Qungs Mund kamen. Würden sie Aqamdax ebenso ansehen, oder würden sie zischend ihren Abscheu bekunden?

Alle Frauen des obersten Jägers waren gekommen. Sie saßen hinter den Männern, aber vor den meisten anderen Frauen. Sie sah ihre Base Kittiwake und ihren kleinen Sohn. Blauer Fisch war da, die beste Freundin ihrer Mutter, und die Tante von Blauer Fisch, deren Verstand fast vergangen war und aus deren Mund ständig Speichel tropfte.

Aqamdax ließ den Blick zu den Männern schweifen, sah den Häuptling und Lachs, dann den, der ihres Vaters Jagdgefährte war, Angst-vor-seiner-Hand, den Mann, der ihn nicht vor dem Meer hatte retten können.

Ihre Zehen begannen zu zucken, und sie fühlte, wie Qung ihren Arm drückte und auf die Walzahnmuschel klopfte, die Aqamdax noch in Händen hielt.

Aqamdax rieb mit den Fingern über die Muschel, dann tat sie einen langen Atemzug. Qung fuhr mit ihrer Geschichte fort, als sei nichts geschehen, und Aqamdax neigte den Kopf, zwang sich, still zu sitzen und zu lauschen, bis sie in den Worten gefangen war und der alte Schnitzer Shuganan wieder lebendig wurde in den Bergen und an den Ufern, die sie im Geiste sah.

Als die Geschichte zu Ende war, nahm Qung Aqamdax' Hand und drückte sie, strich mit ihren knotigen Fingern über die Schnitzerei in Aqamdax' Hand.

»Die Chagak war in den Bergen und sammelte Beeren, als die Krieger kamen«, begann Aqamdax. Sie hielt inne, um Atem zu holen, ihr Herz pochte vor Angst. Würden die Menschen aufstehen und gehen? Sie hörte mehrere Frauen zischen. Wieder drückte Qung Aqamdax' Hand, und Aqamdax besann sich, was die alte Frau ihr gesagt hatte. Weitersprechen, nicht innehalten. Mit der Geschichte fortfahren.

Aqamdax machte den Mund auf, und die Worte kamen, zuerst zögernd, doch dann strömten sie, schöne Worte, über Jahre von Geschichtenerzählern geschliffen zu etwas, das den Geist zu fernen Orten und lange vergangenen Zeiten trug.

Anfangs sprach sie leise, doch als die Geschichte die Gedanken der Ersten Menschen versammelte, schien sie auch sie zu stärken. Wenn Chagak mit dem Otter sprach, nutzte Aqamdax das Wissen, das Qung ihr gegeben hatte, um ihre Stimme hinauf- und hinauszusenden, so daß es sich anhörte, als riefe der Otter vom Dach des *ulax*, als säße das Tier dort über ihnen.

Mehrere Kinder sahen zum Dachloch hinauf, und eine Anzahl Frauen summte beifällig. Das leise Lob glühte in Aqamdax' Brust, erfüllte sie mit Freude. Ihre Stimme wurde stark, und die Geschichte umschlang sie mit ihrem Zauber, wie ein Seeotter sich in den Tang schlingt, geborgen. Geborgen.

19

Das Dorf der Walroßjäger

Der Geschichtenerzähler sprach im Singsang; mit verknoteten Sehnensträngen, zwischen flinke Finger gespannt, untermalte er seine Worte, doch die Worte wurden oft zu schnell gesprochen, um für Chakliux verständlich zu sein, mit Anspielungen auf andere Geschichten, auf Jäger und Krieger, die Chakliux nicht kannte. Wenn die Menschen lachten, konnte Chakliux nicht einstimmen, und wenn sie nickten, eigene Bemerkungen beifügten, einverstanden oder nicht einverstanden mit dem, was der Geschichtenerzähler sprach, kam Chakliux sich vor wie ein Kind, das nur Bruchstücke von der Welt ringsum begreift.

Er sah sich im Kreise der Menschen um, die den Geschichtenerzähler umringten. Sie waren im Freien, am Rande des Sommerdorfes der Walroßjäger, Frauen und Kinder neben den Männern. Er sah Sok, die Arme schamlos unter dem Parka von Kleine Ohren, und die Frau verbarg ihr Kichern hinter beiden Händen.

Der Vater von Kleine Ohren hatte sich Sok bereits genähert und einen Brautpreis für die Frau verlangt. Sok hatte unbestimmte Versprechungen gemacht, Möglichkeiten erwähnt, doch Chakliux wußte, daß er die Frau nur so lange wollte, wie sie bei den Walroßjägern blieben. Sok hatte schon wenig Aussichten, Schnee-im-Haar zu seiner zweiten Frau zu machen. Wie konnte er diese gewinnen, wenn sie dritte Frau sein sollte? Und wer würde die Hauptlast des Zornes der Walroßjäger tragen, wenn Sok fortging? Natürlich Chakliux. Wenn Chakliux nicht in das Nahe-am-Fluß-Dorf zurückkehrte, dann würde er wohl hierbleiben und mit den Unannehmlichkeiten leben müssen, die Sok zurückgelassen hatte.

Chakliux ließ den Blick im Kreis schweifen, fort von seinem Bruder und Kleine Ohren. Da waren Walroßtöter, der oberste Jäger, seine zwei Frauen und ihre vielen Kinder. Alter Stoßzahn, ein Jäger, der keineswegs alt war, saß neben ihnen. Er half Chakliux, sein eigenes *iqyax* zu bauen. Zusammen hatten sie Treibholz für den Rahmen gesammelt. Alter Stoßzahn war großzügig gewesen, als er Chakliux im Tausch das Elfenbein überließ, das er brauchte, um es in Verbindungen einzufügen, wo sich Holz an Holz rieb. Er hatte Chakliux gelehrt, rotes Ocker zu einem Anstrich zu vermischen, der den Rahmen des *iqyax* vor Fäulnis schützte und auch den Seetieren zeigte, daß das *iqyax* eines der ihren war, der Holzrahmen seine Knochen, die Taue seine Flechsen, das Ocker sein Blut.

Alter Stoßzahn hatte sich erboten, Chakliux das Paddeln beizubringen, hatte Chakliux schon in einem alten *iqyax* mit hinausgenommen. Jetzt wußte Chakliux seinen Körper mit dem Boot zu biegen, seine Beine zu bewegen, als seien sie die Muskeln des *iqyax*, sein Paddel, als sei es Flossen und Schwanz. Es gab noch viel, was Chakliux lernen mußte, auch das schlichte Wissen von Gezeiten und Kabbelungen, Wolken und Winden, aber sie waren bereits dahin gelangt, wo Chakliux lernen mußte, des *iqyax*' wahrer Bruder zu sein. Und wie konnte er wahrer Bruder sein, wenn er den Rahmen nicht mit eignen Händen machte, wenn er ihn nicht so baute, daß er mit Länge und Reichweite seiner eigenen Beine und Arme übereinstimmte?

Jetzt war der Rahmen fast fertig, aber wie konnte er ein *iqyax* vollenden ohne eine Frau, die die Bespannung nähte?

Kleine Ohren hatte ihre Hilfe angeboten, doch Chakliux konnte sie nicht annehmen, da er Soks Absichten kannte.

Chakliux ließ seine Gedanken zu dem Geschichtenerzähler zurückkehren. Er versuchte, den Worten zu folgen, seine Gedanken auf die Sehnenstränge zu richten, die der Mann zuerst zum Kopf eines Fuches formte, dann zu einer Reihe von Knoten, die er Vögel nannte. Chakliux fragte sich, ob er lernen könne, dies zu machen, um seine eigenen Geschichten zu untermalen, um den Männern im Nahe-am-Fluß-Dorf zu helfen, seine Rätsel zu lösen.

Es war Lange-Sonne-Fest, eine Zeit des Essens und Danksagens, doch Chakliux fühlte sich unbehaglich an diesem Tag in diesem Dorf. Was tat sein eigenes Volk? Wer erzählte die Geschichten, wenn die Menschen keinen *Dzuuggi* hatten? Wurden die heiligen Wege geehrt? Oder waren die Geister erzürnt, weil Das Volk vergessen hatte, was getan werden mußte?

Und diese Walroßjäger? Sie machten die Dinge nicht auf die richtige Weise. Chakliux wußte, wie die Sonne geehrt wurde; er kannte die richtigen Gesänge, die uralten Geschichten, und doch saß er hier wie ein Kind und lauschte dem Geschichtenerzähler der Walroßmenschen. Sollte er seine Stimme erheben, um sie wissen zu lassen, was gesagt werden mußte? Doch wie konnte er das ohne genug Walroßworte, um deutlich zu sprechen und in einer Weise, die die Menschen verstanden?

Die Walroßjäger schienen stark und gesund. Ihre Speisenischen waren gefüllt, ihre Frauen waren heiter. Vielleicht war das, was sie taten, richtig für ihr Ufer, ihr Dorf. Aber war es richtig für Chakliux und Sok? Sollten sie ihre eigene Feier begehen, der Wege von Dem Volk gedenkend, statt auf Walroßbräuche zu bauen?

Es gab zu viele Schwierigkeiten für ihn im Dorf der Walroßjäger. Aber würde sein Leben bei Blaubeere besser sein oder bei K'os?

Dann schalt sich Chakliux: Ach, du jammerst über dein

Mißgeschick wie ein altes Weib! Du trauerst, wenn dein Bauch voll ist und deine Hände tätig sind, wenn gute Menschen tun, was sie können, um dir zu helfen. Sei still. Ich will deine Klagen nicht hören. Du bist kein Kind.

Er lauschte wieder dem Geschichtenerzähler, beobachtete, wie des Mannes verzauberte Finger seine Vogelknoten in ein Ottergesicht mit langen Barthaaren verwandelten. Der Geschichtenerzähler hielt den Otter in die Höhe, so daß alle ihn sehen konnten, dann drehte er sich um und lächelte Chakliux zu, dem Otter-Mann, der gekommen war, um unter ihnen zu leben.

Das Dorf der Ersten Menschen

Aqamdax zuckte vor den zitternden Fingern von Lachs zurück, als er ihren Arm streichelte. Wenigstens hatten seine Frauen das *ulax* verlassen und sahen ihn nicht. Sie wunderte sich über sich selbst. Warum ließ etwas, das ihr gestern Freude gebracht hatte, sie jetzt nur schaudern? Er war derselbe Mann. Von allen Jägern war er der einzige, der in ihrem Schlafplatz blieb und sie hielt, nachdem er befriedigt war.

Irgendwie hatten die Geschichten sie erfüllt, ihr das Gefühl gegeben, sie sei vollkommen, als brauche sie niemanden, um sie vor der Nacht zu beschützen.

»Nein, Lachs«, sagte sie, bemühte sich aber, die Schärfe aus ihrer Stimme herauszuhalten. Warum den Mann beleidigen? Was, wenn die Geschichten morgen verschwunden wären, und sie wäre wieder allein? Vielleicht brauchte sie Lachs dann wie bisher, um sie zu halten, so daß sie nicht in den dunklen Himmel emporfliegen und sich in der unendlichen Leere zwischen Erde und Sternen verlieren müßte.

»Ich bin müde«, sagte sie leise. »Mir scheint, die Menschen, deren Geschichten ich erzählt habe, haben einen Teil meines Geistes genommen, so daß nur noch genug übrig ist, um mich in Träume zu geleiten.«

Lachs blickte verwundert drein, doch Aqamdax gab keine weitere Erklärung. Wie konnte sie? Die Geschichten erfüllten sie nicht nur, sondern sie zogen ihre Seele an Orte, wo sie noch nie gewesen war. Es käme ihr wie Betrug vor, einen Mann, der nicht Ehemann war, in ihren Schlafplatz mitzunehmen. Zumindest heute abend empfand sie es so. Morgen, wer konnte das sagen?

Lachs ging, und es gingen die anderen Männer, die hörten, was sie zu ihm sagte. Nach dem Geschichtenerzählen wollten viele das Lager mit ihr teilen, einige, die noch nie zu ihr gekommen waren, andere, die selten kamen. Schließlich waren die letzten Männer gegangen, und in der Behausung waren nur noch Qung und Aqamdax.

Die alte Frau lächelte. »Du hast es gut gemacht«, sagte sie.

Aqamdax, nicht an Lob gewöhnt, senkte den Kopf, unsicher, wie sie antworten sollte.

Qung wies mit der Hand auf das leere *ulax*. »Keine Männer heute abend?« fragte sie.

»Nicht heute abend.«

Qung hob die Augenbrauen. Aqamdax zuckte die Achseln, und Qung wandte sich ihrem Schlafplatz zu. Sie murmelte, aber dann sagte sie lauter: »Vielleicht haben die Frauen des obersten Jägers nicht gelogen, vielleicht haben sie wirklich geträumt.«

Aqamdax stand einen Augenblick in dem leeren *ulax*, stellte sich vor, die Menschen wären noch da. Mit ihrer Stimme und ihren Worten hatte sie sie aus diesem *ulax* an Orte geführt, wo niemand von ihnen je gewesen war. Sie hatte sie zu Kriegern und Ältesten, Kindern und Händlern gemacht. Sie waren Waljäger geworden und Walroßmenschen, sogar weit entfernt lebende Flußmenschen. Sie hatte das vollbracht.

Sie schüttelte ungläubig den Kopf. Allein mit den Worten aus ihrem Mund hatte sie das vollbracht.

Das Dorf der Walroßjäger

Die Menschen aus dem Dorf der Walroßjäger erzählten die Nacht hindurch Geschichten, harrten aus, bis die Sonne am Morgen ihr Gesicht zeigte. Dann aßen sie wieder, feierten das Licht. Sok und Chakliux sahen zu, als die Walroßmenschen sich getrockneten Fisch und Walroßfleisch von den gewebten Matten nahmen, die neben den Kochstellen im Freien ausgelegt waren.

Sok und Chakliux aßen nicht, bevor alle Dorfältesten und Jäger bedient waren, als aber die Jungen ihre Schalen brachten, gingen auch Chakliux und Sok. Eine alte Frau kam mit einer Schöpfkelle aus Knochen zu ihnen und füllte Soks Schale. Er brummte, dann nahm er mehrere Stücke getrockneten Fisch, legte sie über die Schale, damit der von der Brühe aufsteigende Dampf das Fleisch weich machte.

Chakliux wartete, da er annahm, daß die Frau auch ihm Brühe bringen würde, doch sie zog ihn mit sich zu einem Kochbeutel, als wäre er ein Kind. Sie war eine winzig kleine Frau, die Haut dunkel vom Alter, doch ihre Augen waren hell, und sie war schlank und hielt sich aufrecht wie ein junges Mädchen.

»Schon bevor du kamst, habe ich Geschichten von dir gehört«, sagte sie, und Chakliux war erstaunt, daß sie in der Flußsprache redete. Ihre Worte waren deutlich, aber an der stockenden Art zu sprechen erkannte man, daß sie gewohnt war, in der Zunge der Walroßmenschen zu sprechen.

»Du sprichst meine Sprache«, sagte Chakliux.

»Und was ist daran so schwierig?« fragte sie. »Sogar kleine

Kinder können die Flußsprache, nicht wahr?« Sie lachte, und Chakliux lachte mit ihr.

»Ich werde Tutaqagiisix genannt.«

Er versuchte den Namen zu wiederholen, doch die Laute rollten sich in seiner Kehle zu einer Kugel und kamen falsch heraus.

Wieder lachte sie. »Die Kinder nennen mich Tut. Ich bin vom Volk der Ersten Menschen, wurde vor langer Zeit als Frau für einen Walroßjäger in dieses Dorf gebracht. Ich habe meinen Erste-Menschen-Namen behalten, obwohl mein Mann nicht froh darüber war. Er ist ein Zeichen der Gabe, die mir als Kind gegeben wurde. Ich lerne Sprachen leicht. Ich höre die Laute und verstehe bald. Tutaqagiisix bedeutet Gehör.«

Sie tauchte ihre Kelle tief in einen Kochbeutel, brachte sie voll mit Fleisch und kleinen Knochen heraus. »Robbenflossenknochen«, sagte sie, immer noch in der Flußsprache. »Sie legen sich in meine Kelle, um mich zu erinnern, was ich zu dir sagen muß.« Sie nahm einen der vom Kochen weichen Knochen aus der Kelle. Sie biß ein Stück ab und lutschte. Öl und Brühe tropften auf ihr Kinn, und sie wischte sich mit dem Handrücken über den Mund, dann gab sie das Fleisch und die anderen Knochen von ihrer Kelle in Chakliux' Schale.

»Auch du hast eine Gabe.« Sie blickte auf seine Stiefel aus Karibuhaut hinunter. »*Dzuuggi*, Tier-Gabe.«

Chakliux staunte über ihre Worte. Er und Sok hatten wenig von seiner Vergangenheit erzählt. Sie waren nur Jäger, die tauschten, versuchten, einen Brautpreis für eine Frau zusammenzutragen, versuchten, starke Hunde für das Flußvolk zu erhalten.

Als könne sie seine Gedanken hören, sagte die alte Frau: »Merke dir meinen Namen. Ich höre viel. Du bist Otter, sagt man.«

»Manche sagen, ich bin Otter. Manche sagen, ich bin es nicht.«

»Was sagst du?«

Chakliux sah fort von der Frau. Wo war Sok? Warum war er allein mit dieser alten Frau und ihren vielen Fragen?

Sie sah zu ihm auf wie ein Kind, wartete auf seine Antwort, doch was konnte er sagen, wenn er selbst nicht wußte, was er war? *Dzuuggi* ja, aber Otter? Tier-Gabe?

»Ich bin *Dzuuggi*, erzogen zum Geschichtenerzähler und um die vielen Bräuche unseres Volkes zu wissen, die Erinnerung an Kriege, harte Winter und gute Jagden.«

Tut hob den Knochen abermals an ihren Mund, lutschte, dann sah sie Chakliux aus den Augenwinkeln an. »Und Tier-Gabe?«

»Wenn ich Tier-Gabe bin, bin ich Otter«, sagte Chakliux schließlich. »Mehr als das weiß ich nicht. Die mich fand, sagte mir, ich bin Tier-Gabe. Manchmal glaube ich, daß es wahr ist. Dann wieder glaube ich es nicht.«

»Deine Worte sind aufrichtig, so wie es die Worte eines *Dzuuggi* sein müssen«, sagte die alte Frau. »Es heißt, du hast einen Otterfuß. Zeige ihn mir.«

Ihr Wunsch überraschte ihn, doch er tat, worum sie gebeten hatte, zeigte zuerst die drei zusammengewachsenen Zehen seines rechten Fußes, dann den verbogenen und gekrümmten Otterfuß. Sie beugte sich vor, stieß gegen den Fuß, dann sagte sie: »Du bist Otter.«

Die Worte taten Chakliux wohl wie warmer Regen, vertrieben jeden Zweifel. Dann besann er sich, daß sie nur eine alte Frau war. Was wußte sie? Doch eine kleine Stimme kam zu ihm, als ob Gguzaakk spräche: Warum zweifeln? Tutaqagiisix wurde auch eine Gabe gegeben. Wer ist fähiger, dasselbe bei jemand anderem zu erkennen?

»Also«, fuhr Tut fort, »wo baust du dein *iqyax*?« Sie reichte Chakliux seine Schale, und als seien sie Bruder und Schwester, die, von derselben Mutter geboren, ihre Nahrung teilten, griff sie hinein und zog noch einen Robbenflossenknochen heraus.

»Auf der windgeschützten Seite des Walroßfelsens«, antwortete Chakliux, »jenseits der Hochwassermarke.«

»Komme morgen in mein Zelt, am frühen Morgen. Du kannst die Walroßhaut tragen. Sie ist schwer für eine alte Frau wie mich.«

Und wie der Bruder der Schwester, bot Chakliux ihr noch einmal seine Schale an.

20

Chakliux brachte sein *iqyax* schräg in die Wellen und drehte seinen Oberkörper, um seinem Paddel mehr Stoßkraft zu verleihen, den Bug vorwärts zu treiben, den Wassergeistern Widerstand zu leisten, die sein *iqyax* zurück an Land wälzen wollten.

Seine Arme waren kräftig, abgehärtet während der vier Monde, die er nun bei den Walroßjägern war, und er hatte sein eigenes *iqyax*; Tuts feine Stiche verbanden die Bespannung aus Walroßhäuten zu einem einzigen Teil – wie die Haut eines Tieres. Sie hatte auch eine Abdeckung für das Einstiegsloch gemacht und seinen *chigdax*, einen wasserdichten Parka, aus Streifen von Seelöwendärmen gefertigt, mit Zugbändern an Handgelenken und Kapuze. Sie hatte dies alles als Geschenk gegeben, seinen Einwänden mit ihren eigenen begegnend: Wen hatte sie, um für ihn zu nähen, nun, da sie Witwe war? Was sollte sie mit ihren Tagen anfangen? Bei den alten Weibern sitzen und murren?

Das *iqyax* bewegte sich auf den Wellen wie ein Otter. Durch die Sehnenverstärkungen an allen Verbindungen konnte es sich dehnen und biegen, wenn Chakliux über die Dünungen paddelte. Er gebrauchte seinen Körper und seine Beine in dem hölzernen Rahmen, als wäre das *iqyax* Haut und Skelett – und er seine Muskeln.

Alter Stoßzahn hatte Robbenblasen ausgebracht, jede mit Luft aufgeblasen und an die nächste gebunden, jede mit Steinballast beschwert an einer langen Halteleine aus Tang, damit sie nicht in den Wellen verlorengingen. An jedem Ende der Halteleine hatte Alter Stoßzahn Schwimmer aus Robbenhaut befestigt.

»Du zuerst!« rief Alter Stoßzahn.

Chakliux zog an der Leine, die seinen Speerwerfer vom Deck des *iqyax* löste. Er paßte eine Harpune in seinen Werfer und hob den Arm, holte aus, die Hand fest auf dem Werfer, die Finger leicht auf dem Harpunenschaft, um ihn an Ort und Stelle zu halten. Er mußte genau in die Mitte des Zieles treffen, sonst würde die Harpune an der Blase abrutschen. Er warf, und seine Harpune traf; die Blase zerplatzte. Die Halteleine sackte unter dem Gewicht des Ballaststeines, nun nicht mehr von Luft aufgetrieben, nach unten und zog die benachbarten Blasen dichter zusammen.

Alter Stoßzahn warf seine Harpune. Auch sie traf. Chakliux erhob seine Stimme zum Lob, doch Alter Stoßzahn rief: »Du bist zu laut, Bruder. Denke daran, wo ein Tier ist, könnten viele sein. Versuche es noch einmal.«

Chakliux rollte seine Harpune ein, paßte sie in den Speerwerfer und warf abermals. Diesmal verfehlte er sein Ziel, die Harpune stieß die Blase lediglich seitwärts. Alter Stoßzahn warf wieder, traf wieder.

»Sieh, was geschieht, wenn du zu laut bist, Bruder«, rief er. »Die Tiere verlassen dich.«

Chakliux nahm den Tadel gut gelaunt hin. Alter Stoßzahn hatte recht. Seetiere zu jagen war etwas ganz anderes, als Karibus oder Bären zu erlegen. Er rollte seine Harpune ein und warf. Er traf die Blase, und bevor er die Waffe einholte, nahm er eine andere Harpune vom Deck des *iqyax* und warf. Wieder traf er sein Ziel.

Diesmal war es Alter Stoßzahn, der seine Stimme zum Lob erhob, und Chakliux konnte das Lächeln nicht von seinen Lippen zurückhalten. Er begann, seine Harpunen einzurollen. Neben den Robbenhäuten trieben noch zwei Handvoll Blasen. Chakliux und Alter Stoßzahn zielten nur auf die Blasen, damit die Hauptleine nicht sank und Schwimmer, Halteleinen und Steingewichte mit in die Tiefe zog. Er band eine Harpune an sein *iqyax* und paßte die andere in seinen Werfer. Er hob den Arm, dann sah er, daß Alter Stoßzahn seinen Werfer gerade in die Luft erhoben hatte.

Wie alle Walroßmänner hatte Alter Stoßzahn seinen Werfer an der Oberseite schwarz, an der Unterseite rot bemalt. Wenn er die rote Seite nach oben und auf Chakliux gerichtet hielt, bedeutete es, daß seine Harpune ihr Ziel getroffen hatte. Diesmal war die schwarze Seite oben, ein Zeichen, daß er ein Tier gesichtet hatte. Hatte er eine Robbe oder einen Otter gesehen, trotz des Lärms, den sie beim Üben machten?

Alter Stoßzahn wies mit seinem Werfer nach Westen zum Horizont, und Chakliux sah sie. *Iqyan*, drei, vielleicht vier. Rasch band er Harpune und Werfer an sein *iqyax* und ergriff sein Paddel, bereit, zum Dorf zurückzusteuern, doch Alter Stoßzahn rief: »Es sind Walroßmänner.«

Er paddelte auf die *iqyan* zu. Chakliux folgte ihm. Als sie näher kamen, konnte er die gelben und roten Zeichen sehen und erkannte, daß die Männer Händler waren. Er erinnerte sich an die Gruppe, die das Walroßdorf verlassen hatte, nicht lange nachdem er und Sok angekommen waren. Er hatte erfahren, daß sie hofften, mit Seejägern zu handeln.

Chakliux tauchte sein Paddel in die Wellen und stieß sich vorwärts, um Händler und *iqyan* zu sehen, die mit Seeottermenschen zusammengewesen waren. Vielleicht würde er eines Tages selbst zu jenen fernen Ufern reisen und lernen, was die Seejäger ihm beizubringen hatten.

Sok lächelte. Es war ein gezwungenes Lächeln, das seinen Zorn verdecken sollte. Was er zum Tausch anzubieten hatte, war mehr als genug für die Maske und den Schamanenbeutel. Yehl war ein alter Mann, der sich hinter der Macht seiner Gesänge und Arzneien verbarg. Seine Freuden kamen nicht mehr von Frauenkörpern oder der Anhäufung von Waren; jetzt fand er Gefallen daran, anderen vorzuenthalten, was er selbst nicht haben konnte.

Die Walroßmenschen betrachteten sich als ein starkes Volk. Aber wie lange würde diese Stärke anhalten mit einem Schamanen wie Yehl? Gewiß wußten die Geister, daß er schwach wurde. Die Bösen dort draußen würden bald beginnen, ihre üblen Streiche zu spielen. Würden die Seetiere sich weiterhin den Harpunen von Männern hingeben, deren Schamane keine Macht hatte?

Sok hatte vier Monde hier in diesem Dorf verschwendet, gewiß lange genug, um zu wissen, wie das Vetter-Fluß-Volk Rache suchen würde. Aber auch lange genug – mehr als lange genug – für ihn, um die Handelswaren anzusammeln, mit denen er Wolf-und-Rabe umstimmen wollte, damit er Schnee-im-Haar zur Frau bekäme.

Doch er war allzu eifrig gewesen und hatte Schneefalke törichterweise während der ersten Tage, die sie im Dorf verbrachten, im Tausch weggegeben. Chakliux hatte ihm geraten zu warten, doch Sok, der die angebotenen Waren sah, hatte nicht auf ihn gehört. Seither hatten er und Chakliux vieles von dem, was sie für den Hund erhalten hatten, gegen Nahrung, Obdach und Öl eintauschen müssen. Wie hatte er wissen können, daß die Dinge, die er einhandelte und die für Flußmenschen ungewöhnlich waren, hier in diesem Dorf alltäglich waren? Wie hatte er wissen können, daß er, wenn er diese Dinge bei den Walroßmenschen zurücktauschte, so wenig dafür bekommen würde?

Noch hatte er zwei Walroßstoßzähne und mehrere Obsidianspeerspitzen. Gewiß würde Wolf-und-Rabe einen Wert in diesen Dingen sehen, aber vermutlich war es nicht genug als Brautpreis für Schnee-im-Haar.

Yehl rührte sich auf den Fellmatten, wo er saß, stand auf

und griff nach seinem Parka aus Karibuhaut, auch dieser ein Gegenstand, den Sok ihm im Tausch gegeben hatte. Sok stand auf, noch nicht gewöhnt an die grobe Art der Walroßmenschen. Welcher Mann läßt einen Gast allein, der ihn besucht? Die ruhige Stimme von Chakliux kam in seine Ohren: Jedes Dorf hat seine eigene Art.

Und so fragte sich Sok, wie er darauf eingehen sollte. Schließlich stand auch er auf, zog die Kapuze seines Parkas um sein Gesicht, und als Yehl die Behausung verließ, folge ihm Sok. Seine Augen hatten sich noch nicht an die Sonne gewöhnt, als Chakliux zu ihm gelaufen kam, seinen Arm ergriff, als seien sie Kinder, und so schnell plapperte, daß Sok nicht verstand, was er sagte.

Sok riß seinen Arm fort. »Was ist geschehen?« fragte er, seine Stimme rauh und tief.

»Die Walroßhändler sind zurück.«

Sok sah seinen Bruder an. Seine Augen strahlten, sein Gesicht war rot und schälte sich nach den langen Tagen, die er in dem *iqyax* verbracht hatte. Vielleicht war es für Sok an der Zeit, dieses Dorf zu verlassen. Es schien, daß Chakliux mit Freuden bleiben würde. Er hatte sogar viele Walroßworte gelernt. Soks Gespräche waren auf einen von Yehls Söhnen beschränkt, einen Mann, der die Flußsprache sprach, wenn auch schlecht und stotternd, und auf die alte Frau namens Tut.

Wenigstens war Kleine Ohren da. Sie kannte nur wenige Worte der Flußsprache, aber was mußte er schon sagen, wenn er bei ihr war?

»Sie haben Seejägersachen: Otterhäute, Obsidian, Graskörbe, Muschelperlen, Robbenflossenstiefel ...«

Chakliux setzte seine Aufzählung fort, bis Soks Zorn sich so weit gelegt hatte, daß er erkannte, was sein Bruder vorschlug: Sie sollten diese Dinge selbst einhandeln. Warum nicht? Etwas, das an den fernen Ufern des Seejägervolkes eingetauscht wurde, sollte Wolf-und-Rabe mehr wert sein als bloße Walroßwaren. Er schlug Chakliux auf die Schulter. Sein Bruder trug noch den knielangen Parka aus Därmen, den Jäger benutzten, um trocken zu bleiben, wenn sie in ihren *iqyan* waren.

»Du hast heute geübt?« fragte er Chakliux.

»Zu schade, daß die Blasen keine Robben waren«, antwortete Chakliux.

Sok lachte. Sie bahnten sich einen Weg durch die Menge der Kinder und Frauen zu der Gruppe Walroßmänner, welche die Tauschhändler umringten.

Die Händler zogen Packen aus Bug und Heck ihrer *iqyan*. Mehrere Älteste hatten schon Packen geöffnet, hatten faustgroße Obsidianklumpen, geflochtene Tangseile, Päckchen mit Perlen, Walzähne und Fischhaken herausgenommen. Ein paar Kindern war es gelungen, zu den *iqyan* zu kriechen und einen Seelöwenmagen mit getrocknetem Fisch zu öffnen. Sie rannten lachend davon, Fischbrocken mit beiden Händen umklammernd, als einer der Jäger sie fortscheuchte.

Chakliux bemerkte mehrere ganze Robbenhäute, die Innenseite nach außen gestülpt, Stummel, wo die Vorderflossen gewesen waren, die Häute straff und vom Inhalt geschwollen.

»Öl«, sagte Tut, die kam und sich neben ihn stellte. »Sie machen es wie wir, wenden die ganze Haut, mit Haaren und allem, und geben die Fettstreifen hinein, um sie von selbst schmelzen zu lassen.«

»Ich mag die Haare nicht«, sagte Chakliux.

Tut zuckte die Achseln. »Guter Geschmack«, sagte sie. »Sie werden auch in Gruben oder Kochbeuteln geschmolzen, aber das dauert lange Zeit. Es ist besser für eine Frau, den *chigdax* für ihren Mann zu nähen, als Öl zu hüten.«

Sok faßte Chakliux' Arm, wies mit dem Kinn. Einer der Händler hielt einen Parka aus zusammengesetzten Vogelhäuten. Im Sonnenlicht glänzten die schwarzen Federn wie Obsidian. Er war verziert mit einer Stickerei aus Haarbändern mit Streifen, die mit schillernden Muschelperlen behängt waren.

»Was denkst du?« fragte er. »Ob Wolf-und-Rabe so einen möchte?«

»Welcher Mann möchte ihn nicht?« erwiderte Chakliux.

»Glaube nicht, daß du ihn bekommst«, sagte Tut. »Die Walroßmenschen trennen sich nicht leicht von solchen Handelswaren.«

Der Zorn über seine Enttäuschung mit Yehl und seine Machtlosigkeit, die er empfand, seit er bei diesen Walroßjägern lebte, schliffen Soks Worte scharf, und er fuhr sie an: »Was weißt du, altes Weib?« Er drehte sich um, so daß sie die Sonne sehen konnte, die Rotes Blatt auf den Rücken seines Parkas aufgesetzt hatte. »Auch nicht hierfür?«

»Ich habe Männer Gutes über diesen Parka sagen hören. Du hättest mehr mitbringen sollen.«

Er hatte sich dasselbe viele Male gesagt, aber wer konnte glauben, daß etwas von einer Frau Gemachtes für diese Walroßjäger mehr Wert haben würde als Waffen oder Nahrung?

Er drehte sich zu Tut um. »Sage diesen Männern, sie sollen nicht zu viele Dinge weggeben. Sage ihnen, dieser Flußjäger hat viel zu bieten.«

»Ich werde es ihnen sagen«, erwiderte Tut, »aber erwarte nicht, daß sie leicht hergeben, was sie in vielen Monden auf beschwerlichen Reisen erhandelt haben.«

Er hatte den Namen Yehl, Adler, angenommen, als er jung und stark war, noch nicht so mächtig in Schamanenwegen, wie er es werden würde, aber, anders als viele Schamanen, ein begabter Jäger, imstande, sowohl Land- als auch Seetiere zu erlegen. Jetzt waren seine Arme die dünnen, knochigen Arme eines alten Mannes, seine Stimme, einst laut genug, um Gesänge über das ganze Dorf zu tragen, war schwach, und schwach waren seine Augen.

Jemand kratzte an der Seite seines Zeltes, und Yehl stieß sich hoch.

»Ich bin hier«, rief er nach draußen.

Er erkannte die große, kantige Hand, als sie hereingriff, um die Türklappe aus Walroßhaut beiseite zu schieben. Sonnenschläger. Seine Mutter behauptete, er sei Yehls Sohn. Wer konnte das sicher sagen? Die Frau war nie eine von seinen Frauen gewesen. Sie war keine Frau, der man trauen konnte, und Yehl hatte ihre Behauptung nie ganz geglaubt.

Yehl behandelte den Jungen gut, nahm ihn mit auf Jagdausflüge mit den Söhnen seiner Schwestern, gab der Mutter von Sonnenschläger Fleisch und Öl, wenn sie keinen Mann hatte, doch die wichtigen Dinge – Gesänge und Lieder, Waffen und Amulette – bewahrte er für die Söhne seiner Frauen auf.

»Vater«, sagte Sonnenschläger, noch bevor Yehl zu den weichen Fellen zurückkehren konnte, wo er gesessen hatte, »ich bin gekommen, um dir von meiner Erscheinung zu erzählen.«

Yehl seufzte. Er war kein Dummkopf. Er wußte, daß Sonnenschläger der nächste Schamane werden wollte, und wie konnte Yehl seinen Anspruch in Abrede stellen? Keiner von seinen richtigen Söhnen wollte seinem Vater folgen, auch nicht die Söhne seiner Schwestern. Sie waren damit zufrieden, Jäger zu sein. Doch Sonnenschläger war kein geduldiger Mann. Er wollte, daß Yehl ihn rasch unterwies, so daß er Mächte sein eigen nennen könnte, die er nicht erlernt hatte. Er war seiner Mutter zu ähnlich. Er wollte dies, dann jenes, war nie lange zufrieden mit dem, was er hatte.

»Es ist Essen im Kochbeutel«, sagte Yehl und wies zur Türklappe; unmittelbar davor im Freien war ein dreibeiniges Gestell.

Sonnenschläger schüttelte den Kopf, hockte sich hin. »Ich schlief und schlief doch nicht, sah und sah doch nicht«, sagte er, Worte, die Yehl vor langer Zeit zu ihm gesprochen hatte, als er ihm einen seiner Träume erklärte. »Eine Frau kam zu mir. Ihre Stimme war die Stimme eines Otters, und wenn sie sprach, war es wie der Wind, der die Geheimnisse mitteilt, die er von der Erde erfahren hat.«

Die Augen des jungen Mannes leuchteten, und Yehl glaubte ihm ausnahmsweise. Er *hatte* einen Traum gehabt. Yehl wußte, wann jemand log. Doch ein Traum konnte vieles bedeuten – vielleicht nur, daß jemand sich fürchtete oder etwas wünschte. Vielleicht nur, daß der Geist sein eigenes Leben lebte, während der Körper ruhte.

»Diese Frau«, fragte Yehl, »wer ist sie?«

Sonnenschläger schüttelte den Kopf. »Deswegen bin ich zu dir gekommen. Vielleicht weißt du es.«

»Du erinnerst dich, wie sie aussah?«

»Jung, ein rundes Gesicht wie ein Otter. Ein großer Mund, und sie trug einen Parka aus Vogelhäuten, ganz ähnlich wie der, den die Händler aus dem Dorf der Ersten Menschen mitgebracht haben.«

»Hast du das geträumt, bevor du den Parka gesehen hast oder danach?« fragte Yehl.

»Davor. Letzte Nacht, bevor die Händler zurückkehrten.«

Yehl zog die Augenbrauen hoch. Dann war der Traum nicht gekommen, weil Sonnenschläger den Parka haben wollte. Vielleicht war er gekommen, weil er eine Frau brauchte. »Deine Frau, ist sie in der Zeit der Mondblutung?«

Sonnenschläger runzelte die Stirn. »Nein.«

»Wann hast du zuletzt ihren Schlafplatz besucht?«

»Letzte Nacht«, antwortete Sonnenschläger.

Yehl schloß die Augen, blieb kurz so sitzen, dann sagte er zu Sonnenschläger: »Dann wird dieser Traum etwas zu bedeuten haben. Da sie einen Parka aus Vogelhäuten trug, ist diese Frau vielleicht von den Ersten Menschen. Vielleicht sollten wir hingehen und mit unseren Händlern sprechen, sehen, ob sie dort eine solche Frau gefunden haben. Wenn sie eine besondere Macht hat ...« Er blickte Sonnenschläger an, dann sah er fort. In seinem hohen Alter sprach er manchmal zu schnell, sagte zuviel. Was, wenn diese Frau Geisterkräfte hatte? Wenn er sie als Frau haben könnte, würde ihre Stärke vielleicht seine Schwäche ausgleichen. »Du sagst, sie hatte einen großen Mund?« fragte er.

»Zu groß. Ihr Gesicht war schön, bis auf diesen Mund.«

Yehl zog einen Parka an und winkte Sonnenschläger, ihm aus dem Zelt zu folgen.

»Vielleicht sollte ich essen«, sagte Sonnenschläger und blickte in den Kochbeutel, als sie gingen.

»Es wird hier sein, wenn wir zurückkommen«, sagte Yehl. »Die Händler werden sich bald auf ihre Frauen besinnen und ihre Türklappen vor uns allen verschließen. Dann wird nicht einmal ein Schamane willkommen sein.« Er lachte, und Sonnenschläger stimmte in sein Lachen ein.

Chakliux ging mit Sok zu den Zelten der Händler. Tut hatte erklärt, daß die Händler Brüder waren, vier an der Zahl, und sich im Winterdorf eine Behausung teilten. In diesem Sommerort nahe dem Nordmeer stellten sie ihre Zelte dicht nebeneinander auf. Sie sollten in das Zelt des ältesten Bruders gehen, hatte Tut ihnen gesagt. Er besorgte die meisten Tauschgeschäfte. Tut hatte Sok empfohlen, andere Waren mitzubringen, Dinge, für die das Flußvolk bekannt war – Körbe aus Rinde und Fischhaut, Karibugamaschen, mit Stacheln von Stachelschweinen verziert, und die warmen Hasenfelldecken, die ihre Frauen machten. Aber Sok hatte über Tuts Ratschläge gelacht.

»Sie sieht Wert in diesen Dingen, weil sie eine Frau ist«, sagte er zu Chakliux. »Was wird ein Walroßjäger geben für einen Korb, der nicht mehr an Macht enthält als das, was eine Frau hineingetan hat?«

Statt dessen hatte er Fallen und Haken für die Flußfischerei mitgenommen, Schneebrillen und Schneeschuhe, Messer aus Hornstein und Speerköpfe mit einer Knochenunterseite, eingekerbt, um dünne Steinklingen zu halten, keine länger als der kleine Finger eines Mannes, halb so dick wie das Ende des Kiels einer Adlerfeder. Er trug den Parka, wie Tut ihm geraten hatte, und er nahm eine Hasenfelldecke mit.

»Sie versteht nichts vom Handeln«, sagte Sok. »Welche Frau tut das schon?«

»Die meisten nicht, wenigstens nicht beim Flußvolk«, sagte Chakliux, »aber vielleicht hier …«

»Du hast es mir gesagt«, unterbrach Sok. »Jedes Dorf hat seine eigenen Wege.«

Chakliux senkte den Kopf und versuchte nicht, sich mit seinem Bruder zu streiten. Manchmal machten Worte die Dinge nur schwieriger.

Es waren fast so viele Menschen um die Sommerbehausungen der Händler versammelt, wie dagewesen waren, als sie ihre *iqyan* an Land brachten. So viele Frauen wie Männer, bemerkte Chakliux, und die Frauen erhoben oft ihre Stimmen, machten Angebote für die eine oder andere Ware. Sok bahnte sich einen Weg durch die Menge dorthin, wo ein Händler mit einem Mann um eine Harpune mit Knochenspitze handelte. Anders als die Harpunen der Walroßjäger hatte die Spitze die meisten ihrer Widerhaken auf einer Seite. Der Händler hielt die Harpune in die Höhe, wickelte die Sehne auf, welche die Harpunenspitze unsichtbar mit einem Vorderschaft aus Knochen verband, und zeigte den kleinen abgeschrägten Elfenbeinzapfen, der in einen in den Vorderschaft geritzten Schlitz gesteckt war.

»Wie Mann in Frau«, scherzte der Jäger.

»Ja«, erwiderte der Händler, »und wie Mann in Frau, so wirksam ist sie. Mit dieser Harpune wirst du keine Robbe und keinen Seelöwen verfehlen.«

»Zu klein für Walrosse«, sagte der Jäger.

»Sie jagen keine Walrosse, die Ersten Menschen.«

»Warum brauche ich dann diesen kleinen Speer, der nur für

Robben taugt? Vielleicht ist es dumm von mir, ihn anzusehen.«

»Sie jagen auch Wale«, sagte Chakliux leise in der Walroßsprache. Er hörte Tut zischen. Ah, er hatte vermutlich ein Tabu verletzt.

Der Jäger drehte sich um, sah Chakliux mit verächtlich hochgezogener Oberlippe an, doch der Händler lachte und hob eine Hand wie zum Gruß.

»Da siehst du, Freund«, sagte der Händler zu dem Jäger. »Sogar das Flußvolk weiß, daß die Ersten Menschen Wale jagen.«

»Damit?« fragte der Jäger und wies auf die Harpune.

Der Händler sah Chakliux an, hob die Augenbrauen.

»Nein«, sagte Chakliux. »Aber ich kenne Geschichten, die von Seejägern erzählen, die Wale erlegen.«

»Nun also«, sagte der Händler, »dieselben Hände machen Wal- und Robbenharpunen. Siehst du nicht die Macht darin?«

Ein anderer Jäger trat vor. »Wenn er sie nicht sieht, dann ich«, sagte er.

Der erste Jäger ergriff die Harpune und wies mit dem Kinn auf ein Sommerzelt, das auf der seewärts gelegenen Seite des Dorfes aufgeschlagen war. »Ich will geben, was du verlangst. Zwei Robbenhäute mit Öl. Zwei Walroßharpunen. Meine Tochter ist dort in dem Zelt. Sie wird dir einen Korb aus Weidenwurzeln machen.« Er drehte sich fort von dem Händler, warf Chakliux einen verächtlichen Blick zu und ging.

»Nun also, Flußmann«, sagte der Händler zu Chakliux, »du bist der nächste. Was ist es, was du eintauschen willst?«

Chakliux legte seine Hand auf Soks Schulter. »Mein Bruder ist es, der zum Tauschen gekommen ist«, sagte er.

Sok trat vor, dann beugte er sich zu Chakliux, um ihm zuzuflüstern: »Hilf mir nicht beim Tauschen. Berichte mir nur, was sie sagen. Ich brauche nicht in die Fußstapfen des letzten Jägers zu treten.«

»Mein Mund ist verschlossen«, sagte Chakliux, konnte aber ein Lächeln nicht von seinen Lippen zurückhalten.

Tut rückte nahe an Chakliux heran, und als der Händler zu sprechen begann, übersetzte sie die feineren Bedeutungen seiner Worte, jene Dinge, die Chakliux noch nicht erfassen konnte.

»Er fragt, was du willst«, sagte Chakliux zu Sok.

Sok wies mit dem Kinn auf den Parka aus Vogelhäuten. Ein erstauntes Summen kam von der Menschenmenge, und der Händler erhob die Stimme zu schallendem Gelächter. Er stieß eine Reihe Worte hervor, zu geschwind, als daß Chakliux ihm folgen konnte.

»Er sagt, dein Bruder muß ein begabter Jäger sein, um genug Felle und Fleisch für den *sax* anbieten zu können«, sagte Tut.

»Den was?«

»*Sax*, ein Wort der Ersten Menschen. *Sax*. Es bedeutet Parka.« Tut hielt inne. »Es bedeutet soviel wie Parka. Das Kleidungsstück, das du dort liegen siehst, das ist ein *sax*.«

Sok wandte sich wieder an Chakliux. »Sage ihm, daß ich Gleiches für Gleiches tauschen will. Diesen schönen Parka, den ich trage, gegen jenen Parka aus Vogelhäuten. Sage ihm, dieser Parka, den ich habe, ist aus Karibu und Wolf, Fuchs und Wiesel und viel mächtiger als einer aus Vogelhäuten. Und auch wärmer.«

»Biete zunächst weniger«, sagte Tut zu Sok.

»Alte Frau«, sagte Sok, »überlasse das Handeln den Männern.«

Tut hob den Kopf und zog die Schultern hoch. »Gleiches für Gleiches«, sagte sie in der Flußsprache, dann wiederholte sie die Worte in der Walroßsprache.

Sok drehte sich um, sprach dieselben Worte zu dem Händler. Wieder lachte der Händler.

»Und was hast du, was gleich ist?« fragte er.

Chakliux übersetzte seine Worte, und Sok streckte die Arme

aus, drehte sich, so daß der Händler das Sonnenmuster auf dem Rücken seines Parkas sehen konnte.

»Der ist etwas wert«, sagte der Händler. »Aber welche Frau versteht nicht, Karibuparkas zu nähen? Vogelhäute jedoch, das ist etwas anderes. Sind hier Frauen, die Vogelhäute verarbeiten können?«

Sok drehte sich zu Chakliux um, hob fragend die Augenbrauen, um zu erfahren, was gesprochen wurde.

»Geh«, sagte Tut zu Sok. »Du hast schon verloren. Geh. Du hast nichts, was er nehmen wird.«

Sok spuckte auf die Erde. »Erzähle mir nicht, was ich zu tun habe, Frau«, sagte er, dann wandte er sich wieder dem Händler zu, hielt die Hasenfelldecke hoch, die er über einen Arm geworfen hatte.

Der Händler schüttelte den Kopf.

»Was ist das Wort für Speerspitzen?« fragte Sok Chakliux, ohne sich zu ihm umzudrehen. »Für Schneebrillen, für Fischfallen?«

Tut nannte ihm die Worte, und Sok wiederholte sie gegenüber dem Händler.

Wieder schüttelte der Händler den Kopf.

»Dein Bruder, er versteht nicht zu handeln«, flüsterte Tut Chakliux zu. »Er hat nichts anderes?«

»Nichts.«

»Ich habe Graskörbe, Gamaschen, ein wenig Öl.«

»Er braucht den *sax* nicht, Tut. Gib deine Sachen nicht her, um seine Wünsche zu befriedigen. Er ist kein Kind. Überdies hat er bereits Ehre verloren bei diesem Austausch, in Gegenwart des ganzen Dorfes. Er würde deine Hilfe nicht würdigen.«

»Wie bist du, mit einem Bruder wie Sok, nur so klug geworden?« fragte Tut.

Chakliux lächelte sie an. »Auf Wegen, die ich niemand anderem wünschen würde«, sagte er.

Sok drehte sich um, schob sich durch die Menge. Er hatte den Weg zum Ufer eingeschlagen, als Sonnenschläger aus dem Zelt des Händlers kam und ihn anrief. Sok sah Sonnenschläger mit Staunen in den Augen an, dann kehrte er um, nahm abermals den Weg durch die Menge und flüsterte Chakliux im Vorbeigehen zu: »Warte auf mich.«

»Hüte dich vor dem«, sagte Tut zu Sok. »Er will mehr, als ihm zusteht.«

»Ich bin kein Kind, Frau«, sagte Sok und schob sich an ihr vorbei.

Tut sah ihn gehen, dann drehte sie sich zu Chakliux um. Sie sagte nichts, aber Chakliux erkannte, daß ihr Blick finster war vor Sorge, und einen Augenblick fühlte er sich wie früher bei Gguzaakk, Klugheit erlangend durch ihre Klugheit.

21

Das Dorf der Ersten Menschen

Aqamdax schnitt Raigras ab, hielt die sechsblättrigen Halme in der linken Hand, während sie mit der rechten schnitt. Das junge Gras wuchs aus den bleichen Überbleibseln des Grases vom letzten Sommer, als wäre jede Erhebung eine Familie, deren Eltern und Großeltern die neuen grünen Wedel der Sonne entgegenschoben. Sie legte den Halm zu dem größer werdenden Bündel zu ihren Füßen. Qung sagte, das Gras auf diesem Hügel wäre das beste für Körbe. Es war nicht so rauh wie das Raigras in Ufernähe, wuchs zwischen den Farnen, und es war, als versuchte es, ihre spitz zulaufenden Wedel nachzuahmen, streckte sich hoch und anmutig, bis seine äußeren Halme länger waren als die Arme einer Frau.

Die Lachse wanderten in dem Fluß, der ihrem Dorf am nächsten war, und alle Frauen hatten damit zu tun, zu putzen und zu trocknen, was die Männer mitbrachten, doch Qung war eine Korbflechterin und bestand darauf, daß Aqamdax sich zu der Stelle begab, wo besonders gutes Gras wuchs. Aqamdax müsse jetzt gehen, wenn die Ährenköpfe gerade erst aus den Halmen lugten, bevor die frühen Stürme das Gras knickten, bevor Schnee und Eis die äußeren Halme abrissen und die blassen Mittelblätter spröde und scharf machten.

Aqamdax hatte mit ihr gestritten. Sie würden Körbe nicht essen können, wenn die harten Wintermonde kamen. Sie sollten besser Fisch trocknen und lagern statt Korbgras.

Andere würden Essen bringen, hatte Qung zu ihr gesagt. So war es immer, und Qungs Zuversicht hatte Aqamdax schließlich überzeugt. Und nun war sie hier, einen Vierteltagesweg vom Dorf entfernt, und schnitt Gras, statt Qung bei dem Fisch zu helfen.

Die Sonne hatte den Morgendunst fortgebrannt und schien ihr heiß auf den Kopf. Hin und wieder hob Aqamdax den Blick zu den Hügeln, wo Schneehuhngras und rotblühendes Afterkreuzkraut wuchsen, wo die rauhen Halme des wolligen Bärenklaus sich dunkel von den Gräsern abhoben, wo gelbe Kelchblüten und Scharlachblumen sich im Wind wiegten. Sie wußte, was die Dorffrauen sagen würden. Sie sei nicht nur eine Männerdiebin, sie sei auch faul, lasse eine alte Frau beim Fischefangen allein.

Hii! Sollten sie doch flüstern. Sie machte Qung Freude, und das war das wichtigste. Nie hatte sie eine Frau gekannt, die so eigen mit Korbgras war, aber sie hatte auch nie eine Frau gesehen, die Körbe machte wie Qung.

Qung spaltete das Gras zu feinen Strängen, wie es alle Frauen machten, doch anstatt das gespaltene Gras zu einer Rolle zu drehen und mit Stichen zu nähen, so eng, daß sie die Rolle bedeckten, die sich aufwärts windend zum Korb formte, band sie mehrere Grasstränge in der Mitte zusammen und fächerte sie auf wie ein *chuhnusix*-Blatt. Dann nahm sie zwei Grasstränge als Einschlag und wand sie zwischen den zusammengebundenen Strängen hindurch, schuf so ein Rund, das den Boden des Korbes ergab.

Dies konnte nicht gemacht werden ohne das richtige Gras, auf die richtige Weise getrocknet, hatte Qung zu Aqamdax gesagt und sie dann zum Sammeln geschickt. Dafür versprach sie, Aqamdax zwei Geschichten zu erzählen, alte, die die meisten Ersten Menschen nie gehört hatten. Aqamdax hatte Qung nicht gesagt, daß sie das Gras auch so für sie gesammelt hätte, ohne das Versprechen von Geschichten.

Natürlich würden die Dorffrauen, besonders die alten, reden, würden durchtriebene Worte benutzen, sie zu beschämen, dennoch kamen sie, um ihre Geschichten zu hören. Ja, sie würden lauschen und nicken, summend ihre Zustimmung bekunden oder sie auch unterbrechen, um ihr zu berichten, wie sie dieselbe Geschichte anders gehört hatten. Doch das war gut. Wie sonst lernte ein Mensch, wenn er nicht auf die Gedanken anderer hörte und dann entschied, was am besten war?

Im Sommer war selten Zeit für Geschichten, abgesehen von denen, die eine Großmutter oder Tante bei der Unterweisung erzählte, Geschichten, die Teil des Lebens eines jeden Kindes sind. Die Geschichtenabende, an denen sich die meisten Dorfbewohner in einem *ulax* versammelten, wurden für das lange Winterdunkel aufgehoben. Diesen Sommer war die Zahl der wandernden Lachse klein; nicht so klein, daß die Menschen hungern würden – Robben, Seelöwen und Heilbutt gab es reichlich –, doch einige waren besorgt, ob es an Flüchen und Zaubern liegen könne, vielleicht als Strafe für vergessene alte Wege.

Um dem Volk zu helfen, sich jener Wege zu erinnern, hatte Er-singt nun um Geschichtenabende gebeten. An diesem Abend und am nächsten und am übernächsten würden Qung und Aqamdax Geschichten erzählen. Sie würden reden, bis die Ältesten gewiß sein konnten, daß alle Dinge in ehrenhafter Weise getan wurden.

Während der letzten Tage hatte Aqamdax Lachse an Land gebracht, Gras geschnitten, genäht, geflochten, hatte sich selbst Geschichten wiederholt mit stummen Worten, die ihre Gedanken so leuchtend färbten wie Gräser und Blüten die Hügel.

Während sie die Geschichten übte, hielt sie manchmal inne, um Gebete emporzuschicken, und jedes Gebet war eine Bitte, das Volk möge nicht erkennen, daß die größte Veränderung im Dorf die neue Geschichtenerzählerin war, eine Frau, die Jäger in ihr Schlaflager genommen hatte, unbekümmert um Jagdtabus oder die Herzen ihrer Frauen.

Chakliux wechselte sein Paddel, drei Schläge links, dann drei Schläge rechts. Der Takt schien so natürlich wie das Atmen.

Als Alter Stoßzahn anfing, ihn zu unterweisen, war das *iqyax* fremd gewesen wie ein Mensch, den er nicht kannte, einer, dem man mit verschränkten Armen gegenübertrat, während die rechte Hand Kraft zog aus dem harten Knochenheft eines Ärmelmessers. Jetzt war das *iqyax* ihm so vertraut wie sein eigener Körper. Wenn er paddelte, war er wahrhaft Otter, das Meer war so sehr sein Heim wie irgendein grasbedeckter Hügel.

Er blickte zurück zu seinem Bruder Sok und fragte sich, ob er seine Vereinbarung mit Yehl, dem Schamanen des Walroßvolkes, bereute. Der Parka aus Vogelhäuten, eine Schamanenmaske, eine Trommel, eine Pfeife, ein Medizinbeutel und das *iqyax*, das Sok paddelte, waren mehr, als sie jemals für einen goldäugigen Hund bekommen hätten, doch dafür mußten sie die Geschichtenerzählerin der Ersten Menschen mitbringen. Wie konnten sie hoffen, das Dorf zu überreden, seine Geschichtenerzählerin aufzugeben, nur damit sie Frau eines alten Schamanen der Walroßjäger sein konnte? Selbst wenn sie sie überredeten, mit ihnen zu kommen, wer konnte sagen, ob Wolf-und-Rabe einverstanden wäre, seine Tochter als zweite Frau wegzugeben, selbst für all die Mächte von Federparka, Maske und Trommel?

Vier *iqyan* waren auf dieser Reise. Chakliux', Soks und jene, die zwei Walroßhändlern gehörten: Kormoran und Rote Feder. Tut begleitete sie; die alte Frau hatte einen letzten Besuch in ihrem eigenen Dorf erbeten, um zu bleiben oder auch nicht. Sie saß im *iqyax* von Kormoran, während Rote Feder die meisten Handelswaren mit sich führte, einen Brautpreis, um ihm dem Vater, den Brüdern oder Onkeln der Geschichtenerzählerin anzubieten. Chakliux, Kormoran und Rote Feder würden dafür Waren erhalten, daß sie Sok begleiteten, doch die größte Gabe für Chakliux war die Reise selbst, die Gelegenheit, ein Dorf der Ersten Menschen zu besuchen, jenen Jägern zu begegnen, die Brüder des Seeotters waren.

Obwohl Sok weniger in seinem *iqyax* trug als Chakliux, obwohl seine Arme und seine Brust größer waren als die der anderen Männer, blieb er ständig zurück. Manchmal konnte ihn Chakliux, wenn er sich nach ihm umdrehte, nicht mehr sehen. Dann wendete er sein *iqyax*, paddelte, bis er wußte, daß sein Bruder nicht verletzt oder gekentert war. Sok hatte nicht gelernt, seine Kraft einzusetzen, um das Paddeln zu unterstützen. Vielmehr kämpfte er mit dem Meer, benutzte sein Paddel wie einen Speer, der geworfen und herausgezogen werden mußte, als wäre jede Welle ein Feind, den er überwinden wollte. Sein Gesicht war rot und blasig vom Salz – mehr als das von Chakliux, mehr als das von Kormoran oder Rote Feder –, als würde das Meer seine Feindseligkeit spüren.

Nach tagelanger Reise waren sie in der Nähe des Dorfes der Ersten Menschen. Sie hatten ihre *iqyan* schon in den breiten Wasserlauf gelenkt, der zum Ufer der Händler führte. Hin und wieder hob Kormoran sein Paddel, um auf einen Fluß zu weisen oder auf einen Streifen Sand, wo die Ersten Menschen fischten oder jagten oder Sommerlager errichteten. Bald würden sie an dem Ort sein, den Chakliux immer zu sehen gehofft, zu besuchen erträumt hatte, und Sok würde beginnen, um seine Geschichtenerzählerin zu handeln.

Kälte kroch in Chakliux' Rückgrat, obgleich die Sommersonne den Wind erwärmte, der in den Wasserlauf blies. Sok war kein Händler. Er verstand sich nicht auf den feinen Gebrauch von Worten und Blicken. Vielleicht würde er auf Kormoran und Rote Feder hören. Vielleicht würde er zuhören und lernen, wie ein Mann bekommt, was er begehrt.

Qung hatte Aqamdax eingeschärft, das Gras vorsichtig zu tragen, es so zu halten, daß es quer über ihren ausgestreckten Armen lag. Sie war auf dem Weg zurück ins Dorf nicht weit gegangen, als sie schon wünschte, sie hätte weniger geschnitten. Gewöhnlich war der Rückweg leichter, da es meistens bergab ging, doch bis sie das Dorf sah, schmerzten ihre Arme und Schultern so sehr, daß sie das Gras am liebsten in den Wind geschleudert und Qung erzählt hätte, sie habe die Stelle nicht finden können, wo es wuchs. Aber wie konnte sie so etwas tun, wenn Qung so viel für sie getan hatte?

Qung war alt. Jeden Tag taten ihr die Arme weh; jede Nacht zogen die Schmerzen in ihren Gelenken sie aus ihren Träumen. Wie konnte Aqamdax über ein paar Schritte mehr klagen?

Sie begann, eine der Geschichten aufzusagen, die sie an diesem Abend erzählen wollte, versuchte, die Worte zu finden, die am besten klangen, wiederholte beim Gehen Wendungen, lauschte auf den Klang ihrer Stimme. Auf dem Kamm des Hügels hinter dem Dorf blieb sie stehen, hockte sich einen Augenblick hin und stützte die Unterarme auf die Knie. Sie schloß die Augen, öffnete sie dann wieder, blickte über die Bucht. Der Hügel war voll von Gräsern, Brombeersträuchern und Dickicht von Krüppelweiden, doch die Jäger hielten diese Stelle gerodet, damit die kleinen Jungen die Bucht nach Anzeichen von Lachsen, Robben und Seelöwen absuchen konnten.

Heute war die Bucht voll von Männern in *iqyan*, einige fischten, andere übten mit Wurfspeeren und Harpunen. Mehrere Frauen fischten mit Handschnüren vom Ufer aus, doch die meisten waren an der Flußmündung versammelt und holten roten Lachs ein.

Aqamdax bemerkte mehrere an Land gezogene *iqyan* von Händlern. Das war nicht ungewöhnlich. Es würde noch einen Mond dauern, wenn nicht mehr, bevor Stürme das Reisen behinderten. Als der Schmerz in ihren Schultern ein wenig nachgelassen hatte, stand sie auf und setzte ihren Weg zum Dorf fort.

Walroßjäger kamen oft in das Dorf, um zu handeln. Seit sie ein Kind war, hatte Aqamdax, wie alle Kinder der Ersten Menschen, viele von ihren Worten gelernt. Manchmal nahmen Walroßjäger sich Frauen von den Ersten Menschen, doch dann lebten sie gewöhnlich in deren Dorf. Aqamdax wünschte, ihre Mutter wäre mit einem Händler der Walroßjäger gegangen. Sie würde dann wohl zurückgekehrt sein, und wenn auch nur zu einem Besuch.

Aqamdax trug das Gras auf das Dach von Qungs *ulax* und legte es dort ab. Sie sah, daß Qung nicht drinnen war, und so eilte sie zum Ufer. Sie wollte zu dem Lachsstrom gehen, wollte tun, was sie konnte, um Qung zu helfen. Mit Worten, laut genug, daß die anderen Frauen sie hören konnten, wollte sie ihr sagen, daß sie ein großes Bündel Gras geschnitten hatte. Dann wüßten sie, daß es nicht Faulheit war, die Aqamdax von den Lachsen fernhielt.

Sie ging zum Ufer, blieb stehen, als sie eine Gruppe Männer um die *iqyan* der Händler versammelt sah. Jedesmal, wenn Händler kamen, hoffte sie, es wären Flußmenschen, doch sie wußte, so spät im Sommer bestand kaum noch Aussicht, und so fühlte sie keine richtige Enttäuschung, als sie die Zeichen der Walroßhändler am Bug der *iqyan* sah. Sie wandte ihre Schritte dem Lachsstrom zu. Sie wollte Qung helfen, bis es Zeit war, Geschichten zu erzählen, dann würden sie einander helfen, während sie versuchten, das Volk zurückzuführen zu alten und heiligen Wegen.

Sie war Daes' Tochter. Sie sah ihr so ähnlich, sie mußte es sein. Aber sie war kräftiger als Daes. Ihre Gesichtsknochen und sogar ihre Stimme waren kräftiger. Anfangs hatte sie langsam gesprochen, die Worte unterbrochen von Pausen. Manchmal sprach sie so leise, daß Sok kaum hören konnte, was sie sagte, doch mit dem Wachsen der Geschichte schien auch die Frau zu wachsen, bis sie so groß unter ihnen saß, daß er hochblikken mußte, um ihr Gesicht zu sehen.

Jetzt sprach sie mit einer neuen Stimme, einer, die vom Dach der Behausung zu kommen schien. Zuerst dachte Sok, es sei jemand draußen, der vom Rauchloch zu ihnen hinunter rief. Dann merkte er, daß Daes' Tochter beide Stimmen hatte.

Ah, diese Frau würde das Herz von Wolf-und-Rabe noch sicherer erobern als ein Vogelhautparka oder eine Schamanenmaske. Wer würde sie nicht als Frau wollen? Schnee-im-Haar würde ihm gehören, wenn er Daes' Tochter von ihrem Mann vom Volk der Ersten Menschen fortbekäme. Ihr Platz als Geschichtenerzählerin des Dorfes verlieh ihr so viel Ehre, daß kein Mann sie freiwillig verstoßen würde. Wenn ihr Mann ein schwacher Mann war, einer, der den wahren Wert der Dinge nicht begriff, würde er vielleicht eine Art Handel in Erwägung ziehen, zumal wenn Sok ihm die Waren zeigte, die er mitgebracht hatte.

Sok wartete begierig auf das Ende der Geschichten, aber sie wurden fortgesetzt; Daes' Tochter wechselte sich ab mit einer Frau, so alt, daß ihr Gesicht braun war wie das eines Flußotters. Tut saß zwischen Sok und Chakliux und übersetzte die Worte der Geschichtenerzählerin, doch das mühsame Paddeln den Tag über, die Versammlung am Ufer mit den Jägern und dem Häuptling der Ersten Menschen, das Errichten einer einfachen Unterkunft aus Karibuhäuten und ihren umgedrehten *iqyan* ließen Sok sich nach Schlaf sehnen. Irgendwann während der letzten Geschichten der alten Frau schloß er die Augen und ließ sich von Tuts Geflüster in Träume ziehen.

Er erwachte, als die Menschen ringsum aufzustehen begannen, und wußte zuerst nicht, wo er war. Dann sah er Tut. Chakliux sprach mit Kormoran, und Rote Feder hatte sich einer Gruppe von Ersten Menschen zugesellt, doch Sok sah sich nach Daes' Tochter um. Er hielt Ausschau nach ihrem Mann, doch sie schien keinem zu gehören. Es suchten aber mehrere Jäger ihre Nähe, Begierde im Gesicht. Als schließlich alle Frauen und Kinder die Behausung verlassen hatten, traten zwei Männer an sie heran. Sie sprach mit ihnen, ihr Gesicht war beschattet im Lampenlicht. Tut beobachtete es ebenfalls, und Sok fragte sie: »Welcher ist ihr Mann?«

Er wartete, während Tut in der kehligen Sprache der Ersten Menschen einen Jäger fragte.

»Er sagt uns, sie hat keinen Mann«, berichtete Tut.

Sok verbarg seine Überraschung nicht. Daes' Tochter war nicht häßlich. Ihr Gesicht war rund, mit kleinem Kinn und großen Augen, die Nase wohlgeformt, und wenn sie lächelte, was selten geschah, sah man, daß sie gute Zähne hatte.

»Sie ist Witwe?« fragt er, und als Tut dem Jäger von den Ersten Menschen die Frage wiederholte, lachte der Jäger.

»Sie ist eine Frau, die jede Nacht andere Männer in ihr Schlaflager nimmt«, übersetzte Tut die Worte des Jägers. »Er sagt, wenn du sie willst, kannst du sie wahrscheinlich haben, doch obwohl sie so viele Männer kommen ließ, ist sie unfruchtbar geblieben.«

Sok nickte, versuchte jedoch, seine Neugierde zu verbergen. Der Jäger von den Ersten Menschen sprach wieder, und Sok wartete ungeduldig, daß Tut ihm berichtete, was er sagte.

»Sie wird Aqamdax genannt. Ihr Vater ist tot. Sie lebt bei Qung, der alten Geschichtenerzählerin.«

Der Jäger von den Ersten Menschen wies mit vorgeschobenem Kinn zu der Alten hin. Der Rücken der Frau war so bucklig, daß sie den Kopf verdrehen mußte, um jemanden anzusehen, der vor ihr stand. Sie hatte viele Geschichten erzählt, und wenn Sok ihre Worte auch nicht verstand, hatte er doch die Kraft in ihrer Stimme vernommen und die Ehre ihrer Stellung unter diesen Menschen gespürt.

Der Jäger von den Ersten Menschen sprach wieder. Diesmal

redete er in der Walroßsprache, seine Worte waren abgehackt und langsam, dennoch seltsamerweise für Sok leichter zu verstehen, als wenn Kormoran sprach oder Rote Feder. »Qung viel Macht. Speisenische.« Er lachte und vollführte mit den Armen einen weiten Kreis. »Viel voll.«

Er kehrte zu seiner eigenen Sprache zurück und redete lange mit Tut. Sok gesellte sich zu Kormoran und Chakliux, die beide in der Walroßsprache redeten. Chakliux sprach fast so gut wie irgendein Walroßjäger, und Sok spürte kurz einen Stachel des Zornes.

Schließlich zog Tut Sok am Arm. »Hör zu«, sagte sie, »dieser Jäger sagt, die junge Geschichtenerzählerin wird Aqamdax genannt. Vor einigen Jahren ist ihre Mutter mit einem Händler fortgegangen, der einer vom Flußvolk gewesen sein soll. Kennst du ihn?«

Sok zuckte die Achseln. »Es gibt viele Händler«, sagte er. »Wie ist sein Name?«

Tut wandte sich dem Jäger von den Ersten Menschen zu, stellte Soks Frage.

Der Jäger breitete die Arme aus, zuckte die Achseln, dann ging er und sprach mit Aqamdax, doch Sok hielt sich im Schatten der Behausung verborgen. Morgen, dachte er, wenn ihre Geschichten sie verlassen haben und sie nur eine Frau ist, dann will ich mit ihr sprechen.

22

»Ich muß das Wort der Ersten Menschen für Großmutter wissen«, sagte Sok zu Tut.

Tut lächelte ihn an. »Du hast einen Tauschhandel im Sinn?« fragte sie.

»Was hast du damit zu schaffen, alte Frau?«

»Vielleicht hat es mit vielerlei zu schaffen«, erwiderte sie. Sie trug ihr Haar jetzt wie die Frauen der Ersten Menschen, lose hängend oder im Nacken zu einer dicken Rolle zusammengefaßt. Sie war eine stolze Frau – das hatte Sok schon gemerkt, als er ihr das erstemal begegnete –, und sie trug den Kopf hoch. Aus irgendeinem Grunde sah sie jetzt beinahe jung aus. Chakliux hatte berichtet, sie habe alle drei Brüder noch lebend angetroffen und viele von ihren Neffen und Nichten. »Ich möchte nicht, daß du meine Familie betrügst.«

»Ich werde niemanden betrügen.«

Sie legte einen Augenblick den Kopf schief, betrachtete Sok eindringlich. Schließlich sagte sie: »Ich glaube dir. Sage *kukax*. Das heißt Großmutter, aber verwende es vorsichtig. Manche Frauen wollen nicht Großmutter eines Flußmannes sein.« Sie ging fort, lächelte ihn über die Schulter an, und Sok wußte, sie lachte beinahe.

Sie waren die einzigen Händler, welche die Ersten Menschen besuchten, doch Tut hatte Chakliux erklärt, daß sich oftmals ganze Dörfer von Händlern in Hütten nahe beim Ufer aufhielten.

»Es ist eine geschützte Bucht«, hatte sie gesagt. »Ein guter

Halt zwischen den Dörfern der Ersten Menschen an Ufern im Westen und den Dörfern der Walroßjäger im Osten.«

»Ich habe sagen hören, daß Erste Menschen auf Inseln weit fort am Rande der Erde leben«, sagte Chakliux.

Tut hatte die Schultern hochgezogen. »Wer kann das sagen? Wir wissen von Dörfern im Westen, eine Reise von einem Mond entfernt. Geschichtenerzähler sagen, wir kamen einst von einer Insel, weit, weit im Meer, und unsere Jäger haben Wale getötet. Wenn das wahr ist, dann haben wir diese Mächte irgendwie verloren.«

Kormoran und Rote Feder legten Handelswaren auf Matten neben ihren umgedrehten *iqyan* aus. Sie murmelten, sie hätten keine Möglichkeit gehabt, seit ihrem letzten Besuch bei den Ersten Menschen ihre Vorräte aufzufüllen. Sie hatten in einem Dorf zwischen dem Sommerlager der Walroßjäger und diesem Dorf haltgemacht, aber die Menschen dort hatten wenig, nur Fisch und Grasmatten. Chakliux war es gelungen, mehrere Rollen getrockneten Seelöwenhals einzutauschen, nicht genug für einen *chigdax*, aber ein Anfang. Das war der beste Tausch, den einer von ihnen gemacht hatte, und Sok hatte überhaupt nichts getauscht, er behielt alles, was er hatte, als Brautpreis für die Geschichtenerzählerin.

Chakliux hockte sich hin und blickte aufs Meer hinaus. Der Wind war schwach heute, und die Bucht war fast flach. Zwei junge Männer waren früh zum Ufer gekommen, hatten ihren *iqyan* von den Gestellen gezogen und zu Wasser gelassen. Nebel lag über dem Wasserlauf, schob lange Finger das Ufer hinan und in die tiefen Täler zwischen den Hügelkämmen. Chakliux beobachtete die Männer, bis sie vom Grau verschluckt wurden. Er wünschte, er könnte sein eigenes *iqyax* nehmen und mit ihnen hinauspaddeln, doch er wollte nichts tun, womit er Tabus verletzte oder Mißachtung bekundete.

Wenn sie zurückkehrten, wollte er zu ihnen gehen und fragen, ob er in ihre *iqyan* schauen dürfe, um zu sehen, wie groß die Rippen waren, die sie verwendeten, und wie sie die Dichtung für das Einstiegsloch am Rahmen befestigten. Kormoran hatte ihm gesagt, daß sie für die Bespannung ihrer *iqyan* Seelöwenhäute statt gespaltene Walroßhäute verwendeten. Er wünschte, er könnte die Sprache der Ersten Menschen sprechen. Er hatte so viele Fragen, doch bis die Männer zurückkehrten, konnte er vielleicht Tut finden, damit sie übersetzte, was er sagte.

Sie waren erst seit einer Nacht hier, und schon schien sie wieder in das Dorf zu gehören. Ihr ältester Bruder hatte ihr einen Platz in seiner Behausung gegeben. Nein, nicht Behausung, *ulax*. So war das Wort bei den Ersten Menschen. Es würde ihn nicht überraschen, wenn sie beschließen sollte, bei den Ersten Menschen zu bleiben, aber er würde sie vermissen. Sie war offenherzig wie ein Kind, und wie ein Kind schien sie sich an allen Dingen zu ergötzen.

Als hätten seine Gedanken sie zu ihm gebracht, sah Chakliux Tut aus dem Nebel treten, und mit ihr eine alte Frau, gekrümmt und gebückt. Tut winkte ihn heran, und er fing an zu rennen, kam aber in dem Sand nur langsam voran.

»Du erinnerst dich an Qung?« fragte Tut, als er sich ihnen näherte. »Sie möchte deinen Otterfuß sehen.«

Er stolperte in einem Gestrüpp aus Strandbohnen, konnte sich jedoch abfangen, bevor er stürzte. Er wischte Sand von seinen Handflächen und bemühte sich, mit Würde dazustehen, doch Tut brach in Lachen aus, und dann lachte auch er.

»Ja, ich erinnere mich an Qung«, sagte er. »Die Geschichtenerzählerin.«

Tut sagte etwas in der Sprache der Ersten Menschen zu der Frau, und Qung antwortete; ihre Worte enthielten so viel Schärfe, daß Chakliux sich fragte, ob sie zornig war.

»Sie schilt mich für meine Grobheit«, sagte Tut. »Sie sagt, die Walroßjäger haben mich die höflichen Wege der Ersten Menschen vergessen lassen. So will ich nun höflich sein. Was hältst du von dem Nebel? So ist es hier immer. Ich hatte es fast vergessen. Was hältst du von dem Dorf? Es ist groß, und die Menschen sind stark, was? Haben dir die Geschichten gestern abend gefallen?«

Sie hielt nicht lange genug inne, um Chakliux antworten zu lassen, und sagte schließlich: »Nun genug der Höflichkeit. Zeige ihr deinen Fuß.«

Lächelnd zog Chakliux seinen Stiefel aus und wickelte die Hasenfelle auf, mit denen er seinen Fuß polsterte. Qung beugte sich so dicht zur Erde, daß Chakliux fürchtete, sie würde sich nicht mehr aufrichten können. Als sie sprach, hob sie die Stimme, als würde sie eine Frage stellen.

»Sie möchte ihn berühren«, sagte Tut zu ihm.

»Sage ihr, daß es mir recht ist.«

Qungs Hand war kalt auf seiner Haut. Wieder sprach sie, und wieder übersetzte Tut. »Sie möchte wissen, ob du Gesänge kennst, ob du geübt bist in Gebeten und Liedern.«

»Sage ihr, ich bin *Dzuuggi*. Du weißt, was *Dzuuggi* ist?«

»Ja. Einer, der Geschichten erzählt, wie Qung es tut. Bist du auch Schamane?«

»Ich behaupte nicht, Geistermächte zu besitzen. Meine Stärke kommt von den Geschichten, die ich gelernt habe, und von den Rätseln meines Volkes.«

Tut sprach zu Qung, und wieder stellte Qung Fragen, die Hände noch auf Chakliux' Fuß. Schließlich richtete sie sich auf, soweit sie es vermochte, stöhnend vor Anstrengung, und Tut sagte: »Sie möchte ein Rätsel hören. Nicht etwas über das Flußvolk, sondern etwas, das eine Frau von den Ersten Menschen ergründen könnte.«

Chakliux überlegte einen Augenblick, versuchte, sich auf etwas von dem zu besinnen, was Tut ihm über die Ersten Menschen und ihre Ufer erzählt hatte, etwas Einfaches, aus dem sich ein Rätsel machen ließe. Schließlich sagte er: »Schau! Was sehe ich? Ein Tor folgt seinem Pfad.«

Tut sagte es Qung, und die alte Frau hob den Kopf, zog die Brauen hoch und lächelte.

»Möchte sie die Antwort?«

»Laß sie eine Weile über das Rätsel nachdenken«, sagte Tut. »Die Ersten Menschen sind ein stilles Volk. Sie benutzen die meisten ihrer Worte in ihren Gedanken. Sie wird fragen, wenn sie es wissen will.«

Qung deutete mit den Lippen auf seinen Fuß, und Tut sagte: »Sie ist dankbar, daß sie den Fuß sehen durfte.«

Dann drehte Qung sich um und ging zurück in den Nebel.

»Sie fragen nach dir«, sagte Qung, als sie bedächtig auf dem Kletterstamm in ihr *ulax* hinabstieg.

Aqamdax sah von der Robbenhaut auf, die sie mit einer Vogelknochenahle durchstach. »Wer?«

»Die Händler vom Walroßvolk.«

»Es sind dieselben, die vor ungefähr einem Mond hier waren?«

»Zwei von ihnen.«

Man hatte ihnen vielleicht gesagt, daß sie viele Männer in ihren Schlafplatz nahm. Aqamdax fragte sich, was für Kleinigkeiten sie ihr anbieten würden, dann schüttelte sie den Kopf, um ihn von solchen Gedanken zu befreien. Es gab noch immer Zeiten, in denen sie nicht schlafen konnte, doch es kam seltener vor, und nun, da das Dorf drei Geschichtenabende haben sollte, wollte sie keine Störung von Männern, die ihrem Gedächtnis die neuen Geschichten entziehen würden.

»Ich will nicht, daß sie hierherkommen«, sagte Aqamdax.

»Auch nicht die zwei, die vom Flußvolk sind?«

Qungs Worte ließen Aqamdax' Kopf rucken, als sei er eine mit Luft gefüllte Robbenblase, an eine Schnur gebunden. »Zwei sind Flußmenschen? Verstehen sie unsere Sprache? Hast du mit ihnen geredet? Wissen sie etwas über meine Mutter?«

»Du stellst zu viele Fragen«, sagte Qung und stieg von der letzten Einkerbung des Kletterstammes herunter. Sie setzte sich auf ein Kissen aus Fuchspelz, mit Gänsefedern gestopft, und sagte: »Der Große und der Kleine, sie sind Brüder. Sie sind Flußmenschen. Der Kleine hat eine besondere Gabe. Sein Fuß ist wie ein Otterfuß mit zusammengewachsenen Zehen, und er ist ein Geschichtenerzähler bei seinem Volk. Er-singt sagt, der Mann ist in einem *iqyax* fast so gut wie ein Jäger von den Ersten Menschen. Der Große, über ihn weiß ich nicht viel. Einige Frauen sagen, er sucht eine Frau. Korbhüterin sagt, er hat nach dir gefragt.«

»Keiner hat nach meiner Mutter gefragt?«

»Wer wollte nach deiner Mutter fragen außer dir?«

»Verstehen sie denn die Sprache der Ersten Menschen?«

»Nein. Ich habe mit dem Ottermann geredet. Die Frau, die mit ihnen gekommen ist, Tutaqagiisix, sie ist eine von uns, wurde Frau eines Walroßjägers, als du noch nicht geboren warst. Ihr Bruder ist Kleiner See. Sie ist zurückgekommen, um bei ihm zu bleiben. Sie hat die Worte des Mannes für mich übersetzt und meine für ihn. Er gab mir ein Rätsel. Willst du es hören?«

Aqamdax faltete ihre Robbenhaut zusammen, tat sie beiseite, legte die Ahle und den Fingerschutz in ihr Nadelkästchen aus Elfenbein. »Sind die Flußmänner am Ufer?« fragte sie.

»Du willst das Rätsel nicht hören?«

»Das Rätsel?«

»Der Otterfußmann hat mir ein Rätsel gesagt. Es ist ein Denkspiel mit Worten.«

»Doch, aber nicht jetzt. Bewahre es mir auf.«

Aqamdax zog ihren *sax* an und stieg auf den Kletterstamm.

»Du solltest etwas zum Tauschen mitnehmen. Händler geben nichts her, nicht einmal Mitteilungen.« Doch es schien, daß Aqamdax' Ohren allem verschlossen waren – außer ihren eigenen Gedanken.

23

Zwei«, sagte der Händler des Walroßvolkes. »Das ist alles. Sieh doch, die Otterhaut ist alt.« Er hielt sie an seine Nase, schnupperte. »Ich kann sie bei den Karibumenschen eintauschen. Sie werden den Unterschied nicht merken, aber Walroßjäger, andere Erste Menschen, sogar die Flußmenschen werden ihn sehr wohl erkennen. Wie kann ich mehr geben, wenn ich selbst so wenig dafür bekommen werde?«

Weißes Haar senkte den Kopf. Aqamdax hatte schon früher gesehen, wie Händler mit alten Frauen feilschten. Die Dorfjäger sorgten dafür, daß sie nicht hungerten, aber weil ihre Männer nicht imstande waren, zu jagen, kamen die besten Tierhäute nicht mehr zu ihnen. Die Frauen tauschten nach und nach ihre besten Felle weg – sogar die, welche sie für sich selbst behalten wollten. Wenn sie beim Schaben und Weichmachen gut gearbeitet und das Fell sorgfältig gelagert hatten, war ein altes fast so wertvoll wie ein neues, aber warum dies dem Mann erzählen? Wenn er ein rechter Händler war, würde er es wissen.

Und er hatte nicht gelogen. Walroßjäger und Erste Menschen würden sehen, daß der Pelz alt war, aber sie würden auch seinen Wert erkennen.

»Wieviel ißt du, Großmutter?« fragte der Händler.

Die alte Frau strich mit den Händen über das dunkle, dichte Fell, antwortete aber nicht.

»Nicht viel«, sagte der Händler. »Zwei Robbenmägen mit Öl werden dir eine lange Zeit reichen. Länger, als sie vorgehalten hätten, als du jung warst.«

»Ich habe einen Mann«, sagte Weißes Haar.

»Hier.« Der Händler zog einen schmalen Nasenpflock aus einem seiner Handelspacken. »Nimm dies auch. Es wird ihn freuen.«

Die Frau griff nach dem Nasenpflock, doch Aqamdax kam ihr zuvor. Der Händler sah ihr ins Gesicht.

»Ja«, sagte sie. »Meinem Onkel wird es gefallen.« Sie nahm den Pflock und ließ ihn in die Hände der alten Frau gleiten. »Was hat er dir für den Pelz geboten, Tante?« fragte sie.

»Zwei Mägen«, sagte Weißes Haar.

Aqamdax schnaubte. »Du kannst vier, fünf Karibuhäute dafür bekommen, nicht wahr?« fragte sie den Händler.

»Er ist alt«, erwiderte er, trat jedoch zurück vor ihr, vor der Wahrheit ihrer Worte.

Aqamdax nahm das Fell in die Hand. Sie hielt es sich an die Nase, dann wandte sie sich an die Frau neben ihr. »Riechst du Fäulnis?«

Mehrere Frauen traten vor, befühlten den Pelz, schnupperten daran.

»Keine Fäulnis«, sagte Ruft-laut. Sie war eine vorwitzige Frau, meist die erste, die unflätige Namen rief, wenn Aqamdax an ihrem *ulax* vorbeiging, doch jetzt lächelte sie, eine verschmitzte Freude in den Augen, und hob rasch das Kinn, um Aqamdax ihren Beifall zu bekunden.

Aqamdax stieß dem Händler das Fell ins Gesicht, hielt es ihm vor die Nase. »Riechst du Fäulnis?« fragte sie.

Der Händler schob das Fell fort. »Nimm es. Ich will es nicht«, sagte er.

»Ich würde meinen, dies ist eines der schönsten Felle, die ich je gesehen habe«, sagte Aqamdax. »Ich würde meinen, dieses Fell nur zu sehen würde schon etwas wert sein.« Sie blickte über die Schulter zu Ruft-laut, Grasaugen und Geflecktes Blatt. Sie bekundeten murmelnd ihre Zustimmung.

Sie trat nahe an den Händler heran, hob abermals das Fell

an sein Gesicht. »Zwei Mägen mit Öl, allein um es zu sehen, würde ich meinen«, sagte sie.

Wieder murmelten die Frauen zustimmend, mehrere riefen laut: »Zwei Mägen, ja. Zwei Mägen.« Andere kamen herbei und bestärkten Aqamdax mit ihren Stimmen.

Der Händler machte den Mund auf, um zu sprechen, doch dann sah er die Frauen an.

»Wir sind viele«, sagte Aqamdax zu ihm. »Und wir alle haben Dinge zum Tauschen mitgebracht. Wenn du unsere Alten gut behandelst, wirst du gewiß weiterhin in unserem Dorf willkommen sein.«

»Zwei Mägen?« fragte der Händler.

Aqamdax nickte.

»Er sagt zwei, Tante. Und den Nasenpflock obendrein?«

»Was geht hier vor?«

Aqamdax erkannte die Stimme von Tagbrecher.

Die anderen Frauen traten auseinander, um ihn zum Händler durchzulassen, doch Aqamdax wich nicht von der Stelle.

»Dieser Mann ist ein guter Händler«, erklärte sie Tagbrecher. »Er hat unserer Tante zwei Robbenmägen mit Öl und einen Nasenpflock geboten, allein für die Gelegenheit, diesen Otterpelz zu sehen.«

Tagbrecher sah den Händler an, dann Aqamdax. »Ist das wahr?« fragte er.

»Ja«, sagte der Händler. Seine Stimme war schwach. Er räusperte sich. »Ja«, sagte er wieder. »Zwei Mägen. Der Nasenpflock ist ein Geschenk.«

Tagbrecher nickte, doch er hob eine Augenbraue und sah Aqamdax fest an, mit einem Blick, der an ihr Herz rührte, einem Blick, den er gewöhnlich seiner Frau vorbehielt. »Ich werde andere deines Weges schicken, Händler«, sagte er, dann nahm er den Pelz und zwei Robbenmägen mit Öl und geleitete Weißes Haar zurück ins Dorf.

Chakliux und Tut saßen zusammen im Windschatten der *iqyax*-Gestelle, beobachteten und lauschten, wie die Geschichtenerzählerin Aqamdax mit Kormoran handelte, zuerst einer von den alten Frauen beistand, dann zwei *saels* aus Birkenrinde, zwei Karibuhäute, Halsketten und einige gefärbte Stachelschweinstacheln für sich eintauschte.

Mehrmals mußte Chakliux sein Lachen im Mund zurückhalten, als Tut die Worte der Geschichtenerzählerin übersetzte. Sie war eine Frau, die ihren Willen zu bekommen wußte.

Als sie mit dem Handeln fertig war, kam Qung, die andere Geschichtenerzählerin. Kormoran und Rote Feder machten gute Tauschgeschäfte mit ihr. Eine Karibuhaut und getrocknete Fische für eine kleine Robbenhaut und eine Rolle Sehnen. Eine Halskette als Dreingabe, die Rote Feder ihr persönlich am Hals befestigte.

Als die alte Frau gegangen war, ließ Chakliux seine Gedanken bei Aqamdax verweilen. Ihr Geschichtenerzählen war eine Gabe. Er fragte sich, ob sie wußte, wie gut sie war. Sok hatte vor Chakliux geprahlt, wenn Yehl sie nicht nehmen würde, dann würde er sie selbst behalten. Warum nicht? Er könnte wahrscheinlich Tauschwaren von denen erhalten, die kamen, um ihr zu lauschen. Waren für die Worte, die aus dem Mund einer Frau kamen. Was könnte leichter sein als das?

Die Händler vom Walroßvolk hatten ihre Waren früher ausgelegt, als Sok dachte. Als er erwachte, hörte er Männer und Frauen feilschen, hörte, wie sie ihre Stimmen hoben und senkten, Angebote machten, ablehnten und annahmen. Er hatte so schnell wie möglich seine Waren hinausgebracht, die wenigen Dinge, die er besaß, Dinge, die er nicht als Brautpreis für Aqamdax zurückgelegt hatte – Dinge, die Flußmenschen nicht viel bedeuteten, aber vielleicht für Seejäger einigen Wert hatten.

Die ersten, die seine Tauschwaren betrachteten, waren mehrere junge Mädchen; sie kicherten viel und hatten nichts zum Tauschen, doch bald kam eine der Mütter hinzu. Sie rief andere herbei, und schließlich war die Menge um ihn fast so groß wie die um die Händler vom Walroßvolk.

Die alte Geschichtenerzählerin kam und Aqamdax mit ihr. Sok bemühte sich, den Blick von Aqamdax abgewandt zu halten, konnte jedoch nicht anders, als die anmutigen Bewegungen ihrer Hände zu bemerken, als sie eine Hasenfelldecke aufhob. Sie bückte sich, um der alten Frau etwas ins Ohr zu flüstern, und beide betrachteten das Geflecht der Decke.

Sie war eine schön anzuschauende Frau. Kein Wunder, daß Männer begierig in ihren Schlafplatz kamen. Er fragte sich, ob sie ihr Tauschwaren für ihr Vergnügen gaben. In manchen Dörfern bekamen Frauen auf diese Weise viele Dinge – Felle und Halsketten, Öl und Fleisch. Wie die Walroßjäger berichteten, war dies bei den Ersten Menschen nicht Brauch. Die Männer teilten ihre Frauen mit niemandem außer mit Jagdgefährten oder einem Bruder, der keine Frau hatte, und kein Mann konnte seine Frau zwingen, zu einem Mann zu gehen, den sie nicht wollte. Doch Aqamdax gehörte keinem Mann an. Sie hatte keinen Bruder, keinen Vater, keinen Onkel, der für sie sprach. Und, schlimmer noch, sie war unfruchtbar.

Was also würde geschehen, wenn Sok sie bat, mit ihm zu kommen und Frau des Schamanen des Walroßvolkes zu sein? Welche Frau, selbst eine Geschichtenerzählerin, selbst eine, die ihr Lager gern mit Männern teilte, konnte überleben, ohne einem Mann anzugehören? Nicht lange, und sie würde alt sein. Was dann? Wer würde sie wollen? Überdies, was würde er verlieren, wenn er fragte?

Sok beobachtete sie aus den Augenwinkeln. Sie streichelte die Wieselfelle und durchsuchte ein *sael* aus Birkenrinde voller Federkiele. Sie hob einen Fischhautkorb auf, dann stimmte sie in das verächtliche Lachen mehrerer Frauen ein. Sok achtete nicht auf ihren Spott.

Er hatte aus Steinen eine Plattform gemacht und die Tauschwaren auf den Steinen ausgebreitet. Wenn die Steine auch uneben waren, so war es doch besser, als die Sachen flach auf die Erde zu legen. Männer und Frauen waren achtsam, doch Kinder begannen in der Aufregung des Tauschens oft zu rennen und zu spielen. Kormoran hatte ihm gesagt, er habe mehr als einen Fischhautkorb durch Kinderfüße verloren.

Aqamdax kam schließlich zu ihm. Sie bot eine Muschelkette für eine Handvoll geschnitzter Specksteinperlen. Es war ein guter Tausch für ihn. Die Karibumenschen würden ihm viel für eine Muschelkette geben. »Wieviel?« fragte er in der Walroßsprache.

Sie hielt fünf Finger zweimal in die Höhe. »Nimm mehr«, sagte er. Er lächelte, als sie erstaunt die Augenbrauen hob. Sie nahm noch drei Perlen, und er nickte ihr zu, ließ sich dann die Halskette geben.

Tut schob sich durch die Menge, quetschte sich um die Tauschwaren herum und ging dorthin, wo Sok stand. »Brauchst du Beistand, um zu wissen, was sie sagen?« fragte sie.

»Ja, ja«, sagte Sok, dann sah er Aqamdax wieder an.

Sie hatte ihm bereits den Rücken zugewandt und stand auf Zehenspitzen, um über die Köpfe der Menschen zu den anderen Händlern hinzusehen. Er konnte nicht unhöflich sein und ihren Arm ergreifen, daher sprach er, indem er sich über seine Tauschwaren hinweg nach vorn beugte.

»Deine Geschichten«, sagte er, die Stimme über das Geplapper der Frauen erhebend. »Sie sind sehr gut.«

Tut beugte sich ebenfalls vor, wiederholte das Gesagte in der Sprache der Ersten Menschen.

Aqamdax drehte sich um und sah Tut an, dann Sok. Ihr Lächeln machte sie schön, es glättete die Falten zwischen ihren Brauen und formte ihre Augen zu leuchtenden Halbmonden. Daes war eine schöne Frau gewesen. Diese Frau war noch schöner. Ja, der Schamane des Walroßvolkes würde erfreut sein, besonders wenn ihm niemand erzählte, daß sie unfruchtbar war.

»Ich habe gestern abend kein Geschenk bei mir gehabt. Darf ich später kommen, wenn das Tauschen zu Ende ist, und etwas mitbringen?«

Als Tut übersetzte, sah Sok Erstaunen in Aqamdax' Gesicht. Sie öffnete den Mund, zögerte dann.

»Gibt es etwas, das dein Mann gerne haben würde, etwas, das du hier siehst?« Er wies mit ausgestrecktem Arm auf seine Tauschwaren.

»Mein Mann?« fragte sie. »Ah«, sagte sie, »er hat sich immer einen guten Fischhautkorb gewünscht.« Sie lachte, und mehrere Frauen neben ihr lachten ebenfalls.

Während Tut übersetzte, zwängte sich ein Keil des Zornes in Soks Brust, aber er sagte: »Ich werde ihm einen aufheben«, und er nahm den größten Korb, hockte sich auf die Fersen und füllte ihn mit Häuten, Fellen und Halsketten. Dann stand er auf und sagte: »Ich werde ihn heute abend zu ihm bringen. Du lebst im *ulax* der Geschichtenerzählerin?«

»Ja«, antwortete Aqamdax, zuerst Tut, dann Sok ansehend. Sie sagte noch etwas, und Tut übersetzte, erklärte, daß Aqamdax keinen Mann hatte, doch Sok sah über ihren Kopf hinweg auf die wartenden Jäger. Kormoran hatte ihm gesagt, sie würden erst kommen, wenn die Frauen fort waren, dann solle Sok Waffen und Hornstein bringen. Er gab vor, nicht zu hören, was Tut sagte, und legte statt dessen den Hornstein und die Schwimmer aus Robbenhaut aus, die er aus dem Dorf der Walroßjäger mitgebracht hatte.

Aqamdax drückte die Perlen an die Brust und schob sich durch die Menge der Frauen, ließ andere ihren Platz einnehmen. Sie hatte mehr bekommen als erhofft, schöne Perlen von dem Flußhändler, Halsketten und Behälter aus Birkenrinde von den

Walroßmännern, und der Flußhändler würde ein Geschenk bringen, wenn auch ein Teil des Geschenkes ein Fischhautkorb war – etwas, das sie verdiente, sagte sie sich, dafür, daß sie sich auf Kosten des Mannes lustig gemacht hatte. Die meisten Männer hätten Zornesworte hervorgestoßen oder, wie es Tagbrecher tat, sich in schäumendes Schweigen zurückgezogen.

Sie war schon auf dem Weg ins Dorf, als ihr einfiel, daß Qung noch tauschte. Aqamdax hätte auf sie warten, hätte dort sein sollen, um zu tragen, was die alte Frau bekommen hatte. Die Händler waren großzügig zu den Alten gewesen, seit Aqamdax sich gegen den, der Kormoran genannt wurde, erhoben hatte. Sie schürzte die Lippen, um ihr Lächeln zu verbergen. Es war gut, etwas zu tun, das jemandem half, etwas, an das sie später gerne denken würde.

Sie beschleunigte ihre Schritte zum *ulax*. Sie wollte ihre eingetauschten Waren in ihren Schlafplatz legen, dann zurückkehren, um Qung zu helfen. Sie kürzte über den kleinen Hügel ab, der das Dorf vom Ufer trennte. Vier Frauen gingen vor ihr – Korbhüterin und ihre ältere Schwester, eine Tante und die Frau namens Mund. Es war nicht gut, Mund zur Feindin zu haben. Ihre Worte waren so scharf wie getrocknetes Ufergras im Winter.

Aqamdax verlangsamte ihren Schritt, um nicht mit ihnen gehen zu müssen. Der Wind war seit dem frühen Morgen stärker geworden, schob einen Streifen dicke graue Wolken vom Horizont heran. Er legte ihr den *sax* aus Vogelhaut eng um die Beine, und als sie auf der dem Dorf zugekehrten Seite des Hügels hinunterging, brachte er ihr auch die Worte der Frauen ans Ohr.

Korbhüterin jammerte wie gewöhnlich, daß sie zuviel zu tun habe. Aqamdax schüttelte den Kopf. Verglichen mit den meisten Frauen, tat sie wenig. Sie hatte ihrem Mann nur ein Kind gegeben, und alle Frauen im Dorf wußten, daß ihre Schwesterfrau das Nähen und Kochen fast allein besorgte.

Die Schwester von Korbhüterin lachte. »Du bist faul«, sagte sie. »Du solltest mit meinem Mann leben, dann würdest du wissen, was Arbeit ist.«

»Oder ein Jahr durchleben, wenn es viele Lachse gibt«, fügte ihre Tante hinzu. »Es sind so wenige dieses Jahr, ich habe nur zwei Trockengestelle voll bekommen.«

Mund schnaubte. »Was erwartest du? Wir haben einen Fluch. Es ist ein Glück, daß wir überhaupt Lachse haben.«

»Es gibt gute Jahre und Jahre, die nicht so gut sind«, sagte die Tante.

»Das bestreite ich nicht«, sagte Mund, »aber niemand, nicht einmal die ältesten unter uns, erinnert sich an ein Jahr mit so wenig Fischen. Es gibt immer einen Grund für solche Dinge.«

Korbhüterin summte zustimmend. »Das Zwei-Ufer-Volk hat einen starken Schamanen ...« Sie wies mit einer Hand nach Westen. »Vielleicht kann er uns sagen, warum dies geschah.«

»Hii! Ich brauche keinen Schamanen für etwas so Einfaches«, sagte Mund. »Nur eines hat sich in diesem Dorf seit dem letzten Sommer geändert. Eine Frau ist geehrt, und sie sollte es nicht sein. Eine Frau ...«

»Ich bin eine gute Frau gewesen«, sagte Korbhüterin. »Frage meinen Mann. Was tue ich alles zu Ehren von ...«

Das Schnauben von Mund schnitt ihre Worte ab. »Kleiner Dummkopf«, sagte sie und beugte sich herab, um Korbhüterin ins Gesicht zu sehen, »denkst du immer, alles geht um dich? Wer lebt jetzt bei Qung? Wer wurde geehrt mit Wissen, das nicht einmal unsere Ältesten kennen?«

Die Worte von Mund schnitten wie Messer in Aqamdax' vom Tauschen glückliche Stimmung. Die geschnitzten Perlen waren mit einemmal scharf in ihren Händen, die neuen Halsketten rauh auf ihrer Haut.

»Ah«, sagte Korbhüterin.

»Ah«, sagte ihre Schwester.

Zornesworte schoben sich in Aqamdax' Mund, glitten dick wie Öl über ihre Zunge. Beinahe hätte sie die Frauen angeschrien, beinahe hätte sie ihnen gesagt, was sie dachte. Doch was würde Zorn nützen? Er würde vielleicht nur die Anschuldigung von Mund bestärken. Was war ungehöriger, als die Gespräche anderer zu belauschen? Was war ungehöriger, als sich einzumischen?

Statt dessen beschleunigte sie ihren Gang, schritt zu den Frauen und überholte sie, rief ihnen einen Gruß zu. Sie drehte sich um, ging rückwärts, die Arme voller Tauschwaren, ein Lächeln im Gesicht. »Es ist ein schöner Tag, nicht wahr?« sagte sie.

Sie blinzelten angesichts ihrer Heiterkeit, und schließlich stammelte Korbhüterin: »Die Sonne, die Sonne ist gut.«

»Der Wind trägt Regen«, sagte Mund.

Aqamdax zuckte die Achseln. »Wir hatten schon Regen«, erwiderte sie. »Wir haben wahrlich ein vom Glück gesegnetes Dorf.« Dann kehrte sie sich Qungs *ulax* zu und ging weiter, verschloß ihre Ohren vor dem, was sie jetzt flüsterten, als sie hinter ihr gingen.

»Ich habe dir gesagt, daß er kommt«, wiederholte Aqamdax und legte noch mehr Fische, noch einen Stoß Seeigel aus. »Er kommt, meinen Mann zu besuchen. Er wollte mir nicht zuhören, als ich ihm sagte, daß ich keinen Mann habe.«

Qung sah zu, wunderte sich über Aqamdax' Unruhe. Viele Männer waren in dieses *ulax* gekommen. Aqamdax hatte noch nie Essen ausgelegt oder sich gesorgt, weil sie keinem Mann angehörte. Warum sich jetzt grämen? Er würde essen, er würde sich in ihren Schlafplatz legen, er würde gehen, und am Morgen würde Qung sehen, was es Aqamdax eingebracht hatte, ihre Beine für wieder einen anderen Mann zu spreizen.

»Tante«, sagte Aqamdax, »ich ... es ... nun, da ich Geschichtenerzählerin bin ...« Sie legte den Kopf zurück und stieß einen langen Seufzer aus. Ihr Haar fiel gleich einem schimmernden Strom auf ihre Hüften, und einen Augenblick lang neidete Qung dem Mädchen seine Schönheit. »Ich will ihn nicht in meinem Schlafplatz«, sagte sie schließlich. »Die Geschichten sind genug. Ich brauche die Männer jetzt nicht. Die Geschichten haben die Dinge für mich geändert. Ich kann es nicht erklären, aber ...«

»Was läßt dich denken, er will in deinen Schlafplatz kommen?«

»Jeder Mann will in meinen Schlafplatz kommen. Das weißt du.«

»Es gibt Männer, die nicht zu dir kommen. Du sagtest, er bringt ein Geschenk für deinen Mann. Er wird nichts von dir erwarten, wenn er im Sinn hat, deinen Mann zu besuchen.«

»Du denkst, keiner von den Männern hat ihm von mir erzählt?«

»Du denkst, Männer sprechen von Frauen? Es gibt zu viele andere Dinge, ihre Münder zu füllen. Fischen und Jagen und Waffen. Ich hatte viele Jahre einen Mann. Ich habe ihn nie von mir oder unseren Kindern sprechen hören. Männer sind nicht wie Frauen. Sie scheren sich nicht viel um Menschen.«

»Das Lager einer Frau teilen ist etwas anderes«, entgegnete Aqamdax. »Für einen Mann hat das nichts mit Menschen zu tun.«

Qung hob die Hände. »Wer kann das sagen? Ich habe Männer nie verstanden, und ich glaube nicht, daß sie Frauen verstehen.« Sie deutete mit dem Kinn zum Dachloch. »Er ist hier«, sagte sie.

Aqamdax strich ihren *sax* glatt, ordnete die Halsketten, die sie trug, und hielt den Atem an, als der Mann in das *ulax* hinunterkletterte. Sie erkannte die Füße auf dem Kletterstamm und atmete in plötzlichem Unwillen aus.

»So, da deine Frau nun schwanger ist, kommst du wieder zu mir?« fragte sie.

Tagbrecher stieg auf den Boden des *ulax* und drehte sich langsam zu ihr um. »Ich mache mir nichts aus deinem Schlafplatz«, sagte er. Als merkte er jetzt erst, daß Qung ihn beobachtete, nickte er der alten Frau zu, murmelte einen Gruß, nannte sie Großmutter, ihrem Alter zu Ehren. »Meine Frau hat einen der Händler sagen hören, daß er dich besuchen wird.«

»Deine Frau hört viel«, erwiderte Aqamdax.

Das Gesicht von Tagbrecher verfinsterte sich, und Aqamdax erfreute sich an seinem Zorn. Er hatte ihr gesagt, sie werde seine Frau sein. Sie hatte ihm geglaubt, wenn auch die Frauen des Häuptlings lachten, als sie es ihnen erzählte. Jetzt verstand sie ihr Gelächter. Wie könnte Tagbrecher eine Frau nehmen ohne einen Vater, eine Frau ohne Onkel oder Brüder oder einen Großvater?

»Ist es der Händler namens Sok?«

»Ja«, sagte Aqamdax. »Der große.«

»Ich sah, wie er eine alte Frau zu betrügen versuchte.«

»Das war einer von den Walroßmännern«, sagte Aqamdax. »Sok hat niemanden betrogen.«

»Er gab mir eine ganze Karibuhaut und getrocknete Fische für eine kleine Robbenhaut und eine Rolle gedrehte Sehnen«, bestätigte Qung. »Er hat mich nicht betrogen.«

»Ich bin gekommen, dir zu raten, auf der Hut zu sein«, sagte Tagbrecher. »Mein Onkel warnte mich – niemand soll jemals einem Händler trauen.«

»Dein Onkel traut niemandem, weil er selbst unredlich ist«, sagte Qung. »Aqamdax hat in ihrem Leben viele Dinge gelernt. Sie hat Männer schon früher Versprechungen machen lassen.« Sie trat nahe an Tagbrecher heran. »Sie weiß sich zu hüten«, sagte sie und starrte ihn an, bis er sich umdrehte und den Kletterstamm hinaufstieg.

»Denke nicht, du bist der einzige mit Weisheit«, rief Qung ihm nach. Dann sah sie Aqamdax an und kicherte wie ein Mädchen.

Sie begegneten sich auf dem Dach des *ulax* der alten Qung, so daß sich schwerlich so tun ließ, als würden sie sich nicht sehen, doch keiner der Männer sprach. Ein plötzliches Aufwallen von Zorn brannte in Soks Brust – war dies einer von denen, die Aqamdax' Schlafplatz aufsuchten? Doch dann schalt er sich. Warum sollte es ihn kümmern? Diese Frau gehörte nicht zu ihm.

Der Seejägermann sprang vom Dach des *ulax*, und Sok sah ihn zu einem anderen, größeren *ulax* gehen. Sok umfaßte den Lachshautkorb fester, den er trug, dann zögerte er an dem Dachloch. Er kannte die Besuchsbräuche der Ersten Menschen nicht. Rief ein Mann hinunter? Klopfte er mit einem Stock an das Holz, das das eckige Dachloch einrahmte? Tut hatte gesagt, sie würde ihn hier treffen. Es wäre wohl das beste, wenn er auf sie wartete.

Schließlich rief er vom Dachloch hinunter, dann kletterte er in das *ulax*. Es war ein kleines *ulax*, nicht einmal halb so groß wie viele im Dorf. Natürlich beherbergten die meisten *ulax* mehrere Familien. Dieses hier gehörte, soweit er in Erfahrung bringen konnte, der alten Frau Qung, und nur sie und Aqamdax lebten hier. Tut hatte ihm gesagt, es sei ungewöhnlich bei den Ersten Menschen, daß eine Frau ein *ulax* besaß. Die meisten gehörten Männern.

Neben den Reisen schien es das schwierigste am Dasein eines Händlers zu sein, die Bräuche eines jeden Dorfes zu lernen. Es geschah leicht, daß man unwissentlich jemanden kränkte. Kormoran hatte ihm eingeschärft, leise und selten zu sprechen, vor allem, wenn er in die Behausung eines Dorfbewohners eingeladen wurde.

Die beiden Frauen standen am Fuß des Kletterstammes, und Qung sprach ein paar unverständliche Worte, die Sok für eine Begrüßung hielt. Er griff in den Korb, zog zwei Halsketten aus Vogelknochen heraus und gab jeder Frau eine, dann blickte er sich um, als suchte er Aqamdax' Mann.

»Ich habe diese Dinge mitgebracht, um deinen Mann zu ehren«, sagte er in der Flußsprache. »Er ist nicht hier?« Als sie nicht antwortete, sagte er in der Walroßsprache ein einziges Wort: »Mann?«

»Kein Mann«, antwortete Qung, ebenfalls in der Walroßsprache.

Jemand rief vom Dachloch, und Sok erkannte erleichtert die Stimme von Tut.

Sie kam den Kletterstamm herab, sprach einen Augenblick mit Qung, sagte dann zu Sok: »Sie verstehen, daß ich hier bin, um zu übersetzen. Was möchtest du ihnen sagen?«

»Sage ihnen, ich weiß jetzt, daß Aqamdax keinem Mann angehört. Sage ihnen, ich möchte, daß sie diese Sachen für sich selbst behalten.«

Tut erklärte es mit vielen Worten, dann lächelte Qung, nahm Sok den Korb ab und stellte ihn auf die Erde. Sie hockte sich daneben und zog die Gaben heraus, begleitete jeden Gegenstand mit einem Ausruf, als wäre sie ein Kind.

Sok beobachtete sie, dann fühlte er eine Hand auf dem Ärmel seines Parkas. »Möchtest du etwas essen?« fragte Aqamdax, formte mit einer Hand eine Schale und schob zwei Finger der anderen in den Mund, als würde sie essen.

»Ja. Ich bin hungrig.« Er wies mit den Lippen auf Qung und den Korb. »Du möchtest nicht sehen, was ich mitgebracht habe?«

Tut wiederholte die Frage, und unter Gelächter, das ihre Mundwinkel hob, übersetzte sie Aqamdax' Antwort. »Sie sagt, daß Qung nicht habgierig ist. Sie wird Aqamdax einen gerechten Anteil geben.«

Aqamdax füllte eine Schale aus einem Kochbeutel, der über einer Öllampe hing, und reichte sie Sok. Er hockte sich hin und aß. Die meisten Frauen würden etwas zu tun gefunden haben – nähen oder Gras flechten, doch Aqamdax hockte sich neben ihn und beobachtete ihn. Er fühlte sich unbehaglich dabei. Er richtete den Blick geradeaus, und als er die Schale geleert hatte, reichte er sie ihr.

Es war keine Höflichkeit in der Frau. Sie bot ihm nicht mehr zu essen an, wartete nicht, daß er zuerst sprach, sondern drehte sich um und sagte etwas zu Tut.

Wieder lachte Tut. »Sie sagt, sie ist kein Dummkopf. Sie sieht an deinen Geschenken, daß du wußtest, daß sie keinen Mann hat. Und sie fragt, da du nicht gekommen bist, ihren Mann zu besuchen – warum bist du hier?«

Er vergalt ihre Grobheit mit einer eigenen und erwiderte: »Ich bin noch hungrig.«

Tut sagte es Aqamdax, und Sok wartete auf einen finsteren Blick oder Zornesworte, aber sie schien nicht gekränkt zu sein. Sie stand einfach auf und füllte seine Schale, gab sie ihm dann zurück. Wieder sah sie ihm beim Essen zu; wieder beachtete er sie nicht.

Als er fertig gegessen hatte, sprach sie schließlich. Tut entfernte sich von Qungs Seite, ohne sich die Mühe zu machen aufzustehen; sie watschelte wie ein Lund, die Beine unter sich gebeugt.

»Aqamdax weiß, daß ihre Mutter bei dem Flußvolk lebt«, sagte Tut zu Sok.

Bevor Sok antworten konnte, rief die alte Frau Qung etwas mit seltsamer Stimme.

»Qung sagt, du hast nicht auf Aqamdax' Frage geantwortet«, sagte Tut. »Sie möchte wissen, warum du hier bist. Warum bringst du diese Geschenke?«

»Mir haben deine Geschichten gefallen«, antwortete Sok.

»Das ist wohl einen Magen mit Öl wert, vielleicht eine Robbenhaut«, fuhr Qung fort, hin und wieder innehaltend, damit Tut übersetzen konnte. »Du gibst zuviel. Das wird nicht erwartet in diesem Dorf. Wir werden eine Sache nehmen, und du kannst den Rest haben zum Tauschen.«

Ein unhöfliches Volk, diese Ersten Menschen, dachte Sok,

dann fragte er sich, ob es unhöflicher war, auszusprechen, was man dachte, oder die wahren Absichten unter einem Mantel aus Worten oder einem Korb mit Geschenken zu verbergen.

»Ich bin gekommen, um Aqamdax zu bitten, mit mir zum Dorf der Walroßjäger zu kommen und eines Mannes Frau zu werden«, sagte er.

Tut übersetzte, und Qung und Aqamdax standen beide mit offenem Mund. Sok wartete, daß eine von ihnen sprach, aber sie schwiegen.

Schließlich sagte er: »Ich weiß, es ist kein leichter Entschluß. Ich werde dich jetzt verlassen und morgen wiederkommen.«

Ohne zu warten, daß Tut übersetzte, stand Sok auf, dankte für das Essen und verließ das *ulax*.

»Was hat er gesagt?« fragte Aqamdax.

»Er wird morgen kommen und deine Entscheidung hören«, antwortete Tut.

Aqamdax sah Qung mit sorgenvollen Augen an.

»Du würdest darauf verzichten, Geschichtenerzählerin zu sein, um Frau eines Händlers zu werden?« fragte Qung.

Aqamdax konnte nicht antworten.

24

Aqamdax watete in die Bucht, zunächst bis zu den Knien, dann weiter. Das Wasser bedeckte die wenigen Haare, die ihre Frauenspalte schützten, reichte dann bis zu ihrem Bauch und hinauf zu ihren kleinen runden Brüsten. Einen Augenblick hob eine Welle sie in die Höhe, und ein Angstschwall ließ sie die Luft anhalten, aber dann fühlte sie wieder Grund unter den Füßen. Sie war noch nie so tief hineingegangen, und wie die meisten Ersten Menschen konnte sie nicht schwimmen. Gewöhnlich ging sie jeden Morgen zum Fluß, zu dem flachen Tümpel, den er dort ausgewaschen hatte, wo er in die Bucht mündete. Dort standen sie und die anderen Frauen, knietief, das Gesicht der neuen Sonne zugewandt, und bespritzten sich mit Wasser, um sich zu reinigen und zu stärken.

Heute war sie wie die Jäger zur Bucht gegangen, stellte sich der Herausforderung des tieferen Wassers und der Kälte, so rauh, daß die Knochen schmerzten. Sie hatte das Wasser der Bucht gewählt, um sich abzuhärten, damit sie bereit war für das, was sie als nächstes tun mußte, nicht nur, um ihr Fleisch abzuhärten, sondern auch ihre Seele. Wie konnte sie anders hoffen zu überleben? Gewiß würde ihr Geist sie im Stich lassen und zurückkehren an diesen Ort, den sie liebte, zu den Steinen und Gräsern und Ufern, die ihre Heimat waren.

»So hast du sie gefragt?«

Sok nickte.

Chakliux beobachtete Sok, wie er seine Knöchel knacken

ließ, zuerst die seiner linken Hand, dann die seiner rechten. »Und?«

»Und sie wird mir heute eine Antwort geben.«

»Du meinst, sie wird mit uns kommen?«

»Die Aussichten sind gut. Man sagt, sie ist unfruchtbar. Obwohl ihre Mächte als Geschichtenerzählerin groß sind, ist sie unfähig, einem Mann ein Kind zu geben.«

»Vielleicht ist sie damit zufrieden, nur Geschichtenerzählerin zu sein.«

»Welche Frau will nicht einem Mann angehören? Selbst eine Geschichtenerzählerin kann nicht erwarten, daß die Dorfjäger sie mit soviel Nahrung versorgen, wie ein Mann und Söhne es tun.«

»Vielleicht ist das wahr«, erwiderte Chakliux, »aber oft ist eine Gabe allein genug, mehr wert als Fleisch oder Öl.«

»Ich habe ihr gesagt, ich würde viele Gaben geben«, antwortete Sok.

Chakliux blickte fort, versuchte nicht, seinem Bruder zu erklären, was er meinte.

Sie saßen bei den *iqyax*-Gestellen, mit dem Rücken zum Wind, und hatten die Kapuzen aufgesetzt, um ihre Ohren vor dem Wind zu schützen.

»Erhoffe dir nicht zuviel, Bruder«, sagte Chakliux.

Der Wind wehte plötzlich schneidend um die Gestelle, blies ihnen Sand ins Gesicht. Chakliux schloß die Augen und zog seine Kapuze fester zusammen. Tut hatte ihm erzählt, daß der Wind hier stärker war als dort, wo die Walroßjäger lebten, und Händler behaupteten, weiter im Westen sei er noch stärker. Chakliux blinzelte den Sand aus den Augen, dann bemerkte er etwas, das aus dem Wasser kam.

Ein Otter, dachte er und schob die Kapuze zurück, um besser sehen zu können. Der dunkle Otterkopf entstieg dem Wasser, hob sich und wurde nicht Otter, sondern Frau, die Haare schwarz und glänzend wie Obsidian, anliegend wie ein Kleidungsstück auf den Schultern und Brüsten der Frau.

Er hörte Sok neben sich stöhnen, dann fühlte er seines Bruders Hand grob um seinen Arm. »Wende den Kopf ab, Bruder«, sagte er.

Und Chakliux wußte, er sprach die Worte nicht, weil die Frau nackt war. Die Ersten Menschen achteten nicht so sehr darauf, ihre Körper voreinander zu verbergen, wie es die Flußmenschen taten. Er sprach, weil die Frau eine heilige Waschung vollzog, ein Brauch unter den Ersten Menschen, wie Tut einmal erklärt hatte.

Dennoch, die Anmut der Frau bannte ihn, und plötzlich erkannte er Aqamdax, die Geschichtenerzählerin. Sie hob die Hände zum Himmel, dann ließ sie sich wieder hinab in das Wasser, wo sie abermals Otter zu werden schien. Sok hatte recht, dies war eine heilige Handlung.

Er wandte den Kopf ab, schloß die Augen.

Qung sah nicht auf, als Aqamdax in das *ulax* trat. Die alte Frau flocht einen ihrer Graskörbe. Er war klein, nicht größer als ihre Faust, nichts zum Sammeln oder für Vorräte, ein Korb für die Augen, wie Qung dazu sagen würde.

»Setze dich hierher«, sagte sie, ohne von ihrer Arbeit aufzusehen.

Aqamdax setzte sich neben sie.

»Schau zu«, sagte Qung.

Aqamdax richtete den Blick auf Qungs geschickte Finger. Das Hauptstück des Korbes lag in ihrer linken Hand, und sie hielt dünne Stränge von gespaltenem Gras zwischen ihrem linken Zeigefinger und Mittelfinger, während ihre rechte Hand Schußstränge über Kettstränge wand. Wenn Qung sie aufforderte zuzuschauen, saßen beide Frauen gewöhnlich schweigend, doch diesmal hob Qung zu sprechen an, während ihre Finger im Takt ihrer Worte arbeiteten.

»Einen Korb flechten ist kaum anders als eine Geschichte flechten«, begann sie. »Die Grasstränge sind wie Worte. Jedes hat seinen Platz; jedes besitzt Kraft, sie dem Ganzen beizufügen. Ich habe das Gras sorgsam ausgewählt – starke Innenhalme, langsam getrocknet –, so wie ich meine Worte wähle.« Sie tauchte die Finger in eine kleine Holzschale mit Wasser. »Ich halte es naß, so daß es sich erinnert, wie es stark wurde und wuchs im Regen, und so stark bleibt, während ich flechte, so wie Geschichten stark bleiben und stärker werden mit jeder Erinnerung.«

Dann schwieg sie, und Aqamdax senkte den Kopf, um Qungs Finger zu beobachten. Sie flocht eine lange Zeit, dann hielt sie inne, stülpte ihren Korb über eine geschnitzte Holzform von derselben Größe und Gestalt wie der Korb. Sie suchte in den Strängen von gespaltenem Gras neben sich, wählte zwei aus, kreuzte sie in der Mitte, schlang sie übereinander, wand sie zusammen. Jetzt waren sie Schußstränge. Sie tat einen Kettstrang dazwischen, wand die Schußstränge darüber, fügte wieder Kettgras hinzu. Sie blickte zu Aqamdax auf.

»Du hast beschlossen, mit den Händlern zu gehen, nicht wahr?«

Aqamdax verschränkte die Finger im Schoß. »Meine Mutter lebt bei dem Flußvolk. Vielleicht werde ich sie finden.« Sie erwähnte nicht, was Mund und die anderen Frauen gesagt hatten.

Qung kugelte sich zusammen, legte die Arme um die angezogenen Knie, senkte den Kopf, so daß Aqamdax ihre Gesicht nicht sehen konnte. Schließlich sprach sie, ihre Worte fast ein Flüstern. »Wenn du Frau von einem Händler wirst, wirst du vielleicht wiederkommen.«

»Vielleicht jedes Jahr«, sagte Aqamdax.

Qung hob den Kopf. »Du wirst die Geschichten nicht vergessen?«

»Ich werde die Geschichten nie vergessen.«

Wieder Schweigen. Qung betastete den Korb, den sie soeben angefangen hatte, dann schob sie ihn Aqamdax zu. »Du hast viel zu lernen. Schau mir zu, und folge meinen Händen.« Sie nahm ihren eigenen Korb zur Hand und begann zu flechten. Aqamdax, die Finger feucht vor Aufregung, sah zu, versuchte, es nachzumachen. Es war schwierig. Das Gras war so dünn, das runde Gebilde aus Kette und Schuß so zart unter ihren Händen. Sie flocht, und Qung legte ihre eigene Arbeit nieder, um zuzusehen, schüttelte den Kopf, löste auf, was Aqamdax geflochten hatte, ließ sie von vorn anfangen.

Den ganzen Nachmittag arbeiteten sie, und trotzdem hatte Aqamdax fast nichts geschafft. Schließlich prüfte Qung ihr Werk und nickte mit dem Kopf, ließ Aqamdax fortfahren, zeigte ihr dann, wie sie weitere Kettstränge hinzufügen mußte. Aqamdax flocht, obgleich ihr Hals und ihre Schultern schmerzten, ihre Augen brannten.

»Genug«, sagte Qung schließlich. »Leg es fort. Dein Flußmann wird bald kommen.«

Aqamdax legte das kleine geflochtene Rund beiseite, das sie vollendet hatte. Sie kämmte ihr Haar, ölte ihre Haut, bis sie glänzte, vertauschte ihre gewebten Grasschürzen mit denen, die sie nur zu Feierlichkeiten trug: aus hellen bunten Bändern gewebt, die bis auf ihre Knie herabhingen, eine von der Vorderseite ihres Gurtes, die andere von der Rückseite.

Als sie aus ihrem Schlafplatz trat, sah Qung sie an, kniff die Augen zusammen und sagte: »Sie haben dir den rechten Namen gegeben. Aqamdax – Moltebeere. Die Moltebeere hält ihre einzige Beere an einem Stengel hoch über der Pflanze. Auf diese Weise sieht sie alle Dinge, aber sie ist auch die erste, die im Frost des Winters stirbt. Genau wie die Moltebeere, hebst du den Kopf zu hoch, versuchst immer, zu viel zu sehen von der Welt um dich herum. Du solltest vorsichtiger sein, wie die Krähenbeere, die sich geborgen in ihre Heidezweige schmiegt.«

Aqamdax hatte auf Qungs bewundernde Schmeicheleien gehofft oder gar auf einen Rat, wie sie mit dem Flußhändler umgehen solle. Nachdem sie Qungs Worte vernommen hatte, verfiel sie beinahe wieder in die gewohnten Erwiderungen, die sie bei den Frauen von Er-singt benutzt hatte, doch sie verschloß ihre Lippen fest über den groben Worten und sagte statt dessen: »Aber Tante, was schmeckt süßer als die Moltebeere nach dem ersten Frost?«

Qung antwortete nicht.

Er kam mit der alten Frau Tut, keine Frau, die Qung gern in ihrem *ulax* hatte. Schließlich hatte Tut die Ersten Menschen freiwillig verlassen wegen eines Walroßjägers, nicht einmal eines guten Jägers, wie Qung gehört hatte. Aber wer kann sicher sein, daß Geflüster hinter vorgehaltener Hand jemals wahr ist? Sie sah gut aus. Alt, aber wer wurde nicht alt? Nur die, welche jung starben.

Sie war eine Frau der Stimmen, diese Tutaqagiisix, mit einem Zauber in der Zunge, der es ihr ermöglichte, die Sprachen von Händlern zu sprechen, nachdem sie ihnen nur wenige Tage gelauscht hatte. Qung hatte sie stets um diese Kunst beneidet. Einmal, als junges Mädchen, hatte sie gar versucht, eine gehütete Kleinigkeit zu tauschen für das Wissen, wie Tut das machte. Doch Tut behauptete, es nicht sagen zu können – als ob eine solche Behauptung wahr sein könnte –, und so hatte Qung auf diese Weise auch die Habgier der Frau kennengelernt.

Es war gut, daß sie zum Walroßvolk gegangen war. Wenn ein Mensch Habgier in einem Bereich des Lebens zuläßt, breitet sie sich bald aus. Niemand braucht eine Frau, die mehr als ihren Anteil an Öl oder Nahrung nimmt, sei es im Glück oder im Unglück.

Zudem, wenn Tut geblieben wäre, hätte man Qung vielleicht nicht zur Geschichtenerzählerin erkoren. Wie hätte sie dann leben sollen, nachdem ihr Mann gestorben war? Sie hatte Tuts Entscheidung, dieses Dorf zu verlassen, viel zu verdanken, dachte Qung, und aus diesem Grunde gab sie der Frau einen Ehrenplatz nahe der Öllampe, neben dem Flußhändler, der gekommen war, um ihr Aqamdax fortzunehmen.

Sok hatte Tut nach den Wegen der Höflichkeit gefragt, die von den Ersten Menschen befolgt wurden. Schweigen, hatte Tut ihm gesagt. Stille. Zuerst hatte Sok gelächelt, überzeugt, daß sie scherzte. Welcher Mann geht in eine Behausung und behält seine Worte im Mund? Wozu sonst kamen Menschen zusammen, wenn nicht zum Essen und Reden? Doch Tut hatte ihre Behauptung wiederholt und dann gesagt: »Wie kannst du deine Achtung für die Gedanken eines anderen Menschen besser bekunden als mit Schweigen? Ist es höflich, diese Gedanken mit den eigenen zuzudecken? Was ist höflich daran?«

Es war eine merkwürdige Denkweise, doch Sok konnte verstehen, wie ein Volk dahin gelangen mochte, so etwas zu glauben. Es gab Zeiten, da er seine eigene Behausung verlassen mußte, und sei es nur, um fortzukommen von den vielen Worten von Rotes Blatt, ihrem Drang, allen Raum um sie auszufüllen mit ihrem Gesang und Geschwätz und ständigen Berühren.

Daher folgte er, als er nun den von Qung zugewiesenen Platz einnahm, Tuts Führung, wartete, daß ihre Blicke ihm sagten, wann er sprechen sollte. Zuerst bereitete das Schweigen ihm Unbehagen. Es war lauter in seinen Ohren, als wenn jemand geschrien hätte. Dann begann er, sich in dem *ulax* umzusehen, die Steinlampen zu betrachten, in denen Öl verbrannte und eine nahezu rauchlose Flamme emporschickte, so daß die Luft in dem *ulax* viel reiner war als in den Behausungen des Flußvolkes. Er besah die gewebten Grasmatten, die an Holzrahmen rings um den großen Mittelraum hingen. Hinter diesen Matten, hatte Tut ihm erklärt, waren getrennte Schlafplätze. Die Decke war mit Gras und Grasmatten bespannt, gehalten von Treibholzstücken und Weidenzweigen. Der Fußboden war mit Gras ausgelegt. Wo die Schlafvorhänge ihm nicht den Blick versperrten, konnte Sok sehen, daß ein Graben, eine Handlänge tief, nahe den Erdwänden in den Boden gezogen war, und er fragte sich, ob es im Laufe des Jahres Zeiten gab, vielleicht im Frühjahr, wenn der Schnee schmolz, da Wasser durch die Wände drang.

Jetzt, im Sommer, war das *ulax* trocken und warm, robust genug, um den heftigen Winden zu trotzen, die oft über das Ufer hinwegfegten.

Schließlich sprach Qung, äußerte ein paar Worte. Tut antwortete, ließ sich jedoch nicht herbei zu übersetzen. Tut hatte ihm gesagt, sie würden vom Wetter sprechen, von kleinen Ereignissen im Dorf, ganz so, wie es die Flußmenschen taten, wenn jemand zu Besuch kam. Dann würden sie essen, und wenn das getan wäre, würde Tut die Frage nach dem Brautpreis stellen.

Aqamdax saß still an einem Platz, der angefüllt schien mit Haufen von getrockneten Gräsern. Woran ihre Hände auch arbeiteten, es war so klein, daß Sok es nicht richtig sehen konnte. Vielleicht begann sie mit dem Flechten eines Graskorbes, wie ihn die Frauen des Dorfes herstellten, doch dieser schien winzig. Aber wahrscheinlich waren alle Körbe zunächst klein, er hatte ja nie sehr auf Frauen und ihre Korbflechterei geachtet.

Aqamdax war eine große Frau, größer als Rotes Blatt, doch mit zarteren Knochen, schmaler, obwohl die meisten Ersten Menschen von gedrungenem Körperbau waren. Sie trug das Haar lang und lose, hinter die Ohren geschoben. Ihr Gesicht war rund, ihre Augen waren länglich.

Qung und Tut sprachen eine lange Zeit miteinander. Schließlich sagte Qung etwas zu Aqamdax. Sie hob den Kopf, und Sok spürte die Glut ihrer Augen auf seinem Gesicht. Sein

Körper spannte sich vor Verlangen, doch er besann sich, daß sie Yehls Frau werden sollte.

Aqamdax stand auf, füllte eine Schale mit dunklem, süßem Seelöwenfleisch. Sie bot ihm die Schale an, danach auch eine Robbenblase mit Wasser. Qung gab Tut zu essen, dann füllten die beiden Frauen von den Ersten Menschen Schalen für sich selbst, setzten sich und aßen. In einigen Dörfern, hatte Tut ihm erzählt, aßen die Männer zuerst, die Frauen später, aber hier aßen die Frauen oft mit ihren Männern, und es wurde nicht als unhöflich angesehen. So etwas würde bei dem Flußvolk nicht geschehen, zumal während der Hungermonde im späten Winter, wenn das Leben der Menschen von der Stärke ihrer Jäger abhing.

Als alle fertig gegessen hatten, sprach Tut mit Qung, sagte dann zu Sok: »Jetzt mußt du fragen.«

Einen Augenblick sah er nicht die Frauen, die neben ihm saßen, sondern das kleine Gesicht, die großen Augen von Schnee-im-Haar. Die Worte, die er geübt hatte, kamen zu ihm, und er sprach von Yehl, dem Schamanen des Walroßvolkes, von der Stärke des Mannes, der Weisheit. Er sprach von den Geschenken, die Aqamdax und Qung erhalten würden, dem Ehrenplatz, den Aqamdax als Geschichtenerzählerin im Dorf der Walroßjäger einnehmen würde, und während er sprach, übersetzte Tut seine Worte für Qung und Aqamdax.

Chakliux ging am Ufer entlang. Heute abend würde Sok erfahren, ob die Geschichtenerzählerin mit ihnen kommen würde oder nicht. Chakliux schüttelte den Kopf. Warum sollte sie? Sie hatte allen Grund hierzubleiben, bei ihrem Volk, ihren Verwandten. Es war dumm von Sok, zu glauben, er könne sie überzeugen. Aber warum über Soks Dummheit klagen? Sie hatte Chakliux Gelegenheit gegeben, in dieses Dorf der Ersten Menschen zu kommen, ihre *iqyan* in Augenschein zu nehmen, ihr Paddeln zu beobachten und sich Wege auszudenken, wie er sein eigenes *iqyax* stärker machen und seine Geschicklichkeit verbessern konnte. Zwei Männer hatten ihn sogar mitgenommen, um Seeotter zu jagen. Sie hatten ihm Otterpfeile für seinen Speerwerfer geborgt, hatten ihn den ersten Wurf tun lassen, als sie eine Gruppe Otter entdeckten. Sie waren mit zweien zurückgekommen und hatten Chakliux großzügig die Otterzähne gegeben.

Sie waren ein gutes Volk, diese Ersten Menschen, erfüllt von Scherzen und Gelächter, mit vollen, starken Stimmen, die sie zum Gesang erhoben, wenn sie in ihren *iqyan* waren. Man hatte Chakliux erzählt, sie seien nicht ganz Mensch, aber nun, da er sie besser kennengelernt hatte, fand er, daß jene, die das sagten, im Unrecht waren. Vielleicht waren andere Erste Menschen, fern im Westen auf den Inseln am Rande der Welt, nicht ganz Mensch, doch diese hier waren so sehr Mensch wie er. Er sah hinab auf seinen Otterfuß, dann lachte er über sich. Wie viele dachten, er sei nicht ganz Mensch? Sogar Blaubeere. Sogar die Kinder in dem Dorf, wo er aufgewachsen war.

Der Himmel verdunkelte sich für die kurze Sommernacht. Chakliux drehte sich um und ging zurück zu der Zeltunterkunft, die er und Sok sich mit den Walroßmännern teilten. Er konnte den Schein ihres Feuers nahe dem Eingang sehen. Er war neugierig, ob Sok vom *ulax* der Geschichtenerzählerin zurück war. Was auch geschehen war, sie würden dieses Dorf bald verlassen und zu den Walroßjägern zurückkehren.

Er seufzte. Wie eigenartig. Obwohl er ihre Sprache nicht kannte, hier weder Frau noch Familie hatte, wollte er bleiben.

Aqamdax zog die Brauen zusammen und runzelte die Stirn. Sie sagte etwas zu Qung, und Qung sprach zu Tut.

Sok beugte sich zu Tut vor. »Ist sie zornig?« fragte er.

Tut hob eine Hand zu ihm hin. Sok ballte die Fäuste. Nach allem, was Tut ihm erzählte, könnte er ebensogut nicht hier sein. Wieder wies er auf den Stapel Tauschwaren, die er als

Brautpreis mitgebracht hatte. Er hatte Dinge, die er noch anbieten konnte, Gaben, die er zurückhielt für den Fall, daß Qung und Aqamdax größerer Überredung bedurften.

Er machte Anstalten aufzustehen. »Ich habe mehr. In meinem Zelt«, sagte er.

Tut, die noch mit Qung sprach, sah ihn an. »Setz dich und sei still«, sagte sie, als wäre er ein Kind.

Er mußte sich in die Wangen beißen, um seinen Zorn in seinem Mund verschlossen zu halten. Es gab eine Schwierigkeit, doch wie konnte er helfen, wenn Tut ihm nicht sagte, was es war? Dachte sie, sie wüßte mehr als er? Er war ein Mann, gewohnt, beim Tauschen zu verhandeln, gewohnt, mit Worten zu kämpfen. Was wußte sie? Sie war nur eine alte Frau.

Er wünschte, er hätte Chakliux mitgebracht. Sein Bruder hatte die Walroßsprache rasch gelernt, und konnte er auch kein langes Gespräch führen, wußte er doch genug, um seine Wünsche zu nennen. Vielleicht hatte er in den wenigen Tagen, seit sie hier waren, auch ein paar Worte der Ersten Menschen aufgeschnappt, wenigstens genug, um zu erraten, was vorging. Doch Sok hatte gefürchtet, daß Chakliux, wenn er mitkäme, einen Anteil der Bezahlung von Yehl erwarten würde, und dann bliebe vielleicht nicht genügend für Sok, um es Wolf-und-Rabe für Schnee-im-Haar zu geben.

»Aqamdax' Mutter hat dieses Dorf mit einem Händler vom Flußvolk verlassen. Aqamdax fragt, ob du helfen kannst, die Frau zu finden. Ihr Name ist Daes.«

»Ich könnte es versuchen.«

Tut sprach eine lange Zeit zu Qung, doch Qung sagte wenig, hielt die Lippen gestrafft, als wollte sie ihre Worte drinnen behalten.

Schließlich seufzte Tut und sagte zu Sok: »Ich kann es nicht besser machen.«

»Ich sagte dir, ich habe mehr Waren.«

Tut schüttelte den Kopf. »Qung sagt, was du geboten hast,

ist genug. Sie rät dir, den Rest zu behalten, damit du gut für deine Frau sorgen kannst.«

»Du hast ihr von Rotes Blatt erzählt?« fragte Sok.

Tuts bedächtiges Lächeln ging nur über eine Seite ihres Mundes. »Aqamdax wird mit dir kommen«, teilte sie Sok mit, »aber nicht als Yehls Frau. Sie wird nur als *deine* Frau mitkommen.«

Sok konnte nicht verhindern, daß die Überraschung sich in seinem Gesicht zeigte. Er sah Aqamdax an, und sie stand auf. Der Widerschein des Lampenlichts auf ihrer geölten Haut warf einen roten Schimmer auf die dunklen Spitzen ihrer Brüste, auf den glatten Fall ihrer Haare. Ihre Augen waren beschattet, dunkle Höhlen im Rund ihres Gesichts.

Sie streckte die Hand nach ihm aus. Langsam hob er seine Hand, fühlte ihre langen, schmalen Finger auf seiner Handfläche.

»Es gibt keine Förmlichkeit?« fragte Sok Tut.

Sie schüttelte den Kopf. »Geh einfach mit ihr«, sagte sie. Sie blickte ihm in die Augen, und er sah die Frage in den ihren, doch Sok sah Aqamdax an und drängte diese Frage aus seinen Gedanken. Es würden andere Tage kommen, um an Yehl zu denken, andere Tage, um zu beschließen, was zu tun war.

Er folgte Aqamdax in ihren Schlafplatz.

25

Aqamdax konnte Qung nicht ansehen, als sie den Flußhändler in ihren Schlafplatz führte. Qung dachte vermutlich, sie habe sich nur ausbedungen, seine Frau zu sein, um diesen Mann in ihre Decken zu bekommen. Was konnte sie anderes annehmen, nach dem, wie Aqamdax ihr Leben gelebt hatte, bevor sie Geschichtenerzählerin war?

Aber dies war nicht dasselbe. Jetzt konnte sie auf ehrenhafte Weise eines Mannes Frau sein. Es war auch eine Möglichkeit für sie, ihre Mutter zu finden, und weil ihre Absicht ehrenhaft war, würde sie vielleicht eines Tages Kinder haben.

Qung würde eine andere zur nächsten Geschichtenerzählerin erwählen müssen. Gewiß würde diese achtbarer sein als Aqamdax, und wenn die Lachse ihretwegen beleidigt waren, würden sie nun sehen, daß die Ersten Menschen die Dinge wieder auf ehrenhafte Weise ausführten.

Der Flußhändler wurde Sok genannt. Tut erklärte ihr, der Name bedeute Schrei des Raben. Es war ein guter Name für ihn, ein mächtiger Name. Er war ein starker Mann, die Muskeln von Armen und Brust waren kräftig und massig. Er hatte die große spitze Nase, die sie schon an anderen Händlern gesehen hatte, volle Lippen und tiefliegende Augen, dichtes dunkles Haar, das er zu zwei kurzen, steifen Zöpfen flocht. Zuweilen steckte er Zierat aus Knochen in seine Ohrläppchen, doch anders als die Ersten Menschen trug er keinen Nasenpflock.

»Sok«, sagte sie leise und berührte sein Gesicht. Ihre Augen hatten sich noch nicht an das Dunkel des Schlafplatzes gewöhnt, doch sie fühlte, daß er lächelte.

»Man nennt mich Aqamdax«, sagte sie. Sie legte eine Hand auf ihre Brust und sagte wieder: »Aqamdax.«

Sie wartete, daß er es wiederholte, aber er tat es nicht, und aus irgendeinem Grunde war sie enttäuscht. Du bist töricht, schalt sie sich. Du bist jetzt Frau, benimm dich wie eine. Bei diesem Gedanken durchfuhr sie ein Freudenschauer, und sie beugte sich vor, schob ihre Hand unter seinen Parka. Es war ein gut genähter Parka, so schön, wie sie je einen gesehen hatte, und sie fragte sich, ob Sok noch eine andere Frau hatte. Zweite Frau wäre besser als keine, sagte sie sich. Aber da er ein Händler war, hatte er den Parka vielleicht in einem Dorf erstanden, wo die Frauen sich etwas auf ihre Nähkünste zugute hielten.

Sie fuhr mit den Händen an seinem Körper entlang, dann über seine Brust. Seine Haut war heiß. Plötzlich kreuzte er die Arme, ergriff das untere Ende seines Parkas und zog ihn sich über den Kopf. Er blieb einen Moment stehen, ohne sich zu rühren, dann legte er sich auf die Decken aus Fuchsfell und zog Aqamdax mit sich, drückte das Gesicht an ihren Hals und ließ seine Zunge an ihre Haut schnellen. Aqamdax schloß die Augen, verlor sich in der Wonne seiner Berührung. Sie legte die Hände an seine Schenkel, hörte sein leises Einatmen, und dann waren seine Hände auf ihr, bewegten sich zu schnell, mit zuviel Dringlichkeit.

Wieder ließ Aqamdax keine Enttäuschung zu. Die meisten Männer hatten wenig Geduld für die sanfte, langsame Berührung, die ihr Freude machte. Er wollte sie jetzt, und er war ihr Mann. Sie stemmte sich hoch, setzte sich rittlings auf ihn. Seine Hände umklammerten ihre Hüften, zogen sie nach unten. Sie begann sich zu bewegen, hoffte, ihm zu gefallen, hoffte, ihn zu erfreuen.

Qung versuchte, auf Tut zu hören statt auf das Geräusch, das Aqamdax und der Händler hinter den Schlafvorhängen machten. Was war ehrenhafter als die Vereinigung von Mann und Frau? fragte sie sich, während Tuts Geplapper das *ulax* erfüllte. Was war besser für Aqamdax, als einem Mann anzugehören? Er könnte sogar helfen, ihre Mutter zu finden. Daes hatte eine solche Tochter nicht verdient, aber jedes Kind braucht eine Mutter, und wenn Aqamdax auch erwachsen war, welche Frau war nicht manchmal ein Kind?

Ja, es war so das beste. Und es würde gut sein, das *ulax* wieder für sich allein zu haben, zu wissen, daß das, was sie in die Speisenische tat, noch da wäre, wenn sie es suchte. Wie gut, nicht die schnalzenden Zungen der Frauen zu fürchten. Wer würde beklagen, daß Aqamdax Frau geworden war, und wer würde den guten Brautpreis beklagen, den Sok für sie gegeben hatte? Ja, es war gut, sehr gut.

Wenn Tut jetzt nur gehen und ihr Zeit lassen würde für dumme Tränen.

Am nächsten Morgen watete Chakliux in die Bucht, bis ihm das Wasser an die Schenkel reichte. Er war schon in kaltem Wasser gewesen. Der Vetter-Fluß war niemals warm, und Chakliux schwamm oft in den Tiefen. Er sagte sich, der Unterschied für ihn sei ähnlich dem, den ein Flußotter empfindet, wenn er erstmals im Meer schwimmt, und dann stürzte er sich rasch hinein, duckte sich, tauchte mit dem Kopf unter, zog mit kräftigen Schlägen seiner Arme durch das kalte Wasser, bis er über den Grund glitt, das Anheben der Wellen spürend, die über ihn hinwegwogten, den Sog einer Strömung, die längs dem Ufer verlief. Er schwamm, bis seine Lungen schmerzten und nach Luft verlangten, dann stieß er sich hinauf zum Licht.

Sein Kopf durchbrach das Wasser in einiger Entfernung von der Stelle, wo er hineingegangen war, näher am Ufer, wo zwei

Jäger von den Ersten Menschen in knietiefem Wasser wateten. Einer sprach zu Chakliux, doch Chakliux konnte ihn nicht verstehen. Er setzte seine Füße auf den Grund und stand auf.

»Verstehe nicht«, sagte er in der Walroßsprache.

»Du sprichst die Walroßsprache«, sagte der andere Jäger. Sie sahen wie Brüder aus, doch Chakliux war nicht sicher. Viele Erste Menschen sahen sich ähnlich.

»Ein wenig«, sagte Chakliux.

»Du bist der, den sie Otter nennen«, sagte der Jäger.

Chakliux war überrascht. Er wußte nicht, wie die Walroßmenschen oder die Ersten Menschen ihn nannten.

»Menschen schwimmen nicht. Du mußt Otter sein.«

»Jeder kann schwimmen.«

Die Männer lachten und wateten ans Ufer. Chakliux folgte ihnen. Als er zu seinen Kleidern kam, rieb er mit einer seiner Stiefeleinlagen aus Hasenfell wieder Gefühl in seine Arme und Beine, dann sah er, daß die Männer das Wasser nur mit den Handkanten von ihren Körpern schlugen, und so tat Chakliux es ihnen gleich.

Er zog seine Gamaschen an. Das Leder klebte an seiner nassen Haut. Er nahm seine Hasenfelleinlagen, schlüpfte in Stiefel und Parka. Jemand rief ihn. Es war Sok. Tut war bei ihm – nein, nicht Tut. Tut trug nicht die Kleidung der Ersten Menschen. Es war Aqamdax, die Geschichtenerzählerin.

Als Chakliux näher kam, legte Sok seinen Arm um die Schultern der Frau. Chakliux sah seinem Bruder streng ins Gesicht. Sok war die ganze Nacht fort gewesen, und nun benahm er sich, als sei die Geschichtenerzählerin seine Frau. In vielen Dörfern wären die Menschen gekränkt, wenn ein Mann so sorglos war mit seiner Berührung.

»Sie gehört zu mir«, sagte Sok und lächelte.

»Sie hat eingewilligt, mit uns zu den Walroßjägern zu kommen?«

Sok lachte. »Sie ist meine Frau.«

Als die Walroßjäger Kormoran und Rote Feder die Frau sahen, jubelten sie vor Freude. Geschichtenerzählerinnen wurden nicht leicht an ein anderes Dorf abgegeben. Wer konnte sagen, was geschehen würde, wenn sie Geschichten mit sich nahmen an einen Ort, wo diese Geschichten nie gewesen waren? Dann wiederum, wer konnte sagen, was geschehen würde, wenn ein Händler nicht tat, was ein Schamane verlangte? Insbesondere ein Schamane, der dafür bekannt war, daß er seine Mächte benutzte, um denen Schaden zuzufügen, die ihn erzürnten.

»So«, sagte Chakliux zu Sok, als die Händler feierten und Aqamdax ihnen zusah, lächelnd, lachend, »und wann erfahren Kormoran und Rote Feder, daß sie deine Frau ist? Jetzt oder heute abend, wenn du sie mit in deine Schlafdecken nimmst? Hast du dich vorbereitet auf ihre Messer?«

»Ich habe mein Teil getan«, sagte Sok. »Ich habe die Frau erworben, und sie hat versprochen, mit uns zum Dorf der Walroßjäger zu kommen. Denkst du, das war leicht? Du bist es, der es den Männern sagen muß. Wie kann ich zu ihnen sprechen? Ich kenne ihre Sprache nicht.«

Zorn schnürte Chakliux' Brust ein. Soks Torheit konnte sie das Leben kosten.

»Dann, Bruder«, sagte Chakliux, »werde ich ihnen vielleicht erzählen, was sie hören wollen. Daß du die Frau für ihren Schamanen erworben hast. Dann wird es deine Wahl sein, mit ihr das Lager zu teilen oder nicht, es wird deine Kehle sein, die aufgeschlitzt wird, wenn du es tust.«

»Das kannst du ihnen nicht erzählen. Tut wird die Wahrheit erfahren und sie ihnen mitteilen.«

Chakliux zuckte die Achseln. »Trotzdem, besser dein Leben als meines.«

Sok packte Chakliux an den Schultern. »Ich habe sie gebeten, Frau des Schamanen zu werden, doch sie hat sich geweigert. Sie wollte nur als meine Frau mitkommen.«

»Das gibt uns wenigstens einen Beweggrund«, sagte Chakliux. »Ich suche Tut. Es ist am besten, wenn wir sie um Rat fragen, und wir verlassen uns lieber auf ihre Worte als auf meine, um dies alles zu erklären. Versuche, deine Hände von Aqamdax zu lassen, bis ich zurückkehre.«

Als er ging, glaubte er den Blick der Geschichtenerzählerin in seinem Rücken zu spüren, aber vielleicht war es nur Gguzaakk, die darauf wartete, zu sehen, was geschehen würde.

Er fand Tut im *ulax* des obersten Jägers, ihre Stimme erhob sich über das Geplapper der Frauen. Er rief vom Dachloch hinunter, fragte nach ihr. Tut forderte ihn auf hereinzukommen, und er trat ein, staunte, als er den gekerbten Stamm hinabstieg, über die Größe des *ulax*. Es war reinlich, ordentlich gehalten, der Boden bedeckt mit langen Matten aus getrocknetem Gras, die Lampendochte brannten fast ohne Rauch. Geflochtene Blätter und Wurzeln, mitunter ganze Pflanzen hingen von den hohen Dachsparren herab.

Sie verstanden es, Behausungen zu bauen, diese Ersten Menschen.

Er wartete neben dem Kletterstamm, versuchte, Tuts Blick auf sich zu ziehen, aber sie wollte ihn nicht ansehen. Sie weiß, daß ich sie holen möchte, dachte Chakliux, aber sie will die Frauen nicht verlassen. Warum sollte sie?

Er besann sich, wie oft er zurückdachte an sein eigenes Dorf, sein eigenes Volk. Er vermißte die Weisheit der Ältesten, ihre Geschichten von Jagden und harten Wintern. Tut mußte die Menschen dieses Dorfes ebenso vermißt haben.

Schließlich sagte die älteste Frau etwas zu Tut, hob das Kinn zu einem durch Vorhänge abgetrennten Bereich an der Wand des *ulax*. Tut schüttelte den Kopf, stand dann auf und kam zum Kletterstamm.

»Grasaugen möchte wissen, ob du hungrig bist.«

»Du mußt unbedingt mit mir kommen«, sagte er.

»Jetzt?«

»Ja. Es tut mir leid, aber mein Bruder hat etwas getan, das uns Ärger bringen könnte.«

»Er hat die Geschichtenerzählerin zur Frau genommen.«

»Du hast es gehört?«

»Ich war dabei.«

»Wissen es andere im Dorf?«

»Denkst du, so etwas könnte eine ganze Nacht hindurch ein Geheimnis bleiben?«

»Diese Frauen, was denken sie?«

»Sie sind froh«, sagte Tut. »Sie sagen, sie wird ihm eine gute Frau sein. Sie wollen wissen, ob ihr sie mitnehmt zum Flußvolk oder ob dein Bruder hier bei uns leben wird.«

»Er gedenkt sie mitzunehmen.«

Tut zuckte die Achseln. »Wo ist dann die Schwierigkeit?«

Chakliux senkte die Stimme. »Tut, du weißt, die Walroßjäger sind hier, um sie als Frau für ihren Schamanen zu erwerben.«

»Und Sok hat ihnen noch nicht gesagt, daß er selbst ihr Mann ist?«

»Nein.«

Tut warf den Kopf zurück und lachte. »Und darüber soll ich mich grämen?«

»Tut, bitte komm mit.«

»Du sprichst die Sprache. Sag du es ihnen.«

»Du willst es bei einer Sache wie dieser auf meine geringen Kenntnisse ihrer Sprache ankommen lassen?«

Tut bedachte ihn mit einem mürrischen Blick, dann seufzte sie und drehte sich um, sprach mit schnellen Worten zu den Frauen der Ersten Menschen, bedeutete ihm dann, den Stamm hinaufzuklettern. Er wartete auf dem Dach des *ulax*, und schließlich kam sie. Er half ihr hinunter, dann entzog sie sich ihm, ging mit schweren Schritten, stampfte mit den Füßen auf die Erde wie ein zorniges Kind. Schließlich fragte sie: »Und was soll ich ihnen sagen?«

»Sag ihnen die Wahrheit«, antwortete Chakliux. »Sage, daß sie nicht mit uns kommen wollte, es sei denn als Soks Frau, und daß es dem Schamanen des Walroßvolkes obliegt, sie mit Geschenken und Versprechungen zu gewinnen, wenn wir in ihr Dorf kommen.«

Sie nickte und sagte nichts mehr, bis sie zum Zelt der Händler kamen.

Chakliux hörte Aqamdax' Stimme schon, als sie sich dem Zelt näherten, und obwohl sie in der Sprache der Ersten Menschen redete, konnte er an ihrem Tonfall erkennen, daß sie eine Geschichte erzählte. Ihre Stimme hob sich ihnen entgegen, als sie das Zelt betraten, obwohl sich die Geschichtenerzählerin nicht von der Mitte der Unterkunft fortbewegte. Die Walroßhändler saßen, lauschten, ebenso Sok; ein Lächeln legte sein Gesicht in Falten. Als er Chakliux sah, sagte er: »Sie erzählt uns eine Geschichte. Du siehst, welche Mächte sie hat. Hör zu.«

Sie sprach mit vielen Stimmen, und ihr Gesicht glühte von ihren Worten; ihr Körper bewegte sich mit dem Auf und Ab ihrer Rede. Zu seiner Verwunderung fühlte Chakliux, wie seine Lenden sich vor Verlangen spannten, und schließlich schloß er die Augen, so daß er sie nicht sehen konnte. Es war töricht, eines Bruders Frau zu begehren.

Und so, im Dunkeln, hörte er Tut den Walroßjägern berichten, daß Sok und Aqamdax Mann und Frau waren. Zu Chakliux' Überraschung schienen sie zu denken, daß Sok klug gehandelt hatte. Ob sie erwarteten, daß Sok sie Yehl übergeben würde, sobald sie in das Dorf der Walroßjäger zurückgekehrt waren, vermochte Chakliux nicht zu sagen. Und Sok? Würde er gewillt sein, sie einem anderen zu geben, nachdem sie sein gewesen war?

Zwei Nächte lang blieben Sok und Aqamdax in Qungs *ulax*, schliefen in Aqamdax' Schlafplatz. Während dieser Nächte wurde Aqamdax oft wach, zuweilen, um auf das Liebesspiel ihres Flußmannes einzugehen, meistens jedoch, weil etwas in ihren Träumen sie erinnerte, daß sie Frau war. Sie wachte auf und lauschte auf Soks Atmen, auf seine Geräusche beim Schlafen. Das Wort *ayagax* – Frau eines Mannes – kam zu ihr, und es schien, daß Soks Atem zur Melodie dieses Wortes zu werden schien: *ayagax, ayagax.*

Da füllte sich ihr Herz, als sei es eine *nayux*, eine Schwimmblase, die ihrem Geist Auftrieb gab, sie emporhob aus der Dunkelheit der Jahre seit ihres Vaters Tod.

Am dritten Tag zog Tut sie beiseite, setzte sich mit ihr in den Windschatten von Qungs *ulax*, und zusammen schabten sie Seelöwenhäute. Sie arbeiteten schweigend, genossen die Wärme der Sommersonne, das Geräusch des Windes im Gras des *ulax*-Daches, den Lärm der spielenden Kinder. Aqamdax' Schaber sprach in dem Schweigen zwischen ihnen, so laut, daß sie sicher war, auch Tut hörte es und verstand ihr Glück: *ayagax, ayagax.*

Schließlich sagte Tut: »Du weißt, daß sie morgen aufbrechen wollen?«

Die Frage schien sich in der gekerbten Kante von Aqamdax' Schaber zu verfangen, so daß ihre Hände innehalten mußten. »Morgen?«

»Sie kehren zurück zum Walroßvolk, danach werden dein Mann und sein Bruder weiterziehen zum Flußvolk.«

Aqamdax dachte an ihre Mutter, rief die verblaßte Erinnerung an ihr Gesicht hervor, dann waren Aqamdax' Hände frei, sich wieder zu rühren. Sie drückte mit ihrem Gewicht gegen den Schaber, schälte einen dünnen Gewebestreifen von der Haut und sah ihn entschweben, getragen vom Wind.

»Dann werde ich vielleicht meine Mutter finden«, sagte

Aqamdax und legte Kraft in ihre Worte, damit Tut nicht dachte, sie bereue ihren Entschluß, Frau zu werden.

Lange Zeit sprach Tut nicht, und Aqamdax ließ ihren Blick fortschweifen von dem, was ihre Hände taten, ließ ihn ruhen auf den vertrauten Dingen, die sie von dieser Seite von Qungs *ulax* aus sehen konnte. Die üppig wachsenden Moltebeeren neben dem *ulax* von Fischruferin; die schwarzen Lavasteine, die Er-singt als Andenken an Großväter und Urgroßväter bewahrte; die langen Fransen von Qungs Korbgras, mit den Spitzen nach unten an den Trockengestellen aufgehängt.

Sie sprach zu ihren Augen, schärfte ihnen ein, zu sehen und sich alles einzuprägen, sagte ihren Ohren, sie möchten das Geräusch des Meeres an diesem Ufer nicht vergessen. Dann sagte sie sich: Du bist Frau! – mit Worten, scharf genug, um die Traurigkeit fortzureißen. Eines Tages wirst du zurückkommen. Du wirst deine Kinder herbringen, auf daß sie Qungs Geschichten lauschen.

Qung ist alt. Der Gedanke kam ungebeten, doch Aqamdax schob ihn fort. Qung war stark, trotz ihres Alters. Sie würde lange genug leben, um Aqamdax' Kinder zu sehen. Es würde nicht leicht sein, der alten Frau Lebewohl zu sagen, doch Aqamdax mußte daran denken, was ihr gegeben worden war. Ein starker Mann, ein neues Heim und die Hoffnung, ihre Mutter wiederzusehen.

»Wenn du Fragen hast, solltest du jetzt fragen«, sagte Tut. »Es wird niemanden geben, den du fragen kannst, wenn du erst von hier fort bist. Niemand im Dorf der Walroßjäger spricht viele Worte der Sprache der Ersten Menschen. Es waren stets die Ersten Menschen, die beide Sprachen kannten. Doch jeder Händler wird ein wenig wissen. Frage also, und ich will antworten, so gut ich kann.«

Aqamdax legte ihren Schaber hin und sah die Frau an. Tut war alt, doch sie hielt sich gerade, und ihre Hände wiesen keine Anzeichen von der Knochenkrankheit auf, die Gelenke knotet und den Körper verrenkt. Aqamdax hatte gedacht, die Frau würde mit ihnen zurückkehren in das Dorf der Walroßjäger, und die Erkenntnis, daß sie nicht mitkommen würde, füllte Aqamdax' Magen mit plötzlichem Unbehagen.

»Du wirst nicht zum Walroßvolk zurückkehren?« fragte sie.

»Mein Walroßmann ist tot. Meine Tochter ist Frau eines Jägers von den Ersten Menschen und lebt in einem Dorf ein, zwei Tage westlich von hier. Es ist besser für mich, hier zu sein, bei meinen Brüdern, bei meiner Familie von den Ersten Menschen.«

»Dann werde ich allein sein«, sagte Aqamdax mit leiser Stimme, als spräche sie mit sich selbst.

»Das Dorf der Walroßjäger wird dir gefallen«, sagte Tut. »Die Menschen dort sind gute Menschen. Sie werden dir eine neue Familie sein.«

»Ich werde nicht lange dort sein«, sagte Aqamdax. »Mein Mann wird bald in sein Flußdorf zurückkehren.«

»Du weißt, daß der Schamane des Walroßvolkes dich als seine Frau erbeten hat?« fragte Tut.

»Ja«, sagte Aqamdax, »aber jetzt ist Sok mein Mann. Ich werde nicht bei dem Walroßvolk bleiben.«

»Ich werde ihm das für dich sagen. Er wird es gewiß verstehen.«

Aqamdax nahm ihren Schaber, legte ihn dann wieder hin. »Ich werde nicht mit ihm gehen, wenn er vorhat, mich dem Schamanen des Walroßvolkes zu geben.« Ihre Worte waren stark, doch sie fühlte eine Übelkeit im Inneren, als nagte etwas an ihrem Herzen. Hatte Sok sie nur genommen, damit sie mit ihm ging, und wenn sie dann fort war von ihrem Volk, nicht mehr Geschichtenerzählerin ihres Dorfes, dann würde er sie fortgeben? Sie dachte an seine Hände auf ihrem Körper, die Kraft seiner Arme, die sie umfingen. Nein, er würde sie nicht eintauschen. Schon hatten sie das starke Band geknüpft, das

Mann und Frau zusammenhält. Sie brauchte sich keine Sorgen zu machen.

»Gibt es noch etwas, das ich ihn fragen kann?«

»Weißt du, ob er andere Frauen hat?«

Tut überlegte einen Augenblick. »Er hat zwei Söhne«, sagte sie dann. »Er spricht oft von ihnen. Sie sind noch Jungen, aber alt genug, um zu jagen.«

»Dann bin ich zweite Frau.«

»Wahrscheinlich.«

»Wirst du ihn fragen, was die Flußmenschen von einer zweiten Frau erwarten? Ich möchte nicht Anstoß erregen.«

»Ich werde für dich fragen. Und ich werde fragen, was du noch über die Bräuche der Flußmenschen wissen mußt.«

Aqamdax nickte, sagte aber nichts. Sie arbeiteten schweigend, beide gemeinsam. Aqamdax versuchte, sich auf andere Dinge zu besinnen, die sie Tut fragen konnte, doch ihre Gedanken waren wie die Fleischstückchen, die sie von der Seelöwenhaut schabte, rasch davongetragen vom Wind.

26

Das Nahe-am-Fluß-Dorf

Ghaden hörte das Klappern der Stiefel des Mörders, das Klirren der Rasseln aus Karibuhufen, die die Tänzer bei Festlichkeiten trugen. Ghaden öffnete den Mund, um eine Warnung herauszuschreien, doch er hatte keine Worte, nichts als ein leises Stöhnen, das eher wie Wind klang als wie seine eigene Stimme. Plötzlich bellte ein Hund, jagte den Mann mit dem Messer, und statt des Rasselns hörte Ghaden die Stimme von Braunes Wasser, laut und zornig.

»Yaa, schaffe den Hund nach draußen.«

Ghaden tat einen langen Atemzug. Er hatte geträumt. Er war in der Behausung von Braunes Wasser, in Sicherheit. Yaa wühlte sich aus ihren Hasenfelldecken. Ghaden fühlte ihre Wärme von seiner Seite weichen, hörte sie mit zornigem Geflüster Beißer schelten, als sie die Türklappe aufschnürte und ihn hinausließ. Wenige Augenblicke später hörte er den Hund zurückkommen. Yaa kuschelte sich neben ihm in die Schlafmatten, brachte einen Schwall kalter Luft und den frischen Geruch von draußen mit, das Surren von Mücken.

Beißer ließ sich zu Ghadens Füßen plumpsen, und Ghaden setzte sich auf, tätschelte ihm den Kopf, fühlte die Zunge des Hundes heiß und naß auf seiner Hand. Eine lange Weile saß Ghaden im Dunkeln und streichelte den Kopf seines Hundes. Als er sich schließlich wieder hinlegte, schlief er mühelos ein, und in dieser Nacht kehrte der Traum nicht wieder.

Ghaden schüttelte die Schnur aus Knochenperlen, dann schlug er mit einem Stock auf den Boden der Behausung, bis Beißer bellte. Ghaden bellte mit ihm, machte ein so grimmiges Gesicht, wie er konnte, versuchte, Beißer zu zeigen, daß er bereit sein mußte zu kämpfen.

Wieder schüttelte Ghaden die Perlen, dann warf er sie hin, knurrte sie an, schlug mit seinem Stock auf sie ein. Beißer sprang zu den Perlen, nahm sie in seine Schnauze, warf sie über den Kopf nach hinten und bellte.

Es hörte sich an wie ein grimmiges Gebell, doch Beißer sah nicht grimmig aus. Er sah aus wie ein Hund, der ein Spiel spielte. Er sah aus wie ein Hund, der beinahe lächelte, wenn Hunde lächeln könnten. Würde Bellen genügen, um dem Mörder Angst zu machen, wenn er wiederkäme und mit seinen Knochen klapperte?

Er und Beißer machten so viel Lärm, daß er Braunes Wasser nicht in die Behausung kommen hörte, nicht merkte, daß sie hinter ihm war, bis sie ihn an der Schulter packte. Er war so in sein Spiel vertieft, daß er zuerst dachte, es sei der Mörder. Er schrie auf und wirbelte herum, den Stock in der Hand, bereit zuzuschlagen. Gleichzeitig sprang Beißer Braunes Wasser an, die Zähle gebleckt. Plötzlich war Yaa da, die Hände am Hals von Beißer, fest in sein Fell gekrallt, und hielt ihn von Braunes Wasser fern.

Als Ghaden merkte, daß es Braunes Wasser war, die ihn gepackt hielt, ließ er seinen Stock fallen und duckte sich, hob die Arme über den Kopf.

»Was hast du gemacht?« fragte sie. Sie hob die Hand, schlug ihn aber nicht.

»Beißer unterwiesen«, sagte Ghaden mit dünner Stimme und bemühte sich, einen Schluchzer zurückzuhalten, der sich durch seine Worte Bahn zu brechen drohte.

»Du hast so viel Lärm gemacht, daß Träger Schnee gekommen ist, um zu sehen, ob dir etwas zugestoßen ist. Ihre Nase ist lang genug. Es muß nicht sein, daß sie sie in unsere Behausung steckt.« Sie ließ die Hand sinken. »Spielt leise Spiele.«

Sie sah Yaa an. »Wo bist du gewesen?«

»Du hast gesagt, ich soll Holz holen.«

»Und, wo ist es?«

»Draußen.«

»Bringe es herein«, befahl sie. »Wenn du fertig bist, nimm den Jungen, und tu etwas mit ihm. Ich meine, er ist kräftig genug, um mehr im Freien zu sein. Nimm auch den Hund mit.«

Yaa ging, und Ghaden machte sich auf die lockere Hand von Braunes Wasser gefaßt, doch sie wies nur mit dem Kinn auf die zusammengerollten Schlafmatten und sagte: »Geh, setz dich hin, bis Yaa fertig ist.«

Ghaden ging zu seiner Schlafdecke und setzte sich. Sie war so eng zusammengerollt, daß sie aussah wie ein dicker, pelziger Stamm. Beißer setzte sich neben ihn, und Ghaden streichelte seine Ohren. Fast hätte er den Daumen in den Mund gesteckt, doch er ließ es bleiben. Warum Braunes Wasser neuen Grund zum Schreien geben?

Yaa war langsam, als sie das Holz hereinbrachte. Sie wußte, daß Braunes Wasser bald zu den Kochfeuern gehen würde, dann hätten sie und Ghaden die Behausung für sich allein. Doch auch Braunes Wasser war anscheinend nicht in Eile. Yaa hatte fast alles Holz hereingebracht, als Braunes Wasser ging. Yaa hob noch eine Armladung voll auf und sah Braunes Wasser nach, bis sie zu den Kochfeuern entschwand, dann ging sie hinein.

Ghaden saß da, einen Arm um Beißer gelegt. Der Bund war jetzt beinahe ausgewachsen, hatte aber noch die Schlaksigkeit eines Welpen. Sie merkte, daß Ghaden, sobald Braunes Wasser die Behausung verließ, den Daumen in den Mund steckte.

»So, Ghaden, Braunes Wasser sagt, du darfst nach draußen gehen. Es ist lange her, seit du mit deinen Freunden gespielt hast. Möchtest du sehen, ob du Kleiner Fisch und Speer finden kannst?«

»Nein.«

»Warum nicht?«

Ghaden lehnte den Kopf an Beißer. »Kann Beißer mitkommen?«

»Wenn er sich von anderen Hunden fernhält.«

»Das tut er.«

»Warum habt ihr soviel Lärm gemacht, du und Beißer?«

Ghaden nahm den Daumen aus dem Mund und lächelte sie an. »Ich habe Beißer beigebracht, grimmig zu sein.«

»Hiermit?« Yaa hob die Perlenschnur vom Boden auf. Sie schüttelte sie, und Beißer knurrte.

Ghaden lachte und schlang die Arme um seinen Hund. »Der alte Knochenmann kriegt uns nicht!« sagte er.

»Wer ist der alte Knochenmann?«

Ghaden steckte den Daumen wieder in den Mund. »Geheimnis«, sagte er, das Wort um seinen Daumen herumnuschelnd. »Kann ich dir nicht sagen.«

Ghaden kam sich klein vor, als er draußen war. Kleiner, als wenn er in der Behausung war. Und das Dorf schien eigenartig – zu still. Die meisten Leute waren im Fischlager, doch Braunes Wasser hatte beschlossen, dieses Jahr nicht mitzugehen. Sie sagte, der Weg sei zu weit für ihn. Er sei noch nicht kräftig genug, und die meiste Zeit mußte er drinnen bleiben. Es war kein guter Sommer gewesen.

Sogar Yaa behandelte ihn wie einen Säugling. Wenn sie hinausgingen, schmierte sie sein Gesicht mit Gänsefett ein, um Insekten fernzuhalten, und ließ ihn seine Stiefel aus Karibuhaut anziehen, obwohl er lieber barfuß gegangen wäre, so wie sie.

Ghaden folgte ihr zum Rand des Dorfes, zu einer Lichtung nahe der steilen Böschung, die zum Fluß hin abfiel. Die älteren Jungen spielten ein Spiel, traten sich gegenseitig eine Karibublase zu, möglichst so, daß sie die Erde nicht berührte. Ghaden sah mit leuchtenden Augen zu. Er und Yaa mußten Beißer gemeinsam festhalten, damit er sich nicht an dem Spiel beteiligte.

Einige kleinere Jungen kamen zu Ghaden, suchten ihn zu bewegen, mit ihnen zu spielen, doch Yaa wollte es ihm nicht erlauben. Ghaden wandte sich ab, und Füße Voran, ein Junge von ungefähr fünf Sommern, rief ihm Schmähworte zu.

»Mein Hund wird dich beißen!« schrie Ghaden.

Beißer bleckte die Zähne, doch Yaa hielt ihm mit einer Hand die Schnauze zu, dann zog sie ihn und Ghaden mit sich zu den Kochfeuern, wo Yaas Mutter beiden etwas Fleisch gab.

»Willst du zurück in die Behausung?« fragte Yaa Ghaden.

»Nein.«

»Willst du den Jungen zusehen?«

»Nein.«

Sie kniete sich vor Ghaden hin. Manchmal hatte sie, wenn sie eine Antwort von ihm wollte, mehr Glück, wenn sie ihm in die Augen sah. »Sag mir, was du tun willst.«

Er wandte das Gesicht ab.

»Nun gut. Wir gehen zurück in die Behausung. Du kannst mit Beißer dort bleiben. Ich habe Freundinnen, bei denen ich sein kann. Du kannst allein bleiben.«

Er ergriff ihre Hand. »Nein, Yaa. Bleib bei mir.«

»Ich weiß, was wir tun können«, dachte Yaa laut. »Es gibt einen Ort, an den ich dich bringen möchte.«

»Kann Beißer mitkommen?«

»Wenn er brav ist.«

»Er ist immer brav.«

»Ghaden«, sagte sie langsam, »es ist ein geheimer Ort. Du darfst es niemandem erzählen.«

Er sah ihr in die Augen. »Ich erzähle es nicht.«

Da die meisten Kinder im Fischlager waren, war es eine gute Gelegenheit, Ghaden ihre Höhle zu zeigen. Sie wollte nicht, daß jemand wie Flußeistänzer ihr Versteck fand. Er könnte es zerstören. Das Beste am Besitz dieser Höhle war, daß niemand davon wußte.

Sie nahm Ghaden bei der Hand und führte ihn aus dem Dorf hinaus zu der Stelle, wo die Frauen sich erleichterten, dann auf den kleinen versteckten Pfad zu der Höhle. Sie legte einen Finger an die Lippen, kniete sich vor die Schwarzfichte und krabbelte unter die unteren Äste. Ghaden und Beißer folgten ihr. Sie hob den Stock auf und stieß ihn in die Höhle, dann kroch sie hinein. Sie liebte die Dunkelheit, den süßen Erdgeruch. Sie zog Ghaden hinein, lachte, als Beißer auf dem Bauch folgte.

»Sind wir Füchse?« fragte Ghaden.

Der Gedanke brachte ein Lächeln in ihr Gesicht, und Yaa lachte. »Ja«, sagte sie, »Füchse. Ich bin die Mutter. Du bist der Vater, und Beißer ist das Kind.«

»Er ist der Hund«, sagte Ghaden ernst.

»Füchse haben keine Hunde«, erklärte ihm Yaa.

»Wir schon.«

»Nun gut, Beißer ist der Hund. Gefällt es dir hier drinnen?« fragte sie, dann wies sie mit der Hand zur Decke der Höhle. »Schau, wahrscheinlich kannst du beinahe aufrecht stehen.«

Er stand auf, mußte aber den Kopf zur Seite neigen.

»Beinahe«, sagte Yaa.

»Es gefällt mir«, flüsterte Ghaden. »Was tust du hier drinnen?«

»Manchmal bringe ich Essen her.«

»Ich bin hungrig, Yaa.«

Yaa verdrehte die Augen, obwohl sie wußte, daß es wahrscheinlich zu dunkel war, als daß er es sehen konnte. »Du hast eben erst gegessen.«

Ghaden antwortete nicht.

»Manchmal gefällt es mir, zu sitzen und über Dinge nachzudenken«, sagte sie.

»Worüber denkst du nach?«

»Hmm, manchmal über dich. Was dir zugestoßen ist.«

Sie fühlte, wie Ghaden sich plötzlich versteifte. »Es ist gut hier drinnen«, sagte sie. »Das Beste an diesem geheimen Ort ist, daß wir hier in Sicherheit sind. Niemand weiß davon außer uns. Wenn dich jemals einer holen will, kannst du hierherkommen, und dir wird nichts geschehen. Was immer du hier sprichst, niemand kann dich hören. Es ist ein guter Ort, um Geheimnisse zu erzählen.«

Ghaden schwieg eine lange Zeit. Schließlich sagte er: »Ich habe Geheimnisse.«

»Ist das wahr?«

»Du wirst es nicht weitersagen?«

»Nein.« Sie hielt den Atem an, hoffte, er würde von der Nacht sprechen, in der Daes getötet wurde.

»Ich habe letzte Nacht Essen aus dem Kochbeutel genommen.«

Yaa war enttäuscht, doch sie besann sich, daß große Geheimnisse nicht leicht erzählt wurden. Es war am besten, mit kleinen anzufangen. Sie kicherte. »Ich auch«, sagte sie.

Ghaden lachte laut heraus.

»Sei still«, flüsterte Yaa, ließ jedoch mit Bedacht das Lachen durch ihre Worte sprudeln, damit Ghaden wußte, daß sie nicht böse war.

»Hast du noch mehr Geheimnisse?« fragte Yaa.

Ghaden war mit einemmal ganz still, und Yaa hoffte, er werde beschließen, ihr etwas zu erzählen. Jeden Tag, wenn sie Holz schleppte, in Kochbeuteln rührte, Matten webte, jede Nacht, wenn sie dalag und zu schlafen versuchte, dachte sie an den Mörder, fragte sich, ob er, wer immer er war, versuchen würde, Ghaden abermals etwas zuleide zu tun. Sie dachte an Daes und überlegte, wer im Dorf sie genug gehaßt haben könnte, um sie zu töten.

Bisher hatte sie nichts herausbekommen. Die Dorffrauen

waren nicht freundlich zu Daes gewesen, außer vielleicht Yaas Mutter, doch nur Braunes Wasser war ausgesprochen boshaft, und Braunes Wasser hatte die ganze Nacht in der Behausung zugebracht; zumindest war sie dort gewesen, als Yaa einschlief, und war noch da, als sie am Morgen aufwachte. Außerdem, warum hätte Braunes Wasser Daes töten wollen? Ohne Daes hatte jede Frau in der Behausung mehr Arbeit.

Als Ghaden schließlich sprach, war seine Stimme so dünn, daß Yaa seine Worte beinahe nicht hörte. »Ich habe Geheimnisse«, sagte er wieder. »Beißer und ich haben Geheimnisse.«

»Und du wirst mir diese Geheimnisse erzählen?« fragte Yaa.

»Nicht heute«, sagte er.

»Ich werde es niemandem weitersagen. Ich verspreche es.«

»Nicht heute. Eines Tages. Nicht heute.«

»Kannst du mir sagen, wer der alte Knochenmann ist?«

»Nein.«

»Du weißt nicht, wer er ist?«

»Nein«, sagte Ghaden, dann flüsterte er: »Er hat ein blutiges Messer.«

27

Die Beringsee

Während der ersten Tage ihrer Reise fragte sich Aqamdax, ob sie auch dann mitgegangen wäre, wenn sie von der Kälte, der Angst und dem Hunger gewußt hätte, die ihr bevorstanden. Ihr *chigdax* hielt sie trocken, doch selbst mit einem warmen *sax* darunter fand die Kälte, die von der See heraufstieg, den Weg in ihre Knochen, bis sogar ihre Zähne schmerzten.

Bevor sie das Dorf der Ersten Menschen verließen, hatte Ersingt Sok geholfen, das Einstiegsloch seines *iqyax* zu vergrößern, so daß er und Aqamdax beide darin sitzen konnten, Rücken an Rücken. Wenigstens hielt Soks Körper den Wind ein wenig ab, und sein Rücken, an ihren gedrückt, gab ihr Wärme.

Die Wellen waren schlimmer als die Kälte. Sie hoben sich aus dem Meer, riesengroß unter dem *iqyax*, manchmal so hoch, daß Aqamdax die anderen Männer nicht sehen konnte, und es schien, daß sie und Sok allein in einer Wasserwelt lebten, ohne Hoffnung auf Land. Sie wollte nicht darüber nachdenken, wie dünn die Wände des *iqyax* waren, und sie verbannte Geschichten von Seetieren, die aus den Tiefen stiegen, um Löcher in ein *iqyax* zu beißen, aus ihrem Kopf.

Am zweiten Tag fiel ihr auf, daß die Männer morgens, bevor sie das Ufer verließen, nicht aßen. Sie nahmen vielleicht einen Mundvoll getrockneten Fisch zu sich, und sie tranken immer

Wasser, doch das war alles, bis sie jeden Abend ihre *iqyan* an Land zogen. Aqamdax machte es nun auch so, doch am Ende des Tages schmerzte ihr Magen vor Hunger.

Die Walroßjäger sangen beim Paddeln, und manchmal sang Soks Bruder Gesänge des Flußvolkes, doch die Worte, die sich fremd anhörten und ohne Sinn schienen, brachten ihr nur Verzweiflung. Wie sollte sie bei einem Volk leben, das sie nicht verstehen konnte?

Ihre Haut schälte sich und wurde rissig, so daß ihr Gesicht und ihre Hände wund und rot wurden. Sok gab ihr Gänsefett als Salbe, doch das Salzwasser fraß sich durch Fett und Haut, bis sie blutende Wunden auf den Lippen, in den Augenwinkeln und am Rand der Nasenlöcher hatte.

Als die Tage vergingen und die Schrecken nachließen, trauerte sie um ihr Dorf, um ihr Volk und den Klang der Worte, die sie verstehen konnte. Dann, eines Morgens, als sie mit dem ängstlichen Zittern aufwachte, das jeden Tag einleitete, kam eine Stimme zu ihr, als würde Qung sprechen.

Es war eine scheltende Stimme, wie von der Großmutter zum Kind. »Du bist Geschichtenerzählerin, doch du verschwendest deine Tage mit Bedauern. Die Gesänge von deines Mannes Bruder kommen zu dir, wenn er sein *iqyax* paddelt, doch du hörst sie nicht. Jetzt ist die Zeit, Worte zu lernen. Wie willst du Geschichtenerzählerin bei den Flußmenschen sein, wenn du ihre Sprache nicht kennst? Erwartest du, daß sie deine lernen?«

Als Aqamdax nun das Zelt aus Karibuhaut einpackte und ihre Füße in die warmen Hasenfellsocken steckte, die ihr Mann ihr am zweiten Tag ihrer Reise gegeben hatte, als sie ihren *chigdax* anzog, nahm sie ein Stück getrockneten Fisch und hielt es in die Höhe. Sie nannte Sok das Wort der Ersten Menschen für Fisch, hob die Stimme, damit er verstand, daß sie nach dem Wort der Flußmenschen fragte, doch er schüttelte nur den Kopf. Sie hielt verschiedene Dinge hoch – ihren

Stiefel aus Seehundflossen, ein Messer und schließlich einen Stein –, doch er sah sie nur fragend an. Schließlich holte er weit aus, zeigte auf die Arbeit, die sie noch zu tun hatte, und schnippte mit den Händen zum Wasser, um ihr begreiflich zu machen, daß sie bald aufbrechen mußten, wollten sie nicht an diesem steinigen Ufer warten, bis die Flut wiederkam.

Sie packte Soks *iqyax*, bemüht, sich ihre Mutlosigkeit nicht anmerken zu lassen. Welcher Mann will eine Frau, deren Mund erfüllt ist von Seufzern, deren Lippen niemals lächeln? Dann kam Chakliux zu ihr, vorsichtig auftretend mit seinem Otterfuß. Er hob einen faustgroßen Stein auf, mit weißen Sprenkeln wie ein Lundei.

»*Ts'es*«, sagte er, wiederholte das Wort.

Aqamdax gab sich große Mühe, ihre Zunge um die fremden Laute zu winden, und er lächelte und nickte ihr zu. »*Ts'es*«, sagte sie, deutete dann mit dem Kinn auf die Steine zu ihren Füßen, sagte: »*Ts'es, ts'es, ts'es.*«

Er lachte, und aus irgendeinem Grunde nahm sein Lachen ein wenig von ihrer Traurigkeit fort. Während sie an diesem Tag paddelten, wiederholte sie das Wort: »*Ts'es*«, bis sie am Ende des Tages, als der matte Schimmer der Sonne unter den Wolken ihr sagte, daß sie bald ihre *iqyan* für die Nacht an Land bringen würden, erkannte, daß von allen Worten, die sie hätte wählen können, »*ts'es*« eines war, das sie am wenigsten brauchte. Als sie ihre *iqyan* zum Ufer wendeten, lachte sie über ihre Dummheit und entschied, nach welchen Gegenständen sie heute abend fragen wollte: getrockneter Fisch, Zelt aus Karibuhaut, Wasser, Mann, Augen, Nase, Mund. Jeden Tag wollte sie mehr lernen, bis sie verstehen konnte, wie eine Flußfrau verstehen sollte, und sprechen, wie eine Geschichtenerzählerin sprechen sollte.

Sie kamen mitten am Tag zum Dorf der Walroßjäger. Sok bemerkte als erster die veränderte Färbung der See, dann Stränge von Riementang, deren braune Bänder sich an den Paddeln verfingen, so daß das Flüstern seines *chigdax* bei der Bewegung nicht mehr im Einklang mit den Händlergesängen war. Er hob die Stimme und rief Aqamdax etwas zu, nannte sie Frau, ein Flußwort, das sie jetzt verstand. Er wies mit dem Paddel auf den Tang, nannte ihr den Namen in der Walroßsprache, da sein eigenes Volk keinen dafür hatte. Er versuchte sich auf die wenigen Flußworte zu besinnen, die sie kannte, sagte schließlich: »Walroßdorf, da drüben. Bald.«

Er wußte nicht sicher, ob sie verstand, doch als er paddelte, seine Geschwindigkeit erhöhte, so gut er es in dem Tang vermochte, lehnte sie sich an seinen Rücken, als dränge auch sie vorwärts, zum Land, zum Dorf der Walroßjäger.

Wohl gingen im Sommer einige Walroßjäger in Fischlager an nahen Flüssen und landeinwärts gelegenen kleinen Seen, doch die meisten blieben in Zelten am Meer. Es war eine gute Zeit, um Seelöwen und Robben zu jagen, und die Jäger konnten auch gemeinsam die wenigen Walrosse jagen, die in diese Gewässer kamen.

Sok war neugierig, was der Schamane des Walroßvolkes von Aqamdax denken würde. Die Reise, wenn sie auch nicht lang war, war beschwerlich für sie gewesen. Die Haut in ihrem Gesicht war nicht mehr glatt, sondern voller Schwären, und Brüste und Bauch hatten etwas von ihrer üppigen Fülle verloren. Wenn er sie jetzt nachts in den Armen hielt, fühlte er eher ihre Rippen als glatte Haut. Während der ersten Tage im *iqyax* hatte er bereut, sie mitgenommen zu haben, doch dann begann sie, Worte der Flußsprache zu lernen, und sie wirkte insgesamt glücklicher. Wenn sie unterwegs waren, wiederholte sie die Worte, die sie gelernt hatte, brachte sie manchmal durcheinander, so daß Sok lächeln mußte.

Er sah dem weiteren Verlauf dieses Tages nicht freudig entgegen, denn sie würde erfahren, daß er sie dem Schamanen des Walroßvolkes gegeben hatte. Er würde sie vermissen. Sie war ihm eine gute Gefährtin auf seinem Lager, besser als Rotes Blatt, doch für die Schamanenmaske, die Amulette und den Feder-*sax*, die er für sie bekam, würde Wolf-und-Rabe ihm ohne Zweifel Schnee-im-Haar geben. Was würde besser sein, als endlich die eine zu haben, die in seinem Herzen wohnte, seit sie ein Kind war?

Das Dorf der Walroßjäger war so, wie Aqamdax es sich vorgestellt hatte. Wie alle Kinder in ihrem Dorf hatte sie den Geschichten der Händler gelauscht, hatte am Ende genug Walroßworte gelernt, um als Erwachsene Tauschgeschäfte machen oder gar einem Walroßmann schmeicheln zu können, dem es gefiel, in ihr Schlaflager zu kommen.

Als sie und Sok das *iqyax* an Land zogen, kamen Frauen und Kinder und auch Jäger, um ihnen zu helfen. Kinder rückten nahe heran, um Aqamdax zu betrachten, und die Frauen beobachteten sie aus den Augenwinkeln, sprachen miteinander, die Hände auf den Lippen, in Worten, die sie nicht hören konnte.

Schließlich kam Sok zu ihr, band die Kapuzenschnur ihres *chigdax* auf und half ihr, das Kleidungsstück über den Kopf zu ziehen, dann ergriff er mit beiden Händen ihre langen Haare, zog sie aus ihrem *sax* und strich sie auf ihrem Rücken glatt. Aqamdax empfand Freude über die Sanftheit seiner Berührung, über den Stolz, mit dem er sie so drehte, daß sie den Menschen gegenüber stand.

»Aqamdax«, sagte er, gab ihrem Namen den vollen Klang der Flußsprache.

Sie sah ihn an, ihren großen starken Mann, und flüsterte das Flußwort für Frau, sprach dann das Wort auch in der Walroßsprache. Mit einemmal waren die Tage im *iqyax* das Glück wert, das sie erfüllte.

Dann rief Sok: »Wo ist Yehl?« Und obwohl seine nächsten Worte ein Radebrechen aus Fluß- und Walroßsprache waren, verstand Aqamdax, und in ihrem Schrecken konnte sie sich nicht rühren, konnte sie nicht sprechen.

»Sagt Yehl, ich bringe Aqamdax. Sagt Yehl, ich habe seine Frau.«

Chakliux wandte sich ab und richtete den Blick auf den Horizont. Er konnte es nicht ertragen, Aqamdax in die Augen zu sehen, als sie verstand, was geschehen sollte. Als Sok Chakliux sagte, er werde sie Yehl im Beisein all der Menschen übergeben, hatte Chakliux entgegnet, es gebe bessere Wege, hatte gesagt, er solle allein mit Aqamdax sprechen. Doch Sok hatte erwidert: »Welche Frau möchte vor einem ganzen Dorf in Schande geraten? Wenn ich meine Absicht so verkünde, daß alle es hören, wird sie keine andere Wahl haben, als zu handeln, als ob sie mit dem Wissen hierhergekommen wäre, daß sie Frau des Schamanen sein würde.«

Und Chakliux wußte ihm nichts zu entgegnen. Als Frau des Schamanen würde sie einen Ehrenplatz im Dorf haben. Wenn sie hier lebte, würde sie ihrem eigenen Volk näher sein, würde es vielleicht machen wie Tut, wenn sie alt wurde – zurückkehren in das Dorf der Ersten Menschen. Sie würde auch Gelegenheit haben, Jäger von den Ersten Menschen zu besuchen, die wenigen, die jedes Jahr zum Volk der Walroßjäger kamen, und so ihre eigene Sprache zu hören.

An einem der nächsten Tage wollten Sok und Chakliux zum Nahe-am-Fluß-Dorf aufbrechen, und wenn Chakliux dort willkommen wäre, würden sie nicht zu den Walroßjägern zurückkehren. Wenn sie feststellten, daß das Vetter-Fluß-Volk immer noch Rache suchte, wollte Chakliux hierher zurückkehren. In jedem Fall würde Aqamdax Sok nicht wiedersehen müssen. Sie würde sein Gesicht nicht sehen, um ihren Zorn zu nähren, oder seine Stimme, um Erinnerungen zu wecken an die gemeinsame Zeit, die sie als Mann und Frau verbracht hatten.

Chakliux ging am Ufer entlang zu den *iqyax*-Gestellen. Er mußte sein *iqyax* ölen und einige Nähte ausbessern. Sok wollte zu Fuß zum Nahe-am-Fluß-Dorf gehen, doch Chakliux wollte den Weg über das Wasser nehmen. Sok hatte ihn ausgelacht, hatte ihn gefragt, wie das *iqyax* ihm helfen würde, Bären oder Karibu zu jagen, doch Chakliux hatte Sok daran erinnert, daß die Händler von den Ersten Menschen, die die Dörfer des Flußvolkes besuchten, flußaufwärts in ihren *iqyan* kamen und schneller dort waren, als wenn sie zu Fuß gegangen wären.

Überdies war sein *iqyax* mehr als Holz und Walroßhaut. Es war der Weg, wie er richtig Otter wurde. In seinem *iqyax* war er heil und stark. Wie konnte er Sok das erklären? Wie konnte Sok verstehen, daß Chakliux' *iqyax* auch ein Bruder war?

Ein plötzliches Geschrei ließ Chakliux umkehren, denselben Weg zurück nehmen. Er schob sich durch eine Menschenmenge vom Volk der Walroßjäger. Ein Kampf, dachte Chakliux. Jemand hat einen Kampf angefangen. Vermutlich zwei junge Männer, dann sah er, daß es nicht junge kämpfende Männer waren, sondern Aqamdax.

Er bahnte sich einen Weg zur Mitte der Gruppe und sah, daß Aqamdax Sok zu Boden gestoßen hatte und rittlings auf seinen Schultern saß, eine Hand in seinen Haaren verkrallt, die andere mit der gebogenen Klinge eines Frauenmessers an seiner Kehle. Ein Walroßjäger hatte sie um die Mitte gepackt und hielt ihr eine Messerklinge an den Hals. Er schrie ihr ein Wort in der Sprache der Ersten Menschen zu, ein Wort, das Chakliux nicht kannte, und Aqamdax schrie zurück, viele schnelle Worte, voller Zorn. Er sah die Verzweiflung in ihren Augen und wußte, daß es ihr einerlei war, wenn der Händler ihr die Kehle durchschnitt.

Sok brüllte, und mit einem einzigen kräftigen Aufbäumen warf er den Walroßjäger und Aqamdax rücklings auf die Erde. Chakliux stellte sich zwischen die Frau und seinen Bruder. Er trat auf ihre Hand, drückte sie auf die Erde, während ein Walroßmann ihren Fingern das Messer entwand und ein anderer die Ärmel ihres *sax* nach weiteren Waffen durchsuchte. Es bedurfte der Kraft mehrerer Männer, um sie fortzuführen; einer brachte schließlich eine Schnur, um ihre Hände und Füße zu fesseln.

Während der Tage in den *iqyan* hatte Chakliux erkannt, wie stark und entschlossen Aqamdax war, dennoch hatte er nicht gedacht, daß sie sich so zornig gebärden würde, sondern vielmehr angenommen, daß sie handeln würde, wie K'os es getan hätte – sich stolz zeigen, als hätte sie immer gewußt, was im Walroßdorf geschehen würde. Seine Mutter vom Nahe-am-Fluß-Volk, Tagfrau, hatte wohl die Stimme in Trauer erhoben. Doch wie viele Frauen würden versuchen, den Mann, der sie betrogen hatte, zu töten?

Sok drückte eine Hand an seinen Hals, um den Blutstrom zu stillen, der aus einem oberflächlichen Schnitt kam.

»Wie schlimm?« fragte Chakliux.

»Nichts«, sagte Sok, doch seine Worte waren ein Knurren. Er verzog die Lippen, um seine Zähne zu zeigen. »Welcher Mann wollte eine Frau wie die? Sie ist schlimmer als ein Hund.«

Beinahe hätte Chakliux »ja« geantwortet, aber dann erkannte er, daß seine Zustimmung nicht die Wahrheit wäre, und so behielt er die Worte hinter seinen Zähnen und sagte seinem Bruder nicht, daß Aqamdax nicht Hund war, sondern Kriegerin.

Man warf sie in ein leeres Walroßzelt. Sie schrie in den Walroßworten, die sie kannte, ergänzt mit Worten in der Sprache der Ersten Menschen: »Ihr denkt, ihr könnt mich hier halten? Ich kann diese Hautwände mit meinen Zähnen zerreißen. Ihr denkt, ihr könnt mich an so einem Ort halten? Euer Gestank treibt mich aus diesem Dorf. Ich kann euren Anblick nicht ertragen. Ihr seid wie tote Fische, weiß und faulend am Ufer. Ihr seid Erbrochenes von Hunden. Eure Frauen sind Kot von Robben.«

Ihre Hände waren gefesselt, aber man hatte sie vorne gebunden, so daß sie die Knoten mit den Zähnen lockern und sich befreien konnte. Sie band die Schnur von ihren Fußgelenken los und fing an, die Felle auf den Schlafpodesten zu zerstören. Sie zertrampelte Fischhautkörbe, zog den Stöpsel aus einem Seelöwenmagen mit Öl und goß es über die Schlaffelle. Ihre Schmähungen wurden Schreie, dann Tränen und schließlich geschluchztes Weinen, das ihr das Herz zu zerreißen und den Atem aus den Lungen zu pressen schien.

Warum hatte sie ihm vertraut? Hatte sie nichts von Tagbrecher gelernt? Welcher Mann hatte es jemals ehrlich mit ihr gemeint? Welcher Mann hatte jemals sein Versprechen gehalten?

Eine lange Weile überließ sie sich ihren Tränen, doch schließlich ebbte ihr Zorn zu einem stillen Gleichmaß ab, wie das Pochen einer Wunde, und sie dachte an den Schamanen des Walroßvolkes.

Sie hatte ihn am Rande der Menge bemerkt, hatte sein Entsetzen gesehen, als sie Sok angriff. Er trug viele Amulette und Glücksbringer, Häute und Felle von Tieren, die sie nicht kannte. Dachte er, das würde Eindruck auf sie machen?

Er war ein alter Mann, aber darauf käme es nicht an, vor allem dann nicht, wenn er ihr mit seinem Wissen als Schamane ein Kind geben würde. Dann erkannte sie, daß es nicht der Gedanke an ihn als Mann war, der ihren Zorn nährte, sondern Soks Betrug.

Gerechterweise mußte sie sich eingestehen, daß Sok, als er das erstemal zu ihr gekommen war, sie gebeten hatte, mit ihm in das Dorf der Walroßjäger zu gehen, Frau des Schamanen zu sein. In ihrer Dummheit hatte sie geglaubt, sie hätte die Macht, ihn umzustimmen.

Sie hatte genügend mit Händlern getauscht, um zu wissen,

daß sie sich nicht selbst betrogen, und der Schamane hatte Sok wahrscheinlich viel gegeben, damit er sie hierherbrachte. Sie hatte die Tauschwaren nur ergänzt, indem sie Sok Nächte der Freude in seinen Schlafdecken schenkte.

Und Soks Bruder, Chakliux? Er war nicht so groß und stark wie Sok, aber er hatte eine Kraft des Geistes, die ihr gefiel. Hatte er von Soks Vorhaben gewußt? Wie konnte er es nicht gewußt haben? Was hatte der Schamane ihnen geboten, daß sie sie auf solche Weise hintergingen?

Aqamdax betrachtete das Durcheinander, das sie angerichtet hatte, dann wischte sie sich mit den Handkanten die Augen trocken. Sie hatte sich benommen wie ein Kind. Wie konnte sie so töricht sein? Jeden Sommer kamen Händler von den Ersten Menschen in dieses Dorf. Sie konnte zu ihrem Volk zurückkehren. Qung würde sie gewiß willkommen heißen.

Bis dahin mußte sie sich, wollte sie ihr Leben nicht allein in einem Walroßzelt verbringen, benehmen wie eine gute Frau.

Bevor sie dieses Dorf verließ, würde der Schamane ihr vielleicht ein Kind in den Bauch geben. Vielleicht konnte sie die Sprache der Walroßmenschen gut genug lernen, um einige von ihren Geschichten zu verstehen.

Sie sammelte die Schlaffelle auf, wischte das Öl von denen, die sie überschüttet hatte, rieb dann den Überschuß in ihr Haar und auf Beine und Arme.

Wenn man sie holte, wäre das Zelt ordentlich aufgeräumt und sie bereit, als Frau zu dem Schamanen zu gehen, doch wenn Sok jemals wieder in dieses Dorf käme, würde sie einen Weg finden, Rache zu üben. Sie würde einen Weg finden, ihn bereuen zu lassen, was er ihr angetan hatte.

28

Das Dorf der Ersten Menschen

Cen zog sein *iqyax* über die Flutmarke und begann, seine Bündel abzuladen. Er mochte dieses Dorf. Die Bewohner waren stark und gesund, sie lachten oft und tauschten gern. Da sein linkes Handgelenk immer noch schwach war, hatte er fast einen Mond gebraucht, um von der nächstgelegenen Siedlung der Walroßjäger bis zum Ufer der Händler zu paddeln, aber wenn alles wie geplant verlief, war es die Mühe wert.

Die Ersten Menschen hatten den Platz für ihr Dorf klug gewählt. Hier konnten sie Meeres- und Landsäugetiere jagen, in der Bucht und in den einmündenden Flüssen fischen. Doch in jedem Winter brachte das Eis neue Felsbrocken und Untiefen. Man mußte sich vorsehen und beim Paddeln stets wachsam bleiben.

Wenn einer der Jäger aus dem Dorf einen Händler kommen sah, fuhr er ihm entgegen und geleitete ihn zum Ufer, aber diesmal war niemand zu sehen. Cen war allein an Land gepaddelt. Die Flut hatte ihm über Felsen und Sandbänke hinweggeholfen, und er war mühelos gelandet. Er hörte Stimmen, sah auf und erblickte einige Älteste, die zu seiner Begrüßung herbeikamen. Cen trat ihnen entgegen, die Handflächen nach oben gekehrt, und versicherte, daß er in Freundschaft gekommen war. Ihre Sprache ging ihm nicht leicht von der Zunge, doch er wußte, daß er sich nach einem Tag in ihrem Dorf wieder an viele Wörter erinnern würde. Seine Besuche bei Daes über die Jahre hinweg hatten ihm mehr eingebracht als nur die Wärme eines Frauenleibs in seinem Lager.

»Du bist zum Tauschhandel gekommen?« fragte einer der Ältesten.

Cen antwortete ihm mit gebührender Höflichkeit und zählte einige seiner Waren auf – Walroßhäute, Parkas aus Wolfsfell, Weidenkörbe und große hölzerne Haken zum Heilbuttfang. Es war nicht so viel wie sonst – die Nahe-am-Fluß-Menschen hatten ihm nur ein paar Messer gelassen.

Er hatte schon geglaubt, das Glück habe ihn verlassen, war sicher gewesen, das Vorratslager, das er in der Nähe von einem der beiden Walroßdörfer eingerichtet hatte, sei von Menschen oder Tieren aufgestöbert worden, doch es war unberührt. Die Fellparkas, die Karibuhäute, ein *sael* mit Fett, Öl in Robbenhäuten und, am allerwichtigsten, sein *iqyax* – alles lag für ihn bereit.

Oft verfluchte er die Flußmenschen, die alle seine beim Volk der Karibu und der nördlichen Tundra eingehandelten Waren gestohlen hatten, aber schließlich war er nicht nur zum Tauschhandel in dieses Dorf gekommen, sondern auch, um Daes' Familie zu finden.

Sie hatte ihm erzählt, ihr Vater sei tot, und sie habe keine Brüder, aber sicherlich gab es Vettern und natürlich eine Tochter, die mittlerweile einen Mann haben würde. Wenn Cen berichtete, was mit Daes geschehen war, würden sie gewiß mit ihm kommen und Rache üben. Und ihm helfen, seinen Sohn Ghaden zurückzuholen.

Er streckte sich, um den Schmerz in den frisch verheilten Wunden zu lindern, und rieb mit dem Finger über seine Nase. Sie war jetzt krumm, breit und platt. Eine Narbe verzerrte seinen Mundwinkel nach oben, doch in diesem Dorf war es von Vorteil, wenn er anders aussah als früher. Er hatte Daes genommen. Sicherlich gab es einige, die darüber nicht erfreut waren, und wenn er auch nur ein Händler von vielen gewesen war, konnte sich vielleicht doch jemand an ihn erinnern. Er hatte besondere Vorsicht walten lassen, wenn er bei Daes war, weil er von den Tabus wußte, die ihr in der Trauerzeit den Umgang mit Männern verboten.

Vielleicht hatte er sie darum so begehrenswert gefunden – wegen der Tabus. Sie war schön gewesen, doch es gab unter den Ersten Menschen viele schöne Frauen. Er hätte andere wählen können, aber er hatte nur Augen für Daes gehabt.

Es war ein Fehler gewesen, auf dem Rückweg von seiner Handelsfahrt in westliche Richtungen wiederzukommen, nachdem er ihr Lager geteilt hatte. Doch wie konnte er sie vergessen? Noch immer verfolgte sie ihn in seinen Träumen. Er hätte bei ihr im Nahe-am-Fluß-Dorf bleiben sollen. Was spielte es schon für eine Rolle, wo er lebte? Seine Mutter gehörte zu den Karibumenschen, sein Vater zu den Walroßjägern, und er hatte einige Sommer in Flußdörfern verbracht, während seine Eltern die Dörfer ringsum bereisten. Er war mit allen drei Sprachen aufgewachsen und hatte sich mit Leichtigkeit auch die Redeweise der Ersten Menschen angeeignet, als er Händler wurde.

Er hätte mit Daes leben und die Verantwortung für ihr Kind übernehmen sollen, den Jungen, dessen Gesicht so sehr dem seines Großvaters aus dem Walroßvolk glich und dessen Stimme den hellen, singenden Klang der Karibumenschen hatte. Doch Cen wußte, daß Daes, sooft sie ihn ansah, immer nur an ihren toten Mann vom Volk der Ersten Menschen denken würde. Zudem, welcher Händler belastet sich schon mit Frau und Kind? Er hatte einen Ältesten vom Nahe-am-Fluß-Volk für sie gefunden, noch stark genug zum Jagen, der dem Kind ein guter Vater und Daes ein guter Mann sein würde.

Cen hatte Daes zurückgelassen, aber seine Gedanken blieben auch im folgenden Winter bei ihr. Wie viele Tundrafrauen auch sein Lager wärmten, die glatte braune Haut unter seinen Händen gehörte stets Daes. So kehrte er jedes Jahr zurück, um sie zu besuchen, und schließlich hatte sie eingewilligt, mit ihm zu gehen. Er wiegte sich in der Hoffnung, sie dächte nicht länger an ihren toten Mann und hätte gelernt, ihn um seiner eigenen Vorzüge willen gern zu haben.

Alles hatte sich so gut angelassen. Die Kehle brannte ihm, wenn er daran dachte. Doch er würde seine Rache bekommen, und die Nahe-am-Fluß-Menschen – die wenigen, die dann noch am Leben waren – würden für immer an ihn denken.

Das Dorf der Walroßjäger

Aqamdax erwartete, daß sie nachts kommen würden, darum blieb sie auf und hielt sich mit Liedern und Geschichten wach, bis sie schließlich, an das Schlafpodest gelehnt, im Sitzen einschlief. Früh am Morgen erwachte sie mit steifem Hals und verkrampften Beinen. Der Eingang war noch zugesteckt, und Aqamdax suchte, um sich erleichtern zu können, in der Behausung nach einem Nachttopf oder Abfallkorb. Schließlich hockte sie sich über einen Behälter aus Fischhaut und hoffte, daß er dicht halten würde und sie damit keine Tabus des Walroßvolks verletzte.

Es war nur noch wenig Öl in der Steinlampe, und mehrere Dochte waren erloschen. Aus einem fast leeren Beutel aus Seehundfell goß sie etwas Öl in die Höhlung. Das Feuer flammte auf, konnte sie aber nicht wärmen. Sie durchstöberte Körbe und Felle, suchte an den Wänden vergebens nach einer Vorratsnische. Aus Geschichten glaubte sie sich zu erinnern, daß die Walroßjäger ihre Nahrung im Freien lagerten, doch war sie nicht sicher. Sie hatte am Tag zuvor gegessen. Verhungern würde sie nicht, und an den Dachsparren der Behausung hingen wassergefüllte Blasen.

Ach Tut, dachte sie, warum habe ich dir nicht mehr Fragen

über dieses Volk gestellt? Mit der Zurückweisung des Schamanen hatte sie gewiß alle im Dorf beleidigt. Sie würde noch einen Tag warten und sich dann in der kurzen Spanne völliger Dunkelheit mit dem kleinen Messer zum Abhäuten, das sie im Gürtel unter ihrem *sax* trug, einen Ausgang herausschneiden. Dieses Messer mit der kurzen, scharfen Klinge hatten sie nicht bei ihr gefunden. Wenn sie vorsichtig und langsam vorging, würde es wohl gelingen, damit die Wand aus Walroßhaut zu durchtrennen.

Was dann? Ohne Nahrung, ohne ihr Frauenmesser – was konnte sie ausrichten? Sie müßte Sok und seinen Bruder finden und sie dazu bringen, sie mitzunehmen, oder zum Schamanen gehen, seine Verzeihung erlangen und darum bitten, einem Walroßjäger zur Frau gegeben zu werden. Sie setzte sich auf den Rand des Schlaflagers und strich über die glatten Federn ihres *sax*.

Nein, sie würde nicht zu Sok zurückkehren. Warum sollte sie dem Mann vertrauen? Es war besser, hier im Dorf zu bleiben, näher bei ihrem eigenen Volk. Sie würde sich dem Schamanen anbieten. Wenn er sie nicht mehr wollte, würde sie darum bitten, Frau eines Jägers zu werden, schlimmstenfalls auch zweite Frau.

Ah, sie war dumm gewesen! Aber jetzt würde sie weise handeln, und wenn sie ihren Zorn so weit beherrschte, daß ihre Hände nicht erneut Unfug anrichteten, würde sie zu ihrem Volk zurückfinden.

Chakliux ging durch das Dorf zu den Bootsgestellen. Tagelang, während sie bis zu diesem Dorf gepaddelt waren, hatte er die *iqyan* der Ersten Menschen eingehend betrachtet und überlegt, ob er sein eigenes Boot den ihren angleichen sollte – es schmaler und damit schneller machen, mit einem Kiel aus drei Stücken Holz statt nur einem, damit das *iqyax* in den Wellen stärker und biegsamer war.

Vielleicht war es besser, ein neues *iqyax* zu bauen, statt seines abzuändern. Warum etwas zerstören, das bereits gute Dienste leistete? Dann konnte er die beiden vergleichen, wie sie sich in den Wellen verhielten und sich in Strömungen und Gezeiten, in Kabbelungen und großen Brechern paddeln ließen.

Er ging an dem kleinen Zelt vorbei, in das man Aqamdax gesteckt hatte. Die Frau tat ihm leid. Ihr schien viel an Sok gelegen zu haben, und sie hatte sich nach Kräften bemüht, ihm eine gute Frau zu sein.

Er erinnerte sich mit einem plötzlich aufwallenden Gefühl von Wärme, wie wunderbar es gewesen war, Gguzaakk zur Frau zu haben – und wie furchtbar, sie zu verlieren. Am Tag nach ihrem Tod starb auch ihr Sohn, und in seinem Kummer hatte Chakliux nicht mehr leben wollen. Doch welcher *Dzuuggi* war schon frei genug, den Tod zu wählen?

Er trat weiter für den Frieden ein, obwohl er wußte, daß K'os gegen ihn arbeitete. Erst als sein Kummer ihn zu Gguzaakks Bestattungsplattform trieb, erkannte er den Haß von K'os in seinem ganzen Ausmaß. Er näherte sich der heiligen Stelle, sah K'os dort und wartete, in der Annahme, sie sei ebenfalls zum Trauern gekommen. Sie beugte sich nieder und legte etwas auf die Erde. Im Näherkommen erkannte er, daß es ein Zweig von purpurfarbenem Wasserdost war. Wie jedes Kind kannte auch er das tödliche Gift dieser Pflanze mit ihren helmartigen Blüten.

»Auch mein Sohn?« hatte er sie gefragt.

»Kinder sterben leicht«, hatte sie geantwortet und eine Hand über Nase und Mund gelegt.

Er hätte sie damals töten sollen, war aber unfähig gewesen, sich zu bewegen, als ob auch seinen Körper jenes Gift erfaßt hätte, das die Muskeln erschlaffen läßt und das Herz lähmt. Er ging zu den Ältesten, den Jägern, selbst zu seinem Vater, doch niemand glaubte ihm. Rache zu nehmen hätte seinen eigenen Tod bedeutet, alle im Dorf wären gegen ihn gewesen. Welche

Aussicht wäre ihm damit noch geblieben, für den Frieden zu wirken?

Manchmal war es fast zu schwer, ein *Dzuuggi* zu sein. Die Monde bei den Walroßjägern und den Ersten Menschen, eine Zeit, in der er nur Jäger war, hatten ihm gutgetan.

Er beneidete Sok. Was konnte ein Mann mehr verlangen als eine Frau, die ihm Ehrerbietung erwies? Rotes Blatt und Aqamdax, zwei gute Frauen. Es war schade, daß Sok Aqamdax nicht behalten konnte. Doch mußte jeder Mann auf sich selbst achten, und wenn Sok sie dem Schamanen der Walroßjäger nicht gegeben hätte, wäre er von ihm möglicherweise getötet oder mit einem Krankheitsfluch belegt worden.

Natürlich hätte er Aqamdax, als sie darauf bestand, nur als Soks Frau mit ihnen zu gehen, bei ihrem Volk lassen können. Doch ohne sie – hätte der Schamane dann wohl Chakliux erlaubt, im Dorf zu bleiben, falls er nicht zu den Nahe-am-Fluß-Menschen zurückkehren konnte? So hatte Sok Waren eingetauscht, aber auch Chakliux geholfen.

Als Chakliux an Aqamdax' Zelt vorbeiging, hörte er die leisen Töne des Liedes, das sie im *iqyax* gesungen hatte. Wie angerührt von ihrem Schmerz krampfte sich sein Herz zusammen. Dann sagte er sich, daß sie bald als Frau des Schamanen glücklich sein und in diesem Dorf neue Geschichten finden würde.

Als er zum Ufer kam, hörte er die ersten Klagerufe trauernder Frauen.

Das Dorf der Ersten Menschen

»Ich kenne dich«, sagte die alte Frau. Sie beugte sich vor, bis Cen dachte, der riesige Buckel, der ihren Rücken verunstaltete, könnte sie vornüberkippen und vor ihm auf die Nase fallen lassen, doch sie verdrehte den Kopf und sah zu ihm auf, die Augen zu Schlitzen verengt. Das Herz schlug ihm bis zum Hals, und er schalt sich einen Feigling. Hatte er etwa Angst vor einer alten Frau?

»Ich bin schon früher hier gewesen«, sagte er dreist. »Siehst du etwas, das dir gefällt?« Er deutete mit der Hand über die Tauschwaren, die er neben seinem *iqyax* ausgelegt hatte.

Einen Augenblick lang sah sie zu Boden, und er glaubte schon, sie abgelenkt zu haben, doch dann wandte sie erneut den Kopf, um ihn zu betrachten, und sagte noch einmal: »Ich kenne dich. Du warst hier ...« Sie stockte. »Vor vier Sommern. Nein, vor fünf.«

»Großmutter, in den letzten fünf Sommern bin ich in vielen Dörfern gewesen. Ich kann nicht mit Gewißheit sagen, ob ich auch hier war. Vielleicht. Um jene Zeit war ich wohl auf Handelsfahrt in dieser Gegend, aber seither bin ich nicht wiedergekommen.«

Sie schien ihn nicht zu hören, begann statt dessen vor sich hin zu murmeln. Nachdem sie seine Waren befühlt hatte, wandte sie sich schließlich ab. Dann nahmen die jüngeren Frauen das Angebot in Augenschein. Sie sprachen alle gleichzeitig, und einige von ihnen blitzten ihn aus dunklen Augen an und sahen rasch wieder fort – um ihn zu verspotten, wie er wußte, und um sicherzugehen, daß er ihre Unverschämtheit auch bemerkte. Diese Frauen kamen nicht allzu bereitwillig zu einem Mann in sein Lager, doch gab es in den meisten Dörfern der Ersten Menschen eine oder zwei, die einem Händler ihre Gunst erwiesen. Er hoffte darauf, eine solche auch in diesem Dorf zu finden. In der Abgeschiedenheit ihres dunklen Schlaflagers würde er sie nach Aqamdax fragen und sagen, daß ein anderer Händler ihre Künste, Männer zu erfreuen, gerühmt habe. Um Cen zu beweisen, daß sie mehr Freuden zu spenden wußte als Aqamdax, würde die junge Frau sicher auf all seine Fragen – und Wünsche – eingehen.

Den ganzen Tag verbrachte Cen mit Tauschgeschäften, erhandelte Waren von den Ersten Menschen, die ihm bei den Karibu- und Tundravölkern viel einbringen würden, doch keine Frau ließ verstohlen durchblicken, daß er bei ihr willkommen sei.

Später, als die Jäger zum Tauschen kamen, wagte Cen nach einer Frau im Dorf zu fragen, die sich eines Fremden annehmen würde.

Ein Jäger lächelte ihm zu, ließ dabei einen abgebrochenen Schneidezahn und viel rosa Zahnfleisch sehen. »Du kommst zu spät«, sagte er. »Es gab eine, aber ein Händler vom Nahe-am-Fluß-Volk war hier und hat sie zur Frau genommen.«

Cen schüttelte den Kopf. Ein Händler vom Nahe-am-Fluß-Volk? Sie kamen selten so weit. Obwohl sie mit ihren Baumflößen die ruhigeren Flüsse befahren konnten, vermochten sie doch gegen die rauhen Winde und hohen Wellen des Nordmeers nichts auszurichten. Natürlich konnte man auch über Land reisen, aber wozu so viele Monde verschwenden, nur um ein paar Dörfer der Ersten Menschen aufzusuchen? In der gleichen Zeit konnte er in vielen Siedlungen der Karibu- und Flußvölker Handel treiben, vielleicht sogar über die großen Ströme bis zum Land der nördlichen Tundrabewohner vordringen, jenen Jägern, die keine richtigen Dörfer hatten, sondern in dünnen Zelten lebten und mit dem Wind zogen.

Allerdings, rief Cen sich ins Gedächtnis, rechneten die Ersten Menschen jeden Händler zum Nahe-am-Fluß-Volk, der nicht zu ihnen oder zu den Walroßmenschen gehörte. Nannten sie nicht auch ihn einen Händler vom Fluß?

»Also gibt es keine?« fragte Cen.

Der Jäger zuckte die Achseln und breitete die Hände aus, hob dann mehrere Vogelpfeile mit Knochenspitzen auf und legte sie wieder hin. Vielleicht, dachte Cen, wäre es das beste, offen nach ihr zu fragen, doch wenn Namen fielen, wurden die Menschen oft mißtrauisch und erzählten gar nichts. Er konnte sich nicht mehr genau erinnern, wie sie aussah, obwohl er sie sich auf dieser Reise oft vorgestellt hatte. Er hatte unter allen jungen Frauen des Dorfes vergebens nach einer Ausschau gehalten, die aussah wie Daes. Natürlich ähnelten Töchter nicht immer ihren Müttern. Vielleicht glich sie mittlerweile eher ihrem Vater, der ertrunken war, oder einer ihrer Großmütter.

Er beugte sich zu dem Jäger, der sich wieder den Vogelpfeilen zugewandt hatte. »Zwei für eine Handvoll Bola-Steine«, bot Cen ihm an.

Der Jäger warf ihm einen überraschten Blick zu.

»Aber erzähl den anderen Jägern nichts davon, bis ich fort bin. So großzügig kann ich nicht bei allen sein. Dann hätte ich bald keine Waren für die anderen Dörfer mehr übrig.«

Der Mann hob die Hand, die Innenfläche Cen zugekehrt. »Heb sie für mich auf. Ich komme zurück.«

»Such dir aus, welche du möchtest«, sagte Cen.

Der Jäger wählte zwei Pfeile, gefiedert mit den silbrigweißen Federn des Sturmtauchers. Cen verstaute sie unter seinem umgedrehten *iqyax* und wartete seine Rückkehr ab, feilschte unterdessen mit den anderen Jägern, stichelte und forderte heraus, stets bemüht, sie glauben zu machen, sie hätten ihn übervorteilt und seien weit bessere Händler als er.

Schließlich kehrte der Jäger mit zwei Handvoll scharfkantiger Bola-Steine aus Andesit zurück, eingerollt in ein Stück Robbenhaut. Cen betrachtete sie genau, wendete einige in der Hand hin und her. Ohne ein Wort holte er die Vogelpfeile unter dem *iqyax* hervor und gab sie dem Mann. Dann beugte er sich zu ihm und sagte in gedämpftem Ton: »Man hat mir von einer Frau erzählt, die Aqamdax genannt wird.«

Der Jäger begann zu lachen. »So, hat man das«, sagte er. »Ja, das glaube ich wohl.« Er lachte erneut. »Es gibt keinen Mann in diesem Dorf, der sie nicht vermißt.«

»Sie ist nicht mehr hier?« fragte Cen.

»Sie ist es, die mit dem Händler vom Nahe-am-Fluß-Volk fortgegangen ist. Er behauptete, er wolle sie wegen ihrer Geschichten, aber niemand im Dorf glaubt daran.«

»Also hatte sie keinen Mann bei den Ersten Menschen?«

»Nein.«

»Auch keine Brüder oder Onkel?«

»Niemanden. Der oberste Jäger nahm sie eine Zeitlang in seinem *ulax* auf, aber später lebte sie bei der alten Qung.« Er hob den Kopf in Richtung einer Gruppe von Frauen, die sich auf einer grasbewachsenen Kuppe oberhalb des Ufers niedergelassen hatten. »Die Alte da drüben in der Mitte.«

Es war die Bucklige, die behauptet hatte, ihn zu kennen. Sie hockte auf den Fersen, den Kopf so weit vorgereckt, daß er auf ihren hochgezogenen Knien zu ruhen schien. Cen sah zwar, daß sie sprach, konnte jedoch nicht verstehen, was sie sagte.

»Sie ist die Geschichtenerzählerin in unserem Dorf. Aqamdax hat es von ihr gelernt. Die Frauen waren davon nicht angetan, aber sie machte ihre Sache gut. Es war eine Freude, ihr zuzuhören.«

Der Mann sprach weiter zu Cen über Aqamdax' Künste im Geschichtenerzählen und im Schlaflager, doch Cen hörte schon bald nicht mehr hin. Wozu auch? Aqamdax konnte ihm nicht helfen. Er hatte sinnlos Zeit verschwendet, um in dieses Dorf zu gelangen, und jetzt mußte er wieder zurück und sein Leben im Nordmeer noch einmal aufs Spiel setzen. Schlimmer noch, er mußte sich einen neuen Plan ausdenken, um Rache am Nahe-am-Fluß-Volk zu nehmen und Ghaden zurückzuholen. Denn welcher Vater konnte zulassen, daß sein Sohn vom Feind aufgezogen wurde?

Der Speer hatte eine Spitze aus Knochen und Muschelschalen in der Farbe von geronnenem Blut. Der Jäger zielte damit auf eine Stelle knapp unterhalb von Aqamdax' Kiefer, die Spitze preßte sich in ihre Haut.

Mehrere Walroßjäger hatten sie vom Sommerzelt fortgeholt. Sie führten sie aus dem Dorf, bedeuteten ihr in einer Mischung aus ihrer eigenen und der Sprache der Ersten Menschen, am Rand des Ufers zu bleiben, und gingen davon, bis auf einen. Dieser eine stand nun zwischen ihr und dem Dorf, als sei sie eine Gefahr für alle, die dort lebten, als müsse sie mit Drohungen und Waffen ferngehalten werden.

Frauen versammelten sich hinter dem Jäger und schrien ihren Zorn hinaus, doch vernahm Aqamdax auch ein dünnes, hohes Wimmern aus dem Dorf. Waren es Klagerufe?

Ob jemand gestorben war? Gehörten die Walroßmenschen zu denjenigen, die töteten, um ihrem Kummer Ausdruck zu verleihen? Sie wußte von Frauen, die aus Trauer um den Verlust eines Mannes oder Kindes starben, von Ältesten, die beim Tod eines Sohnes ihr Schlaflager aufsuchten und auf das Sterben warteten. Aber warum töten? Aus Rache konnte man töten. Doch aus Kummer?

Ihr Herz klopfte so heftig, daß ihre Arme und Hände zitterten. Sie holte tief Luft, versuchte, hinter dem Jäger Chakliux oder wenigstens Sok zu erspähen, sah aber nur die Walroßfrauen, in einem engen Kreis zusammengeschart.

Sie dachte an den Tod ihres eigenen Vaters zurück, erinnerte sich, wie jedes Lächeln der anderen sie damals vor Zorn außer sich geraten ließ. Wie konnten sie lächeln, wenn ihr Vater tot war? Spürten sie nicht den Schmerz, der ihr Herz verzehrte, bis es zu schwarzer Asche verbrannt war?

Falls diese Walroßmenschen wirklich trauerten, würde es ihren Zorn vielleicht mildern, wenn sie ihren Schmerz teilte.

Und trotz des Speers an ihrer Kehle, trotz der alten Frauen, die sich vorbeugten, um sie anzuspucken, erhob Aqamdax ihre Stimme zu einem Klagegeheul, das der Trauergesang der Ersten Menschen war.

Als sie Chakliux erblickte, war der Speer nicht mehr auf sie gerichtet, und die Frauen hatten in ihre Klagerufe eingestimmt.

Aqamdax saß zwischen ihnen, ohne zu sprechen, ohne einen von ihnen anzusehen. Chakliux spürte den Zorn, ihren und den von Sok. Alter Stoßzahn war ihnen als Wächter zugeteilt worden. Er hatte sie zu einem offenen Uferstück nahe beim Dorf der Walroßjäger geführt. Trotz seiner Drohung, sie an Hand- und Fußgelenken zu binden, lagen die Lederriemen immer noch zu seinen Füßen. Er hatte sie zwar nicht gefesselt, stieß dafür aber blitzschnell mit dem Speer nach ihnen, wenn sie zu sprechen versuchten.

Hin und wieder, ohne Chakliux dabei anzublicken, gab Alter Stoßzahn eine Bemerkung über den Wind und die Gezeiten von sich, als wären sie Jäger, die zusammensitzen und das Meer betrachten.

Eine Weile hörte Chakliux ihm zu, schließlich fragte er: »Wer ist gestorben?«

Alter Stoßzahn hob seinen Speer und zischte, antwortete aber dann: »Was denkst du wohl? Der, den sie zum Mann nehmen sollte.«

»Der Schamane?« fragte Sok.

Alter Stoßzahn senkte seine Speerspitze, bis sie nur noch eine Handbreit von Soks Kehle entfernt war. »Dir ist nicht erlaubt zu sprechen«, sagte er. Sein Blick schweifte zu Chakliux. »Sie glauben, daß die Frau ihn umgebracht hat.«

»Wie hätte sie das tun sollen? Sie war während der Nacht in einer Behausung, die sie nicht verlassen konnte«, sagte Chakliux.

Alter Stoßzahn senkte den Speer. »Manche sagen, sie sei eine Schamanin. Andere glauben, daß böse Geister in ihr wohnen.«

»Der Schamane war alt. Er ist einfach gestorben«, sagte Sok.

Alter Stoßzahn zuckte die Achseln. »Manche sind der gleichen Meinung.«

»Also werden die Ältesten entscheiden, ob sie ihn getötet hat oder nicht?« fragte Chakliux.

»Sie werden entscheiden.«

»Und was geschieht dann?«

»Vielleicht lassen sie euch gehen. Vielleicht töten sie euch. Oder sie töten nur die Frau.«

»Kannst du nichts tun?«

»Wie kann ich euch fortlassen, wenn ihr unseren Schamanen getötet habt?«

»Wir haben niemanden getötet!« Sok schrie beinahe.

Alter Stoßzahn richtete seinen Speer erneut auf Soks Hals. »Sei still. Du darfst nicht reden«, befahl er ihm. Und dann war er wieder Wächter statt Freund, behielt sie scharf im Auge, zielte mit dem Speer mal auf den einen, mal auf den anderen, und spähte zum Rand des Dorfes, wo die Ältesten sich versammelt hatten, um zu einer Entscheidung zu kommen.

Aqamdax war durstig; der Wind hatte ihre Kehle und sogar ihre Augen ausgetrocknet. Sie hätte gern etwas Wasser gehabt, bevor sie sterben mußte.

Am Morgen, als man sie geholt hatte, war sie hungrig gewesen, doch jetzt hatte sie das Gefühl, keinen Bissen hinunterbringen zu können. Sie hätte ihre Stimme nicht zur Klage erheben, sondern sich mit Freuden von dem Walroßmann töten lassen sollen. Es gab schlimmere Arten zu sterben als durch einen schnellen Stoß mit dem Speer.

Wie närrisch war sie gewesen, ihr Dorf zu verlassen. Selbst die Jahre, die sie im *ulax* von Er-singt zugebracht hatte, waren erträglicher gewesen als ihr Leben, seit sie fortgegangen war.

Gab es eine bessere Lehrerin als Qung? Hatte irgend jemand mehr Geduld als sie? Wenn die Walroßmenschen Aqamdax töteten, war alles Gelernte verloren. Qung war alt. Würde sie lange genug leben, um eine neue Geschichtenerzählerin auszubilden? In der Annahme, daß Aqamdax noch ein langes Leben vor sich hatte, legte Qung möglicherweise keine Eile an den Tag, jemand anderen ihre Geschichten zu lehren. Vielleicht würde sie zu lange warten, und dann wären viele Legenden ihres Volkes unwiderruflich verloren.

Aqamdax blickte zu dem Walroßmann auf, der sie bewachte. Er war jung, und sein Gesicht war durch Tätowierungen auf Nase und Wangen dunkel gefärbt. Er hatte die Kapuze seines Parkas zurückgeschoben, und Aqamdax sah, daß sein Haar eingeölt und zu zwei festen Zöpfen geflochten war.

Sie begann zu sprechen, war sich bewußt, daß ihre Worte den Speer auf sie lenken konnten. Doch vielleicht würden sie auch bis zu ihrem Dorf dringen und Qung begreifen lassen, daß sie eine neue Geschichtenerzählerin suchen mußte.

»Ich bin hier, Qung«, sagte Aqamdax in der Sprache der Ersten Menschen. »Bald mag die Kunde kommen, daß die Walroßmänner mich getötet haben. Bald mag aus den *ulas* die Nachricht dringen, daß ich tot bin.«

Der Walroßjäger grollte zornig, aber Aqamdax sprach nur noch lauter, und als sie ihre Botschaft an Qung beendet hatte, begann sie zu erzählen. Wenn sie schon sterben mußte, warum nicht als Geschichtenerzählerin?

Aus den Augenwinkeln sah sie, wie der Walroßjäger seinen Speer dicht vor ihr Gesicht rückte, doch sie hielt nicht inne. Sie sprach mit ihrer eigenen Stimme, mit der Stimme des Windes und des Seeotters, mit der Stimme von Kindern und Jägern. Sie schloß die Augen, um den Speer nicht zu sehen, schloß sie, um nicht zu verstummen, wenn die Muschelschale in ihre Kehle drang, damit ihre Worte noch zu hören wären, auch wenn ihr Blut schon floß.

TEIL DREI

Ich lausche auf Sok, auf ihn, den ich wieder Mann nennen muß. Sein Gesicht ist von einer dicken Fettschicht bedeckt. Er haßt die Stechmücken, sagt er, obwohl gar nicht so viele da sind. Man kann mit der Hand vor den Augen vorbeistreichen und sich freie Sicht verschaffen. Was braucht man mehr?

Die Stechmücken kleben auf seinem Gesicht wie Knoten von schwarzem Haar, und haßerfüllt höre ich, wie er mich zu seinem Lager ruft.

Ich versuche ihn zu sehen, wie er in meinem Dorf war, das Haar glatt und glänzend, die Arme geschmeidig mit ihren Muskeln, die Beine so fest und stark wie der Treibholzstamm, über den man in Qungs ulax *klettert.*

Auf der Reise zum Dorf der Walroßjäger schliefen wir unter seinem iqyax, *der geschwungene Rücken des Bootes war wie die Schale einer Muschel, glänzend und feucht vom Watt.*

Doch jetzt sehe ich mich als Muschel, ausgelöst und wartend. Seine Hände suchen sich ihren Weg durch die Federn und Häute meines sax *mit seinen kunstvollen, feingestichelten Säumen bis zu meinen nackten Beinen. Er dringt in mich ein, verschlingt mich und schläft dann, seinen Kopf an meinem, die fettverklebten toten Stechmücken in mein Haar gepreßt.*

29

Das Nahe-am-Fluß-Dorf

Chakliux war mit seinem *iqyax* den Fluß hinaufgefahren und wartete zwei Handvoll Tage auf Sok und Aqamdax, die mit den Hunden zu Fuß vom Dorf der Walroßjäger nachkamen. In der letzten Nacht hatten sie gemeinsam gelagert. Jetzt am Morgen, nachdem Chakliux das *iqyax* hoch oben in den schützenden Zweigen einer Schwarzfichte versteckt und mit Rinde getarnt hatte, machten sie sich zusammen auf zum Nahe-am-Fluß-Dorf. Weniger als ein Tagesmarsch lag vor ihnen, die Strecke würde fast immer über einen Pfad führen, den die Nahe-am-Fluß-Menschen durch das Unterholz entlang dem Fluß geschlagen hatten.

Sok berichtete ihm, daß Aqamdax keine Schwierigkeiten gemacht hatte. Zwar habe sie zunächst Angst vor den Hunden gehabt, jedoch bald gelernt, die Bündel richtig zu befestigen, die Tiere so anzubinden, daß sie die Leinen nicht durchbissen, und ihnen gerade so viel zu essen zu geben, daß sie am nächsten Tag nicht faul waren. Sie kannte bereits die Worte der Flußsprache, die alle Hunde verstanden. Doch obwohl Sok lobend über seine Frau sprach, erkannte Chakliux Zorn und Verachtung in Aqamdax' Augen. Wenn sie etwas aus Soks Händen entgegennahm oder ihm unterwürfig zu seinem Schlaflager folgte, sah er an ihren gespitzten Lippen und zusammengekniffenen Augen, daß sie ihn verhöhnte.

Was sollte Sok auch sonst erwarten, fragte sich Chakliux.

Aqamdax war mit List zur Frau gemacht und einem Volk überlassen worden, das sie fast getötet hätte, und Sok hatte nichts zu ihrer Rettung unternommen.

Obwohl ihr spöttisches Verhalten Chakliux mißfiel, fand auch er Grund, sie zu loben. Wie viele Frauen – oder wie viele Jäger – wären wohl auf den Gedanken verfallen, in den Trauergesang einzustimmen, während ihr Leben auf dem Spiel stand? Als man sie beschuldigte, den Tod des alten Schamanen herbeigeführt zu haben, hatte sie nicht geleugnet, sondern ihre Stimme als Geschichtenerzählerin benutzt, um den Menschen ihre Macht zu zeigen.

Wie konnten die Walroßjäger wagen, sie zu töten, wenn sie imstande war, sich zu rächen? Wie konnten sie sich schützen ohne ihren Schamanen, der sie lenkte?

Chakliux hatte den Toten gesehen, zusammengerollt wie ein Kind, die Hände über der Brust verkrampft. Es gab keine Spuren von Messer oder Feuer, keinen Ausdruck von Furcht in den offenen Augen. Er war alt gewesen. Alte Männer sterben. Warum sollte Aqamdax es getan haben? Dies hatte er zu seinem Bruder gesagt, als Sok Aqamdax nicht mitnehmen wollte, und ihm vorgehalten, daß die Frau, wenn sie wirklich über besondere Kräfte verfügte, vermutlich eher sie beide als den Schamanen getötet hätte. Um Aqamdax' Leben zu retten und wohl auch ihr eigenes, entschlossen sie sich also, zu gehen und alle Tauschwaren mitzunehmen, selbst Schneefalke und Grauer, die Hunde, die sie vom Nahe-am-Fluß-Dorf hergebracht hatten.

Alter Stoßzahn erzählte Chakliux, man werde die Leiche des Schamanen in die Behausung legen, in der Aqamdax gewohnt hatte, und ihn darin nach Ende der Trauerzeit verbrennen. Wenn eine Frau einen Schamanen töten konnte, welche Hoffnung war dann noch, daß irgend jemand ihren Kräften etwas entgegenzusetzen hatte? War sie nicht über den Boden jener Behausung gegangen und hatte mit jedem Schritt ihre

Kraft verströmt? Besser, sie in Rauch aufgehen zu lassen, damit die Kraft anderswo niederfiel, weit weg vom Dorf der Walroßjäger, die stets versuchten, ein Leben in Ehrfurcht zu leben.

Yaa war die erste im Dorf, die sie erspähte. Sie prüfte gerade die Reihe von Hasenfallen, die ihre Mutter nahe dem Flußufer ausgelegt hatte. Ghaden zockelte hinter ihr her, Beißer stets an seiner Seite. Der Junge war stumm wie ein Schatten, holte auf, wann immer sie stehenblieb, und fiel drei Schritte zurück, wenn sie lief. Sie hatte soeben den zweiten Hasen gefunden, erdrosselt in der klug gelegten Fallenschlinge, als sie Zweige im Unterholz zurückschnellen hörte. Zuerst dachte sie an Bären und zog Ghaden eng an sich, kauerte nieder, packte Beißer bei den Hautfalten am Genick und hielt ihm mit einer Hand die Schnauze zu.

Dann teilten sich die Blätter, und sie erkannte Sok. Der Mann vom Vetter-Fluß-Volk, Chakliux, war bei ihm, und hinter ihnen lief eine große dunkelhäutige Frau, die einen seltsamen, mit Federn geschmückten Parka trug. Beinahe hätte Yaa sie angerufen und willkommen geheißen. Doch sie kannte die Frau nicht. Mit den dunklen Federn ihres Parkas mochte sie eine Verwandte des Raben sein. Warum die Aufmerksamkeit eines so mächtigen Wesens auf sich lenken? Yaa ließ sie vorbeiziehen.

Sobald sie fort waren, wäre Yaa am liebsten losgelaufen, um jedermann im Dorf zu erzählen, was sie gesehen hatte, doch wußte sie, daß Braunes Wasser sie schelten würde, wenn sie zurückkäme, ohne alle Fallen geprüft und neu ausgelegt zu haben. Selbst ihre Mutter würde böse auf sie sein. Es waren nur noch drei übrig. Sie blickte zurück, ob Ghaden ihr folgte. Er lief hinter ihr, die eine Hand in Beißers Fell vergraben, mit der anderen rieb er sich die Augen. Sie blieb stehen und kniete vor ihm nieder.

»Ghaden, bist du verletzt?«

Er blickte zu Boden und schüttelte den Kopf.

»Was ist los?«

»Nichts«, murmelte er. Er holte tief und schaudernd Atem.

Sie kannte ihn gut genug, um zu wissen, daß es keinen Sinn hatte, weiter zu fragen. Welcher Junge gab schon zu, daß er weinen mußte? Sie griff nach seinen Händen, drehte sie um, strich ihm das Haar aus der Stirn und glitt dann mit den Fingern über seine Gamaschen hinunter bis zu den Füßen. Kein Blut. Nur eine kleine Wunde am Fuß von einem Stein oder Stock, der in der Grasnarbe am Flußufer versteckt gewesen war. Sie ging nun langsamer, näherte sich der nächsten Falle. Bei der letzten würden sie rasten, aber auch ein kleiner Junge mußte lernen, seine Aufgabe zu Ende zu bringen. Wenn die Jäger jedesmal zu Hause blieben, sobald sie sich verletzt hatten, wer sollte die Menschen dann mit Nahrung versorgen?

Aqamdax war froh, als der Pfad auf eine grasbewachsene Lichtung führte. Die Bäume wuchsen in dieser Gegend höher als dort, wo ihr Volk lebte. Obwohl die Zweige hoch über ihrem Kopf hingen, schienen die Gedanken und Kräfte, die Bäumen innewohnten, schwer auf ihren Schultern zu lasten. Manche waren so riesig, daß sie den Himmel verdeckten. Wenn sie zu ihnen aufsah, schien es, als zögen sie ihren Geist durch ihre Augen zu sich hinauf, in die heimlichen Winkel unter ihren dunklen Zweigen.

Die offene Wiese war besser. Zwar gab es hier kaum Wind und nur einen Fluß statt des Meeres, doch glich der Ort mehr ihrem Zuhause. Wie konnte man wissen, was in der Welt geschah, wenn der Himmel von Bäumen verdeckt war? Woran erkannte man, ob Sturm oder Regen kam, Schnee oder Sonnenschein?

Die Männer waren stehengeblieben, Aqamdax sah es und hielt ebenfalls an. Sie legte den Hunden eine Hand auf den

Rücken, damit sie nicht vorausliefen. Sie hatten gelernt, ihr zu folgen, diese Hunde, doch manchmal schienen sie wild zu werden und fletschten selbst bei Soks Befehlen die Zähne. Sie konnte es ihnen nicht übelnehmen. Es gab Zeiten, in denen auch sie am liebsten einfach losrennen wollte, die Bündel stehenlassen, die sie trug, und die vielen Tabus des Nahe-am-Fluß-Volkes vergessen, die Chakliux sie gelehrt hatte.

Die Tabus der Ersten Menschen waren sinnvoll, aber jene, die sie jetzt befolgen mußte, da sie einem Mann vom Flußvolk angehörte – wie man Fleisch schnitt, was man sagen mußte, wenn man Wasser holte oder etwas aus der Erde nahm –, waren einfach unsinnig. Wären ihre eigenen Worte nicht besser? Daß sie nun eine Frau vom Flußvolk war und an dem Ort angelangt, wo die Flußmenschen lebten, bedeutete das, die Tabus und die Weisheiten der Ersten Menschen hinter sich zu lassen? Schließlich hatte sie beschlossen, beiden Wegen zu folgen. Sie rezitierte die Gesänge der Ersten Menschen und die der Flußmenschen, folgte den Tabus beider Völker, aber sie lasteten schwer auf ihr wie die Baumzweige, und sie ertappte sich dabei, wie sie den Vögeln zusah, ihrer Flugbahn folgte und wünschte, sich ebenfalls über Bäume und Erde erheben zu können, mit nichts als einem Federkleid und dem Wind als ihrem Begleiter.

»Aqamdax! Komm.« Das war Sok. Er bedeutete ihr, sich zu ihnen zu gesellen, und sie trat an seine Seite. Mit ausgestrecktem Arm und gespreizten Fingern wies er auf ein Dorf, dessen *ulas* dichtgedrängt in einem schüsselförmigen Tal lagen.

Aqamdax konnte ihr Erstaunen nicht verbergen. Was gab es doch für verschiedene Weisen, *ulas* zu bauen!

»Horch, du kannst die Hunde hören«, sagte Sok.

Aqamdax nickte. Sie blickte zurück zu Schneefalke und Grauer. Die Ohren der Tiere waren gespitzt, die Körper zum Sprung gespannt.

»Dies ist dein Dorf?« fragte Aqamdax und merkte dann,

daß sie in der Zunge der Ersten Menschen gesprochen hatte. Sie suchte nach Worten aus der Flußsprache, hob das Kinn in Richtung Dorf, preßte die Fingerspitzen gegen Soks Arm und fragte: »Deins?«

»Ja«, antwortete er.

Chakliux trat vor, brachte ihr das Wort der Flußsprache für Dorf bei und verbesserte ihre Aussprache, als sie es wiederholte.

Sie brachen erneut auf, aber nun ging Sok so rasch, daß Chakliux kaum folgen konnte, wie Aqamdax sah. Schließlich fiel er zurück, ging neben ihr, und sie paßte sich seinem Schritt an. Was spielte es für eine Rolle, ob Sok zuerst ankam? Sie würde noch viele Tage in diesem Dorf leben und Zeit haben, die Sprache seiner Menschen zu lernen und ihre Mutter zu finden, viel Zeit, um einen Weg zurück zu ihrem eigenen Volk zu suchen. Sie dachte an Tut, die eine alte Frau geworden war, bevor sie heimkehrte zu den Ersten Menschen, und fragte sich, ob auch sie alt sein würde, bis sie ihr Zuhause wiederfand.

Ihr erster Weg führte sie zur Behausung der Ältesten. Sie legten ihre schweren Bündel am Eingang nieder und ließen die Hunde und Aqamdax draußen warten.

Der-mit-den-Hunden-übt begrüßte sie, und als Chakliux' Augen sich an das rauchgeschwängerte Licht der Feuerstelle gewöhnt hatten, sah er, daß Wolf-und-Rabe, Blaukopfente, Bellender Fuchs, Schläft-lange und Lagermacher im hinteren Teil der Behausung saßen. Bellender Fuchs erhob sich und machte viel Aufhebens um das Wiedersehen mit den Söhnen seiner Frau, doch schon bald nach der Begrüßung hörte Chakliux aus seinen beiläufigen Fragen nach Hunden und Tauschwaren die Habgier heraus.

Schließlich unterbrach ihn Sok. »Ja, wir haben Tauschwaren«, sagte er, »aber vor allem müssen wir wissen, ob mein Bruder in diesem Dorf willkommen ist.«

»Ihr seid beide willkommen«, sagte Blaukopfente. »In dieser Behausung und im Dorf. Setzt euch, und ich werde euch erzählen, was vorgefallen ist.«

Sie setzten sich, und bald kam die Frau von Blaukopfente mit einem Kochbeutel voll siedendem, herzhaftem Eintopf. Sie aßen schweigend. Das warme Gericht erfüllte Chakliux mit Behagen, und er hoffte, daß Blaukopfente sie nicht nur aus Höflichkeit im Dorf willkommen geheißen hatte.

Als er seine Schale geleert hatte, sagte Blaukopfente: »Nachdem ihr fortgegangen wart, kam eine Frau mit ihrem Mann und zwei jungen Jägern aus dem Vetter-Fluß-Dorf.« Er blickte zu Chakliux. »Sie behauptete, deine Mutter zu sein, und der Mann sagte, er sei dein Vater. Sie brachten goldäugige Hunde, die euch beim Tauschhandel von Nutzen sein sollten. Wir sagten ihnen, ihr wäret nie hierhergekommen und müßtet wohl zu den Walroßmenschen oder zu anderen Flußdörfern weitergezogen sein.«

»Sie suchten keine Rache?« fragte Sok.

»Sie schienen nur besorgt um das Wohlergehen von Chakliux«, erwiderte Blaukopfente.

»Meine Mutter«, sagte Chakliux. »K'os?«

»Ja«, bestätigte Blaukopfente. »Es war nicht leicht, so zu tun, als wärst du nie im Dorf gewesen. Sie hatte Angst um dich, daß du tot sein könntest. Es war eine harte Zeit für sie. Sie durchlitt viel Kummer, während sie hier war.«

Bellender Fuchs beugte sich vor und deutete mit seiner Schale auf Chakliux. »Nun bleibt dir nur noch einer, den du Vater nennen kannst«, sagte er. »Sei dankbar, daß deine Mutter Tagfrau einen Mann hat.«

Zunächst verwirrten Chakliux die Worte von Bellender Fuchs, doch als er endlich verstand, schien es ihm den Atem zu verschlagen, und er konnte nicht sprechen.

»Willst du damit sagen, daß Chakliux' Vater tot ist?« fragte Sok.

Blaukopfente blickte Bellender Fuchs an. »Es gibt bessere Arten, so etwas zu erzählen«, sagte er und ergriff Chakliux am Arm. »Es tut mir leid. Zwar habe ich nicht oft Waren mit ihm getauscht, doch erschien mir dein Vater immer als ein ehrenwerter Mann.«

Chakliux fand seine Stimme wieder und fragte leise: »Wie ist er gestorben?«

»Ein Feuer«, sagte Blaukopfente. »Deine Mutter und dein Vater wohnten in der Behausung eines Ältesten und seiner Frau, der, die immer sang. Die Behausung brannte in der Nacht nieder. Dein Vater und die beiden Alten starben. Deine Mutter trauerte hier tagelang und ging dann zurück in ihr Dorf.«

»Sie wurde nicht verletzt?« fragte Chakliux.

»Nein, sie allein überlebte.«

Chakliux' Gesicht blieb unbewegt, zeigte weder Zorn noch Kummer. Natürlich hatte seine Mutter überlebt. Natürlich. Und die beiden Ältesten, die gestorben waren – er erinnerte sich an die Frau namens Gesang. Und ihr Mann war ... Blauhäher. Ja. Es gab viele Gründe, warum sein Vater, Erdschläger, hatte sterben müssen, viele Dinge, die K'os an ihm nicht gefielen. Doch warum die beiden Alten töten? Vielleicht nur, um damit Erdschlägers Tod zu verschleiern. Vielleicht nur darum.

»Bruder«, sagte Sok, »ich teile deinen Kummer.«

Chakliux sah Sok in die Augen, und die Trauer schnürte ihm die Kehle zu. Er konnte ihm nur zunicken.

»Blaukopfente«, sagte Sok, »kamen nicht noch andere aus dem Vetter-Fluß-Dorf? Kam niemand, der auf Rache aus war? Niemand, der nach Chakliux fragte und wohin er gegangen war?«

»Niemand.«

»Wer waren die beiden jungen Jäger, die mit Chakliux' Vater und Mutter kamen?«

»Tikaani und Schneebrecher«, sagte Blaukopfente. Er blickte Sok an. »Kennst du sie?«

»Nein«, erwiderte Sok.

»Ich kenne sie«, sagte Chakliux leise.

Ja, dachte er, und wenn diese beiden wirklich seine Mutter begleitet hatten, dann waren sie auf Rache aus gewesen. Vielleicht hatten sie geglaubt, was die Ältesten ihnen erzählten: daß Chakliux nicht zu ihnen zurückgekehrt war. Doch da waren noch andere im Dorf, Älteste, Frauen, Kinder. Vielleicht hatte ihnen jemand erzählt, daß er hier haltgemacht hatte und dann zum Walroßvolk gegangen war. Jedenfalls schienen die Ältesten nicht zu glauben, daß die Menschen vom Vetter-Fluß-Dorf Rache im Sinn hatten.

Es war am besten, eine Weile zu bleiben, beschloß Chakliux, wenigstens bis er wußte, was mit Aqamdax geschehen würde. Außerdem mußte jemand aufpassen. Wer konnte sagen, was K'os für Pläne hatte? Einer im Dorf sollte die Augen offenhalten.

»Du bist bei uns willkommen. Wir brauchen einen guten Geschichtenerzähler im Dorf«, sagte Blaukopfente zu Chakliux.

Die anderen murmelten ihre Zustimmung, und Lagermacher sagte: »Du sollst wissen, daß deine Mutter die Gebeine deines Vaters in unserem Bestattungsplatz zurückgelassen hat.«

Seine Worte waren tröstlich. Ein weiteres Bindeglied, das ihn im Dorf hielt. »Ich werde bleiben«, sagte Chakliux.

Yaa zog Ghaden in den Eingangstunnel der Behausung. Sie war nahe daran, seinetwegen die Beherrschung zu verlieren. Solange sie die Fallen prüften, war er an ihrer Seite geblieben, doch auf dem Rückweg ins Dorf wurde er immer langsamer, bis sie ihn schließlich tragen mußte. Er war in seinem vierten Sommer – zu groß, um zu erwarten, daß sie ihn trug, und zu alt, um sich wie ein Säugling aufzuführen. Sie reckte den Kopf durch den Eingangstunnel. Braunes Wasser saß in der Behausung und bohrte mit einer Ahle aus Vogelknochen Löcher in ein Karibufell.

Yaa drehte sich um, zog Ghaden den Daumen aus dem Mund und kroch in die Behausung. Ghaden folgte ihr, rutschte auf den Knien über den Boden und warf sich in die aufgerollten Schlafmatten. Braunes Wasser den Rücken zugekehrt und Beißer an seiner Seite, kuschelte er sich zusammen.

Yaa hielt die beiden Hasen hoch, doch Braunes Wasser beachtete sie nicht und sagte nur: »Jäger verfluchen ihre Wurfstöcke nicht mit nassen Daumen.«

Ghaden lag still, und Braunes Wasser seufzte, blickte zu Yaa. Sie betrachtete die Hasen und sagte: »Hast du die Fallen neu ausgelegt?«

Die Frage war eine Beleidigung. Natürlich hatte sie die Fallen neu gelegt. Selbst Ghaden wußte, daß man die Schlingen nicht lose liegen lassen durfte. »Ja«, erwiderte sie.

»Nimm die Hasen aus, und häute sie«, befahl Braunes Wasser. »Bring sie dann zum Dorffeuer. Sok und sein Bruder sind zurück, und sie haben eine Frau von den Ersten Menschen mitgebracht. Wolf-und-Rabe will ihr zeigen, wie stark unser Dorf ist. Sok sagt, sie war in ihrem Volk eine Geschichtenerzählerin.«

Yaa riß die Augen auf und blickte zu Ghaden. Sie liebten die Abende, an denen Geschichten erzählt wurden, doch Ghaden lag still da, als schliefe er.

»Sie ist Frau von Chakliux?« fragte Yaa.

»Jemand sagte, sie sei Soks Frau.«

»Aber Sok hat schon eine Frau und Chakliux nicht.«

Braunes Wasser zuckte die Achseln und sagte: »Du redest zuviel. Tu deine Arbeit. Wenn alle Frauen im Dorf wären wie du, bekämen wir nie etwas zu essen.«

Chakliux wartete mit Aqamdax vor der Behausung von Rotes Blatt. Seine Neffen waren herausgerannt, um ihn willkommen zu heißen, der jüngere hatte die Arme um ihn geworfen und fröhlich zu schwatzen begonnen. Der ältere Junge hatte Chakliux mit einem scheuen Lächeln begrüßt und dann Fragen über Fragen gestellt – über die Ersten Menschen, wie sie jagten, wie ihre *iqyan* und ihre Waffen aussahen. Unterdessen wartete Aqamdax, neben den Hunden in der Hocke zusammengekauert, den Blick starr geradeaus gerichtet. Sie sagte nichts, obwohl sich bald eine Schar von Dorfbewohnern einfand, zumeist Frauen, die mit Lippen und Kinn auf sie deuteten und über sie sprachen, als sei sie gar nicht da und könne ihre Worte nicht hören.

Natürlich verstand sie nur wenig, dachte Chakliux, zum Glück, denn sie sagten nicht nur Freundliches, wenn auch alle ehrfürchtig ihren *sax* aus Federn bewunderten.

Als Sok schließlich herauskam, stellten einige Frauen ungebührliche Fragen, doch er antwortete nicht. Er bückte sich, ergriff Aqamdax beim Arm und bedeutete Chakliux, ihnen ins Innere zu folgen.

Chakliux wußte nicht, was von Rotes Blatt zu erwarten war. Manche ersten Frauen waren wütend, wenn eine zweite in ihre Behausung kam, andere hingegen, besonders jene, die Schwestern oder Basen als zweite Frau begrüßten, waren froh, jemanden zu haben, der ihnen beim Nähen und Kochen, bei der Bearbeitung der Felle und beim Fallenstellen half. Doch wie würde eine Flußfrau es aufnehmen, daß die neue Frau von den Ersten Menschen kam und kaum ihre Sprache beherrschte? Und so schön war wie Aqamdax?

Er warf rasch einen Blick auf Rotes Blatt, sah ihre verschwollenen Augen, ihre Tränen.

»Du wirst immer meine Frau sein«, versicherte Sok, aber Rotes Blatt schaute weg.

»Auch wenn sie dir viele Söhne schenkt?« fragte sie schließlich mit dünner Stimme.

»Welcher Sohn könnte besser sein als Trägt-viel?« antwortete Sok. »Welches Kind könnte mir mehr Freude bereiten als Schreit-laut?«

Sok versuchte zu lachen, doch es klang seltsam, als sei das Lachen nicht sein eigenes.

Rotes Blatt schürzte die Lippen, rückte dann näher heran und sah zu, wie Sok mehrere kunstvoll geflochtene Graskörbe und ein Nadelbehältnis aus Walroßhaut hervorholte, so groß wie seine Hand und gefüllt mit Streifen von Seehundfell, in denen Nadeln aller Größen und Formen steckten.

»Ich habe auch Walroßfleisch für unsere Söhne mitgebracht«, sagte er, »und eine Blase mit Waltran. Was könnte ihnen mehr Kraft geben als Fleisch und Öl von Tieren, so stark wie Wale?«

»Diese Frau«, fuhr Sok fort und deutete mit dem Kinn auf Aqamdax, »taugt nicht für das Lager eines Mannes. Aber sie ist gut zum Weben von Körben und Matten. Sie kann all das tun, was du nicht tun magst. Sie kann unsere Hunde versorgen und Holz sammeln. Sie kann Fische putzen und im Winter den Schnee um unsere Behausung aufschichten. Ich dachte, von allen Geschenken, die ich dir gebracht habe, würde sie dich am meisten erfreuen.«

Rotes Blatt neigte den Kopf und betrachtete Aqamdax. Diese begegnete ihrem Blick.

»Hier«, sagte Sok und zog ein Seehundfell aus einem seiner Bündel. »Auch das habe ich dir mitgebracht.«

Rotes Blatt nahm den Pelz, strich mit der Hand über das dichte, weiche Fell, wandte es um und schnupperte daran.

»Es ist schön«, sagte sie und blickte wieder zu Aqamdax. »Sie versteht unsere Sprache nicht?«

»Nur ein paar Worte«, erwiderte Sok.

»Ich kann mich nicht mit ihr beschäftigen«, sagte Rotes Blatt. »Ich habe keine Zeit, ihr unsere Sprache beizubringen und zugleich noch zu nähen.«

»Ich habe sie nicht hergebracht, um dir mehr Arbeit zu machen«, versicherte Sok seiner Frau. Mit einem Blick über die Schulter zu seinem Bruder bemerkte er: »Chakliux wird sie lehren. Was immer du von ihr willst, sag es Chakliux.«

»Dann bleib hier!« schrie Yaa und ließ Ghaden allein in der Behausung. »Ich gehe zu den Dorffeuern.« Sie trug die ausgenommenen und gehäuteten Hasen in einer Hand, hielt sie auf Armeslänge von ihrem Parka weg.

Es war nicht leicht, eine Mutter zu sein, besonders jetzt, da Ghadens Wunde geheilt war. Je kräftiger er wurde, desto weniger gehorchte er ihr. Nun, das Fest würde sie sich nicht entgehen lassen. Außerdem wollte sie ihren Freundinnen erzählen, daß sie die Frau von den Ersten Menschen vor allen anderen gesehen hatte.

Sie wünschte, sie hätte die Fallen im Stich gelassen und wäre zurückgerannt, um allen zu verkünden, daß Sok und Chakliux kamen. Jetzt würden ihre Freundinnen vielleicht sagen, daß sie die Geschichte nur erfunden hatte, obwohl sie wußten, daß sie nicht zum Lügen neigte.

Ihre Gedanken waren so erfüllt von dem, was sie ihren Freundinnen erzählen wollte, daß sie Flußeistänzer erst sah, als er neben ihr war.

»Sok und der Bruder vom Vetter-Fluß-Dorf sind zurück«, sagte er. »Ich habe sie gesehen, als sie ins Dorf kamen.«

»Ich habe sie schon vorher gesehen«, erwiderte Yaa und wünschte dann, sie hätte nichts gesagt.

»Du Lügnerin.«

Flußeistänzer schürzte verächtlich die Lippen, und plötzlich erinnerte sich Yaa an das Vergnügen, ihm einen Hieb zu versetzen, an das Blut, das ihm aus der Nase geflossen war. Er war größer und älter als sie, aber nicht so tapfer, wie er vorgab.

Diesmal antwortete sie nicht, sondern zuckte nur die Achseln. Da er merkte, daß sie nicht weiter zu fragen gedachte, warf er den Kopf zurück und rannte los, fort von ihr. Yaa stieß einen Seufzer aus und ging langsamer, um ihm einen Vorsprung zu lassen. Als sie an der Behausung von Rotes Blatt vorbeikam, wurde sie noch langsamer und hoffte, die Frau der Ersten Menschen oder Sok und Chakliux zu sehen, doch nicht einmal die Hunde nahe der Behausung ließen sich blicken, außer einem, in dem Yaa einen goldäugigen Hund vom Vetter-Fluß-Volk erkannte. Es überraschte sie, diesen Hund wieder im Dorf zu sehen. Eine Freundin hatte ihr erzählt, die Ältesten wollten das Tier hier nicht haben, wußte jedoch nicht genau, warum.

Nun kam sie an der Behausung von Getupfte Blume vorbei. Deren Mutter war draußen und rief Yaa zu, Getupfte Blume sei schon bei den Dorffeuern. Yaa beeilte sich und blickte bei den Kochstellen prüfend über die Gruppe der Kinder, um die Hasen schließlich zu dem Kochbeutel zu bringen, der am weitesten von Flußeistänzer entfernt war. Eine Schar kleinerer Jungen hatte sich bereits um ihn versammelt, und Flußeistänzer erzählte ihnen von der Seejägerfrau.

Großmutter Hilft-sich-selbst nahm Yaa die Hasen aus der Hand. Da sie so groß waren, dachte Yaa, sie würde sie auf Bratspieße stecken, doch die Alte legte die Hasen auf einen Holzblock und begann, sie mit ihrem Frauenmesser zu zerteilen.

Als ob sie Yaas Gedanken erraten hätte, sah sie auf und sagte: »Die sind zu prächtig, um ihr Fett ins Feuer tropfen zu lassen.«

Natürlich wußte jedermann, daß Fett, das ins Feuer tropfte, nicht verschwendet war. Das Gras, die Beeren und Bäume brauchten es zum Wachsen. Die Geister rochen es im Rauch und ließen von allem Bösen ab, das sie vielleicht geplant hatten. Doch auch die Menschen brauchten Fett, und Yaa war stolz, daß ihre Hasen die Bäuche füllen, Arme und Beine kräftiger machen würden. Während sie den Saft des rohen Fleisches von Hand und Fingern leckte, sah sie Getupfte Blume bei einer Schar von Freundinnen sitzen. Sie hatten einen Platz ausgewählt, an den der Rauch von den Kochstellen zog und so die Stechmücken fernhielt.

Yaa gesellte sich zu ihnen und hörte eine Weile zu, bevor sie etwas sagte. Sie lachte, als Beste Faust von einem Streit mit ihrem Bruder erzählte, und richtete sich auf, um den neuen Kamm zu begutachten, den Die-schnell-Holz-spaltet sich oben ins Haar gesteckt hatte, ein Geschenk des jungen Jägers, der ihr als Mann versprochen war, sobald ihre Mondblutung einsetzen würde.

Die-schnell-Holz-spaltet war zwei Jahre älter als Yaa, aber man konnte sie sich schwer als Frau eines Mannes vorstellen. In mancher Hinsicht war sie, wie auch alle ihre Freundinnen, weiter vom Frausein entfernt als Yaa. Keine von ihnen war Mutter, wie Yaa es war. Grünes Band trug ihren neuen Bruder in einer Tragwiege auf dem Rücken, doch auf einen Bruder oder eine Schwester, einen Vetter oder Neffen aufzupassen war nicht das gleiche, was Yaa für Ghaden tat. Manchmal, wenn sie bei ihren Freundinnen war, fühlte Yaa sich wie eine alte Frau unter Kindern, die noch nichts von der Härte des Lebens wußten.

Schließlich wandte sich das Gespräch Sok und Chakliux zu. Einige Mädchen kicherten vor Freude, daß die neue Frau zu Sok gehörte und nicht zu Chakliux. Ah, Chakliux, sagten sie, wer wäre nicht mit Freuden seine Frau, obgleich Blaubeere dumm genug gewesen war, Wurzelgräber zu wählen, und Schnee-im-Haar … Sie schlugen die Hände vor den Mund und lachten. Einige der älteren Mädchen erinnerten sich, wie Schnee-im-Haar mit ihnen gespielt hatte, bevor die Mondblutung sie aus dem Kreis der Kinder und ihrer Spiele fortnahm. Närrin! Nun hatte sie gar keinen Mann. Und wer würde sie schon wollen, nachdem sie einem mit der Macht des Otterfußes keine Achtung erwiesen hatte?

»Sie sagen, die Frau der Ersten Menschen ist häßlich«, flüsterte Grünes Band.

Die Mädchen steckten die Köpfe zusammen, und Die-schnell-Holz-spaltet sagte: »Mein Vater hat mir verboten, sie anzusehen. Ihre Häßlichkeit könnte auf mein Gesicht übergehen, und dann würde Bisamrattensänger mich nicht mehr wollen.«

Yaa schüttelte den Kopf. Die-schnell-Holz-spaltet versuchte stets, das Gespräch auf Bisamrattensänger zu lenken. Ihm, ihres Vaters Schwestersohn, war sie schon als Säugling versprochen worden. Yaas Tanten hatten keine Söhne, und die Tante von Getupfte Blume war alt, ihre Söhne hatten alle bereits Frauen. Das galt auch für die anderen Mädchen. Ihre Tanten waren tot, hatten entweder keine Söhne oder solche, die zu jung oder zu alt waren. Die-schnell-Holz-spaltet hatte keinen Grund, sich besser vorzukommen als ihre Freundinnen, nur weil sie versprochen war. Es war nicht so, daß ein Jäger um sie gebeten hatte, weil sie etwa schön war oder gut nähen konnte.

»Du bist im Irrtum«, sagte Yaa.

Die Mädchen blickten sie überrascht an. Sogar Netz, die dreijährige kleine Schwester von Beste Faust, schaute von ihrer Handvoll bunter Kieselsteine am Boden zu ihr auf. Netz steckte einen Kieselstein in den Mund, und Beste Faust bohrte ihr, ohne ihren Blick von Yaa abzuwenden, einen Finger in den Mund und holte den Stein wieder heraus.

»Woher weißt du das?« fragte Getupfte Blume.

»Ich habe sie gesehen.«

Die Fragen kamen so schnell, daß Yaa nicht antworten konnte, bis Blaues Halsband, eines der ältesten Mädchen, deren Klagen über Schmerzen in den Brüsten allen deutlich machten, daß sie bald den Kreis der Kinder verlassen und einen Platz unter den Frauen einnehmen würde, ihnen befahl, still zu sein und Yaa anwies, nun zu erzählen.

Yaa spürte, wie ihr Brustkorb sich vor Erregung weitete. Es

geschah nicht häufig, daß Blaues Halsband ihr Beachtung schenkte. Yaa sprach rasch und schilderte, wie sie und Ghaden die Fallen geprüft hatten. Sie sagte, die Frau sei nicht häßlich, habe jedoch eigenartige Kleider, ähnlich denen, die Ghadens verstorbene Mutter getragen hatte. Sie sprach Daes' Namen nicht aus, rührte nicht an die Gefahr, die darin lag, und trotzdem wandten die Mädchen bei der Erwähnung der toten Frau die Köpfe von Yaa ab.

Nachdem Yaa ihre Geschichte erzählt hatte, stellten die Mädchen Fragen, bis Yaa nichts mehr zu sagen wußte. Dann wandten sie sich anderen Dingen zu, und bald prahlte Die-schnell-Holz-spaltet wieder mit Bisamrattensänger.

Eine Weile saß Yaa noch bei ihnen, bis Unbehagen in ihr aufstieg und ihr plötzlich wieder einfiel, daß Ghaden ohne sie in der Behausung geblieben war. Wer konnte schon sagen, was ein Kind anstellte, allein, ohne Aufpasser? Was hatte sie sich dabei gedacht, ihn zurückzulassen? Sie hatte eingewilligt, seine Mutter zu sein; so etwas konnte man nicht einfach beiseite schieben, wenn man der zusätzlichen Arbeit müde war.

Sie stand auf, deutete mit dem Kinn auf die kleine Schwester von Beste Faust und sagte: »Ich muß mich um Ghaden kümmern. Ich komme wieder.«

Die meisten Mädchen sprachen längst über andere Dinge, und Blaues Halsband hatte den Kreis bereits verlassen, war mit wiegenden Hüften zur Schar der Jungen hinübergegangen und schmiegte sich nun eng an einen der heranwachsenden Jäger, flüsterte ihm etwas ins Ohr.

Sie würde bald einen Mann haben, dachte Yaa. Doch für die älteren Mädchen, aus denen Frauen wurden, kamen Säuglinge nach, die ihren Platz einnahmen, und das war gut – so, wie es sein sollte.

Bald würde Ghaden bei den jungen Männern sitzen. Es schien so lange her zu sein, seit das Messer ihn im letzten Winter verwundet hatte. Daß Beißer in ihrer Behausung lebte, gab

Yaa ein Gefühl von Sicherheit. Aber wenn der Mörder jemand aus dem Dorf war, wartete er vielleicht nur darauf, daß sie nachlässig wurden – daß Yaa zu sehr mit ihrem eigenen Leben beschäftigt war, um noch viel auf Ghaden achtzugeben.

Yaa erreichte die Behausung, kroch hinein und rief nach Ghaden. Beißer sprang auf sie zu und leckte ihr das Gesicht ab, bevor sie sich aufrichten und ihn wegschieben konnte. Ghaden fuhr hoch und rieb sich die Augen. Yaa holte tief Atem und lächelte über ihre närrische Anwandlung.

»Ich wollte dich zum Dorffeuer mitnehmen und Essen holen«, sagte sie.

»Ich habe keinen Hunger.«

»Ghaden, du hast immer Hunger!«

»Nein.«

»Ghaden, du mußt mitkommen.« Er begann zu weinen, doch Yaa nahm seinen Parka und zog ihn über seinen Kopf, rieb seine Wangen mit Fett ein, um ihn vor den Stechfliegen zu schützen. Anfangs wehrte er sich, aber dann machte er sich schlaff, so daß es Yaa vorkam, als zöge sie einen Säugling an.

»Können wir Beißer mitnehmen?«

»Du weißt, daß er dann Essen stiehlt. Ich binde ihn draußen an.«

Ghaden steckte den Daumen in den Mund. Für gewöhnlich hätte Yaa ihn wieder herausgezogen, diesmal aber ließ sie ihn gewähren. Sie holte ihre Eßschalen, legte Beißer einen geflochtenen Strick um den Hals und band ihn vor der Behausung an. Ghaden umarmte Beißer und folgte Yaa langsam, doch ohne Weinen und Murren.

Als sie zu den Dorffeuern kamen, drängten sich Flußeistänzer und drei andere Jungen an ihnen vorbei. Flußeistänzer blieb stehen und stieß Yaa beinahe mit der Nase ins Gesicht.

»Du Lügnerin«, sagte er. »Ich weiß, was du Blaues Halsband und den anderen Mädchen erzählt hast.«

Yaa nahm Ghaden bei der Hand und wollte rasch weiter,

doch Flußeistänzer hielt Ghaden fest, hockte sich hin und sagte: »Deine Schwester ist eine Lügnerin. Weißt du das?«

Ghaden schob den Daumen in den Mund, und Flußeistänzer lachte. Er hob Ghadens Hand in die Höhe, öffnete weit den Mund und senkte ihn über den Daumen. »Ich sollte ihn dir einfach abbeißen. Sonst bleibst du noch dein ganzes Leben lang ein Säugling.«

»Mein Hund würde dich töten«, sagte Ghaden.

Zwei der anderen Jungen lachten. »Gut so, so mußt du mit ihm reden!« sagte einer namens Erster Baum zu Ghaden.

Flußeistänzer stand auf und packte Erster Baum. Yaa zog Ghaden fort. Flußeistänzer rief ihr etwas nach, was sie nicht verstand. Sie erblickte ihre Mutter, die in einem Kochbeutel rührte, und gesellte sich zu ihr. Bei aller Prahlerei hütete sich Flußeistänzer doch, Ärger zu machen, wenn Erwachsene in der Nähe waren.

Alle anderen Männer hatten bereits gegessen, als Sok und Chakliux, Rotes Blatt und die Frau von den Ersten Menschen zu den Dorffeuern kamen. Bei ihrem Anblick begann Ghaden zu jammern, bis Glücklicher Mund endlich Yaa befahl, ihn in die Behausung zu bringen.

Dort legte Yaa Holz nach und zog Ghaden den Parka aus, wischte ihm die Essensreste vom Mund und wickelte ihn in seine Schlafdecken. Beißer legte sich neben ihn und kaute an einem Stückchen Trockenfleisch, das Yaa heimlich für ihn aus einem Vorratskorb genommen hatte.

Yaa strich Ghaden über das Haar und sang, bis er nur noch hin und wieder aufschluchzte, dann beugte sie sich über ihn und flüsterte: »Du mußt mir sagen, warum du weinst, Ghaden. Hast du Angst vor Sok? Oder vor Chakliux?«

Ghaden gab keine Antwort. Er schloß die Augen und wälzte sich näher zu Beißer hin, hob den Kopf und vergrub sein Gesicht in dem weichen Nackenfell des Hundes.

30

Es war schwerer zu ertragen als der Schmerz, den er bei seinem letzten Besuch im Nahe-am-Fluß-Dorf erlitten hatte, schlimmer noch als die Entdeckung, daß Aqamdax aus dem Dorf der Ersten Menschen fortgegangen war. Cens Hände umklammerten das Paddel, und die Muskeln in seinen Beinen verkrampften sich, als könnten sie ihn von seinem *iqyax* durch das dunkle Wasser des Flusses zu der Behausung tragen, in der Ghaden schlief.

Er hatte absichtlich einige Tage untätig verstreichen lassen und sein Zelt an einem träge dahinfließenden Strom aufgeschlagen, um diese dunkle, stille Neumondnacht abzuwarten. Nun paddelte er am Dorf vorbei, das am jenseitigen Flußufer lag, und obwohl er im Dunkel nichts sehen konnte, richtete sich sein Blick immer wieder auf jene Behausungen, und seine Gedanken waren bei seinem Sohn.

Zweimal hatte er beinahe schon den Fluß überquert, war fast entschlossen gewesen, in das Dorf zu gehen, doch als er das Paddel links von seinem *iqyax* eintauchte und sich zur Seite lehnte, kamen ihm die Anschuldigungen und der Zorn der Dorfbewohner wieder in den Sinn und gemahnten ihn daran, daß er seinen Sohn nie zurückgewinnen würde, wenn er starb. Zwar konnte er auch als Geist Rache nehmen, doch war es besser, am Leben zu bleiben und sich im Kampf zu rächen, um dann die Freude zu erleben, seinen Sohn jagen und handeln zu lehren.

Die Bewohner des Vetter-Fluß-Dorfes würden ihn willkommen heißen, wie immer. Jetzt, im Spätsommer, waren sie vielleicht noch in ihren Fischlagern nahe dem Großvater-See.

Obwohl sie und die Nahe-am-Fluß-Menschen gemeinsame Vorfahren hatten, gab es oft Mißstimmungen, die zu Streitereien zwischen den Dörfern führten. Vielleicht fand er Männer im Vetter-Fluß-Dorf, die ihm halfen, seinen Sohn zu holen und Rache zu nehmen. Er hatte jenes Dorf zuletzt vor zwei, drei Sommern besucht. Die Frau namens K'os hatte ihn in ihrer Behausung willkommen geheißen. Sie war eine Heilerin, und ihr Mann war der oberste Jäger, aber er wurde allmählich alt und genoß kein Ansehen mehr unter den jungen Männern.

Wenn K'os noch da war, wollte er sie zuerst besuchen. Sie war stets begierig auf Tauschwaren, und er hatte viele schöne Dinge von den Ersten Menschen, die ihr gefallen würden.

Ein paar Dorfhunde begannen zu bellen. Vielleicht hatten sie das Geräusch seines Paddels wahrgenommen, doch der Fluß war hier so breit, daß er es bezweifelte. Wahrscheinlich sahen sie ein Stachelschwein oder eine Eule, trotzdem paddelte er schneller, für den Fall, daß ein Jäger von dem Lärm aufgeschreckt wurde.

Er paddelte kräftig, bis er das Dorf weit hinter sich gelassen hatte. Erst am Morgen würde er eine kurze Rast halten und etwas Trockenfleisch zu sich nehmen. Er wollte vermeiden, daß ein Nahe-am-Fluß-Jäger ihn sah und beschloß, erneut Rache für Tsaani und Daes zu nehmen.

Hunde. Sie kämpften, bissen Aqamdax in die Arme, warfen sich mit ihren schweren Leibern gegen ihre Beine, um sie mit Zähnen und Kiefern packen zu können.

Sie erwachte mit einem Ruck und keuchte heftig, bis der Traum sie freigab. Still liegend, spürte sie, daß Soks Arm über ihrem Bauch ruhte. Sie wünschte, er würde ihren Schlafplatz erst wieder aufsuchen, wenn sie ihre eigene Behausung hätte.

Der Schmerz in den Augen von Rotes Blatt, sobald Sok Aqamdax berührte, war kaum zu ertragen.

Sie hatte Rotes Blatt verständlich machen wollen, daß sie keine tieferen Gefühle für Sok hegte und nichts tun würde, um ihm wichtig zu werden, doch Rotes Blatt hatte nur begonnen, Soks Tugenden herauszuschreien und, soweit Aqamdax verstehen konnte, seine Stärken und Vorzüge aufzuzählen, bis ihr Geplärr die Behausung erfüllte und Aqamdax hinaustrieb. Eine Schar von Frauen hatte sich dort versammelt, die Hände vor dem Mund. Aber Aqamdax, daran gewöhnt, von Frauen verspottet zu werden, ging mit erhobenem Kopf zu den Kochstellen, stocherte im Feuer und rührte in den Kochbeuteln, als ob nichts geschehen wäre.

Im rückwärtigen Teil der Behausung seufzte Rotes Blatt auf und murmelte etwas im Schlaf. Sok grunzte und nahm den Arm von Aqamdax' Bauch. Sie drehte sich weg und wandte ihm den Rücken zu. Seit sie im Dorf war, schlief sie schlecht. Jede Nacht wachte sie auf und lag da, die Gedanken von Sorgen erfüllt, bis es Zeit für sie wurde, das Morgenfeuer anzufachen und Holz hereinzutragen.

Sie wußte nicht mehr, wie viele Tage sie schon hier war. Gewiß mehr als zehn, aber noch nicht von einem vollen Mond bis zum nächsten.

Jeden Tag brachte ihr Chakliux mehr von der Sprache bei. Er schien zu wissen, welche Wörter sie zuerst zu lernen hatte, doch mußte sie sich immer noch jede Wendung in ihrer eigenen Sprache denken, bevor ihr das Wort der Flußmenschen dafür einfiel. Das machte ihre Gedanken langsam und ihr Sprechen schwerfällig. Rotes Blatt war keine Hilfe und schien eher Vergnügen daran zu finden, Aqamdax beim Lernen durcheinanderzubringen. Sok hatte keine Geduld, aber seine beiden kleinen Söhne behandelten sie inzwischen freundlich, lachten über ihre Fehler, halfen ihr aber auch, die richtigen Wörter zu finden. Sie hatte bereits begonnen, für beide einen Regenumhang aus Karibudärmen zu fertigen, obgleich Sok gefragt hatte, wozu ein Junge vom Nahe-am-Fluß-Dorf den brauchen sollte, und Rotes Blatt zornig geworden war.

Rotes Blatt hatte auch den von Aqamdax für sie geflochtenen Vorratskorb weggeschleudert und verächtlich mit der Ferse zermalmt.

Mit der Zeit würde es besser werden, sagte sich Aqamdax. Bald würde sie die Sprache der Flußmenschen gut genug sprechen, um Geschichten erzählen zu können, und Sok hatte ihr schon die Karibuhäute gegeben, die sie für ihre eigene Behausung brauchte, wenn sie auch nicht wußte, wie sie zu bauen war. Sie hoffte darauf, daß Frauen aus dem Dorf es ihr beibringen würden.

Man schien ihr freundlich zu begegnen, wenn sie ihren Platz an den Kochstellen einnahm. Eine Frau – ihr Name war Glücklicher Mund – empfing sie sogar besonders liebenswürdig und überschüttete sie mit einem fröhlichen Wortschwall, von dem Aqamdax kaum etwas verstand. Ihr Entgegenkommen ließ Aqamdax hoffen, daß eines Tages auch andere Frauen sie als Freundin ansehen würden.

Aqamdax wandte den Kopf und blickte zum Rauchloch. Es war stockdunkel, eine Neumondnacht, aber bald würde der Himmel heller werden, und sie konnte aufstehen. Denk daran, sagte sie sich, du wirst nicht für immer hier sein. Eines Tages wird einer von den Ersten Menschen zum Tauschhandel kommen.

Mit ihm würde sie zurückgehen, zu ihrem eigenen Volk, in ihr eigenes Dorf – und wieder Geschichtenerzählerin sein.

Bellende Hunde weckten ihn. Ghaden tastete nach Yaa, strich über den Vorhang ihres weichen, dunklen Haars und schob den Daumen in den Mund. Er spürte, wie Beißer sich neben ihm regte, und hörte das Grollen in seiner Kehle. Er legte dem

Hund die Hand auf den Rücken, doch Beißer kam steifbeinig hoch und bewegte sich zur Tür hin. Ghaden wartete mit angehaltenem Atem.

Vielleicht war sie es. Er wußte, daß sie ihn holen würde. Beißer konnte ihn vor Menschen schützen, aber wie stand es mit Geistern? Was taten sie? Verwandelten sie Menschen in Geister? Wenn ihm das geschah, würde er dann weiter in dieser Behausung leben, mit Yaa und Braunes Wasser und Glücklicher Mund? Konnte er noch spielen wie andere Jungen, oder würde er umherschweben müssen wie Rauch? Schlimmer noch, würde der Geist Beißer töten?

Er hörte den Hund erneut knurren und schüttelte Yaa am Arm, bis sie aufwachte.

»Was ist?« fragte sie mit verschlafener Stimme. Sie war böse auf ihn, das spürte er, obwohl er im Dunkeln ihr Gesicht nicht sehen konnte.

»Draußen ist etwas«, flüsterte Ghaden.

»Nur Hunde, die bellen. Schlaf weiter.«

Sie ließ sich in ihre Decken zurückfallen, doch Ghaden beugte sich über sie und sagte: »Vielleicht ist es der Geist.«

Yaa setzte sich auf. »Welcher Geist?«

»Von der, die mit den Jägern kam. Die mit dem Ottermann lebt.«

»Die Frau von den Ersten Menschen?«

»Sie ist ein Geist.«

»Ghaden! Sie ist eine Frau. Ein Mensch wie wir. Nun ja, jedenfalls beinahe.«

Ghaden spürte, wie es ihm die Kehle zuschnürte. Yaa mochte es nicht, wenn er weinte, daher kniff er die Augen fest zu und versuchte, die Tränen zurückzuhalten.

»Ghaden«, sagte Yaa leise, »warum glaubst du, daß sie ein Geist ist?«

»Sie ist meine andere Mutter«, sagte Ghaden. Mit den Worten drang ein Schluchzen aus ihm heraus. Er preßte den Mund zu, in der bitteren Erkenntnis, daß es Yaa nicht entgangen sein konnte.

»Schsch«, machte sie. Sie setzte sich auf und nahm ihn auf den Schoß. Beißer kam zu ihnen, stupste Ghaden seine Nase ins Gesicht und leckte ihm die Tränen fort. »Sorge dich nicht, Ghaden«, sagte Yaa. »Sie ist kein Geist, aber selbst wenn sie es wäre: Bei uns bist du sicher.«

Am Morgen ließ Yaa Ghaden in der Behausung und ging zu den Kochfeuern, vorbei an der Stelle, wo Soks neue Seejägerfrau ihre Behausung haben sollte. Sie hoffte, die Frau dort bei der Arbeit anzutreffen. Einige Älteste hoben mit breiten Schaufelblättern aus Schiefer eine runde Grube aus. Sonst taten dies die Frauen, aber jetzt waren noch viele mit ihren Familien in den Sommerfischlagern. Sie würden erst im Herbst in das Winterdorf zurückkehren, bevor sie dann zur Karibujagd aufbrachen.

Yaa konnte sich kaum erinnern, wann sie zum letztenmal an einer Karibujagd teilgenommen hatte. Damals war ihr Vater noch stark genug gewesen, um zu jagen, doch dann war er alt geworden und nun, da es keinen Mann mehr in der Behausung gab, mußte der Sohn von Braunes Wasser, der selbst eine Frau hatte, auch noch sie mit Karibufleisch versorgen. Wenigstens hatten sie, ihre Mutter und Braunes Wasser ihren Anteil am Fangen und Trocknen von Lachsen für die Wintervorräte leisten können.

Sie ging langsam am Platz für die neue Behausung vorbei und blieb unter dem Vorwand stehen, die Bänder aus Schlachthaut nachzuziehen, die ihre Stiefel vom Spann bis zum Knöchel zusammenhielten. Sie band erst den linken, dann den rechten Stiefel, doch die Seejägerfrau tauchte nicht auf. Sie sah den Ältesten zu, bis Blaukopfente beim Graben innehielt und sie tadelte, weil sie müßig herumstand. Daraufhin eilte sie zu den Dorffeuern, suchte einen Kochbeutel aus und leerte das wenige hinein, was Braunes Wasser ihr mitgegeben hatte: getrockneten Lachs und eine Handvoll frische Blaubeeren. Sie legte unter einem der Feuer Holz nach und zog dann mit einer Weidenschlinge einen Kochstein aus der Glut, trug ihn zu dem Kochbeutel, ließ ihn hineinfallen und sah zu, wie er Fleisch und Brühe zum Brutzeln brachte.

Sie war enttäuscht, daß die Seejägerfrau nicht an ihrer Behausung arbeitete. Sie mußte wohl meistens drinnen bleiben, dachte Yaa, denn sie bekam sie selten zu Gesicht, nicht einmal bei den Dorffeuern. Nun, als zweite Frau hatte sie zu tun, was Rotes Blatt ihr auftrug, so wie ihre eigene Mutter den Anweisungen von Braunes Wasser folgte.

Yaa rührte im Kochbeutel und blickte zum Himmel auf. Braunes Wasser hatte ihr befohlen zu bleiben, bis die Sonne zwei Handbreit über den Bäumen im Nordosten stand. Sie hielt eine Hand zu den Baumspitzen empor. Eineinhalb. An zwei Feuerstellen legte sie Holz nach, achtete dabei darauf, die Asche nicht aufzuwirbeln. Es machte ihr nichts aus, Holz zu schleppen, Feuer zu schüren und das Essen umzurühren, aber sie trug nicht gern heiße Steine zu den Kochbeuteln. Selbst sorgsam ausgesuchte glatte, runde Steine zerbarsten mitunter, sobald man sie zum Fleisch gab. Es kam vor, daß solch ein Bruchstück einem die Hände oder das Gesicht zerschnitt. Im letzten Jahr hatte ein Stück Stein Beste Faust über der linken Braue getroffen, und es war eine Narbe zurückgeblieben. Und dann mußte man natürlich noch alle Steinteilchen aus dem Essen herausklauben. Yaa erinnerte sich nur ungern daran, wie oft dies ihre Aufgabe gewesen war. Soviel Mühe sie sich auch gab, einmal hatte sich der Älteste Der-mit-den-Hunden-übt einen Zahn an einem von ihr übersehenen Stück Stein abgebrochen.

Yaa wechselte zum nächsten Kochbeutel. Im Augenblick war sie allein bei den Dorffeuern, die aber so gut brannten, daß andere Frauen vor kurzem hiergewesen sein mußten und wahrscheinlich bald zurückkommen würden. Sie rührte das Fleisch um und wußte, daß trotz der wachsenden Hitze noch ein Kochstein nötig war. Als sie den Stein mit der Weidenschlinge anhob, sah sie die Seejägerfrau auf sich zukommen. Yaa hätte sie gern näher betrachtet, ließ jedoch keinen Blick vom Stein, bis sie bei dem Kochbeutel war. Sie ließ ihn hineinfallen, sah dann auf und grüßte die Frau.

Die Seejägerfrau lächelte Yaa zu und hielt eine Karibuhaut hoch. Sie deutete mit dem Kinn zu den Kochbeuteln und dann auf die Haut, um Yaa zu bedeuten, daß sie etwas Fleisch zur Behausung von Rotes Blatt tragen wollte.

»Rotes Blatt sagt ... kommen ... nehmen.«

Es war, als raubte dies gebrochene Sprechen Yaa die Worte, und sie vermochte nur zu nicken. Die Frau brachte ihr die Haut, und Yaa füllte sie.

Die Seejägerfrau dankte, Yaa neigte den Kopf und fing wieder an zu rühren. Die Frau hatte sich schon abgewandt, als es Yaa einfiel, ihr nachzurufen: »Ich bin Yaa. Meine Mutter ist Glücklicher Mund. Mein Bruder heißt Ghaden.«

Die Frau drehte sich um. »Nicht verstehen«, sagte sie.

Yaa legte eine Hand auf ihre Brust. »Yaa«, sagte sie.

»Aqamdax.«

Yaa deutete mit dem Kinn auf die Frau. »Aqamdax?« fragte sie.

»Ja.«

Die Frau ging fort. Aqamdax, dachte Yaa. Es war ein Name, den sie nicht kannte. Zweifellos kam er aus der Sprache der Seejäger und war schwer auszusprechen. Der letzte Teil glich eher einem Würgen tief in der Kehle als einem Laut. Kein Wunder, daß niemand sie beim Namen nannte.

Daes hatte einen Namen aus der Flußsprache gehabt. Vielleicht würde auch diese Frau, wenn sie eine Zeitlang im Dorf gelebt hatte, einen Namen annehmen, den jeder aussprechen konnte. Als sie an Daes dachte, wurde Yaa bewußt, wie sehr die neue Frau ihr glich. Natürlich ging ihr das bei vielen Menschen so. Die Jäger aus dem Vetter-Fluß-Dorf, die zum Tauschhandel herkamen, schienen alle gleich auszusehen.

Daes hatte ihr Haar lang getragen und selten zurückgebunden. Über der Stirn hatte sie es zu kurzen Fransen geschnitten – wie die neue Frau von den Ersten Menschen. Plötzlich hielt Yaa im Rühren inne. Kein Wunder, daß Ghaden nicht nach draußen gehen wollte. Aqamdax sah tatsächlich aus wie Daes. Vielleicht hielt Ghaden sie für den Geist seiner Mutter.

Das Fischlager der Vetter-Fluß-Menschen

K'os rollte ihre Schlafmatten zu einem festen Bündel und schnürte sie mit einem geflochtenen Band zusammen. Sie haßte den langen Dreitagemarsch zum Winterdorf. Sie würden nur einen Mond dort bleiben und dann zur Karibujagd aufbrechen – und was konnte schlimmer sein? Steine aufhäufen und neue Zäune aus Gestrüpp errichten, die die Karibus auf die Jäger zulenkten. Und dann das Schlachten und Schleppen, das zum Großteil den Frauen oblag.

In den letzten Jahren hatte sie es vorgezogen, im Winterdorf zu bleiben. Sie hatte eine junge Frau gefunden, die mit Erdschläger ging und die Arbeit für ihn tat – in der Hoffnung, seine zweite Frau zu werden. Sie hatte durchaus nichts dagegen, daß eine andere Frau während der Karibujagd das Lager von Erdschläger wärmte. Doch zweite Frau? Nein. Warum Gefahr laufen, daß Erdschläger sich von den Bedürfnissen und Wünschen einer anderen Frau oder von den Vorstellungen ihres Vaters lenken ließ? Sie sah stets zu, daß die Frauen reichlich mit Fleisch entlohnt wurden, sogar ein paar Halsketten erhielten, sorgte dann aber immer dafür, daß sie unter irgendeinem Vorwand in die Behausungen ihrer Mütter zurückkehrten.

Doch in diesem Jahr hatte sie keinen Mann, und das bedeutete, daß sie wieder auf die Jagd gehen mußte. Sie würde ihren Anteil leisten – Zäune bauen, schlachten, häuten – und unablässig die Augen offenhalten.

In diesem Jahr hatten die jungen Jäger beschlossen, mit der Überlieferung zu brechen, und K'os fürchtete, daß die Ältesten ihre Abwesenheit nutzen würden, um die Jüngeren wieder zum Gebrauch von Speeren und Wurfbrettern zu überreden, ohne sie beweisen zu lassen, daß ihre Bogen und die Pfeile mit den schmalen Spitzen ebenso gute, vielleicht sogar bessere Dienste leisteten.

Sie legte ihre zusammengerollten Decken zu dem Packen mit ihrer Habe. Die beiden Hunde würden das Zelt aus Karibuhaut, ihre Schlafrolle und die Kochgeräte schleppen. Sie trug ihren Medizinbeutel, die Pflanzen, die sie gesammelt und getrocknet hatte, und die wenigen Waffen, die ihr gehörten.

Sie beschattete ihre Augen und blickte über das Lager hin. Es waren nur noch wenige Familien da, und sie erkannte leicht, daß Tikaanis Zelt noch stand. Seine Mutter war langsam. K'os nahm zwei getrocknete Fische aus einem *sael* und gab sie ihren beiden Hunden. Die meisten Ältesten waren der Ansicht, daß die Tiere mit leerem Magen bessere Arbeit leisteten, doch sie hatte sie stets gut gefüttert und nie Ärger mit ihnen gehabt.

Hunde und Männer hatten viel gemeinsam: Sie wurden gleichermaßen unleidlich, wenn ihre Mägen knurrten. Sie lachte und setzte sich auf ihre Schlafrolle, zog einen weiteren Fisch hervor und begann selbst zu essen. Dem Sommerlager den Rücken zugekehrt, blickte sie zum Pfad, der vom See heraufführte.

Zunächst glaubte sie ein Traumbild zu sehen – den Leib eines Bären mit Kopf und Schnabel eines riesigen Adlers. Als einige der Ältesten schließlich Mut faßten und dem seltsamen

Wesen entgegengingen, erkannte sie, daß es nichts weiter war als ein Mann, der ein großes Bündel und ein Fellboot trug. Ein Händler der Seejäger, so weit vom Meer entfernt?

Sie gehörte nicht zu denen, die voreilig handelten, Händler oder Jäger begrüßten, ohne zu wissen, von welchem Volk sie kamen. Solche Unbesonnenheit hatte sie einst schwer büßen müssen. Den Fehler beging sie nicht noch einmal. Sie hockte sich zwischen ihre Hunde, schlang die Arme um die Tiere und tadelte sie streng, bis ihr Bellen zu einem dünnen, hohen Wimmern verklungen war.

Als der Mann schließlich nahe genug herangekommen war, daß sie sein Gesicht erkennen konnte, erinnerte sie sich, ihr Lager mit ihm geteilt zu haben. Er hatte es für ihren Geschmack zu eilig gehabt, war jedoch beim Tauschhandel sehr großzügig gewesen. Sein Gesicht sah anders aus – nicht nur einfach gealtert. Seine Nase schien gebrochen zu sein, und eine Narbe verzerrte seinen Mund, Augen und Wangenknochen hingegen waren noch die gleichen.

Der Schamane Er-spricht trat dem Mann entgegen, vor Wichtigkeit gebläht, die Schultern gestrafft und den schlaffen Bauch eingezogen. Bald begann er mit ihm zu streiten, behauptete, er sei nie in ihrem Dorf gewesen. K'os verzog verächtlich den Mund. Was wußte Er-spricht schon?

K'os erhob sich und ging langsam zu dem Händler. Er hatte sein Boot abgesetzt, und sie sah, daß er einen spitz zulaufenden Hut trug. Er schien aus dünnem Holz zu bestehen, geformt wie die Brust einer Frau, aber groß genug, um den Kopf eines Jägers zu bedecken. Streifen von Darmhaut machten ihn wasserdicht. Sie verstand, wozu man so etwas brauchte, vor allem auf dem Meer. Dieser Hut beschattete die Augen und schützte vielleicht sogar vor Regen. Ein Jäger mochte ihn tragen – oder ein Schamane. Jedenfalls mußte er Macht in sich bergen. Sie begehrte diesen Hut, und bevor der Händler sie wieder verließ, würde sie ihn bekommen.

»Er ist schon früher hiergewesen«, sagte K'os zu dem Schamanen.

Er-spricht wandte sich zu ihr um, und K'os sah seine Augen, die dunkel waren vor Zorn. Er mochte sie nicht. Sie war eine Frau und jünger als er, doch ihre Macht war größer. Er hatte Angst vor ihr. Er hatte als erster bei Gguzaakks Tod Anklage gegen sie erhoben – und sie als erster wieder zurückgenommen, nach drei Nächten mit Magenschmerzen und dünnem blutigem Stuhlgang. Er hatte nicht einmal den Anstand besessen, ihr für die Medizin zu danken, die sie ihm gegeben hatte, ein Heilmittel, das den Schmerz fast ebenso schnell fortnahm, wie er gekommen war.

»Er ist früher schon hiergewesen«, wiederholte sie. »Er war Gast in meiner Behausung im Fischlager und ein Freund meines toten Mannes.« Jener Verweis auf Erdschläger sollte genügen, um die letzten Zweifler zu überzeugen. Wer wagte schon, einen Toten zu erwähnen, wenn es nicht von großer Wichtigkeit war?

Sie trat so nahe zu dem Händler, daß die Spitze seines Hutes über ihrem Kopf schwebte, und sah ihm ins Gesicht. Jawohl, es war derselbe Mann. Sie hatte sich nicht geirrt. Doch ah, wie hieß er nur? Es hatte etwas mit Erde zu tun. Ja, mit Tundra – Cen.

»Was ist mit deinem Gesicht geschehen, Cen?« fragte sie und lächelte über ihre Dreistigkeit.

Ihre Frage überraschte ihn. Sie konnte nicht mehr ganz jung sein, wenn sich ein Mann in solchen Dingen auch häufig irrte. Ihr Gesicht war schön, aber das kalte Wissen in diesen Augen konnte nur im Lauf eines langen Lebens herangereift sein.

Er war nahe daran, mit einem Scherz zu antworten, doch aus irgendeinem Grund klangen die Worte, die aus seinem Mund kamen, barsch und zornig. Worte, die die Wahrheit sprachen.

»Die Nahe-am-Fluß-Menschen haben meine Frau und beinahe auch mich getötet«, sagte er. »Mein Sohn ist noch bei ihnen – wenn sie ihn nicht auch umgebracht haben.«

Inzwischen hatten sich mehr Menschen um ihn geschart, und die Jäger standen so dicht, daß sie von allen Seiten gegen ihn drängten. Sie sprachen leise miteinander, ihre Stimmen klangen wie das leise Grollen in der Kehle eines Hundes. Er zog den Ärmel hoch und ließ sie sein versehrtes Handgelenk sehen.

Das Grollen steigerte sich zu einem tiefen Zornesgeheul, bis die Frau, die vor ihm stand, die Stimme erhob und rief: »Wir haben einen gemeinsamen Feind. Sie stehlen unsere Fische und belegen unsere Jagd mit Flüchen. Meinen eigenen Sohn haben sie gegen uns aufgebracht.«

Cen sah mehrere Älteste zurücktreten und an jungen Männern in der Menge herumzerren, doch die Jäger schoben sie beiseite.

»Sinnst du auf Rache?« zischte sie ihm ins Gesicht.

»Ja«, erwiderte er. »Und ich will meinen Sohn.«

Sie drehte sich mit ausgebreiteten Armen um und erweiterte so den Kreis der Menschen. »Seht ihr«, sagte sie, »die Nahe-am-Fluß-Menschen haben nicht nur uns mit einem Fluch belegt.« Über die Schulter hinweg blickte sie zu Cen. »Wir haben dieselben Feinde, und wir sollten zusammenhalten. Unser Winterdorf ist drei Tagesmärsche entfernt. Wirst du mit uns kommen?«

Er sah sie an. In der Frage schwang mehr mit als nur die Hoffnung auf Tauschhandel.

»Gibt es dort eine Behausung für Händler, in der ich wohnen kann? Ich habe keine eigenen Pfosten mehr.«

»Es gibt eine Behausung für dich«, sagte sie. Dann ergriff sie seine linke Hand, schob den Ärmel hoch und ließ ihre Finger für einen Augenblick auf dem Heft der Klinge ruhen, die dort steckte. Mit kräftigem Druck fuhr sie über sein Handgelenk und tastete die Schwellung ab, die bis zum Arm hinaufreichte.

Er bemerkte, daß sie die Hände einer alten Frau hatte, mit pockennarbiger Haut und dicken, violetten Adern. Er fragte sich, wie weit das Alter wohl schon von ihr Besitz ergriffen hatte – von ihren Brüsten, ihrem Bauch. Oder war ihr Körper so jung wie ihr Gesicht?

»Ich habe etwas, das den Schmerz aus deinem Handgelenk fortnehmen wird«, sagte sie.

»Den Schmerz kann ich ertragen. Ich muß meine Stärke zurückerlangen.«

»Vielleicht kann ich dir dabei helfen«, sagte sie, zuckte dann die Achseln. »Vielleicht auch nicht, aber Schmerz schwächt den Willen.«

»Ich werde mit euch ziehen«, erwiderte Cen.

Die Frau ging fort, und die Jäger scharten sich erneut dicht um ihn, stellten Fragen nach dem Hut der Ersten Menschen, den er trug, und nach den Stiefeln aus Seehundflossen an seinen Füßen.

Es war klug gewesen, diese Menschen aufzusuchen. Zumindest würde er gute Tauschgeschäfte machen. Er hob den Blick dorthin, wo die Frau saß. Vielleicht gewann er auch mehr als nur das. Vielleicht sogar sehr viel mehr.

31

Das Nahe-am-Fluß-Dorf

Grünes Band kicherte, und Beste Faust sagte: »*Dats'eni.*«

»*Dats'eni*«, wiederholte Aqamdax.

»Es klingt schon besser«, meinte Beste Faust.

Aqamdax lächelte ihr zu und sagte: »Weil du mir hilfst.« Beste Faust, ein Mädchen, das weder mit einem hübschen Gesicht noch mit flinken Händen gesegnet war, straffte den Rücken und hob die Augenbrauen. Aqamdax fuhr mit ihrer Geschichte fort. Sie handelte von einer Ente und einem Raben, eine der wenigen Erzählungen, die die Flußkinder an sie weitergegeben hatten. Sie hatte sie sich angeeignet, indem sie Stimmen hinzufügte und der Ente ein Gutteil Weisheit als Waffe gegen die List des Raben mitgab.

Als sie die Geschichte zu Ende erzählt hatte, verlangte eines der Kinder lautstark nach einer weiteren. »Die letzte«, sagte Aqamdax, obwohl sie wirklich gern erzählte und ihre Finger dabei genauso flink weiter an dem Parka aus Karibuhäuten für den jüngsten Sohn von Rotes Blatt arbeiteten.

Mehr als zweimal zehn Kinder hatten sich heute versammelt, um ihren Geschichten zuzuhören. Selbst einige der größten Jungen standen am Rand der Schar, jeder mit einem Übungsspeer oder einem Bola-Stein in der Hand, als hätten sie nur zufällig einen Moment haltgemacht.

Zunächst hatten die Kinder sie lediglich beobachtet, wenn sie vor ihrer neuen Behausung saß, um zu nähen oder Häute zu schaben. Wenn sie die Kinder auch nur ansah oder mit ihnen sprechen wollte, huschten sie fort. Eines Tages hatte sie den Blick nicht mehr von ihrer Näharbeit gehoben, sondern in den wenigen Worten der Flußsprache, die sie kannte, Lieder gesungen. Und eines Tages hatte sie die erste Geschichte erzählt, eine ganz einfache von Tieren und Pflanzen, und so gesprochen, als redete sie mit sich selbst.

Schließlich faßten die Kinder Mut und setzten sich zu ihr, erzählten ihr selbst Geschichten und verbesserten ihre Worte, beantworteten auch ihre Fragen zu den Gebräuchen des Dorfes.

Sie waren ausgezeichnete Lehrmeister, und durch sie hatte sie in den zwei Monden, die sie schon im Dorf lebte, viel von der Sprache gelernt. Außerdem tat es gut, die Kinder zu Freunden zu haben. Nun, da sie in ihrer eigenen Behausung lebte, war sie oft allein, wenn auch Sok manche Nacht ihr Lager aufsuchte und Rotes Blatt ihr Tag für Tag mehr Arbeit brachte.

Chakliux kam für gewöhnlich jeden Morgen, zunächst nur, um sie neue Worte der Flußsprache zu lehren und um zuweilen mit ihr zu essen, aber inzwischen waren sie Freunde geworden. Sie erzählte ihm von ihrem Volk und lehrte ihn die Sprache der Ersten Menschen, so wie er ihr seine Sprache beibrachte.

In den vergangenen vier Tagen hatte Chakliux den Bären gejagt, und nach einer kurzen Zeit im Dorf würde er zur Karibujagd aufbrechen. Anders als Rotes Blatt, Sok und ihre Söhne würde Aqamdax nicht auf die Jagd mitgehen, wie Rotes Blatt ihr gesagt hatte. Jemand mußte bei den übrigen Hunden bleiben und die Behausungen bewachen. Aqamdax machte es nichts aus. Da sie noch nie an einer Karibujagd teilgenommen hatte, würde sie nur allen im Weg stehen, unnütz wie ein Kind.

Sie war froh, daß Rotes Blatt fortging, aber Chakliux würde

ihr fehlen. Selbst jetzt, da er auf Bärenjagd war, spürte sie einen leisen Schmerz in der Brust, wenn sie an ihn dachte. Er hatte sie nicht nur Wörter der Flußsprache gelehrt, sondern auch einige Rätsel, die im Vetter-Fluß-Dorf erzählt wurden, jenem Dorf, in dem Chakliux, obwohl Bruder von Sok, aufgewachsen war.

Aqamdax beendete ihre Geschichte und erhob sich. Die Kinder murrten und seufzten. »Kommt morgen wieder. Dann gibt es mehr Geschichten«, sagte sie.

»Ein Rätsel, bevor wir gehen«, bat Yaa, ein Mädchen, deren kleiner Bruder jedesmal, wenn sie zu ihr kamen, sein Gesicht an der Brust der Schwester verbarg.

»Schau«, begann Aqamdax, wie Chakliux sie gelehrt hatte, »was sehe ich?«

»Einen Vogel«, rief einer der Jungen, bevor sie geendet hatte.

»Eine Wolke«, sagte Beste Faust.

»Ein totes Tier, das stinkt«, schlug Flußeistänzer vor, ein Junge, den Aqamdax möglichst übersah.

»Es bringt ein Fest mit sich«, sagte jemand hinter ihr.

Aqamdax wandte sich der Stimme zu, und Freude wallte in ihrem Herzen auf. »Ein leichtes Rätsel«, sagte sie und fragte dann: »Du bringst Fleisch?«

»Wenn das Rätsel so leicht ist, warum fragst du dann?« erwiderte Chakliux.

Er wirkte dünner als vor seinem Fortgang, sein Parka mußte ausgeklopft werden, und einer der Ärmel war am Saum eingerissen, doch seine Augen blitzten, und er lächelte.

»Die Jäger sind zurück?« fragten einige Kinder und sprangen davon, um die Neuigkeit zu verbreiten.

»Es ist von Vorteil, daß meine Behausung hier am Rand des Dorfes steht«, sagte Aqamdax. »So erfahre ich als erste gute Neuigkeiten.«

»Du sprichst sehr gut, Aqamdax«, sagte Chakliux zu ihr.

»Selbst in den wenigen Tagen, die ich fort war, hast du dazugelernt, obwohl du die Worte immer noch aussprichst wie die Ersten Menschen.«

»Ich gehöre zu den Ersten Menschen«, sagte sie leise. »Ich werde immer zu ihnen gehören. Daran wird sich nichts ändern. Ich werde lernen, aber nie eine andere werden. Du, Otterfuß, solltest das wohl verstehen.«

Er lächelte sie an, und sie mußte ihren Blick von seinen Augen abwenden. Es war nicht gut, daß Chakliux ihr Herzklopfen machte, während sie für Sok nichts dergleichen empfand.

Sie wandte sich ab, wie um ihre Behausung zu betreten, sah dann über die Schulter zurück und fragte Chakliux, ob er hungrig sei.

»Wir haben die letzten Tage mit Essen zugebracht, zu Ehren der Tiere, die wir genommen haben, und heute abend werden die Frauen gewiß noch ein Festmahl zubereiten, wenn auch nur mit dem Fleisch, das Frauen berühren dürfen.«

Aqamdax schüttelte den Kopf. Diese Menschen befolgten seltsame Tabus. Manche waren allen verständlich – das Vergraben von Knochen, das Ehren der Tiere. Andere, wie das Essen und die Zubereitung von Bärenfleisch, die Verwendung bestimmter Vögel und Tiere, erschienen merkwürdig und sinnlos. Doch wer war sie, sich ein Urteil anzumaßen? Sie gehörte zu den Ersten Menschen, und die Seejäger erlegten nur selten Bären.

»Sie werden das Fleisch an den Kochstellen zubereiten?« fragte sie.

»Ja.«

»Gibt es Tabus, die ich kennen sollte?«

»Hast du eine neue Kelle oder einen Rührstock?«

»Ich kann einen Rührstock besorgen«, sagte sie.

»Gut. Bring ihn mit. Habe ich dir gesagt, daß Frauen den Namen des Tieres nicht aussprechen dürfen?«

»Ja.«

»Denke daran, und iß nicht, bevor Rotes Blatt gegessen hat.«

Aqamdax hob die Brauen. »Ist das ein Tabu?«

»Es ist ein Zeichen von Höflichkeit.«

Aqamdax spürte Zorn in sich aufsteigen, jenen Zorn, der sie so oft überfallen hatte, als sie noch mit den Frauen von Ersingt und ihren törichten Regeln leben mußte.

»Vielleicht gehe ich auch gar nicht hin. Ich habe gutes Essen hier.« Sie wies mit dem Kopf zum Vorratslager nahe ihrer Behausung. Es war eine hohe Plattform mit einem kleinen Rechteck aus Baumstämmen, wo sie Fleisch und getrockneten Fisch, Beeren in Öl und die wenigen Mägen mit Robbentran aufbewahrte, die sie den ganzen Weg von ihrem Dorf bis hierher gebracht hatte. »Ich habe auch Walroßfleisch«, sagte sie, obwohl Chakliux es ihr selbst gegeben hatte.

Chakliux blickte zur Seite, und sie glaubte Enttäuschung in seinen Augen zu lesen. Nein, sagte sie sich, bilde dir nicht ein, daß ihm etwas an dir liegt. Du hast einen Mann. Er hat dir deine eigene Behausung gegeben. Vielleicht wirst du eines Tages das Glück erleben, Kinder zu gebären.

Im Fortgehen sagte Chakliux leise: »Zwei der Tiere gehören mir.«

»Vielleicht werde ich die Ehre haben, ihr Fleisch für dich zuzubereiten«, rief Aqamdax ihm nach.

Das Vetter-Fluß-Dorf

Cen hielt den Atem an, zog die Bogensehne zurück und ließ den Pfeil davonschnellen. Er flog zum Baum und prallte auf den mit Gras ausgestopften Gänsebalg, den die Jäger an einem niedrigen Zweig aufgehängt hatten.

Tikaani stieß einen anerkennenden Ruf aus. »Bald wirst du so gut sein wie einer von uns«, sagte er – eine Übertreibung, wie Cen wohl wußte.

Seine ersten Schüsse waren für gewöhnlich genau, aber je länger er Tag um Tag übte, desto schlechter wurde er. Schließlich pochte es in seinem linken Handgelenk so heftig von der Anstrengung, den Bogen zu halten, daß seine Augen den Pfeil nicht mehr zum Ziel lenken konnten.

Er schoß erneut, doch der Pfeil flog weit nach links, und sein Handgelenk knickte ab, sobald er die Sehne losließ. »Genug«, sagte er, wobei ihm das verschlagene Lächeln in Tikaanis Gesicht nicht entging.

Wie sollte er es ihm verübeln? Zwischen ihnen herrschte ein gespannter Friede, getragen von ihrem gemeinsamen Wunsch nach Rache: er für Daes und Tikaani für zwei ermordete Brüder und einen weiteren, der so gut wie tot war, ein Arm verkrüppelt und der Körper geschwächt durch einen bösen Geist, der in die Wunde eingedrungen war und ihn mit eitrigen Entzündungen und Schwellungen plagte.

Außerdem teilten sie beide K'os' Lager. Niemand konnte K'os ganz für sich allein haben. Aber ob Tikaani das begriff? Cen war sich nicht sicher.

Er empfand für K'os nicht das gleiche wie für Daes, doch die Schmerzen in seinem Handgelenk ließen ihn an K'os' Finger denken, die die Verkrampfung fortkneten und seine Hand fest mit heißen, feuchten Streifen von Backenhörnchenfell umwickeln würden, in ihrer Behausung, die würzig nach Kamille roch.

»Du bist also bereit, mit mir zu gehen«, sagte Tikaani.

»Du gehst fort?«

»Hat K'os es dir nicht gesagt?« fragte er.

Cen war klug genug, Überraschung vorzutäuschen. »Was soll sie mir gesagt haben?«

»Daß die Jäger bald bereit sind. Sie wollen, daß wir vorgehen und den besten Platz für einen Angriff auskundschaften. Vielleicht können wir dabei deinen Sohn holen.«

»Wann brechen wir auf?«

»Morgen früh, bevor die Sonne aufgeht«, sagte Tikaani.

»Werden wir Hunde mitnehmen?«

»Keine Hunde. Nur Jagdwaffen, und wenn die Ältesten nachfragen, sagen wir, daß wir sehen wollen, ob die Bären unsere Bogen ehren.«

»Glaubst du nicht, daß es Unglück bringt, wenn wir etwas Unwahres behaupten? Die Bären könnten denken, wir achteten sie nicht gebührend.«

»Meinst du nicht, wir könnten deinen Sohn finden und außerdem jagen?«

Cen dachte einen Augenblick nach und sagte dann: »Und vielleicht sogar tauschen.«

»Tauschen?«

»Leben gegen Leben.«

»Leben gegen Leben«, sagte Tikaani.

Das Nahe-am-Fluß-Dorf

»Ich werde für dich umrühren«, sagte Yaa mit erhobener Stimme über das Geschnatter der Frauen an den Kochstellen hinweg. Die Sonne war untergegangen, und die meisten hatten bereits gegessen. Bald würde das Tanzen und Geschichtenerzählen beginnen.

Aqamdax gab Yaa den Rührstock. »Ist es ein neuer?« fragte Yaa.

»Ja.«

»Habt ihr die gleiche Sitte bei euch im Dorf?«

»Wir erlegen nicht viele …« Sie schlug die Hand vor den Mund, um nicht das Wort für Bär auszusprechen.

»Was eßt ihr?«

»Meist Fisch und Robbenfleisch. Und Seelöwen.«

»Karibus?«

»Manchmal.«

»Du kannst dich dort hinsetzen.« Yaa deutete mit dem Kinn auf einen Stapel Hasenfelldecken.

»Dein Bruder?«

»Er schläft. Siehst du ihn nicht?«

In dem schwachen gelblichen Licht der herunterbrennenden Kochfeuer hatte Aqamdax den Schatten des Jungenkopfes vor dem Fell nicht erkannt.

»Er mag mich nicht. Was ist, wenn er aufwacht?«

»Er mag dich, aber er hat Angst. Er hält dich für einen Geist.«

»Einen Geist? Warum?«

»Seine Mutter ist gestorben.« Yaas Stimme war nur noch ein Flüstern, und Aqamdax mußte sich vorbeugen, um sie zu verstehen. »Er wurde verletzt.«

Als Aqamdax in das Dorf gekommen war, hatte Chakliux ihr erzählt, daß eine Frau getötet und ihr Sohn verwundet worden war, doch damals verstand Aqamdax noch nicht viel von der Flußsprache. Sie hatte nicht alle seine Worte begriffen und war nie sicher gewesen, welchen Jungen er meinte.

»Er ist es also«, sagte Aqamdax. »Aber deine Mutter ...«

»War die Schwesterfrau seiner Mutter.«

»Ah.«

»Jetzt bin ich Ghadens Mutter«, sagte Yaa, und ihr Lächeln war das einer viel älteren Frau, einer Frau, die mit Stolz von ihrem Sohn spricht. »Er hält dich für einen Geist, weil du seiner Mutter ein wenig ähnlich siehst.«

»Ich werde mich neben ihn setzen, aber wenn er aufwacht, komm lieber her. Ich will nicht, daß er Angst bekommt.«

Aqamdax gab Yaa den Rührstock und hockte sich dann seufzend hin. Sie saß nach der Art der Ersten Menschen, die

Füße flach am Boden, die Arme um die Knie geschlungen. Die Flußmenschen verbrauchten viele Felle, weil sie gern mit gekreuzten Beinen dasaßen und bei Kälte oder Nässe den Boden mit geflochtenen Hasenfelldecken und Matten aus Karibuhaut polsterten. Jeder Pelz nahm bei Nässe Schaden, das war allgemein bekannt.

Sie schloß kurz die Augen und wünschte, jemand würde aufbrechen, damit auch sie gehen konnte, ohne fürchten zu müssen, ein Tabu zu verletzen oder unhöflich zu erscheinen. Obwohl er darauf bestanden hatte, daß sie an dem Fest teilnahm, hatte Chakliux noch kein Wort mit ihr gesprochen, kam allerdings jedesmal zu ihrem Kochbeutel, um seine Schüssel füllen zu lassen.

Sie blickte auf den Jungen, der neben ihr lag. Ihr Herz tat einen kleinen Sprung. Jedesmal, wenn sie ihn sah, glaubte sie ein Kind aus ihrem eigenen Dorf vor sich zu haben. Er sah aus, als gehörte er zu den Ersten Menschen. Sein Gesicht war breit und seine Nase, obwohl höckerig, viel kleiner als die Nasen der Flußmenschen. Allerdings, hielt sie sich vor, hatte er die Augen der Menschen vom Fluß. Sie waren schräg gestellt und schmaler als die Augen ihres Volkes. Er hatte auch hellere Haut. Dennoch, wenn sie ihn ansah, glaubte sie daheim zu sein, vielleicht in einem *ulax*, bei einem Fest, wo Geschichten erzählt wurden. Beinahe konnte sie die Trommeln hören, die erst wild und dann sanft erklangen, im Takt eines Herzschlags.

Aqamdax schloß die Augen. Träume umfingen sie, und sie war nahe daran, sich ihnen zu überlassen. Doch dann ertönte ein Schrei, die Stimme eines Jägers. Aqamdax riß die Augen auf, fuhr hoch – und hörte das Gelächter der Frauen rings um sich her. Eine beugte sich lachend zu ihr, zog sie wieder zu Boden und flüsterte ihr zu, daß die Männer nun Geschichten von ihren Jagden erzählen würden.

Aqamdax lächelte. Sie begriff, daß die anderen nicht aus

Bosheit lachten. Sie setzte sich wieder neben Ghaden, der immer noch schlief, und riß die Augen weit auf, um wach zu werden. Zwei Älteste traten in die freie Mitte des Kreises, die nur von den ersterbenden Kochfeuern erleuchtet war.

Sie konnte ihren Geschichten leicht folgen. Die Worte wurden begleitet von Darstellungen, aus denen jeder sah, wie der Jäger sich an den Bären heranpirschte. Jeder konnte sehen, wie er einen Speer in das Wurfbrett einfügte und seine Beute erlegte.

Aqamdax sah aufmerksam zu und bemühte sich, die Worte im Gedächtnis zu behalten, mit denen die Geschichten begannen und endeten. Solche Dinge waren als uralte Überlieferung von Bedeutung im Dorf und trugen vielleicht auch ihr Glück und wahre Achtung ein. Sie versuchte sich die Handbewegungen einzuprägen, Kleinigkeiten, die sie für ihre eigenen Geschichten übernehmen konnte, etwa die Art, den Zuhörern Bilder vor Augen zu führen. Denn was ist Geschichtenerzählen anderes, als vor dem inneren Auge derer, die lauschen, Vorstellungen lebendig werden zu lassen?

Nach den Ältesten traten zwei Männer vor. Einer trug eine Maske, die ihm bis zu den Knien reichte; ihren offenen Mund säumten Bärenzähne. Der andere Mann war gekleidet wie ein Jäger und trug Waffen. Ihre Geschichte wurde ohne Worte erzählt, nur mit Gebärden im Takt der Trommeln. Als sie geendet hatten, kam Sok in die Mitte. Zunächst war er allein, trug weder Maske noch Waffen. In den schönen Mustern seines Parkas und seiner Stiefel fing sich das Licht und brachte die kunstvolle Arbeit von Rotes Blatt zur Geltung. Unter den Frauen erhob sich bewunderndes Gemurmel.

Aqamdax richtete ihren Blick auf den Platz, wo ihre Schwesterfrau saß, und sah, daß Rotes Blatt den Kopf hoch erhoben hielt, das Gesicht starr und stolz. Und obwohl Rotes Blatt es ihr mehr als schwer gemacht hatte, sie Schwester zu nennen, fühlte Aqamdax in diesem Augenblick Stolz aufwallen, als gälte die Ehrung ihr selbst. Die Frauen begannen ein hohes Geheul, das anschwoll und wieder verklang, und Aqamdax stimmte ein, den Kopf deutlich Rotes Blatt zugewandt, damit jeder sehen konnte, daß sie ihre Schwesterfrau pries.

Rotes Blatt bemerkte Aqamdax, ihre Blicke trafen sich, und Aqamdax las in ihren Augen Überraschung und schließlich Verstehen.

Sok begann zu tanzen, zum Takt der Rasseln aus Karibuhufen, die oben an seine Stiefel genäht waren. Sein Leib bewegte sich ruckartig schwingend hin und her. Aqamdax wußte, daß jeder Schritt eine Bedeutung hatte, die allerdings hier beim Flußvolk eine andere war als bei den Ersten Menschen. Sie bemerkte, daß er beim Tanzen oft in eine bestimmte Richtung sah, seine Augen auf etwas heftete. Zunächst glaubte sie, er beobachte Rotes Blatt, doch dann wurde ihr klar, daß er über sie hinweg zu dem Platz blickte, wo die jungen Frauen des Dorfes saßen. Als sie schließlich genau hinsah, erkannte sie, daß seine Aufmerksamkeit einer Frau namens Schnee-im-Haar galt. Aqamdax war ihr mitunter bei den Kochstellen begegnet, wo Schnee-im-Haar sie nicht beachtete, wenn sie allein waren, und ihren Blick unhöflich abwandte, sobald sich andere Frauen in der Nähe befanden.

Aqamdax blickte rasch zu Rotes Blatt, doch sie schien nichts zu bemerken. Ihre Augen hingen an ihrem Mann, ihre Lippen bewegten sich, als zähle sie seine Schritte, um ihm beim Takthalten zu helfen. Aqamdax spürte ein Unbehagen, die plötzliche Last einer Vorahnung, tadelte sich dann jedoch für ihre närrische Anwandlung. Welcher Mann wollte nicht bei jungen Frauen Eindruck machen, vor allem bei einer, die so hübsch war wie Schnee-im-Haar? Aber Sok hatte schon zwei Frauen. Er war kein oberster Jäger wie Er-singt, der drei oder vier haben konnte, und die meisten Männer vom Flußvolk hatten nur eine Frau.

Schließlich betrat ein weiterer Jäger den Tanzkreis. Er trug ebenfalls eine Bärenmaske, die aber nur sein Gesicht bedeckte und bunt bemalt war. Der Tänzer war barfuß, und man erkannte sogleich, daß es Chakliux war. Er bewegte sich anmutig, als habe er Füße wie jedermann, und Aqamdax' Gedanken waren so von seinem Tanz erfüllt, daß sie den dünnen Jammerton, der neben ihr erklang, zunächst nicht vernahm. Erst als er zu einem Geheul anschwoll, wurde ihr bewußt, daß es Ghaden war. Mit offenem Mund und weit aufgerissenen Augen starrte er auf die Tänzer.

Aqamdax nahm ihn in die Arme, er blickte zu ihr auf und begann zu schreien: »Der Geist! Der Geist! Sie ist hier! Yaa, sie soll mich nicht kriegen!«

Yaa nahm Aqamdax den schluchzenden Jungen ab und beruhigte ihn mit leisem Summen. Yaas Mutter und Braunes Wasser kamen hinzu und brachten die beiden Kinder fort vom Tanzkreis in das tröstliche Dunkel ihrer eigenen Behausung.

Aqamdax sah ihnen nach, bis sie im Dunkel verschwanden, hockte sich dann nieder und legte die Decken des Jungen zusammen, um sie nach Beendigung des Tanzes zurückzubringen. Eine Zeitlang flüsterten die Frauen um sie her, doch Aqamdax richtete ihre Aufmerksamkeit wieder auf Sok und Chakliux. Fast entging ihr das eine Wort, der Name, der leise ausgesprochen und mit einem furchtsamen Zischen erstickt wurde, verscheucht von einem Zauberspruch und flatternden Händen, um einem Fluch vorzubeugen.

Plötzlich wurde vieles klar. Plötzlich fühlte sie sich nicht mehr als verratene Tochter, sondern als geliebte. Sie betrachtete ihren Mann nicht länger mit Stolz, sondern mit Zorn; sah seinen Bruder nicht freundlich, sondern voll Abscheu an, und nur, um Rotes Blatt keine Schande zu bereiten, blieb sie, bis der Tanz beendet war. Dann stand sie auf, und bevor noch die Frauen ihr in Anerkennung ihrer Stellung als zweite Frau, als Schwägerin, zunicken konnten, bevor Sok und Chakliux in Erwartung eines Lobs zu ihr hinsahen, ging sie mit Ghadens zusammengebündelten Decken zur Behausung von Braunes Wasser.

Sie hörte Yaa durch die Wände der Behausung singen und kratzte an der Türklappe aus Karibuhaut, bis Braunes Wasser sie hereinrief. Sie kroch durch den Eingangstunnel.

Yaa riß die Augen auf, als sie Aqamdax sah, und zog ihren Bruder dicht an sich, sein Gesicht an ihre Brust gepreßt.

Mit langsamen, wohlgewählten Worten sagte Aqamdax zu Braunes Wasser: »Ich gehöre nicht zu eurem Volk. Ich kenne nicht alle Tabus, aber ich muß etwas wissen.«

»Dann komm mit mir«, sagte Braunes Wasser, und Aqamdax folgte ihr aus der Behausung.

Aqamdax wußte, daß Braunes Wasser eine starke Frau sein mußte. Selbst nach dem Tod ihres Mannes war sie weiterhin hoch geachtet und lebte nun allein, als Witwe, mit ihrer Schwesterfrau und den beiden Kindern. Seltsam, die Gebräuche dieser Flußmenschen. Bei den Ersten Menschen ging nach dem Ende der Trauerzeit jede Frau zu einem anderen Jäger, schlimmstenfalls zu einem Bruder des Toten, um fortan in seinem *ulax* zu wohnen. Wie konnten diese Frauen überleben, ohne einen Jäger in ihrer Behausung?

Braunes Wasser entfernte sich ein Stück von der Behausung, wandte sich dann um und fragte Aqamdax: »Was willst du wissen?«

»Deine Schwesterfrau, Ghadens Mutter«, sagte Aqamdax, »wie ist sie gestorben?«

Braunes Wasser schlang die Arme um ihren Leib. »Es ist nicht gut, darüber zu sprechen«, erwiderte sie.

»Bricht es Tabus?«

Die Frau sah Aqamdax nicht an, blickte erst zur Behausung, dann zu Boden und in den Himmel. »Das weiß niemand«, sagte sie schließlich.

»Sie gehörte zu den Ersten Menschen – den Seejägern«, sagte Aqamdax.

»Ja. Du kanntest sie?«

Aqamdax seufzte. »Ich kannte sie. Jemand sagte etwas von einem Messer.«

Braunes Wasser nickte. »Es gab ein Messer«, sagte sie. »Aber Wolf-und-Rabe behauptet, ein Geist habe sie getötet.«

»Mit einem Messer?«

»Wer weiß, was ein Geist vermag? Wer weiß, welche Geister sie vielleicht beleidigt hat? Sie hatte hier nichts zu suchen.« Braunes Wasser heftete ihren Blick auf Aqamdax, die ihm standhielt. Die Frau hob eine Hand und zeigte unhöflich mit einem ihrer dicken Finger auf Aqamdax' Brust. »Und du hast hier auch nichts zu suchen. Daß welche von eurem Volk zum Tauschhandel herkamen, ist eine Sache, aber wenn die Jäger sich Frauen nehmen, kann zuviel geschehen.«

»Diese Frau hatte Feinde?«

»Ich mochte sie nicht«, sagte Braunes Wasser. »Ich wollte sie nicht in meiner Behausung haben. Wenn sie einen Feind hatte, dann war ich es, aber ich würde meinen Mann nicht entehren. Ich habe sie nicht getötet. Ein Geist hat sie getötet. Sie hatte es nicht anders verdient.«

Aqamdax schaute die Frau lange an, ergriff ihr Amulett und tastete nach den Windungen der Walzahnmuschel, die sie um die Mitte gebunden trug. Sie glaubte Braunes Wasser, doch war hier etwas Böses im Spiel, das sie nicht verstand.

»Glaubst du, daß der Junge, Ghaden, sicher ist?«

»So sicher, wie es in Wolf-und-Rabes Kräften steht. So sicher, wie es in meinen Kräften steht. Warum fragst du?«

»Sag ihm, daß ich nicht der Geist seiner Mutter bin«, erwiderte Aqamdax leise. »Sag ihm, daß ich aussehe wie jene Tote, weil sie auch meine Mutter war.«

32

Cen streifte die Kapuze des Parkas vom Kopf. Die Farbe des Fells verschmolz mit dem Grau und Gelb der herbstlichen Gräser, doch ihm war zu warm. Tikaani hatte darauf bestanden, daß sie Parkas aus Hasenfell trugen, die nachts angenehm wärmten, Cen aber am Tag zum Schwitzen brachten. Backenhörnchenfelle wären besser gewesen, dachte er, sie waren leichter und nicht so heiß. Doch vielleicht hatte Tikaani ja auch recht. Jeden Morgen hatten die kleinen Wasserpfützen am Rand eine dünne Eiskruste. Der Tag mochte kommen, an dem er für die Wärme des Hasenfells dankbar war.

Sie waren ohne Hunde unterwegs, und mit Hilfe eines Zaubers, der Cen immer noch zurückschrecken ließ, wenn er sein Gesicht in ruhigen Gewässern gespiegelt sah, hatte K'os eine Salbe bereitet, die ihre Gesichter dunkel und faltig erscheinen ließ. Mit geschickter Hand hatte sie weiße Strähnen aus Karibuhaar in ihre Zöpfe eingenäht, so daß sie nicht wie Jäger oder Krieger aussahen, sondern wie Greise. Sie hatte ihnen gezeigt, wie sie ihre Stiefel unten mit Gras auspolstern mußten, damit sie den Gang von alten Männern annahmen. Dies hatten sie jedoch erst ausgeführt, als sie nur noch einen halben Tag vom Nahe-am-Fluß-Dorf entfernt waren. Außerdem hatte K'os ihnen etwas zu trinken gegeben, das in der Kehle brannte und ihre Stimme heiser und brüchig werden ließ.

Sie hatte sie alt gemacht und versichert, sie verfüge über die Macht, ihnen ihre Jugend zurückzugeben. Cen zweifelte nicht daran. Doch ob sie auch bereit war, sie wieder jung zu machen, darüber grübelte er. Und was würde sie dafür verlangen?

Nun verbargen sie sich in dem dunklen Wald am Rande des Dorfes unter Zweigen von Schwarzfichten. Sie hatten ihre Kleidung mit Blättern getarnt und warteten oberhalb der Senke, in der das Nahe-am-Fluß-Dorf lag. Sie sahen Frauen und Kinder, die an ihnen vorbeikamen, und zählten die Krieger, wie K'os es ihnen aufgetragen hatte. In der Nacht stiegen sie auf alle Vorratslager und erkundeten, wieviel Fisch die Menschen für den Winter hatten, ließen jedoch alles unberührt, taten nichts, um Aufmerksamkeit auf sich zu lenken.

In den folgenden zwei Tagen sprach Aqamdax kein Wort mit Sok und ging Chakliux aus dem Weg. Während dieser Zeit gewann sie Ghaden als Bruder für sich, lieferte Braunes Wasser, Glücklicher Mund und Yaa vorsichtige Erklärungen und bemühte sich, ihren Mann nicht der Täuschung zu bezichtigen. Vielleicht hatte sie ihm den Namen ihrer Mutter tatsächlich nicht genannt, obwohl sie es bezweifelte.

In den fünf Jahren, seit Daes das Dorf der Ersten Menschen verlassen hatte, war Aqamdax häufig zornig auf ihre Mutter gewesen. Sie hatte sie im Stich gelassen und gezwungen, bei Menschen zu leben, die sie nicht haben wollten. Nun verstand Aqamdax zumindest, was geschehen war.

Die Ersten Menschen betrauerten ihre Toten viermal zehn Tage, und danach erwartete man von einer Witwe, daß sie sich von anderen Männern fernhielt und ihrem Mann vier Monde lang Achtung erwies. Die Händler waren etwa zwei Monde nach dem Tod von Aqamdax' Vater gekommen, und ihre Mutter hatte, wie Aqamdax auch, die Leere ihrer einsamen Nächte nicht ertragen. Sie hatte sich einem Händler hingegeben, war schwanger geworden und mit ihm fortgegangen, um das Dorf vor dem Fluch eines gebrochenen Tabus zu schützen. Um Aqamdax zu schützen.

»Sie hat oft von dir gesprochen«, sagte Glücklicher Mund. »Sie wollte zu dir und zu ihrem Volk zurückkehren.«

Aqamdax blickte zu Braunes Wasser, sah die Überraschung in ihrem Gesicht, die sie mit zusammengekniffenen Augen und einem Nicken zu verbergen suchte. Ja, dachte Aqamdax, auch sie würde sich Glücklicher Mund anvertrauen, aber niemals der anderen. Wer konnte Braunes Wasser vertrauen, ihrem dünnen, strengen Mund, ihren zornigen Worten?

Als Aqamdax zu Ghaden sagte, sie sei seine Schwester, sah er sie von seinem sicheren Platz auf Yaas Schoß nur an, doch allmählich begann er sie ohne Furcht zu betrachten. An diesem Morgen, drei Tage später, lief er zu ihr, als sie in die Behausung kam, und zeigte ihr einen faustgroßen Ball, den Yaa aus Rohlederstreifen gerollt hatte.

»Beißer, faß!« rief er und warf den Ball. Der Hund stürzte sich auf den Stapel Körbe, in dem der Ball gelandet war.

»Spielt lieber draußen«, warnte Yaa und warf rasch einen Blick dorthin, wo Braunes Wasser meist saß.

Aqamdax lobte Hund und Ball, ging dann mit Ghaden und Beißer zum Dorfrand, wo sie gemeinsam spielten, bis Yaa kam und Ghaden zum Holztragen holte. Aqamdax begab sich zur Behausung von Rotes Blatt. Sie hatte Worte eingeübt und Mut gefaßt, um mit Sok zu sprechen, und wollte nun keinen weiteren Tag verstreichen lassen. Sie fand Sok, noch in seine Schlafdecken gewickelt, allein in der Behausung.

»Rotes Blatt ist bei den Dorffeuern«, murmelte er mit geschlossenen Augen.

»Ich bin gekommen, um mit dir und deinem Bruder zu sprechen«, sagte sie.

»In drei, vier Tagen gehen wir auf die Karibujagd. Kannst du mich nicht schlafen lassen, da du weißt, wie wenig Ruhe ich im nächsten Mond finden werde?«

Aqamdax beachtete seine Worte nicht und fragte: »Warum

hast du mich in dem Glauben gelassen, ich würde meine Mutter finden, wenn ich mit dir komme?«

Langsam öffnete Sok die Augen.

»Du und Chakliux, ihr wußtet, daß meine Mutter tot ist.«

Er setzte sich auf. »Wer hat dir gesagt, daß sie tot ist?« fragte er.

»Mein Bruder, Ghaden.«

Er knurrte, erhob sich und beförderte seine Felle mit einem Fußtritt in Richtung der ordentlichen Schlafrollen im Hintergrund der Behausung.

»Ich kann jetzt nicht mit dir reden«, sagte er.

»Wo ist Chakliux?«

»Er wußte es nicht«, sagte Sok. »Jedenfalls habe ich mit ihm niemals über deine Mutter gesprochen. Du etwa?«

»Nein.«

»Dann laß deinen Zorn an mir aus und nicht an ihm.«

Aus irgendeinem Grund besänftigten sie seine Worte. »Warum hast du es mir nicht gesagt?«

»Wärest du mit mir gekommen, wenn du gewußt hättest, daß deine Mutter tot ist?«

»Vielleicht nicht. Aber wenn ich gewußt hätte, daß ich einen Bruder habe ...«

Sok zuckte die Achseln. »Ein Bruder mag etwas Gutes sein oder auch nicht. Woher sollte ich wissen, wie du darüber denkst? Er ist ja noch ein Kind.«

»Aber du wußtest doch, daß ich die Wahrheit über meine Mutter herausfinden würde, sobald ich hier bin.«

»Ich hatte nicht vor, dich hierherzubringen. Ich gab dich dem Schamanen der Walroßjäger.«

»Ich habe ihn nicht getötet«, sagte Aqamdax.

»Meinst du, ich hätte dich zur Frau genommen, wenn ich das glaubte?«

»Was hat denn der Schamane geboten, daß du in mein Dorf kamst? Warum wollte er mich?«

»Tu nicht so, als wüßtest du nicht um deine Macht. Wer wäre eine bessere Frau für einen Schamanen als eine Geschichtenerzählerin?«

»Vielleicht«, sagte sie leise.

Sok zuckte wiederum die Achseln. »Er wollte dich, und er bot mir etwas Gutes dafür.«

»Was?«

»Vieles. Viele Tauschwaren.«

»Und dafür wagtest du dich auf das Meer, ein Mann, der kaum Erfahrung mit einem *iqyax* hat?«

»Ich komme gut genug damit zurecht.«

Sie schnaubte. »Für einen Karibujäger, ja.«

»Du willst nicht meine Frau sein?« fragte er.

Sie holte tief Luft. »Nein.«

»Und wenn ein anderer Mann dich wollte?«

»Wer?«

»Jemand, der im Dorf hoch angesehen ist. Jemand, dessen Macht ebenso groß, vielleicht noch größer ist als deine.«

Sie hielt den Atem an. Beinahe hätte sie den Namen seines Bruders ausgesprochen. Beinahe hätte sie ihrer Hoffnung Ausdruck verliehen, doch zu oft schon war sie enttäuscht worden. Es war immer leichter, von einem Traum Abschied zu nehmen, wenn niemand davon wußte.

»Wer?« fragte sie erneut.

»Der Schamane, Wolf-und-Rabe.«

Plötzlich verstand sie. Schnee-im-Haar. Warum sonst hätte Sok sein Leben für Tauschwaren aufs Spiel gesetzt? Er brauchte einen Brautpreis.

»Also soll ich jetzt, da der Schamane der Walroßjäger tot ist, den Brautpreis für Schnee-im-Haar liefern.«

»Du willst nicht Frau eines Schamanen sein?«

»Ich begehre keine Macht, und ich glaube nicht, daß es wünschenswert ist, Macht über die Geister zu haben. Sie wird zu häufig mißbraucht.«

»Wolf-und-Rabe ist anders. Er ist ein ehrenwerter Mann.«

»Stark? Ein guter Jäger?«

»Gut genug.«

»Wenn er soviel Macht hat, was findet er dann an meinen armseligen Geschichten? Ich gehöre nicht zu eurem Volk. Warum sollte ein Schamane eine Frau wollen, die nicht einmal zu den richtigen Menschen zählt?«

Sok begann mit raschen, schweren Schritten die Behausung von einer Seite zur anderen zu durchmessen, und Aqamdax fragte sich, ob er etwa bereits mit Wolf-und-Rabe gesprochen und dem Mann ein Angebot gemacht hatte.

»In meinem Volk«, sagte Aqamdax, »wählt eine Frau den Mann, den sie nehmen will. Mitunter wird sie auch von ihrem Vater oder Onkel versprochen, aber wenn sie nicht will, zwingt sie niemand. Und wenn der Mann nicht gut zu ihr oder ihren Kindern ist, kann die Frau ihn verlassen und einen anderen wählen.«

»Nichts anderes erwarte ich von denen, die nicht zu den richtigen Menschen zählen«, erwiderte Sok und hielt inne, um ihr ins Gesicht zu sehen. »Du bist nicht bei deinem Volk. Du bist hier, bist meine Frau. Du wirst tun, was ich sage.«

»Wenn du mich schon einem anderen geben mußt, dann gib mich deinem Bruder.« Sie sprach die Worte schnell aus, bevor sie der Mut dazu verließ.

»Chakliux?«

»Ja.«

Sok warf den Kopf zurück und lachte. »Er will dich nicht. Außerdem hat er nichts als Brautpreis zu bieten.«

»Er hat Hunde und sein *iqyax*.«

»Glaubst du wirklich, er würde das alles für dich hergeben!«

Die Worte trafen sie, und Aqamdax verfluchte sich wegen ihrer Unbesonnenheit. Sobald jemand wußte, was ihr am Herzen lag, wußte er auch, wie er sie verletzen konnte.

»Du bist wie deine Mutter, ohne Achtung, ohne Ehre. Sie

entehrte ihren Mann und ging mit dem Händler Cen. Was bekam sie dafür? Ein Messer, den Tod. Wenn du nicht achtgibst, geschieht dir das gleiche.«

»Ein Händler hat sie getötet?« fragte Aqamdax.

»Manche sind dieser Meinung.«

»Braunes Wasser sagt, daß es Geister waren.«

»Ich weiß es nicht. Wer immer es war, er hat auch meinen Großvater getötet. Wenn ich wüßte, wer es war, wäre er schon längst tot.« Er kramte in einem Kleiderstapel und zog ein Paar Gamaschen aus Karibuhaut heraus. »Du solltest wissen«, sagte er mit einem Blick zu Aqamdax, »daß niemand im Dorf dich schützen wird, wenn du keinen Mann hast. Was ist, wenn ich dich verstoße? Was tust du dann?«

Aqamdax begriff, daß er recht hatte. Sie mußte sich selbst schützen, indem sie einen guten Mann fand, Söhne bekam und das Band zwischen sich und Ghaden stark werden ließ, doch all das brauchte viele Jahre. Jetzt stand ihr niemand zur Seite, und sie hatte nichts zu bieten außer ihrer Bereitschaft, Sok zu dem zu verhelfen, was er wollte.

»Was soll ich tun?« fragte sie leise.

»Ich will, daß die Menschen deine Geschichten hören und deine Macht spüren.«

»Du willst also alle abends zum Geschichtenerzählen zusammenrufen?«

»Chakliux und ich werden darum ersuchen, um so Achtung zu erweisen und Ehre zu gewinnen, bevor wir zur Karibujagd aufbrechen.«

»Und ich soll auch Geschichten erzählen?«

»Ja.«

»Und du glaubst, wenn Wolf-und-Rabe meine Geschichten hört, wird er mich wollen?«

»Er wird deine Macht spüren, und dann werde ich mit ihm über einen Brautpreis für Schnee-im-Haar sprechen.«

»Und wenn ich es tue?«

»Bekommst du einen neuen Mann.«

»Ich will mehr als nur einen neuen Mann.«

»Was noch?«

»Ich will meine Behausung behalten.«

»Nein. Ich habe sie Schnee-im-Haar versprochen.«

»Sie soll sich selbst eine bauen.«

»Was hast du für eine Wahl?«

»Die Wahl, Geschichten zu erzählen oder zu schweigen.«

»Die Wahl, zu leben oder zu sterben.«

»Ich will meine eigene Behausung.«

»Vielleicht will Wolf-und-Rabe, daß du in der Behausung von Blaue Blume lebst.«

»Er hat nur eine Frau?«

»Ja.«

»Meinst du, er wird wagen, ihr Mißfallen zu erregen?«

»Ich glaube, sie wird verstehen, wieviel Macht er gewinnt, wenn er dich als zweite Frau nimmt. Ich denke, es wird ihr nicht mißfallen, eine Frau in der Behausung zu haben, die ihr Arbeit abnimmt.«

»Und wenn ich Wolf-und-Rabe sage, daß ich ohne eigene Behausung nicht seine Frau werde?«

Sok legte den Kopf schräg und blickte zum Rauchloch empor. »Als Frau bist du schwer zufriedenzustellen«, sagte er.

Beinahe mußte Aqamdax lächeln.

»Wenn Schnee-im-Haar deine Behausung will«, sagte er, »mußt du sie ihr überlassen, aber ich werde dir genügend Karibuhäute für eine neue geben.«

»Und du und Chakliux, ihr werdet mir helfen, die Stämme für die Behausung zu fällen?«

»Wir werden dir helfen.«

Aqamdax lachte. »Du versprichst die Hilfe deines Bruders, ohne ihn vorher zu fragen?«

»Ich habe drei, vier Monde meines Lebens dafür gegeben, ihn bei den Walroßjägern in Sicherheit zu bringen, bis wir wußten, daß die Menschen vom Vetter-Fluß-Dorf nicht versuchen würden, ihn umzubringen. Er kann mir dafür ein paar Tage opfern.«

»Ich werde Geschichten erzählen«, sagte Aqamdax. »Ich werde ihnen zeigen, welche Macht eine Frau der Ersten Menschen hat. Sie sollen darüber nachdenken und froh sein, daß die Ersten Menschen nicht ihre Feinde sind.«

Am dritten Tag sah Cen den Jungen. Ghaden, größer und dünner, als er ihn in Erinnerung hatte, aber er war es. Ihn zu sehen war wie ein Fausthieb in Cens Magen, es verschlug ihm den Atem, so daß er zunächst nichts zu Tikaani sagen konnte, nur schauen und mit den Augen liebkosen. Er hatte nie ganz glauben können, daß der Junge lebte, und fragte sich jetzt, ob das Messer bleibende Schäden bei Ghaden hinterlassen hatte. Doch so scharf Cen auch hinsah, der Junge hinkte nicht, und obwohl dies aus der Entfernung schwer zu sagen war, schien auch sein Gesicht keine Narben aufzuweisen. Er hatte einen Hund bei sich und warf einen Ball in hohem Bogen in die Luft, lachte, wenn der Hund ihn fing, und schimpfte, sobald das Tier den Ball nicht auf seinen Befehl hin losließ.

Cen öffnete den Mund, um Tikaani Bescheid zu geben, doch die Kehle war ihm wie zugeschnürt. Er mußte schlukken, und die Worte, die er schließlich herausbrachte, waren zittrig wie die eines alten Mannes. K'os' Tee, der ihm die Kehle verätzt hatte, sagte er sich, um nicht zugeben zu müssen, daß ihm Tränen in den Augen brannten.

»Mein Sohn«, sagte er und deutete mit ausgestrecktem Arm auf ihn.

»Du hast gesagt, er sei verletzt«, sagte Tikaani. Er beobachtete den Jungen eine Weile. »Er wirkt kräftig.«

»Schau hin. Er wirft den Ball mit der linken Hand«, sagte Cen. »Die rechte Schulter zieht er hoch, und manchmal drückt er den rechten Arm an die Rippen.«

»Er hat nicht schon immer die linke Hand vorgezogen?«
Cen schüttelte den Kopf.
»Ein Krieger jagt mit der rechten Hand. So sollte es sein.«
Ghaden hob den Ball auf und warf ihn mit der rechten Hand. Der Ball flog weniger kräftig und hoch durch die Luft, doch es war ein guter Wurf. »Er braucht einen Mann, der ihn unterweist«, sagte Cen. »Das ist alles. Kennst du die Frau, die bei ihm ist? Es ist keine von den Schwesterfrauen seiner Mutter.«
Tikaani schwieg und sagte schließlich: »Gegen Ende des letzten Winters war ich mit K'os im Dorf, aber ich kann mich nicht an sie erinnern.«
»Vielleicht hat einer der Männer sie aus einem anderen Flußdorf mitgebracht.«
»Sie trägt einen seltsamen Parka.«
Die Worte machten Cen mit einem Schlag alles klar, aber er sagte nichts zu Tikaani, bis er sie länger beobachtet hatte und, mit schmerzhaft pochendem Herzen, erkannte, wie sehr sie Daes glich, selbst in ihrer Art zu gehen, das Haar aus den Augen zu streichen. Dann flüsterte er: »Es ist ein *sax* der Ersten Menschen, aus Vogelhäuten gemacht. Sie hat sich verändert in den vier Jahren, aber ich erkenne sie wieder. Es ist Aqamdax, Ghadens Schwester.«
»Eine Frau von den Ersten Menschen? Deine ... der toten Frau ...«
»Tochter.«
»Nicht deine Tochter?«
»Nein.«
»Wie kommt sie hierher?«
»Ich weiß es nicht. Vielleicht sucht sie nach ihrer Mutter. Man hat mir erzählt, daß sie einen Flußhändler zum Mann genommen hat.«
»Jedenfalls kümmert sie sich um deinen Sohn.«
»Wie kann ich ihn bei Menschen aufwachsen lassen, die seine Mutter getötet haben?«

Tikaani sah ihn an, ein schwaches Lächeln auf den Lippen. »Wir müssen bald aufbrechen, morgen, am folgenden Tag. Willst du ihn mit zurücknehmen?«

Cen zog das Messer aus der Scheide an seinem Arm und stieß es in die weiche Grasnarbe, auf der sie lagen. »Ja«, sagte er. »Ich will ihn. Und ich würde jeden Mann in diesem Dorf töten, um ihn zu bekommen.«

33

»Er will heute abend Geschichten erzählen lassen?«

Aqamdax nickte. »Soll ich ein Mahl bereiten? Ich habe nicht viel in meinem Vorratslager. Essen die Menschen hier Robbenöl?«

»Keine Mahlzeit«, sagte Rotes Blatt. »Sie sollen an den Kochfeuern essen. Es ist kein richtiges Fest, nur ein Anlaß, sich zu versammeln, bevor die Familien zur Karibujagd aufbrechen. Außerdem gehen die Frauen für gewöhnlich zur Karibujagd mit. Wie sollen wir uns darauf vorbereiten und gleichzeitig ein Fest abhalten? Das Fest kommt später – wenn wir mit Fleisch zurückkehren.«

Aqamdax beobachtete die andere genau beim Sprechen. Wenn sie Rotes Blatt doch nur besser kennen würde. Es war schwer, in ein neues Dorf zu kommen. Ihr war nicht klar gewesen, wieviel Wissen man sich in der Kindheit aneignete. In ihrem eigenen Dorf hatte sie aus dem Tonfall oder dem Gesichtsausdruck auf die wahren Gedanken einer jeden Frau schließen können. Bei den Flußmenschen war das nicht so einfach. Erst vor ein paar Tagen hatte sie bemerkt, daß man hier Zustimmung nicht mit Worten ausdrückte, sondern indem man die Brauen hob.

Nun, während sie Rotes Blatt zuhörte, rief Aqamdax sich ins Gedächtnis, daß die Frau sie nicht mochte, vermutlich jeder Schwesterfrau feindlich gesonnen wäre. Sprach sie demnach die Wahrheit, was das Essen anging, oder wollte sie Aqamdax in eine peinliche Lage bringen, indem sie ihr etwas zu tun befahl, was nicht den überlieferten Sitten des Dorfes entsprach?

Um sicherzugehen, wollte Aqamdax, wenn Rotes Blatt fort war, Chakliux aufsuchen und ihn danach befragen.

Seit der Entdeckung, daß ihre Mutter tot war, schien ihr Denken umwölkt. Sie hatte still für sich getrauert, die Todesgesänge der Ersten Menschen allein in ihrer Behausung gesungen, und Glücklicher Mund ließ sie wissen, daß auch sie und Braunes Wasser in den ersten vier Tagen nach dem Tod von Daes Gesänge und Lieder dargebracht hatten. Dennoch liefen Aqamdax' Gedanken in alle Richtungen auseinander, zerfasert wie ausgefranste Sehnenstränge.

Selbst wenn sie Rotes Blatt besser gekannt hätte, wäre es nicht der richtige Zeitpunkt gewesen, um ihrem eigenen Scharfblick zu trauen. Ja, sie wollte Chakliux fragen.

»Ich möchte unseren Mann nicht in Verlegenheit bringen«, sagte Aqamdax. Sie wußte, daß Rotes Blatt tat, was sie konnte, um Sok Achtung zu erweisen. »Die Worte fallen mir immer noch schwer. Ich habe viel zu lernen.«

»Ich will versuchen, dir zu helfen«, sagte Rotes Blatt. Und obwohl Rotes Blatt Aqamdax beim Sprechen in die Augen sah, war sie nicht sicher, ob sie ihr trauen konnte. »Wenn du ein Wort nicht kennst, werde ich versuchen, es für dich zu sagen.«

»Danke«, erwiderte Aqamdax und fragte sich, ob Rotes Blatt es wohl wagen würde, Sok bloßzustellen, nur um Aqamdax zu demütigen. Vermutlich nicht. Sie schien viel von Ordnung zu halten, lachte und scherzte nur selten. Stets folgte ihr Blick Sok, wenn er in der Nähe war, und bei der Unterhaltung mit anderen Frauen erwähnte sie ihn häufig.

Rotes Blatt hatte immer etwas zu tun, und selbst jetzt, da sie nur in Aqamdax' Behausung gekommen war, um ihr ein paar Hasenfelle zum Schaben zu bringen, hatte sie ihre Näharbeit mitgenommen. Es waren Tanzstiefel für Sok; dabei war das

Paar, das er jetzt benutzte, noch ganz neu und wunderschön. Sie rollte das Oberleder aus Karibuhaut zusammen, steckte die Nadel in ein Stückchen Haut und verstaute sie in ihrem Behältnis. Sie hielt das Behältnis aus Walroßhaut so, daß Aqamdax es sehen konnte, und da Aqamdax wußte, wie stolz Rotes Blatt darauf war, zeigte sie offen ihre Bewunderung über die aufgenähten Muster aus Linien und Kreisen.

»Ich gehe jetzt«, sagte Rotes Blatt. »Wir sehen uns heute abend. Ich werde helfen, soweit ich kann.«

Sie blieb am Eingangstunnel stehen. »Du brauchst Wasser. Wie viele Blasen besitzt du?«

»Vier.«

Rotes Blatt legte den Kopf schräg und spitzte die Lippen. »Ich werde noch drei mitbringen. Das sollte genügen.«

Als sie fort war, blieb Aqamdax sitzen und sann über die Unterhaltung nach. Offenbar wünschte Rotes Blatt nicht, daß das Geschichtenerzählen zu einem Mißerfolg für Aqamdax wurde. Vielleicht hatte sie sich an den Gedanken gewöhnt, Sok teilen zu müssen, wenn nicht mit Aqamdax, dann mit einer anderen Frau. Besser mit mir, dachte Aqamdax. Als Frau von den Ersten Menschen werde ich nie dieselbe Stellung haben wie eine, die hier geboren ist.

Sie nahm zwei Blasen von den Dachsparren. Sie würde zum Fluß gehen und sie mit frischem Wasser füllen. Außerdem sollte sie Feuerholz sammeln und einen ordentlichen Haufen nahe dem Eingang aufschichten, den man rasch hereinbringen konnte, wenn Regen drohte, und rasch entzünden, wenn Insekten oder die Kälte sich beim Geschichtenerzählen störend bemerkbar machten.

Sie ging durch das Dorf und fragte sich, ob Ghaden und seine Schwester Yaa wohl in der Nähe waren. Wenn die beiden sie sahen, würden sie zu ihr kommen. Gestern hatte Ghaden auf ihrem Schoß gesessen, als sie ihm Geschichten erzählte. Sie spürte es gern, wie er sich an ihre Brust lehnte, mochte den

Geruch seines weichen Haars, den Klang seines Gelächters, wenn sie einen Witz erzählte. Sie begann auch Yaa als Schwester zu betrachten. Sie war ein ungewöhnliches Mädchen – wirkte so erwachsen trotz ihres kindlichen Körpers –, immer geschäftig, immer ernst. Hätte Aqamdax sich eine jüngere Schwester aussuchen können, ihre Wahl wäre auf Yaa gefallen.

Es waren noch andere beim Fluß; manche fischten mit dünnen Handschnüren aus gezwirbelten Sehnen. Aqamdax benutzte noch immer ihre Angelschnur aus Riementang, obwohl manche Frauen sie deswegen auslachten. Sollten sie nur; Riementang war robust. Sie brauchte sich keine Sorgen zu machen, daß etwa die Schnur riß, wenn sie einen großen Fisch fing.

Aqamdax ging zu der Stelle, an der die Frauen ihre Wasserblasen füllten. Das Ufer fiel zum Fluß hin sanft ab, und an der sandigen Biegung konnte man Boote zu Wasser lassen – ein guter Ort, um dazusitzen, Netze zu flicken oder in das flache Wasser zu waten.

Als sie Chakliux' Stimme hörte, wandte sie sich um und lächelte ihn an. Er hockte sich hin wie einer der Ersten Menschen und bot ihr einen Streifen getrockneten Fisch an. Sie füllte ihre Blasen, ging dann zu ihm, nahm den Fisch und hielt ihm eine Wasserblase hin. Er trank und spritzte ein wenig Wasser auf den Fisch, um das Fleisch weicher zu machen.

Sie hockte sich neben ihn und aß wortlos. Als er fertig gegessen hatte, nahm er einen weiteren Schluck und reichte ihr dann die Blase. Sie trank ebenfalls, verschloß den Behälter danach mit dem Elfenbeinstöpsel und stellte ihn zu ihren Füßen ab.

»Du erzählst heute abend Geschichten«, sagte Chakliux.

»Ja, aber es ist zu früh«, erwiderte sie.

»Du erzählst den Kindern doch jeden Tag Geschichten.«

Aqamdax lachte. »Sie erzählen mir so viele Geschichten wie ich ihnen. Sie sind meine Lehrer.«

»Sie haben ihre Sache gut gemacht.«

»Vieles weiß ich noch nicht«, sagte sie. Oft wählte sie das falsche Wort, mußte sich wiederholen.

»Du mußt langsam sprechen. Manche von den Alten, die nicht mehr gut hören, werden nur den fremden Klang deiner Stimme vernehmen und nicht auf die Worte in der Flußsprache achten.«

»Ich werde langsam sprechen«, sagte Aqamdax enttäuscht. Sie hatte gehofft, er würde für sie Partei ergreifen und Sok überreden, noch zu warten. »Du bist ein Geschichtenerzähler wie ich. Den Zauber der Worte brauche ich dir nicht zu erklären«, sagte sie. »Aber wie kann ich sicher sein, daß meine Geschichten von den Ersten Menschen richtig zur Geltung kommen, wenn ich sie in der Flußsprache erzählen muß?«

Lange Zeit blickte Chakliux auf den Fluß. Schließlich zog er einen langen Sehnenstrang aus einem Beutel, den er um die Mitte trug. Er knetete ihn mit den Fingern, bis Aqamdax in den Knoten und Schlingen die Form eines Otters erkannte.

»Die Walroßjäger benutzen Schnüre, die ihnen beim Geschichtenerzählen helfen«, erklärte Chakliux. »Ich habe gehört, daß die Tundrafrauen ihre Geschichten mit Messern aus Holz und Elfenbein in den Schnee zeichnen.« Er ergriff ihre linke Hand, legte ihr die Sehnenschnur um das Gelenk und band sie fest.

Aqamdax verschlug es den Atem, und für einen Augenblick spürte sie nichts als die Wärme seiner Berührung.

»Wenn deine Worte dir schwach erscheinen, denk an dieses Armband.« Er fuhr mit seinen Fingern um ihr Handgelenk. »Denk daran, daß es stärker ist, als es aussieht. Und daß ich hier bei dir bin.«

Er ließ ihre Hand los und stand auf.

»Ich habe noch viele Fragen«, sagte Aqamdax. »Hast du Zeit, mir zu helfen?« Sie wußte, daß sie sich wie ein lästiges Kind anhörte, doch sie wollte, daß er wenigstens noch einen kleinen Augenblick länger bei ihr blieb.

Er sah zur Sonne hinauf. »Ja. Ich muß Waffen vorbereiten, aber ich habe noch Zeit.«

»Bring deine Waffen zu meiner Behausung«, sagte Aqamdax. »Du kannst dort daran arbeiten.«

Sie wußte, daß er irgendein Tabu anführen würde. Er kam nur selten in ihre Behausung, und fast immer brachte er einen seiner Neffen mit.

»Nimm Trägt-viel oder Schreit-laut mit, wenn du willst«, sagte sie rasch, bevor er etwas erwidern konnte.

»Ich werde kommen«, sagte er, und dann war er fort, schritt auf das Dorf zu.

»Ein Mann wie du sollte mehr als nur eine Frau haben«, sagte Sok und schwenkte die halbleere Schale, die er in der Rechten hielt. »Der alte Schamane im Dorf der Walroßjäger hatte drei Frauen.«

»Meine Frau würde darüber nicht erfreut sein«, sagte Wolf-und-Rabe.

Sok hob die Schale zum Mund und schlürfte etwas Brühe daraus. Wolf-und-Rabe war keiner, der sich leicht zu etwas entschloß. Selbst beim Darbringen von Gesängen und Gebeten war es besser, wenn man ihm sagte, was erforderlich war.

Wie den meisten Jägern des Dorfes wurde auch Sok die laute Stimme der alten Ligige' oft zuviel – sie wäre besser ein Mann geworden, so gern, wie sie Entscheidungen traf –, aber nun wünschte er, seine Tante wäre hier. Wenn er sicher gewesen wäre, daß sie seine Meinung teilte, hätte er sie mitgenommen. Doch wer konnte schon sagen, wofür sie sich entschied? Seit dem Tod seines Großvaters war er ihr aus dem Weg gegangen. Sie sprach kaum noch über etwas anderes, schien den Tag wieder und wieder zu durchleben, als wollte sie kraft ihrer Gedanken das Geschehene rückgängig machen. Wenn Gedanken die Vergangenheit ändern könnten, würde vieles in Soks Leben anders sein. O ja, sehr vieles.

»Deine Tochter braucht einen guten Mann, einen, der vielleicht eines Tages oberster Jäger dieses Dorfes sein wird«, sagte Sok.

Wolf-und-Rabe schlürfte geräuschvoll aus seiner Schale und blickte Sok über den Rand hinweg an. »Meine Frau spricht ebenso.«

»Ich werde ihr ein guter Mann sein.«

»Sie wäre zweite Frau.«

»Ich würde sie ehren, als wäre sie die erste.«

»Wir haben das alles schon einmal besprochen, vor dem Tod deines Großvaters. Ich habe dir damals gesagt, daß ich Schnee-im-Haar nur als erste Frau sehen will.«

»Du weißt, daß die Jäger sie fürchten, seit sie Chakliux verschmäht hat. Sie glauben, daß sie ihnen Unglück bringt.«

Wolf-und-Rabe hob die Brauen. »Und du hast keine Angst vor ihr, obwohl sie deinen Bruder zurückgewiesen hat?«

»Warum sollte ich eine fürchten, die meinen Bruder nicht wollte? Denkst du, er würde mich verfluchen? Wir jagen gemeinsam. Er lebt in der Behausung meiner Frau.«

»Das ist wahr«, sagte Wolf-und-Rabe. »Das ist wahr.«

»Du weißt, daß ich vieles für sie bieten kann, mehr als bloß die Frau der Ersten Menschen – so viel, wie einem eine Tochter nur einbringen kann.«

»Wie kommst du darauf, daß ich die Seejägerfrau haben will?«

»Du mußt hören, wie sie Geschichten erzählt. Sie hat Macht, die deine Vorstellungen übersteigt. Die Worte, die aus ihrem Mund kommen, tragen dich an andere Orte und in andere Zeiten. Sie hat wahrhaftig eine besondere Gabe.«

Lange Zeit saß Wolf-und-Rabe schweigend da. Lange Zeit wartete Sok. Er war schon nahe daran aufzustehen, zu gehen und Aqamdax mitzuteilen, daß das Geschichtenerzählen nicht stattfinden würde, als Wolf-und-Rabe langsam und ruhig sprach.

»Sag deiner Frau Rotes Blatt nichts davon. Ich will nicht, daß meine Frau schon etwas erfährt.«

Die Worte ließen Hoffnung in Soks Herz aufkeimen, und er beugte sich vor, die Eßschale so fest umklammert, daß das Holz unter seinem Griff knarzte.

»Du sagst, die Seejägerfrau wird heute abend Geschichten erzählen?« fragte Wolf-und-Rabe.

»Ja.«

»Ich werde dort sein. Ich werde zuhören. Wenn sie mir gefällt, schließen wir einen Handel. Morgen wirst du sie mir als zweite Frau geben, doch meine Tochter bleibt für die Zeit der Karibujagd bei mir. Danach kannst du sie bekommen.«

Nicht dumm, dachte Sok. Damit hatte Wolf-und-Rabe zwei Frauen und eine Tochter, die ihm halfen, sein Fleisch zu zerlegen und die Häute zuzurichten. Die Frau von den Ersten Menschen würde keine große Hilfe sein, aber immerhin konnte sie lernen und wäre im nächsten Jahr dann auf alles gut vorbereitet. Vielleicht zeigte sich Blaue Blume williger als Rotes Blatt, sie zu unterweisen.

»Es ist gut«, erwiderte Sok. Er verließ die Behausung rasch, bevor Wolf-und-Rabe es sich anders überlegte.

Aqamdax streute frisches Gras und getrocknete Blüten von Afterkreuzkraut auf den Boden. Die Flußmenschen bedeckten den Boden mit Karibufellen, doch sie verwendete Gras, wie man es sie gelehrt hatte. Was roch besser als Gras und getrocknete Blüten? Sie hatte geflochtene Matten mit hierhergebracht und aufgehängt. Ihr Muster lenkte den Blick von der Glut des Herdfeuers auf die schön gestalteten Wände. Als Rotes Blatt zum erstenmal Aqamdax' Behausung erblickte, hatte sie den Mund mit der Hand bedeckt – ob um Überraschung zu verbergen oder Gelächter, wußte Aqamdax nicht. Doch wieviel Schönheitssinn war schon von diesen Flußfrauen zu erwarten, die ihre Körbe aus Fischhaut fertigten?

Es kratzte an ihrer Tür, und sie beugte sich vor, um ein Willkommen durch den Eingangstunnel zu rufen. Sie hoffte, daß es Chakliux war.

Als sie bei den Ersten Menschen im *ulax* des obersten Jägers gelebt hatte, war sie stets froh gewesen, wenn Männer zu ihr kamen und sie im Dunkel der Nacht nicht allein sein mußte. Bei Chakliux empfand sie eine andere Art der Freude. Sie wollte ihm in die Augen sehen, wenn sie ihm ein Rätsel erzählte. Sie wollte seine Stimme hören, voll und tief aus seiner Brust, wenn er mit ihr sprach. Selbst bei Tagbrecher hatte sie nie so empfunden.

Sie wußte nicht genau, warum Chakliux ihr gefiel. Er war nicht groß, hatte aber kräftige Arme. Vielleicht war es die Macht seines Otterfußes. Vielleicht sein rascher Verstand. Oft wanderten ihre Gedanken zu ihm, bevor sie einschlief, und ebensooft verbot sie sich, so viel an den Bruder ihres Mannes zu denken. Doch selbst in ihren Träumen kam er zu ihr. Und wer hatte schon Macht über seine Träume?

Sie lächelte – und sperrte dann überrascht den Mund auf, als nicht Chakliux, sondern eine alte Frau aus dem Dorf ihre Behausung betrat. Es war eine von Chakliux' Tanten, aber Aqamdax konnte sich nicht an ihren Namen erinnern.

»Willkommen, Tante«, stammelte sie.

Die Frau hob herausfordernd den Kopf, als denke sie über die Verwandtschaft nach, die Aqamdax so leichthin benannt hatte. »Tante deines Mannes, das ist wahr«, sagte sie schließlich.

Die Schärfe in ihrer Stimme erregte Aqamdax' Zorn, und die Worte kamen ihr zu schnell über die Zunge. »Vielleicht möchtest du nicht Tante von jemandem sein, der nicht zu den richtigen Menschen zählt. Nach den Geschichten meines Volkes sind wir Brüder der Seeotter. Wenn man deinen Neffen Chakliux betrachtet, sind wir vielleicht enger verwandt, als du meinst.«

Die alte Frau kniff die Augen zusammen und öffnete den Mund. In diesem Augenblick betrat Chakliux die Behausung. Ah! dachte Aqamdax, ein guter Anfang für mein erstes Geschichtenerzählen, eine der Ältesten, die Tante meines Mannes, zu beleidigen. Warum denke ich nie nach, bevor ich spreche?

Doch dann begann zu ihrer Überraschung die Alte zu lachen. Es war ein tiefes, schallendes Gelächter wie aus dem Mund einer jungen Frau, und Chakliux, der sie ansah, stimmte ebenfalls ein, bis sogar Aqamdax' Lippen sich zu einem Lächeln verzogen.

Die Alte setzte sich in der Mitte der Behausung nahe zum Feuer, und Chakliux ließ sich mit gekreuzten Beinen neben ihr nieder. Aqamdax brachte ihnen Schalen mit Fischsuppe und eine Wasserblase.

Die Tante wischte sich die Augen mit dem Ärmel trocken und nahm die Suppe von Aqamdax entgegen.

»Hat Rotes Blatt dir gesagt, daß du kein Essen für die Zuhörer herzurichten brauchst?« fragte Chakliux.

»Ja«, antwortete Aqamdax, froh darüber, daß die Frau ihr die Wahrheit gesagt hatte. »Aber es ist noch zu früh für Geschichten, und ihr gehört zur Familie.« Sie blickte der alten Frau in die Augen, sah, wie sie leicht die Brauen hob. Ein gutes Zeichen.

»Diese Frau von Sok«, sagte die Alte, Chakliux zugewandt, als habe Aqamdax die Behausung verlassen, »sie hat den falschen Mann.«

Aqamdax' Hände hielten plötzlich inne. Wußte sie von Soks Plänen, sie bei Wolf-und-Rabe einzutauschen?

Chakliux öffnete und schloß den Mund, als wüßte er nicht, was er sagen sollte. Schließlich sah er Aqamdax an, hielt beim Sprechen den Blick auf sie gerichtet. »Mein Bruder hat mir von seinen Plänen erzählt, sie weiterzugeben. Vielleicht an Wolf-und-Rabe.«

»Das wäre kein schlechter Handel für Wolf-und-Rabe«, sagte die Alte, »aber du bist derjenige, der sie haben sollte.«

»Ja, das bin ich«, sagte Chakliux und ließ den Blick nicht von Aqamdax' Gesicht.

Sok trug seinen schönsten Parka. Rotes Blatt hatte ihn aus Wolfs- und Marderpelzen gefertigt. Die helleren, langhaarigeren Wolfsfelle waren schräg eingearbeitet und wechselten mit den glatten dunkelbraunen Marderpelzen ab. In der Mitte des Rückenteils prangte das Sonnenmuster, zusammengesetzt aus Teilen einer gelblichweißen Haut, die Sok im Tauschhandel erstanden hatte. Sie war so stark und steif, daß Rotes Blatt beim Nähen die Hände aufgesprungen waren und geblutet hatten. Die Ärmel des Parkas hatte sie mit ausgeschabten Karibudärmen geschmückt, manche in Kälte und Trockenheit zu blendendem Weiß gebleicht, andere rot und schwarz gefärbt. Auf die Vorderseite des Parkas waren, von der Schulter bis zur Leibesmitte, zwei lange Reihen durchbohrter Fischzähne genäht, dazu jeweils eine dunkel schillernde Nackenfeder des Kormorans.

Es war ein Parka, der die Blicke auf sich zog, und als Sok die Behausung betrat, sah jeder zu ihm hin und betrachtete ihn genau. Unter lauten Scherzworten nahm er den Ehrenplatz im hinteren Teil der Behausung ein. Aqamdax stand nahe beim Eingang, an jedes Handgelenk eine Wasserblase gehängt. Sie hatte beschlossen, sich so zu kleiden, wie sie beim Geschichtenerzählen vor ihrem eigenen Volk erschienen war. Sie trug ihre geflochtenen Schürzen um die Mitte gebunden und hatte, da die Behausung nicht warm oder jedenfalls kühler war, als Aqamdax es kannte, auch ihren *sax* aus schwarzen Kormoranfedern angelegt. Während der langen Reise über das Nordmeer hatte sie seine Außenseite nach innen gekehrt, so daß einige Federn abgebrochen waren; auch hatte sie einige Säume nachnähen müssen, doch das Gewand war noch immer wunderschön und konnte es mit allen Kleidern der Flußfrauen aufnehmen. Sok hob das Kinn in ihre Richtung und bedeutete ihr dann, ihren Platz als Geschichtenerzählerin einzunehmen. Sie hatte auf der einen Seite des Feuers ein Polster von Seeotterhäuten ausgelegt und setzte sich nun dorthin, fast ohne wahrzunehmen, daß Rotes Blatt zu ihr kam, ihr die Wasserblasen abnahm und an ihre eigenen Handgelenke hängte.

Plötzlich waren Aqamdax alle Worte der Flußsprache entfallen, sie wußte nur noch die Sprache ihres eigenen Volkes. Ihre Augen weiteten sich furchtsam, und ihr Blick glitt zu Chakliux, der ihr zulächelte. Ja, seine Frau sollte sie sein, dachte Aqamdax, dann würde sie nicht versuchen, Geschichten zu erzählen, bevor sie ganz bereit dazu war, um sich so Einlaß in die Behausung eines Mannes zu verschaffen, den sie gar nicht wollte.

Sie warteten, die Männer, Frauen und Kinder, die dichtgedrängt in ihrer kleinen Behausung saßen. Andere spähten vom Eingangstunnel herein. Wenn sie in der Sprache der Ersten Menschen begann, fiel ihr der Wechsel zur Flußsprache vielleicht leichter. Doch wer konnte das schon mit Sicherheit sagen? Am Ende waren die Flußmenschen beleidigt.

Schließlich erhob sich Chakliux, die Augen fest auf Sok geheftet, als bedeute er ihm, still zu sein, zu warten: »Ich beginne mit den Geschichten in der Überlieferung, wie ich sie als Kind gelernt habe«, sagte er, und mit seinen Worten, klar und deutlich ausgesprochen, kam die Sprache der Flußmenschen Aqamdax wieder in den Sinn. »Zuerst ein Rätsel.«

Es erhob sich ein Gemurmel, ob erwartungsvoll oder unzufrieden, konnte Aqamdax nicht sicher heraushören, doch sie verspürte nur Dankbarkeit.

»Schaut her, ich sehe etwas«, sagte Chakliux.

»Was denn?« fragte eins der Kinder, ein kleiner Junge von etwa drei Sommern.

Seine Frage ließ dünnes Gelächter aufkommen, und auch Chakliux lachte.

»Sie wachsen gemeinsam in Heiligkeit zum Nutzen der Menschen«, sagte er.

Es gab viele Rateversuche: Bäume und Tiere, Fische und Vögel, bis schließlich die Alte, die Tante, den Kopf hob und sagte: »Was von dem, das wächst, ist unserem Volk heiliger als die Pflanzen, die uns Beeren geben? Sie gedeihen nahe der Erde, ziehen ihre Kraft aus dem Boden und geben sie durch ihre Frucht an uns weiter.«

»Ligige', du bist weise«, sagte Wolf-und-Rabe und fragte dann: »Wer weiß die Antwort auf Chakliux' Rätsel?«

Ligige', dachte Aqamdax. Sie mußte sich den Namen der Frau merken. Aqamdax konnte mit Fragen zu ihr gehen, und eines Tages vielleicht ... doch nein. Sie konnte sich nicht dem Wunsch hingeben, Chakliux' Frau zu werden. Nicht, wenn sie an Wolf-und-Rabe versprochen war. Nicht, solange sie noch zu Sok gehörte.

»Krähenbeeren und Kranichbeeren wachsen beieinander«, sagte Trägt-viel, einer von Soks Söhnen.

Aqamdax sah, wie Sok die Brauen hob und zu Chakliux blickte. Dieser nickte seinem Neffen zu, und Sok frohlockte laut über die Antwort seines Sohnes.

»Du bist weise«, sagte Chakliux.

Die anderen murmelten zustimmend, und Aqamdax merkte, daß ihre Furcht verflogen war. Das Geschichtenerzählen würde trotzdem noch schwierig genug werden, und sie erhob keinerlei Anspruch auf dieses Amt. In diesem Dorf war Chakliux der Geschichtenerzähler. Sie war zufrieden damit, die Kinder zu unterhalten, doch heute abend würde sie Sok helfen, die Frau zu gewinnen, die er wollte. Vielleicht würde er dafür eines Tages ihr helfen, Chakliux' Frau zu werden.

Aqamdax hockte sich nach der Weise ihres Volkes auf das Polster aus Otterhäuten. »In meinem Volk bin ich eine Geschichtenerzählerin, unterwiesen wiederum von einer Geschichtenerzählerin«, begann sie, und die Worte gingen ihr leicht von der Zunge.

»Ihr alle kennt die Geschichten der Flußmenschen besser als ich, und so werde ich mich nicht bemühen, sie euch zu erzählen. Es ist besser, wenn ihr sie mir erzählt.« Sie nickten und hoben die Brauen. Ein guter Anfang. »Heute abend erweist mein Mann euch seine Gastfreundschaft in der Hoffnung, daß ihr neue Geschichten von den Menschen hören mögt, die ihr Seejäger nennt. Sie treiben seit langem Tauschhandel mit euch, und manchmal tauschen wir auch Frauen.«

Sie lächelte, und Gelächter brandete auf.

»Zuerst will ich euch also von den Seeottern erzählen, unseren Brüdern, und wie sie ins Leben kamen.« Sie sprach von Bruder und Schwester, deren Liebe zueinander entdeckt wurde und ihnen Schande unter ihrem Volk eintrug; wie sie aus Sehnsucht ins Meer sprangen und die ersten Otter wurden. Nach jener Geschichte erzählte sie eine weitere, eine von dem großen Schnitzer Shuganan, und begann dann mit der Geschichte von Chagak. Obwohl ihr die Worte der Flußmenschen nicht so leicht von der Zunge gingen wie die ihrer eigenen Sprache, wußte sie doch, daß die Zuhörer allmählich in den Bann ihrer Geschichten gezogen und zu denjenigen wurden, von denen sie sprach. Manchmal mußte sie innehalten und nach einem Ausdruck suchen. Wenn er ihr nicht einfiel, blickte sie zu Chakliux. Jedesmal formte er das Wort mit den Lippen, so daß sie es erkannte, bevor er sprach, und es kam ihr vor, als verleihe sie seinen Worten mit ihrem Atem Leben.

Als sie von den Ottern erzählte, verwandelte sie ihre Stimme, wie sie es vor den Zuhörern in ihrem Dorf getan hatte, um sie glauben zu machen, daß nicht Aqamdax, sondern der Otter selbst zu ihnen spräche.

Sie preßte die Kehle zusammen, ließ die Stimme aus der Dunkelheit ertönen, die sich nun über das Rauchloch legte.

Danach war zunächst nur das vergnügte Krähen der Kinder zu vernehmen. Da sie die Stimmen bei ihnen bereits öfter eingesetzt hatte, warteten sie nun schon darauf. Doch unter den Jägern erhob sich ein Gemurmel wie das Grollen von Erdschollen, die sich unter einem Dorf aneinanderreiben, und sie hörte die helleren Stimmen der Frauen leise aufwinseln, als seien sie selbst plötzlich wieder zu Kindern geworden.

Dann sprang Wolf-und-Rabe auf, schrie Aqamdax an, zeigte mit seinem Gehstock auf sie und stieß Worte hervor, die wie Flüche klangen. Sie blickte zu Chakliux, der mit dem Rücken zu ihr stand und Wolf-und-Rabe bereits fest an den Armen gepackt hielt.

Dann war Sok an ihrer Seite und schrie, während die Menschen aus der Behausung drängten: »Ihr habt nichts zu befürchten. Sie ruft keine Geister an. Es ist ihre eigene Stimme. Sie selbst erzeugt diese Stimmen. Sie ist eine Geschichtenerzählerin, weiter nichts. Wovor habt ihr Angst?«

Doch sie ließen sich nicht aufhalten, und schließlich waren nur noch Sok und Chakliux, Ligige' und Wolf-und-Rabe bei Aqamdax in der Behausung.

»Du willst mir eine Frau geben, die keine Achtung vor der Macht eines Schamanen hat? Du glaubst, ich würde sie gegen meine Tochter eintauschen?« brüllte Wolf-und-Rabe Sok an. »Nur ein Schamane hat das Recht, Geisterstimmen zu benutzen.«

Sok stand mit offenem Mund da. Aqamdax wartete vergebens darauf, daß er etwas sagte, Wolf-und-Rabe eine Erklärung gab, und sagte schließlich: »Ich hege große Achtung für dich. Ich bin eine Geschichtenerzählerin. Ich habe die Stimmen selbst nachgemacht. Wenn du willst, kann ich es dir noch einmal zeigen. Viele Stimmen. So erzählen die Ersten Menschen ihre Geschichten.«

»Ich will von deinen Geschichten nichts mehr hören«, sagte er und verließ die Behausung. Sok folgte ihm.

»Ich werde mit ihm sprechen«, sagte Chakliux bestimmt.

»Mit einem Kind läßt sich nicht reden«, sagte Ligige'. »Er ist zwar mein Vetter, aber trotzdem wie ein verwöhntes, faules Kind. Jetzt wird er Aqamdax nicht mehr eintauschen. Und Sok wird sie auch nicht länger wollen.«

Chakliux sah Aqamdax an. Ihre Blicke trafen sich und ließen sich nicht los. »Vielleicht ist es an der Zeit, daß ich eine Frau nehme«, sagte er ruhig.

34

Das Nahe-am-Fluß-Dorf

»Blaues Halsband denkt, sie ist eine Hexe«, sagte Yaa, »aber ich nicht. Sie ruft keine Geister an. Sie erzählt einfach nur Geschichten.«

Yaa strich sich das Haar aus den Augen. Sie war mit einem Zopf an einer Wurzel oberhalb der Höhle hängengeblieben, und eine Strähne hatte sich gelöst. In dem schwachen Licht konnte sie Ghadens Gesicht nicht klar erkennen, doch hörte sie, wie er aß.

»Sie ist meine Schwester«, sagte er undeutlich, den Mund voller Fisch.

»Ja, und sie ist eine Geschichtenerzählerin.«

»Du bist auch meine Schwester.«

»Wir beide sind deine Schwestern«, sagte Yaa geduldig. Es war eine Litanei, die sie offenbar Tag für Tag durchgehen mußten – die Versicherung, daß Aqamdax seine Schwester war.

»Bist du auch ihre Schwester?« fragte er.

Yaa runzelte die Stirn. Diese Frage hatte er bisher nicht gestellt. »Nein, nun ja, vielleicht doch, schließlich waren ihre und meine Mutter Schwesterfrauen.« Verwandtschaftsverhältnisse waren eine verworrene Angelegenheit. Manchmal nahm ein Vetter seine Base zur Frau. Waren ihre Kinder dann untereinander Geschwister oder wiederum Vettern und Basen? Beste Faust behauptete, sie wären beides, doch sie hatte manchmal seltsame Vorstellungen. Es gab viele Regeln, wen man zum Mann nehmen durfte und mit wem man verwandt war. Yaa lernte sie eben erst selbst. Für Ghaden waren sie zu schwierig zu verstehen.

Seit Ghaden zum erstenmal mit in die Höhle gekommen war, hatte Yaa den Boden gefegt und den Abfall hinausgebracht. Sie hatte sogar überlegt, eine Decke dort zu lassen, wußte jedoch, daß ein Tier sie finden und entweder fortschleifen oder zerreißen würde. Möglicherweise legte es sogar einen Bau in der Höhle an, obwohl sie in der hintersten Ecke Wasser gelassen und so ihre Duftmarke gesetzt hatte.

»Wolf-und-Rabe war wütend auf sie, nicht wahr, Yaa?«

»Er war nur ein bißchen böse. Du weißt doch, daß er manchmal böse wird. So wie Braunes Wasser.«

»Mhm«, machte Ghaden, ob zustimmend oder eher ablehnend, konnte Yaa nicht mit Sicherheit sagen.

Sie biß von ihrem Fisch ab und kaute langsam, versuchte ihn möglichst lange auszukosten. Es war ein Trick, den sie in einem Frühling gelernt hatte, als sie so alt war wie Ghaden jetzt. Wenn sie langsam aß, behielt ihr Mund den Geschmack in Erinnerung. Wurde dann die Nahrung knapp, konnte sie die Augen schließen und so tun, als äße sie.

Jetzt allerdings waren selbst die Vorratslager von Braunes Wasser vollgestopft mit getrocknetem Fisch und Fischrogen, kleinen unzerteilten Vögeln und in Öl eingelegten getrockneten Beeren. Sie hatten Fischköpfe zum Gären in Gruben eingeschichtet, und bald, wenn den Jägern Glück beschert war, würde es geräuchertes und getrocknetes Karibufleisch geben.

»Er ist wütend auf großer Mann«, unterbrach Ghaden Yaas Gedanken.

»Wer?«

»Wolf-und-Rabe.«

»Oh.« Wäre sie nur so gescheit gewesen, Ghaden nach den ersten paar Geschichten heimzubringen. Bevor Aqamdax die

Stimmen nachgeahmt hatte. Er schien an nichts anderes mehr denken zu können. »Ich habe dir gesagt, er war nur ein bißchen böse«, wiederholte sie.

»Auch auf großer Mann?«

»Wer ist großer ... Ach so, Sok.«

»Mhm«, machte Ghaden wieder. »Wolf-und-Rabe war böse auf Sok.«

»Das kommt manchmal vor, aber meistens sind sie Freunde.«

»Muß meine Schwester jetzt in ihr anderes Dorf zurück?«

Yaa neigte den Kopf und blickte zum dunkelsten Teil der Höhle empor. Sie hatte bisher nicht daran gedacht, daß Aqamdax vielleicht zu den Seejägern zurückkehren müßte. Sie hoffte, daß dies nicht geschähe. Es tat gut, eine Erwachsene zu haben, die eher Schwester als Mutter für sie war. Es tat gut, in eine andere Behausung gehen zu können, wenn Braunes Wasser ihr zürnte.

»Sie hat einen Mann, also kann sie hierbleiben«, sagte Yaa zu Ghaden, fragte sich aber, was Aqamdax wohl tun würde, falls Sok sie verstieß. Wenn sie erst selbst alt genug war, hoffte sie, einen Mann aus ihrem eigenen Dorf zu finden. So war es leichter. Eins jedenfalls war sicher. Sie würde nie einwilligen, so weit fortzugehen wie bis zum Seejägerdorf.

»Was ist mit dem Mädchen?« fragte Tikaani.

»Laß sie da.«

»Sie wird zurückgehen und ihrer Mutter alles erzählen. Dann schicken sie Jäger hinter uns her.«

Cen schnaubte, obwohl er wußte, daß Tikaani recht hatte. Sie mußten den Jungen allein abfangen, doch seine Schwester wich ihm selten von der Seite.

»Wir könnten sie töten«, schlug Tikaani vor.

Es war nicht klug, ein Kind zu töten. Welche Eltern würden dafür nicht Rache nehmen wollen?

»Wir nehmen sie auch mit«, sagte Cen schließlich. »Irgend jemand wird sie uns abkaufen, wenn nicht in deinem Dorf, dann in einem anderen. Sie ist noch nicht alt genug, um einen Mann zu nehmen, aber sie sieht stark aus. Wer sie als Arbeitskraft aufzieht, bekommt vielleicht schon in ein paar Sommern einen Brautpreis für sie.«

»Glaubst du, der Junge erinnert sich an dich?«

»Ich denke schon, aber nicht so, wie ich jetzt aussehe.« Er deutete auf sein runzliges, verfärbtes Gesicht und die Strähnen von weißem Karibuhaar in seinen Zöpfen. »Ich habe Dinge bei mir, die einem Jungen gefallen könnten. Einen kleinen Speer, Angelhaken und eine Handschnur.«

»Wenn wir ihn uns nicht bald holen, müssen wir ohne ihn fort. Ich dachte, wir wären schon vor drei, vier Tagen damit fertig.«

»Manchmal bleibt er allein, wenn das Mädchen bei den Kochstellen ist.«

»Und der Hund?«

Cen zog die Keule eines frisch erlegten Hasen aus einem Beutel, den er um die Mitte gebunden hatte.

»Dann warten wir also noch«, sagte Tikaani. »K'os kann auch warten. Bei unserer Rückkehr werden wir ihr viel zu berichten haben.«

Cen sann über K'os nach. Sie wartete nicht gern, doch ihm war es gleich, was sie dachte. Er wollte Ghaden.

Chakliux saß auf einem Felsblock am Waldrand. Er hatte diesen Platz gefunden, als er erstmals in das Nahe-am-Fluß-Dorf gekommen war. Damals war Sok ihm eher Feind als Bruder gewesen, und Rotes Blatt hatte sich lautstark über die zusätzliche Arbeit beschwert, die er ihr machte. Er war lange nicht bei dem Felsen gewesen. Sok und Rotes Blatt hatten ihn in die Familie aufgenommen, und für ihre Söhne war er wie ein Onkel. Rotes Blatt hatte keine Brüder, die ihren Söhnen beim Jagen und im Umgang mit Waffen halfen und ihnen alles beibrachten, was ein Mann wissen mußte. Daher versuchte er, sie in der Kunst des Jagens zu unterweisen, sowohl nach der Art der Nahe-am-Fluß-Menschen als auch nach der der Vetter-Fluß-Menschen.

Als Sok Aqamdax ihre eigene Behausung gab, begann sie Kleidung für Chakliux zu nähen, mit feinen Stichen und zweifachen Säumen, wie es der althergebrachten Weise der Ersten Menschen entsprach. Sie hatte ihm schon einen neuen *chigdax* gemacht und arbeitete nun an einem Parka aus Vogelhaut, der zwar nicht so warm war wie einer aus Karibu- oder Wolfsfell, sich aber im Sommer gut tragen ließ und vor Regen schützte.

Manchmal schien es schon fast, als wären sie Mann und Frau, und als Sok ihm einmal anbot, Aqamdax' Lager zu teilen – ein gebräuchliches Zugeständnis an einen Bruder ohne Frau –, hätte Chakliux beinahe zugestimmt. Doch da er nicht wußte, ob es Aqamdax recht war, hielt er sich weiterhin von ihr fern.

Noch immer war er nicht sicher, was am besten war. Vielleicht sollte er ihr anbieten, sie in ihr eigenes Dorf zurückzubringen, bevor er sie bat, seine Frau zu werden. In dieser Jahreszeit war eine Reise zum Dorf der Ersten Menschen gefahrvoll; er könnte ihr versprechen, sie im folgenden Sommer zurückzubringen. Vielleicht würde sie einwilligen, für den Winter seine Frau zu sein – aber wie konnte er es ertragen, sie dann wieder gehen zu lassen? Er arbeitete an Wurfkugeln aus Speckstein, schnitzte sie zu spitzschnäbeligen Rabenköpfen zurecht. Er wollte sie als Geschenk zu den Gebeinen seines Vaters legen, zum Zeichen der Trauer, die Chakliux um ihn im Herzen trug. Er war kein begabter Schnitzer, doch die Arbeit entspannte ihn, und der Speckstein ließ sich mit der Hornsteinklinge seines Ärmelmessers leicht bearbeiten. Obwohl die Tage kürzer wurden, die Dunkelheit das Tageslicht immer eher verdrängte, und trotz des Frostes, der jede Nacht den Boden härtete, war die Morgensonne warm, und die Bäume, die auf drei Seiten den Felsblock umgaben, schützten ihn vor dem Wind.

Chakliux vernahm ein Geräusch, sah auf und erblickte Schläft-lange, den Jagdgefährten von Bellender Fuchs, dem Mann seiner Mutter. Sein Gesicht war sorgenvoll gerunzelt, wenn auch sein Mund wie gewöhnlich offenstand, als bereite es ihm zuviel Mühe, ihn zu schließen.

Chakliux nickte ihm zu, und Schläft-lange sagte: »Dein Vater wünscht, daß ich mit dir spreche.«

»Was will Bellender Fuchs von mir?« fragte Chakliux und versuchte, seinen Tonfall nicht verraten zu lassen, daß er Bellender Fuchs niemals als Vater ansehen, nie imstande sein würde, ihm diese Ehre zu erweisen.

»Wiederum sind zwei Hunde gestorben.«

»Seine Hunde?«

»Nein, sie gehören Blaukopfente. Eins der Tiere war eine Hündin, die viele Welpen im Bauch trug.«

Chakliux schüttelte den Kopf. Er hatte gehofft, daß es nun, da es im Dorf so viele goldäugige Hunde gab, mit dem Gerede über fluchbeladene Tiere ein Ende haben würde.

»Woran sind sie gestorben?«

»Das weiß niemand.«

»Sie waren nicht krank?«

»Nein.«

»Was erwartet Bellender Fuchs von mir? Ich habe keine goldäugigen Hunde mehr zu vergeben.«

»Er will dich wissen lassen, daß manche Jäger meinen, der Fluch sei zurückgekehrt. Du sollst wissen, daß sie glauben, du hättest wiederum Unglück über unser Dorf gebracht.«

»Hunde sterben nun einmal. Sag ihm das. Erinnere ihn daran, daß sie starben, bevor ich herkam, und weiter sterben werden, wenn ich fort bin. Ich habe starke Hunde vom Vetter-

Fluß-Dorf und von den Walroßjägern hierhergebracht. Mehr kann ich nicht tun. Außer den Hunden meines Großvaters habe ich nicht ein Tier für mich behalten. Bevor Schwarze Nase nicht wieder wirft, kann ich Blaukopfente keinen Ersatz für die Hunde anbieten, die er verloren hat. Sage Bellender Fuchs, wenn er nicht warten kann, soll er Blaukopfente einen von seinen eigenen Hunden geben.«

Schläft-lange brummte etwas vor sich hin, doch Chakliux wollte nicht wissen, was es war, und bat ihn nicht, seine Worte zu wiederholen. Er wandte sich wieder seiner Schnitzerei zu, und Schläft-lange ging schließlich davon.

Nein, wegen der Hunde konnte er nichts unternehmen, aber etwas anderes konnte er tun: nämlich zu Sok gehen und ihm sagen, daß er Aqamdax wollte. Vielleicht würde Sok zornig werden. Doch was spielte das für eine Rolle? Gestern abend hatte er gesagt, daß Aqamdax nicht mehr seine Frau sei. Erwartete er von ihr, daß sie ohne Mann den Winter im Nahe-am-Fluß-Dorf zubrachte?

Aqamdax war während des Morgens in ihrer Behausung geblieben. Sie rechnete fest damit, daß Sok käme, um sie zu verstoßen. Sie hatte gehofft, er würde früh erscheinen, bevor die meisten Frauen wach waren. Die Gebräuche der Flußmenschen waren ihr unbekannt. Wenn er sie verstieß, mußte sie dann die Behausung verlassen? Oder gar das Dorf? Würde irgendeine Familie sie aufnehmen, bis sie zu den Ersten Menschen zurückkehren konnte?

Sie wünschte, Chakliux wäre bei ihr. Seine Ratschläge waren stets gut und weise, und das Beste, was ihr geschehen konnte, wäre, daß er sie zur Frau nähme. Aber vielleicht war er ebenso zornig gewesen wie Sok. Vielleicht wollte auch er, daß sie das Dorf verließ.

Sie griff nach einem Korb, an dem sie seit einigen Tagen arbeitete. Sie hatte sich bemüht, so zu flechten wie Qung, indem sie Stränge von gespaltenem Gras zu einem kunstvollen Gewirk verschlang. Der kreisförmige Boden war fast fertig, doch heute zitterten ihre Finger so, daß sie nicht arbeiten konnte. Sie stellte den Korb ab und lief in der Behausung hin und her. Als sie ein Geräusch vom Eingangstunnel hörte, hielt sie inne, ihr Herz pochte mit raschen, harten Schlägen in ihrer Brust. An der Kopfform erkannte sie Sok und wich zurück, als er sich aufgerichtet hatte.

Er sah sie lange an. Sein Blick war kalt.

»Es tut mir leid«, begann sie, aber er fiel ihr ins Wort.

»Schweig«, sagte er. »Ich will deine Stimme nicht mehr hören.«

Sie schloß den Mund, krampfte die Finger ineinander und zwang sich, sie stillzuhalten.

Sok trug denselben prächtigen Parka wie am Abend zuvor, dazu allerdings gewöhnliche Stiefel und Gamaschen, ohne Rasseln aus Karibuhufen und Verzierungen mit gefärbtem Tierhaar.

»Du bist nicht mehr meine Frau«, sagte er, und die Worte trafen Aqamdax wie ein Schlag ins Gesicht. »Ich verstoße dich. Du bist nicht lange genug meine Frau gewesen, um diese Behausung zu behalten. Wenn du keinen Mann findest, der mir die Karibuhäute ersetzt, mußt du die Behausung verlassen.«

Erneut öffnete sie den Mund, um etwas zu sagen, doch er zeigte auf sie, hielt ihr einen Finger dicht vor das Gesicht. »Sprich nicht mit mir«, sagte er und kroch sodann geduckt durch den Eingangstunnel wieder hinaus.

Lange Zeit stand sie still da und empfand die Last seiner Worte, die ihr den Atem nahm. Dann zog sie Gamaschen, Stiefel und den Parka an, den sie nach der Art der Flußmenschen gefertigt hatte.

Ein Hund, dachte sie. Ich brauche einen Hund. Mit einem Hund würde sie vielleicht zu Fuß ihr Dorf erreichen. Sie konnte etwas dafür eintauschen, einen *chigdax* – aber nein, was war, wenn sie einen Händler fand, der sie im Boot mitnahm? Dann würde sie einen *chigdax* brauchen.

Sie hatte Körbe, die das eine oder andere einbringen würden. An Nahrungsmitteln konnte sie nur wenig entbehren. Vielleicht etwas von ihrem Robbenöl.

Zunächst wollte sie die alte Frau aufsuchen, Ligige'. Vielleicht kannte sie jemanden, der einen Hund eintauschen würde. Womöglich wußte sie auch, ob Chakliux ebenfalls zornig auf sie war.

Nein, zuerst sollte sie zu Ghaden und Yaa gehen und Abschied von ihnen nehmen. Vielleicht würde Ghaden, wenn er groß war, ein Händler werden wie sein Vater. Dann käme er eines Tages in Aqamdax' Dorf, und sie würde ihn wiedersehen. Doch die Ungewißheit dieser Aussicht war wie ein dikker Kloß in ihrer Kehle, und sie spürte Tränen an ihren Lidern brennen.

Sie hielt sich vor, daß sie ebensogut niemals hätte herkommen und erfahren können, daß sie überhaupt einen Bruder besaß. Allein dies zu wissen, ihm tatsächlich begegnet zu sein, war viel wert, auch wenn sie fort mußte.

Sie packte ihre Habe, rollte Matten und Schlafdecken zusammen, hielt dann inne und sah sich in der Behausung um. Sie lächelte, ein rasches Lächeln, und dachte daran, daß sie sich stets eine eigene Behausung gewünscht hatte, als sie bei den Ersten Menschen lebte. Nun, da sie eine hatte, mußte sie fort. Sie nahm eine halbvolle Wasserblase von den Dachsparren und warf sie sich über die Schulter, hob einen Packen mit Tauschwaren auf und verließ die Behausung.

Sok brachte einen Schwall kalter Luft mit in die Behausung von Rotes Blatt, den durchdringenden Geruch von Rauch und vermoderten Blättern. Er sah Chakliux an. »Sie gehört dir«, sagte er, »aber in dieser Behausung ist sie nicht willkommen.«

Er deutete mit dem Kinn auf Chakliux. »Du bist willkommen«, fügte er hinzu.

»Ich werde Rotes Blatt Karibuhäute geben, meinen halben Anteil von der Jagd, für die Bespannung von Aqamdax' Behausung.«

Sok zuckte die Achseln und blickte weg. Als Chakliux nach seinem Parka griff, hielt Rotes Blatt ihn auf. »Warte«, sagte sie. »So kannst du nicht gehen.«

Sok blickte seine Frau aus zusammengekniffenen Augen an, stieß zornig ein paar Worte hervor und verließ die Behausung.

Rotes Blatt lächelte. »Du mußt dich für deine Braut bereiten. Ich habe Öl, und getrocknetes Afterkreuzkraut wird dein Haar süß wie Honig duften lassen. Hast du ein Geschenk für sie?«

Chakliux spürte, wie die Hitze in seinem Gesicht aufstieg. Rotes Blatt brauchte nicht zu wissen, daß er die ganze Nacht über ein Geschenk nachgedacht hatte. Schließlich hatte er sich für die Halskette aus Muscheln und Jaspis entschieden, die er bei feierlichen Anlässen trug.

»Ich habe eine Halskette«, sagte er.

»Gut. Hier.« Sie reichte ihm ein *sael* mit zartgelbem Gänsefett. Er nahm ein wenig, glättete sich damit sorgsam das Haar und entspannte sich dann, als Rotes Blatt es mit den Fingern verstrich. Er spürte den Widerhall seiner eigenen Freude in ihr. Sie schien nicht traurig über den Verlust einer Schwesterfrau. Doch warum sollte sie auch? Sie würden einander weiter nahestehen wie Schwestern, da sie Frauen von Brüdern waren.

Eine Frau. Die letzte Frau, für die er sich bereitet hatte, war Blaubeere gewesen, und er hatte nur Kummer empfunden. Nun dachte er an Aqamdax und spürte übersprudelnde Freude, die ihn ganz erfüllte, wie an jenem Tag, als er Gguzaakk zur Frau nahm.

Ah, meine Gguzaakk, freue dich mit mir, dachte er. Finde

dir einen guten Jäger in jener Geisterwelt, und eines Tages werden wir alle zusammensein, du und ich und unser kleiner Sohn, dein Geisterjäger und meine Aqamdax, vielleicht auch noch andere Söhne und Töchter.

»Ich will nicht, daß man dich hier sieht«, sagte Braunes Wasser. »Du bist nicht willkommen in meiner Behausung. Bleib draußen. Laß uns in Ruhe.«

Die Augen der Frau waren hart und dunkel wie Stein, doch Aqamdax hielt ihnen stand. »Ich muß meinen Bruder sprechen«, sagte sie.

»Er ist nicht dein Bruder.«

»Daes ist meine Mutter. Ghaden ist mein Bruder.«

Braunes Wasser schnappte nach Luft, als Aqamdax Daes' Namen laut aussprach, und Aqamdax sah die Furcht in ihren Augen.

»Du denkst, ich bin kein Mensch, weil ich den Namen einer Toten ausspreche? Du bist im Irrtum. Aber ich habe keine Angst vor meiner eigenen Mutter. Und was habe ich noch zu verlieren, jetzt, da ich alles verloren habe? Ich will meinen Bruder sehen.«

»Er ist fort. Ich weiß nicht, wohin. Er ist mit Yaa gegangen.«

Aqamdax wußte nicht, ob Braunes Wasser ihr die Wahrheit sagte. Am besten war es vielleicht, so zu tun, als glaubte sie ihr. Sie würde Ligige' aufsuchen, dann zurückkommen und erneut fragen, ob sie mit Ghaden sprechen konnte.

»Ich komme wieder«, sagte Aqamdax zu Braunes Wasser und lächelte sie an, als seien sie Freundinnen, die einen Gruß austauschten. Mit hocherhobenem Kopf ging sie zu Ligige's Behausung. Sicherlich wußten mittlerweile einige Frauen, daß Sok sie verstoßen hatte. Doch war das etwa schlimmer als das, was sie in ihrem eigenen Dorf durchgemacht hatte?

Vor dem Eingang von Ligige's Behausung lehnte ein Stock.

Aqamdax griff danach und kratzte an den abgewetzten Karibuhäuten.

»Ich bin da!« rief Ligige' mit der krächzenden Stimme einer alten Frau, aber lauter, als Aqamdax erwartet hatte.

Sie zwängte sich geduckt durch den Eingang. Der köstliche Geruch von gekochtem Fleisch erfüllte die Behausung. Ligige' rührte in einem Kochbeutel, der an einem dreibeinigen Gestell hing. »Ich bin zu alt, um jedesmal zu den Dorffeuern zu gehen«, sagte sie zu Aqamdax. »Bist du hungrig?«

Aqamdax war nahe daran abzulehnen; die Sorgen schlugen ihr auf den Magen und hatten ihn schrumpfen lassen. Doch wußte sie nicht, ob die Flußmenschen es als unhöflich betrachteten, eine solche Einladung abzulehnen.

»Ja«, sagte sie. »Es riecht gut.«

Ligige' deutete mit vorgerecktem Kinn zu den hölzernen Schalen, die auf der anderen Seite der Behausung in einem Netz hingen. Aqamdax nahm sich eine heraus. »Für dich auch?« fragte sie.

»Ja«, erwiderte Ligige', füllte beide Schalen und gab Aqamdax eine davon.

Sie setzte sich nahe am Feuer auf eine Matte und begann zu essen. Aqamdax hockte sich neben sie. Ligige' hielt kurz beim Essen inne, um mit der Schale auf Aqamdax' Beine zu deuten und zu fragen: »Wirst du nicht müde, wenn du so dasitzt?«

»Ich hocke immer so da«, sagte sie. »Warum sich auf einen *sax* aus Federn setzen und ihn naß machen?«

»Manchmal glaube ich, die Seejäger sind mehr Menschen als wir«, sagte Ligige'.

Überrascht von dieser Bemerkung, hob Aqamdax die Brauen, um sich dann zu erinnern, daß dies bei den Flußmenschen Zustimmung bedeutete. Rasch senkte sie den Kopf und hoffte, daß Ligige' nichts gesehen hatte.

»Ich denke, wir sind alle Menschen«, sagte Aqamdax leise. »Nur unterscheiden wir uns voneinander, weiter nichts.«

»Vielleicht«, sagte Ligige' mit vollem Mund.

Als Aqamdax' Schale leer war, bot Ligige' ihr mehr an, doch Aqamdax erwiderte, sie sei satt. Die alte Frau blickte versonnen zu dem Kochbeutel und nahm sich einen kleinen Nachschlag.

»Essen ist offenbar das einzige Vergnügen, das mir noch geblieben ist«, sagte sie.

Aqamdax lächelte. »Chakliux hat mir erzählt, daß du ein gutes Rätsel zu schätzen weißt.«

»Ah, ja«, sagte Ligige' und schlug sich mit der Hand aufs Knie. »Das auch. Es ist gut, Chakliux in unserem Dorf zu haben. Man fühlt sich wohl mit ihm und seinen Rätseln.«

»Mir geht es ebenso«, sagte Aqamdax.

»Es hat Gerede unter den Frauen gegeben«, sagte Ligige'. »Ich sehe, daß du ein Bündel bei dir hast. Gehst du fort von uns?«

»Ich habe keine andere Wahl. Mein Mann hat mich verstoßen.«

»Und es gibt keine anderen Männer für dich in diesem Dorf?« fragte Ligige'.

»Keinen, der mich zur Frau nehmen wird.«

»Ich glaube, da irrst du.«

»Wer wird mich wollen, nachdem Wolf-und-Rabe so zornig auf mich ist?«

»Habe keine Angst, daß Wolf-und-Rabe dich verfluchen könnte. So etwas würde er nicht tun.«

»Er glaubt, ich hätte keine Achtung vor seinen Schamanenkräften.«

»In seinem Herzen weiß er, daß du nichts Ungebührliches tun wolltest, doch manchmal dauert es ein wenig, bis Wolf-und-Rabe vor sich selbst ehrlich ist. Er ist mein Vetter, und ich kenne ihn seit dem Tag seiner Geburt. Ich war damals dreizehn Sommer alt und brachte in den folgenden Jahren viel Zeit damit zu, ihn herumzutragen, zu säubern und das Moospolster in seinem Wiegenbrett zu wechseln. Es fällt schwer, einen Mann ganz und gar ernst zu nehmen, dem man als Kind den Hintern abgewischt hat.« Sie deutete mit dem Kinn zu Aqamdax. »Du kennst ihn nur als Schamanen. Ich sehe ihn auch als greinenden Säugling und kleinen Jungen vor mir. Ich verstehe ihn besser, und natürlich erinnert er sich wiederum an mich als Mädchen und versteht so auch mich besser.«

Ligige' beugte sich zu Aqamdax, nahm ihr die Schale ab und stellte sie mit ihrer eigenen zusammen.

»Ich vermisse meinen Bruder Tsaani«, sagte sie.

Aqamdax konnte sich an niemanden im Dorf erinnern, der so hieß. »Lebt er in einem anderen Dorf?« fragte sie.

»Nein, er lebte hier. Er starb, bevor du kamst. Sorge dich nicht, daß ich seinen Namen ausspreche. Hier bei mir bist du sicher.«

»Ich sorge mich nicht«, sagte Aqamdax und fragte dann: »Ist er schon lange tot?«

»Nicht lange. So lange wie deine Mutter. Das ist alles.«

»Du weißt, daß sie meine Mutter war?«

»Sprich ihren Namen aus, wenn du magst, es sei denn, er ist ein Tabu für dich. Ich bin alt und fürchte sie nicht. Ich wußte, daß sie deine Mutter war, als ich dich zum erstenmal erblickte. Du siehst aus wie sie. Andere meinten, es läge nur daran, daß du auch zu den Seejägern gehörst, aber ich wußte es. Manche sind so dumm zu denken, daß alle Seejäger gleich aussehen. Es gibt etwas, das du wissen solltest.« Sie beugte sich zu Aqamdax und dämpfte ihre Stimme zu einem heiseren Flüstern. »Mein Bruder und deine Mutter starben durch dasselbe Messer.«

»Er ist Chakliux' Großvater?«

»Ja.«

»Er starb in derselben Nacht wie meine Mutter?«

»Ja. Beide. In derselben Nacht. Chakliux hat es dir erzählt?«

»Braunes Wasser.«

»Ah. Ich wundere mich, daß Sok es dir nicht erzählt hat.«

»Ich habe festgestellt, daß es vieles gibt, was er mir nicht erzählt hat.«

»Er tut sich schwer mit Worten, aber er ist ein guter Jäger.«

Einen Augenblick lang spürte Aqamdax Zorn in sich brennen, doch dann dachte sie nicht mehr an Sok, sondern an die Nacht, in der ihre Mutter ums Leben gekommen war. Wenn Daes hatte sterben müssen, weil sie zu den Ersten Menschen gehörte, warum war dann Tsaani getötet worden? Der Händler mochte Grund gehabt haben, Daes umzubringen – jener Händler, der Ghadens Vater war. Doch warum sollte er auch Tsaani töten? Weshalb hätte er versuchen sollen, seinen eigenen Sohn umzubringen, und dabei ein Messer zurücklassen, das die meisten als sein eigenes erkannten? Händler waren nicht dumm. Dummköpfe überlebten nicht lange beim Reisen von Dorf zu Dorf, beim Verkehr mit vielen Menschen.

»Waren sie zusammen in jener Nacht, dein Bruder und meine Mutter?« fragte sie Ligige' schließlich.

»Nein. Mein Bruder war in der Behausung seiner Frau. Deine Mutter und dein Bruder wurden vor der Behausung von Braunes Wasser gefunden.«

»Chakliux hat mir manches erzählt«, sagte Aqamdax. »Daß er meinen Bruder fand und daß das Messer noch in seinem Rücken steckte.«

»Ja. Ich half Wolf-und-Rabe dabei, den Jungen gesund zu pflegen.«

»Dann schulde ich dir viel«, sagte Aqamdax.

»Was ist schon an Verdienst dabei, wenn eine alte Frau jemanden pflegt, der eines Tages auf die Jagd gehen wird?«

»Wer war die Frau deines Bruders?«

»Blaubeere.«

»Die jetzt Frau von Wurzelgräber ist?«

»Ja.«

»Sie ist jung.«

»Sie war meinem Bruder eine gute Frau. Er hatte sie in jener Nacht zu ihren Eltern geschickt, weil Wolf-und-Rabe mit ihm sprechen wollte.«

»Worüber?«

Ligige' runzelte die Stirn, und Aqamdax hob eine Hand. »Es tut mir leid. Ich wollte nicht unhöflich sein.«

Ligige' zuckte die Achseln. »Die Sitten wechseln von Dorf zu Dorf, von Volk zu Volk«, sagte sie.

»Es wäre auch in meinem Dorf unhöflich«, erwiderte Aqamdax.

Die alte Frau lächelte. »Ich verstehe, daß du wissen möchtest, was geschehen ist. Ich kann dir nur so viel berichten, daß Blaubeere sagte, sie sei in der Behausung ihrer Mutter gewesen, und selbst ihr jüngster Bruder, der erst vier Sommer zählt, wird dir das gleiche sagen. Sie wußte nicht, worüber Wolf-und-Rabe sprechen wollte – wie du siehst, habe ich ebenfalls danach gefragt –, also ging ich zu Wolf-und-Rabe und fragte ihn selbst.«

»Er hat es dir erzählt?«

»Nach vielem Murren, ja. Er wollte Tsaani sagen, daß Sok Schnee-im-Haar nicht haben könne, weil seine Tochter nicht zweite Frau eines Jägers sein wolle.«

»Sok bemüht sich seit langer Zeit um Schnee-im-Haar.«

»Ja, seit langem. Du weißt, daß dies der Grund für den Geschichtenabend gestern war?«

»Ich weiß es.«

»Wolf-und-Rabe ist nicht bösartig, aber sehr auf seine Schamanenkräfte bedacht. Wenn er stärker und seiner selbst sicherer wäre, hätte ihn der Zorn nicht so übermannt, glaube ich. Er fürchtet, daß es andere gibt, die solche Macht eher verdienen als er.«

»Ich verstehe«, sagte Aqamdax.

»Du bist noch ein Kind. Wie kannst du das verstehen?«

»Ich war Geschichtenerzählerin in unserem Dorf, doch davor ...« Sie hielt inne und bedachte ihre Worte sorgfältig. »Davor war ich jemand, den kein Mann gern zur Frau gehabt hätte.«

»Aber Sok wollte dich.«

»Nein. Der Schamane der Walroßjäger wollte mich. Sok tauschte mich bei ihm gegen Handelswaren ein, um einen ausreichenden Brautpreis für Schnee-im-Haar zu haben.«

»Warum bist du dann hier?«

»Der Schamane der Walroßjäger starb, bevor ich seine Frau werden konnte.«

Ligige' riß die Augen weit auf, und Aqamdax wünschte plötzlich, sie hätte ihr nichts davon erzählt. »Ich habe ihn nicht umgebracht«, sagte Aqamdax. »Mit seinem Tod hatte ich nichts zu tun.«

»Wolltest du dann bei dem Volk der Walroßjäger bleiben?«

»Damals wollte ich Soks Frau sein. Dann fand ich heraus, daß er mich nur genommen hatte, um mich dem Schamanen zu geben.«

»Aber du bist mit ihm hergekommen.«

»Die Walroßjäger wollten nicht, daß ich bei ihnen bleibe, und nachdem ich einmal hier war ...«

»Bist du wegen Chakliux geblieben«, beendete Ligige' den Satz.

»Nein ...«, setzte Aqamdax an und wußte plötzlich, daß Ligige' recht hatte. Sie war wegen Chakliux geblieben. »Ja«, sagte sie.

»Geh nicht fort, bevor du mit ihm gesprochen hast.«

»Zuerst muß ich einen Hund haben. Weißt du jemanden, der einen Hund eintauschen würde?«

Ligige' schüttelte den Kopf. »Geh zu den Kochfeuern, frag die Frauen dort.«

»Außerdem muß ich meinen Bruder Ghaden und seine Schwester Yaa finden. Sie waren nicht in der Behausung von Braunes Wasser.«

»Kinder spielen«, sagte Ligige'. »Es gibt eine schöne Fuchshöhle am Pfad zu der Stelle, wo sich die Frauen erleichtern, gleich vor dem Dorf. Du erinnerst dich an die alte Fichte, die größte von allen, an der Krümmung des Pfades?«

Aqamdax nickte.

»Unter jenem Baum. Schau dort nach, wenn du sie im Dorf nicht findest.«

»Danke. Es wäre schön, dich Tante nennen zu dürfen.«

»Dann tu es.« Die alte Frau stemmte sich hoch. »Geh nicht fort, ohne mit Chakliux zu sprechen.«

Aqamdax lächelte und sah der Alten in die Augen. »Das werde ich«, versprach sie.

35

»Jetzt wird mein Vater nie mehr erlauben, daß ich zu dir gehe«, sagte Schnee-im-Haar.

Sok wollte ihr die Hand auf die Schulter legen, doch sie machte sich los und drehte ihm den Rücken zu. Das Haar hing ihr dicht und offen fast bis zur Mitte hinunter. Da es in der Behausung von Rotes Blatt warm genug war, hatte sie ihren Parka ausgezogen und trug nun nur ein Hemd aus Karibuhaut mit langen Schlitzen unter den Armen. Wenn sie sich bewegte, sah er schattenhaft den seitlichen Ansatz ihrer Brüste.

»Ich habe genug, um den Brautpreis für drei Frauen zu bezahlen«, sagte Sok und blickte zum Dach der Behausung hinauf, um nicht über seinem Verlangen nach ihr die Beherrschung zu verlieren.

»Es gibt noch einen Weg«, sagte Schnee-im-Haar so leise, daß Sok sich nahe zu ihr beugen mußte, um ihre Worte zu verstehen.

Sie sah ihm in die Augen, und er spürte ein Kribbeln im Bauch, als sei er auf der Jagd, Speer und Wurfbrett stoßbereit, Auge in Auge mit der Beute.

»Du könntest Rotes Blatt verstoßen ...«

Er wandte sich von ihr ab. »Das kann ich nicht«, sagte er. »Soll ich etwa zusehen, wie meine Söhne zu einem anderen Mann gehen?«

Sie schlang von hinten die Arme um seine Mitte und preßte sich eng an ihn, so daß er die Wölbungen ihrer Brüste spürte und den harten Vorsprung des Schambeins, das die weichen

Falten darunter schützte. »Ich kann dir Söhne geben«, flüsterte sie. »Viele Söhne. So viele, daß wir zwei Behausungen bauen müssen.« Sie lachte, tief von innen heraus und frohlockend, ein Klang, den er liebte. »So viele Söhne, daß du noch eine Frau nehmen mußt, die hilft, sie aufzuziehen.«

Er konnte sich nicht rühren – Freude und zugleich Entsetzen über das, was sie von ihm verlangte, legten sich wie eine Schlinge um seinen Hals. Dann hörte er sie nach Luft schnappen, und sie gab ihn frei. Er blickte auf und sah Rotes Blatt.

Rotes Blatt war eine hochgewachsene Frau, fast so groß wie Sok, und in diesem Augenblick schien sie ihn zu überragen. Er erwartete einen wilden Zornesausbruch, statt dessen hob sie den Kopf und reckte das Kinn empor.

»Zwei kräftige Söhne sind besser als alle Versprechungen«, meinte sie, zu Schnee-im-Haar gewandt. Dann blickte sie Sok an und sagte: »Du brauchst mich nicht zu verstoßen. Ich weiß, wie du Wolf-und-Rabe dazu bringen kannst, dir dieses Mädchen zu überlassen. Es ist ganz leicht. Eine Frau kann es tun. Ich könnte es tun. Und wenn ich es täte, müßtest du ihm nicht einmal viel als Brautpreis geben.« Sie legte den Kopf schräg und blickte Schnee-im-Haar aus den Augenwinkeln heraus an. »Aber«, sagte sie, »die Felle, die du Wolf-und-Rabe dann nicht zu geben brauchst, diese Felle gehören mir.«

»Sie sind dein«, bestätigte Sok.

»Yaa?« Aqamdax hockte vor der Fichte und rief in die Zweige hinein. Dies mußte der Baum sein, den Ligige' gemeint hatte. Es war die einzige große Fichte an der Biegung des Pfades.

»Ghaden? Ich bin es, deine Schwester Aqamdax.«

Sie hörte ein Rascheln in den Zweigen und wich zurück. Sie wußte nicht viel über die Tiere, die beim Nahe-am-Fluß-Dorf lebten, und wie man ihnen am besten begegnete.

Dann spähte Ghaden heraus, ein kleines, blasses Gesicht, pausbäckig und lächelnd.

»Ghaden!« Es war nur ein Flüstern, doch Aqamdax erkannte Yaas Stimme. Plötzlich wurde Ghaden aus ihrem Blickfeld gezerrt, und sein Gesicht verschwand unter den Fichtenzweigen. Aqamdax kroch hinter ihm her.

»Es ist zu spät. Ich weiß, daß ihr hier seid, Yaa. Ligige' hat es mir gesagt.«

»Ligige'!«

Yaa kroch hervor, das Gesicht rot vor Zorn. »Ligige' hat gesagt, daß wir hier sind?«

»Allerdings.«

»Woher wußte sie das? Niemand außer mir und Ghaden kennt diesen Ort.« Schmollend schob sie die Unterlippe vor. »Und jetzt auch du.«

»Die Alten wissen vieles, aber ich glaube nicht, daß du dir Sorgen machen mußt. Sie wird nichts sagen, und ich auch nicht. Es wird weiterhin euer Geheimplatz sein. Ich werde nicht wieder herkommen.«

Yaa seufzte. »Du dürftest schon, wenn wir dich einladen. Aber nicht allzuoft.«

Aqamdax lächelte und schüttelte bedächtig den Kopf. »Nein, Yaa, ich werde nicht mehr herkommen«, sagte sie. »Kriecht heraus und begleitet mich. Ich muß mit dir und Ghaden sprechen.«

Chakliux ging zuerst zu Aqamdax' Behausung. Die meisten ihrer Sachen waren zusammengepackt. Selbst die Matten, die sie an die Wände gehängt hatte, lagen aufgerollt neben einem Seehundmagen mit Öl. Hatte sie beschlossen, das Dorf zu verlassen? Hatte Sok ihr nicht gesagt, daß er, Chakliux, sie zur Frau wollte? Sie mußte wissen, daß er deshalb zu ihr kommen würde.

Wahrscheinlich war sie bei Ghaden oder Ligige'. Natürlich. Doch obwohl Chakliux wußte, daß sie vermutlich noch im Dorf war, packte ihn plötzlich die Angst. Sie gehörte zu den

Ersten Menschen und hatte keinen Mann, der sie schützte. Wer vermochte zu sagen, was die Geister ihr womöglich antun wollten?

Er ging zur Behausung von Braunes Wasser. Die Frau saß davor und schabte ein Fuchsfell, das über einem Baumstamm lag. Ihr Schaber war aus dem Vorderlauf eines Karibus gefertigt, und als er sie ansprach, erhob sie das Werkzeug wie eine Waffe, umklammerte es wie ein Mann seinen Speer.

»Sprich ihren Namen nicht aus«, sagte Braunes Wasser, als er nach Aqamdax fragte. »Sie ist wie ihre Mutter, benimmt sich ungebührlich und macht nichts als Ärger. Es wundert mich nicht, daß die Geister ihre Mutter getötet haben, und es sollte mich auch nicht wundern, wenn Aqamdax das gleiche zustößt.«

Chakliux baute sich vor der Frau in Kriegerpose auf, die Arme gekreuzt und eine Hand auf der Messerscheide, die er um die Mitte gegürtet trug. »Du hast sie gesehen«, sagte er und nötigte Braunes Wasser ein zögerndes Nicken ab. »Wohin ist sie gegangen?«

»Sie wollte mit Ghaden sprechen. Mehr weiß ich nicht.«

»Wo ist er?«

»Mit ihr fortgegangen, hoffe ich«, sagte Braunes Wasser. Sie deutete mit dem Schaber auf Chakliux' Brust. »Sie tut gut daran, dieses Dorf zu verlassen. Das sage ich dir. Sie sollte nicht bei uns sein. Sie gehört nicht zu uns.«

Chakliux wandte sich schließlich ab, während Braunes Wasser noch lange hinter ihm herkeifte und nörgelte.

Er ging zur Behausung von Ligige' und fand sie drinnen müßig sitzen. Er erwartete eine Entschuldigung von ihr für die Untätigkeit ihrer Hände, doch sie sagte nur: »Ich bin eine alte Frau«, als sei dies Grund genug, Dinge zu tun oder nicht zu tun.

Er hatte sich keine höfliche Rede zurechtgelegt und stammelte daher eine Weile herum, während er sich zu erinnern suchte, ob die Sonne schien oder nicht und wie kalt es draußen war.

Schließlich sagte Ligige': »Du suchst Aqamdax?«

Er schloß den Mund und schluckte die albernen Worte hinunter. »Ja«, sagte er.

»Das habe ich mir gedacht. Sie ist bei Ghaden.«

»Und wo ist Ghaden?«

»Ah, das kann ich dir nicht verraten. Es ist ein geheimer Ort, den nur er und seine Schwestern kennen dürfen.«

»Ligige', sie geht fort. Ich muß sie finden.«

»Die Stelle kann ich dir nicht weisen, aber vielleicht findest du sie ja selbst«, sagte sie und bedeutete ihm, sich näher zu ihr hinzubeugen.

»Bist du bereit?«

Cen nickte.

»Und die Frau?«

»Töte sie nicht«, wies Cen ihn an.

»Du willst also jemanden am Leben lassen, der nicht einmal zu den richtigen Menschen zählt.«

Cen wandte sich um und sah Tikaani ins Gesicht. Glaubte der Mann wahrhaftig, wer nicht zum Flußvolk gehörte, sei kein Mensch?

»Sie ist die Schwester meines Sohnes. Töte sie nicht.«

»Was ist mit dem kleinen Mädchen? Ist dir gleich, was mit ihr geschieht?«

»Ich werde sie nicht töten. Tu, was du willst.«

Tikaani begann den Abstieg in das Tal der Nahe-am-Fluß-Menschen. Er schritt vorsichtig aus, setzte zuerst die Zehen, dann die Fersen auf. Plötzlich fiel er in einen raschen, leisen Laufschritt. Cen mühte sich, ihm zu folgen, seine Füße dorthin zu setzen, wo Tikaani vor ihm gelaufen war.

Sie stürzten sich so unvermittelt auf die drei, daß nur das jüngste Mädchen Zeit fand aufzuschreien. Cen packte Ghaden, legte einen Arm um seinen Bauch und eine Hand über seinen Mund. Er hob ihn auf und lief den Weg zurück, den sie gekommen waren.

Erst als sie sich wieder geduckt im Schutz der Bäume bewegten, bemerkte er, daß das jüngere Mädchen ihm gefolgt war. Er spürte den brennenden Schmerz von einem Stockhieb auf seinen Beinen, dann im Nacken. Sie sprang ihn an, trat und schlug zu, während Ghaden, noch immer in Cens Armen, den Mund weit aufriß und ihn in die Hand biß.

Cen riß seine Hand los und versetzte dem Mädchen einen Schlag. Die ganze Wucht des Hiebes traf ihre Schläfe. Einen Augenblick sah sie ihn aus dunklen Augen an, dann sank sie in sich zusammen und lag ganz still.

»Meine Schwester! Meine Mutter!« schrie Ghaden.

»Ihr ist nichts geschehen. Sie schläft, das ist alles. Sie schläft nur. Schau mich an, Ghaden. Kennst du mich noch? Ich bin Cen, der Händler. Dein Vater. Ich bin gekommen, um dich aus diesem Dorf fortzubringen. Einer von ihnen hat deine Mutter getötet. Sie könnten auch dich töten. Ich nehme dich mit an einen sicheren Ort. Ich möchte, daß du mit mir kommst.«

Ghaden blickte zu seiner Schwester und sah dann langsam zu Cen auf. »Sie schläft?« fragte er.

»Ja.«

»Ich muß Beißer holen.«

»Wer ist Beißer?«

»Mein Hund. Er ist in der Behausung von Braunes Wasser. Ich brauche ihn.«

»Wir holen ihn später«, sagte Cen.

Ghadens Gesicht verzerrte sich, und Cen glaubte, der Junge werde anfangen zu weinen, aber er schob nur den Daumen in den Mund und schloß die Augen.

Cen, mit Ghaden auf dem Arm, schritt tiefer in den Wald hinein. Bei Tag konnten sie nicht wagen, die Flußpfade zu benutzen, deshalb hatten sie einen Weg durch den Wald gekennzeichnet. Grasstengel abgebrochen, kleine Stücke Rinde ausgeschnitten – Zeichen, die niemand bemerkte, der nicht danach suchte.

Das Gewicht des Jungen in seinen Armen stimmte Cen plötzlich froh, und er verbot sich jeden Gedanken an das Mädchen, das er am Boden liegen gelassen hatte. Schließlich holte Tikaani ihn ein, die Frau von den Ersten Menschen über eine Schulter geworfen, ihr Bündel über die andere.

Sie liefen lange, ohne innezuhalten, bis Tikaani schließlich aufstöhnte, in die Hocke ging und die Frau vornüber zu Boden fallen ließ.

Cen setzte Ghaden ab und streckte den Arm, um die verkrampften Muskeln zu entspannen. Ghaden kniete neben Aqamdax nieder, legte sein Gesicht an ihres und griff in ihr Haar. Cen schüttelte den Kopf. Wie sehr sie Daes glich. Irgendwie hatte sie entdeckt, wohin er ihre Mutter gebracht hatte, und war in dieses Dorf gekommen. Ob er sie wohl überreden konnte, mit ihm zu gehen? Sie könnte sich um Ghaden kümmern und ihm beim Tragen seiner Bündel helfen. Einst hatte er geglaubt, eine Frau würde ihm lästig sein, doch seit dem Tod von Daes hatte er kaum noch anderes im Kopf, als eine Frau zu haben. Er kniete neben ihr nieder, legte eine Hand auf ihren Hals und spürte ihren kräftigen Pulsschlag unter seinen Fingern.

»Was hast du mit ihr gemacht?« fragte er Tikaani.

»Frag lieber, was sie mit mir gemacht hat.« Vier tiefe, blutige Kratzer liefen über sein Gesicht, von der Stirn bis zum Kinn. Er streckte eine Hand aus, und Cen sah eine Reihe von Bißspuren. »Ich habe ihr einen Schlag versetzt.« Er beugte sich vor und deutete auf einen dunklen Fleck an Aqamdax' Kinn. »Hier.« Er hob die Hand zu den Lippen, saugte und spuckte einen Mundvoll Blut aus. Dann sagte er: »Feßle sie.«

»Sie wird sich an mich erinnern«, sagte Cen. »Sie wird nicht kämpfen.« Doch er lüftete ihren *sax* und nahm das Frauenmesser aus dem Päckchen, das sie um die Mitte gebunden trug, klopfte auch ihre Ärmel ab, um zu sehen, ob dort weitere Messer in einer Scheide steckten.

»Paß auf sie auf. Ich werde etwas essen und dann schlafen. Es wird leichter sein, wenn wir sie nicht mitnehmen.«

»Was sollen wir sonst mit ihr tun?«

»Sie töten. Oder fesseln und hierlassen.«

»Sie wird nicht lange überleben, wenn wir sie fesseln.«

»Sie verdient nicht, lange zu überleben.«

»Würdest du etwa nicht kämpfen, wenn jemand dich und deinen Bruder gefangennimmt? Du darfst Rache üben, und sie nicht?«

Tikaani brummte etwas vor sich hin, lief dann steifbeinig zu einer moosigen Anhöhe unter einem Baum und setzte sich. Er öffnete das Bündel, das die Frau der Ersten Menschen bei sich gehabt hatte, und fand ein *sael* mit getrocknetem Fisch. Ein Stück davon warf er Cen zu. »Ein schweres Bündel für eine Frau«, sagte er mit vollem Mund. »Mit einer Menge Essen darin.«

»Sie wollte fortgehen«, sagte Ghaden mit dünner Stimme. »Zurück in ihr Dorf. Sie sagte, ich könnte sie besuchen, wenn ich ein Händler geworden bin.«

»Komm her, Ghaden«, sagte Cen.

Der Junge verharrte noch einen Augenblick bei der Frau, doch als Cen die Arme ausbreitete, kam er zu ihm. Cen zog ihn auf seinen Schoß und gab ihm etwas von seinem Fisch.

»Wann können wir Beißer holen?« fragte Ghaden.

»Seinen Hund«, sagte Cen erklärend zu Tikaani.

Der Mann grinste, beugte sich dann über Aqamdax' Bündel und zog weitere Vorräte heraus.

»Nicht heute«, sagte Cen.

»Ich habe zu Yaa gesagt, wir sollten ihn mitnehmen, aber sie meinte, er würde zuviel Lärm machen. Jemand könnte ihn hören. Ist Yaa jetzt schon wach?«

»Das kleine Mädchen, sie heißt Yaa?« fragte Cen.

»Ja.«

»Sie ist jetzt wach.«

»Braunes Wasser wird wütend sein.«

»Warum?«

»Weil ich nicht bei ihr bin. Ich muß ihr helfen.«

»Soll sie wütend sein. Du bist bei mir, und ich bin nicht wütend.«

»Vielleicht gibt sie Beißer nichts zu essen.«

»Yaa wird ihm zu essen geben.«

»Wirklich?«

»Ja, wirklich.«

Ghaden schob den Daumen in den Mund und lehnte sich an Cen. »Mach, daß Aqamdax aufwacht«, sagte er.

»Ich glaube, es ist besser, wenn sie schläft.«

Das Gras war niedergetrampelt. Er sah Blutspuren. Die zerrissene Schnur einer Halskette. Chakliux hob sie auf und erkannte, daß sie Aqamdax gehörte. Sein Herz begann zu hämmern, mit schweren, heftigen Schlägen bis zur Kehle hinauf. Was war hier geschehen? Hatten Sok und sie Streit gehabt? Würde sein Bruder sie verletzen oder gar töten? Er war ein Mann, der seinem Zorn freien Lauf ließ, ohne an die Folgen zu denken. Chakliux hob die herumliegenden Perlen auf und begann die Gegend abzusuchen. Er ging den Pfad weiter, fast bis zu der Stelle, wo die Frauen sich erleichterten, und dann hinab in das Dorf. Er fand Fußspuren, einige davon groß genug, um von einem Mann zu stammen, doch war der Pfad von den Frauen festgetrampelt und ließ keine eindeutigen Abdrücke erkennen.

Er ging zur Behausung von Rotes Blatt und fand dort Sok vor, der in die Flammen der Feuerstelle starrte.

»Wo ist Aqamdax?« fragte Chakliux.

»Woher soll ich das wissen? Ich habe sie verstoßen.«

»Du hast ihr nichts angetan?«

»Was?«

»Wo hast du sie zum letztenmal gesehen?«

»In ihrer Behausung. Ich sagte schon, ich habe sie verstoßen. Vermutlich ist sie noch dort.«

»Wohin bist du danach gegangen?«

»Chakliux, was ist geschehen?«

»Wo warst du?«

»Ich habe Schnee-im-Haar gesucht. Ich war den ganzen Tag bei ihr und bei Rotes Blatt. Frag sie.«

Chakliux verließ die Behausung. Wie konnte er sicher sein, daß sein Bruder die Wahrheit sagte? Wem in diesem Dorf konnte er überhaupt vertrauen? Vielleicht hatte sein eigenes Volk recht. Würden gute Menschen Männern wie Bellender Fuchs und Schläft-lange erlauben, in ihrem Dorf zu bleiben? Doch dann dachte er an Blaukopfente und Tsaani, an Lagermacher und Der-mit-den-Hunden-übt. Alles gute Männer. Selbst Wolf-und-Rabe, wenn er auch schwach war.

Gab es nicht auch unter den Vetter-Fluß-Menschen gute und böse? Warum ein ganzes Dorf nach einem oder zwei Männern beurteilen?

Er wollte zu dem Pfad zurückkehren, wo er die Halskette gefunden hatte. Im Vorbeigehen schaute er in Aqamdax' Behausung. Sie war immer noch leer. Unwillkürlich ging er durch das Dorf zurück, blieb bei der Behausung von Braunes Wasser stehen und kratzte an der Klappe zum Eingangstunnel.

»Yaa?« rief eine dünne Stimme.

Braunes Wasser schrie: »Wo seid ihr gewesen, du und Ghaden? Es ist schon fast dunkel.«

Ihr Kopf lugte aus dem Eingangstunnel. Als sie ihn sah, machte sie ein finsteres Gesicht. »Du hast die Frau nicht gefunden?« fragte sie.

»Nein.«

»Du tätest gut daran, sie zu finden. Sie hat Yaa und Ghaden mitgenommen.«

»Sie würde dir deine Kinder nicht wegnehmen.«

»Kennst du sie so gut? Sie ist böse, diese Frau. Wenn die Kinder nicht bald zurück sind, hetze ich Jäger auf Aqamdax. Ich schicke meinen Sohn, und er wird sie töten.«

Sie zog sich in die Behausung zurück. Als Chakliux sich abwandte, jaulte ein Hund auf und flitzte dann mit eingezogenem Schwanz durch den Eingangstunnel. Das Tier duckte sich, als es Chakliux sah; er kniete nieder und hielt dem Hund eine Hand zum Schnuppern hin. Er hatte das Tier schon früher gesehen, und immer an Ghadens Seite. Es hatte lange, staksige Beine, und sein Brustkorb war noch schmal, doch hatte es schon eine ansehnliche Größe erreicht. Wie hatte der Junge ihn gerufen? Ein seltsamer Name für einen Hund.

Beißer. So hieß er. Er hatte sagen hören, daß das Tier dem Jungen seine Jagdbeute brachte. Wer hatte je von einem Hund gehört, der so etwas tat?

»Beißer«, rief Chakliux leise. »Beißer. Hilfst du mir, Ghaden zu finden?«

Chakliux mußte den Hund mit gutem Zureden von der Behausung weglocken, aber schließlich folgte er ihm. »Braver Hund. Wir werden Ghaden und Yaa und Aqamdax finden«, sagte er – ein Versprechen an Beißer, aber auch an sich selbst.

36

Zuerst mochte Ghaden nicht glauben, daß der Mann, der ihn trug, wirklich Cen war, der Händler Cen, der ihm immer schöne Dinge geschenkt, immer gutes Essen gegeben hatte. Wie konnte er so alt geworden sein? Cen war ein Händler, kein Ältester. Wie kam er zu dem weißen Haar? Wieso war sein Gesicht so voller Falten und Flecken?

Doch als sie rasteten, öffnete der alte Mann ein Bündel und zog einige von den Dingen heraus, mit denen Ghaden beim letztenmal in Cens Behausung gespielt hatte, im Zelt der Händler, zusammen mit seiner ersten Mutter. Er betrachtete das Gesicht des alten Mannes genau. Die Nase war nicht Cens Nase. Und auch die glänzende rosa Narbe hatte Cen damals nicht gehabt. Aber seine Augen waren die von Cen, und das Haar ...

Ghaden griff danach und berührte eine der weißen Strähnen. Der alte Mann lachte, zog die Strähne ohne weiteres aus dem Zopf und gab sie ihm. Ghaden wollte sie nicht anfassen. Sicher steckte ein Zauber darin. Sonst hätte sie sich nicht so leicht aus dem Schopf des Alten gelöst. Aber er hatte sie ihm gegeben, wie ein Geschenk. Man verwarf keine Geschenke oder ließ erkennen, daß man sie nicht wollte. Also hielt er die Strähne in der Hand, ohne seine Finger darüber zu schließen.

Der alte Mann lachte und rieb die Strähne zwischen seinem Daumen und den übrigen Fingern. »Schau her«, sagte er. »Es ist Karibuhaar. Siehst du?«

Ghaden beugte sich darüber, sah genau hin und rieb das Haar, wie der alte Mann es getan hatte. Es war von einem Karibu. Er hatte Geschichten von Männern gehört, die sich in Tiere verwandelten, und von Tieren, die zu Menschen wurden. »Bist du ein Karibu?« fragte er leise.

Der alte Mann lachte. »Nein«, sagte er. »Ich habe dir doch gesagt, ich bin Cen, dein Vater Cen.«

Sein Vater? Nein, sein Vater war tot. Er war gestorben, als Ghaden in der Behausung des Schamanen lag und seine Messerwunde langsam heilte.

»Mein Vater ist gestorben«, sagte Ghaden.

»Einer deiner Väter«, sagte der Mann. »Ich bin dein anderer Vater. Dein erster Vater. Als deine Mutter beschloß, bei den Flußmenschen zu leben, hast du einen neuen Vater bekommen.«

Ghaden legte den Kopf schräg und starrte den Mann an. Ein wenig sah er aus wie Cen. Nur ein klein wenig, und auch seine Stimme war die von Cen. Wenn er die Augen schloß und lauschte, war es, als spräche Cen. Er hatte Cens Handelspakken. Selbst die Stiefel, die er trug, sahen aus wie Cens Stiefel, wenn auch vielleicht nicht ganz genauso.

»Warum hast du Karibuhaar?« fragte Ghaden endlich.

»Um alt auszusehen.«

»Wozu?«

»Damit ich mich nahe an das Dorf anschleichen und dich mitnehmen konnte. Du sollst bei mir leben.«

»Warum?«

»Weil ich dein Vater bin.«

»Braunes Wasser wird böse sein.«

»Mach dir keine Sorgen um Braunes Wasser. Ich schütze dich vor ihr. Wie kann ich dich bei Braunes Wasser aufwachsen lassen, wo du doch ein Händler werden sollst wie ich? Ich will dir beibringen, wie man jagt und mit dem Boot eines Händlers paddelt.«

Ghaden schob den Daumen in den Mund und sagte undeutlich: »Ich will Beißer haben. Und meine Yaa.«

»Ich werde dir einen Hund besorgen. Einen besseren Hund als Beißer, größer und besser.«

Ghaden schüttelte langsam den Kopf. »Nein«, sagte er, stand auf und ging zu der Stelle, wo sie Aqamdax hingelegt hatten.

Er setzte sich neben sie und kehrte dem alten Mann, der behauptete, Cen zu sein, den Rücken. Ghaden vergrub seine Hand in Aqamdax' Haar. Er wollte warten, bis sie aufwachte. Dann würden sie diese alten Männer verlassen und in ihr Dorf zurückgehen. Und wenn Yaa noch einmal sagte, sie könnten Beißer nicht mit zur Höhle nehmen, würde er auch nicht gehen.

»Laß die Frau hier.« Die Stimme eines Mannes, in der Sprache der Flußmenschen.

Aqamdax lag mit geschlossenen Augen da. Sie wußte, daß Ghaden neben ihr saß, spürte seine kleinen Hände, die ihren Kopf streichelten, ihr Haar gepackt hielten. Hin und wieder durchfuhr ihn ein Schaudern, als versuche er Tränen zurückzuhalten.

»Ich lasse sie nicht hier«, sagte ein anderer Mann, ebenfalls in der Flußsprache, doch mit dem Tonfall des Händlers, in dessen Stimme viele Sprachen ihre Spur hinterlassen hatten, so wie auf einem Stein die Farben und Säfte der dort gemahlenen Samenkörner und getrockneten Beeren zurückbleiben. »Sie ist die Tochter meiner Frau. Ich lasse sie nicht hier.«

Beinahe hätte Aqamdax bei diesen Worten die Augen aufgerissen. Die Tochter seiner Frau? Zunächst dachte sie an ihren eigenen Vatcr, der im Nordmeer ertrunken war. Hatte sie die Erde verlassen und lebte nun in der Geisterwelt? Dann wurde ihre Torheit ihr bewußt.

Der Mann war ein Händler. Vermutlich derjenige, der ihre

Mutter in das Flußdorf gebracht hatte. Vielleicht Ghadens Vater.

Langsam öffnete sie die Augen ein wenig und versuchte, durch die Fransen ihrer Wimpern hindurchzuschauen. Ja, dort waren zwei Männer. Sie hockten nahe bei ihren Bündeln am Boden. Auch ihr eigenes Bündel war dabei. Soviel sie sehen konnte, schienen sie weißhaarig zu sein wie Älteste, hielten sich aber aufrecht wie junge Jäger. Wer waren sie? Warum ihr Angriff auf sie, Ghaden und Yaa?

Yaa! Wo war sie? Hatten die Männer sie umgebracht?

»Wie willst du sie mitnehmen? Zum Tragen ist sie zu schwer. Mit ihr kommen wir nur langsam voran. Sie werden die andere finden und uns nachsetzen. Ein guter Spurensucher wird bald die Zeichen entdecken, die wir für den Weg durch den Wald ausgelegt haben.«

Wenn ich still liege, dachte Aqamdax, werden sie mich hierlassen. Dann kann ich Hilfe holen. Aber sie werden Ghaden mitnehmen. Und was ist, wenn unsere Jäger sie nicht finden? Ich werde meinen Bruder verlieren. Wen habe ich noch außer ihm? Ich hätte ihn verlassen, weil ich wußte, daß er gut versorgt ist. Doch jetzt …

Sie wandte den Kopf zur Seite, öffnete die Augen und lächelte Ghaden an. Er strahlte über das ganze Gesicht.

Sie hob den Kopf ein wenig, biß vor Schmerz die Zähne zusammen und setzte sich auf. Eine Gesichtshälfte tat ihr furchtbar weh.

»Ich werde mit euch gehen«, sagte sie. Die Worte klangen undeutlich, und sie hob die Hand zum Mund. Ihre Lippen waren verschwollen und blutverkrustet.

Beide Männer blickten überrascht auf. Der eine erhob sich und kam zu ihr. Selbst im Schatten des Waldes erkannte sie, daß die weißen Strähnen in seinem Haar eingenäht waren, wie zur Verzierung, und aus … Karibuhaar bestanden. Sein Gesicht war dunkel und faltig, wies auch Narben auf, doch seine

Augen waren die eines jungen Mannes, seine Zähne weiß und seine Lippen noch nicht vom Alter schmal geworden.

»Ich bin Cen«, sagte er in der Sprache der Ersten Menschen. »Ich trage kein Messer.« Zu jenem Gruß, den Aqamdax so oft gehört hatte, streckte er ihr die Hände mit geöffneten Fingern hin. Die vertrauten Worte waren wie ein Geschenk für sie, doch nur weil ein Mann ihre Sprache beherrschte, hielt sie sich vor, mußte er deshalb noch kein Freund sein.

»Ich werde mit euch und meinem Bruder gehen«, sagte sie und zog Ghaden auf ihren Schoß.

»Kannst du laufen?« fragte der andere Mann. »Wir können dich nicht tragen. Sobald es dunkel ist, brechen wir auf.«

»Wohin?«

Der Mann kniff seine Augen zu Schlitzen zusammen, und Aqamdax wünschte, sie hätte die Frage nicht gestellt.

»Eine lange Strecke«, erwiderte er schließlich und sagte dann zu dem, der sich Cen nannte: »Du weißt, was dieser Entschluß bedeutet. Wenn du sie mitnimmst, bist du auch für sie verantwortlich.«

»Ich will sie beide«, sagte der Mann, ging dann zu seinem Bündel, band eine Wasserblase los und zog getrockneten Fisch heraus. Er warf Aqamdax beides zu. »Iß und sorge dafür, daß auch dein Bruder ißt. Wir haben bis zum Morgen keine Rast.«

Der Gedanke an Essen bereitete ihr Übelkeit, doch zwang sie sich, einen Bissen zu nehmen, und gab den Fisch dann an Ghaden weiter. »Iß«, sagte sie und betete im stillen, daß er nicht ablehnte.

»Ich will zu Yaa. Und zu Beißer«, sagte er nur mit dünner Stimme.

»Ghaden, du mußt etwas essen.«

Er starrte ihr in die Augen, sah zu, wie sie einen weiteren Bissen nahm, dann aß auch er.

Wie konnte der Hund einfach verschwinden? Er war bei ihm gewesen, nur ein kleines Stück voraus, dann bog der Pfad ab, und Beißer war fort.

Wie verschwinden Tiere wohl, fragte er sich. Backenhörnchen, Füchse, selbst Schneehühner im Winter? Sie haben Löcher, sichere Plätze, verborgene Höhlen.

Anders als bei den meisten Schwarzfichten, die am Rande des Dorfes wuchsen, reichten die Zweige der Bäume neben dem Pfad bis zum Boden.

Er ließ sich auf Hände und Knie nieder, schob Grasbüschel und Äste beiseite und spähte in die dunklen Winkel unter den Zweigen.

Der Baum an der Ecke, wo der Pfad zu der Stelle abbog, an der die Frauen sich erleichterten, war der größte. Seine Zweige beschrieben einen ausgezackten Kreis, der vom Stamm gemessen fast die Länge eines Männerkörpers hatte. Er hob den größten Ast an. Darunter wuchs ein weiterer, kleinerer. Er hob auch diesen Ast an und schnappte dann nach Luft, als etwas unter dem Baum hervorgeschossen kam.

Chakliux griff nach seinem Ärmelmesser, riß die Klinge aus der Scheide, bis er erkannte, daß das Tier ein Hund war. Er ließ das Messer fallen, damit sich Beißer in seinem Eifer nicht daran aufspießte.

»Wo warst du?« fragte Chakliux, hob den Zweig erneut an und hielt ihn hoch. Der Hund zwängte sich wieder unter den Baum und in ein dunkles Loch, das bis unter die Wurzeln zu reichen schien.

Chakliux folgte dem Hund und quetschte sich selbst hinein. Seine Schultern blieben stecken, die Erde hielt ihn in eisernem Griff. Er strampelte heftig mit dem rechten, gesunden Bein, einmal, zweimal, und fand sich dann in einer Höhle wieder. Sein Haar hatte sich schmerzhaft in einem Gewirr von Baumwurzeln verfangen.

Allmählich gewöhnten sich seine Augen an das Dunkel, und

er erkannte Beißer und eine zusammengekauerte Gestalt neben ihm.

Sie bewegte sich, und er hörte eine dünne Stimme, Yaas Stimme: »Beißer, jetzt wissen alle, wo unser Geheimplatz ist. Du böser Hund.«

Chakliux trug sie, wie er einst Ghaden getragen hatte, doch diesmal folgte ihm Beißer auf dem Fuß und schnappte nach jedem, der ihm zu nahe kam. Als sie die Behausung von Braunes Wasser erreichten, war ein ganzer Trupp Kinder hinter ihnen. Die älteren Jungen stellten Fragen, eines der Mädchen weinte. Er stieß am Eingang einen Ruf aus und ging dann hinein. Als sie ihn sah, schrie Glücklicher Mund auf und begann ein hohes, kreischendes Gezeter. Braunes Wasser legte ihr rasch die Hand auf den Mund.

»Ruf nicht den Tod herbei«, sagte Braunes Wasser und hielt vorsichtig die Fingerspitzen an den Hals des Mädchens. »Sie lebt.«

Glücklicher Mund rollte Schlaffelle aus, und Chakliux legte das Mädchen darauf. Er hielt Beißer von ihrem Gesicht fern, während Braunes Wasser und Glücklicher Mund ihre Arme und Beine untersuchten, ihren Parka anhoben und Brust und Bauch abtasteten, schließlich mit flinken Händen über ihren Kopf fuhren.

»Hier«, sagte Braunes Wasser. Ihre Finger glitten forschend über Yaas linkes Ohr.

Glücklicher Mund preßte ihre Finger auf dieselbe Stelle, und Chakliux sah Yaa zusammenzucken. »Tut es weh?« fragte Glücklicher Mund das Mädchen.

»Ja«, sagte Yaa mit unendlich kleiner Stimme.

Chakliux, der hinter den Frauen kniete, spürte eine Hand auf der Schulter. Er sah auf und erblickte Ligige'.

»Beste Faust kam und hat mich geholt«, flüsterte sie ihm zu. »Wo hast du Yaa gefunden?«

»Bei dem Pfad der Frauen steht eine große Fichte. Darunter …«

»Ich kenne die Stelle«, sagte Ligige'. »Weißt du, was ihr zugestoßen ist?«

»Nein.«

Yaa hob den Kopf und mühte sich, an ihrer Mutter und Braunes Wasser vorbei zu Chakliux zu blicken. »Ghaden?« fragte sie.

»Er war nicht dort.«

Sie fiel zurück auf die Schlaffelle und schloß die Augen. »Ich hätte … Er wollte Beißer mitnehmen. Sie haben ihn weggeschleppt.«

»Wer?« fragte Chakliux.

»Und Aqamdax auch«, sagte sie.

»Diese Frau«, sagte Braunes Wasser. »Diese Frau hat ihn verschleppt. Ich wußte, daß sie es tun würde. Wir sollten ihnen Jäger nachschicken. Sie kann nicht allzuweit sein, eine Frau mit einem Kind.«

»Nein«, sagte Yaa und streckte die Hand in die Luft, wie um sich Gehör zu verschaffen.

Doch nun hob Braunes Wasser die Stimme, wies Chakliux an, mit den Ältesten zu sprechen, bat Ligige', junge Jäger zu finden.

»Nein!« sagte Yaa erneut, diesmal lauter, setzte sich dann plötzlich auf, hielt beide Hände vor ihren Mund und erbrach sich.

Glücklicher Mund griff nach einem *sael* aus Rinde und hielt es ihrer Tochter unter das Kinn. Braunes Wasser wandte sich zu Chakliux. »Du kennst die Seejägerfrau so gut wie jeder andere. Was denkst du?«

»Ich weiß es nicht«, sagte er ruhig.

»Ihr Mann hat sie heute morgen verstoßen«, sagte Ligige'. »Danach kam sie zu mir. Sie hatte einen Packen mit Tauschwaren bei sich und suchte nach Ghaden und Yaa.«

»Hast du ihr etwa gesagt, wo sie waren?« kreischte Braunes Wasser. Mit einer wilden Gebärde deutete sie auf Yaas Lager. »Sieh her, was sie unserer kleinen Tochter angetan hat.«

»Sie wird beschlossen haben, das Dorf zu verlassen«, sagte Ligige', ohne Braunes Wasser zu beachten. »Vielleicht will sie zu ihrem eigenen Volk zurückkehren, aber ich glaube nicht, daß sie irgend jemanden verletzen würde, schon gar nicht ein Kind.«

Braunes Wasser bohrte Chakliux einen Finger in die Brust. »Du und dein Bruder, ihr seid schuld. Geh, finde sie und bringe Ghaden zurück.«

Chakliux blickte an Braunes Wasser vorbei zu Ligige'. »Sie hat nicht gesagt, wohin sie gehen wollte?«

»Nein.«

»Ich werde sie finden«, sagte Chakliux. »Kümmert euch um die kleine Tochter.«

Er nahm eine Halskette aus glatten Muschelperlen ab. Sie gehörte zu den Geschenken, die er Aqamdax hatte geben wollen. Er überreichte sie Glücklicher Mund.

»Für Yaa«, sagte er, »wenn es ihr wieder bessergeht.« Damit verließ er die Behausung.

»Ich habe es gefunden. Es gehört mir«, sagte Flußeistänzer bestimmt.

»Wir haben es zusammen gefunden. Wir waren alle beieinander. Es muß uns gemeinsam gehören«, sagte Schwarzer Mond.

Die vier Jungen umstanden das *iqyax*. Es war in einem Vorratslager aus Rinde hoch oben in einem Baum verstaut gewesen.

»Vielleicht gehört es meinem Onkel«, sagte Trägt-viel zu den anderen, die ihn daraufhin aber nur mit Hohn und Spott überschütteten.

Trägt-viel zuckte die Achseln.

»Hat dein Onkel gesagt, daß er ein *iqyax* besitzt?«

»Er hat nie davon gesprochen«, sagte Trägt-viel. »Aber er weiß, wie man sie macht. Mein Vater auch.«

»Siehst du ihr Zeichen darauf?« fragte Schwarzer Mond.

Trägt-viel fuhr mit der Hand über die glatte Hülle aus Walroßhaut. »Vielleicht das da«, sagte er und deutete mit dem Kinn auf eine Reihe von weißen Kreisen nahe dem spitz zulaufenden Bug.

»Vielleicht das da«, äffte Flußeistänzer ihn mit künstlich hoher Stimme nach.

Flußeistänzer war der älteste unter den Jungen, mehrere Sommer älter als Trägt-viel und größer als sie alle. »Es gehört mir«, sagte er wieder. »Ich werde es behalten.« Plötzlich sprang er vor, packte Trägt-viel vorne an seinem Fellparka und zog die Schnur am Hals zu, bis der Junge zu würgen begann. »Und wenn irgend jemand seinem Onkel oder sonst einem Onkel davon erzählt, blüht ihm der Tod – oder noch Schlimmeres.«

Er ließ Trägt-viel so unvermittelt los, daß der Junge fast umfiel.

Die anderen Jungen lachten unsicher, dann beugte Schwarzer Mond sich vor und bot Trägt-viel seine Hand.

»Ich denke, ich werde es an eine andere Stelle bringen«, sagte Flußeistänzer. »Ein Baum mit ein paar kräftigen Ästen ist Halt genug. Es darf nur nicht am Boden stehen.«

Er schob die rechte Schulter unter das Boot und hob es an. »Kommt, helft mir. Schwarzer Mond, du gehst auf die andere Seite. Steinwerfer, du nimmst das Heck. Und du, Trägt-viel, gehst besser heim zu deiner Mutter und nuckelst an ihren Brüsten.«

Sie wäre nicht gegangen, ohne mit ihm zu sprechen, sagte sich Chakliux. Ihre Freundschaft war zu tief gewesen ... Doch vielleicht nur für ihn. Er war der Bruder ihres Mannes. Warum sollte sie meinen, daß er sie wollte, nachdem Sok sie verstoßen hatte?

Vielleicht hatte sie nur Freundschaft vorgetäuscht. Als Geschichtenerzähler hatte er ihr etwas zu bieten. Er hatte ihr Legenden von den Karibuhändlern erzählt und sogar Geschichten an sie weitergegeben, welche – wollte man den Männern aus der Nördlichen Tundra glauben – von Menschen stammten, die so nahe bei der aufgehenden Sonne lebten, daß sie ihre Herdfeuer an ihrer Flamme entzündeten.

Doch was auch zwischen ihnen gewesen war, ob echt oder nicht – wenn Aqamdax beschlossen hatte, zu ihrem Volk zurückzukehren und ihren Bruder mitzunehmen: Wie sollte es ihr gelingen?

Sie müßte dem Fluß bis zum Meer folgen und dann an der Küste entlangwandern. Sie konnte mit Netzen Vögel fangen und mit einer Handschnur fischen, aber ihr Bruder würde sie nur langsam vorankommen lassen. Er war zu alt, um über größere Strecken getragen zu werden, und zu jung, um weit zu laufen. Sicher wußte sie, daß der Winter zu nahe bevorstand, um eine solche Reise zu unternehmen. Sicher wußte sie auch, daß ihr jemand folgen würde, und sei es nur, um den Jungen zurückzuholen.

Dann kam ihm ein Gedanke, der ihm den Atem raubte, als hätte man ihm mit der Faust in den Magen geschlagen. Vielleicht hatte sie sein *iqyax* genommen.

Mit dem Boot wäre ihr Bruder keine Last, und sie konnte weit um das Dorf der Walroßjäger herumpaddeln, dessen Bewohner sie vielleicht immer noch töten wollten. Also, fragte er sich, willst du hier sitzen bleiben und grübeln oder nachschauen, ob dein *iqyax* noch da ist?

Er machte bei der Behausung von Rotes Blatt halt, holte Speer und Wurfbrett, ein weiteres Messer und eine Blase mit Öl.

Es war töricht zu glauben, daß Aqamdax das *iqyax* genommen haben könnte, sagte er sich, aber so oder so sollte er hingehen und die Bootshaut mit Öl einreiben, das *iqyax* herunterholen und für die Winterzeit an einem trockenen Ort unterbringen. Als er das Vorratslager erreichte, war es schon fast dunkel.

Er stieg in den Baum hinauf – und schrie seine Pein heraus, ließ den Kriegsruf erschallen.

37

Sie glaubten ihr nicht. Weder Braunes Wasser noch die Ältesten, nicht einmal ihre Mutter. Zunächst war es Yaa gleichgültig gewesen. Ihr Kopf hatte so schlimm geschmerzt, daß sie vor lauter Qual nicht denken konnte, doch nun, da sie sich besser fühlte und ihre Augen wieder klar sahen, wurde sie immer wütender, sooft sie mit ihnen zu reden versuchte. Schließlich entschied sie, nicht länger müßig in der Behausung von Braunes Wasser zu verharren. Es war schlimm genug, daß Chakliux in Aqamdax' Behausung blieb und nicht nach ihnen sah. Er aß nicht einmal mehr, erzählten einige Frauen.

Viele im Dorf waren zornig: die Ältesten, weil Aqamdax Ghaden verschleppt hatte; Chakliux, weil sie sein *iqyax* genommen hatte, und Braunes Wasser, weil Yaa verletzt war. Alle waren zornig, weil Wolf-und-Rabe nicht die Macht hatte, Aqamdax aufzuhalten, und Wolf-und-Rabe war wütend auf alles und jedes.

Nach dem, was Beste Faust ihr an diesem Morgen berichtet hatte, gab es neuen Grund für Wolf-und-Rabe, zornig zu sein. Die Frauen erzählten sich, seine Tochter Schnee-im-Haar teile mit vielen Männern im Dorf ihr Lager, um ein Kind in ihrem Schoß zu empfangen und so einen von ihnen dazu zu bringen, sie zur Frau zu nehmen.

Yaas Mutter und Braunes Wasser brachten viel Zeit an den Dorffeuern zu und redeten und redeten. Andere Familien brachen zur Karibujagd auf. Braunes Wasser sagte, bald würden auch Sok und Chakliux gehen, Flußeistänzer und seine Familie seien schon fort. Vielleicht war es auch für sie an der Zeit zu gehen, dachte Yaa. Nun, da jeder anderes im Sinn hatte, würde ihr Verschwinden nicht so rasch bemerkt werden. Sie brauchte Essen und ein zweites Paar Stiefel, Wasser und ein Frauenmesser. Vielleicht konnte sie einen der wenigen Wurfspeere ihres Vaters stibitzen, die nicht mit seinem Körper auf das Leichengerüst gelegt worden waren. Sie würde so tun, als wollte sie den ganzen Tag bei Beste Faust bleiben, um ihr beizubringen, wie man rundgeflochtene Graskörbe machte. Dann konnten sie und Beißer fortgehen.

Es würde schwierig werden, den beiden Männern nach so vielen Regen- und Sonnentagen zu folgen, aber Beißer hatte eine gute Nase.

Außerdem wußte sie, woher die Männer kamen. Das letzte, was sie gesehen hatte, bevor die Dunkelheit sie umfing und mit sich fortnahm, war der Stiefel des alten Mannes gewesen, mit seiner hohen Sohle und den seltsamen Nähten, wie die Menschen vom Vetter-Fluß-Volk sie fertigten.

Chakliux schmerzten die Glieder, seine Zunge war geschwollen. Sein Haar troff vor Schweiß und klebte ihm an Hals und Schultern. Den dritten Tag fastete und betete er nun schon, und er hatte in dieser Zeit auch kaum Wasser zu sich genommen. Vom Gebet fiel er in den Traum, und nun träumte er vom Krieg, in dem sich das Vetter-Fluß-Volk und das Naheam-Fluß-Volk gegenseitig ausrotteten.

Chakliux kämpfte mit, griff im Traum die eine oder andere Gruppe an, doch gegen welches Dorf er sich auch wandte, die Klinge seines Messers, die Spitze seines Speers zielte stets auf Aqamdax, deren offenes Haar flatterte und die Ghaden auf der Hüfte trug. Wann immer er sie zu Boden gezwungen und den Speer auf ihr Herz gerichtet hatte, hielt er inne, plötzlich unfähig, sich zu bewegen. In diesem Traum kämpften sie von ihren *iqyan* aus, und als er seinen Speer hob, um ihn ihr ins Herz zu stoßen, warf sie den ihren zuerst, nicht auf ihn, sondern auf die straffe Haut seines *iqyax*. Der Speer durchbohrte die Abdeckung, und Chakliux spürte, wie das kalte Wasser in sein Boot drang und ihn ins Meer hinabzog.

Er schrie auf, und plötzlich war er wieder in Aqamdax' Behausung, an dem Ort, den er für sein Fasten ausgewählt hatte, weit weg von dem Geplärr und Geplapper von Trägt-viel und Schreit-laut, von Rotes Blatt mit ihrem Nörgeln und ihren Sorgen, von Soks schlauen Plänen, Schnee-im-Haar als zweite Frau zu gewinnen.

Die Wände der Behausung schlossen sich eng um ihn, von der Feuerstelle roch es beißend nach Rauch. Sein Körper war schwer, auf seinen Armen und Beinen lastete ein lähmendes Gewicht, als hätte er vergessen, wie man sie benutzte. Er stand auf, und ihm drehte sich der Kopf. Er nahm eine Blase von einem Dachsparren. Das Wasser war lauwarm und schmeckte schal nach dem Vorratsbehälter, doch mit dem Trinken wurden seine Gedanken wieder klar. Er sah zwei Gesichter vor sich; nicht die, die er erwartet hätte – Aqamdax' oder K'os' oder gar das seiner geliebten Gguzaakk –, sondern die der kleinen Yaa und seines Neffen Trägt-viel. Chakliux schüttelte den Kopf und nahm einen weiteren Schluck, doch die Gesichter blieben: Yaa und Trägt-viel.

Mit dem restlichen Wasser aus der Blase reinigte er sein Gesicht vom Ruß, zog dann seinen Parka an und verließ Aqamdax' Behausung.

Yaa redete langsam und diesmal voll Hoffnung. Während sie sprach, kraulte sie Beißer hinter den Ohren. Chakliux saß da und hörte zu, offenbar ungerührt von den Seufzern und Einwänden, die Braunes Wasser vorbrachte, von ihrem Benehmen, das unhöflich wurde, sobald sie begriffen hatte, daß er Yaa wirklich zuhören wollte.

Yaa hob die Stimme, um Braunes Wasser zu übertönen, die plötzlich beschlossen hatte zu singen, mit dem hölzernen Geschirr zu klappern und laut über die Torheit junger Mädchen vor sich hin zu schimpfen. Yaa berichtete, so gut sie sich erinnerte, von dem Augenblick an, als sie und Ghaden Aqamdax vor der Höhle gehört hatten, bis zu dem letzten Schlag gegen ihren Kopf. Sie erzählte Chakliux nichts von ihrem Verdacht, daß die Männer aus dem Vetter-Fluß-Dorf stammten. Warum ihn beleidigen? Kam er nicht auch aus jenem Dorf? Doch sie beschrieb, wie alt sie ihr erschienen waren, daß der kleinere, der auf Aqamdax losgestürzt war, viel weißes Haar hatte und der andere eine Halskette aus Seelöwenzähnen trug.

Als sie zu Ende gesprochen hatte, hielt sie den Atem an und hoffte nur, daß er ihr glaubte und sich auf die Suche nach Ghaden und Aqamdax machen würde. Er sagte nichts, nickte nur, während sie sprach, und als sie fertig war, dankte er ihr und verließ die Behausung.

Sie war enttäuscht, obwohl er ihr von Anfang an ein wenig seltsam vorgekommen war. Sein Blick ging über ihren Kopf hinweg, sein Gesicht war angespannt und bleich, sein Haar stumpf und strähnig, als habe er es viele Tage lang nicht mit Öl eingerieben.

Nachdem er fort war, schimpfte Braunes Wasser mit ihr und befahl ihr, Feuerholz von draußen zu holen. Es war das erstemal seit ihrer Verletzung, daß sie Yaa etwas auftrug, doch das Mädchen war froh, hinauszukommen und den Wind auf dem Gesicht zu spüren. Selbst die rauhen Holzscheite fühlten sich gut an. Als Yaas Mutter sie bei der Arbeit sah, kam sie mit besorgtem Blick zu ihr, aber Yaa versicherte, sie sei wieder kräftig genug. Dann fragte sie, ob sie am folgenden Tag Beste Faust besuchen und bis zum Abend bleiben dürfe.

Glücklicher Mund betrachtete die schwere Ladung Holz, die ihre Tochter trug, sah ihr bleiches Gesicht und erwiderte, es werde Yaa guttun, einen Tag bei Beste Faust zu verbringen.

Er schlief eine Nacht, einen Tag und noch eine Nacht, erhob sich nur, um Wasser zu trinken. Sein Schlaf war weniger ein Ausruhen als ein Nachsinnen darüber, was Yaa ihm erzählt hatte, und ein Rückerinnern an all seine Gespräche mit Aqamdax.

Er erwachte hungrig und glaubte nun sicher zu wissen, was geschehen war. Yaa hatte gesagt, einer der Angreifer habe eine Halskette aus Seelöwenzähnen getragen. Wer außer den Walroßjägern und den Ersten Menschen hatte solche Ketten? Und wer von diesen beiden Völkern würde sich an Aqamdax rächen wollen? Es sah den Walroßjägern ähnlich, Älteste zu entsenden, um den Tod eines Schamanen zu vergelten. Wenn sie dabei starben, war es für das Volk kein solch großer Verlust wie der Tod junger Jäger.

Chakliux setzte sich auf, warf die Schlafdecken von sich und sah, daß er nicht allein in Aqamdax' Behausung war. Vor ihm saß Trägt-viel.

Ohne nachzudenken, sagte Chakliux: »Du willst mir etwas erzählen.«

»Ja«, antwortete der Junge und schien nicht überrascht, daß Chakliux Bescheid wußte.

Anfangs sprach Trägt-viel so leise, daß Chakliux ihn kaum verstehen konnte. Allmählich schien er jedoch Mut zu schöpfen, und gegen Ende des Berichts war seine Stimme volltönend wie die eines Mannes.

Dann sprach Chakliux mit ihm wie mit einem Erwachsenen, so, wie er es auch mit Sok getan hätte: »Ich muß eine Reise unternehmen, und ich brauche mein *iqyax*.«

Chakliux' Herz verkrampfte sich bei dem Gedanken, daß Aqamdax bereits tot sein könnte, doch war der Schmerz nicht so heftig wie zuvor, als er geglaubt hatte, sie wäre aus freiem Willen gegangen und hätte etwas gestohlen, was ihm gehörte und wovon sie wußte, daß ihm mehr daran lag als an jedem anderen Besitz.

Chakliux erhob sich und bedeutete Trägt-viel, ebenfalls aufzustehen. »Du wirst mir zeigen, wohin Flußeistänzer mein *iqyax* gebracht hat?« fragte er.

Der Junge nickte.

»Gut. Dann hilfst du mir auch, das Essen und die Dinge, die ich brauche, zu tragen. Danach wirst du deinem Vater sagen, daß ich zum Dorf der Walroßjäger aufgebrochen bin. Du erzählst ihm, daß Älteste vom Walroßvolk Aqamdax verschleppt und Ghaden auch mitgenommen haben, weil er bei ihr war. Sag ihm, ich werde versuchen, beide zurückzubringen. Und von nun an wirst du nicht mehr tun, was Flußeistänzer dir sagt.«

»Nein, das werde ich nicht.«

Chakliux legte Trägt-viel eine Hand auf die Schulter. »Gut«, sagte er. »Das ist etwas, das jeder Mann lernen muß. Es gibt viele Flußeistänzer auf der Welt. Mindestens einen für jeden von uns, so scheint es.« Er blickte seinem Neffen in die Augen, bis der Junge schließlich lächelte.

TEIL VIER

Manchmal träume ich, ich wäre wieder bei meinem eigenen Volk, in unserem Dorf an der Bucht. Ich höre die Möwen. Ich sehe, wie das Gras sich im Wind wiegt. Wenn ich erwache, liege ich ganz still, und obgleich mein Lager hart ist und ich in der Kälte beim Eingangstunnel schlafe, ist es mir fast, als wäre ich daheim und würde bald die Frauen von Er-singt schimpfen hören oder Qungs ruhige Stimme voller Weisheit.

Als ich in dieses Dorf kam, hatte ich anfangs nur böse Träume, doch dann führte Beißer Yaa zu uns. Sie krallte sich an seinem Pelz fest, um überhaupt noch laufen zu können, aber irgendwie hat sie die Reise überlebt. Sie und Ghaden wurden von einer jungen Frau aufgenommen. Sie nennen sie Stern und sagen, daß ihre Mutter seit dem Tod von Sterns Vater am Rande des Wahnsinns lebt. K'os behauptet, ihr Sohn Chakliux habe ihn getötet, doch inzwischen kenne ich K'os nur zu gut. Es ist eine besondere Art von Kennen, die mich nicht alles glauben läßt. Ich bin sicher, Chakliux hätte den Mann nicht ohne guten Grund getötet.

In kalten Nächten läßt Yaa Beißer bei mir schlafen. Sein Körper wärmt den meinen, und ich glaube, sein dicker Pelz fängt die bösen Träume ein, denn sie plagen mich nie, wenn Beißer neben mir liegt.

K'os gibt mir viel zu arbeiten, aber am schlimmsten ist, daß sie mich an Jäger und Händler verleiht, damit ich ihre Lager wärme. Früher hätte ich mir nichts daraus gemacht, doch gezwungen zu werden, zu Männern zu gehen, das ist etwas anderes. Bei allem Übel gibt es aber auch Gutes. K'os erkennt meinen Wert als Geschichtenerzählerin. So hatte ich in diesem langen Winter viel Gelegenheit, mich darin zu üben, und kein Schamane in diesem Dorf erhebt Einwände, wenn ich in anderen Stimmen spreche.

Qung war mir eine gute Lehrerin. Ich kann es ihr niemals

vergelten oder auch nur meine Dankbarkeit ausdrücken. Und dabei verdanke ich ihr mehr als nur Geschichten. Während der Jahre, in denen Qung allein in unserem Dorf lebte und sich mit ihren Geschichten Fleisch verschaffte, wie es der Jäger mit seiner Harpune tut, lernte sie auch zu leben wie ein Jäger: sich durch Achtung, Schweigen und Geschick ihr Glück zu verdienen.

Nun übe ich, was sie mich lehrte: Ich spreche nicht über das, was mich bedrückt, ich beobachte, ich überlebe.

38

Das Vetter-Fluß-Dorf

Aqamdax hob den Kopf und blickte K'os an.

»Geh und hole Holz«, befahl K'os. »Aber nicht von den Stößen bei der Behausung, sondern aus dem Wald.« Sie lächelte. »Leg es zum Trocknen in den Eingangstunnel.«

Aqamdax' Miene blieb unbewegt wie ihr Mund. Sie hatte herausgefunden, daß K'os die meisten Dinge nur tat, um ihre Macht zu zeigen und sich daran zu weiden, wozu sie Aqamdax zwingen konnte. Es gab Narben, die Aqamdax an die Zeiten erinnerten, als sie versucht hatte, K'os zu trotzen.

Der Wind fand den Weg durch das Rauchloch, schleuderte den Ruß auf sie zurück und ließ die Asche in der Feuerstelle aufwirbeln. Ein Schauer von Eiskristallen wehte durch den Eingangstunnel herein. K'os hatte ihr nur eines ihrer Schlaffelle gelassen, eine geflochtene Hasenfelldecke, aus der die Wärme der Tiere, von denen sie stammte, längst gewichen war. Cen hatte eine ihrer dicken, schweren Decken aus Seeotterfell. Er nahm sie für sein eigenes Lager, doch in den kältesten Nächten überließ er sie Aqamdax. Sie achtete darauf, sie unter der Hasenfelldecke zu verstecken, damit K'os sie nicht sah.

Aqamdax zog sich die Kapuze ihres Parkas eng um das Gesicht und schlüpfte in die Stiefel, die Cen ihr gegeben hatte, gute warme Stiefel aus Karibu- und Seehundfell. K'os hatte sich umgehend an Cen dafür gerächt, daß er Aqamdax diese schönen Dinge schenkte – mit einer Mahlzeit, nach der er sich zwei Tage lang vor Schmerzen wand und den Bauch hielt. Danach hatte Aqamdax lange kein Essen von K'os angenommen. Eine Arbeitskraft, die so krank wurde, brachte man womöglich um. Wer hatte schon Zeit, sie zu pflegen?

Aqamdax legte die Schneeschuhe an und kroch durch den Eingangstunnel hinaus, arbeitete sich durch die Wehe, die die Tür versperrte, und schlug die gefrorene Klappe aus Karibuhaut vorsichtig zurück, um ihr bei der Kälte keine Risse zuzufügen. Sie trug Fäustlinge aus dem Fell von Backenhörnchen, die sie im letzten Herbst erlegt hatte, als sie außerhalb des Dorfes Feuerholz sammelte. Das Fleisch hatte sie heimlich roh gegessen, damit K'os nicht entdeckte, daß sie zusätzliche Nahrung hatte. Die Felle reichten für ein Paar warme Fäustlinge mit kleinen Ausbuchtungen für die Daumen und langen Stulpen, die fast bis zum Ellenbogen reichten.

Der Wind war so stark und der Schnee so dicht, daß Aqamdax nicht bis zur nächsten Behausung sehen konnte. Es wäre schwer genug gewesen, Holz von den Stößen zu holen, die sie um die Behausung herum aufgeschichtet hatte; doch nun mußte sie auch noch bis zum Wald gehen.

Dennoch hatte K'os' Befehl sie nicht überrascht. Cen war vor einigen Tagen zum Schwarzer-Fluß-Dorf aufgebrochen, um dort Winterwaren zu tauschen, und seither war Tikaani noch kein einziges Mal, wie sonst immer, wenn Cen fort war, bei K'os gewesen. K'os hatte ihn schließlich in der Behausung der Jäger aufgesucht, eine unerhörte Tat für eine Frau in diesem Dorf, wie Aqamdax von den Frauen an den Kochfeuern hörte.

An jenem Tag war K'os schäumend vor Zorn in ihre Behausung zurückgekehrt, und Aqamdax hatte rasch nach einem Vorwand gesucht, um fortzukommen; sie behauptete, einem der Ältesten etwas von K'os' Weidenrindentee bringen zu müssen.

K'os warf ihr ein Päckchen mit Rinde zu, und Aqamdax

griff nach Parka und Stiefeln und verschwand eiligst im Eingangstunnel, um sie dort anzuziehen. Sie brachte die Weidenrinde in die Behausung von Gebogener Halm und erzählte der alten Frau, K'os habe sie geschickt. Der Tee würde die Schmerzen ihres Mannes in Hüften und Knien lindern.

Zum Dank reichte ihr Gebogener Halm eine Schale mit Fleisch und Brühe, mehr Essen, als Aqamdax gewöhnlich während eines ganzen Tages bekam, und als sie fertig war, gab ihr Gebogener Halm eine mehr schlecht als recht gefertigte Bodenmatte für K'os mit.

Aqamdax war durch das Dorf gelaufen, in der Hoffnung, Ghaden oder Yaa zu sehen, bevor sie zur Behausung von K'os zurückkehren mußte. Andere Kinder rutschten auf Karibuhäuten einen schneebedeckten Hügel hinunter, doch Ghaden und Yaa waren nicht dabei. Aqamdax sah den Kindern eine Weile zu und dachte, wie klug die Mütter vom Vetter-Fluß-Dorf doch waren, ihre Kinder die harte Arbeit für sich tun zu lassen – das Rutschen ersparte den Frauen, selbst die Haare von den Häuten schaben zu müssen.

Schließlich kehrte sie zurück zu K'os, zu ihrem Zorn, ihren scharfen Worten und raschen Hieben. K'os riß die geflochtene Matte von Gebogener Halm in Fetzen und befahl Aqamdax, sie zu verfeuern, doch Aqamdax rettete einen Teil davon, versteckte ihn im Eingangstunnel und polsterte damit später ihr Lager.

Heute würden keine Kinder draußen sein. Selbst die Hunde rollten sich dicht bei den Behausungen zusammen, die Schwanzspitze über die Nase gelegt und halb unter Schnee begraben. Aqamdax ging durch das Dorf und dachte an die Geschichten, die ihr einige Frauen erzählt hatten: von Menschen, die sich in Schneestürmen verirrten und mitunter erst im Frühling gefunden wurden. Wer in diesem Dorf würde überhaupt bemerken, daß sie fort war, sollte ihr so etwas zustoßen?

Stern erlaubte Ghaden und Yaa nicht, mit ihr zusammenzusein, und legte ihnen die Hand über die Augen, wenn sie an Aqamdax vorbeigingen oder ihr bei den Gemeinschaftsfeuern begegneten. Sie durften nicht einmal an Geschichtenabenden bei K'os teilnehmen. Stern behauptete, der Grund dafür sei, daß Aqamdax K'os' Bedienstete war, aber Aqamdax hielt es für wahrscheinlicher, daß die Frau fürchtete, sie würde die Kinder verschleppen und wieder in das Nahe-am-Fluß-Dorf bringen.

Doch warum sollte sie zurückkehren? Niemand dort wollte sie haben. Weder Sok noch Rotes Blatt; Chakliux vielleicht, aber wenn ihm etwas an ihr lag, warum war er ihr dann nicht gefolgt?

Aqamdax drehte sich um und ging rückwärts gegen den Wind. Sie lief gegen die nächste Behausung, stolperte über einen Holzstapel und bekam Schnee unter ihren Parka. Es war zu kalt für solch ein unvernünftiges Unternehmen, sagte sie sich, während sie aufstand und die Flocken ausschüttelte, bevor sie schmolzen. Sie kämpfte sich durch das Dorf bis zu dem Baum, der gleich hinter der letzten Behausung wuchs. Dort blieb sie stehen, in der vergeblichen Hoffnung, einen Ast zu finden, den der Wind abgeknickt hatte. Und die Zweige, an die sie sonst herangereicht hätte, waren schon von anderen Händen für andere Feuerstellen abgebrochen worden.

Der Pfad, am Morgen noch leicht zu finden, war nun zugeweht, doch trotz Schnee und Wind glaubte Aqamdax den dunklen Waldrand zu erkennen. Sie hielt darauf zu, die Kapuze so eng um das Gesicht gezogen, daß nur ihre Augen hervorschauten. Ihre Zehen fühlten sich an wie aus Holz, und ihre Finger schmerzten vor Kälte.

Der Wind entlockte den Bäumen einen seltsamen Gesang, und Aqamdax schlang sich die Arme um den Körper. Die Ersten Menschen waren kein Volk des Waldes. Wer wußte schon, welche Geister sich zwischen diesen knorrigen Zweigen verbargen? Wer konnte sagen, welche Amulette und Lieder sie beschwichtigen würden?

Aqamdax öffnete den Mund und sang ein Danklied, einen Lobgesang auf die Bäume, den sie selbst erfand, während sie ihn vortrug. Dann hörte sie es über ihrem Kopf krachen: ein Klang, der die Erde erzittern ließ. Sie preßte sich an einen Baumstamm und blickte durch das Geäst hinauf. Der Wipfel neigte sich und fiel, langsam wie in einem Traum, brach tiefer wachsende Zweige ab und ließ Schnee auf Aqamdax' Gesicht herabregnen, während er zu Boden krachte.

Beißer kratzte an der Seitenwand der Behausung, und Yaa schnitt ihm eine Grimasse. Er war den ganzen Tag noch nicht draußen gewesen, und sie wußte, daß die Not ihn drängte, doch der Sturm tobte wie wild und schien Ghaden aus irgendeinem Grund Furcht einzujagen. Stern beachtete den Hund nicht, wie immer, wie seit dem Tag, als Ghaden und sie sich angebrüllt hatten, ob das Tier in der Behausung bleiben dürfe oder draußen angebunden werden sollte wie andere Hunde auch. Yaa kam es oft vor, als wäre sie die Mutter von Ghaden und Stern, obwohl Stern das Gesicht und den Körper einer Erwachsenen hatte.

Es gab gute Tage, an denen sich Stern um Ghaden kümmerte, ihm zu essen gab, Kleider für ihn machte. Sie brachte Yaa bei, aus Karibuhaar Muster von Blättern und Blumen auf ihre Kleidung zu nähen. Dann plötzlich wurde sie wieder quengelig und reizbar wie ein Kind, stritt um Kleinigkeiten und kratzte und kniff, wenn sie ihren Willen nicht bekam.

Lange Augen, Sterns Mutter, war noch schlimmer als ihre Tochter. Den ganzen Tag saß sie da, wiegte sich hin und her und sang ein Lied, dessen Worte Yaa nicht verstand. Sie verließ die Behausung nur zweimal am Tag, um sich draußen zu erleichtern, und alle vier Wochen für vier oder fünf Tage, die sie in der Hütte der Mondblutung zubrachte. Das war die beste Zeit, falls Stern gerade gut gelaunt war. Am schlimmsten war es so wie jetzt, wenn beide Frauen in der Behausung waren und sich Stern kindisch benahm, Befehle brüllte und mitunter sogar versuchte, sich im Schoß ihrer Mutter zusammenzurollen. Es war ein Fluch, hatte Pfadkletterer ihr gesagt. Etwas war mit der Mutter geschehen, als ihr Mann von K'os' Sohn getötet worden war. Jener Sohn war fort, hatte das Dorf in Schimpf und Schande verlassen, und niemand durfte auch nur seinen Namen aussprechen. Doch die Jäger des Dorfes rüsteten zur Rache und würden bald den Ort angreifen, an dem dieser Sohn nun lebte.

Sie hatten sogar neue Waffen, flüsterte Pfadkletterer ihr zu, von denen sie jedoch niemandem erzählen durfte, nicht einmal Ghaden. Sie hatte es versprochen und Pfadkletterer dann gefragt, ob der Tod ihres Vaters auch daran schuld gewesen sei, daß Stern zu diesem seltsamen Kindfrau-Wesen wurde. Pfadkletterer sagte, Stern sei von jeher so verzogen gewesen und habe immer mehr haben wollen als andere. Nach dem Tod ihres Vaters sei es mit ihr nur noch schlimmer geworden.

In den bösesten Zeiten erinnerte sich Yaa an die drei Handvoll Tage, die Beißer und sie gebraucht hatten, um das Vetter-Fluß-Dorf zu finden. Sie entsann sich des Wolfsgeheuls, der Bärenspuren. Nie hatte sie gewußt, daß der Nachthimmel so groß war und das Licht der Sterne so schwach gegen die Dunkelheit. Als ihnen die Nahrung ausging, aß sie Beeren, von denen sie krank wurde, so daß sie nur kurze Strecken gehen konnte und dann wieder rasten mußte. Schließlich erlegte Beißer ein Schneehuhn, doch sie hatte nicht einmal mehr die Kraft, ein Feuer zu entzünden. Sie und Beißer hatten das Tier roh gegessen, geschlafen und waren dann wieder aufgebrochen. Als sie am gleichen Abend das Vetter-Fluß-Dorf erreichten, war Yaa so schwach, daß sie sich beim Gehen auf Beißer stützen mußte.

Wenn Yaa daran zurückdachte, war sie dankbar für Stern

und Lange Augen, für die warme Behausung, die sie mit ihr und Ghaden teilten, besonders an stürmischen Tagen wie diesem.

»Stern«, sagte Yaa, als sie bemerkte, daß der Hund immer wilder kratzte, »ich muß Beißer hinauslassen.«

Stern sah Yaa mit leerem Blick an. Ghaden packte das Tier am Fell.

»Er kann keine Schüssel benutzen wie du«, sagte Yaa zu dem Jungen. »Wenn er sich hier erleichtert, wird Stern vielleicht zornig und bindet ihn draußen an.«

Sie wollte ihn nicht daran erinnern, daß die Menschen vom Vetter-Fluß-Volk häufig Hunde aßen, öfter als die vom Nahe-am-Fluß-Volk, und vor allem solche, die keine goldenen Augen hatten. Sie sah Ghadens Gesicht an, daß er es wußte. Er lockerte seinen Griff, und Yaa flüsterte: »Geh zu Stern. Setz dich auf ihren Schoß. Wenn du sie gut ablenkst, kann ich Beißer hinauslassen.«

»Wird er zurückkommen?« fragte Ghaden und blickte zu der Schneekruste auf, die sich über dem Rauchloch gebildet hatte.

Yaa schaute ebenfalls empor und sagte sich, daß sie den Schnee gleich wegräumen mußte und in der Nacht nochmals, wenn der Sturm nicht nachließ.

»Beißer ist nicht so dumm, lange im Sturm draußen zu bleiben«, sagte Yaa zu Ghaden und wartete ab, bis er Stern auf den Schoß geklettert war und mit seinen Fingern durch ihr Haar kämmte. Yaa kroch zum Eingangstunnel, öffnete die Klappe für den Hund, krabbelte ihm hinterher bis zur äußeren Türklappe, klopfte den Schnee von den Rändern und ließ ihn hinaus. Nach einer kleinen Weile rief sie ihn. Sie spähte hinaus und sah, daß er mit hochgereckter Nase dastand, wie um in den Wind zu schnuppern. Dann wandte er sich um und folgte ihr wieder hinein.

»Bleib von dem Tunnel fort. Geh nicht hinaus«, sagte Stern,

als Yaa zurückkam. Ghaden saß vor ihr und hatte ihr das Haar über das Gesicht gestrichen. Yaa fand in einem von Sterns Körben einen Muschelkamm und hockte sich neben ihn. Mit dem Kopf deutete sie zu Beißer, und Ghaden kroch hin und klopfte ihm den Schnee aus dem Fell.

Yaa fuhr Stern mit dem Kamm durch das lange, dichte Haar. »Ich bin da«, sagte sie. »Mach dir keine Sorgen. Wir gehen nicht hinaus.«

Die Männer saßen beieinander in der Behausung der Jäger. Diejenigen, die Frauen hatten, murrten, sie hätten nun lange genug Kindergeschrei und das Gezeter von Weibern zu hören bekommen.

Tikaani blickte zu Nachtmann, seinem Bruder. Er schien etwas kräftiger zu sein, konnte endlich aufstehen und mit Hilfe eines Gehstocks durch die Behausung humpeln. Dabei fehlte seinen Beinen gar nichts, doch die Wunde in seiner Schulter war immer noch nicht verheilt und hatte ihr Gift in seinem ganzen Körper verteilt. Er litt unter schmerzhaften Schwellungen in der Leiste, in den Kniekehlen und unter beiden Armen.

Nicht einmal K'os vermochte jenes Gift zu bekämpfen, und sie behauptete, es hätte seine Macht vom Nahe-am-Fluß-Volk. Deshalb müßten die Männer jenes Dorf zerstören, oder das Gift würde von Nachtmann auf alle Jäger vom Vetter-Fluß-Dorf übergehen. Im Herbst, wenn es reichlich Nahrung und Holz gab, konnte man schon daran denken, das Nahe-am-Fluß-Volk auszulöschen. Die Krieger übten sich in der Kunst des Speerwerfens sowie im Gebrauch ihrer Messer und jener neuen, heiligen Waffe, die K'os dank ihrer List für sie gewonnen hatte.

Doch jetzt hatten sie an anderes zu denken als an Rache für die Wunde von Nachtmann, für den Tod ihrer Väter und Brüder, für den Jäger Flußspringer. Jetzt waren die Vorratslager des Dorfes fast leer. Wegen der mageren Lachszüge reichte das Essen nicht bis zum Frühling aus, obwohl die Karibujagd ihnen mehr Fleisch als gewöhnlich eingebracht hatte. In der Behausung der Jäger gab es zudem fast kein Feuerholz mehr. K'os allerdings hatte sich von der Frau der Ersten Menschen, die Tikaani und Cen vom Nahe-am-Fluß-Dorf hierher verschleppt hatten, in Schwerarbeit einen großen Stapel Holz aufschichten lassen. Sie würde nicht lange Arbeiterin bleiben, diese Frau. Die Kinder freuten sich schon darauf, ihre Geschichten zu hören, und auch die Ältesten suchten Vorwände, um ihr zu lauschen.

Geschichtenerzählen war eine willkommene Zerstreuung für die Kinder, aber die jungen Jäger hatten keine Geduld mehr, alten Männern zuzuhören. Wozu waren ihre Geschichten schon gut? Konnten sie Mägen füllen oder Behausungen wärmen?

Gerade erzählte Schwarzes Karibu langatmig von einem verwickelten Geschehen. Als er fertig war, fuhr Tikaani mit einem Rätsel dazwischen, bevor ein anderer alter Mann einsetzen konnte.

Schwarzes Karibu verengte die Augen zu Schlitzen, doch Tikaani ging darüber hinweg.

»Schau! Was sehe ich?« sagte Tikaani. Er begegnete dem überraschten Blick der alten Männer. Hielten sie es nicht für angemessen, daß ein junger Krieger sprach? Harte Zeiten verlangten nach neuen Wegen. »Schau! Was sehe ich?« wiederholte Tikaani. »Es sind keine Spuren darunter.«

Die alten Männer blickten ihn nicht an. Manche mahlten mit den Kiefern, als kauten sie auf seinen Worten, zerlegten sie in viele kleine Stücke, um ihre verborgene Bedeutung zu begreifen.

Schließlich sprach Nachtmann, und die Augen der alten Männer richteten sich der Reihe nach auf ihn. »Ein leeres Vorratslager«, sagte er.

»Ein leeres Vorratslager«, wiederholte Tikaani, voll Stolz auf den raschen Verstand seines Bruders.

»Ich habe genug zu essen«, sagte Schwarzes Karibu.

»Für dich oder für das ganze Dorf?« fragte Tikaani. »Wenn du nur für dich zu essen hast, reicht das nicht aus.«

»Für mich und meine Frau«, antwortete Schwarzes Karibu, nun schon leiser und weniger prahlerisch.

»Die Fische haben schuld«, sagte ein Ältester.

»Die vom Nahe-am-Fluß-Dorf, ihr Fluch«, meinte einer der jungen Männer. »Dieser Chakliux.«

Manche stimmten zu, andere äußerten Einwände. Zu anderer Zeit hätte Tikaani sie streiten lassen, heute jedoch gab es Wichtigeres zu bereden.

»Wie sollen wir Rache üben, wenn wir bis zum Sommer schon tot sind?« fragte er.

Die Männer schwiegen.

Schließlich sagte Schwarzes Karibu: »Tikaani hat recht.«

»Wollt ihr etwa bei diesem Sturm hinausgehen und jagen?« fragte Nachtmann und deutete mit der Hand zum Dach der Behausung, von dem das Heulen des Windes bis zu ihrem warmen Feuer drang. »Wir haben nicht einmal mehr genug Brennholz.«

»Die Frauen sind faul.«

Nachtmann zuckte die Achseln. »Sie sorgen sich zuerst um ihre eigenen Behausungen. Was erwartet ihr? Sie denken an ihre Kinder.«

»Und wer ernährt ihre Kinder?«

»Ich werde auf die Jagd gehen«, sagte Tikaani. »Sobald der Sturm vorbei ist.«

»Was willst du schon finden, außer Hasen?«

»Dann werde ich eben Hasen essen.« Er blickte in das rußgeschwärzte Gesicht von Schwarzes Karibu und auf die anderen Jäger in der Runde. Sie waren mager, aber noch nicht völlig ausgehungert, reizbar, aber noch nicht willenlos. Es war schwierig, sie um diese Zeit zur Jagd zu bewegen. Die Frauen hatten mit ihren Schlingen alle kleineren Wildtiere im Umkreis des Dorfes zur Strecke gebracht, und da sie sich um Mann und Kinder kümmern mußten, konnten sie die Fallen nicht weiter entfernt aufstellen. Aber welcher Jäger mochte schon tagelang durch den Schnee stapfen, um nichts als Frauenbeute heimzubringen – Hasen oder Schneehühner?

»Wer wird also mit mir gehen?« fragte Tikaani.

Niemand antwortete ihm.

Schließlich sagte Nachtmann: »Ich werde mitkommen.«

Tikaani war nahe daran abzulehnen, bis er den Stolz in den Augen seines Bruders sah. »Gut«, sagte er. »Nachtmann und ich werden gehen.« Er wartete erneut, glaubte sicher, daß sich ihnen andere Jäger, beschämt von dem Angebot seines Bruders, anschließen würden, doch die Männer hielten die Köpfe gesenkt und blickten nicht auf.

»Es gibt nichts zu jagen«, sagte einer. Die Worte waren geflüstert, so daß Tikaani nicht ausmachen konnte, wer sprach. Was nützte einem Mann sein Stolz, wenn er ihm verwehrte, in Zeiten des Hungers Hasen zu jagen? Und was wußte man schon? Vielleicht fand man auf der Suche nach Hasen ein Karibu.

»Wenn der Wind nachläßt und es aufhört zu schneien, werden Nachtmann und ich gehen«, sagte Tikaani. »Ein Glück für unsere Frauen, daß es zwei Jäger in diesem Dorf gibt.«

Die Äste waren schwer und ihre Hände taub. Manchmal bemerkte Aqamdax erst, wenn sie ihr vor die Füße fielen, daß sich ihr Griff um die Äste gelockert hatte. Sie zog die Baumspitze hinter sich her und trug die kleineren Zweige im linken Arm. Am Waldrand blieb sie stehen und blickte in die Weiße des Sturms. Ohne den Schutz der Bäume, die Wind und Schnee teilweise abhielten, sah sie nicht weiter als bis zum nächsten Schritt. Selbst die Abdrücke ihrer Schneeschuhe waren bereits zugeweht, als wäre sie nie im Wald gewesen, sondern warm und wohlgeschützt in K'os' Behausung geblieben.

Die Behausungen des Vetter-Fluß-Dorfes lagen weiter auseinander als die des Nahe-am-Fluß-Volkes, und sie befürchtete, sie könnte zwischen ihnen hindurchlaufen und das Dorf hinter sich lassen, ohne es zu bemerken. Hätte sie doch ihre Schritte von der letzten Behausung bis zum Waldrand gezählt.

Zehnmal zehn, dachte sie. Sicherlich nicht mehr. Sie packte den Ast fester, senkte den Kopf gegen den Wind und begann zu zählen. Jeweils nach zehn Schritten blieb sie stehen, sah aber immer nur einen weißen Vorhang. Der Wind schien ihr den Atem aus der Lunge zu saugen, doch sie ging weiter, bis sie zehnmal zehn Schritte gezählt hatte. Nichts. Nur Weiß, Schnee, Wind.

»Du bist noch nicht weit genug«, sagte sie laut, in der Hoffnung, der Klang ihrer Stimme würde ihr Mut einflößen, aber der Wind riß die Worte mit sich, bevor sie ihre Ohren erreichten.

Erst als sie sich vorbeugte und den Schnee an ihrem Gesicht spürte, bemerkte sie, daß sie auf die Knie gefallen war. Sie schloß die Augen. Wenn sie ausruhen dürfte, nur eine kleine Weile ...

Nein. Hatte sie die vielen Geschichten vergessen, die man sich am Fluß von Menschen erzählte, die sich im Sturm verirrten und vom Schlaf in den Tod sanken? Sie hob das Bein an, stellte den Fuß auf, ließ das Holz fallen, um sich, die Hand auf dem Knie, hochzustemmen, klaubte dann die Äste auf und ging weiter.

Sie achtete auf nichts anderes als auf ihre Füße, tat einen Schritt nach dem anderen. Sie mußte schon über das Dorf hinausgegangen sein. Man konnte Höhlen im Schnee bauen, als Unterschlupf. Chakliux hatte ihr eine Geschichte von einer Schneehöhle erzählt ...

Ihr Verstand arbeitete so langsam, daß ihre Gedanken

spinnwebfein und närrisch wie Träume erschienen. Sie graben, halten inne und graben und ... Aber in den Geschichten haben sie Hunde. Oder doch nicht? Um ihnen beim Graben zu helfen? Nein, vielleicht nicht. Wölfe? Bären? Unsinn, wer teilte schon eine Höhle mit einem Bären?

Plötzlich waren Wind und Schnee dunkel, fest wie die Erde. Sie stieß hart an die Schwärze, glitt zu Boden und rammte sich Splitter von den Zweigen durch die Fäustlinge in die Handflächen. Dann lag sie im Schnee, wurde darunter begraben, sanft wie eine Welle schloß er sich über ihrem Kopf, nahm den Wind mit sich fort und ihren Atem. Sie schluckte einen Mundvoll, spürte das Brennen in ihrer Lunge. Als sie sich wieder aufgerappelt hatte, begriff sie, daß sie gegen eine Behausung gerannt war.

Sie begann zu lachen, hoch und albern. Dann waren Menschen um sie herum. Sie blickte in die Gesichter von Jägern des Vetter-Fluß-Dorfes. Tikaani und Schwarzes Karibu, Läufer und Spricht-zuerst. Sie war auf die Behausung der Jäger gestoßen.

»Du bist nicht verletzt?« fragte Tikaani und beugte sich über sie.

Aqamdax' Gedanken waren plötzlich wieder klar, als hätte sie sich nicht zum Holzholen bis in den Wald vorgekämpft, als wäre es ein Tag ohne Wind oder Schnee oder klirrende Kälte.

Sie neigte den Kopf zu der Baumspitze hin, die sie vom Wald hergeschleppt hatte. »Ich habe an euch gedacht«, sagte sie zu den Männern. »Ich weiß, ihr müßt viel Zeit auf die Jagd verwenden. Darum dachte ich, daß ich euch Holz bringen sollte.«

39

»Du weißt, daß sich Stern nicht um Nachtmann kümmert, und meine Mutter ...« Tikaani hob die Hände. Wozu noch mehr sagen? Sie hatte zuviel verloren und zu rasch.

»Aqamdax ist eine Arbeiterin. Sie hat keine Behausung, nichts. Wo sollen sie leben?« fragte Schwarzes Karibu.

»Bei Stern und meiner Mutter.«

»Wer soll für sie jagen? Nachtmann hat kaum die Kraft, durch das Dorf zu gehen. Ist es nicht genug, daß du Fleisch für deine Mutter, für Stern und diese Kinder, die sie unbedingt haben wollte, herbeischaffen mußt?«

»Ich versorge Aqamdax ohnehin schon mit Essen«, sagte Tikaani. Nach einer Weile nickte Schwarzes Karibu, erwähnte jedoch weder K'os noch die Tatsache, daß ein Großteil des Fleisches, das in die Behausung jener Frau ging, von Tikaani stammte.

»Wenn du meinst, daß du sie dazu bringen kannst, dann tu, was du für richtig hältst. Sie arbeitet hart. Ich begreife noch immer nicht, wie sie all das Holz zur Behausung der Jäger geschleppt hat. Weißt du, daß sie später wiederkam, um es zu spalten und aufzustapeln?«

»Nachtmann hat es mir erzählt.«

Schwarzes Karibu kniff die Augen zusammen, als sei ihm soeben etwas eingefallen. »Will Nachtmann überhaupt eine Frau?« fragte er.

»Welcher Mann will das nicht?« erwiderte Tikaani. Er ließ den Streit unerwähnt, den er und Nachtmann wegen K'os'

Arbeiterin gehabt hatten. Wenn Nachtmann stark genug war, um wieder zu jagen, konnte er sie immer noch verstoßen und eine andere Frau wählen oder sie, falls er Gefallen an ihr gefunden hatte, behalten und eine zweite Frau nehmen. Nachtmann hatte schließlich zugestimmt, sorgte sich aber weiterhin, daß eine Seejägerfrau Einfluß auf sein Geschick nehmen könnte.

Welch törichte Sorge! Wenn ihr dies gelänge, würde es ein Segen sein. Das Geschick seiner Familie hatte unter einem bösen Stern gestanden, seit Chakliux Wolkenfinder überredet hatte, den Nahe-am-Fluß-Menschen goldäugige Hunde zu überlassen.

Tikaani und Schwarzes Karibu verließen die Hütte der Jäger und gingen gemeinsam zur Behausung von Schwarzes Karibu.

Der Sturm hatte drei Tage gedauert, doch nun war der Himmel von jenem klaren, kräftigen Blau, wie es sich manchmal mitten im Winter zeigt, und die Luft so kalt, daß es beim Atmen in der Nase kitzelte und in den Lungen schmerzte.

»Gehst du jetzt zu K'os?« fragte Schwarzes Karibu, schon auf dem Weg in den Eingangstunnel.

»Ja.«

Schwarzes Karibu schüttelte den Kopf und lachte dazu, leise und kehlig.

Tikaani sagte nichts. Er wußte, was der andere meinte. K'os zu fragen war der schwierigste Teil. Um so schwieriger, als er sie seit vielen Tagen nicht besucht hatte. Er hatte zuviel zu tun und zu viele Sorgen, mußte für zu viele Menschen jagen. Außerdem hatte er im Herbst ihr Vorratslager gefüllt, noch bevor er den Jägern seinen Anteil gab oder seine Mutter und Schwester mit Fleisch versorgte. Worüber sollte sich K'os beklagen, da er ihr so viel gegeben hatte? Und doch fragte er sich, was es ihn wohl kosten mochte, seinem Bruder eine Frau zu verschaffen.

K'os warf Aqamdax den Fetzen Karibuhaut zu und schrie ihre Verzweiflung laut heraus. Ihre Hände schmerzten so stark, daß sie nicht einmal die Nadel zu halten vermochte. Schlimmer noch, ihre Finger begannen sich zu krümmen, und sie konnte sie nicht wieder geradebiegen. Sie sahen aus wie Klauen, krumm und verformt. Sie hatte es mit allen Heilmitteln versucht, die sie kannte, aber der Winter beschränkte ihre Möglichkeiten. Manche Wurzeln und Blätter, die man am besten frisch verwendete, würde sie erst im Frühling wieder finden.

K'os hatte einen guten Winter erwartet. Nach dem Tod von Erdschläger, ihrem Mann, würden andere Jäger sie eher besuchen, so hatte sie gedacht, doch jene Jäger waren nicht gekommen, nicht einmal Tikaani, wenn er auch Fleisch brachte. Die wenigen, die kamen, verlangten gewöhnlich nach Aqamdax. Und wenn sie so taten, als wollten sie K'os, wanderte ihr Blick dennoch zu der Seejägerfrau. Waren sie alle Narren? Aqamdax hatte keine Macht, die sie ihnen geben konnte. Sie war nur eine von den Seejägern, eine Arbeiterin.

Jemand kratzte außen an der Behausung. K'os hörte die Stimme eines Jägers. Tikaani. Sie verbarg ihre Hände unter einem Hasenpelz und rief den Mann herein.

Als er vor ihr stand, senkte sie die Lider, suchte seinen Blick und sah rasch wieder weg – eine Kränkung, die die meisten Frauen schon als junge Mädchen beherrschten. Was sollte er anderes erwarten? Einen Mond oder länger war er nicht mehr zu ihr gekommen. Sie hob das Kinn und blickte ihn an, ohne aufzustehen und Essen oder Wasser für ihn zu holen, ohne ihm einen Platz an der Feuerstelle anzubieten.

Sie wußte, daß Aqamdax sie beobachtete, sah die Unschlüssigkeit in ihren Augen. Sollte sie anstelle von K'os etwas zu essen anbieten? Sollte sie Wasser holen?

»Ich bin gekommen, um etwas Wichtiges mit dir zu besprechen, K'os«, sagte Tikaani schließlich.

K'os verbiß sich ein Lächeln. Sie hatte ihn dazu gebracht, zuerst zu sprechen, unhöflich das Schweigen zu brechen und sich durch diesen Mangel an Achtung ins Unrecht zu setzen.

Sie saß eine Weile schweigend da, genoß das Unbehagen, das aus Tikaanis Blick sprach, die spürbare Verwirrung von Aqamdax, die auf K'os' Befehle wartete. Endlich deutete K'os mit dem Kopf zu dem Kochbeutel aus Karibuhaut, in dem ein Eintopf aus Fleisch, Brühe und getrockneten Beeren siedete.

K'os und Tikaani aßen schweigend, während Aqamdax hinter ihnen stand. K'os wußte, daß ein Fingerschnippen genügte, und sie würde eiligst Wasser oder mehr Essen bringen, sogar Feuerholz von draußen holen. K'os hatte gelernt, sie zu beherrschen. Zorn und Schläge bewirkten nichts bei ihr, und erst nach einigen Tagen der vergeblichen Mühen hatte K'os begriffen, wie sie es anstellen mußte. Seither war alles einfach. Sehr, sehr einfach.

»Was willst du also mit mir besprechen?« fragte K'os wohlberechnet genau in dem Augenblick, als Tikaani die Schale zu den Lippen gehoben und den Mund voll hatte.

Wiederum verbiß sie sich ein Lächeln, während sie zusah, wie sich Tikaani mühte, schnell hinunterzuschlucken, und dabei fast an den Fleischbrocken erstickte.

»Ich bin gekommen, um eine Frau für meinen Bruder Nachtmann zu finden.«

»Glaubst du, ich würde einen Krüppel heiraten, der nicht jagen kann, der nicht einmal imstande ist, im Sommer mit den alten Männern fischen zu gehen?«

Kaum waren ihr diese Worte entschlüpft, begriff K'os, daß Tikaani nicht sie, sondern ihre Arbeiterin Aqamdax meinte. Voll Entsetzen sah sie, wie sich seine Mundwinkel kräuselten, seine Schultern vor unterdrücktem Lachen bebten. Wann hatte zum letztenmal jemand über sie gelacht? Nicht, seit sie ein Mädchen gewesen war. War Tikaani so dumm, daß er nicht um ihre Macht wußte? Hatte er die heilige Waffe vergessen, die sie dem Greis Blauhäher gestohlen hatte? Und den Preis, den sie dafür zu entrichten bereit gewesen war?

»Du hast mir zuviel beigebracht, K'os«, sagte Tikaani zu ihr. »Kein Mann in diesem Dorf würde wagen, dich zur Frau zu nehmen.« Seine Worte waren glatt wie Öl.

K'os kniff die Augen zusammen, versuchte hinter die Worte zu blicken, zu erfassen, was darin mitschwang.

»Nicht einmal du?« fragte sie.

»Was habe ich schon zu bieten? Eine Schwester und eine Mutter, zwei Kinder und einen Bruder, für die ich jagen muß. Vielleicht werde ich auch noch für die Frau meines Bruders sorgen müssen. Wie kann ich eine Frau wie dich nehmen wollen, da ich so wenig zu geben habe?«

K'os preßte die Lippen zusammen. Sie wollte ihm gern glauben. Vielleicht tat sie es auch, aber es war besser, wenn er das nicht wußte.

Sie verschränkte die Arme, verbarg ihre Hände unter den Ärmeln und lachte. Immer noch lächelnd sagte sie: »Die Frau hat schon so viel Holz zusammengetragen, daß ich damit durch den Winter komme, und ich bin es leid, sie durchzufüttern. Was bietest du mir für sie?«

»Was willst du?«

»Was ich wirklich will, kann erst im Frühjahr geschehen. Ich nehme an, dein Bruder will die Frau schon eher.«

»Ja.«

»Nun, dann«, sagte sie und blickte zu Aqamdax, wobei ihr der Glanz in deren Augen nicht entging, »es sind mehrere Dinge. Sie soll mir noch drei Körbe machen. Hast du ihre Graskörbe gesehen?«

»Ja.«

»Drei davon, große. Ich will Wolfspelze. Zwei. Gut geschabt. Und du wirst im Frühling mein Vorratslager füllen, wenn die Karibus wiederkehren.«

Tikaani nickte und blickte zu Aqamdax. »Du wirst die Körbe machen?« fragte er.

»Ja, ich werde sie machen.«

»Bald«, sagte K'os.

»Bald«, wiederholte Aqamdax.

»Ich werde das Vorratslager im Frühling füllen. Und ich habe einen Wolfspelz. Einen schwarzen. Ich werde noch einen bringen.«

»Schwarz ist gut«, sagte K'os.

»Wenn ich ihn dir gleich bringe, kann ich sie dann mitnehmen?«

K'os wandte sich um und sah Aqamdax an, ließ ihren Blick lange auf dem Gesicht der Frau verweilen. Sie war eine gute Arbeiterin. Sie arbeitete hart, aber K'os mochte sie trotzdem nicht. Aqamdax tat, was man ihr auftrug, empfing die Männer, die K'os ihr schickte, in ihrem Lager, hatte sogar dem Sturm getrotzt, um Holz zu bringen.

Außerdem war sie schön, wenn auch auf eine eigene Weise, die nicht jedem ins Auge fiel. Sah man aber länger hin, war es offensichtlich.

Doch ihr Geist war nicht der einer Untergebenen. Das war das schlimmste, und K'os hatte es mit keinem Mittel zu ändern vermocht. Vielleicht war es das beste, sie einem kränklichen Mann zu geben, damit sie merkte, wie schwer es war, für jemanden zu sorgen, der niemals würde jagen oder sie beschützen können, der nicht durch seine Taten an Ansehen zu gewinnen vermochte.

Natürlich gab es noch etwas, das K'os tun konnte, nichts im Vergleich zu dem, was sie Yaa und Ghaden zuzufügen gedroht hatte. Nur damit hatte sie Furcht in den Blick der Frau zaubern können, nur damit sie beherrschen gelernt.

»Nun gut, wenn sie gehen will, kannst du sie haben.« K'os stand auf und drehte sich zu Aqamdax um. »Du hast Nachtmann gesehen«, sagte K'os zu ihr.

»Ja«, sagte Aqamdax leise, doch das Aufblitzen ihrer Augen strafte die ruhige Antwort Lügen.

»Er leidet noch immer unter einer Verletzung an seiner Schulter – mein eigener Sohn hat ihm dies angetan, und es liegt mir wie ein schwerer Stein auf dem Herzen. Wenn ich dich ihm gebe, kann ich vielleicht ein wenig von dem gutmachen, was mein Sohn angerichtet hat. Aber wie alle Frauen hast du die Wahl. Du kannst hier bei mir bleiben, wenn du willst, oder gehen. Mir ist beides recht.«

Aqamdax wartete mit ihrer Antwort. Sie hatte lange genug bei K'os gelebt, um zu wissen, daß diese Frau nicht ohne Grund ein gutes Angebot machte, und oft genug geschah es nur, um sich an der Enttäuschung zu weiden, wenn das Geschenk wieder weggeholt wurde. Einen Mann nehmen? Ja, um aus dieser Behausung fortzukommen, würde sie jeden nehmen, ob alt oder jung, krank oder gesund. Tikaani hatte gesagt, als Frau von Nachtmann würde sie in der gleichen Behausung wie Ghaden und Yaa leben. Sicher sah K'os das Verlangen, die Hoffnung in ihren Augen. Und was bereitete K'os mehr Vergnügen, als die Hoffnung zu zerstören?

Endlich sagte Aqamdax: »Ich werde Nachtmann nehmen«, und sein schmales, bleiches Gesicht erschien vor ihrem inneren Auge.

Zugleich aber sah sie, aus welchem Grunde auch immer, Chakliux' Gesicht vor sich, schob es jedoch beiseite. Wenn ihm etwas an ihr lag, wäre er längst gekommen, um sie zu holen – lange vor alldem.

»Wann soll ich gehen?«

»Nimm sie gleich mit«, sagte K'os, bevor Tikaani antworten konnte. »Glaubst du, ich will sie länger durchfüttern als nötig?«

»Ich kann dich gleich mitnehmen«, sagte Tikaani, doch Aqamdax sah seinem Gesicht an, daß es ihn unerwartet traf.

Sie fragte sich, ob er überhaupt schon mit Nachtmann gesprochen hatte. »Geh zur Behausung der Jäger, wenn du bereit bist, aber tritt nicht ein. Rufe, dann komme ich heraus zu dir.«

Tikaani war mit eingezogenem Kopf schon halb im Eingangstunnel verschwunden, als sich K'os räusperte und sagte: »Da ist noch etwas, das ich will.« Sie hielt inne und lächelte Aqamdax zu. »In manchen Nächten kommt ein Hund in meine Behausung. Ich glaube, er schläft sogar im Eingangstunnel. Ich will ihn hier nicht haben. Bring ihn mir für meinen Kochbeutel. Sein Fleisch soll in meinen Karibueintopf wandern.«

Aqamdax öffnete den Mund, fand aber keine Worte. Was würden Worte auch helfen? fragte sie sich. Es stimmte, was K'os sagte. Das Tier schlief im Eingangstunnel, und das gehörte sich nicht für Hunde.

»Weißt du, wem er gehört?« fragte Tikaani.

»Er kam mit dem Mädchen aus dem Nahe-am-Fluß-Dorf.«

»Ah, Ghadens Hund«, sagte Tikaani. »Er wird nicht wollen, daß der Hund getötet wird. Er ist abgerichtet, ihn zu schützen. Bist du sicher, daß er es ist? Er ist ein folgsamer Hund. Wenn Ghaden wollte, daß er daheim bleibt, würde er doch wohl ...« Tikaanis Worte verloren sich, und er blickte Aqamdax an. »Der Hund beschützt also noch andere außer Ghaden«, sagte er.

Aqamdax versuchte sich etwas auszudenken, um Beißer zu retten. Das einzige, was sie tun konnte, war vielleicht, doch keinen Mann zu nehmen. Nein, K'os würde eine Ablehnung ebenso gegen Aqamdax verwenden, wie sie es jetzt mit ihrer Einwilligung tat. In jedem Fall würde dem Hund etwas zustoßen oder, schlimmer noch, Ghaden und Yaa.

»Bring mir den Hund und den ersten von den Wolfspelzen, und sie gehört dir ... oder deinem Bruder«, sagte K'os.

»Heute abend komme ich mit beidem zurück«, sagte Tikaani, doch da trat Aqamdax mit erhobener Hand auf den Mann zu. Sie achtete darauf, ihn nicht zu berühren.

»Nicht heute abend«, sagte sie ruhig. »Als du in diese Behausung kamst, wollte ich K'os gerade sagen, daß ich in die Hütte der Mondblutung gehen muß.«

K'os zischte. »Du hättest ihn mit einem Fluch belegen können, wenn er eine Waffe getragen hätte. Wie konntest du so unvorsichtig sein?«

»In meinem Volk suchen wir nur bei der ersten Blutung eine andere Behausung auf.«

»Verlasse uns also«, sagte K'os zu Aqamdax und schnippte mit den Fingern.

Aqamdax zog ihren Parka an und hob den Graskorb auf, an dem sie gerade arbeitete. Die Tage in der Frauenhütte würden es ihr ermöglichen, ihn ohne Unterbrechung zu vollenden.

Tikaani ging hinter ihr aus K'os' Behausung, rief sie an. Er trat unerwartet nahe zu ihr hin, so nahe, daß sie seine leisen Worte hören konnte.

»Du blutest nicht«, sagte er.

Sie schüttelte den Kopf. »Aber es verschafft mir fünf Tage. Vielleicht fällt mir etwas ein, wie ich Beißer retten kann.«

Er zuckte die Achseln. »Was ist schon ein Hund? Ich werde dem Jungen einen anderen geben – mit goldenen Augen.«

»Bitte, laß es mich versuchen.«

Erneut hob Tikaani die Schultern. »Tu, was du willst. Ich werde meinem Bruder sagen, daß du in fünf Tagen zu ihm kommst. Es ist Sitte in unserem Volk, daß eine Braut etwas für ihren Mann anfertigt. Vielleicht Stiefel.«

»Ich habe nichts, woraus ich sie machen könnte.«

»Ich werde dir etwas bringen.«

Sie sah ihm nach und ging dann zur Hütte der Mondblutung. Das war ein guter Ort, ein Ort der Ruhe. Daß die Frauen dort selten mit ihr sprachen, störte sie nicht. Sie wollte nur fort von K'os.

Sie würde flechten und überlegen, wie sie Beißer retten konnte. Außerdem wollte sie Stiefel für Nachtmann fertigen.

Sie hatte schon mehrere Paare in der Art des Flußvolkes gemacht. Die für Nachtmann würde sie noch verzieren und ihm so zeigen, daß sie froh war, seine Frau zu werden. Ihre Muster folgten denen ihres Volkes. Eine Frau übernahm ebensowenig das Muster einer anderen, wie sie einem Kind seinen Anteil an Fleisch wegnehmen würde. Die Muster wurden von der Mutter oder Großmutter weitergegeben, deshalb konnte Aqamdax die des Flußvolkes nicht nachmachen. Aber vielleicht würde Nachtmann erkennen, welche Macht in den Verzierungen der Ersten Menschen lag, eine innere Kraft, die an die starken Beine der Karibus gemahnte, die lange Tage hindurch auf die Wärme des Sommers zumarschierten.

Das Dorf der Ersten Menschen

Chakliux lauschte mit geschlossenen Augen der alten Frau, die mit ihrer Erzählung begann. Es war das erstemal in all den Monden, die er nun schon im Dorf der Ersten Menschen zubrachte, daß Qung ihn in ihr *ulax* einlud.

Es war eine weite Reise bis zu den Ersten Menschen gewesen. Nachdem er Yaas Geschichte gehört hatte, glaubte er sicher, daß die Walroßjäger Aqamdax mitgenommen hatten, und war daher zunächst zu ihrem Dorf gezogen. Zwar konnte er kaum noch rechtzeitig dort sein, um sie aufzuhalten, falls sie Rache üben wollten, aber wenn schon Aqamdax nicht mehr zu retten war, würde er vielleicht wenigstens Ghaden finden. Außerdem, wie konnte er einfach abwarten und nichts tun?

Die Walroßmenschen hatten ihn nicht willkommen geheißen, schienen ihm aber auch nicht die Schuld dafür zu geben, was mit Aqamdax geschehen war. Er hatte drei Tage bei ihnen zugebracht und Jäger, Frauen, selbst Kinder nach Aqamdax und Ghaden befragt. Alle behaupteten, nichts zu wissen, doch spät eines Nachts kam Sonnenschläger, ein Sohn des toten Schamanen, zu ihm und erzählte von den Jägern der Ersten Menschen, die nur wenige Tage vor Chakliux an ihrem Dorf vorbeigekommen waren.

Sie hatten nicht haltgemacht, um zu tauschen, behauptete Sonnenschläger, was sehr ungewöhnlich für die Ersten Menschen war. Daher habe er sein *iqyax* herausgeholt und sei ihnen gefolgt. Er sei nicht sehr nahe herangekommen, glaube aber, in einem oder auch in beiden *iqyan* eine Frau gesehen zu haben. Ganz sicher war er nicht.

Fast wäre Chakliux daraufhin in sein eigenes Dorf zurückgekehrt. Wenn Menschen aus Aqamdax' eigenem Volk sie mitgenommen hatten, welche Aussicht bestand dann noch, daß sie ihn haben wollte? Doch da er einmal so weit gekommen war, warum nicht weiterreisen bis zum Dorf der Ersten Menschen? Warum nicht mit ihr sprechen und Gewißheit haben, daß sie in Sicherheit war? Warum nicht fragen, ob sie ihn zum Mann begehrte? Wenn sie nicht mit ihm zum Nahe-am-Fluß-Dorf zurückkehren wollte, würden ihm die Ersten Menschen vielleicht erlauben, in ihrem Dorf zu leben. Sie hatten ihn als Händler aufgenommen, warum nicht auch als Mann von Aqamdax?

Wenn er Aqamdax nicht fand oder sie ihn abwies, konnte er zumindest den Winter über bei ihnen bleiben, Karibuhäute von der sommerlichen Jagd gegen Fleisch und einen Platz in einem *ulax* der Ersten Menschen eintauschen. Er hatte Herbststürmen getrotzt, tagelang zum Schutz gegen Regen und Wind zusammengekauert unter seinem *iqyax* gehockt, bis er endlich den breiten Meeresarm erreichte, der zum Dorf der Ersten Menschen führte. Sie hatten ihn als Händler willkommen geheißen, waren allerdings überrascht gewesen, daß er so kurz vor dem Winter eintraf. Seine Fragen nach Aqamdax hatten gleich am ersten Tag die Geschichtenerzählerin Qung und mehrere andere Frauen zu ihm geführt.

Qung fragte nach Aqamdax und fand bald heraus, daß Sok sie verstoßen hatte und Chakliux hier war, um nach ihr zu suchen. Die anderen Frauen stimmten einen Trauergesang an, den Qung mit finsterer Miene und zornigen Worten unterband. Ebenfalls an jenem ersten Tag hatte Tut Chakliux als Freund begrüßt und ihn eingeladen, bei ihrer Familie zu wohnen.

Einen Großteil des Winters über hatte Qung ihn gemieden und ihm durch Tut zu verstehen gegeben, daß er in ihrem *ulax* nicht willkommen war, nicht einmal in den Nächten, in denen Geschichten erzählt wurden.

An diesem Abend feierte das Dorf ein Fest zu Ehren von Jägern und Kriegern, die schon lange tot waren. Zu seiner Überraschung hatte Qung Chakliux aufgefordert zu kommen. Als Geschichtenerzähler hatte Chakliux die Einladung gern angenommen, obwohl ihn Tut warnte, daß Qung vorhaben mochte, ihn in Verlegenheit zu bringen.

»Das würde mir nicht zum erstenmal geschehen, Tante«, sagte Chakliux zu ihr in der Sprache der Ersten Menschen, was ihm ein Lächeln von Tut eintrug.

»Du weißt, daß du nicht bei den Männern sitzen kannst. Du bist kein Seejäger.«

»Nun denn, Tante, würde es dich in Verlegenheit bringen, wenn ich bei dir sitze?«

»Das würde es nicht«, antwortete Tut, und nun saßen sie also beide in der Reihe der Frauen in Qungs *ulax*.

Qungs Kletterstamm war von oben bis unten an jeder Trittkerbe mit luftgefüllten Robbenblasen behangen gewesen. Er wußte, was ihn erwartete, als er eine Schar von Kindern auf dem Dach versammelt sah, die hinter vorgehaltenen Händen verstohlen kicherten. Aqamdax hatte ihm von diesem Streich erzählt und gesagt, am besten sei es, mitzulachen und gute Miene zum bösen Spiel zu machen, auch wenn man dabei auf die Nase fiel.

Mit gespielter Überraschung blickte er in das *ulax* hinunter und verfiel in ein wildes Gemisch aus den Sprachen der Ersten Menschen und der Flußmenschen. Schließlich fragte er die Kinder, was er tun solle.

Sie erwiderten, er müsse hinunterklettern. Er setzte die Füße fest auf und brachte zwei Blasen zum Platzen, bis er beschloß, sich vom Stamm zu Boden fallen zu lassen und die anderen damit zu beeindrucken. Die Stimmen der Kinder drangen zu ihm, als er unten lag und hinaufsah, unverletzt und, nachdem er tief Luft geholt hatte, imstande, in ihr Gelächter einzustimmen. Er spähte zu Qung, deren Gesicht ungerührt, fast streng wirkte. Doch dann hob sie leicht das Kinn in seine Richtung, ein Zeichen der Anerkennung für seine Vorstellung.

Als das Erzählen begann, erfüllte Qungs Stimme, volltönend wie die einer jungen Frau, das *ulax*, und nun, viele Geschichten später, sprach sie immer noch. Nur hin und wieder legte sie eine Pause ein und ließ den obersten Jäger von Beutezügen aus jüngsten wie aus längst vergangenen Zeiten erzählen.

Sie hatte sich nicht abfällig über Chakliux geäußert, keinen Zorn auf das Flußvolk gezeigt. In einer Geschichte allerdings kam ein Kind des Flußvolkes vor, das von den Ersten Menschen aufgezogen und gelehrt wurde, wie man Landsäugetiere jagt, eine Kunst, die sie als Inselbewohner, die weit im Westen wohnten, vergessen hatten.

Plötzlich blickte Qung ihn an, und selbst in dem schwachen Licht des *ulax* sah er das Feuer in ihren Augen. »Es ist noch ein Geschichtenerzähler hier«, sagte sie. »Zwar nennt er sich Händler, aber Geschichtenerzähler erkennen einander stets. Wir sind das Volk zu vieler Worte. Wir leben vom Diebstahl, nehmen unsere Einfälle von den Menschen um uns herum, verdanken unsere Erzählungen dem Leben anderer. Gestehst du solches Diebestum ein, Mann vom Fluß?« fragte sie.

»Nein«, sagte Chakliux. »Ich bin ein Geschichtenerzähler, wie du sagtest, aber kein Dieb. Viel eher ein Händler, der Erzählungen austauscht, und ein Flechter, der ein Stückwerk von Worten zu ganzen Körben verflicht, in denen Gedanken und Erinnerungen an längst gelebtes Leben bewahrt bleiben.«

Qungs Augen, winzig in ihrem faltenreichen Gesicht, zwinkerten ihm zu, und er glaubte schon, sie würde lächeln. Statt dessen hörte er ein Lachen tief in ihrer Kehle, als sie sagte. »Gibt es eine Geschichte, die du heute feilbieten könntest?«

Aqamdax hatte viele Geschichten der Ersten Menschen an ihn weitergegeben, die Qung, so lange der Abend auch schon dauerte, noch nicht dargeboten hatte. Er konnte Geschichten der Flußmenschen erzählen oder Legenden, die er vom Volk der Karibus, der Walroßjäger und der Nördlichen Tundra gelernt hatte, doch beschloß er, ihnen etwas anderes nahezubringen – eine Geschichte, die sie kennen mußten, falls Aqamdax je zu ihnen zurückkehrte und ihren kleinen Bruder Ghaden mitbrachte.

»Schau! Was sehe ich?« sagte er und erklärte dann, daß die Ältesten in seinem Dorf Rätsel stellten, um die Kinder zu unterweisen und Dinge zu sagen, die nicht auf andere Weise höflich auszudrücken waren. »Von weitem sieht es schwarz aus. Aus der Nähe kann man hindurchschauen.«

Er erwartete keine Antwort, war aber nicht überrascht, als Qung sagte: »Eine Feder. Die Feder eines Kormorans.« Sie riß eine Feder aus ihrem *sax* und hielt sie sich dicht vor das Gesicht, um Zweiflern ins Gedächtnis zu rufen, daß das Auge durch eine Feder ebensogut blicken konnte wie durch die eigenen Wimpern.

Chakliux nickte anerkennend und sagte: »So ist es auch, wenn wir sehen, wie andere leben. Je näher wir hinschauen, um so klarer erkennen wir.« Dann begann er mit der Geschichte von Daes, wie Aqamdax sie ihm erzählt hatte.

Zustimmendes Gemurmel folgte auf seine Erzählung, und

später, tief in der Nacht, als die Geschichten ein Ende hatten und die Menschen das *ulax* verließen, ergriff ihn Qung bei der Hand, bevor er ging, zog ihn in den hinteren Teil der Behausung und fragte: »Weißt du, wer die Frau getötet hat?«

»Nein«, erwiderte Chakliux.

»Die Flußmenschen, sie werden Aqamdax nicht töten?«

»Sie ist nicht mehr bei ihnen.«

»Tut sagt, du weißt nicht, wo sie ist. Warum suchst du nach ihr?«

»Ich möchte sie zur Frau nehmen.«

»Also wirst du im Frühjahr fortgehen und weitersuchen?«

»Ja, ich werde zu den Flußmenschen zurückkehren und versuchen, sie zu finden.«

»Vielleicht ist sie tot.«

»Ja, vielleicht.«

Qung seufzte, wandte sich von ihm ab und murmelte: »Ich habe ihr geraten, nicht fortzugehen.«

Chakliux war schon auf halbem Weg den Kletterstamm hinauf, als ihm Qung nachrief: »Wenn du sie findest, komm wieder her. Wir brauchen gute Geschichtenerzähler hier im Dorf. Wenn du Zeit hast, wirst du mich vielleicht besuchen ...«

»Ich werde kommen, Tante«, sagte Chakliux. »Ich habe viel zu lernen.«

40

Das Vetter-Fluß-Dorf

Aqamdax hoffte auf eine Gelegenheit, nachts aus der Hütte der Mondblutung zu schlüpfen, um im Schutz der Dunkelheit zur Behausung von Stern zu schleichen und Yaa ihren Plan zuzuflüstern. Jede Nacht holten die Frauen abwechselnd Holz und hüteten das Feuer. In der zweiten Nacht war Aqamdax an der Reihe. Wer würde schon bemerken, wenn sie länger fort war als nötig, um einen Armvoll Holz zu holen?

Dann war Dritte Tochter gekommen, mit ihrem Säugling. Für gewöhnlich blutete eine stillende Mutter nicht. Ein Säugling ließ das Blut nicht fließen, denn das nächste Kind sollte wissen, daß es erst dann folgen durfte, wenn das ältere entwöhnt war. Das Kind von Dritte Tochter war noch ganz klein, und trotzdem hatte sie fast keine Milch mehr, und ihre Blutung hatte wieder eingesetzt. Ein Tabu war gebrochen worden, sagten die anderen Frauen in der Behausung.

Dritte Tochter wiegte ihren Sohn, gab ihm die Brust, damit er aufhörte zu jammern, und dennoch schrie er unaufhörlich, den ganzen Tag und einen Großteil der Nacht. Wie konnte sich Aqamdax davonstehlen, wenn das Kind von Dritte Tochter sie alle wachhielt?

Aqamdax vertrieb sich die Zeit, indem sie an einem Korb flocht, doch ihre Gedanken kreisten stets um Beißer. Ghadens Kummer legte sich schwer auf ihre Brust.

Sie rief sich ins Gedächtnis, daß der Hund Glück hatte, überhaupt noch am Leben zu sein. Es war ein harter Winter, und bald würde man damit beginnen, Hunde zu schlachten, um sie zu essen. Würden sie statt Beißer vielleicht erst einen ihrer Hunde töten? Wenn sie nur einen kurzen Augenblick von der Behausung fortkäme, um mit Yaa zu sprechen ...

Die Türklappe wurde beiseite gezogen, und ein Schwall kalter Luft drang in die Behausung. Das Kind von Dritte Tochter hörte auf zu weinen, hielt vor Schreck über die Kälte den Atem an, und in der plötzlichen Stille blickte Aqamdax auf und sah Stern mit Yaa, die ihr folgte. Die beiden ließen die Winterkälte herein, bis Stern ganz eintrat und die mit Steinen beschwerte Türklappe wieder zurückfallen ließ.

Yaa, beladen mit Essen und Nähzeug, ging Stern in den hinteren Teil der Behausung nach. Aqamdax kehrte zu ihrer Flechtarbeit zurück, den Kopf über den Korb gesenkt, und beobachtete aus den Augenwinkeln, wie sich Stern einrichtete und Yaa schließlich mit einem Fingerschnippen entließ. Aqamdax stand auf und sagte: »Ich hole Holz.«

Sie machte sich nicht die Mühe, ihren Außenparka überzuziehen, aus Angst, Yaa könnte davongeschlüpft sein, bis sie sie eingeholt hätte. Doch das Mädchen wartete auf sie, zusammengekauert, mit dem Rücken zum Wind. »Geht es euch gut, Ghaden und dir?« fragte Aqamdax.

»Es geht uns immer gut, wenn Stern in der Frauenhütte ist«, sagte Yaa.

»Macht Sterns Mutter euch nicht zuviel Mühe?«

»Meistens sitzt sie nur da. Manchmal näht sie auch. Oder sie nimmt Ghaden in die Arme. Sie ißt, wenn ich ihr etwas gebe, und geht mit mir nach draußen, um sich zu erleichtern. Mit Stern ist es nicht so einfach.«

»Yaa, ich muß etwas Wichtiges mit dir besprechen«, sagte Aqamdax. »Tikaani hat K'os gebeten, mich Nachtmann zur Frau zu geben.«

Yaa riß die Augen auf. Sie schlug ihre Hände in den Fäustlingen zusammen und sagte: »Du würdest bei uns leben?«

»Ja.«

Yaa öffnete den Mund, wie um ihre Freude hinauszuschreien, doch Aqamdax hieß sie schweigen. »Eine Bedingung ist daran geknüpft. K'os verlangt einen Brautpreis. Sie will Beißer.«

»Was will sie mit ihm? Sie hat doch Hunde. Viele Hunde.«

Aqamdax preßte die Lippen aufeinander, biß sich in die Wangen. »Sie will Beißer tot sehen. Man soll ihn ihr zum Essen bringen.«

»Beißer? Nein! Ghaden könnte es nicht ertragen.«

»Ich weiß. Hör zu, Yaa, selbst wenn ich Tikaanis Angebot ablehne ...«

»Könntest du das denn?«

»Sei still und hör zu. Ich muß bald wieder hineingehen. Sie werden Beißer sowieso essen, früher oder später. Die Vorratslager sind fast leer, und der Winter war hart. Wir müssen ihnen zeigen, daß Beißer es wert ist, am Leben zu bleiben. Ich habe einen Plan, mit dem es vielleicht gelingt, aber du mußt etwas dazu tun. Jetzt, da Stern hier ist, wird es leichter sein.« Sie nickte zur Hütte hin. »Morgen werde ich die Frauenhütte verlassen. Am Tag darauf will Tikaani meine Antwort wissen. Am Morgen dieses Tages sollst du Beißer füttern, und zwar gut, ihn dann zur Fallenreihe von K'os führen und dort lassen. Danach gehst du zurück, ziehst Ghaden warm an und läßt ihn draußen spielen. Er soll dort bleiben, bis Beißer zurückkommt. Schaffst du das?«

»Ja.«

Durch die Wände der Hütte drang Sterns vorwurfsvolles Gequengel zu ihnen. »Ich muß hinein«, sagte Aqamdax. »Vergiß es nicht. Zwei Tage von heute an. Am Morgen.«

»Ich werde alles tun.«

Aqamdax raffte einen Armvoll Holz zusammen und kroch

zurück in die Behausung. Sie legte das Holz nahe dem Eingang ab und hörte sich Sterns Klagen über die Kälte an, darüber, daß sie Schnee hereingetragen hatte, und über die Faulheit jener Menschen, die sich Seejäger nannten.

Als Aqamdax die Hütte der Mondblutung verließ und zu K'os zurückkehrte, sprach diese kaum ein Wort mit ihr. Aqamdax trug Holz herein, ließ Schnee zum Trinken schmelzen, fütterte die Hunde von K'os und bot dann an, nach den Fallenreihen zu sehen.

»Du willst mir nur Essen für deinen Mann stehlen«, sagte K'os.

Aqamdax senkte den Kopf und zog ihre Stiefel an. Die Frau hatte recht. Sie wollte tatsächlich Essen stehlen, aber nur einen Hasen. Der Magen drehte sich ihr um bei der plötzlichen Vorstellung, alle Schlingen könnten gähnend leer sein.

»Was ich finde, bringe ich mit«, sagte Aqamdax und zog ihren Parka an. Vom Eingang nahm sie ein Paar Schneeschuhe mit und trug sie durch das Dorf bis zu Sterns Behausung. Yaa war draußen.

»Soll ich Beißer jetzt hinführen?« flüsterte Yaa ihr im Vorbeigehen zu.

»Erst wenn ich aus dem Dorf heraus bin«, sagte Aqamdax und beugte sich nieder, um die Schneeschuhe anzulegen. »Bring ihn zu den Fallen von K'os, und bleib bei ihm, bis er meiner Spur folgt, dann geh zurück, und mach Ghaden bereit.«

Sie richtete sich auf und ging weiter.

Die erste Falle war leer, der Sehnenstrang noch mit dünnen Grashalmen zur Schlinge gebunden. In der nächsten Falle fand sie einen steif gefrorenen Hasen. Aqamdax seufzte erleichtert auf, löste ihn aus der Schlinge, klopfte den Schnee ab und steckte ihn zum Auftauen unter ihren Parka. Die übrigen Fallen waren leer.

Aqamdax hielt wieder auf das Dorf zu und blieb auf halbem Weg stehen, um auf Beißer zu warten. Inzwischen sollte Yaa ihn losgelassen haben.

Aqamdax wartete, bis die Kälte in ihre Füße drang, ging schließlich weiter zur nächsten Schlinge und zur übernächsten. Noch immer kam Beißer nicht. Ob Yaa es vergessen hatte? Nein, Yaa war so zuverlässig wie eine erwachsene Frau. Wahrscheinlich hatte irgendein Tier Beißer abgelenkt.

Sie beschloß, seiner Spur zu folgen. Wenn er einem Tier in den Wald gefolgt war, konnte sie ihn vielleicht noch finden. Am Waldrand stieß sie auf Beißers Spur und bemerkte dann, ein wenig links davon, eine weitere Reihe von Abdrücken. Sie stammten ebenfalls von Beißer. Er war umgekehrt und zurückgelaufen.

Närrin! schalt sich Aqamdax selbst. Hast du wirklich geglaubt, dein Vorhaben würde gelingen? Irgend jemandem wäre sicher aufgefallen, daß eine Schlinge und nicht ein Hund den Hasen getötet hat, selbst wenn du ihn weit genug aufgetaut hättest, daß er wie eine frische Beute aussah.

Sie hatte Beißer noch als ganz jungem Hund beigebracht, kleine Tiere zu jagen und ihr oder Ghaden zu bringen, doch in diesem Dorf war er fast ständig angebunden. Er hatte lange Zeit nicht mehr gejagt. Selbst wenn es gelungen wäre, daß er Ghaden den Hasen vor die Füße legte, hätte irgendeine alte Frau sicher behauptet, er stamme aus ihren Schlingen.

Sie zog den Hasen aus ihrem Parka hervor und band ihn an die Schnur, die sie an einem Gürtel um die Mitte befestigt hatte. Dann ging sie weiter in Richtung Dorf. Hinter der Biegung des Pfads, der zu Sterns Behausung führte, blieb sie stehen. Eine kleine Gruppe von Frauen hatte sich vor der Behausung versammelt. Dann sah sie Beißer. Er saß mit erhobenem Kopf da und hechelte. Ein großer Hase, am Nacken blutverschmiert, lag neben ihm auf dem Boden beim Eingang der Behausung, wie Beute, die ein Jäger seiner Frau hinlegt.

Ein paar ältere Frauen drehten sich um, erblickten Aqamdax und sahen weg, doch konnte sie hören, was sie zueinander sagten. Sie entnahm daraus, daß Beißer den Hasen zu Ghaden gebracht hatte. Der Junge hatte vor der Behausung gesessen, im Schnee gegraben und gespielt, wie Kinder eben spielen.

Schließlich wandte sich eine der jüngeren Frauen Aqamdax zu und fragte: »Dieser Hund, kommt er aus dem Nahe-am-Fluß-Dorf?«

»Ja. Einer der Ältesten hat ihn Ghaden geschenkt.«

Nun stellten viele Frauen Fragen: Wie alt war Beißer? Wer hatte ihn jagen gelehrt? Fraß der Hund mitunter auch seine Beute und weigerte sich, sie dem Jungen zu bringen?

Aqamdax antwortete, so gut sie konnte, und unterdrückte ein Lächeln, als ihr bewußt wurde, daß einige der älteren Frauen zum erstenmal mit ihr sprachen – Frauen, die für gewöhnlich nicht daran dachten, das Wort an eine Arbeiterin zu richten, schon gar nicht an eine, die K'os gehörte.

Als die Gruppe weiter anwuchs, gesellten sich schließlich auch einige Männer dazu und begannen, ebenfalls Fragen zu stellen. Aqamdax vernahm Tikaanis Stimme. Er kämpfte sich zur Mitte durch, bis er vor dem Hund stand. Seine Worte galten Beißer, ein kurzes Lob, wie Jäger es untereinander aussprechen. Er beugte sich vor und griff nach dem Hasen.

Beißer fletschte die Zähne, knurrte und setzte eine Pfote auf das Tier, dann nahm er es ins Maul, trug es zu Ghaden und ließ es in seinen Schoß fallen.

Tikaani warf den Kopf zurück und lachte.

»Wer hat dem Hund beigebracht, so zu jagen?« fragte er, und Yaa, die neben Ghaden stand, eine Hand auf der Schulter ihres Bruders, deutete mit ihrem kleinen Kinn auf Aqamdax und sagte mit klarer Stimme: »Unsere Schwester Aqamdax.«

Schon in der folgenden Nacht war Aqamdax nicht länger Arbeiterin, sondern Frau. Ungeachtet K'os' finsterer Blicke trug sie ihre geringe Habe in Sterns Behausung und half Nachtmann, seine Dinge aus der Behausung der Jäger zu holen. Selbst Lange Augen, Sterns Mutter, schien aus der seltsamen Traumwelt zu erwachen, in der sie lebte, und bereitete Essen zu. Allerdings redete sie Ghaden mit dem Namen eines ihrer toten Söhne an und schien Aqamdax nicht wahrzunehmen, stieß sogar mehrmals mit ihr zusammen. Dann fuhr sie verdutzt zurück, blickte aber durch Aqamdax hindurch wie durch ungetrübtes Wasser.

Nachdem Tikaani die Behausung verlassen hatte und Ghaden und Yaa schlafen gegangen waren – Beißer, dank seiner neuen Ehrenstellung als Jäger, in Ghadens Lager –, rollte Aqamdax ihre Matten neben denen ihres Mannes aus.

Fast ein Jahr lebte sie nun schon bei den Flußmenschen und hatte sich noch immer nicht daran gewöhnt, daß sie alle dicht beieinander lagen, ohne Vorhänge, die die Schlafplätze voneinander trennten, Mann und Frau von den übrigen Familienmitgliedern sonderten. Sie bemerkte, daß Stern und Lange Augen ihnen rücksichtsvoll die Kehrseite zuwandten, anders als K'os, die offenbar ein eigenartiges Vergnügen dabei empfand, zuzusehen, wenn Aqamdax einem Mann zu Gefallen sein mußte. Doch warum die Menschen vom Vetter-Fluß-Volk nach K'os beurteilen?

Aqamdax setzte sich neben Nachtmann. Er lag gegen eine Rückenstütze aus Weidengeflecht gelehnt, seine schmerzende Schulter ruhte auf einem Polster aus weichem Wolfspelz. Er war dünn und bleich, ein hochgewachsener Mann mit großer, vorspringender Nase, deren Rücken ein Stück geradeaus verlief und dann abknickte. Ihre Form erinnerte Aqamdax an einen Ellenbogen. Seine Augen hatten das hellere Braun der Flußmenschen, die gleiche Farbe wie Chakliux' Augen, und lagen tief in den Höhlen. Sein voller, breiter Mund verzog sich mitunter zu einem kurzen, leisen Lachen, und sie hatte bemerkt, daß Nachtmann bei besonders starken Schmerzen in der Schulter die Lippen zusammenpreßte und fest über den Zähnen schloß.

Anders als die Ersten Menschen feierte das Flußvolk das Zusammenkommen von Mann und Frau ausgiebig. Hier waren es nicht nur Vater oder Onkel, die den Jäger und die Frau unter Gelächter auf einen Schlafplatz schoben. Man hatte einen Segen über sie gesprochen und sie anschließend festlich bewirtet. Da Nachtmann das Gedränge einer Menge nicht ertrug, waren er und Aqamdax in der Behausung geblieben und hatten die Dorfbewohner dort empfangen.

Aqamdax hatte keine neuen Kleider für die Feier, bekam aber von Stern einen schmalen Gürtel aus Karibuhaut geschenkt, der mit rotgefärbtem Karibuhaar und kleinen, scheibenförmigen Muschelperlen verziert war. Aqamdax löste ihr Haar, zog den Innenparka ohne Kapuze an, das Backenhörnchenfell nach außen gewendet, und band sich den Gürtel um die Mitte. Sterns Mutter war bei ihnen in der Behausung geblieben und summte ein eigenartiges Lied, das wie das Stöhnen des Windes klang. Sie schien Aqamdax nicht zu sehen, obgleich sie Nachtmann einige Male zulächelte.

Wie die meisten Jäger sprach auch Nachtmann nicht mehr als nötig. Als sie zum erstenmal in der Behausung waren, allein bis auf Lange Augen, hatte sich Aqamdax dicht zu ihrem neuen Mann hingebeugt und geflüstert: »Danke, daß du mich zur Frau nimmst.« Selbst da hatte er nur geknurrt, genickt und den Blick abgewandt.

Einen kurzen Moment lang dachte sie an Chakliux, jenen Mann, mit dem sie so vieles besprochen, mit dem sie gestritten, gescherzt und Rätsel erfunden hatte. Sie tastete nach dem verknoteten Sehnenstrang, den sie noch immer am Handgelenk trug. K'os hatte ihn nicht für wertvoll erachtet und nur Aqamdax' Halsketten an sich genommen. Plötzlich schnitt die Sehnsucht nach Chakliux, seinem heiteren Witz, seinen Geschichten Aqamdax scharf wie ein Messer ins Herz, doch sie zwang sich, an ihr Leben bei K'os zu denken, an die Nächte, in denen sie Männer in ihrem Lager willkommen heißen mußte, an die kalten Tage voll unsinniger Aufträge von K'os. Wenn sie es so betrachtete, konnte sie Nachtmann nur voll Dankbarkeit begegnen und sich glücklich schätzen, K'os entronnen zu sein.

Yaa drehte sich in ihrem Lager um und kniff die Augen zu. Aqamdax und Nachtmann sollten nicht denken, daß sie sie beobachtete, wenn sie auch neugierig war, was sie in dieser ersten gemeinsamen Nacht tun würden. Als sie noch ganz klein war, hatte sie ihren Vater und ihre Mutter miteinander im Schlaflager gesehen, hatte ihre Bewegungen beobachtet und mitunter das lustvolle Stöhnen gehört, das aus ihren Kehlen drang. Ob es bei Aqamdax und Nachtmann wohl ebenso sein würde?

Nachtmann wirkte nicht kräftig wie die anderen Jäger. Er ging langsam und gebeugt, stützte sich auf einen Gehstock wie ihr Vater. Nachtmann war jung, aber er sah nicht so aus. Irgendwie hatte er sich eine Verletzung zugezogen, so sagte es jedenfalls eines der Mädchen vom Vetter-Fluß-Dorf. Die meisten Mädchen von hier wollten allerdings nicht mir ihr spielen und sprachen auch nur selten mit ihr. Es störte Yaa nicht. Sie hatte genug damit zu tun, Stern zu unterhalten, sich um Ghaden zu kümmern und sich wegen Aqamdax zu sorgen – bis heute. Das würde nun besser werden, obwohl es ihr leid tat, daß Aqamdax einen Mann nehmen mußte, der vermutlich zu krank zum Jagen war und seltsam roch, beinahe wie verfaultes Fleisch.

Sie hörte die beiden flüstern, dann kniete Aqamdax vor Nachtmann und zog ihm mit seiner Unterstützung das Hemd aus. Yaa vergaß, die Augen zu schließen, riß sie sogar weit auf, als Nachtmann in dem Moment, da das Hemd über seine Schulter glitt, aufschrie. Jener Geruch nach verfaultem Fleisch wehte durch den Raum, und Aqamdax half Nachtmann, sich an die Rückenstütze zu lehnen.

Plötzlich fiel Yaa wieder ein, daß sie ja schlafen sollte. Sie schloß die Lider und lauschte angestrengt, atmete ganz flach, um den Klang ihrer Stimmen vernehmen zu können.

Sie hörte ein Rascheln an ihrem Lager und merkte, daß Aqamdax neben ihr stand.

»Ich weiß, daß du nur so tust, Schwester«, sagte Aqamdax, doch ihre Stimme klang freundlich. »Öffne die Augen, und hilf mir.«

Langsam hob Yaa die Lider.

»Wo bewahrt Stern die Heilmittel auf?« fragte Aqamdax. »Und wo lagert sie geschabte Häute?«

Yaa kroch aus den Schlaffellen und brachte Aqamdax einen Armvoll Häute, manche mit Fell und manche ohne. Aqamdax wählte einige kleinere aus, die auf beiden Seiten gut abgeschabt waren.

Yaa stand da und sah ihr zu, wie sie Kochsteine in die Glut legte und das Feuer anfachte. »Mein Mann ist krank, und ich will nicht bis zum Morgen damit warten, ihm zu helfen«, sagte Aqamdax zu Yaa und goß Wasser in einen leeren Beutel, um später die heiß gewordenen Kochsteine hinzuzugeben.

»Wird er sterben?« fragte Yaa.

»Nein, er wird nicht sterben«, erwiderte Aqamdax. »Das lasse ich nicht zu.«

K'os war dem Fest ferngeblieben. Warum feiern? Sie hatten ihre Arbeiterin genommen und zur Frau gemacht. Aqamdax verdiente solche Ehre nicht. Was trug es schon ein, einem Mann eine Frau zu geben, die nicht einmal zu den richtigen Menschen zählte?

Und außerdem, wer wußte, zu wem sie halten würde? Sie hatte mit den Nahe-am-Fluß-Menschen gelebt. Bestand nicht Gefahr, daß sie sie warnte, wenn sie von K'os' Plänen hörte? Jetzt, da sich beide Völker in die Winterlager zurückgezogen hatten, würde sie es wohl kaum versuchen, aber was war, wenn die jungen Jäger entschieden, daß sie nach dem harten Winter nicht stark genug waren, um im Frühling zu kämpfen? Dann würden sie den ganzen Sommer abwarten müssen – jene Zeit, in der viele Familien weit verstreut in verschiedenen Fischlagern lebten, taugte nicht zu einem Angriff. Andererseits waren im Sommer die Nahe-am-Fluß-Menschen und die vom Vetter-Fluß-Dorf mitunter weniger als einen halben Tagesmarsch voneinander entfernt. Was sollte Aqamdax davon abhalten, sich davonzuschleichen und sie zu warnen?

Natürlich mochte es K'os gelingen, die Jäger zum Angriff zu überreden, bevor die Familien zu den Fischlagern aufbrachen. Wenn dies fehlschlug, würde sie die Seejägerfrau töten müssen. Und das wäre keine leichte Aufgabe, um so weniger, als Aqamdax nun mit anderen in einer Behausung lebte. Bei vergiftetem Essen würden zu viele sterben, und andere im Dorf könnten Verdacht schöpfen. Sie mußte jetzt vorsichtiger sein. Als sie noch jung war, hatte sie allzu unbekümmert todbringende Substanzen verwendet. Doch mittlerweile wußte sie, daß Töten nicht immer die beste Form der Rache war – und daß es nicht unbedingt sie selbst sein mußte, die jemanden tötete.

Aqamdax bereitete heiße Breiumschläge, um Nachtmann das Gift aus der Schulter zu ziehen. Der Wundbrand reichte bis tief in seinen Armmuskel hinein. Er hatte schmerzhafte Knoten am Hals, an beiden Seiten seines Körpers und sogar in der Falte zwischen seinem linken Bein und der Leiste. Es gelang ihr, einen Teil des Giftes herauszuziehen, und gegen Morgen klagte er weniger über Schmerzen. Selbst seine Augen waren klarer.

»Du bist eine Heilerin«, hatte er in der Nacht geflüstert, und sie hatte geantwortet: »Nein, keine Heilerin, nur eine Frau.«

Kurz vor Morgengrauen schlief Nachtmann ein, und auch Aqamdax überließ sich für ein paar Augenblicke dem Schlaf. Noch im Traum horchte sie auf das Geräusch seines Atems.

Als sie erwachte, stand Stern über sie gebeugt und rümpfte die Nase angesichts der hölzernen Schale voller Blutklumpen und Eiter.

Sie stieß Aqamdax mit der Zehe an und fragte: »Was hast du mit ihm gemacht?«

»Ich habe seine Wunde gesäubert«, erwiderte Aqamdax und setzte sich auf. Sie hatte in ihrem Parka aus Backenhörnchenfell geschlafen, ohne zusätzliche Pelzdecken, zufrieden damit, in einer warmen Behausung zu sein.

»Ich will nicht, daß Ghaden dieses Zeug sieht«, sagte Stern.

Aqamdax nickte. Stern hatte recht. Es würde nicht gut für ihn sein. Sie zog den Außenparka über und trug die Schale mit den am schlimmsten zugerichteten Fetzen von geschabter Haut zum Abfallhaufen hinter der Stelle, wo sich die Frauen erleichterten.

Nachtmann war wach, als sie zur Behausung zurückkehrte. Seine Augen leuchteten auf bei ihrem Anblick, und er streckte ihr seine gesunde Hand entgegen. »Frau«, sagte er, und das Wort wärmte Aqamdax' Herz. »Ich bin hungrig.«

»Du weißt, wo unser Vorratslager ist?« fragte Stern sie.

»Ja.«

»Gut. Hole, was du für ihn und dich selbst brauchst. Das meiste von dem, was wir in der Behausung hatten, ist gestern abend aufgegessen worden.«

Das Vorratslager, nahe dem von K'os, war ein standfest aus Holz gezimmertes Rechteck auf hohen Pfosten. Eine seltsame Art, Essen aufzubewahren, dachte Aqamdax, doch die Flußmenschen waren in den meisten Dingen seltsam. Ihre Boote waren Flöße aus zusammengebundenen Baumstämmen und so schwer, daß mehrere Männer gebraucht wurden, um sie an Stromschnellen und Untiefen vorbeizutragen.

Selbst Chakliux hatte ihr nicht sagen können, warum sie nicht *iqyan* benutzten. Allerdings hatte er angeführt, die Flöße könnten auf einem Fluß viele Lasten über weite Strecken tragen.

Jedes Vorratslager hatte eine Leiter – zwei lange Pfosten, durch Querstreben aus starken Ästen miteinander verbunden. Sie war leicht zu erklimmen, selbst mit Lasten im Arm, und ohne weiteres abzunehmen, so daß keine Tiere in das Vorratslager gelangen konnten. Aqamdax kletterte hinauf, löste die Lasche an der Luke und öffnete sie. Sie war noch immer mindestens halb voll. Nicht einmal K'os hatte soviel Fleisch, und sie achtete genau darauf, daß ihr jeder Mann, der ihr Lager oder das von Aqamdax teilte, Karibufleisch oder Fisch dafür gab.

Aqamdax zog einen Vorratsbehälter aus Karibuhaut heraus, öffnete ihn und entnahm ein gefrorenes Fleischstück. Nahe der Tür lagen stapelweise getrocknete und gefrorene Fische. Sie nahm ein paar davon für Beißer mit.

Oben auf der Leiter hielt sie inne und spähte aufmerksam in alle Richtungen nach Wolken von gefrierendem Atem, die verraten mochten, daß ihr Wölfe oder ein wilder Hund gefolgt waren und lauerten, bis sie mit dem Fleisch herunterkam. Es war nichts zu sehen außer den Rauchfahnen, die aus den Abzugslöchern der Behausungen aufstiegen, und dem grauen Zwielicht des Morgens. Sie schloß die Luke und stieg hinunter.

Auf dem Rückweg zur Behausung begegnete sie anderen Frauen. Sie senkte den Kopf, darauf gefaßt, wie jeden Morgen ihre Schmähungen zu hören, ihr mißbilligendes Zungenschnalzen und ihre Bemerkungen darüber, wie seltsam doch alle waren, die nicht zum Flußvolk gehörten. An diesem Morgen aber grüßten sie sie wie jede andere auch. Eine blieb sogar stehen und erkundigte sich nach Nachtmanns Befinden. Dann erblickte Aqamdax K'os, die auf sie zukam, die Augen starr geradeaus gerichtet, als sähe sie keine der anderen Frauen aus dem Dorf.

Eines der Kinder hatte Aqamdax erzählt, daß K'os schon betagt sei, was wohl stimmen mußte, wenn sie Chakliux' Mutter war, doch ihr Gesicht wirkte nicht alt. Nur die knotigen, verfärbten Hände verrieten ihre Jahre. Aqamdax hob den Kopf, trat K'os, der Witwe, als Frau entgegen. Sie erwartete, daß K'os auch an ihr vorbeigehen würde, ohne das Wort an sie zu richten oder auch nur mit einem raschen Blick Erkennen zu verraten, aber K'os blieb stehen, streckte die Hand im Fäustling aus und sagte: »Tikaani hat mir erzählt, daß dein Mann große Schmerzen leidet.«

»Die Wunde ist noch nicht geheilt«, sagte Aqamdax und hoffte, damit die anerkannte Heilerin des Dorfes nicht zu beleidigen. Als K'os nichts erwiderte, fragte Aqamdax, die sich bemühte, das Schweigen zwischen ihnen zu brechen: »Gibt es in diesem Dorf einen Schamanen, der die Gesänge und Gebete zur Vertreibung böser Geister kennt?«

K'os' Blick verdüsterte sich. »Er starb im letzten Herbst«, sagte sie. »Gleich nachdem wir aus dem Sommerfischlager zurückkehrten. Er war alt, aber er wußte nicht viel. Ich habe Pflanzen, die Nachtmann helfen werden. Vor Anbruch des Winters habe ich seiner Mutter ein paar davon gegeben. Hätte ich gewußt, daß es mit ihm nicht besser geworden ist, hätte ich noch mehr gebracht.«

Der Mutter von Nachtmann etwas in die Hand zu geben war sinnloser, als es einem Kind zu überlassen. K'os mußte sich dessen bewußt sein, dachte Aqamdax. Außerdem traute sie K'os nicht. Sie mochte beschließen, Gift statt Medizin zu verabreichen.

»Ich werde dir etwas bringen.«

Aqamdax nickte zum Dank und ging weiter zu Sterns Behausung. Sie würde die Medizin von K'os annehmen, sie aber Nachtmann nicht geben. Vielleicht reichten ihre Breiumschläge aus, um ihn wieder zu Kräften kommen zu lassen. Aqamdax betrat die Behausung und sah, daß ihr Mann aufrecht saß, die Lippen in angespannter Aufmerksamkeit gespitzt, und gemeinsam mit Ghaden Lederstreifen in das Netz eines Schneeschuhs flocht.

Es ist gut, Frau zu sein, dachte Aqamdax. Hatte sie je mehr gewollt?

41

Das Nahe-am-Fluß-Dorf

Sok hob den toten Hund hoch und stand stumm da, als ihm Schläft-lange mitten ins Gesicht spuckte.

»So denke ich über die Hunde deines Bruders. Und über dich. Wenn dein Bruder je in dieses Dorf zurückkehrt, dann sag ihm, daß er mir zwei Handvoll Karibuhäute schuldet, als Ersatz für drei gute Hunde.«

Sok zügelte seinen Zorn. »Glaubst du, ich hätte nicht auch Hunde verloren?«

»Das weiß ich. Deine sind als erste gestorben. Aber jetzt hat der törichte Versuch deines Bruders, Bande der Freundschaft zwischen uns und dem Vetter-Fluß-Volk zu knüpfen, nicht nur deine, sondern fast alle Hunde im Dorf das Leben gekostet. Ich habe dir nichts mehr zu sagen, Sok.«

Sok blieb stehen, den Hund auf den Armen, und wußte nicht, was er tun sollte. Er konnte nicht mehr zählen, wie viele Hunde im letzten Jahr gestorben waren – vier Handvoll? Fünf? Er sollte Wolf-und-Rabe aufsuchen. Ein Schamane würde einen Weg wissen, um das Dorf von einem Fluch zu befreien, doch Wolf-und-Rabe war noch immer zornig auf Sok, weil er Schnee-im-Haar zur zweiten Frau genommen hatte.

Welch sinnloser Zorn. Schnee-im-Haar war glücklich. Sok hatte sie nicht gezwungen, ihn in ihrem Lager willkommen zu heißen. Sobald sie schwanger war, hatte er sie zur Frau genommen und den gleichen Brautpreis bezahlt, als wäre sie erste Frau. Sie hatte Aqamdax' Behausung, und Sok verbrachte viele Nächte dort, obwohl er sich nun, da sie schwanger war, nicht mit ihr vergnügen durfte.

Wolf-und-Rabe wußte nicht, daß die im Dorf geflüsterten Geschichten – Schnee-im-Haar habe sich jedem Jäger hingegeben, um schwanger zu werden und einen Mann zu bekommen – nicht stimmten. Nur Sok, Rotes Blatt und Schnee-im-Haar wußten, daß Rotes Blatt dies alles sorgfältig geplant und Schnee-im-Haar nur Soks Lager geteilt hatte. Wie sonst hätte Wolf-und-Rabe je seine Tochter Sok gegeben, wenn nicht in dem Glauben, daß sie in ihrer Schande niemals mehr einen Mann finden würde?

Wolf-und-Rabe sollte Sok dankbar sein. Glaubte der alte Schamane etwa, er wäre mächtig genug, seiner Tochter einen Mann aus Steinen, Zweigen oder Schlamm zu machen? Die vielen Tage, die er im Gespräch mit Geistern zubrachte, schienen seinen Verstand zu umwölken, so daß niemand ihn mehr recht verstand. Warum ihm den Hund bringen? Er würde Sok nur schelten und Flüche auf Chakliux herabrufen.

Besser noch ging er zu Blaukopfente. Mit dem Hund auf den Armen steuerte Sok auf dessen Behausung zu, den Blick geradeaus gerichtet und von allen abgewandt, die unterwegs stehenblieben und ihn anstarrten. Er kratzte nicht an der Türklappe. Wie auch, da beide Arme beladen waren? Blaukopfentes alte Frau schnappte nach Luft, als er eintrat und den toten Hund ablegte.

Blaukopfente saß nahe der Feuerstelle, eine Schale mit Essen an die Lippen gehoben. Er ließ die Schale sinken, doch sein Mund blieb offen.

Da er nicht sprach, sagte Sok schließlich: »Erst haben sie meinem Bruder die Schuld gegeben. Jetzt mir. Sie sagen, ich hätte nicht die Gaben, wie mein Großvater sie hatte, und alle unsere Hunde würden sterben. Und noch Schlimmeres würde geschehen. Vielleicht unsere Kinder …«

»Schweig still!« schrie Blaukopfente. »Lenke nicht die Ohren der Geister mit solchen Worten auf uns.«

»Diese Worte sind bereits ausgesprochen worden«, erwiderte Sok. »Alte Frauen, die nichts Besseres zu tun haben, flüsterten sie von einer Behausung zur nächsten.«

»Wem gehört der Hund?«

»Schläft-lange hat ihn mir gebracht.«

»Er war immer stolz auf seine Hunde. Was sollst du seiner Meinung nach tun?«

»Er hat keinen Vorschlag. Nur Vorwürfe, wie alle im Dorf.«

»Hat er gesagt, daß du herkommen solltest?«

»Nein.«

»Warum bist du dann hier? Ich weiß wenig über Hunde. Ich habe nur den einen, der meiner Frau beim Tragen der Packen hilft, wenn wir im Frühling in das Fischlager ziehen. Ich mache nicht länger Jagd auf Bären oder Karibus. Ich bin ein alter Mann. Wozu brauche ich Hunde?«

Sok wählte seine Worte mit Bedacht. »Du bist der älteste der Jäger in unserem Dorf. Du kennst die Gebete und Gesänge zur Besänftigung der Geister fast ebensogut wie Wolf-und-Rabe. Ich bitte dich, gemeinsam mit mir und Wolf-und-Rabe zum Schutz unserer Hunde zu beten und zu singen. Wenn eine Ungebührlichkeit die Geister verstimmt hat, wird dies vielleicht helfen. Wir anderen sind wie Kinder. Wir wissen nicht, was wir tun sollen.«

Während er so sprach, straffte sich Blaukopfente, stand schließlich auf und richtete seinen Blick auf Sok.

»Laß den Hund hier. Komm nicht eher zurück, als bis ich dich rufe. Dann gehen wir gemeinsam zu den Ältesten, und ich werde dir sagen, was getan werden muß.«

Bei Einbruch der Dämmerung verließ Ligige' ihre Behausung. Ihre Arme und Fingergelenke schmerzten. Sie konnte immer nur kurze Zeit nähen und mußte dann innehalten. Sie tat wenig mehr, als zu essen und zu schlafen. Was war sie dem Dorf nütze – sie, eine Frau, die ihren Anteil vom Essen nahm und dafür nichts leistete?

Sie hatte beschlossen, zu den Kochstellen zu gehen und das Rühren zu übernehmen, damit einige der jüngeren Frauen in ihre Behausungen zurückkehren konnten. Außerdem wollte sie die weiche, warme Schicht Fett abkratzen, die dort, wo die Flüssigkeit verkocht war, oben am Rand der Beutel zurückblieb. Mit dem Fett konnte sie ihre Hände einreiben, um die Gelenke geschmeidiger zu machen, und es später genüßlich ablecken.

Fast stieß sie mit Wühlmaus, der Frau von Blaukopfente, zusammen, die einen toten Hund aus ihrer Behausung zog.

»Dein Hund?« fragte Ligige' und wunderte sich, warum Wühlmaus sein Fleisch nicht zum Kochen verwendete.

»Nein«, antwortete die Frau. Ihre Stimme drang gedämpft durch die Vorderseite ihres Parkas, während sie tief vornübergebeugt den Hund herauszog.

Ligige' sah den Hund von Blaukopfente von dem Platz aufspringen, wo er hinter der Behausung angebunden war. Er zerrte am Strick, um zu dem toten Hund zu kommen, und stimmte ein kläffendes Geheul an.

»Sok hat ihn gebracht.«

»Noch ein toter Hund?«

»Ja. Mein Mann sagt, ich solle ihn dir geben. Er hat allen Fluch von ihm genommen und sagt, daß du ihn haben kannst.«

»Wessen Hund ist es?«

»Schläft-lange hat ihn Sok gegeben.«

»Er will ihn nicht?«

»Er sagte meinem Mann, er solle ihn jemandem geben, der das Fleisch braucht.«

Ligige' bückte sich und half Wühlmaus, den toten Hund bis zu ihrer Behausung zu ziehen. Ligige' dankte ihr, trug ihr auch einen Dank an Blaukopfente und Schläft-lange auf, doch nachdem Wühlmaus fort war, saß Ligige' nur da und starrte auf den Kadaver. Wenn das Fleisch frei von Fluch war, warum wollten es Blaukopfente und Schläft-lange dann nicht selbst? Wenn sein Verzehr keine Gefahr bedeutete, warum gab es dann jemand wie Wühlmaus, deren Vorliebe für Hundefleisch wohlbekannt war, so willig her?

Bis spät in die Nacht saß Ligige' neben dem toten Tier und sann über die Hunde nach, die gestorben waren. Es hatte begonnen, als Chakliux in das Dorf kam. Man hatte ihn beschuldigt, doch nun war er fort.

Glücklicher Mund sagte, er sei zu den Seejägern gezogen, um Ghaden und Yaa zu finden. Aber wer wollte das glauben? Warum sollte er Kinder suchen, die nicht die seinen waren, nicht einmal Geschwister von ihm oder wenigstens Vettern? Glücklicher Mund hoffte nur, daß es so war, und hielt sich an etwas fest, das nicht stimmte. Außerdem, wer wollte bezweifeln, daß Aqamdax Ghaden mitgenommen hatte? Natürlich bestand kaum Aussicht, daß sie die weite Reise bis zu ihrem eigenen Volk überleben würde.

Rotes Blatt hatte behauptet, Aqamdax habe Chakliux' *iqyax* genommen. Wer hatte überhaupt gewußt, daß Chakliux ein *iqyax* besaß? Es war im Wald versteckt, hatte Sok gesagt. Doch warum? Im Dorf wäre es sicherer gewesen.

Nach einigen Tagen hatte Rotes Blatt die Geschichte anders erzählt. Walroßjäger hätten Aqamdax verschleppt, sagte sie nun, aus Rache für etwas, das sie getan hatte. Wenn das stimmte, welche Aussichten blieben Aqamdax dann noch zu überleben? Und wenn es stimmte, warum hatten sie dann auch Ghaden mitgenommen, und was war mit Yaa geschehen?

Braunes Wasser sagte, Yaa sei nicht ganz richtig im Kopf gewesen, seit Chakliux sie gefunden hatte. Und niemand wußte, wie sie zu der Verletzung gekommen war. Die meisten Frauen dachten, daß ein herabfallender Ast sie getroffen hatte und sie vermutlich einfach allein aus dem Dorf fortgewandert war. Eines Tages würde ein Jäger ihre Knochen finden.

Als Chakliux im letzten Herbst das Dorf verlassen hatte, behaupteten die Ältesten, man müsse sich keine Sorgen mehr um die Hunde machen. Sie seien sicher. Doch die Hunde starben weiterhin, auch ohne Chakliux im Dorf. Nun beschuldigten die anderen Sok. Sie sagten, er sei nicht so mächtig wie sein Großvater und wisse die Hunde nicht zu schützen. Sie hatte gehört, wie einige Männer gegen Schneefalke und die vier Welpen wetterten, die Chakliux aus dem Vetter-Fluß-Dorf hergebracht hatte. Manche waren dafür, sie zu töten, aber es waren gesunde Tiere, und ihre Besitzer wollten sie behalten. Zwei hatten bereits einen Wurf kräftiger Welpen, von denen einige, wie Ligige' gehört hatte, ebenfalls goldäugig waren.

Im übrigen: Dachten die Ältesten nicht mehr daran, daß die ersten Hunde noch zu Lebzeiten von Tsaani gestorben waren? Vielleicht sollte sie Blaukopfente daran erinnern. Er schien von den Ältesten das größte Mundwerk zu besitzen und war für gewöhnlich der klügste unter denen, deren Alter ihnen die Achtung des Dorfes eingetragen hatte.

Seltsam, daß alle Tiere bei kaltem Wetter gestorben waren. Seltsam auch, daß die meisten gesund gewirkt hatten. Diejenigen, die starben, waren oft die Lieblinge ihrer Besitzer. Wenn es ein Fluch war, eine Strafe der Geister für Ungebührlichkeit, hätte man trotzdem meinen können, daß die Alten und Schwachen zuerst starben.

Ligige's Gedanken gingen im Kreis, verwirrten sich. Ihre Augen brannten, nachdem sie den ganzen Tag in der rauchigen Luft ihrer Behausung zugebracht hatte.

»Nun, alte Frau«, sagte sie laut. »Etwas muß mit diesem Hund geschehen.« Ihr fiel ein, daß die anderen toten Hunde nicht gegessen worden waren. Manche wurden verbrannt und die Welpen begraben. Vielleicht fürchtete Blaukopfente, die

Verschwendung von Fleisch könne die Geister erzürnt haben. Vielleicht hatte er ihr darum den Hund gegeben.

Wenn sie ihn aß und die Geister damit erfreute, würde das Sterben womöglich ein Ende haben. Wenn sie ihn aß und die Geister zornig wurden, mußte sie leiden – sie, und nicht irgendein Jäger oder eine junge Frau, die noch Kinder haben konnte. Der Gedanke stimmte sie wütend, bis sie sich vorhielt, daß sie so jedermann helfen konnte. Warum sich also beklagen?

Sie fand ein Messer mit einer neu geschärften Steinklinge. Ihre Kraft reichte nicht aus, den Kadaver hochzuheben und an einen starken Ast zu hängen; zudem war es ihr draußen zu kalt und zu dunkel, um noch zu arbeiten. Sie zog alte Matten hervor, legte sie unter den Hund, wälzte ihn dann auf den Rücken und machte den ersten Schnitt von der Kehle bis zum Steiß. Sie würde Leber und Nieren, Lungen und Herz essen, die Gedärme und den Magen jedoch zum Säubern nach draußen bringen. Sonst blieb der Gestank auf ewig in ihrer Behausung.

Ungeachtet der Schmerzen in ihren Gelenken löste sie die Innereien heraus und trug sie in den Eingangstunnel. Dort blieben sie kalt, bis sie weiter an ihnen arbeiten konnte. Mit einem letzten Ruck zog sie das Bündel von der inneren Türklappe weg, verlor dabei das Gleichgewicht und fiel vornüber.

Sie landete mit dem Gesicht in den Gedärmen und schrie voll Ekel auf, als der durchdringende Geruch von Kot den Eingangstunnel erfüllte.

»Närrin, Närrin, Närrin«, schalt sie sich kreischend. »Warum konntest du nicht bis zum Morgen warten? Es gibt genug junge Mädchen, die dir geholfen hätten.«

Während sie sich hochstemmte, zuckte sie zusammen. Etwas Scharfes hatte sich im Fallen in ihre linke Hand gebohrt. Sie kroch in die Behausung zurück, nahm eine Wasserblase herunter und wusch den Dreck ab. Ihre Hand blutete von einem Einstich. Sie erweiterte ihn mit einem sauberen Messer.

In ihrem langen Leben hatte sie schon viele solcher Verwundungen sich entzünden sehen, vor allem, wenn sie nicht genug bluteten. Nachdem sie die Hand erneut gewaschen hatte, sog sie weiteres Blut aus der Wunde. Sie wärmte Wasser, bereitete eine Salbe aus Fett und getrockneten Veilchenblättern, die sie mit einem dicken Polster aus Karibuhaut auf ihre Hand auflegte.

Sie zog den Kadaver des Hundes in den Eingangstunnel und ließ ihn dort liegen. Genug, sagte sie zu sich selbst. Zeit für eine alte Frau, schlafen zu gehen. Was mit dem Hund geschehen sollte, würde sie am Morgen entscheiden.

Das Vetter-Fluß-Dorf

Zweimal zehn Tage waren vergangen, seit Nachtmann Aqamdax zur Frau genommen hatte. In jener Zeit hatte sie nur ein einziges Mal, drei Tage nach der Feier, sein Lager geteilt. Im Lauf dieser drei Tage war Nachtmann kräftiger geworden, und Aqamdax hatte schon darauf gewartet, daß er sie zu sich in sein Lager rufen würde, doch wenn die Nacht kam, sagte er nichts, und so ging sie zur Frauenseite der Behausung und rollte ihre Schlaffelle neben Stern und Lange Augen aus.

Am dritten Tag war sie vom Holzsammeln hereingekommen, hatte den Schnee von ihrem Parka geklopft und ihn an einen Dachsparren gehängt. Ihr war kalt, und sie hielt die Hände an das Feuer. Ghaden und Yaa spielten draußen, und auch Stern war woanders; nur Lange Augen saß da, sang ihr seltsames Lied und starrte die Wände der Behausung an.

Nachtmann rief Aqamdax; nur ungern verließ sie die Wärme der Feuerstelle.

»Willst du Essen oder Wasser?« fragte sie.

»Kein Essen, kein Wasser«, erwiderte er leise und streckte

ihr die gesunde Hand entgegen. Sie kniete neben ihm, und er streichelte ihre Wange.

»Ist dir kalt?« fragte er sanft und sagte dann: »Es ist warm hier in meinem Schlaflager.« Er hob die Felle an, die ihm als Decke dienten, und heftete seinen Blick auf sie. Sie schlüpfte neben ihn, entspannte sich, als die Wärme seines Körpers sie umfing. Still lag sie da und wartete, da sie nicht wußte, ob er nach ihrem Körper verlangte oder nur nach dem Behagen, sie neben sich zu spüren.

Er drehte sich zur Seite, um sie anzuschauen, und sie sah, wieviel Schmerz diese Anstrengung ihn kostete. Sie stützte sich auf einen Ellenbogen, schob Nachtmann auf die Schlaffelle zurück und begann, seinen gesunden Arm zu streicheln, dann seine heile Schulter, um allmählich an seinem Körper tiefer zu gleiten. Sie schlug die Decken zurück, sah, daß er bereit für sie war, noch bevor sie ihn berührte. Sie streifte Hemd und Gamaschen ab, und er hob die Hand zu ihren Brüsten, ließ die Finger bis zu ihrem Bauch hinuntergleiten.

Ihre Berührungen wurden heftiger, kamen in Einklang, und bald bewegte sie sich auf ihm, stöhnte leise vor Lust und betete, daß die Wonne dieser Vereinigung auf irgendeine Weise seine böse Krankheit vertreiben würde.

Zwei Tage lang glaubte sie, es sei gelungen. Zwei Tage lang schien er immer kräftiger zu werden, saß tagsüber meist aufrecht und ging einmal sogar, mit Tikaanis Hilfe, zur Behausung der Jäger.

Aqamdax wartete nur darauf, daß Nachtmann sie wieder in sein Lager riefe. Einmal setzte sie sich sogar zu ihm, begann mit den ersten, behutsamen Annäherungen des Liebesspiels, doch er lächelte nur, ohne sie weiter zu ermuntern. Um zu verbergen, wie verlegen seine stille Zurückweisung sie machte, war sie hinter ihn gerückt und hatte die Muskeln seines Rückens und Nackens geknetet, um dann auf die Frauenseite zurückzukehren.

Sechs Tage nach ihrer Hochzeitsfeier hatte Nachtmann sie mit wilden Fieberträumen geweckt. Seine Haut fühlte sich brennend heiß an, seine Lippen waren aufgerissen und blutverkrustet. Stern, die ebenfalls von seinen Schreien erwacht war, bündelte Felle, raffte einen Großteil des Essens zusammen, das ihnen nach dem Fest geblieben war, und brachte, Aqamdax' Einwänden zum Trotz, alles in die Behausung von K'os.

K'os kam noch in derselben Nacht. Sie trug einen ihrer Medizinbeutel bei sich – die Haut eines Flußotters, noch mit Schädelknochen, die Augenhöhlen mit glitzernden schwarzen Steinen besetzt, der Bauch vollgestopft mit Päckchen von Wurzeln und getrockneten Pflanzen.

»Hast du ihm die Medizin gegeben, die ich geschickt habe?« fragte sie Aqamdax.

Bevor Aqamdax antworten konnte, sagte Stern: »Ich habe es getan. Sie hat sie weggeworfen. Ich sah, wie sie das Päckchen zum Abfallhaufen brachte, folgte ihr und holte es zurück. Wann immer Aqamdax draußen war, habe ich heißen Tee für meinen Bruder daraus gemacht.«

K'os blickte Aqamdax aus halb geschlossenen Augen an und verzog spöttisch die Lippen. »Du vertraust mir nicht?« fragte sie. »Du weißt, daß ich eine Heilerin bin. Ich würde niemandem Schaden zufügen.«

»Du hast vergessen, daß ich bei dir gelebt habe, K'os«, erwiderte Aqamdax. »Du wirst meinen Mann nicht anrühren.«

»Stern?« sagte K'os und breitete die Hände aus.

»Geh nicht fort. Ich hole Tikaani.«

Während Stern zur Behausung der Jäger ging, stand Aqamdax bei Nachtmann und bewachte ihn. Tikaani kam und bat K'os, Nachtmann Medizin zu geben. Aqamdax erhob Einwände, flehte, während K'os ans Werk ging, Pulver zu Tee verkochte, Wurzeln mit Fett mischte, mit ihrem Fächer aus Rabenfedern die Hitze von Nachtmann fort zum Rauch der Feuerstelle lenkte, damit sie aus der Behausung entwich.

Am folgenden Tag wirkte Nachtmann kräftiger, und sein Fieber ließ nach, doch sprach er nicht mehr, öffnete nur selten die Augen. Manchmal, wenn sie ihn so still daliegen sah, beugte sich Aqamdax ganz nahe zu ihm, bis sie seinen Atem an ihrer Wange spürte und wußte, daß er noch am Leben war.

Das Nahe-am-Fluß-Dorf

Ligige' erwachte aus Träumen von toten Hunden. Mit geschwollenen Zungen und glasigen Augen vollführten sie zur Beschwichtigung jener Geister, die Seelen rauben, einen der Tänze des Volkes. Sie trugen nicht die großen hölzernen Masken der Totentänzer, sondern zeigten den Zuschauern, den Lebenden wie den Verstorbenen, offen ihre Hundegesichter. Bei jedem Schritt sanken ihre Füße in den Boden ein, aus dem sie Kraft zu schöpfen schienen. Mit zurückgeworfenem Kopf und heraushängender Zunge blickten sie zum Himmel auf, als wollten sie die Geister sehen, die sie zu beschwichtigen suchten.

Ligige' rang im Erwachen nach Luft, und jener wunderliche Traumtanz schob sich vor den Anblick ihrer Behausung mit ihren unzweifelhaft vorhandenen starken Wänden aus Karibuhaut.

Sie schauderte und stemmte sich vom Schlaflager hoch, zog dabei zischend die Luft ein, als sie sich auf die linke Handfläche stützte. Sie nahm die Streifen aus Karibuhaut ab, mit denen sie die Wunde bedeckt hatte. Über den Wundrändern hatte sich bereits ein dunkler Schorf gebildet, und es gab auch keine roten Streifen, die auf Gift hindeuteten, das sich seinen Weg zum Herzen suchte.

Sie mußte den toten Hund aus ihrer Behausung schaffen. Wie töricht, daß sie ihn die Nacht über dort gelassen hatte. Wer wußte schon, welche Geister er herbeigelockt hatte, während er im Eingangstunnel lag? Sie holte tief Luft und tastete ihren Magen ab, auf der Suche nach Knoten oder schmerzhaften Stellen, die am Tag zuvor noch nicht dagewesen waren.

Sie spürte nichts, nur das Ziehen in Hüften und Händen, Knien und Nacken, das jeden im Alter heimsucht – Schmerzen, mit denen zu leben sie seit langem gelernt hatte. Sie spürte, wie Zorn auf Blaukopfente in ihr hochstieg. Wie närrisch, ihr den Hund zu überlassen.

Sie zog Gamaschen und Stiefel, Parka und Fäustlinge an, ging zum Eingang und schleifte den Kadaver nach draußen. Sollte Schläft-lange ihn wegschaffen. Er war stark und sie nur eine alte Frau. Sie ging zurück, um die Innereien zu holen. Mit geschürzten Lippen, zwinkernd angesichts des heller werdenden Tageslichts, hob sie die Gedärme auf.

Die Innereien waren eine unhandliche Masse, sie rutschten ihr aus der Hand, und sie glitt im Schnee aus, fiel schwer auf die Knie und fing sich dann mit den Händen ab. Im Fallen hatte sie die Augen geschlossen. Als sie sie wieder öffnete, sah sie einen länglichen Streifen, der wie Elfenbein aussah, aus dem Magen des Hundes ragen.

Ligige' zog daran, und er glitt leicht heraus. Er hatte fast die Länge ihres Unterarms, war dünn wie ein Fingernagel und lief an beiden Enden schmal zu. Eine Spitze bog sich um, als sei sie fest zusammengerollt gewesen. Ligige' kroch zurück in die Behausung, fand ein Messer mit langer Klinge, hockte sich draußen hin und schnitt den Bauch auf.

Sie fand drei weitere Streifen, von denen einer noch teilweise in eine Kugel aus gehärtetem Fett gerollt war. Nachdem sie die Handschuhe ausgezogen hatte, wühlte sie in dem Mageninhalt und zog vier Kugeln heraus, keine größer als eine Kinderfaust. Sie legte sie in den Schnee und rief die erste Frau an, die vorbeikam.

»Geh und hole Blaukopfente. Sag, Ligige' braucht ihn. Sag ihm, er soll sofort kommen!«

Der Hund war nicht durch Krankheit oder böse Geister gestorben. Wickelten Geister etwas so Bösartiges wie diese Elfenbeinsplitter in Fett und legten sie dorthin, wo Hunde sie fressen würden? Vermochte Krankheit so etwas?

Dann war Blaukopfente da, schäumend vor Zorn, frühmorgens aus seiner warmen Behausung geholt zu werden.

»Schweig still, und sieh dir das an«, sagte Ligige'.

Noch immer murrend hockte er sich neben sie.

»Schau her. Daran ist der Hund gestorben.« Sie hielt eine der Fettkugeln empor, er nahm sie und drehte sie in der Hand um.

»Das? Ist es Gift?«

»Brich es auf.«

Er zog einen Fäustling aus und bohrte mit dem Daumennagel in das Fett. Als das aufgerollte Elfenbein plötzlich herausschnellte, ihnen Fettklümpchen und Teile des sauren Mageninhalts in das Gesicht schleuderte, fuhr er zusammen.

»Hast du so etwas je gesehen?« fragte Ligige'.

»Ich habe davon gehört. Die Jäger der nördlichen Tundra töten Wölfe damit. Wölfe fressen wie Hunde, sie schlucken, ohne zu kauen. In den warmen Mägen schmilzt das Fett und gibt das Elfenbein frei. Sie verbluten innerlich, wenn sie Glück haben. Manchmal beginnt die Wunde auch zu eitern …«

Ligige' nickte. »Also hat kein böser Geist die Hunde getötet«, sagte sie.

Blaukopfente betrachtete das Elfenbein und kratzte mit dem Daumennagel an dem zugespitzten Ende. »Soll ich es den Ältesten erzählen?« fragte er schließlich.

»Wenn du es tust, erfährt auch der davon, der das hier getan hat.«

Blaukopfente nickte. »Vielleicht sollte ich warten, auch wenn es unser Dorf noch mehr Hunde kosten mag. Bewahrst du das Elfenbein für mich auf, und die hier auch?« Er deutete auf die noch unberührten Fettkugeln.

»Ich bewahre sie auf.«

»An einem kalten Ort.«

»Ich bin nicht dumm.«

»Nein«, sagte er und lächelte ihr zu. »Du bist nicht dumm.« Er stand auf und stieß mit dem Fuß nach dem Hund. »Der Mann meiner Tochter soll ihn aus dem Dorf schaffen ... Es sei denn, du willst das Fleisch.«

»Nein«, sagte Ligige'. »Ich will es nicht. Sag deiner Tochter, daß sie es haben kann. Sie erwartet ein Kind. Ich muß nur für mich selbst sorgen.«

Als Blaukopfente ging, legte sie die Elfenbeinsplitter und die Fettkugeln in einen alten Korb aus Fischhaut. Den Korb stellte sie vorne in ihren Eingangstunnel, häufte Schnee darum und ging in ihre Behausung.

Ligige' war hungrig, und ihre Blase drückte schmerzhaft, doch sie saß lange Zeit am Feuer und starrte in die Flammen.

42

Das Nordmeer

Er war früher aufgebrochen, als sie für gut hielten. Heftige Stürme hatten das Eis von der Bucht in das Nordmeer getrieben, doch die Jäger, die sich mit ihren *iqyan* in die offene See hinauswagten, berichteten von Eisschollen, so groß wie die Dächer von Behausungen. Sie erzählten Chakliux von Schlammeis zwischen den Schollen, durch das ein Mann sein *iqyax* steuern konnte. Wehte aber der Wind zur falschen Zeit aus der falschen Richtung, konnten die Eisschollen zusammenstoßen und ein *iqyax* zermalmen wie die Schale eines Seeigels.

Sie sagten, er solle noch einen Mond oder ein wenig mehr abwarten, bevor er aufbrach, doch Chakliux folgte ihnen ins Eis und lernte, sein *iqyax* um die Schollen zu lenken. Er sah, daß die meisten Eisblöcke an den Kanten abgeschmolzen waren und unter der wachsenden Kraft der Sonne allmählich auftauten.

Er wollte die Ufer absuchen und noch einmal im Dorf der Walroßjäger haltmachen, um herauszufinden, ob Aqamdax während des Winters zu ihnen gekommen war. Jede Nacht wurde er von Träumen heimgesucht, in denen ihre Gebeine, schmählich preisgegeben, irgendwo zwischen dem Fluß und dem Dorf lagen, in dem sie zu Hause war. Wie konnte er da warten?

Von Vollmond bis Neumond, drei Handvoll Tage, war er

ohne Schwierigkeiten gepaddelt. Ein starker Südwind trieb das Eis von der Küste fort. Jede Nacht hatte er einen guten Uferplatz gefunden und unter seinem *iqyax* geschlafen, im Windschatten der festen Hülle. Dann aber drehte der Wind, türmte das Eis wieder an den Ufern auf und zwang Chakliux, weit nach draußen zu paddeln. Schließlich froren die Eisschollen zu einer festen, harten Platte zusammen, so daß er nicht mehr an Land gehen konnte.

Der Tag wurde zur Nacht und wiederum zum Tag. Sein Körper schmerzte vor Erschöpfung. Doch wenn er einschlief, so fürchtete er, würde sich sein *iqyax* quer zu den Wellen stellen und ihn kopfüber ins Meer kippen lassen. Tagbrecher hatte Chakliux gelehrt, sich wieder aufzurichten, aber er beherrschte diese Kunst noch nicht allzu gut. Lieber wach bleiben. Und Ausschau halten.

Die Ersten Menschen hatten ihm beigebracht, ein Schöpfrohr zu schnitzen, das viel einfacher zu gebrauchen war als die hölzerne Schale, die er früher verwendet hatte. Das Rohr war länger als sein Arm vom Handgelenk bis zum Ellenbogen, lief an beiden Enden schmal zu und wurde in der Mitte breit. Er hielt es in das *iqyax*, umschloß es an einem Ende mit dem Mund und sog, bis das Rohr voll Wasser war. Er hatte gelernt, die Zähne um das Rohr zu schließen, es anzuheben und das Wasser mit hochgerecktem Kopf über den Bootsrand zu blasen. In den letzten paar Tagen war fast ständig Wasser in sein Boot gesickert, und er war froh um das Schöpfrohr gewesen. Zugleich plagte ihn ständig die Angst, ein scharfkantiges Eisstück könne die allmählich aufweichenden Seitenwände seines Bootes durchbohren.

Gegen Ende des folgenden Tages legte sich der Wind, und Chakliux fand eine Wasserrinne, so breit, wie sein *iqyax* lang war. Soweit er sehen konnte, erstreckte sie sich bis zum Land, und das Eis zu beiden Seiten des offenen Gewässers war so dünn, daß er es mit dem Paddel durchstoßen konnte. Er hatte die Ersten Menschen von Jägern erzählen hören, die in solchen Wasserrinnen festsaßen und deren *iqyan* zermalmt wurden, nachdem der Wind gedreht hatte. Chakliux schob den Gedanken daran beiseite und begann zu paddeln, so rasch wie möglich, um an Land zu kommen, bevor sich der Wind wieder erhob. Bald verengte sich die Wasserrinne, und das Eis wurde dicker, so daß sich Chakliux mit der Handaxt Platz zum Umdrehen schaffen mußte. Er paddelte wieder aufs Meer hinaus, wandte sich in den ruhigen Gewässern ostwärts und redete sich ein, keinen Schlaf zu brauchen.

Endlich vermochte er die Arme nicht mehr zu heben und wußte, daß ihm keine Wahl blieb, als sein Paddel an das Verdeck des *iqyax* zu binden und sich den Träumen zu überlassen, die ihn riefen.

Das Vetter-Fluß-Dorf

K'os war gut versteckt. Sie sollten nicht wissen, daß sie beobachtet wurden. Warum sie daran erinnern, daß sie die Macht über Leben und Tod eines jeden im Dorf, ob Mann, Frau oder Kind, in Händen hielt? Am Ende stellten K'os' Möglichkeiten noch die der Jäger in den Schatten und nahmen ihnen das Geschick im Umgang mit jener neuen Waffe, die sie ihnen gegeben hatte.

Schon jetzt sprachen nur noch wenige davon, woher sie ihre Bogen hatten. Gewiß nicht von ihr. Hatten die Jäger sie nicht mit eigener Hand gefertigt? Das Holz selbst geschnitzt und mit Streifen aus Karibuhaut verstärkt? Hatten nicht sie die Sehnenstränge gezwirbelt und die kleinen, gekerbten Speere hergestellt, die so weit und schnell von jenen Bogen fortflogen?

Sollten sie es nur behaupten. Sie wußte, wer die Bogen in

ihr Dorf gebracht hatte. Das mußte genügen. Zumindest vorerst. Jedenfalls so lange, bis die Jäger erreicht hatten, was sie wollte.

Sie beobachtete die Männer beim Üben. Pfeil auf Pfeil bohrte sich in die Mitte der ausgestopften Karibuhaut, die sie als Zielscheibe verwendeten. Sie sah zu und hielt ihre Freude im Zaum. Sie waren bereit, und bald schon würde sie ihnen bessere Ziele als Karibuhäute geben.

Tikaani ließ den Bogen sinken und nickte Drei Pelze zu. Die neuen Pfeilspitzen waren genau das, was sie gebraucht hatten. Er spürte, wie sich seine Brust vor Stolz schwellte, als sei er und nicht sein Bruder Nachtmann auf den rechten Einfall gekommen.

Die ersten Spitzen waren aus Stein gewesen. Obwohl nur halb so groß wie jene, die sie bei Wurfspeeren verwendeten, waren sie dennoch zu schwer für die Pfeile, hatten sie zu früh niederfallen und die meisten Ziele verfehlen lassen.

Nachtmann hatte im Winter viele Tage damit zugebracht, verschiedene Steine zu Pfeilspitzen zu behauen. Keine war leicht genug. Schließlich fertigte er Spitzen aus Knochen, die das richtige Gewicht hatten, aber allzu leicht zerbrachen.

Er solle sich nicht weiter bemühen, hatte ihm Tikaani gesagt. Die Spitzen aus Stein reichten für nahe Ziele, jene aus Knochen für entferntere und auch für kleinere Tiere wie etwa Gänse. Doch Nachtmann hatte weitergearbeitet, und Tikaani ließ ihn gewähren, in der Hoffnung, er würde über den Gedanken an Steine und Spitzen, an Knochen und Blut in der dunklen Winterzeit seine Schmerzen vergessen.

Nun betrachtete Tikaani die Pfeilspitze, die sein Bruder gemacht hatte, und versuchte, nicht daran zu denken, daß im vergangenen Mond auch das letzte bißchen Stärke aus Nachtmann gewichen zu sein schien. Aqamdax versorgte ihren Mann mittlerweile wie einen Säugling: säuberte ihn, drehte ihn um, flößte ihm Nahrung ein. Fast jeden Tag brachte K'os Medizin. Manchmal schien sie zu helfen, dann wieder nicht.

Beim Gedanken an K'os wurde es Tikaani unbehaglich zumute. Er sollte sie öfter besuchen. Seit dem Tod von Erdschläger hatte ihr Lager seinen Reiz für ihn verloren. Nun, da er als oberster Jäger anerkannt war, brauchte er sich der Ehre vielleicht nicht mehr würdig zu erweisen, indem er die Frau seines Vorgängers für sich beanspruchte. Außerdem brannten viele Mütter darauf, ihm ihre Töchter zuzuführen. In diesem Sommer mußte er eine Frau nehmen. Warum K'os? Besser eine junge Frau, die ihm starke Söhne gebären konnte. Daneben konnte er immer noch nach Belieben die Nächte in K'os' Behausung verbringen. Vielleicht sogar gleich diese ...

Erneut betrachtete er die Pfeilspitze in seiner Hand. Nachtmann hatte die Geweihsprosse eines Karibus zu einem Schaft geschnitzt, so lang und etwa so dick wie sein kleiner Finger. Ein Ende lief spitz zu, das andere war abgeflacht, damit man es am Pfeil festbinden konnte. Zwei senkrechte Einkerbungen, etwa halb so lang wie die Geweihsprosse, hatte er von der Spitze aus zu beiden Seiten des Pfeilschafts eingeritzt und in jeden Schlitz eine dünne, scharfe Schieferkante eingefügt.

Die Pfeilspitze war leicht und widerstandsfähig zugleich, außerdem einfacher herzustellen als Spitzen aus behauenem Hornstein oder Obsidian.

Tikaani sah zu, wie Drei Pelze ein paar Pfeile auf den Tierbalg abschoß. Der Mann zielte gut, und die neuen Pfeilspitzen drangen leicht durch die Karibuhaut. Tikaani seufzte. Drei Pelze war ein tüchtiger Jäger, und doch hätte es Nachtmann sein sollen, der hier mit Tikaani die neuen Spitzen erprobte. Er war ein Jäger gewesen, wie jedes Dorf ihn brauchte. Stark und treu, mit Verstand begabt. Er verdiente mehr, als er bekommen hatte – ein Dasein als lebender Toter und eine Frau von den Seejägern.

Und wie gut war es ihnen noch vor wenig mehr als einem

Jahr gegangen. Ihr Vater Wolkenfinder war stark und im Dorf hoch angesehen. Zwei junge Männer begehrten seine Schwester Stern zur Frau. Seine Mutter hatte stets gelacht. Seine Brüder Karibu und Pirschjäger waren zwei vielversprechende junge Jäger gewesen. Nun war allein er noch gesund und derselbe wie zuvor.

Nein, nicht derselbe.

Eines Tages würde er Chakliux finden. Es würde ihm ein Genuß sein, ihn zu töten. In Schmach und Schande sollte Chakliux sterben, und er und Stern und K'os würden auf seinen Knochen tanzen.

Das Nordmeer

Chakliux erwachte davon, daß ihm Salzwasser in Mund und Nase brannte, die Kälte seinen Körper taub werden ließ, als wäre er mit Tangschnüren gefesselt. Unwillkürlich holte er Luft, würgte und geriet in Panik. Als er begriff, daß er umgekippt war, begann er an der Abdeckung zu zerren, die ihn mit dem Boot verband. Dann kam er so weit zu sich, daß er an der Schlaufe zog, die sein Paddel hielt. Noch immer bekam er keine Luft, seine Lungen schienen zu bersten. Er fuhr mit dem Paddel durch das Wasser und holte mit dem ganzen Körper Schwung. Das Boot erzitterte, richtete sich aber nicht auf.

Wiederum kämpfte er mit der Abdeckung, um sich dann zu fragen, wie lange er wohl ohne sein *iqyax* in der Kälte des Nordmeers überleben konnte – selbst wenn er frei zu schwimmen vermochte. Besser, jetzt zu sterben, den nächsten Mundvoll Wasser zu schlucken.

Seine Brust hob und senkte sich schwer, Dunkelheit legte sich auf seinen Blick. Dann sah er Aqamdax vor sich, nicht ihre Knochen, sondern ihr Gesicht. Sie öffnete den Mund, um zu sprechen, und ihre Stimme drang so deutlich zu ihm, als wäre die Frau bei ihm im Wasser, in der Kälte.

»Schau her, ich sehe etwas.« Sie hielt den Arm in die Höhe, und er sah die gezwirbelte Schnur an ihrem Handgelenk, die Form eines Otterkopfes, geflochten aus Knoten.

Wie ein Otter wand er sich, stieß das Paddel rückwärts und dann nach vorn. Er spürte, wie sich das Boot drehte, sich unter ihm aufrichtete, auf seine Bewegung antwortete, ihn aus dem Meer hob. Er atmete tief ein, halb Luft, halb Wasser, das ihm über Kopf und Gesicht strömte. Er würgte und spuckte. Erbrach Wasser. Würgte erneut. Holte Luft. Füllte seine Lungen. Füllte seine Lungen. Lebte.

Das Vetter-Fluß-Dorf

K'os rief, und der Junge kam zu ihr. Er war noch klein, acht Sommer oder vielleicht neun. Ein hübscher, starker Junge und Feueressers einziger Sohn – in einer Behausung voller Mädchen. Sie ließ das Amulett vor seiner Nase baumeln.

»Das habe ich für dich gemacht«, sagte sie.

Er kniff die Augen zusammen. Er war klug, dieser Junge, und darum hatte sie ihn ausgewählt. Auf solche wie ihn setzte das Dorf seine Hoffnung. Eines Tages mochte er oberster Jäger werden. Man hatte ihn bereits zur Bärenjagd mitgenommen, eine seltene Ehre für einen Menschen, der noch so jung war. Seine erste Beute war nicht etwa ein Gelbschenkel gewesen, jener kleine, schwächliche Vogel, mit dem so viele Jungen ihre erste Jagd beendeten. Ein Luchs hatte sich an ihn und seine jüngste Schwester angeschlichen, der Junge hatte ihn erlegt und sich damit einen neuen Namen verdient.

»Luchstöter«, sagte sie mit einschmeichelnder Stimme – jener Stimme, mit der sie zu Männern sprach. »Luchstöter, ich habe in die Zukunft gesehen. Du wirst als nächster, nach deinem Vetter Tikaani, oberster Jäger sein. Die Geister hießen mich, dir dieses Amulett zu machen.«

Er neigte den Kopf und griff nach dem Beutel aus Karibufell, der an einem Zugfaden von ihren Fingern herabbaumelte.

Sie zog den Beutel weg, bevor er ihn berühren konnte, lächelte dann und milderte ihre Worte durch ein brüchiges Lachen. »Er will verdient sein«, sagte sie.

»Wie?«

Seine Stimme war hart, ohne Ehrerbietung, und ein Zornesfunke glomm in ihr auf. Zu schade, daß dieses Kind nicht lange genug leben würde, um ihre wahre Macht zu erkennen. Vielleicht würde der Junge im Augenblick seines Todes beginnen, sie zu begreifen. Wenn sein Geist sich aus seinem Körper erhob, würde er sicher wissen, wer ihn getötet hatte. Sie lächelte ihm zu, süß und sanft wie eine Mutter.

»Du kennst die Gruppe von Schwarzfichten, die bei den Jägern Die Sieben Schwestern heißt?«

Sie sah seine Überraschung.

»Du wunderst dich, daß ich etwas weiß, das nur Männern zu wissen vorbehalten ist«, sagte sie. »Ich bin die Heilerin in diesem Dorf. Es gibt Dinge, die ein Heilkundiger wissen muß, damit er genug Macht hat, Medizin zu bereiten. Mach dir keine Sorgen. Dieses Tabu gilt nicht für mich. Ich bin anders. Frage deinen Vetter Tikaani. Er wird es dir sagen.«

Der Junge nickte langsam, ohne den Blick von ihrem Gesicht zu wenden. »Ich kenne die Sieben Schwestern«, sagte er.

»Geh dorthin. Erzähle niemandem, wohin du gehst und warum. Mach dich auf den Weg, wenn du tapfer genug dazu bist. Dann setz dich, und schließ die Augen. Warte, und die Geister werden dir sagen, was du tun sollst. Nimm Wasser mit, aber kein Essen. Auch dein Messer und deine Speere sollst du bei dir haben. Wenn du außerhalb des Dorfes jemandem begegnest und man dich fragt, wohin du gehst, halte deine Speere empor und antworte: ›Ich bin auf der Jagd.‹«

»Mein Vater wird mich nicht allein dorthin gehen lassen.«

»Du bist nicht allein. Kein Mann ist allein, wenn er ein solches Unternehmen beginnt. Außerdem weiß dein Vater bereits, daß du gehst. Er hat dir schon seinen Segen gegeben. Nun mach dich auf, zögere nicht länger. Nimm deine Waffen, und geh.«

Sie sah ihm nach, wie er durch das Dorf zurück zur Behausung seiner Mutter lief. Diese war bei den Kochstellen. K'os hatte sie unmittelbar zuvor dort gesehen, und sein Vater würde ihm keine Schwierigkeiten bereiten. Sie ging zurück durch das Dorf, vorbei an Luchstöters Mutter, die ihren dunklen Kopf zu der Frau neben sich neigte. Die beiden flüsterten hinter vorgehaltener Hand, während sich K'os aus einem der Kochbeutel eine Schale mit Fleisch füllte.

Bei ihrer Behausung angekommen, streifte K'os die Kapuze ihres Parkas ab, bevor sie in den Eingangstunnel kroch. Dann richtete sie sich auf und lächelte Feueresser zu. Er lag nackt in ihren Schlaffellen. Sie stellte die Schale mit Fleisch beiseite, die sie von den Kochstellen mitgebracht hatte, lachte und sagte: »Vielleicht möchtest du erst später essen.«

Er stimmte in ihr Gelächter ein.

Sie zog Parka, Stiefel und Gamaschen aus, kniete über ihm, legte seine Hände auf ihre Brüste und setzte sich dann rittlings auf ihn. »Ich habe deinen Sohn gesehen«, sagte sie. »Er wollte jagen gehen.«

Ein Schatten glitt über Feueressers Gesicht, doch sie richtete sich auf und ließ ihn in sich hineingleiten. »Ich habe ihm geraten, nicht zu weit zu gehen«, sagte sie.

Ghaden ordnete die Kieselsteine zwischen den beiden Linien an, die er in den Schnee geritzt hatte. Luchstöter lief an ihm vorbei.

»Luchstöter!« rief Ghaden, aber der Junge blieb nicht stehen, warf ihm nicht einmal einen Blick zu.

Ghaden spürte, wie ihm vor Enttäuschung die Tränen kamen. Luchstöter war der einzige Junge im Dorf, der fast immer mit ihm sprach, obwohl er schon beinahe alt genug war, um ein Jäger zu sein. Ghaden senkte den Kopf und blickte auf die Kieselsteine. Er rieb sich mit der Faust die Augen. Was würde Luchstöter denken, wenn er Ghaden wegen solch einer Albernheit weinen sah? Er blinzelte die Tränen fort, schluckte sie hinunter. Sie schmeckten salzig und brannten ihm in der Kehle.

Er widmete sich wieder seinem Spiel. Jeder Kieselstein war ein Karibu. Sie durchquerten einen Fluß und würden alsbald den Jägern in die Falle gehen. Er wußte nicht genau, wie die Jäger Karibus erlegten, aber die Vetter-Fluß-Jungen sprachen unentwegt davon. Aqamdax sagte, wenn Nachtmann stark genug sei, würden sie auch auf die Karibujagd gehen, doch wollte es Ghaden nicht so scheinen, als ob Nachtmann wieder zu Kräften käme.

»Ghaden!«

Er sah auf. Es war Luchstöter. In der linken Hand hielt er mehrere Wurfspeere, in der rechten Vogelpfeile und einen Pfeilwerfer. Ein Jagdmesser steckte in der Scheide an seinem rechten Bein.

»Ich gehe auf die Jagd. Deshalb konnte ich nicht stehenbleiben und mit dir spielen. Verzeih.« Er sprach rasch, als sei er außer Atem. Ghaden erhob sich auf die Knie und sah Luchstöter nach, wie er durch das Dorf lief und hinter den Behausungen verschwand.

Er lebte gern im Vetter-Fluß-Dorf, stellte Ghaden fest. Vor allem, seit Aqamdax da war. Hier konnte ihnen der alte Knochenmann nichts anhaben. Der wußte nicht einmal, wo sie waren.

Ghaden blickte auf sein Karibuspiel und zog scharf die Luft

ein. Ein Vogelpfeil lag auf den Kieselsteinen. Luchstöter mußte ihn fallen gelassen haben. Wenn sich Ghaden beeilte, holte er ihn noch ein, bevor er aus dem Dorf heraus war.

Er sprang auf, blickte dann zur Behausung zurück. Er sollte Yaa Bescheid sagen, doch sie war bei den Kochstellen und Stern auch. Die alte Großmutter, Lange Augen, war in der Behausung, mit Aqamdax und Nachtmann, aber er wollte Nachtmann nicht stören. Wenn er sich beeilte, würde er wieder zurück sein, bevor sie sein Verschwinden überhaupt bemerkten. Ghaden band Beißer von seinem Strick los, und der Hund folgte ihm.

Das Nordmeer

Obwohl sein *chigdax* das meiste Wasser abgehalten hatte, war Chakliux von Kälte durchdrungen, seine Hände waren steif, seine Finger taub. Vom Verdeck des Bootes band er einen Beutel mit getrocknetem Fisch los und aß. Das Essen kräftigte ihn, und er blickte erneut über die gefrorene Fläche nach Osten und Süden. Er zwinkerte zweimal, bevor er zu glauben wagte, was er sah. Die Küste war ganz nah, wenn ihm das Eis auch noch den Weg versperrte. Mit Geduld würde er eine offene Wasserrinne finden und sein Boot an Land bringen können.

Der Winter hatte den Buchten und Ufern neue Formen gegeben, doch glaubte Chakliux einige Hügel zu erkennen, die sich südlich des Walroßjäger-Dorfes erhoben. Bald würdc er wieder im Nahe-am-Fluß-Dorf sein.

»Beißer! Du dummer Köter!«

Ghaden war, Beißer immer auf den Fersen, durch das Dorf gerannt, vorbei an der letzten Behausung, ohne den spöttisch lachenden Töchtern von Seetaucher, die davorsaßen, Beachtung zu schenken, doch dann war ihm und dem Hund ein Hase über den Weg gelaufen. Beißer setzte dem Tier nach und verschwand im Unterholz, bevor ihn Ghaden daran hindern konnte.

Er folgte dem Hund ein kurzes Stück, rief ihn, aber Beißer kam nicht wieder. Schließlich kehrte Ghaden zu dem Pfad und dem Gelächter der Töchter von Seetaucher zurück. Er zeigte ihnen den Jagdpfeil von Luchstöter und fragte, ob sie ihn gesehen hätten. Das jüngste Mädchen antwortete, er sei vom Dorf aus nach Norden gegangen und im Fichtenwald verschwunden, kurz bevor Ghaden und Beißer kamen. Selbst bei dieser Mitteilung kicherte sie noch.

Ghaden lief den Pfad entlang, tauchte in das Fichtendunkel ein. Auf ihrem Weg vom Nahe-am-Fluß-Dorf waren Aqamdax und er durch viele Wälder gekommen. Allerdings waren es zumeist lichte Weiden und Birken gewesen, Niederwald, wie er in der Umgebung des Flusses wuchs.

Dies hier war etwas anderes. Die Bäume waren so riesig, daß sie kein Licht durchließen. Der Boden war aufgeweicht von schmelzendem Schnee, und Ghaden spürte die rauhen Fichtennadeln unter seinen Füßen. Wie weit sollte er gehen? Er schaute häufig zurück. Schließlich war die Mündung des Pfades nur noch ein winziger, heller Fleck inmitten dunkler Bäume.

Er lauschte in der Hoffnung, Luchstöters Schritte zu hören, vernahm jedoch nichts als den Wind, der durch die Fichtenzweige strich und ihnen leise Stimmen entlockte, wie von alten Frauen, die nähend um eine winterliche Feuerstelle saßen.

Besser, er ging zurück. Er würde Luchstöter niemals finden, und vielleicht hatte ja Beißer den Hasen gefangen und zur Behausung gebracht. Er war gern dabei, wenn Beißer so etwas tat. Schließlich war er sein Hund, und wenn er Fleisch brachte, war Stern immer ein wenig freundlicher zu ihm und verdarb ihm nicht den Tag mit kleinen Gemeinheiten – Kneifen, ein Bein stellen, böse Worte über Dinge, von denen Ghaden nichts verstand, und am allerschlimmsten: die kurzen, harten Schläge mit einer Weidenrute auf Wangen und Hände. Auch Yaa bekam ihren Teil davon ab, vermochte jedoch die Tränen besser zurückzuhalten als er.

Wenn Aqamdax in der Behausung war, kam all das nicht vor, aber sie konnte nicht immer dasein. Und dann gab es natürlich auch noch die Zeit, die sie in der Hütte der Mondblutung zubringen mußte – für ihn fünf lange Tage mit Sterns Weidenrute und verschiedenen Frauen, die bei der Pflege von Nachtmann halfen. Manchmal kam auch die große, seltsame Frau namens K'os. Wenn Ghaden sie sah, versuchte er stets, sich zu verstecken.

Er wußte, daß sie ein guter Mensch war, obwohl sie nicht so aussah. Sie brachte Medizin für Nachtmann. Sie hatte auch Medizin für Stern, die ruhig wurde und viel lächelte, wenn sie sie nahm, allerdings häufig vergaß, Ghaden zu essen zu geben, und danach lange Zeit schlief.

Er ging den Pfad ein kurzes Stück zurück und blieb stehen. Wenn Seetauchers Töchter sich noch immer vor der Behausung ihrer Mutter aufhielten, würden sie wissen, daß er nicht sehr weit gekommen war. Vielleicht sollte er sich hinsetzen und warten. Vielleicht kam Luchstöter auf dem Rückweg hier vorbei, oder Beißer witterte Ghadens Spur, wenn er stillsaß und seinen Geruch sich eine Zeitlang an einem Ort sammeln ließ.

Ghaden hockte sich auf den Boden. Er dachte daran, wie es sein würde, wenn er alt genug zum Jagen war, seine eigenen

Speere und Vogelpfeile und ein Jagdmesser hatte wie Luchstöter. Sein rechtes Bein begann zu schmerzen. Er und Beißer hatten am Tag zuvor miteinander gerauft, der Hund war über ihn hergefallen und hatte ihm zwei blaue Flecken am Oberschenkel beschert. Ghaden stand auf, streckte das Bein von sich und sah einen Baum mit einem niedrigen, breiten Ast. Er kletterte darauf, lehnte sich an den Stamm und schloß die Augen. Stechmücken und Fliegen kamen erst später im Jahr, und der Boden war vom Schmelzwasser noch nicht völlig durchtränkt. Eine gute Jahreszeit.

Im vergangenen Mond hatten sie alle zuwenig zu essen bekommen, doch niemand mußte verhungern, und vielleicht fing Beißer ja diesen Hasen. Dann gab es heute abend frisches Fleisch zum Eintopf … Und bald würden sie auf Karibujagd gehen. Das wäre gut. Dann würden sie essen, bis ihre Bäuche beinahe platzten. So hatte Luchstöter es ihm erzählt. Sie würden essen und essen und für lange, lange Zeit nicht mehr hungrig sein …

43

Ghaden erwachte vom Knacken eines Zweiges, rieb sich die Augen und schüttelte den Kopf. Wo war er? Einen Augenblick lang hatte er Angst, dann fiel ihm wieder ein, daß er Luchstöter in den Wald gefolgt war. Der Vogelpfeil lag auf seinem Bauch. Er griff danach und schaute zu dem Lichtfleck, der den Pfad zum Dorf bezeichnete. Es wurde schon dunkel. Yaa würde sich Sorgen machen. Er stieg vom Baum, kämpfte sich durch die unteren Äste und hörte erneut ein Knacken.

Noch einmal vernahm er das Geräusch, dann einen kurzen, unterdrückten Aufschrei. War es Luchstöter? Er sah auf den Pfeil in seiner Hand. Das war seine einzige Waffe. Wie dumm, mit nichts als einem Vogelpfeil in den Wald zu gehen. Wenn sich nun ein Tier an ihn heranschlich? Was nützte ihm da ein Pfeil? Er glitt zurück in die Fichtenzweige und hoffte, ihr starker Duft würde seinen Geruch überdecken.

Als er knirschende Schritte hörte, hielt Ghaden den Atem an. Er versuchte durch die Zweige zu spähen, doch waren sie so dicht, daß er nur ein Stück dunkles Fell ausmachen konnte. Dann erkannte er, daß es kein Tier war, sondern ein Mensch. Luchstöter, dachte er – nein – eine Frau.

Der Parka hatte an den Schultern weiße Streifen und war am Rücken mit roten Fuchsschwänzen behangen. Es war K'os, die Heilerin. Ein Korb, um darin Kräuter zu sammeln, hing ihr am Arm. Ghaden seufzte erleichtert auf und schlüpfte aus seinem Versteck im Baum. Schon wollte er sie anrufen, als ihm in der Eile, vom Baum zum Pfad zu gelangen, Luchstöters

Vogelpfeil herunterfiel. Im Dunkel unter den tiefhängenden Fichtenzweigen konnte er kaum etwas sehen. Er tastete rasch mit den Händen den Boden ab, brauchte aber dennoch lange, bis er den Pfeil fand. Als er sich durch die Zweige geschoben hatte, war K'os schon fast aus dem Wald heraus.

Wenigstens hatte er den Vogelpfeil. Außerdem brauchte er keine alte Frau, die ihn ins Dorf zurückbrachte. Bald würde er selbst ein Jäger sein.

Klagerufe durchschnitten den stillen, dunklen Himmel: K'os schrie nach Rache an denjenigen, die den Jungen getötet und ihr Zeichen auf dem Speer in seiner Brust hinterlassen hatten.

Stern war als erste aus ihrer Behausung heraus, Yaa und Aqamdax folgten. Selbst Lange Augen kam ihnen nach und erhob ihre Stimme. Ghaden rieb sich verschlafen die Augen und blickte zu Nachtmann hinüber. Er mußte wohl gestorben sein. Mitleid für Aqamdax saß Ghaden wie ein Kloß im Hals, und es schnürte ihm die Kehle zu, wenn er an die Frauen dachte, die in ihre Behausung kommen, ihn in irgendein Eckchen schubsen, Beißer schelten und furchtbare Geschichten vom Tod erzählen würden.

Beißer stupste Ghaden mit der Nase an, um ihn aus seinem Schlaflager hochzujagen. Tags zuvor war er noch vor Ghaden zurückgekehrt, einen Hasen zwischen den Zähnen. Er hatte ihn von einer Behausung zur nächsten getragen und nach Ghaden gesucht. Das Lob, mit dem die Frauen des Dorfes Beißer überschütteten, hatte Ghaden verpaßt, doch dafür tat er sich an dem frischen Fleisch in ihrem Eintopf gütlich und genoß die gute fette Brühe, die den Fisch vom vergangenen Jahr fast schmackhaft werden ließ. Nun aber war Nachtmann …

Ghaden blickte zu seinem Lager hin, mit zusammengekniffenen Augen, damit ihn der Geist von Nachtmann nicht voll ansehen konnte. Dann stöhnte Nachtmann auf, bewegte sich und stöhnte erneut. Ghaden sprang aus dem Schlaflager auf, rannte, nur mit seinem Lendenschurz bekleidet, hinaus und ergriff Yaa bei der Hand.

»Er lebt, Yaa. Komm wieder herein. Er ist nicht tot. Ich habe gesehen, wie er sich bewegte.«

»Wer?« fragte Yaa und blickte zu ihm herab, den Mund verwundert verzogen.

»Nachtmann.«

»Nachtmann ist nicht tot.«

»Ich weiß. Ich habe gesehen, wie er sich bewegte. Er ... ist nicht tot?«

»Nein.«

»Wer dann?« Er sah die Tränen in Yaas Augen. Plötzlich hatte er furchtbare Angst. »Wer ist tot, Yaa?«

Sie beugte sich herunter und flüsterte Ghaden den Namen ins Ohr, damit der Geist des Toten es nicht hörte und dachte, daß sie ohne Achtung von ihm sprächen. »Luchstöter«, flüsterte sie.

Ghaden lächelte. Es war nur ein Scherz. Sie machte sich über ihn lustig. Das tat Yaa manchmal, erzählte ihm Sachen, die gar nicht stimmten. Manchmal benahm sie sich so. »Nein«, sagte Ghaden.

Sie nickte, und er sah Tränen aus ihren Augen strömen.

»Nein«, sagte Ghaden noch einmal. »Ich habe doch noch seinen Vogelpfeil. Den muß ich ihm wiedergeben.«

Aqamdax legte die Arme um ihn. »Es tut mir so leid, kleiner Bruder«, flüsterte sie, und da wußte Ghaden, daß es die Wahrheit war.

»Er ging gestern auf die Jagd. Ich habe ihn gesehen«, sagte Ghaden. »Ich habe gesehen, wie er sich aufmachte. Er ließ einen Vogelpfeil fallen. Ich lief ihm nach, um ihn ihm zu geben, aber ich konnte ihn nicht finden.« Ein Schauer lief ihm über den Rücken. Er war Luchstöter gefolgt. Hatte ein Tier ihn getötet?

»War es ein Bär?« fragte Ghaden.

Aqamdax schmiegte sich enger an ihn. »Sie sagen, es sei ein Speer gewesen, ein Speer vom Nahe-am-Fluß-Volk.«

Und wieder kam die Furcht hoch, verschlang Ghaden, wie ein Wolf ein Stück Fleisch verschlingt. Sie waren Nahe-am-Fluß-Menschen, er und Yaa. Würden die Ältesten denken, daß sie es getan hatten?

»Wer hat ihn gefunden?« fragte Stern einen der Männer, die an ihrer Behausung vorbeikamen.

»K'os «, antwortete er und ging in rascherem Schritt auf die Behausung der Jäger zu. »Sie war heute morgen draußen, um Pflanzen zu sammeln«, rief er über die Schulter zurück. »Sie hat ihn im Fichtenwald gefunden, nicht weit vom Dorf. Der Speer steckte in seinem Herzen.«

K'os, dachte Ghaden. Sie hatte schon gestern Pflanzen gesammelt – im Fichtenwald. Ein Glück für sie, daß die Nahe-am-Fluß-Menschen nicht auch sie getötet hatten.

Am Abend kam Tikaani zu K'os. Sie lud ihn nicht in ihr Lager ein. Warum einen Mann willkommen heißen, der sie fast den ganzen Winter lang nicht beachtet hatte? Warum ihren Zorn verbergen?

Er kam in ihre Behausung. Sie hatte ihn nicht so groß und stark in Erinnerung, und plötzlich, wenn auch nur für einen Augenblick, spürte sie die Jahre, die ihren Rücken beugten und schwer auf ihren Schultern lasteten. Dann hob sie den Kopf, streckte sich und stand hoch aufgerichtet da, fühlte, wie ihre Kraft zu ihm floß, ihn wieder in den jungen Mann verwandelte, den sie in Erinnerung hatte, ungestüm und mitunter auch töricht.

»Es tut mir leid, was deinem kleinen Vetter geschehen ist«, sagte K'os.

Er kniff die Augen zusammen, als versuchte er, hinter ihre Worte zu sehen. Sie kehrte ihm den Rücken zu und setzte sich, nahm einen Parka zur Hand, an dem sie gerade nähte, und hielt ihn so, daß er das vielfarbige, zarte Muster aus gefärbtem Karibuhaar an den Schultern, Ärmelaufschlägen und an der Spitze der Kapuze erkennen konnte. Einst, vor nicht allzulanger Zeit, hätte sie den Parka für ihn gemacht. Dieser war für Himmelsspäher, einen Mann, jünger als Tikaani, der aber ein großer Jäger, ein fähiger Krieger zu werden versprach. Sie sah Tikaani den Parka betrachten und wußte, daß ihm die heiligen Symbole nicht entgingen, mit denen sie ihn verziert hatte: der dunkle, spitze Flügel für den Raben, die Kreise für die Sonne, die Striche für erlegte Tiere. Welcher Mann würde so ein Stück nicht besitzen wollen, mit all der Macht, die es seinem Träger verlieh?

»Er ist für Himmelsspäher«, sagte sie und machte die Wangen hohl, um ein Lächeln zu verbergen, als sie Tikaanis Stirnrunzeln bemerkte.

Tikaani hockte sich ihr gegenüber an der Feuerstelle hin. »Sie werden kämpfen«, sagte er laut und barsch. »Sie haben entschieden, daß sie mit den Bogen im Vorteil sind.«

Sie versuchte, keine Miene zu verziehen, keine Freude zu zeigen, doch es gelang ihr nicht. Sie lächelte. »Wann?« fragte sie.

»Jetzt, bevor das Eis des Flusses schmilzt, bevor sie auf die Karibujagd gehen. Noch vor unserer eigenen Jagd.«

»Haben sie einen Plan?« fragte K'os. Zu oft handelten die Männer dieses Dorfes, ohne nachzudenken, ohne zu beschließen, wie sie vorgehen sollten. Zu oft hatte jeder seine eigenen Vorstellungen und glaubte, die anderen dächten wie er. Zu oft behielten sie ihre Gedanken für sich, bis es nur noch ums Überleben ging. Sie hatte es Tikaani im Lauf der Jahre wieder und wieder gesagt. Sie hatte ihm, kaum war er aus dem Kindesalter heraus, eingeprägt, daß Jagden und Fehden erfolgreicher verliefen, wenn sie geplant waren und man in Weisheit miteinander beriet, ohne Macht und Ehre für sich gewinnen zu wollen.

»Wir haben einen Plan«, sagte er. »Du warst mir eine gute Lehrerin.«

Diesmal versuchte sie nicht, ihr Lächeln zu verbergen, hielt dabei aber den Parka auf ihrem Schoß empor. »Er könnte für dich sein. Ich kann einen anderen für Himmelsspäher machen.« Sie zog das Hemd aus Karibuhaut hoch, das sie trug, und öffnete die Beine.

Er schüttelte den Kopf. »Ich will nur ein Geschenk, für meinen Bruder«, sagte er und blickte ihr fest in die Augen, damit sie seinen Zorn, seinen Haß spürte. »Ich hoffe, daß mein Bruder eines Tages wieder stark sein wird.«

Er verließ die Behausung. K'os knirschte mit den Zähnen. Ja, sie war ihm eine gute Lehrerin gewesen. Eine viel zu gute. Wie konnte sie noch hoffen, ihn zu beherrschen, wenn sie ihn nicht mehr in ihr Lager zu locken vermochte?

Lange Zeit saß sie still da, bis das Feuer fast erloschen war und die Kühle der Nacht in die Behausung drang. Dann, ganz plötzlich, warf sie den Kopf zurück und lachte, schürte das Feuer und zog ihren Medizinbeutel hervor. Tikaani glaubte, ein Mann zu sein, dabei war er nichts als ein Kind. Ein Junge mit einem neuen Spielzeug. Wie dumm von ihr, das nicht erkannt zu haben.

44

Das Nahe-am-Fluß-Dorf

Die kleinen Kinder kamen zuerst, schreiend, voller Angst. Etwas Schreckliches rücke an, sagten sie und riefen nach ihren Müttern. Ein Riese sei es, unermeßlich hoch, und sein Kopf so groß, daß er gegen die Bäume stoße, wenn er sich umdrehe, sagten sie. Sie zeigten zum Wald hinter sich, auf den Pfad, der dem Fluß folgte.

Sok beachtete die Kleinen nicht und wartete auf die älteren Jungen, unter ihnen Trägt-viel, sein Sohn.

Auch sie waren außer Atem, berichteten den Männern aber, es sei nichts weiter als ein Jäger, der etwas auf dem Kopf trage.

»Ein *iqyax*«, sagte Trägt-viel. »Wie das von meinem Onkel.«

Es mochte ein Händler sein, dachte Sok, aber höchstwahrscheinlich war es Chakliux, der endlich von seiner Suche nach jener Nichtsnutzigen, Aqamdax, zurückkehrte. Offensichtlich kam er allein.

Es war dumm von Chakliux, sein *iqyax* in das Dorf zu bringen. Wer wußte, was die Ältesten dazu sagen würden? Betrachteten sie das Boot am Ende als etwas, das die Tabus des Flußvolks brach? Und wenn die kleineren Jungen sich ungebührlich aufführten? Wenn die Frauen meinten, sie dürften das *iqyax* berühren, es so benutzen wie ihre eigenen Flöße? Es war besser, die Menschen zuerst mit Geschichten darauf vorzubereiten, ihnen dann später im Sommer das *iqyax* zu zeigen, die Männer zu lehren, wie man es baute, und Frauen und Kinder daran zu erinnern, daß solche Boote mit Ehrerbietung behandelt werden mußten.

Sok sah den Mann vom Wald her auf sich zukommen, bemerkte sein Hinken und wußte, daß es sein Bruder war. Eilig lief er zu ihm und hob das *iqyax* von seinen Schultern. Die Hülle war sehr zerschlissen, woraus Sok schloß, daß Chakliux lange Zeit auf dem Nordmeer gewesen sein mußte. Er sah die Fetzen, die einst Chakliux' Stiefel gewesen waren, durchtränkt von Blut, und wußte, daß sein Bruder weit gelaufen war. Sok trug das *iqyax* zu einem der Trockengestelle, die den Winter überstanden hatten, und setzte es kieloben ab. Er verbot den Frauen und Kindern, es zu berühren, und hielt Wache, um es vor kleinen Händen zu schützen.

Chakliux kam zu ihm, band sein Tragbündel los und legte es auf den Boden. Sok sah ihm in die Augen und fragte nicht nach Aqamdax.

Sie saßen in der Behausung von Rotes Blatt beieinander. Selbst Schnee-im-Haar, den Bauch gewölbt von Soks Kind, war gekommen. Chakliux hätte gern gewußt, wann sie die Geburt erwarteten, doch war dies keine Frage, die ein Jäger einem anderen stellte. Wäre Aqamdax hiergewesen, hätte er sie fragen können, aber bei Rotes Blatt scheute er sich. Sie begegnete ihm lächelnd und herzlich, war zu ihren Söhnen und zu Sok freundlich, doch sobald sie mit Schnee-im-Haar sprechen mußte, versteifte sie die Schultern und spitzte die Lippen.

»Die Seejägerfrau ist nicht mehr in dieses Dorf zurückgekehrt«, sagte Sok. »Alle glauben, daß sie tot ist.«

Chakliux wußte seinem Bruder nichts zu antworten. Vermutlich hatte Sok recht, und wenn nicht, dann war sie freiwillig gegangen, war nicht von Walroßjägern aus Rache verschleppt worden oder von Jägern der Ersten Menschen, die sie zur Frau wollten.

Denk nicht mehr an sie, sagte er sich. Es gibt andere Frauen. Einst hast du geglaubt, du würdest niemals eine finden, die an Gguzaakk heranreicht, und doch hat sich Aqamdax einen Platz in deinem Herzen erobert.

Ebendies hatte er sich bei jedem Schritt vorgehalten, den er über den zugefrorenen Fluß zum Dorf seines Bruders ging. Chakliux hatte sich die Erinnerungen an Aqamdax aus dem Gedächtnis gerissen, sie hinter sich verstreut, auf den Zweigen der Bäume, in den vom Winter plattgedrückten Gräsern zurückgelassen.

Als er in jener Nacht in der Behausung von Rotes Blatt lag, auf den weichen Fellen und den sauberen Schlafmatten, vertrieb Chakliux die Gedanken an Aqamdax, ließ nicht zu, daß ihr Gesicht ihn bis in seine Träume verfolgte. Endlich, als der Schlaf ihn schon beinahe übermannt hatte, hörte er Rotes Blatt, die mit Sok in ihrem Schlaflager ruhte, sagen: »So hat die kleine Tochter von Glücklicher Mund vielleicht doch die Wahrheit gesprochen, bevor sie verschwand. Vielleicht haben wirklich zwei alte Männer vom Vetter-Fluß-Dorf Aqamdax und den Jungen mitgenommen.«

Am nächsten Morgen verließ Chakliux die Behausung nach dem Essen. Er schlug keine bestimmte Richtung ein, doch als ob seine Füße gewußt hätten, wohin er sich wenden sollte, fand er sich vor Ligige's Behausung wieder.

Einen Augenblick stand er da und überlegte, was er tun sollte, bis Ligige' den Kopf aus der Tür steckte und ihn hineinrief, ihn wie ein Kind näher lockte: »Was stehst du da und hast kein gutes Wort für mich, nachdem du so lange fort warst? Willst du eine alte Frau, deren Gebete dich begleitet haben, nicht grüßen?«

Also ging er hinein, setzte sich auf ein Fellpolster, das sie für ihn herrichtete, und wartete schweigend, während sie Schalen füllte, ihm Wasser und Fischbrühe anbot. Er nahm die Brühe, nippte daran und sagte: »Deine Weisheit, Tante, hat mir gefehlt«, eine höfliche Wendung, die er bei den Ersten Menschen gelernt hatte.

Fast wäre ihr ein Lächeln entschlüpft. Er sah, wie sich ihre Wangen kräuselten, und wußte, daß sie erfreut war.

»So bist du also mit Öl auf der Zunge zu uns zurückgekehrt«, sagte sie. »Deine Worte sind glatt und glänzend wie das Haar von einer, die eben zur Frau wurde.«

Er lachte, und sie stimmte ein, um dann zu fragen: »Du bist also zu den Ersten Menschen gezogen? Und hast die Seejägerfrau gefunden?«

Chakliux schüttelte den Kopf. »Ich habe sie nicht gefunden, aber ich war bei ihrem Volk. Es war ein guter Winter. Ich habe viel gelernt. Sie sind weise. Vor allem ihre Frauen.«

»Und unseren Jägern wirst du nur von den weisen Männern erzählen?«

»Das könnte ich«, antwortete er, »und es wäre keine Lüge, ebensowenig, wie ich dich angelogen habe.«

»Warum also kommst du zu mir? Rotes Blatt hat gewiß besseres Essen und ein wärmeres Feuer.«

»Ich frage mich, was aus der Tochter von Glücklicher Mund geworden ist«, sagte Chakliux.

»Niemand hat sie gefunden«, erwiderte Ligige'.

»Glauben alle, daß sie tot ist?«

»Wolf-und-Rabe glaubt es und die Ältesten auch.«

»Und du?«

Ligige' hob die Brauen und trank einen großen Schluck Brühe aus der Schale, die sie in den Händen hielt. Dann ließ sie das Gefäß sinken und sagte: »Du hast gehört, was das Mädchen von den zwei alten Männern erzählt hat?«

»Ja. Glaubst du, daß es die Wahrheit war?«

»Ich glaube, sie hat berichtet, was sie für die Wahrheit hielt.

Du hast mir ihr gesprochen, bevor du im letzten Herbst fortgingst. Was hat sie dir über die Angreifer erzählt?«

»Daß sie alt waren und einer von ihnen eine Halskette aus Seelöwenzähnen trug.«

»Nichts vom Vetter-Fluß-Dorf?«

»Nichts.«

»Glücklicher Mund sagt, sie hätte behauptet, daß sie vom Vetter-Fluß-Dorf kamen.«

»Hatte sie einen Grund, so etwas zu denken?«

Ligige' zeigte auf ihre Füße. »Ihre Stiefel.« Sie trank erneut aus der Schale, und als sie fertig war, fragte Chakliux: »Hat man nach ihr gesucht?«

»Ein paar Jäger. Sie fanden Wolfsspuren und Knochenstückchen und schlossen daraus, daß sie tot ist.«

»Ich dachte, die Männer, von denen das Mädchen sprach, gehörten zum Volk der Walroßjäger«, sagte Chakliux. Er legte eine Hand auf die Brust. »Wegen der Halskette. Als ich sie im Dorf der Walroßjäger nicht fand, bin ich mit meinem *iqyax* zu den Seejägern weitergefahren. Ich habe gehofft, daß die Frau von ihrem eigenen Volk verschleppt worden wäre. Aber ich gabe sie nicht gefunden. Als ich hierher zurückkehrte, sagte Rotes Blatt, das Mädchen sei fort, verschwunden wie die Seejägerfrau und ihr Bruder.«

»Was wirst du also tun?«

»In mein eigenes Dorf gehen. Wenn ich einen oder alle dort finde, bringe ich sie hierher zurück.«

»Du willst es wagen, auf die Jäger zu treffen, die versucht haben, dich zu töten?«

»Ich werde mich versteckt halten. Ich werde sehen, aber nicht gesehen werden.«

Ligige' fuhr sich mit der Hand quer über das Gesicht, wie um Rauch fortzuwedeln, und sagte dann: »Es gibt noch eine Sache, über die ich mit dir sprechen will. Ich muß dir etwas zeigen.«

Sie kroch in den Eingangstunnel und kam mit einem Korb aus Fischhaut zurück. Sie griff hinein, brachte eine gefrorene Fettkugel zum Vorschein und ließ sie in seine Hand fallen.

Das Vetter-Fluß-Dorf

Es war der zweite Tag des Neumonds. Aqamdax trat hinaus und spähte in den Himmel, voll Freude über die wachsende Kraft der Sonne. Sie legte eine Hand auf ihren Bauch, spürte ihren warmen Körper selbst durch das Parkafell hindurch.

Aus der Behausung der Jäger erklangen Trommeln und Gesänge. Sie hatte die Frauen an den Kochfeuern flüstern hören. Der Speer in Luchstöters Brust hatte das Zeichen der Nahe-am-Fluß-Menschen getragen – ein schwarzer Streifen mit einem weißen Kreis darüber –, und nun, da die Tage der Trauer vorüber waren, sollte Vergeltung geübt werden. Ein anderer sollte sterben für jenen toten Jungen.

Sie schob den Gedanken beiseite, wen es wohl treffen mochte. Vielleicht einen Jungen, der in ihrer Behausung im Nahe-am-Fluß-Dorf ihren Geschichten gelauscht hatte. Einen jungen Mann, der nie zum Jäger werden, nie die Freuden des Schlaflagers mit seiner Frau erfahren, nie seine Kinder heranwachsen sehen würde. Wer war sie, Einwände zu erheben? Ein törichter Jäger – vielleicht noch ein halbes Kind –, der zu dumm war, um über den Augenblick hinauszudenken, hatte einen vielversprechenden Jungen vom Vetter-Fluß-Dorf getötet. Was blieb den Jägern anderes übrig, als Vergeltung zu üben?

Sie ging zurück in die Behausung. Nachtmann wälzte sich ruhelos auf seinem Lager. An jenem Morgen hatte K'os unter lauten Gesängen ein neues Heilmittel für ihn gebracht und sogar Nachtmanns Bruder Tikaani aus der Hütte der Jäger herbeigerufen, damit er zusah, wie sie es verabreichte. Aqamdax hatte sich in der Ecke still neben der Mutter ihres Mannes zusammengekauert, die kalten, reglosen Hände der Frau umfaßt und gewartet, bis K'os die Behausung verließ.

Sie hatte erwartet, Tikaani würde K'os folgen, wie es die meisten Männer im Dorf taten. Doch er blieb und wartete mit Aqamdax, sah zu, wie sie das Lager ihres Mannes in Ordnung brachte, ihn mit Haferschleim fütterte, ihn kämmte und sein Gesicht abwischte. Dann ging auch Tikaani, und Aqamdax brachte Lange Augen mit schmeichelnden Worten dazu aufzustehen. Unterstützt von ihr, ging Lange Augen mit kleinen, schlurfenden Schritten nach draußen, erleichterte sich und kehrte zur Behausung zurück. Aqamdax reichte ihr eine gefüllte Schale, und wenn sie Lange Augen auch hin und wieder dazu ermuntern mußte weiterzuessen, leerte die alte Frau doch die ganze Schale und hielt sie Aqamdax mit der Bitte um mehr hin.

Während dies alles geschah, hatte Aqamdax jeden Gedanken an ihre leisen Hoffnungen beiseite geschoben, doch jetzt erlaubte sie sich erneut, über die Schwere tief unten in ihrem Bauch nachzusinnen, und wußte, daß sie Nachtmanns Kind in sich trug.

Sie kauerte sich neben ihren Mann und flüsterte wieder seinen Namen. Er öffnete die Augen, aber sie waren trüb, als könnte er nichts sehen, als hätte sein Geist den Körper schon verlassen. Sie mühte sich mit der Rückenstütze ab, bis er bequem zu liegen schien, fühlte dann mit der Hand nach dem Moospolster zwischen seinen Beinen, das seinen Urin auffangen sollte. Es war trocken. Sie stand auf und nahm einen Karibumagen mit Wasser von den Pfosten der Behausung, kniete neben Nachtmann nieder und hielt das Behältnis, während er trank. Schließlich drehte er den Kopf fort. Aqamdax verschloß den Magen mit einem Elfenbeinstöpsel, hängte ihn zurück und setzte sich wieder zu ihrem Mann.

Gewöhnlich blieb sie an seiner Seite, nähte oder webte, ein Bein an seinen Schenkel geschmiegt. Sie sprach oft mit ihm, trotz Sterns spöttischer Blicke, doch jetzt saß sie nur da, den Blick auf seine Augen geheftet, und hoffte auf ein Zeichen, daß er sie wahrnahm. Sie umklammerte seine Hand und glaubte, einen Druck von seinen Fingern zu spüren. Sie beugte sich nahe zu ihm und flüsterte ihm ins Ohr.

»Mann«, sagte sie, »mein Mann, ich trage dein Kind in meinem Schoß.« Mit beiden Händen umschloß sie seine Linke und legte sie auf ihren Bauch. »Ein Kind«, flüsterte sie noch einmal.

Sah sie auch nur das winzigste Fünkchen von Verstehen in seinen Augen? Vielleicht vermochte das Kind, wenn es größer und stärker wurde, den Geist seines Vaters aus den unbekannten Fernen, in denen er sich jetzt aufhielt, zurückzuholen und wieder mit Nachtmanns Körper zu vereinen.

Das Nahe-am-Fluß-Dorf

»Hast du so etwas schon einmal gesehen?« fragte Ligige' und legte die Fettkugel in den Korb.

Einen Augenblick lang saß Chakliux still da. Eine fast vergessene Erinnerung regte sich. Eine Geschichte, die er gehört hatte …

»Die Menschen aus der Nördlichen Tundra töten Wölfe damit«, sagte er endlich.

»Dann sind sie also Gift«, erwiderte Ligige', doch etwas in ihren Worten verriet Chakliux, daß sie es besser wußte.

Chakliux zog sein Ärmelmesser aus der Scheide an seinem Handgelenk und schlitzte die Kugel auf. Als Ligige' sich zu nahe hinbeugte, hielt er warnend eine Hand empor. »Bedecke deine Augen«, sagte er und wandte selbst den Kopf ab.

Seine Sorge war unbegründet. Der zusammengeknäulte, angespitzte Elfenbeinstreifen entrollte sich langsam in seiner Hand. »Er durchbohrt den Magen des Wolfes, wenn die Körperwärme das Fett geschmolzen hat. Die meisten sterben daran, aber wie ein Jäger aus der Nördlichen Tundra mir erzählte, fand er einmal bei einem Wolf im Bauch solch einen Streifen, der noch zusammengerollt war.«

»Wie konnte das sein?«

Chakliux zuckte die Achseln. »Ich weiß es nicht, aber er hütete ihn als Heiligtum in seinem Amulettbeutel, und die anderen Jäger behaupteten, er habe stets Glück bei der Wolfsjagd.«

Ligige' schnaubte. »Die Menschen aus der Nördlichen Tundra erzählen dir dies und das. Sie sind keine richtigen Menschen, weißt du.«

»Ligige'«, sagte Chakliux sanft, »sie sind ganz ähnlich wie wir.«

Sie runzelte die Stirn, und Chakliux fragte: »Woher hast du dies hier?«

»Ich fand es im Magen eines Hundes.«

»Benutzen die Jäger vom Nahe-am-Fluß-Dorf so etwas zur Wolfsjagd?« fragte Chakliux und gab ihr den Elfenbeinstreifen.

»Nein.«

»Ligige', wie lange schon sterben Hunde in diesem Dorf? Gesunde Hunde, nicht Welpen oder alte Tiere.«

»Seit du gekommen bist«, antwortete sie.

»Keiner ist vor meiner Ankunft gestorben?«

»Vielleicht der eine oder andere alte Hund. Und immer wieder auch ein paar Welpen. Nichts, was die Menschen aufmerken ließ.«

»Wie viele sind im letzten Winter gestorben?«

»Vier Handvoll, vielleicht auch mehr. Ausgewachsene Hunde. Weder alt noch krank.«

»Und Welpen?«

»Ein paar, ja. Die meisten von ihnen gehörten Ältesten.«

»Waren sie krank oder mißgebildet?«

»Zwei wurden ohne Unterkiefer geboren. Das ist früher schon vorgekommen. Bei der dunklen Hündin von Lagermacher. Manchmal hat sie solche Welpen.«

»Aber die anderen? Waren sie krank?«

»Ich weiß es nicht. Frag besser Der-mit-den-Hunden-übt. Er weiß darüber Bescheid.«

Chakliux seufzte. Er mußte aufbrechen, seine Reise zum Vetter-Fluß-Dorf antreten, doch dies hier war ebenfalls von Wichtigkeit. Wenn Aqamdax und Ghaden in das Vetter-Fluß-Dorf verschleppt worden waren, hatten sie dort schon den ganzen Winter zugebracht. Was spielte da ein Tag mehr für eine Rolle?

»Ich werde mit ihm sprechen«, sagte Chakliux. »Wie viele von diesen hier waren im Magen des Hundes?«

»Eine Handvoll oder mehr. Vier noch zusammengerollt.«

»Du hast sie aufgehoben?«

»Ja.«

»Hast du genug Fett, um wieder Kugeln daraus zu formen?«

Sie zuckte die Achseln. »Zum Ende eines langen Winters findet sich nicht mehr viel Fett im Vorratslager einer alten Frau.«

»Ich werde dir Fett bringen.«

»Das wäre gut«, sagte sie und leckte sich die Lippen.

»Wer sonst weiß, wie der Hund gestorben ist?«

»Nur Blaukopfente.«

»Erzähle es vorerst niemandem.«

»Keiner wird etwas erfahren«, sagte sie.

Er verließ Ligige' und ging zur Behausung der Ältesten. Er kratzte am Eingang, rief laut und wartete, daß ihn jemand hereinrief.

Eine Stimme antwortete, erst die von Blaukopfente, dann

ließ sich auch Der-mit-den-Hunden-übt hören. Sie waren allein in der Behausung und beide mürrisch, weil die Frauen ihren Kochbeutel nicht aufgefüllt hatten. Argwöhnisch beäugten sie Chakliux. Ein junger Mann wie er kam nicht einfach in die Behausung, um nur zu reden oder Geschichten zu erzählen, jedenfalls nicht, ohne eingeladen zu sein. Junge Männer trieb es nur hierher, wenn sie um einen Gefallen bitten wollten.

»Ich muß mit euch über die Hunde sprechen«, sagte Chakliux und erntete böse Blicke.

Zu spät fiel ihm ein, daß er es anders hätte anfangen müssen. Welcher Mann ist so unhöflich, Lob und Ehrerbietung zu vergessen, die einem Ältesten gebühren? »Beide seid ihr gesegnet mit Weisheit«, sagte er in der Hoffnung, damit sein schroffes Benehmen wiedergutzumachen. »In diesem Dorf und auch in dem, wo ich aufwuchs, kennen die Menschen eure Namen. Ich betrachte es als große Ehre, den Rat von Männern zu erbitten, die weiser sind als ich.«

Beide Ältesten strafften die Schultern, woraus Chakliux schloß, daß er nun endlich das Richtige gesagt hatte. Die Fragen drängten sich ihm auf der Zunge, so daß er kaum noch Luft bekam, doch er wartete, bis Blaukopfente sagte: »Wenn du etwas über Hunde wissen willst, mußt du Der-mit-den-Hunden-übt fragen. Er weiß weit mehr als ich, aber ich will dir helfen, wenn ich kann.«

Der-mit-den-Hunden-übt neigte den Kopf, und Chakliux fragte: »Hast du in diesem Winter Hunde verloren?«

»Keinen einzigen«, sagte Der-mit-den-Hunden-übt.

»Und du?« wandte sich Chakliux an Blaukopfente.

»Drei gesunde Hunde und vier Welpen.«

»Sie waren nicht krank?«

»Erst kurz bevor sie starben. Sie heulten, bissen sich in den Bauch, spuckten Blut. Ein paar Tage später waren sie tot ...«

»War es bei den Welpen genauso?«

»Nein, ich fand sie einfach morgens tot. Alle vier tot.«

»Welpen können auf vielerlei Weise sterben«, sagte Der-mit-den-Hunden-übt.

»Und es gab noch andere ausgewachsene Hunde im Dorf, die Blut spuckten und dann starben?« fragte Chakliux.

»Ja«, antwortete Der-mit-den-Hunden-übt. »Mehr als zwei Handvoll im letzten Winter. Wie du weißt, sind im vergangenen Jahr die meisten Hunde deines Bruders gestorben. Hat er dir gesagt, daß nur noch einer von den Hunden deines Großvaters am Leben ist?«

»Nein«, erwiderte Chakliux und bereute plötzlich, nicht im Dorf geblieben zu sein, um für die Tiere zu sorgen, die ihm sein Großvater anvertraut hatte. »Welcher lebt noch?« fragte er.

»Das Weibchen.«

»Schwarze Nase«, sagte er und nickte. Sie war die kräftigste der drei. Er würde sie genauer im Auge behalten. Wenn er Ligige' Fleisch oder Öl dafür bot, würde sie vielleicht erlauben, daß der Hund in ihrem Eingangstunnel blieb.

»Sind im Sommer welche gestorben?« fragte Chakliux.

»Keiner, nur hin und wieder ein Welpe oder ein altes Tier.«

»Aber all die Hunde, die so endeten, wie du es beschrieben hast«, fragte Chakliux, »starben nur im Winter?«

»Ja.«

Blaukopfente sah ihn an. »Manche Jäger meinen, du hättest unsere Hunde verflucht. Aber in diesem letzten Winter warst du fort, und trotzdem sind Hunde gestorben. Vielleicht liegt es nicht an dir.«

»Vielleicht nicht«, sagte Chakliux leise.

Cen sah die dünne Schicht von Rauch und wußte, daß er nahe am Dorf war. Er hatte fast zu lange gewartet, bevor er von den Dörfern flußaufwärts aufbrach, aber dieser Winter war für ihn sehr einträglich gewesen. Mit wenig hatte er begonnen, und viel brachte er heim. Er stellte sich den Blick von K'os vor, wenn sie das weiße Bärenfell sah, das er einem alten Mann im Großer-Fluß-Dorf abgehandelt hatte.

Sein Packen war schwer, doch er schritt rascher aus und wurde bald am Rande des Dorfes durch die Zurufe der Kinder begrüßt. Sie erinnerten sich an seinen Namen, und es tat wohl, einen Platz zu haben, den er als Zuhause ansehen durfte. Ganz hinten in der Schar erblickte er Ghaden. Er legte den Packen ab, breitete die Arme aus und rief den Jungen beim Namen.

Zunächst schien Ghaden verwirrt, aber die anderen Kinder schoben ihn vorwärts, bis Cen ihn zu sich hochheben konnte. Cen lachte, setzte ihn wieder ab und sah, wie ein kleines Lächeln um den Mund des Jungen zuckte.

»Du bist groß geworden!« Cens Stimme war laut und rauh, wie immer, wenn er nach einer langen Zeit unterwegs zum erstenmal wieder sprach. »Hier«, sagte er und zog aus dem Pakken eine Handvoll Holzpfeifen heraus, die aus Weidenzweigen geschnitzt waren. Er steckte sich eine in den Mund, blies darauf und lachte über das Gekreisch der Kinder.

»Ich habe nicht genug für euch alle«, sagte er, »aber wenn ihr sie euren Onkeln zeigt, können sie jedem von euch so etwas schnitzen.«

Er reichte Ghaden eine Pfeife und warf die übrigen den Kindern zu, die sich zu seiner Belustigung auf Händen und Knien darum balgten. Bald liefen die Kleinen mit ihren Schätzen heim.

»Geh und zeig sie deiner Schwester«, sagte er zu Ghaden und entließ ihn mit einem Schulterklopfen.

Ghaden war gewachsen. Er hatte den stämmigen Körperbau der Ersten Menschen, war schon jetzt breit in den Schultern. Mochten die Ältesten ihn auch Stern überlassen haben, nichts würde Cen davon abhalten, ihn mitzunehmen, wenn er alt genug für Handelsfahrten war.

Außerdem hatte es auch sein Gutes, daß Ghaden in Sterns Behausung lebte. Es gab Cen Gelegenheit, mit K'os allein zu sein.

Er ging durch das Dorf bis zur Behausung von K'os, stellte seinen Packen davor ab und band das Bärenfell los. Es war schwer und steif, dennoch hatte er es, wenn auch mit Mühe, zusammenrollen und an der linken Seite seines Bündels befestigen können. Er zog den Packen in den Eingangstunnel, nahm das Bärenfell und kroch in die Behausung.

In dem schwachen Licht hörte er das Stöhnen, bevor er die beiden sah. Der Junge, Himmelsspäher, lag oben, sein Körper nackt und schweißüberströmt. K'os, ebenfalls nackt, wand sich unter ihm.

Sie war eine Frau, die viele Männer hatte, das wußte er. Hatte nicht auch er sich auf seiner Handelsfahrt mit anderen Frauen vergnügt? Das gleiche war von ihr zu erwarten, und dennoch war ihm bei diesem Anblick, als würde ihm ein Messer in den Bauch gestoßen. Das war nicht Daes mit irgendeinem armen alten Jäger, der in seiner Gutmütigkeit Ghaden wie seinen eigenen Sohn aufzog, ein Mann, der sich mit Cen nicht messen konnte. Himmelsspäher war jung und bereits ein guter Jäger.

K'os lächelte, wälzte den Jungen von ihrem Körper herunter und kam mit geöffneten Händen zu Cen.

Fast hätte er nach ihr gegriffen, doch dann, als bestimmte ein anderer über seine Handlungen, drehte er sich um und verließ die Behausung mit seinem Packen, das Bärenfell noch in den Armen.

»Dann wirst du es also den anderen sagen?« fragte Chakliux Blaukopfente.

»Heute abend, vor der Behausung der Ältesten«, erwiderte Blaukopfente. »Ich werde es ihnen sagen.«

Chakliux nickte und verließ nach dem Austausch einiger Höflichkeiten die Behausung der Ältesten. Er ging zu dem Vorratslager, das er mit Sok teilte, und nahm ein Päckchen mit gehärtetem Karibufett heraus. Es war eine Kostbarkeit, vor allem um diese Jahreszeit, und gehörte eigentlich nicht ihm, doch hatte er Sok mehrere Robbenmägen mit Seehundtran geschenkt. Sie waren sicherlich mehr wert als ein Päckchen Karibufett. Er trug es zu Ligige's Behausung, kratzte und lauschte auf den Ruf der alten Frau.

Sie klang zerstreut und wenig erfreut über die Störung, aber er ging trotzdem hinein. Als sie sah, daß er es war, lächelte sie.

»Ich dachte, es sei Blattflechterin, diese Alte, die jeden Tag kommt, um sich von meinem Essen zu nehmen und meine Ohren mit ihrem törichten Geschwätz zu füllen.«

Chakliux legte das Päckchen neben ihr auf den Boden, und Ligige' grinste ihn an, wobei sie ihre abgewetzten Zahnstummel entblößte, die kaum noch aus dem lockeren rosa Fleisch herausschauten.

»Gut«, sagte sie. »Ich hatte nur noch Fett für zwei Kugeln. Es ist gar nicht so einfach, weißt du. Für die erste habe ich lange gebraucht. Es ist nicht kalt genug, daß die Kugeln richtig hart gefrieren, und so blieb das Elfenbein in dem Fett nicht zusammengerollt.«

»Wie hast du es geschafft?« fragte Chakliux.

Sie reichte ihm eine Fettkugel, und er sah, daß sie mehrfach mit dünnen Sehnensträngen umwickelt war.

»Heute nacht werden sie in der Kälte gefrieren, dann kann man die Stränge abnehmen.«

Plötzlich kniff sie die Augen zusammen und sah ihn an. »Du wirst keinen von unseren Hunden so etwas fressen lassen«, sagte sie.

»Nicht ein Hund im Dorf wird sie bekommen«, versprach er.

»Wenn du sie den Wölfen hinlegst, erwischt sie vielleicht ein Hund.«

»Ich werde sie nicht einmal den Wölfen geben.« Er hockte sich hin und sah ihr ins Gesicht. »Du wußtest Bescheid, als du den ersten Elfenbeinstreifen im Magen jenes Hundes fandest.«

»Ich wußte es«, erwiderte sie leise.

»Es ist kein Fluch«, sagte Chakliux. »Und auch keine Krankheit.«

»Jemand tötet unsere Hunde«, sagte Ligige'.

»Weißt du, wer es ist?« fragte Chakliux.

Erneut blickte sie zu ihm auf, und zu seiner Überraschung sah er Tränen in ihren Augen glänzen.

»Ich weiß es«, sagte sie leise.

Das Vetter-Fluß-Dorf

Aqamdax hatte Tag um Tag bei Nachtmann ausgeharrt, ganz gleich, ob er so still dalag, daß sie meinte, er wäre gestorben, oder mit Armen und Beinen um sich schlug, gequält von dem, was er in jener unbekannten Welt erduldete, in der er sich nun aufhielt. Daher sah sie von ihrer Flechtarbeit nicht auf, als sich sein Arm bewegte, sich sein Körper auf den Schlafmatten herumwälzte. Sie blickte nicht zu ihm, bis ein leises Stöhnen aus seiner Kehle drang, aus dem sie den Klang ihres Namens heraushörte.

Mit einem Aufschrei ließ sie ihre Flechtarbeit fallen, rief nach Stern und Lange Augen, nach Ghaden und Yaa. Sie hielt

Nachtmann eine Wasserblase hin, und er nahm mehrere Mundvoll in großen Schlucken, dann zog sie sie weg.

»Laß ihn trinken«, sagte Stern.

»Es wird ihn krank machen«, sagte Aqamdax, in Erinnerung an Jäger, die von langen Seereisen zurückkehrten, auf denen ihnen das Trinkwasser ausgegangen war. Sie nahmen nur ein paar kleine Schlucke, langsam, und später noch einmal. Wenn sie zu rasch tranken, schienen sich ihre Mägen zu verhärten und in Krämpfen zusammenzuziehen, so daß sie sich übergeben mußten.

Stern öffnete den Mund, um zu widersprechen, doch Aqamdax blickte weg. Nun, da Nachtmanns Geist endlich zu ihnen zurückgekehrt war, wollte sie nicht streiten. Statt dessen ging sie zu dem Kochbeutel, der nahe der Feuerstelle hing, und schöpfte von oben eine Schale mit Brühe ab. Sie brachte sie ihrem Mann, kniete neben ihm und fütterte ihn ohne Hast. Stern riß sich von ihnen los und zog Ghaden und Yaa mit sich. Sie ließ Yaa auf ihren Knien sitzen und strich mit dem Muschelkamm, den Aqamdax aus ihrem eigenen Dorf mitgebracht hatte und wie einen Schatz hütete, durch das Haar des Mädchens.

Aqamdax beachtete sie nicht und murmelte Nachtmann leise Worte zu. Endlich hob er eine Hand, um zu bedeuten, daß er satt sei. Sie bot ihm erneut Wasser an, und er trank, diesmal langsam. Dann fragte er: »Wie lange habe ich geschlafen?«

»Zwei Monde, fast drei«, rief ihm Stern zu, und Aqamdax bemerkte, daß sich sogar Lange Augen umgewandt hatte, um ihren Sohn anzublicken; ihr Gesicht leuchtete von innen heraus, als verstünde sie etwas von dem, was vorging.

Nachtmann sackte zurück auf seine Schlafmatten.

»Sorge dich nicht, Mann«, flüsterte Aqamdax, damit Stern ihre Worte nicht vernehmen konnte. »Es war eine gute Zeit im Jahr, um zu schlafen.«

Er sah sie mit hochgezogenen Augenbrauen an und versuchte zu lachen, doch das Gelächter endete in einem Husten, der seinen Körper peinigte. Er schloß die Augen, und Aqamdax hätte ihn beinahe angerufen; Angst stieg in ihr auf, er könne wieder in jene Welt entrückt werden, in der er so lange gefangen war.

Als hätte er ihre Gedanken vernommen, sagte er: »Meine Frau, hab keine Angst. Ich schlafe nur.«

Aqamdax beugte sich nahe zu ihm und preßte ihre Wange an seine Stirn. Seine Haut war trocken, aber kühl, und selbst sein Atem schien nicht mehr den säuerlichen Geruch wie zuvor zu verströmen.

Plötzlich öffnete er die Augen weit und bewegte den Kopf, um sie anzusehen. »Ich hatte einen Traum ...«, begann er eben, als jemand am Eingangstunnel kratzte. Cen.

Aqamdax spürte, wie es ihr die Brust zuschnürte. Er und Tikaani hatten sie hergebracht. Mit seiner Sorge um Nachtmann hatte Tikaani schon seit langem Aqamdax' Freundschaft gewonnen, aber für Cen empfand sie nichts als Zorn und Haß. Mochte er auch Ghaden gezeugt haben, ihren prächtigen kleinen Bruder, doch dafür hatte er ihr zuviel genommen.

Als Stern ihn sah, sprang sie auf, klatschte in die Hände und tanzte umher wie ein Kind. Cen ließ einen schweren weißen Pelz auf den Boden der Behausung fallen. »Ist das für mich?« quiekte Stern und stürzte sich auf das zusammengerollte Fell.

Cen sah sie einen Augenblick lang an, öffnete den Mund und schloß ihn wieder. »Nein«, sagte er endlich. »Das ist mein Schlaflager.«

Seine Worte schienen Stern nicht zu bekümmern. Sie rief Yaa zu sich, und gemeinsam lösten sie die geflochtenen Bänder, die das Fell zusammenhielten, und rollten es auseinander. Stern streckte sich auf dem Pelz aus, wälzte sich auf den Rükken und blickte zu Cen auf; sie leckte sich die Oberlippe, als erwarte sie ein schmackhaftes Essen.

Aqamdax blickte angewidert fort und beugte sich über Nachtmann. »Cen?« fragte er in heiserem Flüsterton.

»Er ist zurück«, sagte sie.

Nachtmann nickte und schloß die Augen wieder.

»Du hattest einen Traum?« fragte Aqamdax in der Hoffnung, er würde ein wenig länger wach bleiben, doch er seufzte nur und glitt in den Schlaf hinüber.

Cen übernachtete in ihrer Behausung, und obgleich Stern sich ihm offen anbot, richtete er sein Lager dicht neben dem von Nachtmann her und sagte zu Stern, er sei zu müde von den langen Tagen des Wanderns und wolle nur noch schlafen. Sie schmollte eine kurze Weile, dann aber, so als habe Cens Anwesenheit sie wieder daran erinnert, daß sie eine Frau war, übernahm sie die Rolle von Schwester und Mutter, kümmerte sich um Nachtmanns Wohlbefinden und gab Yaa und Ghaden zu essen.

Aqamdax lag noch lange wach, während die anderen schon schliefen. Die ganze Nacht über dröhnten die Trommeln aus der Hütte der Jäger. Sie hatte Cen nicht gefragt, ob er dort gewesen war, bevor er zu Sterns Behausung kam. Er gehörte nicht richtig zum Vetter-Fluß-Volk und war daher vielleicht nicht willkommen, wenn die Männer Rachefeldzüge planten.

Endlich schlief auch sie ein, wachte aber schon im frühen Morgengrauen mit einem Ruck wieder auf. Ihr erster Gedanke galt Nachtmann. War ihm etwas geschehen, war sein Geist plötzlich aus ihm gewichen? Sie legte ihm die Hände auf das Gesicht, und er murmelte etwas, streifte schläfrig ihre Hand und brachte Aqamdax zum Lächeln. Dann wurde ihr bewußt, daß die Stille sie geweckt hatte.

»Die Trommeln schweigen«, flüsterte Stern aus dem anderen Teil der Behausung.

»Auch Krieger müssen schlafen«, murmelte Aqamdax, drehte sich auf die Seite und zog sich ihre geflochtene Hasenfelldecke bis über die Schultern hinauf.

Sie bemerkte nicht, daß Tikaani in die Behausung gekommen war. Plötzlich stand er neben ihr, beugte sich über Nachtmann und legte ihm die Hand auf die Stirn.

Aqamdax stützte sich auf einen Ellenbogen. »Letzte Nacht ist er zu uns zurückgekehrt. Jetzt schläft er.«

»Ich bin wach.«

Die Worte waren nur ein Flüstern, und Aqamdax bedeckte überrascht ihren Mund, da Nachtmann sie gesprochen hatte.

Ohne recht zu beachten, daß er sich in ihr Schlaflager drängte, schob sich Tikaani näher an seinen Bruder heran, hockte sich mit gekreuzten Beinen neben ihn und senkte seinen Kopf zu Nachtmanns Gesicht.

»Du bist wach?« fragte Tikaani.

»Wie sollte ich schlafen, wenn ihr alle schwatzt?« erwiderte sein Bruder.

Tikaani lachte, die Freude blitzte ihm aus den Augen, und er sah zu Aqamdax. »Dann ist das, was wir tun, das Rechte«, sagte er. »So habe ich zu den Ältesten geredet. Die vielen Todesfälle, die kärglichen Lachszüge, all das geschah, weil wir unsere Toten nicht durch Rache versöhnt haben. Schau, nun, da wir einen Plan gefaßt haben, bist du wieder bei uns.«

»Aber vielleicht noch nicht stark genug für den Kampf«, sagte Nachtmann und versuchte zu lächeln.

»Ich werde für uns beide kämpfen.«

»Wie ist der Plan der Jäger?«

»Wir haben eine neue Waffe. Erinnerst du dich?«

»Der Bogen.«

»Ja. Diesmal werden nicht nur ein paar Männer versuchen, einen oder zwei Jäger für das zu töten, was uns angetan wurde, nein, diesmal werden wir alle gehen, Jäger und Älteste, auch die größeren Jungen.« Tikaani beschrieb mit den Händen einen Kreis. »Erinnerst du dich, daß ihr Dorf in einer Senke liegt, wie in einer Schale, mit Bäumen drum herum?«

»Ich erinnere mich.«

»Mit den Bogen können wir von den Bäumen aus ins Dorf

hineinschießen; so treffen wir die Männer aus der Entfernung, ohne daß sie begreifen, wer sie überhaupt angegriffen hat.«

Nachtmann hob die gesunde Hand, und Tikaani umfaßte sie, dann war er fort, schlüpfte in die Dämmerung hinaus, überließ seinen Bruder dem Schlaf und Aqamdax dem Entsetzen. Sie starrte in das schwache Morgenlicht und sah die Gesichter der Nahe-am-Fluß-Menschen klar vor sich, Frauen und Kinder, Älteste und Jäger. Chakliux.

Das Nahe-am-Fluß-Dorf

»Ich sage dir nur eins«, sagte Wolf-und-Rabe zu Sok. »Meine Tochter will deine erste Frau sein.«

Sok war die ganze Nacht wach geblieben und hatte gewartet, während Schnee-im-Haar in den Wehen lag und schrie. Wie furchtbar sie klangen, diese Schreie. Er hatte geglaubt, sie müßte sterben. Welche Frau schrie schon, wenn nicht die Geister sie von ihrem Mann und dem neuen Kind fortrissen?

Er hatte an die erste Nacht zurückgedacht, die sie miteinander verbracht hatten, an die Wonne, sie in seinem Schlaflager zu haben. Sie war scheu gewesen, hatte den Kopf abgewandt, als er zum erstenmal ihre Brüste streichelte, und überrascht aufgekeucht, als er seine Finger zu der feuchten Wärme ihrer Frauenspalte herabgleiten ließ.

Er hatte sich an diese Erinnerungen geklammert, als könnten sie ihm Schnee-im-Haar erhalten, selbst während der Geburt. Mit Gebeten und Gesängen hatte er seine Ängste niedergekämpft.

Als die Tante seiner Frau kurz vor der Morgendämmerung zu ihm kam, war seine Furcht so groß, daß er glaubte, nicht ertragen zu können, was sie ihm mitzuteilen hatte, doch sie sagte, die Geburt sei leicht gewesen. Der Sohn sei kräftig und

Schnee-im-Haar so wohlauf, wie eine Frau es nach einer Entbindung nur sein konnte, bei der sie ihre Ängste so laut herausgeschrien hatte, daß das ganze Dorf nicht zum Schlafen kam.

Nun war ihr Vater in der Behausung seiner Tochter und bestand darauf, daß Sok seine gute erste Frau verstieß, eine Frau, die ihm zwei starke Söhne geschenkt hatte, Jungen, die schon jetzt prächtige Jäger zu werden versprachen – eine Frau, die bei der Geburt dieser beiden Jungen nicht ein einziges Mal geschrien hatte.

Sie waren allein, Sok und Wolf-und-Rabe. Sok hatte die Nacht in der Behausung seiner Frau zugebracht, wie es Sitte in ihrem Dorf war, um so Schnee-im-Haar Kraft in ihren Wehen zu verleihen. Die Aussicht stimmte ihn nicht freudig, den anderen Männern des Dorfes entgegentreten zu müssen und auch den Frauen, ihren verstohlenen Blicken, aus denen Verachtung sprach, dem Gelächter, das sie hinter vorgehaltener Hand zu verbergen vorgaben. Lieber wäre er noch eine Weile in der Behausung geblieben, doch dann war Wolf-und-Rabe gekommen.

»Sie ist zweite Frau. Sie wird zweite Frau bleiben«, sagte Sok mit der Stimme eines Kriegers.

Daraufhin erhob sich Wolf-und-Rabe und sagte, als wäre er nur aus diesem Grund gekommen: »Ich soll dir mitteilen, daß dein Bruder für heute abend um eine Versammlung aller Bewohner des Dorfes gebeten hat.«

»Chakliux?«

»Ja.« Wolf-und-Rabe ließ sein Kinn vorschnellen, deutete damit auf Sok. »Wenige Jäger werden kommen. Was kann uns Chakliux schon Wichtiges mitzuteilen haben?«

»Ich werde dasein«, sagte Sok.

Wolf-und-Rabe verließ die Behausung, und Sok legte sich zurück auf die Hasenfelldecke, die Schnee-im-Haar für ihn gemacht hatte und die dünn und schlecht gefertigt war. Die

Decken von Rotes Blatt waren so dicht geflochten, daß nicht der winzigste Lichtstrahl hindurchdrang.

Er hörte ein Kratzen an der Seitenwand der Behausung.

»Komm herein!« rief er mit barscher Stimme. Vermutlich war es Wolf-und-Rabe mit irgendeinem neuen Unsinn.

Rotes Blatt trat ein, einen dampfenden Topf in der Hand.

»Mein Mann«, sagte sie ruhig, »ich freue mich, von deinem neugeborenen Sohn zu hören.« Sie ging wieder hinaus, ohne ihn anzusehen.

45

Chakliux spürte die Feindseligkeit der Männer. Wer war er, das ganze Dorf zusammenzurufen und zu verlangen, daß sie einen Abend lang zuhörten? In dieser Jahreszeit gab es viel zu tun – es waren Netze zu flicken, Messer zu bearbeiten, Klingen zu schärfen. Sie hatten keine Zeit für die Mitteilungen eines Vetter-Fluß-Mannes.

Aber sie kamen. Knurrend und stirnrunzelnd fanden sie sich ein. Selbst die Kinder schienen die Mißstimmung ihrer Eltern zu spüren; unter ihnen kamen Reibereien auf, die von Erwachsenen geschlichtet werden mußten, und die Kleinsten schrien. Chakliux schloß die Augen und sammelte den Frieden in sich, den er stets in seinem *iqyax* verspürte, wenn er nichts weiter vernahm als den Klang von Wellen, Vögeln und Wind.

Ligige' hatte die Fettkugeln vorbereitet, zwei Handvoll insgesamt, und Knochen oder Elfenbein darin zusammengerollt. Sie hatte sie, eingewickelt in dünne Stücke von getrocknetem und weich gemachtem Darm, in einen Fischhautkorb gelegt. Chakliux achtete darauf, daß der Korb neben ihm stand, wenn auch nicht zu dicht. Seine Körperwärme sollte das Fett nicht weich werden und die Knäuel herausschießen lassen.

Sie versammelten sich vor der Behausung der Ältesten. Die jungen Männer hatten ein großes Feuer entzündet, und die Ältesten saßen innen im Kreis, den Flammen am nächsten. Dahinter kamen die Jäger, in der Reihenfolge ihrer Jahre, dann die Großmütter, Mütter mit Säuglingen und zuletzt Kinder und Frauen ohne Mann. Die Frauen hatten Essen gebracht, doch die Ältesten schlugen es aus, ebenso wie die meisten Jäger. Die Kinder bettelten um die Reste, und einige Großmütter gaben ihnen nach, woraufhin es zu Raufereien zwischen denen kam, die Essen hatten, und denen, die leer ausgegangen waren, und das allgemeine Durcheinander noch größer wurde.

Chakliux saß bei den Jägern und wartete, bis Wolf-und-Rabe aufstand und den Kindern mit erhobener Stimme Einhalt gebot. Als der Lärm fast erstorben war, blickte er Chakliux an und sprach: »Nun sage, was du uns mitzuteilen hast.«

Chakliux trat in die Mitte des Kreises, den Rücken der Behausung der Ältesten zugewandt, seinen Blick auf die Menschen gerichtet. An diesem Frühlingsabend war es noch hell, der Himmel tiefblau, die Schatten fielen lang. Die Flammen erhellten die Gesichter, und er hielt Ausschau nach Ligige', Bellender Fuchs, Schläft-lange, Blaukopfente, Der-mit-den-Hunden-übt, Wurzelgräber, Sok. Er wußte, wenn er enthüllte, wer ihre Hunde getötet hatte, konnte sich ihr Zorn auch gegen ihn wenden. Es war schwer zu glauben, daß einer von ihnen so etwas getan haben könnte; leichter fiel es, einem Außenseiter zu zürnen, der in einem anderen Dorf aufgewachsen war.

»Ich habe euch gebeten zu kommen, um über eure Hunde zu sprechen«, begann Chakliux.

Ein leises Gemurmel erhob sich unter den Jägern, und Chakliux hörte Ligige' sagen: »Seid still. Hört zu.«

Das Gemurmel erstarb, und Chakliux fuhr fort. »Ihr alle wißt, daß wieder ein Hund gestorben ist. Er starb an derselben Krankheit, die viele unserer Hunde getötet hat. Eine Krankheit, die keiner von uns begreifen konnte, bis Ligige' entdeckte, woran es lag.«

Viele wandten sich zu Ligige' um. Sie hielt das Kinn emporgereckt und den Blick auf Chakliux geheftet.

»Ligige' hat mich gebeten, es euch mitzuteilen.«

Plötzlich herrschte Schweigen. Selbst die Kinder waren still.

Chakliux griff nach dem Korb neben sich. Er nahm eine der Fettkugeln heraus.

»Wurzelgräber«, rief er. Der Mann blickte zu ihm hoch, und Chakliux warf ihm die Kugel zu. Wurzelgräber fing sie und hielt sie empor, damit die anderen sie sehen konnten.

»Sok!« Auch Sok fing eine der Fettkugeln und führte sie zum Mund, als wollte er hineinbeißen.

Ligige' schrie: »Nein. Iß sie nicht. Warte.«

»Ist es Gift?« fragte Sok.

»Nein«, erwiderte Chakliux. »Es ist kein Gift.«

Er warf Fettkugeln zu Bellender Fuchs und Schläft-lange, zu Blaukopfente und Der-mit-den-Hunden-übt, sogar zu dem Jungen Flußeistänzer. Sie gruben ihre Finger hinein, schnüffelten daran.

Endlich waren nur noch zwei Kugeln übrig, ohne daß eingetreten war, worauf Chakliux hoffte. Er blickte zu Ligige'. Sie sah ihn klar und unverwandt an, hob dann die gewölbten Hände empor. Er warf ihr eine der Kugeln zu, und sie fing sie mit Leichtigkeit; gestützt auf die Schultern der Frauen neben ihr, stemmte sie sich hoch und warf die Kugel schnell Wolf-und-Rabe zu.

Er wich ihr aus, ließ sie zu Boden fallen und rührte sie nicht an.

»Heb sie auf, kleiner Vetter«, sagte Ligige', und die anderen lächelten, unterdrückten ihre Erheiterung über den Kosenamen, mit dem sie ihn anredete.

Er hob die Kugel auf, hielt sie den anderen hin und legte sie wieder auf den Boden.

»Erst im Innern ist sie tödlich, kleiner Vetter«, sagte Ligige', und Chakliux hörte die herzzerreißende Traurigkeit in ihrer Stimme.

Plötzlich schrie Wurzelgräber auf. Die Wärme seiner Hand hatte die Fettkugel an der Seite schmelzen lassen, und ein spitzes Ende des Knäuels bohrte sich in seinen Daumen.

»Was ist das?« schrie er, ließ die Kugel zu Boden fallen und saugte an dem Einstich.

»Blaukopfente hatte Mitleid mit einer alten Frau«, sagte Ligige'. »Er gab mir einen toten Hund. Als ich ihn aufschnitt, fand ich das hier.« Sie hielt einen Streifen Elfenbein empor. »Es war im Magen des Hundes. Zusammen mit vielen anderen, mehr als einer Handvoll.«

Chakliux bemerkte, daß die übrigen es Wolf-und-Rabe nachgetan und ihre Fettkugeln beiseite gelegt hatten. Er gab einer der Frauen den Fischhautkorb. »Sammle sie auf und bring sie wieder zu mir«, sagte er. »Unsere Hunde und Kinder sollen sie nicht anfassen.« Er wandte sich zu Wolf-und-Rabe. »Du wolltest die Fettkugel nicht halten. Warum nicht?«

»Ich vertraue keinem Mann vom Vetter-Fluß-Dorf«, gab Wolf-und-Rabe zurück. »Darum.«

Chakliux wandte sich an die Ältesten. »Ich beschuldige niemanden«, sagte er. »Entscheidet selbst, wer die Hunde getötet hat. Ihr habt gesehen, was das zusammengerollte Stück Knochen mit Wurzelgräbers Hand getan hat. Stellt euch vor, was es im Magen eines Hundes anrichtet.«

Lärm erhob sich – ein Zornesgrollen, von Männern wie von Frauen.

»Aber warum?« fragte einer der Jäger. »Warum unsere Hunde töten? Wir brauchen sie für die Jagd und zum Essen. Warum sollte jemand so etwas tun?«

Eine der Frauen weiter hinten im Kreis stand auf. Erst als sie sprach, wurde Chakliux klar, daß es die Frau von Wolf-und-Rabe war.

»Aus Gier nach Macht«, sagte Blaue Blume. »Nur aus Gier nach Macht. Um andere beschuldigen zu können, sie hätten den Fluch herbeigeführt, und dann zu behaupten, er selbst wäre in der Lage, ihm ein Ende zu machen.«

»Ich verstoße dich«, kreischte Wolf-und-Rabe, sprang auf und schlug mit dem Gehstock nach seiner Frau.

»Nein«, erwiderte sie. »Ich verstoße dich. Schaff deine Sachen aus meiner Behausung. Ich will dich nicht mehr sehen.«

Dann sprachen, schrien und stritten alle durcheinander. Die meisten überschütteten Wolf-und-Rabe mit ihrem Zorn. Einige schrien Chakliux an, andere Ligige'. Wolf-und-Rabe hatte den Kopfputz des Schamanen getragen, reich behangen mit Perlen und Rabenschnäbeln. Er nahm ihn ab und hielt ihn jedem entgegen, der ihm zu nahe kam, bahnte sich einen Weg durch die Menschen und stapfte davon. Manche Männer schrien Chakliux ihre Mißbilligung ins Gesicht. Andere traten zu ihm, schlugen ihm auf den Rücken, dankten ihm, warfen einen Blick auf die Fettkugeln in dem Fischhautkorb und zogen unter Kopfschütteln davon.

Bald waren alle fort außer Chakliux und Ligige'. Sie kauerte auf dem Boden, ihre Decke über den Kopf gezogen. Chakliux kniete neben ihr. »Tante«, flüsterte er leise. »Möchtest du heute nacht in der Behausung von Rotes Blatt bleiben?«

»Ich glaube nicht, daß Sok mich dort dulden wird«, sagte sie mit zitternder Stimme. »Ich habe den Vater seiner Frau vernichtet.«

»Wolf-und-Rabe hat sich selbst vernichtet«, antwortete Chakliux und half ihr auf.

»Ich denke, ich werde in meine eigene Behausung gehen«, sagte Ligige'. »Dieses Dorf hat genug von mir zu hören bekommen.«

»Dürfte ich dann bei dir bleiben?« fragte Chakliux.

»Ja, komm nur.« Sie blinzelte die Tränen fort und setzte ein verschmitztes Lächeln auf. »Die alten Frauen sagen, du hast noch mehr Robbentran. Sie sagen, er schmeckt sehr gut zu getrocknetem Fisch.«

Auch Chakliux lächelte. »Ja, Tante, du wirst sehen, er schmeckt sehr gut.«

Cen wollte nicht mit ihnen gehen. Er beherrschte den Umgang mit ihren Bogen noch nicht. Außerdem war er ein Händler. Welcher Händler ermutigte schon zum Kampf? Aber Menschen vom Nahe-am-Fluß-Volk hatten Daes getötet. Sie hatten beinahe auch ihn getötet. An kalten Tagen schmerzten seine Rippen selbst jetzt noch, und sein linkes Handgelenk würde nie wieder so kräftig werden wie einst.

Er hatte über Aqamdax' Worte nachgedacht. Sie war von Behausung zu Behausung gegangen, hatte die Jäger angefleht, ihnen gesagt, die Nahe-am-Fluß-Menschen seien gut, hatte sie bedrängt, nur ein Leben zu nehmen für jenen toten Jungen. Doch selbst Ghaden hatte mit den Zähnen geknirscht, die Faust erhoben und seinen Zorn auf das Nahe-am-Fluß-Volk herausgeschrien, das seinen Freund getötet hatte.

Sie nahmen keine Hunde mit. Nichts außer Bündeln mit Essen und anderen Vorräten. Und Waffen. Bogen und Wurfspeere, Pfeile und Messer.

Cen hatte einen Bogen, aber immer noch knickte sein linkes Handgelenk ab, wenn er die Sehne spannte. Mit dem Speer konnte er besser umgehen. Wenigstens war seine Rechte stark, sein Wurf weit und genau.

Gewöhnlich dauerte die Reise vom Winterlager des Vetter-Fluß-Volks zum Winterdorf des Nahe-am-Fluß-Volks drei Tage – wenn die Hunde die Bündel trugen. Doch der Zorn schien den Beinen der Männer Kraft zu verleihen, und schon am Ende des ersten Tages fanden sie sich in der Nähe des Nahe-am-Fluß-Dorfs. Sie schliefen eine Nacht, trotz Wind und Schnee, trotz des letzten Aufbäumens des Winters, bevor die Sonne ihn mit neuer Kraft besiegte.

Am folgenden Morgen brachen sie zeitig auf, wechselten gegen Mittag vom Flußeis in den Wald und schlugen ein Lager nahe beim Dorf auf. Nun konnten sie nur noch warten, lauschen und beobachten, in der Hoffnung, ein Jäger werde vom Dorf kommen, ein einzelner Mann, der ihre erste Beute werden sollte.

Der Tag neigte sich schon dem Abend zu, als so ein Mann kam – allein, nicht einmal einen Hund hatte er bei sich. Er trug einen großen Packen, wie ein Händler. Als Gehstock benutzte er einen Speer.

Cen saß auf einem umgestürzten Baum; er hatte den Schnee vom Stamm gefegt und sich gegen die nasse Rinde mit einem Polster aus Karibuhaut geschützt. In Gedanken war er nicht beim Kampf, bei jenem Angriff, zu dem Tikaani und die anderen früh am nächsten Morgen aufbrechen wollten. Er dachte an K'os. Wie Daes war auch sie eine Frau, die alle Klugheit aus seinem Kopf zu vertreiben schien und ihn dazu brachte, gedankenlos zu handeln, ohne die Folgen abzuschätzen. Nun, da er weit fort von ihr war und ihr Gesicht sein Denken nicht schwächte, konnte er in Ruhe entscheiden, was geschehen sollte.

Selbst als seine Frau würde sie vermutlich weiter viele Jäger in ihr Lager nehmen. Er hatte die Geschichten von ihren beiden Männern gehört. Sie waren auf furchtbare Weise gestorben, der erste durch eine Krankheit, die seinen Bauch aufzufressen schien, bis er nur noch Blut erbrach. Der andere starb bei einem Brand, dem K'os selbst entkommen war. Gewiß folgte ihr ein böser Geist, der alsbald jeden mit Mißgeschick schlug, den sie zum Mann nahm. Manche Jäger sagten, K'os sei alt, zu alt, um noch Kinder zu bekommen. Das war schwer zu glauben. Ihr Gesicht wirkte jung, doch vielleicht war sie unfruchtbar.

Cen war dankbar für Ghaden, trotzdem wollte er noch mehr Söhne, auch eine Tochter. Was gab es Schöneres für einen alten Mann als eine Tochter, die am Ende seines Lebens für ihn sorgte?

Da war noch Stern, aber er wollte keine Frau, die quengelte

und Wutanfälle bekam wie ein kleines Kind. Und da war Aqamdax. Sie glich Daes, und sie arbeitete hart. Die Ersten Menschen behaupteten, sie sei eine Geschichtenerzählerin. Sie war Frau von Nachtmann. Doch wie lange würde er noch leben? In jener Nacht in Sterns Behausung hatte Cen sich abwenden müssen, als Aqamdax den Breiumschlag an Nachtmanns Schulter wechselte, so verfault war das Fleisch gewesen.

Was würde Aqamdax tun, wenn Nachtmann starb? Vielleicht würde Tikaani sie nehmen, aber er war jetzt oberster Jäger. Es war nicht klug, wenn der oberste Jäger eine aus einem anderen Dorf zur ersten Frau nahm. Unstimmigkeiten konnten daraus entstehen. Und wer wollte das?

Ein leises Zischen, das von Jäger zu Jäger weiterlief, riß Cen aus seinen Gedanken. Er duckte sich neben den Stamm, griff nach seinem Speer, hielt ihn dicht an der Schulter, die Spitze nach vorn.

Plötzlich flogen Pfeile; manche prallten an Bäumen ab, andere fanden ihre Bahn. Ihr Sirren war höher und dünner als der Klang von Speer und Speerwerfer.

Cen hörte Schreie und dann die Rufe der Männer vom Vetter-Fluß-Dorf, mit denen sie gewöhnlich verkündeten, daß sie Jagdbeute gemacht hatten. Er stand auf, den Speer immer noch umklammert, und ging hin, um zu sehen, was die Pfeile getroffen hatten. Ein Tier, dachte er, vielleicht einen Bären, der gerade aus seiner Winterhöhle kam. Welch besseres Zeichen gab es, daß ihr Vorhaben unter einem günstigen Stern stand?

Nein, es war ein Mann. Er hatte einen schweren Packen auf dem Rücken, gespickt mit Pfeilen, und aus seinen Armen und Beinen rann Blut in den Schnee. Dann sah Cen das Medizinbündel, die Flußotterhaut und das Vielfraßfell. Ein Goldspechtflügel hing von dem Packen herab – und ein perlengeschmückter Kopfputz.

»Wolf-und-Rabe«, sagte er.

Ein paar Männer in seiner Nähe schnappten nach Luft, während die jüngeren scheinbar verwirrt die Brauen zusammenzogen.

»Ein Schamane«, sagte Tikaani.

Einige blickten Cen fragend an. »Ja, ein Schamane«, bestätigte er.

»Durchtrennt seine Gelenke, schnell«, sagte einer der jungen Männer.

Tikaani sah den Sprecher an, der fast noch ein Junge war, und reichte ihm schweigend sein Messer. Sein Amulett umklammernd, ging er davon und stimmte einen dünnen Gesang an. Die anderen folgten seinem Beispiel und ließen den Jungen allein zurück. Schließlich warf dieser das Messer zu Boden, wich zurück, erhob die Hände zum Schutzzeichen und hielt sein Amulett hoch über seinen Kopf.

Später, als die anderen schliefen, schlich sich Cen durch den Wald davon. Die ganze Nacht und den ganzen folgenden Tag wanderte er auf dem zugefrorenen Fluß, hielt dann nordwärts auf den Großen Fluß zu und wandte sich schließlich nach Osten, zu den Dörfern der Karibumenschen.

Das Nahe-am-Fluß-Dorf

Chakliux glaubte, das Geräusch in seinem Traum zu vernehmen, doch dann hörte er eine Stimme, zwei Stimmen, und fuhr aus dem Schlaf hoch. Ihm fiel wieder ein, daß er beschlossen hatte, die Nacht in Ligige's Behausung zu verbringen.

Das Feuer war nur noch eine schwache, rote Glut, aber er konnte erkennen, daß auch Ligige' sich aufgesetzt hatte.

»Es ist Wolf-und-Rabe«, sagte sie. »Ich kenne seine Stimme. Er ist es.«

»Er hat das Dorf verlassen«, erinnerte sie Chakliux. Blaue Blume war gekommen und hatte es ihnen selbst erzählt.

»Es ist Wolf-und-Rabe«, beharrte Ligige'.

Chakliux legte sich eine Hasenfelldecke um und kroch durch den Eingangstunnel hinaus. Der Mond schien nicht, und Wolken verdeckten die Sterne. In der Dunkelheit konnte er nichts erkennen.

»Wer ist da?« rief er mit gedämpfter Stimme. Warum andere wegen etwas aufwecken, was vermutlich nur der Traum einer alten Frau war?

Nichts regte sich, und er vernahm nicht das leiseste Geräusch. Nicht einmal Hundegebell oder das Weinen eines Kindes. Auf dem Weg zurück in die Behausung hörte er das Stöhnen. Er blieb stehen und lauschte; da war wieder ein Stöhnen, und er ging vorsichtig darauf zu. In der Dunkelheit strauchelte er und verfing sich mit dem Bein in etwas, das sich anfühlte wie ein kleiner Zweig. Er rief nach Ligige' und befahl ihr, ihm zu leuchten. Schon in ihren Parka gehüllt, kam sie heraus und brachte ihm eine Schale mit brennender Glut.

Sie kniete neben Chakliux nieder, stellte die Schale in den Schnee, damit die Glut nicht hindurchbrannte, und sagte dann, halberstickt von Tränen: »Wolf-und-Rabe. Ich habe es gewußt. Jemand hat ihn getötet.«

»Hilf mir«, sagte Chakliux. Er nahm den Mann bei den Armen, und gemeinsam trugen sie ihn in die Behausung.

»Was ist das?« fragte Ligige' und schüttelte den Kopf, daß die Tränen spritzten. Sie deutete auf die gefiederten Schäfte aus Holz, einer in Wolf-und-Rabes Schulter, zwei in seinem linken Arm, ein weiterer in seinem Bein und einer in seinem Bauch.

»Keine Waffe, wie die Flußmenschen sie benutzen«, sagte Chakliux. Er beugte sich hinunter und erkannte auf einem der Schäfte die vertrauten Streifen, rot, schwarz und weiß.

Dann hörte er rasselndes Atmen und wieder ein Stöhnen. Ligige' wimmerte und bettete den Kopf des Mannes in ihre Arme. Er öffnete die Augen, schien sie aber nicht zu sehen.

»Wie ist das geschehen?« fragte Chakliux langsam und laut, damit Wolf-und-Rabes Geist ihn hörte, bevor er emporschwebte und seinen Körper verließ.

Wolf-und-Rabe öffnete den Mund, um zu sagen, was Chakliux bereits wußte. »Die Vetter ... Es sind die Vetter-Fluß-Jäger. Sie kommen ...«

»Das steckte im Bein des Schamanen?« fragte Sok und drehte den Pfeil in seinen Händen.

Chakliux nickte. Sie beide und die meisten Nahe-am-Fluß-Jäger waren in der Behausung der Ältesten versammelt.

»Es sieht aus wie einer der Speere, die der alte Händler früher in seiner Behausung hatte«, sagte Sok. »Er erzählte uns, der große Feuerbogen habe sie irgendwie geworfen.« Er blickte zu Chakliux. »Jener Händler starb bei dem Brand, der auch deinen Vater tötete.«

»Der Händler hat die Waffe nie benutzt«, sagte einer der Ältesten. »Sie hing als Glücksbringer in seiner Behausung.«

»Mein Vater hat dort gewohnt, in jener Behausung?« fragte Chakliux.

Blaukopfente nickte. »Und die Frau.«

»K'os?«

»Ja.«

»Dann wissen wir, wie sie zu der Waffe kamen«, sagte Sok.

»Und warum die Alten starben«, fügte Chakliux hinzu.

»Diese Frau würde so etwas tun?« fragte Der-mit-den-Hunden-übt.

»Das würde sie«, erwiderte Bellender Fuchs.

Chakliux blickte seinen Stiefvater überrascht an.

»Ich kannte sie, vor langer Zeit«, sagte Bellender Fuchs.

Chakliux, der wohl wußte, wie viele Männer in die Behausung seiner Mutter gekommen waren, zweifelte nicht, daß Bellender Fuchs die Wahrheit sprach.

»Unser Schamane sagte also, daß die Jäger vom Vetter-Fluß-Dorf kommen?« fragte Blaukopfente.

»Laßt sie nur kommen«, sagte einer der jüngeren Männer. »Ich habe genug von ihren Dummheiten.« Er wies mit dem Kopf auf den Pfeil in Soks Hand. »Unsere Speere sind stärker als das da. Wir werden sie alle töten, dann in ihr Dorf gehen und uns ihre Frauen nehmen und das Essen aus ihren Vorratslagern.«

Einer der Ältesten erhob sich. Es war Erster Fluß, ein Mann, der weniger Monde zählte als Blaukopfente, aber schwächlicher war und im Winter beinahe gestorben wäre. Er stützte sich auf einen Gehstock und blickte starr geradeaus. Die weißen Schlieren in seinen Augen zeigten, daß er fast erblindet war.

»Einst war ich ein Händler«, sagte er mit so schwacher Stimme, daß Chakliux ihn kaum verstehen konnte.

Einige der jüngeren Jäger hatten offenbar nicht einmal bemerkt, daß er sprach, und unterhielten sich weiter miteinander, bis Blaukopfente einem von ihnen mit seinem Gehstock auf die Schulter klopfte.

»Einst war ich ein Händler«, wiederholte Erster Fluß, hielt dann inne und hustete vor Anstrengung, die Worte herauszubringen. »Ich war Handelsgefährte von dem, der bei dem Feuer starb. Wir jagten und handelten gemeinsam. Meine erste Frau war die Schwester seiner Frau.« Er hielt inne und stützte sich vorgebeugt auf seinen Gehstock. Einer der jungen Männer erhob sich und trat zu ihm, legte Erster Fluß einen Arm um die Schultern und half ihm beim Aufrichten, dabei tief atmend, als könne er ihm mit seinem eigenen Atem Kraft verleihen.

»Einmal zogen wir weit. Bis hinter die südlichen Berge. Zwei Jahre waren wir fort. Unsere Frauen glaubten, wir wären tot. Die Frau des später im Feuer Gestorbenen nahm sogar einen anderen Mann.« Er preßte ein Lachen hervor und warf Blaukopfente einen scharfen Blick zu, während er fortfuhr: »Sie verließ ihn, als ihr Mann zurückkehrte. Wir sahen Menschen, die diese kleinen Speere benutzten. Ihre Speerwerfer sehen aus wie Feuerbogen, nur länger. Einige von euch haben so etwas an der Wand in der Behausung jenes Toten hängen sehen. Sie sind klein, diese Speere, aber sie durchbohren eine Tierhaut fast ebenso gut wie ein großer Speer, und ein Jäger kann rasch schießen, rascher als ein Mann einen Speer wirft, und ermüdet dennoch nicht so leicht. Auch reichen die kleinen Speere weiter. Ein Jäger muß dem Tier, das er töten will, nicht so nahe kommen.«

Der Alte schwieg, und lange Zeit sprach niemand ein Wort. Schließlich sagte Chakliux: »Erster Fluß, wenn du unser Dorf mit diesen Waffen angreifen wolltest, wie würdest du vorgehen?«

Die anderen Männer schienen überrascht von Chakliux' Frage, doch Erster Fluß antwortete schnell, als habe er bereits darüber nachgedacht. »Von dem Kamm aus«, sagte er. »Wie ihr wißt, haben wir unsere Behausungen an diesem Ort errichtet, weil er nahe am Fluß liegt und die Senke uns vor den Winden schützt. Andererseits können uns Feinde von allen Seiten umzingeln, auf den Bäumen sitzen und von oben auf uns schießen, wohl wissend, daß unsere Speere sie nicht erreichen.«

»Nein«, rief einer der jüngeren Jäger aus. »So weit können diese kleinen Speere nicht fliegen.«

»Doch«, sagte Erster Fluß, »ich habe es gesehen. Sie können es. Und wer von uns ist stark genug, seinen Speer über eine solche Entfernung zu werfen? Höchstens Sok vielleicht.«

Sok nickte, fügte aber hinzu: »Und nur einige Male. Dann wäre auch meine Kraft erschöpft.«

»Diese kleinen Speere, selbst wenn sie einen Mann treffen, werden ihn doch nicht töten«, sagte Flußeistänzer.

Es war eine dumme Bemerkung, und die meisten Männer machten sich nicht einmal die Mühe zu antworten, ließen den Jungen sich aufplustern und glauben, er habe etwas Bedeutendes geäußert.

Erster Fluß erwiderte schlicht: »Sie haben den Schamanen getötet.«

»Können sie auch durch die Wände unserer Behausungen dringen?« fragte Sok.

»Wohl nicht«, antwortete Blaukopfente, »da unsere Behausungen aus zwei Schichten gemacht sind. Vielleicht sollten wir einfach drinnen bleiben, sie nahe herankommen lassen und dann töten.«

»Aber wie lange wird es dauern, bis sie Feuer einsetzen?« fragte Erster Fluß. Er stützte sich nun schwer auf den jungen Mann neben sich. »Jene Jäger in der Ferne banden ölgetränktes Moos an die Spitzen ihrer Speere, zündeten es an und schossen damit auf die Behausungen. Wer die Speere überlebte, starb in den Flammen.«

»Was sollen wir tun?« fragte Sok.

»Brechen wir gleich auf«, sagte Chakliux. »Wir können zu den Kämmen aufsteigen und sie dort mit unseren Speeren erwarten.«

»Erster Fluß«, sagte Blaukopfente, »welches ist die bessere Waffe auf engem Raum, unsere Speere oder ihre?«

»Unsere«, sagte Erster Fluß.

Einige der jüngeren Männer fingen an zu prahlen, doch Blaukopfente übertönte sie: »Gedenkt unseres Schamanen. Denkt daran, daß er selbst in seiner Schmach dem Tod die Stirn bot, um uns zu warnen. Geht nun, nehmt eure Waffen und verlaßt schweigend das Dorf. Wartet im Weidengesträuch am Rand des Kamms, und wenn die Jäger vom Vetter-Fluß-Dorf kommen, werden sie sehen, daß wir stärker sind, als sie meinen.«

Einige Männer vom Vetter-Fluß-Dorf wollten nicht kämpfen. Sie sahen, daß der Schamane verschwunden war und nur sein Packen noch dort lag, wo er den Tod gefunden hatte. Sie fürchteten, sein Geist habe seinen Körper fortgetragen und würde mit den Nahe-am-Fluß-Menschen gegen sie kämpfen.

»Wölfe haben ihn geholt«, sagte Lachender Mann, und Tikaani stimmte ihm laut zu, ohne auf die Frage einzugehen, wie Wölfe den Mann geholt haben konnten, ohne den Packen anzurühren.

Er fürchtete, daß das Glück sie allmählich verließ, und drängte daher die Männer in Eile zu dem Kamm, der das Dorf umgab. Sie sollten gehen, solange es noch dunkel war und das Schicksal sie begünstigte. Wenn die ersten Jäger am Morgen ihre Behausungen verließen, würden die flinken, leisen Pfeile der Krieger vom Vetter-Fluß-Dorf auf sie warten.

Jeder von ihnen hatte Spielstäbe geworfen, die ihm einen Platz im Kampf zuwiesen. Der größte Stab hatte vier Seiten, eine davon zeigte Norden an, die anderen standen für Süden, Osten und Westen.

Bei Tikaanis Wurf war der Stab auf Norden gefallen, die Flußseite des Dorfes. Ein guter Platz, um rasch zu entkommen, falls das Glück ihnen nicht so hold war, wie sie hofften. Der zweite Stab hatte acht Ecken und wies ihm durch seinen Wurf eine Stellung in der Mitte an. Ob das gut oder schlecht war, wer mochte es sagen? Der dritte Stab war flach und hatte nur zwei Seiten. Die eine bedeutete Kampf im Stehen, die andere Kampf vom Baum aus. Die Stäbe der Jäger im Norden waren alle auf Kampf im Stehen gefallen.

Der Älteste Nimm-mehr ließ die Männer von der Nordseite noch einmal werfen, doch wiederum gebot der Stab jedem von ihnen, im Stehen zu kämpfen. Darauf sagte Nimm-mehr, es sei Wille der Geister, daß alle auf der Flußseite im Stehen, die Jäger auf den anderen Seiten hingegen sowohl im Stehen als auch vom Baum aus kämpfen sollten.

Vielleicht war es so am besten, dachte Tikaani, obgleich die Weisheit von Nimm-mehr für ihn nicht ganz außer Zweifel stand. Er würde zunächst stehend kämpfen und später, falls der Angriff nicht günstig verlief, auf einen Baum steigen. Von dort aus könnte er besser sehen und seine Pfeile weiter fliegen lassen.

Er kroch an seinen Platz, zog einen Pfeil aus dem Köcher und wartete. In der Dunkelheit war vom Dorf nur die Glut der Feuerstellen in den Behausungen zu sehen, und jetzt, kurz vor Sonnenaufgang, war auch diese nur noch ein schwacher Schimmer. Plötzlich leuchtete eine der Behausungen hell auf, dann eine andere und noch eine. Standen die Frauen im Dorf so früh auf?

Er nahm eine Bewegung wahr und hörte, wie ringsum scharf der Atem eingesogen wurde, als seien alle Männer auf dem Kamm eins, vereint im Beobachten, im Atmen. Menschen bewegten sich zwischen den Behausungen. Tikaani sah schattenhaft ihre Köpfe.

»Sie haben Speere«, flüsterte jemand zu seiner Linken.

Tikaani kniff die Augen zusammen und bewegte den Kopf, um im Dunkeln besser sehen zu können. Dann ertönte der Befehl, ob von einem der Männer in seiner Nähe oder von ihm selbst, wußte er nicht zu sagen: »Schießt!«

Er spannte die Sehne und ließ den Pfeil schwirren.

46

Chakliux schlich tief geduckt zwischen den Behausungen hindurch. Einige Männer hatten gesehen, wie Wolf-und-Rabe das Dorf verließ. Sie sagten, er sei ostwärts in den Wald gewandert, daher gingen auch sie nach Osten und hofften, sich zwischen ihre Familien und die Männer vom Vetter-Fluß-Dorf stellen zu können.

Chakliux wünschte, er hätte mehr Zeit. Selbst ein paar Tage würden schon helfen. Erster Fluß könnte ihnen besser erklären, was sie bei der Feuerbogenwaffe erwartete. Wie weit flogen die Pfeile damit? Konnten sie die Wände der Behausungen vielleicht doch durchbohren? Hätten sie ein paar Tage mehr, könnten sie Frauen und Kinder aus dem Dorf schaffen oder die Männer vom Vetter-Fluß-Dorf aus dem Hinterhalt im Wald angreifen.

Das Dach der Behausung rechts von Chakliux leuchtete plötzlich hell auf. Dann ein anderes weiter vorn. Die Frauen waren wach. Wer konnte es ihnen verdenken? Ihre Männer waren nur rasch zurückgekehrt, um Waffen und Schutzamulette mitzunehmen. Chakliux wollte nicht kämpfen. Die Furcht in seiner Brust war so groß, daß sie seinen Herzschlag zum Stocken zu bringen schien, andererseits war er froh, keine Frau zu sein und warten zu müssen.

Das Geräusch kam von oben, ein Zischen, das ihn sich dukken ließ. Dann ein dumpfer Aufprall, ein Schrei, und er sah vor sich Zwergwiesel, einen der jüngsten Jäger, an eine Behausung geheftet, seitlich durch sein weiches Fleisch einen Pfeil gebohrt, dessen Spitze in der Wand aus Karibuhaut steckte. Chakliux lief zu ihm. Zwergwiesel zerrte an dem Pfeil, schluchzte vor Zorn.

»Sei ruhig, halt still«, sagte Chakliux.

Mit seinem Ärmelmesser schnitt er den Schaft knapp unterhalb der Spitze ab und zog dann den Pfeil aus der Wunde. Zwergwiesel sank vor ihm zusammen, und Chakliux hob ihn auf. Sie hatten sich kaum in Bewegung gesetzt, als ein weiterer Pfeil die Behausung durchbohrte, bei der sie eben noch gestanden hatten. Chakliux überlegte nicht lange, wessen Behausung es war. Er half Zwergwiesel durch den Eingang, bat die Frauen drinnen um Hilfe und ging.

Welcher Zauber verlieh den Vetter-Fluß-Männern die Macht, im Dunkeln zu sehen, fragte er sich und duckte sich erneut, als ein weiterer Pfeil sich vor ihm in die Erde grub. Er zog ihn heraus und schob ihn in sein Speerbehältnis. Vielleicht war der Zauber in dem Pfeil selbst. Vielleicht würden auch seine Speere, wenn sie neben dem Pfeil lagen, im Dunkeln ihren Weg finden. Er hob den Kopf. Wurzelgräber stand weiter vorn, als dunkler Umriß vor einer Behausung. Und ehe Chakliux eingreifen konnte, bohrte sich ein Pfeil in Wurzelgräbers Kehle. Voll Entsetzen stürzte Chakliux zu ihm; voll Entsetzen sah er, wie sich Wurzelgräber im Todeskampf wand. Endlich lag er still, und Chakliux stand auf, um sich rasch erneut niederzuwerfen, als ein Pfeil knapp über seinem Kopf ein Loch in die Behausung riß.

Dann begriff er. Kein Zauber, nur die Umrisse der Männer vor den Behausungen. Im Licht der Feuerstellen, von den Frauen geschürt, konnten die Vetter-Fluß-Jäger die Männer ausmachen, die aus dem Dorf schlichen.

»Bleibt geduckt«, rief er. »Sie können uns vor den Behausungen sehen.«

Sein Ruf wurde von den Männern weitergegeben, dann hörte Chakliux andere, am Rande des Dorfes. »Sie sind auf dem Kamm über uns.«

Chakliux legte sich flach auf den Boden. Wenn die Vetter-Fluß-Männer das Dorf umzingelt hatten, gab es nur wenige Verstecke vor ihren Pfeilen. Der Kamm war wie der Rand einer Schale, der nur von den Felsstufen hinunter zum Fluß durchbrochen wurde. Wenn ein paar Männer diesen Einschnitt vor Sonnenaufgang erreichten, konnten sie sich vielleicht hinter den Vetter-Fluß-Jägern aufstellen und sie von hinten angreifen.

Chakliux blickte nach links, wartete, bis er eine Bewegung sah und kroch hin. Er packte Blaukopfente, der sich bäuchlings vorwärtsbewegte, am Bein. Der alte Mann drehte sich mit erhobenem Messer um.

»Ich bin es, Chakliux.«

»Du warst so gut wie tot«, sagte der alte Mann.

»Komm mit mir zum Fluß«, forderte ihn Chakliux auf. »Bleib geduckt.«

»Unsere dummen Frauen«, flüsterte Blaukopfente. Er hob die Hand, schlug gegen die Seitenwand der nächstgelegenen Behausung und rief: »Löscht eure Feuer. Die Vetter-Fluß-Jäger können uns sehen. Mit dem Feuerschein helft ihr ihnen, uns zu finden.«

Chakliux hörte unterdrückte Stimmen aus dem Inneren der Behausung, dann erlosch der Feuerschein. Er kroch zur nächsten Behausung, steckte den Kopf in den Eingangstunnel und gab die Botschaft weiter. Auf ihrem Weg rund um das Dorf herum bis zum Flußpfad warnten sie die Frauen und forderten die Jäger, denen sie begegneten, auf, ihnen zu folgen. Als ihre Schar anwuchs, teilten sie sich zu dreien und vieren auf und liefen getrennt, aus Sorge, eine große Gruppe könne den Vetter-Fluß-Jägern sogar im Dunkeln auffallen.

Chakliux, Blaukopfente und Trägt-viel erreichten als erste Jäger den Pfad. Er lag tief im Schatten, und einen Augenblick lang erwog Chakliux stehenzubleiben und einen Speer auf die feindlichen Jäger zu werfen, die ihnen am nächsten auf dem Kamm standen. Doch konnte er nicht gut genug sehen, um sein Ziel sicher zu treffen. Zudem, wenn einer fiel, würden die Jäger um ihn herum vielleicht ihre Pfeile dorthin senden, wo der Pfad in den Kamm einschnitt.

Chakliux umklammerte Blaukopfentes Handgelenk und flüsterte: »Gebrauche deine Waffe nicht. Sie wissen sonst, daß wir hier sind.« Das gleiche sagte er auch zu Trägt-viel. Er spürte, wie der Junge tief ausatmete, und bemerkte, daß er bereits einen Speer im Wurfbrett bereitgehalten hatte.

»Geht zum Fluß«, sagte Chakliux, »und schleicht dort, wo das Ufer flach wird, hinauf in den Wald. Stellt euch hinter den Vetter-Fluß-Männern auf, wählt euch ein Ziel, aber werft die Speere erst, wenn ihr mich rufen hört.« Er umspannte die Schulter von Trägt-viel und spürte, wie der Junge zitterte. »Geht jetzt. Seid leise.«

Blaukopfente und Trägt-viel verließen ihn, und Chakliux wartete auf die nächste Gruppe. Sie kam, angeführt von Sok. Chakliux konnte nicht ausdrücken, wie sehr er sich freute, daß sein Bruder noch am Leben war; so sagte er ihnen nur das gleiche wie den anderen, schickte sie ebenfalls zum Fluß und wartete weiter.

Fünf Gruppen mit jeweils drei oder vier Jägern folgten. Schließlich ging auch Chakliux zum Fluß, erklomm ein Stück weiter die flache Böschung und verschwand im Wald. Schon bei den ersten Fichten traf er auf die Männer seines Volkes; nur ein paar Laufschritte trennten sie von den Bäumen, hinter denen sich der Feind verbarg.

Viele Vetter-Fluß-Jäger standen am Rand des Felskamms. Manche lachten und riefen Schmähworte, während sie ihre Pfeile in das Dorf sandten. Es waren Männer, mit denen Chakliux aufgewachsen war, und er zwang sich, nicht an die Jahre zu denken, in denen sie zusammengelebt hatten, und sich nicht vorzustellen, welches Unheil beiden Dörfern bevorstand, ganz gleich, wer den Kampf gewann. Er trat vor, stieß einen Ruf aus und warf seinen Speer. Er traf einen Vetter-Fluß-Jäger mit Wucht zwischen die Schulterblätter. Der Mann brach zusammen, und der Jäger neben ihm wandte sich um. Sein überraschter Ausruf erstickte in blutigem Schaum, als auch er getroffen wurde.

Nun ließen die Nahe-am-Fluß-Männer einen Siegesruf ertönen. Einige, die auf dem Kamm stehend Freudenschreie ausstießen, wurden von Pfeilen getötet, doch die anderen schlichen zurück in den Wald, verbargen sich, erwarteten den Morgen und die feindlichen Jäger.

Sie kamen nicht. Mit Anbruch der Dämmerung stiegen sie von den Bäumen herunter, schlichen sich ins Dorf und griffen eine Behausung nach der anderen an. Chakliux führte die Männer auf schnellstem Wege in ihr Dorf zurück, und sie kämpften Messer gegen Messer, Jäger gegen Jäger. Dank seiner starken Arme tötete Chakliux zwei Männer, doch dann gaben seine Beine nach, und schmerzhafte Krämpfe peinigten ihn. Er kroch in eine Behausung und schlug einer Nahe-am-Fluß-Frau das Messer aus der Hand. Schluchzend bat sie ihn um Verzeihung, gab ihm Wasser und bot ihm zu essen an. Er trank, aber Essen schien ihm unmöglich. Sein Magen war zusammengekrampft vor Zorn und Furcht.

Wieder im Freien, schlich er sich von hinten an einen Vetter-Fluß-Jäger heran, der mit Bellender Fuchs rang. Chakliux tötete ihn und einen weiteren Mann, der gegen Sok kämpfte, mit seinem langen Messer.

Chakliux bezwang Mann um Mann, bis er die Sonne aus dem Blick verlor und seine Schmerzen nicht mehr spürte. Endlich war keiner mehr übrig, und er hörte die Siegesrufe, das Freudengeheul der Frauen und die Bestätigung, daß die Vetter-Fluß-Jäger in die Flucht geschlagen waren.

Bald übertönten Trauergesänge das Siegesgeschrei, doch Chakliux war so erschöpft, daß sie zunächst nichts in ihm aufzurühren vermochten. Er starrte zum Himmel empor und sah, daß die Sonne noch immer hoch stand. Wie konnte in so kurzer Zeit so viel geschehen sein? Gewiß hatten sie Jahre gekämpft. Gewiß hatten sie länger als einen Morgen gebraucht, um sich selbst zu zerstören.

K'os zählte die Tage an den Fingern ab. Drei für den Weg zum Nahe-am-Fluß-Dorf, obwohl es die Jäger, ohne ihre Frauen und Kinder, schneller schaffen müßten. Ein weiterer Tag, um die Waffen herzurichten und den Angriff zu planen. Ein Tag für den Kampf. Vielleicht zwei? Sie rechnete zwei. Noch ein Tag zum Feiern und Beutemachen, zum Verteilen der Frauen und Kinder. Und dann: vier Tage für die Rückkehr? Mit Frauen und Kindern, die sie aufhielten, mit ihren Verwundeten, ja, vermutlich vier. Das machte einen Tag mehr als zwei Handvoll. Noch brauchte sie sich nicht zu sorgen. Es waren erst eine Handvoll und drei dazu.

Sie hockte sich neben ihr Feuer und fachte die Glut an. Ohne die Männer erschien das Dorf allzu leer, und sie fror ständig, ohne zu wissen, warum. Es war, als ob der Wind ahnte, daß die Frauen und Alten allein waren, und deshalb heftiger blies. Sie kramte in ihrem Vorrat von Fellen für Stiefel, Gamaschen und Parkas, fand einen großen Wolfspelz und legte ihn sich mit der Fellseite nach innen um die Schultern.

Sie hatte einen Parka nähen wollen, während die Männer fort waren. Er sollte besonders schön werden, um das Siegesfest gebührend zu begehen. Mit ihm wollte sie ihre Rache an Bellender Fuchs und Schläft-lange feiern. Sie verdienten den Tod, ebenso wie ihre Frauen und Kinder. Und was jene Frau betraf, die Chakliux auf dem Großvater-Felsen ausgesetzt und damit K'os dazu gebracht hatte, ein fluchbeladenes Kind aufzuziehen – auch sie sollte sterben.

K'os hatte also nähen wollen, doch ihre Finger waren voller Unruhe. Sie ließen Ahlen und Nadeln fallen und brachten den Sehnenfaden durcheinander. Sie hatte die einzelnen Teile des Parkas zugeschnitten und auch das Karibuhaar für das Muster eingefärbt, mit dem sie Schultern, Ärmelaufschläge und Brust verzieren wollte, aber weiter war sie nicht gekommen.

Sie hörte einen Schrei vor ihrer Behausung und hob den Kopf. Es war die Stimme einer Frau. Vielleicht hatte ein Kind sich verletzt. Oder eine ungeschickte Frau hatte sich heiße Brühe über die Hand oder den Arm geschüttet. K'os ließ den Wolfspelz von den Schultern gleiten und holte ihren Medizinbeutel. Sie hatte Labkraut gegen Verbrennungen, wenn auch die getrockneten Stengel weniger wirksam waren als frischer Saft von der zerstoßenen Pflanze. Eine Salbe aus Gänsefett, vermischt mit Blättern von Gelben Veilchen, half bei Kratzwunden, Schnitten und Verbrennungen, und sie verstand es, Knochenbrüche mit Birkenrinde zu schienen.

Weitere Rufe, ein Aufschrei. K'os seufzte und lächelte. Sie wurde für ihre Arbeit reich belohnt – meist mit einem Amulett, das dem Kranken oder Verletzten besonders lieb und wert war. Später trug K'os es dann häufig, oder besser noch: sie zerstörte es und warf die Reste, für alle sichtbar, auf den Abfallhaufen am Rande des Dorfes.

Sie zog mehrere Perlenschnüre heraus, legte sie sich um den Hals und nahm ihren Medizinbeutel auf. Warum warten, bis sie kamen und sie holten? Warum nicht gleich gehen? Menschen, die im selben Dorf lebten, sollten einander helfen.

»Horch«, sagte Nachtmann. Er schob sich an der Rückenstütze höher hinauf und zuckte dabei vor dem Schmerz in seiner Schulter zusammen.

Er hörte weit besser als Aqamdax. Sie kroch in den Eingangstunnel, vernahm das schwache Geräusch von Stimmen, von Frauen, die weinten.

»Bleib hier«, sagte sie zu Ghaden, der ihr gefolgt war, und zwängte sich hinaus.

Sehen konnte sie nichts, aber sie hörte wiederum die Stimmen. Sie schienen vom südlichen Teil des Dorfes zu kommen. Aqamdax kehrte in die Behausung zurück.

»Etwas ist geschehen«, sagte sie zu Nachtmann.

Sie zog Gamaschen, Stiefel und ihren Außenparka an. Ghaden machte Anstalten, ebenfalls in seinen Parka zu schlüpfen, doch Nachtmann schüttelte den Kopf. »Bleib hier«, sagte er. »Wenn du gehst, will Beißer mitlaufen, und er macht vielleicht Ärger, wenn jemand verletzt ist.«

»Glaubst du, daß die Männer zurückgekehrt sind?« fragte Yaa.

»Wenn es so wäre, würde Stern kommen und es uns berichten«, sagte Aqamdax, wobei ihr der furchtsame Ausdruck nicht entging, der über Nachtmanns Gesicht glitt. Falls die Männer zurückgekehrt waren, hieß das nichts Gutes. Kein Siegesgeschrei war zu hören.

»Ich komme wieder«, sagte Aqamdax und eilte hinaus. Sie lief durch das Dorf, stieß auf andere Frauen, die ebenfalls rannten, und stimmte beim Anblick der Männer in die Klage ein.

Nur sechs Jäger waren zurückgekehrt: Fischer, Läufer, Himmelsspäher, Nimm-mehr, Lachender Mann und Tikaani. Jeder von ihnen wies eine Verletzung auf. Tikaani lag auf einer Trage; er war so bleich, daß Aqamdax ihn für tot hielt. Stern und K'os kauerten neben ihm. K'os blickte über die Schulter und sah Aqamdax.

»Dieser Mann muß in meine Behausung geschafft werden«, sagte K'os. Sie hob die Stimme und sprach zu den Frauen. »Ihr nehmt die anderen, jeden in eine Behausung. Sucht nach Frostbeulen an ihren Füßen und Händen, gebt ihnen Wasser und Nahrung, säubert die Wunden, und laßt sie schlafen. Ich komme später und bringe Medizin.« Sie wandte sich zu den

Männern, die neben Tikaanis Trage standen. »Wer von euch ist kräftig genug, ihn zu meiner Behausung zu schaffen?«

»Ich«, sagte Himmelsspäher. In diesem Augenblick sank der Älteste Nimm-mehr auf die Knie.

»Bring auch ihn zu mir«, sage K'os und deutete mit erhobenem Kinn auf den alten Mann.

Aqamdax beugte sich neben Stern nieder und half ihr, Nimm-mehr aufzurichten. Auf dem Weg zu K'os sah Aqamdax eine von Yaas Freundinnen und bat sie, in der Behausung von Stern Bescheid zu geben, daß die Männer zurückgekehrt waren. »Sag ihnen, ich bin mit Tikaani bei K'os und komme heim, wenn ich kann.«

Das Mädchen lief davon, und Aqamdax wünschte, an ihrer Stelle zu sein. Was würde in Nachtmann vorgehen, wenn er hörte, daß sein Bruder verwundet war? Sie sollte bei ihrem Mann sein, wollte aber Tikaani auch nicht mit K'os allein lassen.

Aqamdax und Stern setzten Nimm-mehr auf die Felle, die K'os am Boden ausgebreitet hatte, zogen ihm dann seinen Außenparka, die Stiefel und Gamaschen aus. Er hatte mehrere klaffende Wunden an den Armen und eine weitere quer über der Stirn, alle jedoch offenbar nicht entzündet. Er öffnete die Augen, blickte sie beide an und krächzte nach Wasser. Aqamdax holte eine gefüllte Blase und hielt sie so, daß immer nur ein paar Tropfen in seinen Mund gelangten.

Er heulte empört auf, und Aqamdax sagte zu Stern: »Er ist nur erschöpft.«

»Ich kann nicht richtig sehen«, jammerte er. »Ich sehe alles zweimal.«

K'os, obgleich mit Tikaani beschäftigt, fragte: »Bist du im Gesicht oder am Kopf getroffen worden?«

»Am Hinterkopf«, sagte Nimm-mehr. »Einen ganzen Tag war ich nicht bei mir. Sie zogen mich mit Tikaani auf einer Trage hinter sich her.«

K'os deutete mit dem Kinn zu Aqamdax. »Leg deine Hände auf seinen Hinterkopf. Taste mit den Fingerspitzen.«

Aqamdax tat wie befohlen.

»Fühlst du eine Beule oder eine Kuhle?«

»Eine Beule«, erwiderte Aqamdax und zeigte K'os mit Daumen und Zeigefinger, wie groß sie war.

»Morgen wirst du besser sehen, oder spätestens am folgenden Tag«, sagte K'os zu Nimm-mehr. »Bleib heute nacht hier. Ich habe einen Tee, den Aqamdax für dich bereiten wird.« Sie griff in den Medizinbeutel und zog ein Päckchen heraus, das sie Aqamdax zuwarf.

»Nur eine Prise. Laß es aufkochen und dann abkühlen. Er soll es ganz austrinken.« Sie legte mehrere Päckchen mit zu Pulver gestampften Wundkrautblättern heraus und wies Aqamdax und Stern an, Fett aus ihrem Kochbeutel abzuschöpfen, mit dem Pulver zu vermischen und es auf die Wunden von Nimm-mehr zu streichen.

Sie wandte sich wieder Tikaani zu und bemühte sich eine Weile um ihn, tastete ihn ab und säuberte seine Wunden. Schließlich sah sie auf. Das Lächeln in ihrem Gesicht ließ Aqamdax hoffen, doch K'os sagte: »Er ist tot. Eine Bauchwunde – kein leichtes Sterben.« K'os blickte zu Himmelsspäher. »Du hättest ihn zurücklassen sollen, um deine Kräfte zu schonen«, sagte sie.

»Er war der Vetter meiner Mutter«, erwiderte der junge Mann. »Er hat gut gekämpft. Ich würde es wieder tun.«

»Kommen noch weitere Jäger?« fragte K'os.

»Nein. Nur wir sind übriggeblieben.«

Bei diesen Worten erhob Stern ihre Stimme zu einem herzerweichenden Jammergeheul.

K'os wirbelte zu ihr herum. »Halte den Mund!« schrie sie, senkte dann die Stimme und fragte den jungen Mann: »Und wie viele Nahe-am-Fluß-Männer sind tot?«

»Viele«, sagte er.

K'os legte den Kopf in den Nacken und stimmte einen Gesang an, halb Gelächter, halb fremdartige Worte.

»Welche von ihnen kanntest du?« fragte sie. »Ein Mann mit Namen Bellender Fuchs und ein anderer, der Schläft-lange heißt, sind sie tot?«

»Ich weiß es nicht«, antwortete er.

Nimm-mehr sagte: »Ich habe mit Bellender Fuchs gekämpft. Er lebt noch, ist aber verwundet.« Mit dem Finger deutete er einen Schnitt von der Stirn über ein Auge bis zum Kiefer an. »Schläft-lange ist tot. Ich habe ihn getötet.«

»Ha!« schrie K'os auf. »Ich preise deine Tapferkeit.« Sie griff in ihren Medizinbeutel. »Misch dies unter den Tee, den du ihm bereitest«, befahl sie Aqamdax. »Es macht ihn schmackhafter und zieht etwas von dem Schmerz aus seinen Wunden.«

Sie ging zu Nimm-mehr, untersuchte ihn und nickte schließlich, als sei sie zufrieden. »Es ist nichts Ernsthaftes«, sagte sie und drückte mit der Hand gegen seinen Hinterkopf. »Auch dies nicht. Ich habe Schlimmeres behandelt.«

»Mein Sohn Chakliux. Hast du ihn gesehen?« fragte sie Himmelsspäher.

»Er lebt«, antwortete er. »Ich sah ihn, als wir abzogen. Ich dachte, er würde uns töten, aber er hielt die Jäger zurück, obwohl manche vor Wut schäumten. Ich konnte sie brüllen hören. Dennoch gehorchten sie ihm.«

K'os sog die Wangen ein, schwieg lange Zeit, und als sie erneut sprach, sah Aqamdax blutigen Schaum in ihren Mundwinkeln.

»Da du so stolz darauf bist, diesen da heimgeschleppt zu haben«, sagte sie und stieß mit dem Fuß nach Tikaanis Leiche, »reicht dein Stolz noch aus, ihn auch in ihre Behausung zu tragen?« Sie nickte Stern zu. »Seine Mutter und seine Schwester sollen ihn für das Leichengerüst herrichten. Ich habe keine Zeit dafür. Meine Arbeit gilt den Lebenden. Im übrigen, wenn irgendeiner von unseren Männern den Tod verdient hat, dann er. Er war es, der den Angriff auf das Nahe-am-Fluß-Volk geplant hat.«

»Ich weiß wohl, wer den Angriff geplant hat«, sagte Himmelsspäher, hob den Kopf und spuckte K'os mitten ins Gesicht.

Sie stieß Flüche aus, doch er beachtete sie nicht. Er lud sich die Leiche von Tikaani auf eine Schulter und folgte Stern und Aqamdax aus der Behausung.

Das Nahe-am-Fluß-Dorf

Blaukopfente lag im Sterben. Seine Wunden waren harmlos, nicht sie bedrohten sein Leben. Vielmehr hatte jemand während des Kampfes sein Herz verflucht; er war wie vom Pfeil getroffen niedergestürzt und hatte schmerzgepeinigt seine Brust umklammert, obwohl kein Blut zu sehen war.

»Nun mußt du das Dorf führen«, sagte er zu Chakliux. »Es ist niemand sonst da. Tsaani ist tot. Wolf-und-Rabe ist tot.« Er sprach die Namen aus, als wäre auch er schon tot und habe von ihren Geistern nichts mehr zu befürchten. »Sok ist nicht weise genug.«

Blaukopfente hielt inne, holte tief Atem, legte die Hand auf sein Brustbein und zuckte zusammen; Chakliux wünschte, ihm etwas von seinen Schmerzen nehmen zu können.

»Niemand würde Bellender Fuchs folgen. Ein Mann, der zu träge ist, um für seine Frauen zu sorgen, soll kein Dorf führen. Auch Der-mit-den-Hunden-übt ist nicht der Richtige.«

Noch vor einem Mond hätte Chakliux über die Worte von Blaukopfente gelächelt. Jeder wußte, daß Blaukopfente und Der-mit-den-Hunden-übt stets danach trachteten, einander auszustechen. Der-mit-den-Hunden-übt wäre ein guter

Häuptling gewesen, weise und stark genug, um für das einzustehen, was er für richtig hielt. Aber er war tot. Chakliux sah weg, damit Blaukopfente das Wissen um jenen Tod nicht in seinen Augen las. Er würde es bald genug erfahren. Sollten sie in der Geisterwelt weiter miteinander wetteifern.

»Ich habe für heute abend alle zusammengerufen. Ich werde dort sein. Sie werden mir zuhören.«

Chakliux nickte und verbarg seine Zweifel. Warum sollten sie auf einen Mann hören, der im Sterben lag? Fast alle Männer erkannten an, daß Chakliux viel dazu beigetragen hatte, das Dorf vor der völligen Zerstörung zu bewahren, doch waren viele Jäger und die meisten der Ältesten gestorben. Als den Vetter-Fluß-Männern klar wurde, daß sie sich geschlagen geben mußten, hatten sie Behausungen in Brand gesetzt und dabei zwei alte Frauen und mehrere andere getötet: Fischkorb und Keine Zähne, Neues Gras und ihren Säugling, die Schwesterfrauen Braunes Wasser und Glücklicher Mund. Die Hälfte der unerfahrenen Jäger und die meisten Jungen waren im Kampf gestorben, unter ihnen auch Trägt-viel, Soks Sohn.

Chakliux verbot sich, an das Gesicht seines Neffen zu denken. Wenn er es tat, fraß der Kummer an ihm wie eine Wunde in seinem Herzen, und er konnte nichts tun als seine Pein hinausschreien.

Es waren noch genügend Jäger am Leben, um ihr Dorf stark zu erhalten, Nahrung für den Winter zu sichern und zu fischen. Dagegen hatte von den Vetter-Fluß-Männern nur eine Handvoll überlebt, und von diesen wiederum waren Tikaani und Nimm-mehr auf einer Trage fortgeschleppt worden. Chakliux hatte die Nahe-am-Fluß-Männer überredet, sie ziehen zu lassen. Vielleicht eine Torheit. Doch wie sollten ihre Frauen überleben, wenn es keine Männer gab, die jagen konnten?

Chakliux verließ die Behausung von Blaukopfente und ging in den Wald, vorbei an einer Gruppe junger Männer, die sich im Gebrauch der im Kampf erbeuteten Bogen und Pfeile übten. Er erreichte einen Felsblock unter einer hohen Fichte, setzte sich darauf und zog die Füße hoch, fort von der Kälte des immer noch gefrorenen Bodens.

Er rief sich die Gesicher der Vetter-Fluß-Männer ins Gedächtnis, die er gekannt hatte. Obwohl sie den Kampf begonnen hatten, trauerte er um sie ebenso wie um die Nahe-am-Fluß-Menschen. Vermutlich war es auch ein Jäger aus jenem Dorf gewesen, der Tsaani und Daes getötet hatte. Warum nur taten die Menschen solch sinnlose Dinge?

Er lehnte den Kopf an den Baumstamm und ging in Gedanken alle Geschichten durch, die man ihm erzählt hatte: vom Vetter-Fluß-Volk und vom Nahe-am-Fluß-Volk, von der Nördlichen Tundra und von den Karibumenschen, auch die Geschichten der Ersten Menschen, die er von Aqamdax und Qung gehört hatte. Er lauschte wie ein Kind, das alles zum erstenmal vernimmt. Er lauschte, und die Worte waren wie Balsam für die Wunden seines Körpers und für jene größeren, tieferen Wunden, die seine Seele zerrissen.

Sok nahm seinen Platz unter den Jägern ein. Da so viele im Kampf verwundet oder getötet worden waren, bildeten die Männer nur einen kleinen Kreis, in dem er sich desto größer und wichtiger vorkam. Heute abend würden sie einen Häuptling wählen. Wer anders konnte dies sein als er? Blaukopfente lag im Sterben – Chakliux hatte es Rotes Blatt selbst berichtet. Schläft-lange und Der-mit-den-Hunden-übt waren tot. Chakliux würde nicht gewählt werden. Wie konnte ein Mann mit nur einem gesunden Bein ein Volk führen? Wie konnte jemand, der im Vetter-Fluß-Dorf aufgewachsen war, die Achtung der Nahe-am-Fluß-Jäger erringen? Niemand wollte Bellender Fuchs. Wer konnte ihm schon vertrauen? Das älteste Mitglied des Dorfes war vermutlich Ligige', und sie war eine Frau. Wer würde auf sie hören?

Er hatte seinen schönsten Parka angezogen und seine beiden

Frauen mitgebracht, dazu Schreit-laut und den kleinen Sohn von Schnee-im-Haar. Rotes Blatt hatte ihr Gesicht mit Holzkohle geschwärzt und ihr Haar zum Zeichen der Trauer kurz geschnitten. Auch er verspürte Schmerz über den Tod seines Sohnes, doch der Junge war als tapferer Krieger gestorben, und welcher Vater fand darin nicht Trost? Er würde dem Kind von Schnee-im-Haar seinen Namen, Trägt-viel, geben und so den Sohn weiter unter ihnen leben lassen. Vielleicht wäre das ein Trost für Rotes Blatt, obwohl die beiden Frauen oft miteinander stritten, sich mit Worten bekämpften, wie es die Männer mit Waffen taten.

Vier Jäger trugen Blaukopfente auf einer Decke aus Karibuhaut aus seiner Behausung. Seine alte Frau trippelte neben ihm her, ordnete sein Haar und strich über seine Kleider, bis Sok wegblicken mußte, um sie nicht wegen ihres törichten Gehabes zu tadeln.

Sie legten ihn neben das Feuer auf ein Polster aus weichen Fellen. Die drei verbliebenen Ältesten rückten dicht an ihn heran, während Sok bei den jüngeren Jägern verharrte und wartete, bis Blaukopfentes Frau ihrem Mann von der Seite wich und ihren Platz unter den Frauen einnahm. Dann ging er zu Schnee-im-Haar, nahm ihr seinen Sohn aus den Armen und brachte ihn zusammen mit Schreit-laut zu Blaukopfente. Er kniete neben ihm nieder und begann zu sprechen.

»Ich bringe meine Söhne, um die Ältesten des Dorfes zu ehren«, sagte Sok. »Ich bringe sie hierher, damit sie erkennen, welche Heiligkeit und Achtung diese Männer dem Nahe-am-Fluß-Volk verleihen.«

Er wartete und hoffte, Blaukopfente würde die Augen öffnen, etwas sagen, doch obwohl Sok sah, wie die Brust des Alten sich mühsam hob und senkte, lag er da, als wäre er schon tot. Schließlich begann Sok leise zu singen, einen Jagdgesang, den er von seinem Großvater gelernt hatte. Er brachte seine Söhne zu ihren Müttern zurück und nahm wieder seinen Platz unter den Jägern ein. Er beschwichtigte seinen Zorn mit der Hoffnung, daß sein Handeln ihm auch ohne die ausdrückliche Zustimmung von Blaukopfente die Gunst der Dorfbewohner eintragen und ihnen klarmachen würde, wer ihr oberster Jäger sein sollte.

Er wartete ab, in unbehaglichem Schweigen, und fragte sich, wer wohl zuerst sprechen würde. Von den Ältesten, die noch lebten, war Blaukopfente der Geisterwelt schon zu nahe, um noch zu begreifen, was im Dorf vor sich ging. Bellender Fuchs genoß bei niemandem Achtung. Sonnenrufer sprach wenig und nur stotternd, und Fleischgeber hatte sich schon seit langem in eine Welt zurückgezogen, in der ihn niemand erreichen konnte. Er saß nur da, mit Speichelfäden am Mund, die Gamaschen dunkel gefärbt von frischem Urin.

Dann hob Blaukopfente eine Hand, flüsterte einen Befehl, worauf Sonnenrufer hinter ihn trat und ihn stützte, bis er fast aufrecht saß.

»Ich sterbe«, sagte er so unvermittelt, daß alles Flüstern, alle Bewegung aufhörte und es schien, als ob selbst der Wind den Atem anhielte. »Über ein Jahr leben wir nun schon ohne unseren obersten Jäger. Manche sagen, Geister hätten sein Leben hinweggerafft; andere behaupten, es seien die Feinde gewesen, die wir soeben besiegt haben. Nun haben wir auch unseren Schamanen verloren. Unsere Heilerin ist eine alte Frau.«

Blaukopfente bewegte langsam den Kopf und blickte zu Ligige'. Ihre Augen in dem zum Zeichen der Trauer geschwärzten Gesicht starrten ihn an. »Manche haben mich Anführer genannt«, sagte Blaukopfente. »Unter den Ältesten sprach ich oft als erster.« Er hustete, holte mehrmals tief Luft und sagte dann mit lauterer, kräftigerer Stimme: »Ihr müßt einen neuen Häuptling wählen. Keinen Schamanen, den kann das Volk nicht wählen, aber jemanden, der die Ältesten führt, und einen obersten Jäger, einen Mann, vielleicht auch zwei.« Er hielt inne. »Meine Wahl wäre …«

Sok hielt den Atem an, wartete ungeduldig, daß Blaukopfentes Blick auf ihn fiel, aber vergebens. Seine suchenden Augen hefteten sich auf etwas, Sok beugte sich vor und sah, daß der alte Mann Chakliux anstarrte.

»Chakliux«, sagte Blaukopfente. »Als Führer der Ältesten und als oberster Jäger.«

Sok öffnete den Mund, um Einwände zu erheben, doch die Worte blieben ihm im Hals stecken, und bevor er noch etwas sagen konnte, rang Blaukopfente nach Luft, umkrampfte seine Brust und wand sich, wie um dem Schmerz zu entkommen. Er schrie auf und lag dann still, mit offenen Augen, offenem Mund.

Frauen und Männer scharten sich um ihn, und schließlich verkündete die alte Ligige' ihnen allen seinen Tod.

Niemand stimmte einen Trauergesang an, und Sok fragte sich, ob der Kummer wohl schon so schwer auf ihnen lastete, daß ihnen keine Lieder mehr geblieben waren.

Dann stand plötzlich Bellender Fuchs von seinem Platz unter den Ältesten auf und ergriff das Wort: »Er war ein guter Mann, weise und stark; wir werden ihn vermissen. Ich preise mich glücklich, ihn Freund genannt zu haben, doch nun, da nur noch drei von uns Ältesten geblieben sind, muß ich sprechen. Wie können wir einen Mann dulden, der jung ist und – wenn auch mein Sohn – von jenen aufgezogen wurde, die wir Feinde nennen. Er kämpfte für uns, und seine Stärke erfüllt mein Herz mit Stolz, aber ich sage, daß wir Ältesten uns selbst führen werden. Ihr jungen Männer, zieht hinaus, jagt und schützt unsere Frauen, gebt ihnen Söhne und Töchter, lehrt eure Neffen zu jagen. Wenn die Jahre euch Weisheit gelehrt haben, gesellt euch zu uns, aber nicht eher. – Chakliux«, sagte er und lächelte ihm zu, »ich will dich nicht kränken. Du bist Geschichtenerzähler. Rühme dich dessen, und überlasse die Führung den Ältesten.«

Sok blickte zu Sonnenrufer und Fleischgeber und wußte in

seinem Inneren, daß Bellender Fuchs alle Entscheidungen treffen würde.

»Nun also«, sagte Bellender Fuchs, »erhebe ich meine Stimme zu Ehren unseres Geschichtenerzählers.« Er begann einen Lobgesang, und andere stimmten ein, doch Sok saß still und stumm da, ebenso wie Chakliux, beide hatten den Blick auf Blaukopfente gerichtet, einen guten Mann, der tot dalag, ohne durch Trauergesänge geehrt zu werden.

Als der Lobgesang erstarb und eine Frau mit einem Klagelied begann, ergriff Bellender Fuchs wiederum das Wort. Nun sprach er laut, und alle Wärme war aus seiner Stimme geschwunden. »Da meinem Sohn Chakliux solche Ehre zuteil wird, kann ich nicht verlangen, daß er auch noch zum obersten Jäger gewählt wird. Es gibt andere, die mehr Fleisch mitbringen. Nun, nach diesem Kampf mit unseren Feinden, brauchen wir einen obersten Jäger, der mit seinem Geschick auch allen anderen Glück bei der Jagd beschert.«

Mehrere Jäger riefen Soks Namen, und wieder keimte Hoffnung in seinem Herzen. Bellender Fuchs hatte recht. Chakliux war bei den Vetter-Fluß-Menschen zum *Dzuuggi* geworden und sollte Geschichtenerzähler sein. Mit seinem schwachen Bein taugte er nicht zum obersten Jäger.

Bellender Fuchs hob die Hände, blickte Sok an und lächelte. »Wiederum wird mir Ehre zuteil, da ihr einen meiner Söhne nennt. Wer ist ein besserer Jäger als Sok? Selbst sein Großvater wußte, wie geschickt er Speer und Speerwerfer zu gebrauchen versteht, aber er trägt einen Fluch. Er ist mein Sohn, daher wollte ich es euch verschweigen, doch nun muß ich sprechen. Zu viele sind schon gestorben.«

Sok starrte seinen Stiefvater an. Was meinte er? Welcher Fluch? Er blickte im Kreis umher, suchte Chakliux' Blick. Sein Bruder verstand oft vieles eher als Sok, doch diesmal las er die gleiche Verwirrung auf seinem Gesicht. Dann bemerkte er, wie Rotes Blatt die Hände zu Bellender Fuchs hinstreckte, als wolle sie seine Worte aufhalten, bevor sie seinen Mund verließen.

»Schau! Was sehe ich?« sagte Bellender Fuchs. »Der Schnee ist rot, rot wie der Boden einer Behausung.« Er sprach zu Chakliux. »Ich habe deine Rätsel schätzengelernt«, sagte er und wandte sich zu Sok um. »Schau! Was sehe ich?« fragte er wieder. »Sie fürchtet, daß sie eine Behausung im Abfallhaufen errichten muß und die Sonne nicht mehr sieht.«

Sok blickte zu Chakliux, sah erst Verstehen, dann Kummer in den Augen seines Bruders aufdämmern.

47

Bellender Fuchs kniff die Augen zusammen. Die klaffende Wunde in seinem Gesicht, die von der Stirn bis zum Kinn reichte, war dunkel wie Blut. »Du verstehst nicht?« sagte er zu Sok. »Frage deinen Bruder. Mit seinem Verstand und deinen Füßen würdet ihr zusammen einen guten Krieger abgeben.« Dann breitete Bellender Fuchs seine Arme zu den Umsitzenden aus und sagte: »Wir sollten abwarten, bevor wir die Entscheidung über einen obersten Jäger fällen. Nach der Karibujagd werden wir es wissen und eine gute Wahl treffen. Bis dahin werden die Ältesten beschließen, wann wir jagen und wohin wir ziehen. Wir drei«, sagte er mit einer Kopfbewegung zu Sonnenrufer und Fleischgeber.

In der Gruppe erhob sich leises unmutiges Gemurmel, und schließlich ergriff einer der jungen Männer das Wort. »Sok ist der beste Jäger unter uns, und Chakliux ist erfahren in der Seejagd«, sagte er. »Sok hat viele starke Hunde, und Chakliux brachte uns die goldäugigen Welpen. Ich glaube, du bist im Irrtum über diesen Fluch.«

»Ich weiß Dinge, die du nicht weißt«, erwiderte Bellender Fuchs. »Denk daran, daß Chakliux nur noch einen Hund hat und daß die meisten von Soks Hunden gestorben sind.« Er blickte in die Runde, aber niemand sprach. »Faßt es nicht falsch auf. Vielleicht wird Chakliux uns führen, vielleicht wird es auch Sok sein. Ich sage nur, daß wir warten sollen. Nach den Jagden im Frühjahr und Sommer, wenn der Winter naht, dann werden wir entscheiden, wer unser oberster Jäger sein soll. Wer weiß, was bis dahin geschieht? Vieles kann sich ändern.«

Er blickte Chakliux mit hochgezogenen Brauen an, aber Chakliux tat so, als merke er es nicht. Vielleicht war das Rätsel von Bellender Fuchs nicht wahr. Er log oft, vor allem zu seinem eigenen Vorteil.

»Am wichtigsten nun«, fuhr Bellender Fuchs fort, »ist dieser Tote hier, lange als Ältester geachtet. Wir müssen ihn betrauern wie all die Männer und Frauen, die im Kampf gestorben sind.«

Einige Frauen erhoben die Stimmen zum Klagegesang, doch die Männer reckten Messer und Wurfspeere empor.

Bellender Fuchs bedeutete den Männern, ihre Waffen zu senken. »Wenn unsere Trauer beendet ist«, rief er, »dann werden wir von Rache sprechen. Sechs ihrer Jäger haben unser Dorf lebend verlassen. Manche von uns meinten, wir sollten ihnen nicht folgen. Ich sage, es ist töricht, sie am Leben zu lassen. Nein, sie können unser Dorf nicht angreifen wie zuvor. Was aber soll sie hindern, unsere Jäger aus dem Hinterhalt einen nach dem anderen zu töten? Was soll sie hindern, unsere Frauen und Kinder anzugreifen, wenn sie Fallen stellen?«

Jäger erhoben die Stimme, und mehrere Männer sprangen auf, begannen einen Triumphgesang. Auch Chakliux erhob sich, ging zu Sok hinüber und zog seinen Bruder aus dem Kreis.

»Was bedeuten die Rätsel?« fragte Sok, heftig keuchend wie nach einem schnellen Lauf. »Begreifst du, was er uns soeben angetan hat? Wir hätten das Dorf gemeinsam leiten können, ich als oberster Jäger und du als Anführer der Ältesten.«

»Er will die Macht für sich«, sagte Chakliux.

»Glaubst du, das wüßte ich nicht, nur weil ich seine Rätsel nicht verstehe?«

Chakliux hörte die Furcht in den Worten seines Bruders. »Sok«, sagte er ruhig, »wir haben über Wichtigeres zu sprechen. Ist die Behausung von Rotes Blatt leer?«

»Ja.«

»Gehen wir dorthin.«

Sok schürte die Glut in der Feuerstelle, dann schlugen sie die Kapuzen ihrer Parkas zurück und streckten die Hände dem Feuer entgegen. Endlich sagte Chakliux: »Ich glaube nicht, daß viele die Rätsel verstanden haben.«

»Vielleicht habe ich das erste verstanden«, erwiderte Sok. »Rot im Schnee und auf dem Boden einer Behausung, das bedeutet Blut. Er sprach über die beiden Toten, unseren Großvater und die Seejägerfrau.«

Chakliux nickte.

»Aber das zweite Rätsel verstehe ich nicht.«

Chakliux schloß die Augen und ballte die Hände zu Fäusten. Er wollte es Sok nicht sagen. Falls es nicht stimmte, warum es wiederholen? Wenn es aber stimmte und Bellender Fuchs es wußte, mußten sie vorbereitet sein, mußten nachdenken, bevor sie handelten.

»Was kommt auf den Abfallhaufen?« fragte er leise.

Sok zog den Parka über den Kopf, legte ihn neben sich auf den Boden und schnaubte. »Dinge, die man wegwirft, die man nicht mehr braucht.«

»Wer lebt in Behausungen?« fragte Chakliux.

»Wir«, antwortete Sok, mit leicht gereiztem Unterton. »Wir alle.«

»Menschen«, sagte Chakliux. »Nicht Tiere, nicht Felsen, nicht Pflanzen, sondern Menschen.«

»Ja«, gab Sok zurück.

»Wem gehören unsere Behausungen?«

»Den Frauen.«

»Das zweite Rätsel lautet: ›Sie fürchtet, daß sie eine Behausung im Abfallhaufen errichten muß und die Sonne nicht mehr sieht.‹«

»Eine verstoßene Frau«, sagte Sok. »Er spricht über eine Frau, deren Mann sie verstoßen hat.« Er runzelte die Stirn. »Im letzten Jahr wurden nur Blaubeere und die Seejägerfrau verstoßen.«

Chakliux schüttelte den Kopf. »Bellender Fuchs sprach von einer Frau, die fürchtet, verstoßen zu werden.«

»Dann könnte es jede sein.«

»Denk daran, sie hat Angst, die Sonne nicht mehr zu sehen.« Er deutete auf das Sonnenmuster von Soks Parka und sah, wie sich Begreifen, dann Entsetzen auf Soks Gesicht ausbreitete.

»Rotes Blatt?« sagte er leise. »Nicht Rotes Blatt. Ihr Herz hing viel zu sehr an unserem Großvater. Sie würde nicht ...« Plötzlich sprang er auf. »Bellender Fuchs!« schrie er. »Er versucht, uns zu vernichten. Er will, daß die anderen uns aus dem Dorf treiben!«

Er riß die Eingangsklappe auf, blieb stehen und wich mit weit aufgerissenem Mund in die Behausung zurück. Rotes Blatt trat ein, den Blick auf sein Gesicht geheftet.

»Du verstehst das Rätsel?« fragte sie.

»Er lügt. Es ist nicht wahr«, sagte Sok.

Dann kam auch Bellender Fuchs in die Behausung, den Mund zu einem breiten Lächeln verzogen.

»Sag es ihm«, forderte er Rotes Blatt auf.

Ihre Stimme war leise wie ein Flüstern. »Ich habe deinen Großvater getötet«, sagte sie, »und die Seejägerfrau.«

»Sie hätte auch mich getötet, wenn es ihr möglich gewesen wäre«, warf Bellender Fuchs ein, »aber sie glaubte, ich würde ihr Geheimnis bewahren. Sie dachte, die Ehre meines Sohnes läge mir mehr am Herzen. So war es bisher auch, aber es gibt Zeiten ...« Er blickte zu Sok und lachte.

»Warum?« fragte Sok leise.

Rotes Blatt streckte ihm die ausgebreiteten Hände entgegen. »Damit du seine Hunde bekommen solltest. Und seine Gesänge. Damit du oberster Jäger würdest.«

Sok vergrub sein Gesicht in den Händen. Seine Schultern zuckten, doch Chakliux vernahm keinen Laut. Endlich blickte Sok seine Frau an. »Ein Mann will nicht auf solche Weise zum obersten Jäger werden«, sagte er sanft zu ihr wie zu einem Kind.

»Ich hatte Angst, du würdest mich verstoßen, um Schnee-im-Haar als erste Frau nehmen zu können. Ich wußte, schon bevor ich deine Frau wurde, daß du sie wolltest. Ich hoffte, du würdest sie bei mir vergessen, und dann, daß sie zweite Frau werden könnte, aber Wolf-und-Rabe wollte sie dir nicht geben. Ich dachte, er würde sie dir überlassen, wenn du oberster Jäger wärest. Dann müßtest du mich nicht verstoßen. Ich wollte die Seejägerfrau nicht töten. Sie hat mich gesehen, sie und ihr Sohn. Ich dachte, der Junge würde es den anderen erzählen, doch ich war wie ein Mann gekleidet, und er hat mich wohl nicht erkannt. Bellender Fuchs aber sah mich …«

»Ich war soeben aus der Behausung deines Großvaters gekommen«, sagte Bellender Fuchs. »Ich stand im Schatten, und sie sah mich nicht, doch ich sah sie wohl. Erst am nächsten Tag erfuhr ich, daß jemand gestorben war. Dann fiel mir ein, was ich gesehen hatte. Ich ging zu Rotes Blatt und sagte, ich würde schweigen; es sollte nicht meinen Sohn treffen, was seine Frau getan hatte. Doch zu Zeiten kann ein Mann nicht länger mit der Lüge leben.«

Sok wandte sich von Bellender Fuchs ab und sagte zu Rotes Blatt: »Wir hatten zwei starke Söhne. Ich hätte dich nicht verstoßen, aber nun …« Seine Worte erstarben, und er umklammerte das Messer, das er in einer Scheide um die Mitte gegürtet trug. »Weißt du, wie viele Male ich gelobt habe, denjenigen zu töten, der meinem Großvater das Leben nahm?«

»Ich werde das Dorf verlassen«, sagte Rotes Blatt. »Ich werde einen anderen Ort finden, wo ich deinen Sohn aufziehen kann.«

Sok biß die Zähne zusammen. »Wenn ich dich gehen lasse, dann ohne Schreit-laut. Er bleibt bei mir. Schnee-im-Haar wird Mutter für ihn sein.«

»Ich spreche nicht von Schreit-laut«, sagte Rotes Blatt. Sie legte eine Hand auf ihren Bauch. »Ich spreche von dem Sohn, den ich unter dem Herzen trage.«

Bellender Fuchs lachte. »Was bleibt dir noch für eine Wahl?« fragte er. »Behalte sie. Sie ist eine starke Frau. Wer sonst kann Parkas machen wie Rotes Blatt? Aber du mußt wissen, daß sie in diesem Dorf nicht willkommen ist. Du kannst bleiben, sie nicht.« Er lachte wieder. »Und ihr Sohn auch nicht. Der eine wie der andere.«

Sok wirbelte herum, packte seinen Parka und warf ihn in die Flammen. Das Fell fing Feuer und füllte die Behausung mit Rauch. »Hinaus mit dir!« fuhr er Bellender Fuchs an. »Diese Frau und ich werden mit unseren Söhnen morgen früh das Dorf verlassen. Bis dahin will ich dich nicht sehen.« Er schob Bellender Fuchs zum Eingangstunnel.

Chakliux zog die verkohlten Reste des Parkas mit einem Rührstock aus dem Feuer und warf sie Bellender Fuchs hinterher, hinaus in den Schnee.

Sok sank in sich zusammen, kauerte am Boden, den Kopf in den Händen. Chakliux setzte sich zu ihm.

»Ich werde mit dir gehen«, sagte er zu seinem Bruder. »Ich hoffe noch immer, Aqamdax zu finden.«

»Aqamdax ist tot«, sagte Sok. »Ich habe ihren Tod in meinen Träumen gesehen.«

»Ich nicht«, erwiderte Chakliux ruhig.

»Wohin gehen wir also?«

»Zum Vetter-Fluß-Dorf.«

»Sie sind unsere Feinde.«

»Sie waren mein Volk. Ich muß sie warnen, daß Bellender Fuchs auf Rache sinnt.«

»Warum sollten sie dir glauben? Warum sollten sie auf dich hören? Sie wissen, daß du gegen sie gekämpft hast.«

»Ich werde heimlich, bei Nacht, zu meiner Mutter gehen.«

»Glaubst du nicht, daß sie dich töten wird?«

»Sie wird versuchen, mich zu töten, aber zunächst wird sie zuhören.«

»Was nützt es ihnen zu wissen, daß unsere Jäger kommen? Sie haben nur noch eine Handvoll Krieger.« Er blickte Chakliux fest an. »Erwarte nicht, daß ich gegen mein eigenes Volk kämpfe. Das werde ich nicht tun. An Bellender Fuchs würde ich mich rächen, aber nicht an den anderen.«

»Dann verstehst du auch, wie ich für mein Volk empfinde. Ich schulde wenigen Rache: nur Nachtmann und Tikaani, und beide könnten schon tot sein. Ich habe Nachtmann weder im Kampf noch bei den Überlebenden gesehen, und Tikaani zogen sie auf der Trage fort. Damit bleibt nur noch meine Mutter.«

»Und in diesem Dorf Rotes Blatt«, sagte Sok und starrte die Frau an, bis sie sich zusammengekauert an die Wand der Behausung drückte und ihr Gesicht mit den Händen bedeckte.

Lange Zeit sprach keiner der beiden Männer, doch schließlich brach Sok das Schweigen. »Morgen mache ich mich auf, mit Rotes Blatt und Schreit-laut. Ich werde bis nahe an das Vetter-Fluß-Dorf herangehen. Wenn du mich begleiten willst, bist du willkommen. Ich werde auf dich warten, während du die Vetter-Fluß-Menschen besuchst. Wenn du nicht zurückkommst, ziehe ich weiter und versuche, ein Flußdorf zu finden, das einen Jäger und seine Frau willkommen heißt. Vielleicht erbaue ich auch eine Behausung nahe dem Großvater-See und bleibe dort.« Er sah Chakliux in die Augen. »Es war gut, einen Bruder zu haben.«

Ligige' sah zu, wie Sok und Chakliux den Kreis um das Feuer verließen. Sie hörte Bellender Fuchs weiter zu und sann dabei über die Rätsel nach, die er gestellt hatte, drehte und wendete sie wie eine Frau, die Bodenmatten ausschüttelt. Rätsel waren etwas Albernes, dachte sie. Warum nur fanden die Vetter-Fluß-Menschen soviel Vergnügen daran?

Ihre Gereiztheit wuchs, je länger sie Bellender Fuchs zuhörte. Ob die Menschen ihm glaubten? Seine Worte waren wie Netze, ausgelegt, um sie alle zu fangen. Hatten sie vergessen, wie oft Bellender Fuchs, der nun Blaukopfente rühmte, Witze über den Mann gemacht und Lügen über seine Kinder, ja selbst über seine Hunde verbreitet hatte? Hielten sie ihn für vertrauenswürdig, nur weil er ein paar Tränen hervorbringen konnte?

Er wies einige alte Frauen und zwei Neffen von Blaukopfente an, den Leichnam in die Behausung seiner Frau zu tragen, und als sie fort waren, redete er wieder über Rache, versprach den jungen Männern die Vetter-Fluß-Frauen, sagte den Frauen, ihre Männer würden ihnen Nahrung und Felle aus den Vorratslagern des Vetter-Fluß-Dorfes bringen. Endlich hatte Ligige' genug.

Sie stemmte sich mit ihrem Gehstock hoch und rief allen, die es hören wollten, zu: »Er ist ein Dummkopf; er lügt. Wenn ihr ihm folgt, seid ihr um nichts besser als er.«

Sie wandte sich aus dem Kreis, ohne auf die Zurufe zu achten, die ihr galten. Im Fortgehen schien ihr Geist sich zu klären, und plötzlich wußte sie, was Bellender Fuchs mit seinen Rätseln hatte sagen wollen.

Die Erkenntnis traf sie wie ein Faustschlag in den Magen, und sie mußte stehenbleiben, nach Atem ringen. Fast wäre sie gleich zur Behausung von Rotes Blatt gegangen, entschied dann aber, zunächst alles zu überdenken, bevor sie mit Sok sprach.

Seit dem Kampf waren ihre Gedanken wie Rauchfetzen

kreiselnd dahingetrieben. War es zu glauben, daß ein Dorf an einem einzigen Tag so viel verlor? War es zu glauben, daß so viele sterben mußten? Und war es zu glauben, daß der Kummer sie, Ligige', nicht umgebracht hatte?

Sie rollten Schlafmatten aus, doch Chakliux fand keine Ruhe. Einen Großteil ihrer Habe hatten sie bereits zusammengepackt, die Vorratslager wollten sie am Morgen ausräumen. Sok hatte fünf ausgewachsene Hunde, darunter Schneefalke, und Chakliux hatte Schwarze Nase. Mit Hilfe der Hunde konnten sie – Chakliux, Sok, Rotes Blatt und Schreit-laut – viel mitnehmen, sogar die Karibuhäute, mit denen die Behausung von Rotes Blatt bespannt war.

Schreit-laut war während des Packens zu ihnen gekommen, aber Sok hatte keine Antwort auf seine vielen Fragen gegeben. Schließlich hatte Rotes Blatt den Jungen beiseite genommen und lange mit ihm gesprochen. Danach half auch er mit, das Gesicht verdüstert, die Augen rot und verschwollen, ohne daß Chakliux Tränen auf seinem Gesicht entdecken konnte.

Mitten in der Nacht hörte Chakliux ein Geräusch vor der Behausung. Er setzte sich auf und griff nach seinem Messer. Vielleicht hatten noch andere die Rätsel von Bellender Fuchs gelöst und kamen, um sich zu rächen. Doch dann hörte er das Kratzen an der Wand. Welcher Feind kündigte sich so an, bevor er eindrang? Er kroch durch den Eingangstunnel. Draußen stand Schnee-im-Haar, ihren Sohn auf den Rücken gebunden.

»Ich muß mit meinem Mann sprechen.«

Chakliux winkte sie herein und sah, daß Rotes Blatt und Sok wach waren. Sok setzte sich an die Feuerstelle.

Chakliux wickelte sich in seine Schlafdecken, legte sich hin und wandte ihnen den Rücken zu.

»Bellender Fuchs kam zu mir«, sagte Schnee-im-Haar. »Ist es wahr, was er mir erzählt hat?«

»Ja«, sagte Rotes Blatt ruhig und stellte sich neben Sok.

»Warum hast du das getan?«

»Um meinen Mann zu behalten«, antwortete Rotes Blatt.

»Fast kann ich es verstehen«, sagte Schnee-im-Haar und fragte dann: »Wenn ich mit euch gehe, werden ich und mein Kind sicher sein?«

»Ihr werdet sicher sein«, erwiderte Sok. Gegen die ruhigen Frauenstimmen klangen seine Worte laut.

»Nein«, sagte Schnee-im-Haar, »ich frage Rotes Blatt.«

»Du wirst sicher sein und auch all deine Kinder.«

»Wann brecht ihr auf?«

»Morgen früh«, sagte Sok, »wenn wir die Karibuhäute von den Sparren abgenommen haben.«

»Könnt ihr dasselbe bei meiner Behausung tun?« fragte sie.

»Ich werde dir helfen«, versprach Sok, und Chakliux hörte die Freude in seiner Stimme.

Sie ging, und es kam Tagfrau, die Mutter von Sok und Chakliux. Ihr tränenreiches Schluchzen weckte selbst Schreit-laut. Sie würde mit ihnen gehen, sagte sie, und kein Einwand von Sok und Chakliux vermochte sie davon abzubringen. Sie hatte ihr Bündel bereits mitgebracht. Bellender Fuchs war zornig, sagte sie, hielt sie aber nicht auf. Wozu war sie noch nütze, eine Frau ohne Söhne im Dorf und zu alt, um noch weitere Söhne zu bekommen? Bellender Fuchs würde sie wahrscheinlich zu Beginn des nächsten Winters verstoßen. Er tat besser daran, eine jüngere Frau zu nehmen.

Was blieb Sok und Chakliux übrig, als nachzugeben und sie mitzunehmen?

Am Morgen, als sie ihre Schlafdecken zusammenrollten, als Rotes Blatt und Tagfrau darangingen, das Vorratslager auszuräumen, und Schreit-laut und Chakliux begannen, die Karibuhäute von den Sparren abzunehmen, kam Ligige' zu ihnen. Sie führte den Hund von Wolf-und-Rabe, ihre Habe war auf seinen Rücken geschnallt.

Sie hockte sich hin und sah ihnen bei der Arbeit zu, gab hin und wieder einen Ratschlag.

Um die Mittagszeit waren sie bereit zum Aufbruch. Die Ohren verschlossen vor den Flüchen, die wider sie ausgestoßen wurden, und weit geöffnet für alle Segenswünsche, zogen sie davon: zwei Jäger, zwei Frauen, ein Junge, ein Säugling, sieben Hunde und zwei alte Frauen.

48

Zum drittenmal, seit die Männer zurückgekehrt waren, führten K'os' Träume sie zurück zu jenem Tag am Großvater-Felsen. Die dritte Nacht schon war sie nicht K'os, die Heilerin, von allen gefürchtet, sondern K'os, die Tochter von Nerz, ein hilfloses Mädchen. Mit einem Ruck fuhr sie aus dem Schlaf. Sie hatte sich in ihren Decken verfangen, konnte die Arme nicht bewegen, es war wie damals, als Möwenschwinge sie festgehalten hatte. Ihr Haar hatte sich gelöst und bedeckte ihr Gesicht, drohte sie zu ersticken, wie damals ihr Parka sie fast erstickt hatte.

Dann hörte sie die Stimme des Mannes. Noch halb im Traum glaubte sie, es sei Möwenschwinge. Sie öffnete den Mund, um zu schreien, und beim Atemholen gerieten ihr Haare in die Kehle. Hände berührten ihr Gesicht, doch waren sie zart, strichen das Haar beiseite, lockerten die Decken. Dann wurden ihre Gedanken und ihre Augen klar, und sie erkannte Chakliux.

Sie schob seine Hände fort, stand auf, streifte die Schlaffelle ab bis auf eines, das sie sich um die Mitte wickelte. Sie fachte die Glut an, rückte ein dreibeiniges Gestell mit einer Karibuhaut voll Eintopf näher zum Feuer, hockte sich dann hin und sah ihn an.

Er war größer, als sie ihn in Erinnerung hatte, und sein Gesicht hatte sich verändert. Vom Jungen zum Mann? Nein, das war längst geschehen. Vom Geschichtenerzähler zum Krieger. Vielleicht war es das.

»Du bist also am Leben«, sagte sie.

Die Worte kamen barsch heraus, halb krächzend vor Schlaftrunkenheit.

Sein Schweigen erinnerte sie an Erdschläger, und sie fragte sich, ob der Geist ihres toten Mannes auf Chakliux herabgekommen war, ihn mit Rachedurst erfüllt hatte.

»Unsere Krieger berichten, die Nahe-am-Fluß-Männer hätten tapfer gekämpft«, sagte K'os. »Sie haben mir auch erzählt, daß du sie geführt hast.«

»Wir kämpften zum Schutz von Frauen und Kindern, zum Schutz der Alten«, erwiderte Chakliux.

K'os erhob sich, nahm zwei hölzerne Schalen zur Hand und füllte sie mit Fleisch aus dem Kochbeutel. »Möchtest du essen?« fragte sie und hielt ihm beide Schalen hin.

Er nahm eine, umschloß sie mit den Händen und wartete, bis K'os den ersten Bissen genommen hatte, dann aß auch er.

»Fürchtest du, ich könnte dich vergiften?« fragte sie spöttisch.

»Du hast mich gelehrt, vorsichtig zu sein«, antwortete er.

»Und nur weil ich esse, glaubst du sicher zu sein? Was, wenn ich beschlossen hätte, ebenfalls zu sterben? Was, wenn ich beschlossen hätte, mich zu opfern, um den zu töten, der so viele von meinem Volk getötet hat?«

Chakliux lächelte. »Dir liegt nichts an deinem Volk. Warum solltest du dafür sterben?«

»Warum nicht? Eines Tages werde ich ohnehin sterben. Ich bin eine alte Frau.«

Chakliux betrachtete sie genau. »Ja«, sagte er schließlich, »du bist eine alte Frau.«

Seine Worte brachten sie in Wut, doch sie bezähmte sich. »Mit dem Alter kommt Weisheit. Stärke, Macht, Achtung.«

»Für manche.«

Unausgesprochene Flüche brannten ihr in der Kehle, und

sie umkrampfte ihre Schale, um ihm nicht die Finger ins Gesicht zu krallen.

»Du bist also gekommen, um dich an unserer Niederlage zu weiden, dir deinen Anteil an Frauen zu nehmen? Nur fünf von ihnen haben Männer, sechs, wenn du Aqamdax mitzählst, obgleich Nachtmann bald sterben wird.« K'os hörte ihn aufkeuchen, als sie Aqamdax' Namen erwähnte. »Du wußtest nicht, daß sie hier ist?« fragte sie und lachte. »Tikaani und Cen haben sie mir gegeben. Sie war meine Arbeiterin, bis Tikaani beschloß, daß sein Bruder eine Frau brauchte. Ich habe sie gut behandelt.« Wiederum lachte sie und spürte, wie das Gelächter ihr einen Teil ihrer Macht zurückbrachte. »Sie hat sich also einen Platz in deinem Herzen erobert. Ich glaubte, du hättest nichts im Sinn als eine tote Frau und ihren toten Sohn.«

Chakliux antwortete nicht, und K'os fuhr fort: »Ja, Cen und Tikaani haben sie verschleppt, und den Jungen auch, ihren Bruder. Er ist ebenfalls hier. Stern nahm ihn als Sohn an, aber mach dir keine Gedanken über Rache. Tikaani ist tot, und Cen wohl auch, denke ich, da er nicht aus dem Kampf zurückkehrte.« Sie verengte die Augen zu Schlitzen und spähte zu Chakliux. Er hob die Schale zum Mund und aß, bis sie leer war.

»Ich habe gefragt, warum du hier bist«, sagte K'os, ohne die Schale neu zu füllen oder ihm Wasser anzubieten.

Er stand auf, nahm eine Wasserblase von den Dachsparren und trank, wischte sich mit der Hand über den Mund und hielt ihr die Blase hin. Sie schüttelte den Kopf.

»Ich bin hier, um dir zu sagen, daß die Nahe-am-Fluß-Männer Rache planen.«

»Wie viele?«

»Ich weiß es nicht.«

»Wissen sie, daß du hergekommen bist, um uns zu warnen?«

»Das glaube ich nicht.«

»Warum bist du gekommen? Warum bleibst du nicht bei ihnen und kämpfst mit?«

Sie sah, wie er zögerte, und erinnerte sich, daß er dies schon als kleiner Junge getan hatte, wenn es etwas gab, was er ihr nicht erzählen wollte. Er mochte ein Mann sein, ein Krieger, sogar ein *Dzuuggi*, und trotzdem war er noch Kind, ein Kind, das sie wohl kannte.

»Sie wollen dich nicht bei sich haben. Warum?«

Chakliux hockte sich erneut zum Feuer. »Daß ich sie führte, haben weder sie noch ich so bestimmt. Ich führte sie, weil ich als erster den Plan begriffen habe, den eure Männer im Kampf gegen uns verfolgten.«

»Und du dachtest dir etwas aus, um ihrem Angriff zu begegnen.«

Er ließ die Handgelenke auf den Knien ruhen. »Die Ältesten sagen, du hättest den Vetter-Fluß-Männern die Bogenwaffen gegeben. Sie sagen, du hättest einen Bogen von einem unserer Ältesten genommen.«

K'os hob die Brauen. »Ein liebenswerter alter Mann«, sagte sie. »Vielleicht erinnerst du dich noch an seine Besuche in meiner Behausung. Er war ein Händler und genoß mitunter unsere Gastfreundschaft. Traurig, daß er so sterben mußte.« Als Chakliux nicht antwortete, leerte sie ihre Schüssel, stand auf und füllte sie wieder, ohne ihm etwas anzubieten. »Warum also uns warnen?« fragte sie und setzte sich wieder hin. »Du betrachtest uns doch gewiß als Feinde.«

»In Wahrheit habe ich nur einen Feind«, sagte er.

»Meinst du?« gab sie zurück.

»Das meine ich.«

»Du irrst dich. Stern haßt dich, weil du ihre Brüder getötet hast. Aqamdax haßt dich, weil du sie hiergelassen hast, ohne nach ihr zu suchen. Die fünf Krieger, die noch leben, hassen dich ebenfalls.«

»Ich warne euch um der Frauen und Kinder willen. Ich warne euch, damit ihr das Dorf verlassen könnt, bevor die Nahe-am-Fluß-Männer kommen.«

»Du glaubst also, das würden wir tun? Weglaufen? Uns verstecken? Du denkst, wir hätten solche Angst vor den Nahe-am-Fluß-Leuten, daß wir unsere Verwundeten und Alten zurücklassen würden?«

»Ich denke«, sagte Chakliux bedächtig, »daß euch drei, vier Tage bleiben, um zu entscheiden, was ihr tut. Drei, vier Tage, um eure Kinder, die Verwundeten und Alten an einen sichereren Ort zu bringen.«

»Und du wirst mit ihnen kämpfen?« fragte K'os.

»Nein«, erwiderte er. »Ich kämpfe, um Leben zu retten, nicht um es zu zerstören.«

Er schlug die Kapuze hoch und wandte sich zum Eingangstunnel.

»Chakliux«, rief K'os. »Der Mann namens Bellender Fuchs und der, den sie Schläft-lange nennen, sind sie im Kampf gestorben?«

»Schläft-lange ist tot.«

»Und Bellender Fuchs?« fragte sie.

»Er führt nun das Nahe-am-Fluß-Volk.«

Er verließ die Behausung, und erst als K'os ihre Schale zum Mund hob, spürte sie, daß ihre Zähne sich durch ihre Unterlippe gegraben hatten.

Chakliux schlich, stets im tiefsten Schatten, durch das Dorf zur Behausung von Stern. Er war darauf gefaßt, daß Wolkenfinders Hunde ein Geheul ausstoßen würden; zwar hoben sie den Kopf, als er vorbeikam, aber nur einer gab Laut – jaulte zweimal kurz auf. Sie kannten ihn noch. Wußten, daß er zum Dorf gehörte.

Bei der Behausung kauerte er sich neben den Eingangstunnel. Er wollte nicht hineingehen und Gefahr laufen, daß Stern und ihre Mutter oder auch Nachtmann, Aqamdax' Mann, aufwachten. Doch wie konnte er das Dorf verlassen, ohne Aqamdax gesehen zu haben?

Lange Zeit saß er still, bis die Kälte seine Füße taub werden ließ und in die Knöchel hinaufkroch. Endlich zog er die Türklappe beiseite. Sie bestand aus einem viereckigen Stück Karibuhaut, doppelt gesäumt und unten mit Steinen beschwert, damit sie bei Wind nicht aufschlug. Niemand ließ sich vernehmen, kein Hund bellte, und so kroch er hinein, ließ die Türklappe zurückfallen und wartete erneut, horchte auf einen Laut.

Schließlich zog er die innere Türklappe beiseite. Er hörte ein leises Knurren. Auch Stern hatte also einen Hund in ihrer Behausung? Dann wurde ihm klar, daß es Beißer war. Die Erkenntnis ließ ihn lächeln, und er streckte vom Tunnel her die Hand aus, flüsterte den Namen des Hundes, zog einen Streifen getrocknetes Fleisch aus seinem Ärmel und hielt es ihm hin. Beißer näherte sich langsam. Im Licht der Glut sah Chakliux sein gesträubtes Fell. Er schnüffelte an dem Fleisch, nahm es vorsichtig aus Chakliux' Fingern entgegen und wedelte dann bedächtig mit dem Schwanz. Chakliux streichelte seine breiten Flanken, flüsterte erneut seinen Namen. Beißer trug das Fleisch zurück zu einer Matte auf der Frauenseite der Behausung.

Noch immer halb im Tunnel verborgen, erspähte Chakliux Ghaden, der mit offenem Mund dalag. Der Junge rührte sich, legte einen Arm um den Hund, murmelte etwas im Schlaf und war dann wieder still. Jemand lag neben ihm. Aqamdax? Stern? Chakliux richtete sich im Knien weiter auf. Nein, ein Mädchen. Sie drehte sich um, und er sah ihr Gesicht. Yaa. Warum auch nicht? Wenn Beißer hergefunden hatte, warum nicht auch Yaa? Ihre Mutter hatte ihm erzählt, daß sie und der Hund, nur wenige Tage nachdem Chakliux das Dorf verlassen hatte, verschwunden waren. Vielleicht hatten Cen und Tikaani auch sie verschleppt. Oder sie war ihnen gefolgt. Vergeblich versuchte er sich vorzustellen, ob er als Kind wohl das gleiche getan hätte.

Er wechselte den Platz, um die andere Seite der Behausung sehen zu können. Zwei Frauen – Stern und eine Grauhaarige. Ihre Mutter. Er schob sich weiter in die Behausung hinein, sah Nachtmann schlafend liegen und hob den Blick zum Gesicht der Gestalt empor, die neben Nachtmann saß.

Aqamdax. Sie lächelte, ein trauriges Lächeln, und bedeutete ihm, in den Eingangstunnel zurückzuweichen. Er wartete, und dann war sie neben ihm, eine Hasenfelldecke um Schultern und Kopf geschlungen. Im Dunkeln tastete er nach ihrem Gesicht. Ihre Wangen waren feucht. Sie legte den Kopf auf seine Schulter, und lange Zeit saßen sie schweigend beieinander.

»Ich wußte, daß du mir nachkommen würdest«, flüsterte sie endlich.

»Komm mit mir, jetzt gleich«, sagte er und barg seine Hand in der Wärme ihres Haars unter der Decke.

»Ich kann meinen Mann nicht verlassen«, erwiderte sie. »Auch Ghaden und Yaa kann ich nicht hierlassen.«

»Nimm sie mit. Alle.«

»Nachtmann ist zu krank. Ich kann ihn nicht vom Fleck bewegen.«

»Aqamdax«, sagte er, »die Nahe-am-Fluß-Männer werden das Dorf angreifen. Ihr habt drei, vier Tage, mehr nicht. Ist Nachtmann stark genug, um bis zum Wald zu gehen? Wenn du ihn so weit bringst, kann ich ihn auf einer Trage vom Dorf wegschaffen, bevor der Angriff beginnt.«

»Laß mich nachdenken«, sagte sie und lehnte ihren Kopf wieder an seine Schulter.

Er legte die Arme um sie, zog sie eng an sich. Sie war Frau eines anderen, aber allein sie gefunden zu haben, nach so langer Suche – er konnte es kaum glauben.

»Morgen, wenn die Sonne am höchsten steht«, sagte Aqamdax, »warte im Wald auf uns. Kennst du den schwarzen Felsen neben dem Pfad?«

»Ich kenne ihn.«

»Wir werden versuchen, dort zu sein. Soll ich den anderen, unseren wenigen Männern, sagen, daß die Nahe-am-Fluß-Krieger kommen?«

»Ich habe K'os davon berichtet«, erwiderte Chakliux.

»Du kannst nicht hierbleiben. Die Männer werden dich töten.«

»Mach dir keine Sorgen. Ich bleibe bei meinem Bruder.«

»Sok ist auch im Dorf?«

»Er wartet auf mich, aber er weiß nicht, daß du hier bist.«

Er spürte, wie sich ihr Mund unter seinen Fingerspitzen zu einem Lächeln verzog.

»Er wird nicht erfreut sein, daß du mich gefunden hast«, sagte sie.

»Doch, das wird er«, antwortete Chakliux. »Er weiß, wie lange ich nach dir gesucht habe.«

»Warum bist du erst jetzt gekommen?«

»Zunächst bin ich in dein Dorf gezogen«, sagte er.

Er hörte sie nach Luft schnappen. »Zu meinem Volk?« fragte sie.

»Zu deinem Volk, und zu den Walroßmenschen.«

»Du hast Qung gesehen und Er-singt, du hast Tut gesehen?«

»Alle. Ich habe bei Tut und ihrer Schwester gewohnt.«

»Qung geht es gut?«

»Es geht ihr gut.« Er schmiegte seine Wange an ihren Kopf, hielt sie in den Armen. Sie hob eine Hand zu seinem Gesicht, und er umfaßte ihr Handgelenk, ertastete den Sehnenstrang, den sie als Armband trug. Er fuhr über die Knoten, erkannte die Form des Otters.

»Ich habe es immer noch«, sagte sie, machte sich los und nestelte an etwas, das sie um die Mitte gebunden trug. Im Dunkel des Eingangstunnels konnte er nicht sehen, was es war, doch sie legte es ihm in die Hand, und es fühlte sich kühl und glatt an.

»Es ist ein Walzahn, zur Muschel geschnitzt«, flüsterte sie. »Etwas, das die Geschichtenerzähler in meinem Dorf tragen. Qung hat es mir gegeben. Es wird dich an das Band erinnern, das uns als Geschichtenerzähler verknüpft, so wie der Strang an meinem Handgelenk mich erinnert, daß wir beide vom Otter stammen.«

Ein leises Stöhnen drang aus der Behausung.

Aqamdax drückte sich eng an Chakliux, flüsterte: »Mein Mann.« Und plötzlich war sie fort, so schnell, wie sie gekommen war.

Als die Morgendämmerung den Himmel erhellte, schlief Aqamdax endlich ein. Eine laute Stimme riß sie aus den Träumen; Fischer rief und kratzte an der Behausung, bis Beißers Gebell alle aufweckte.

Ohne Aufforderung von Stern kam Fischer herein und setzte sich neben Nachtmann, den sein unhöfliches Benehmen ebenfalls aus dem Schlaf hochgeschreckt hatte.

»K'os hat mich geschickt«, teilte er Stern mit. »Sie läßt dir sagen, daß bald das ganze Dorf hier sein wird.«

Stern schnappte nach Luft.

»Du brauchst ihnen kein Essen zu geben. Wir wollen uns nur versammeln und Pläne besprechen. Letzte Nacht kam Chakliux ins Dorf und berichtete K'os, daß die Nahe-am-Fluß-Männer bald angreifen werden. Sie will einen Plan von uns, wie wir uns am besten zur Wehr setzen können. Wir sollen nach ihrem Beschluß in dieser Behausung zusammenkommen, vor allem weil Nachtmann dann dabei ist.« Er nickte Nachtmann zu. »Sie will deinen weisen Rat«, sagte er.

Nachtmanns Augen wurden blank, und er richtete sich von seinen Matten auf.

Aqamdax erhob sich von ihrem Schlaflager, zog Gamaschen

und ein Hemd aus Karibuhaut an, rollte ihre Decken zusammen und holte Essen. Stern verwandte viel Zeit darauf, sich anzuziehen und ihr Haar zu kämmen, alles vor Fischer, den sie mit trägem Augenaufschlag im Blick behielt.

Aqamdax bat Yaa, ihr zu helfen, Lange Augen nach draußen zu bringen. Yaa öffnete den Mund, und Aqamdax wußte, daß sie fragen wollte, warum Lange Augen hinausgehen sollte, um sich zu erleichtern. Nachts und morgens ließ sie gewöhnlich Wasser in einen hölzernen Trog. Aqamdax blickte das Mädchen stirnrunzelnd an und schüttelte den Kopf, zog dann Lange Augen Gamaschen, Stiefel und Parka an, und die drei traten hinaus.

Als sie an der Stelle angelangt waren, half Aqamdax Lange Augen mit Gamaschen und Parka, stützte sie beim Hinhocken und Wasserlassen. Während die alte Frau ihre Kleidung richtete, nahm Aqamdax Yaa beiseite und berichtete ihr von Chakliux' Plan.

»Geh und sag ihm, daß ich nicht fortkann, daß K'os vermutlich erraten hat, was wir vorhaben, und eine Versammlung in unserer Behausung einberufen hat.« Sie umschloß das Kinn des Mädchens mit ihren Händen. »Nimm Ghaden und Beißer, und geh mit ihm. Bleib nicht im Dorf.«

»Ist es nur Chakliux? Er allein?« fragte Yaa.

»Er und Sok«, erwiderte Aqamdax.

Yaa schüttelte den Kopf und blickte weg. »Wir können nicht mit ihm gehen«, sagte sie. »Nicht Ghaden. Und ich auch nicht.«

»Yaa, das ist töricht. Die Nahe-am-Fluß-Männer ...«

»Aqamdax, als wir im Nahe-am-Fluß-Dorf waren, hast du mir aufgetragen, immer wieder mit Ghaden zu sprechen, ihm zu helfen, sich zu erinnern, wer ... seine ... deine Mutter getötet hat.«

Aqamdax stockte der Atem. »Ja«, sagte sie leise.

»Bei dem Tanz, als die Männer hier sich bereit machten, um

gegen unser Dorf zu kämpfen, erinnerst du dich an die Stiefel, die sie trugen, die schönen mit den Rasseln?«

Aqamdax nickte.

»Der Klang der Rasseln brachte Ghaden die Erinnerung zurück. Die Stiefel des Mörders hatten Rasseln, und das Fell an den Seiten trug das Muster der Sonne.«

»Sok«, sagte Aqamdax leise.

»Wir werden bei dir bleiben«, sagte Yaa laut. »Wir werden mit dir gegen die Nahe-am-Fluß-Männer kämpfen. Wenn sie versuchen, Nachtmann zu töten, werden wir sie töten.«

Sie halfen Lange Augen zur Behausung zurück, räumten Schlafdecken und Matten fort, um soviel Platz wie möglich für die Dorfbewohner zu schaffen. Aqamdax versuchte, nicht daran zu denken, daß Chakliux auf sie wartete; und daran, was er wohl tun würde, wenn sie nicht kam.

An jenem Morgen sandte K'os Jungen zur Beobachtung aus. Sie sollten auf allen Seiten des Dorfes ausharren, der jüngste im Norden, von wo am wenigstens mit den Nahe-am-Fluß-Kriegern zu rechnen war, der älteste im Süden, verborgen im Ufergestrüpp des Vetter-Flusses.

Als die Versammlung begann und K'os allen erzählte, daß Chakliux gekommen sei und eine Warnung abgegeben habe, erntete sie nur Spott, bis sich endlich einige der alten Frauen, jene, die K'os oft angespuckt hatten, auf ihre Seite schlugen.

Wie töricht zu meinen, sie würden nicht kommen, sagte eine alte Frau. Sie erinnerte sich an andere Kämpfe. Wenn nur noch Kinder und Frauen im Dorf übrig sind, warum nicht kommen, die Vorratslager plündern und Gefangene nehmen?

Die Männer gaben vor, kämpfen zu wollen, doch K'os las in ihren Augen das Gegenteil. Sie ließ sie lange Zeit reden, stellte aber hin und wieder Fragen, um sie daran zu erinnern, wie der Kampf verlaufen war. Schließlich ließ sie ihren eigenen Plan verlauten.

»Die Frauen sollen ihnen entgegengehen«, sagte sie, ohne auf die Alten und die Frauen mit Kindern an der Brust zu achten, die entsetzt nach Luft schnappten. »Nicht alle, nur ein paar. Ich werde mitgehen, mich überrascht stellen, daß sie zum Angriff ausrücken. Ich werde sagen, daß wir unterwegs sind zum Nahe-am-Fluß-Dorf, um uns zu unterwerfen. Wir werden Berge von Vorräten aus unseren Lagern bei uns haben und versprechen, mit ihnen zu gehen. Wir werden sagen, daß wir nicht kämpfen wollen.«

»Glaubst du, das wird sie davon abhalten, die übrigen Menschen im Dorf anzugreifen?« fragte Himmelsspäher.

»Nein, natürlich nicht«, erwiderte K'os. Sie nickte Fischer zu und fragte: »Wenn zu dir eine Schar von Frauen käme und sich unterwerfen wollte, was würdest du tun?«

Er dachte einen Augenblick nach und sagte dann: »Ich würde einen oder zwei Älteste bei ihnen lassen und mit den übrigen Männern wie geplant angreifen.«

»Würde einer von euch es anders machen?« fragte K'os.

Sie murmelten zustimmend.

»Was aber, wenn die anderen Frauen, die Jungen und die Alten des Dorfes – alle, die ihre Behausung verlassen können – sich im Schutz der Bäume verstecken würden, bis die Männer angreifen, und dann überraschend aus dem Wald auf sie losgehen würden? Diejenigen von uns, die den Jägern entgegengehen, würden dann ebenfalls dazustoßen und mit den in ihren Bündeln verborgenen Speeren und Messern am Kampf teilnehmen.«

»Frauen wissen Speere und Messer nicht zu gebrauchen«, sagte Nimm-mehr.

»Uns bleiben noch ein oder zwei Tage zum Lernen«, warf Stern ein. Ihre Augen glänzten, sie entblößte die Zähne. »Ich würde mit Freuden einen von ihnen töten.«

Gebogener Halm sank ihr zu Füßen. »Die Nahe-am-Fluß-Menschen haben meinen Enkel und zwei meiner Söhne getötet«, sagte sie. »Es ist mir gleich, ob wir gewinnen. Ich will nur so viele wie möglich von ihnen tot sehen.«

Sie begann zu singen, einen Kampfgesang, das Lied eines Kriegers. Eine Zeitlang erklang nur ihre Stimme, bis einer der Männer und einige Jungen mitsangen. Schließlich stimmten alle ein, schlugen mit Fäusten und Füßen auf den Boden, um die Kraft der Erde um Hilfe bei ihrer Rache anzurufen.

K'os saß schweigend, den Kopf gesenkt, und entschied bei sich, mit welchen Frauen und Jungen sie den Nahe-am-Fluß-Jägern entgegengehen würde.

49

Sie waren zu zwölft, die kleinen Kinder nicht mitgerechnet. Mit ihren Gehstöcken schienen sie wie für eine lange Reise gerüstet. Die Hunde und sie selbst trugen schwere Packen. K'os hatte wohlbedacht Frauen ausgewählt, die gefügig und zugleich kräftig waren, ansehnlich von Gesicht oder Gestalt. Drei waren junge Mütter, alle Witwen, alle mit Säuglingen; zwei hatten Kinder, die bereits laufen konnten. K'os hatte drei Mädchen aufgenommen, deren Mondblutung bereits eingesetzt hatte, die aber noch ohne Mann waren. Eine der Mütter, Fischhalterin, hatte darauf bestanden, ihre Tochter Sonnenmädchen zu begleiten, gegen K'os' Willen. Fischhalterin war eine eigensinnige Frau. Außerdem hatte K'os zwei wohlgewachsene Jungen mitgenommen, die ihnen im Notfall Schutz bieten sollten, sich jedoch allen Befehlen willig fügten.

Die drei Jungen, die den Waldpfad überwachten, waren in der Nacht zuvor zu den Jägern gekommen und hatten gemeldet, daß eine Gruppe Männer einen halben Tagesmarsch entfernt im Süden lagerte. Die Jungen hatten Feuer gesichtet und Kriegsgesänge vernommen.

Als sie vom äußersten Waldrand aufbrachen, lief einer der Jungen voraus. Mit zusammengekniffenem Mund kam er zurück, und K'os spürte seine Furcht.

»Sie sind ganz nahe«, sagte er zu ihr.

»Gut«, erwiderte K'os, ohne den überraschten Ausdruck auf seinem Gesicht zu beachten. »Die Nahe-am-Fluß-Männer wissen es noch nicht, aber der nächste Kampf hat schon begonnen.«

Chakliux hielt vom Wald her Ausschau. Auch an diesem Tag war Aqamdax nicht gekommen. Als er K'os und ihre Begleiter erspähte, folgte er ihnen. Er lief leise, versteckt hinter Bäumen, im Unterholz von Erlen und Birken, beobachtete sie und fragte sich, wohin sie gingen. Als sie in dem unübersichtlichen Gelände verschwanden, nahm er den Weg zum Fluß, lief durch das Gestrüpp, bis er wieder auf die Gruppe stieß. Mit Müttern und Kindern waren sie langsam, und wenn der Fluß auch noch zugefroren war, so wurde die Erde mittags schon weich, und der Schlamm klebte an ihren Füßen.

Er sah den Jungen auf sie zulaufen, hörte seine Botschaft und K'os' Antwort.

Das Dorf hatte also einen Schlachtplan, wollte kämpfen. Am liebsten wäre er im verborgenen geblieben, um zu sehen, was weiter geschähe; statt dessen schlich er zum Fluß hinunter, überquerte vorsichtig Steine und Eis, um möglichst keine Spuren zu hinterlassen, und wandte sich wieder zurück in den Wald. Wenn es zum Kampf kam, wollte er bei Aqamdax sein, sie schützen, soweit es in seinen Kräften stand.

Ihr Anführer war Bellender Fuchs, wie Chakliux es ihr gesagt hatte. Brennender Haß erfüllte ihr Herz. Es würde schwerfallen, sich ihm zu unterwerfen, doch K'os hielt sich vor Augen, daß dies nur die erste von vielen Widrigkeiten war. Eine Zeitlang würde sie Arbeiterin sein müssen, aber sie wußte, wie man Männern Vergnügen bereitete. Bald würde sie Frau sein, vielleicht sogar Frau von Bellender Fuchs. Ja, höchstwahrscheinlich von ihm.

Pötzlich war sie froh, daß er noch lebte. Sie würde es genießen, seine Frau zu sein, und er würde sie als Heilerin zu schätzen lernen.

Sie trafen in offenem Gelände aufeinander. K'os trat vor ihre Gruppe und rief: »Ich bin K'os, Frau aus dem Vetter-Fluß-Dorf und Heilerin beim Flußvolk. Ich und die wenigen mit mir ziehen zu unseren Brüdern im Nahe-am-Fluß-Dorf. Wir hoffen, dort einen Platz für uns zu finden.«

Bellender Fuchs stand mit offenem Mund da, als wollte er sprechen, sagte aber nichts. Ein kleinerer Mann neben ihm, ebenfalls ein Ältester, stieß schließlich abgehackte Worte aus, die klangen, als sei er ungeübt darin, seine Gedanken vor anderen zu äußern. »Wie v-viele sind ... in dem Dorf?« fragte er.

»Wenige«, antwortete sie. »Sechs Jäger, einer ist halb tot, zwei andere sind verwundet. Sechs Handvoll junge Frauen.« Sie zuckte die Achseln. »Weitere vier Handvoll alte Frauen. Kinder und Säuglinge. Ein paar Jungen.«

Endlich fand Bellender Fuchs die Sprache wieder. »Jene anderen, sie sind im Dorf?«

»Manche«, antwortete K'os. »Sie werden gegen euch kämpfen, aber wir haben genug vom Krieg. Wir haben keinen Streit mit dem Nahe-am-Fluß-Volk. Warum sollten wir? Stammen wir doch von denselben Großvätern. Erlaubt uns, zum Nahe-am-Fluß-Dorf weiterzuziehen. Dort werden wir auf euch warten.«

Bellender Fuchs brach in Gelächter aus, und die Männer hinter ihm stimmten ein. Es waren etwa sechs Handvoll, schätzte K'os, was bedeutete, daß die Vetter-Fluß-Männer mehr getötet hatten, als sie dachte, oder daß einige vorgezogen hatten, im Nahe-am-Fluß-Dorf zu bleiben.

»Ich erlaube euch also, allein weiterzuziehen«, sagte Bellender Fuchs. »Und wenn ihr beschließt, zum Schwarzer-Fluß-Dorf zu wandern? Oder wenn ihr beschließt, am Kampf teilzunehmen und uns von hinten anzugreifen?« Der Junge, der K'os am nächsten stand, blickte zu ihr auf. Sie beachtete ihn nicht.

»Das werden wir nicht tun«, sagte K'os.

»Glaubst du, ich erinnere mich nicht an dich, K'os?« fragte Bellender Fuchs. »Meinst du, die Jahre hätten dich so sehr verändert?«

»Wir haben uns beide verändert«, erwiderte K'os. »Geschehenes wird oft bereut. Ich habe meine Rache gehabt. Ich strebe nach Frieden.«

»Ich habe meine Rache noch nicht gehabt«, sagte Bellender Fuchs. »Du bleibst hier. Du und deine Gruppe. Baut euch Zelte und wartet, bis wir zurückkehren. Einige von uns werden hoch erfreut sein, Arbeiterinnen zu bekommen.« Er deutete mit dem Kinn auf den Ältesten neben sich und auf zwei junge Männer, fast noch Kinder. Sie knurrten beide, als die Wahl auf sie fiel.

»Wenn ihr murrt, bekommt ihr gar nichts«, sagte Bellender Fuchs, »aber wenn ihr diese Schar hier bewacht, bis wir zurückkommen, könnt ihr euch Arbeiterinnen aussuchen und ihre Packen und die Hunde unter euch aufteilen, ihr zwei und Sonnenrufer.« Er blickte wieder zu K'os und sagte dann: »Alle außer der Heilerin K'os. Sie und ihre Habe gehören mir.«

K'os biß die Zähne fest aufeinander, um nicht zu lächeln.

Als Bellender Fuchs und seine Männer fort waren, errichteten K'os und ihre Schar Zelte. Sie bestanden aus Rinde und Karibuhäuten, jeweils zwei einander gegenüber, mit einer gemeinsamen Feuerstelle dazwischen. K'os baute sich ihre eigene Hütte, doch noch während sie daran arbeitete, kamen die Jungen einer nach dem anderen zu ihr und fragten, wann sie ihre Bewacher töten und Bellender Fuchs mit seiner Kriegerschar nachsetzen würden.

»Heute nacht, wenn es dunkel ist«, sagte sie zu ihnen. Sie versprach, den Männern ein Pulver unter das Fleisch zu mischen, so daß sie in Schlaf fallen würden.

Als K'os ihre Hütte fertiggestellt hatte, setzte sie sich an die Feuerstelle, die sie mit Fischnehmerin und deren Tochter teilte, spießte Streifen von getrocknetem Karibufleisch auf einen zugespitzten Stock und hielt das Fleisch zum Weichwerden über die Flammen. Als es fertig war, brachte sie einem der jungen Bewacher etwas davon und lud ihn ein, mit ihr zu essen.

Bald lagen sie zusammen unter ihren Schlafdecken, und K'os flüsterte ihm ins Ohr, daß die Jungen planten, ihre Bewacher in jener Nacht zu töten. Sie erzählte ihm, daß ein Schlafmittel unter den Eintopf gemischt werden solle, dann wollten die Jungen angreifen und ihnen die Kehle aufschlitzen.

Der Jäger blickte sie mit zornigen Augen an und lachte dann. »Sie sind halbe Kinder«, sagte er. »Gegen uns können sie nichts ausrichten.«

»Dann iß nur das Fleisch, das ich dir gebe«, riet sie ihm.

»Warum sollte ich dir vertrauen?« fragte er.

»Glaubst du, ich will Arbeiterin von Bellender Fuchs sein? Vielleicht erkennst du meinen Wert, wenn ich dir helfe. Vielleicht wirst du eine weitere Frau nehmen wollen.«

Er lächelte, geschmeichelt von ihren Worten, und nahm sie rasch, mit heftigen Stößen und lautem Stöhnen. Danach lag sie unter ihm, sein Leib schlaff und schwer auf ihrer Brust. Sie knuffte ihn, bis er sich rührte, und flüsterte: »Willst du etwa schlafen, nach dem, was ich dir erzählt habe?«

Er verließ ihr Lager. Sie zog Gamaschen und Stiefel wieder an, schob den Parka über die Hüften herunter und ging auf die Suche nach dem Ältesten vom Nahe-am-Fluß-Volk, den sie Sonnenrufer nannten.

Aqamdax schnappte nach Luft, als Chakliux in die Behausung kroch. Ihr Mann griff nach seinem Wurfspeer, doch sie packte sein Handgelenk und hielt ihn auf.

»Warte«, sagte Aqamdax.

»Er hat meine Brüder getötet!« Die Worte schienen Nachtmann den Atem zu rauben, und er mußte sich für einen Augenblick hinlegen, aber sein Gesicht blieb verzerrt, seine Augen weit offen und starr.

»Ich bin hier, um zu helfen, nicht um zu töten«, sagte Chakliux. »Die Nahe-am-Fluß-Männer sind weniger als einen Tagesmarsch entfernt. Da ihr nicht in den Wald gekommen seid, bin ich zurückgekehrt, um mit euch zu kämpfen.«

Nachtmann blickte Aqamdax fragend an.

»Du weißt, daß Chakliux drei Nächte zuvor das Dorf besucht hat«, sagte sie zu ihm. »Du hast K'os gehört. Er kam auch in diese Behausung, wollte uns helfen zu entkommen, damit wir beim Angriff nicht mehr hier wären.«

»Du bist nicht gegangen«, sagte Nachtmann leise.

»Ich wollte dich nicht verlassen«, erwiderte sie und blickte Chakliux nicht an. In der Nacht, als sie seine Augen nicht sehen konnte, waren jene Worte leichter auszusprechen gewesen.

»Du hättest die Kinder fortschicken sollen«, sagte Nachtmann. »Sie sind vom Nahe-am-Fluß-Volk.«

»Sie wollten nicht gehen«, antwortete Aqamdax.

»Sie kennen mich«, sagte Chakliux. »Ghaden, warum wolltest du nicht mitkommen? Mein Bruder und ich lagern drei Tagesmärsche östlich von hier. Dort wärst du in Sicherheit.«

Ghaden verbarg sein Gesicht in dem dichten Rückenfell von Beißer.

»Es ist wegen Sok, deinem Bruder«, sagte Yaa. »Hier können wir vielleicht überleben, sogar bei einem Kampf. Manchmal töten sie die Kinder nicht. Wir sind von ihrem Volk. Wenn sie uns sehen, werden sie uns in Ruhe lassen. Bei Sok sind wir nicht sicher.«

Die langen Tage des Wartens, der Sorgen und vergeblichen Fragen, warum Aqamdax nicht kam, ließen Zorn in Chakliux aufwallen. Er blickte Aqamdax an. »Was ist das für ein dummes Geschwätz?«

Sie sprach langsam, mit gesenktem Blick, als fielen ihr die Worte schwer. »In der Nacht, bevor die Vetter-Fluß-Männer loszogen, um das Nahe-am-Fluß-Dorf anzugreifen, bereiteten sie sich mit Gesängen und Gebeten und mit Kriegstänzen vor. Wir hörten den Lärm ihrer Stimmen, das Klappern der Rasseln aus Karibuhufen an ihren Füßen. Ghaden hatte schon geschlafen, aber er wachte auf und erzählte Yaa von den Stiefeln, die der Mörder seiner Mutter – meiner Mutter – trug. Sie hatten Kariburasseln und waren an der Seite mit Sonnenbildern geschmückt.« Mit gespreizten Händen deutete sie Lichtstrahlen an. »Nur Sok trägt solche Stiefel.«

»Es war nicht Sok«, sagte Chakliux ruhig. Er wandte sich zu Ghaden. »Du bist nicht der einzige, der den Mörder gesehen hat. Auch Bellender Fuchs hat ihn entdeckt. Er besuchte in jener Nacht meinen Großvater und verbarg sich in der Dunkelheit zwischen den Behausungen. Er sah, wie der Mörder die Behausung meines Großvaters verließ.«

»Und er unternahm nichts, um ihm zu helfen?« fragte Aqamdax.

»Er ist ein selbstsüchtiger Mann«, antwortete Chakliux. »All die Monde seither schlug er großen Vorteil aus dem, was er wußte, und endlich, als es ihm zu seinem eigenen Besten geraten schien, den Namen des Mörders zu nennen, tat er es, doch sagte er es nur Sok und mir, weil wir das Nahe-am-Fluß-Volk führen sollten, Sok als oberster Jäger und ich als Häuptling der Ältesten. Bellender Fuchs wollte alle Macht für sich.«

»Wenn nicht Sok, wer hat sie dann getötet?«

»Rotes Blatt.«

Aqamdax saß bewegungslos da; die Worte bohrten sich wie Messer in ihre Brust.

»Sie nahm Stiefel und Parka ihres Mannes und verkleidete sich damit«, sagte Chakliux. »Sie benutzte auch eines seiner Messer.«

»Aber warum?« fragte Aqamdax.

»Damit Sok meinem Großvater als oberster Jäger nachfolgen und Schnee-im-Haar als zweite Frau nehmen konnte. Da der Vater von Schnee-im-Haar seine Tochter Sok nicht als zweite Frau geben wollte, fürchtete Rotes Blatt, Sok würde sie verstoßen.«

»Um Schnee-im-Haar zu bekommen?«

»Ja.«

»Und meine Mutter ...«

»Traf zufällig auf sie.«

»Also hat Bellender Fuchs dich und Sok aus dem Dorf getrieben.«

»Ja. Unsere Mutter wollte ebenfalls mitkommen, und Ligige', Schnee-im-Haar und ihr Säugling, Schreit-laut und ...«

»Schnee-im-Haar ist Soks Frau?«

»Ja. Sie trug sein Kind, und ihr Vater gab sie Sok als zweite Frau.«

»Und auch Soks Söhne sind bei euch?«

»Nur Schreit-laut.«

Aqamdax seufzte und preßte die Lippen aufeinander. »Der andere ... ist tot?«

Chakliux nickte. »Auch Rotes Blatt ist bei uns.«

Aqamdax sog den Atem ein. »Niemand hat sie getötet?«

»Sie trägt Soks Kind in ihrem Bauch. Trotzdem braucht sich Ghaden keine Sorgen zu machen. Sie hat nichts mehr zu verbergen.«

»Und wenn das Kind geboren ist?« fragte Aqamdax.

»Dann werden Sok und ich entscheiden, was zu tun ist, um unseren Großvater zu rächen.«

In jener Nacht hielten Aqamdax und Chakliux abwechselnd vor der Behausung Wache. Stern wartete mit ihrer Mutter und den anderen außerhalb des Dorfes, um die Nahe-am-Fluß-Jäger mit Bogen und Speeren aus dem Hinterhalt anzugreifen, während die wenigen, die im Dorf geblieben waren, von dort aus kämpfen wollten.

Erst im Morgengrauen bemerkte Aqamdax das erste Anzeichen einer Bewegung. Ihr Herz schlug rascher, und sie kniff die Augen zusammen, um im Dämmerlicht deutlicher sehen zu können. Am ehesten würden sie überleben, wenn die Nahe-am-Fluß-Jäger sie erkannten und ihnen klar wurde, daß auch Ghaden und Yaa bei ihr waren. Daher stand sie vor der Behausung und wartete, daß die ersten Männer näher kamen.

Chakliux hatte sie gebeten, ihn zu wecken, sobald sie etwas bemerkte. Zu zweit waren ihre Aussichten besser, daß die Nahe-am-Fluß-Jäger ihre Behausung unversehrt lassen würden, dennoch wußte sie, daß der Feind in der Hitze des Kampfes blindlings zuschlagen mochte.

Nach dem Erwachen hatte sie ihre Stimme zu Gebeten und Gesängen erhoben; nach alter Sitte der Ersten Menschen hatte sie dem Schöpfer für ihr Leben gedankt und die Sonne willkommen geheißen. Wann immer die Furcht vor dem Tod sie zu überwältigen drohte, hatte sie ihr Herz mit ruhigem Gesang beschwichtigt.

Nun schlug sie das Entsetzen über das, was sie sah, für einen Augenblick in den Bann und lähmte sie. Die Nahe-am-Fluß-Männer kamen von allen Seiten auf das Dorf zu, jeder mit Speer und Speerwerfer in den Händen. Die Spitzen ihrer Speere brannten lichterloh.

Aqamdax' Schrei riß ihn aus dem Schlaf, und Chakliux sprang auf, umklammerte seinen Speer. Nachtmann fuhr von seinem Lager hoch, in jeder Hand ein Messer.

Aqamdax stürzte in die Behausung, griff nicht nach Waffen, sondern nach Wasserblasen.

»Feuer!« schrie sie. »Sie schießen mit Feuer auf die Behausungen!«

»Bleib drinnen!« rief Chakliux ihr zu, ergriff eine der geschabten Karibuhäute, die den Boden bedeckten, nahm sie mit und wartete im Tunnel, bis ein brennender Speer das Dach der Behausung traf. Dann sprang er hinaus, warf die Karibuhaut über das Feuer und erstickte es, bevor die Flammen sich ausbreiten konnten.

Schon brannte es in anderen Behausungen. Die Menschen bekämpften das Feuer mit Wasser und Häuten, trotzdem erfaßten die Flammen bald das ganze Dorf. Speere der Naheam-Fluß-Kämpfer töteten einige Jungen und Männer, doch die meisten Angreifer standen bei den Vorratslagern und stampften das Feuer aus, das sich im Gestrüpp ringsumher entzündete, um die Vorräte nicht Opfer der Flammen werden zu lassen.

Als das Feuer am hellsten loderte, wurde Chakliux klar, daß Sterns Behausung nicht mehr zu retten war. »Nimm mit, was du tragen kannst«, rief er Aqamdax zu. »Bring die Kinder nach draußen. Ich helfe deinem Mann.«

Der Rauch war schon in die Behausung eingedrungen, und Chakliux mußte sich den Weg zu Nachtmanns Lager fast ertasten. Seine Augen brannten, die Hitze des Feuers versengte ihm Kehle und Lungen, während er nach Atem rang. Er packte die Ecken von Nachtmanns Schlafmatten und zog ihn hinaus. Nahe am Boden war der Rauch weniger dicht, und er lief gebückt, sog gierig die kühlere Luft ein.

Er konnte weder Aqamdax noch die Kinder entdecken, rief nach ihnen, aber die Stimme des Feuers, laut wie der Wind oder das Meer, übertönte seine Worte. Als sie den Rand des Dorfes erreicht hatten, bedeutete er Nachtmann, er wolle zurückgehen, um Yaa und Ghaden und Aqamdax zu holen, doch wie ein Geschenk des Himmels waren sie plötzlich neben ihm, ergriffen Nachtmanns Matte und zogen ihn zu viert fort aus der Gefahr.

Sie setzten sich nicht zur Wehr. Warum sinnlos sterben? Zwei Jungen und eine Frau vom Vetter-Fluß-Volk, die einen Angriff unternommen hatten, waren getötet worden. Auch Fischer war tot, und Läufer hatte einen Speer im Rücken. Er würde nicht überleben, sagten die alten Frauen. Damit blieben dem Dorf noch drei Jäger und Nachtmann.

Die Nahe-am-Fluß-Männer zogen am selben Tag fort, nahmen mit, was sie an Vorräten tragen konnten, dazu die meisten jungen Frauen und alle Hunde außer Beißer. Sie ließen die Ältesten und die Verwundeten in den verkohlten Resten des Dorfes zurück, mit ein paar Brocken Essen, die nicht einmal für die nächsten Tage ausreichen würden.

Was war mit K'os und ihrer Schar? Warum war sie nicht zurückgekehrt, fragten sich die wenigen Verbliebenen im Dorf. Hatten die Nahe-am-Fluß-Männer sie getötet? Vermutlich hatten sie und die Jungen ihre Bewacher nicht überwältigen können. Nun, damit waren weniger Mäuler zu stopfen mit dem bißchen, was sie hatten. Außerdem, sagten die alten Frauen, brauchten sie keine Heilerin. Vor Anbruch des nächsten Winters würden sie alle tot sein. Die meisten sogar schon früher, bevor der Sommer kam.

Bei ihrer Rückkehr zu dem Platz, an dem sie K'os zurückgelassen hatten, stießen die Nahe-am-Fluß-Männer Schreie aus, als wollten sie K'os auffordern, ihren Sieg mit ihnen zu feiern. Statt dessen hob sie das Kinn und wandte den Blick ab, begegnete ihnen mit Zornesworten.

Als die Frauen, die aus dem Vetter-Fluß-Dorf mitgekommen waren, K'os fragten, warum sie nicht zurückgekehrt sei, um am Angriff teilzunehmen, deutete sie auf die Leichen zweier Jungen und der Mutter von Sonnenmädchen, jener drei, die sich erboten hatten, den Bewachern die Kehlen durchzuschneiden. So erreichten die Vetter-Fluß-Menschen das Nahe-am-Fluß-Dorf in Trauer, die Gesichter noch schwarz von Ruß, Arme und Kleidung zum Zeichen ihres Kummers zerschnitten.

K'os' einziger Kummer galt der Anzahl von Frauen aus ihrem Volk, die nun mit in das Nahe-am-Fluß-Dorf zogen. Sie hatte gedacht, daß mehr von ihnen im Kampf sterben würden, vor allem nachdem die Männer auf ihr Anraten den Frauen Waffen gegeben hatten.

Wer hätte geglaubt, daß die Jäger das Vetter-Fluß-Dorf in Brand stecken würden? Wer hätte geglaubt, daß Bellender Fuchs auf eine solche Idee verfallen würde?

Nun, bei so vielen Frauen aus dem Vetter-Fluß-Dorf sah es danach aus, daß K'os eher Arbeiterin als Frau werden würde. Dennoch zog sie mit erhobenem Kopf in das Nahe-am-Fluß-Dorf und verbannte aus ihrem Gedächtnis alle Erinnerungen an ihren letzten Besuch – mit Erdschläger, Tikaani und Schneebrecher, die nun alle tot waren.

Es war nicht wichtig, was mit ihnen geschehen war, sagte sie sich. Sie lebte. Nahe-am-Fluß-Männer, die im Kampf verwundet worden waren, würden ihre Hilfe brauchen können. Sie hatte ihre Heilmittel mitgebracht, und bald kam der Sommer, die Zeit, um neue Pflanzen zu sammeln. Wenn es für ihre Heilkunst nicht genug Verwundete gab, würden gewiß andere krank werden. Sie tätschelte ihre Medizinbeutel. Und sicherlich würde sie sie heilen können.

50

Von denen, die im Vetter-Fluß-Dorf zurückblieben, waren fünf Jäger, Chakliux und Nachtmann mitgerechnet. Weiter gab es sechs Jungen, die sieben Sommer oder mehr zählten, eine Handvoll jüngere Frauen, drei Handvoll alte Frauen. Fünf Handvoll Kinder und Säuglinge. Gebogener Halm hatte zwei winzige weibliche Welpen unter ihrem Parka versteckt und gerettet, und eine junge Mutter, die vor kurzem ihr Kind verloren hatte, wollte sie säugen. Also hatten sie mit Beißer drei Hunde.

Aqamdax seufzte und wühlte sich weiter durch die Reste von K'os' verbrannter Behausung. Messerklingen, Schaber, Kochsteine und eine Reihe von Perlen hatten das Feuer unbeschadet überstanden. Außerdem fand sie ein Bündel Fuchsfelle, nur an zwei Rändern angekohlt, ein paar zerfetzte Reste von gewebten Schlafmatten und eine Wasserblase.

Drei alte Frauen stritten um die Gegenstände in der Behausung neben der von K'os. Aqamdax machte ihrer Verzweiflung mit lauten Worten Luft.

»Tanten«, sagte sie, »was immer da ist, muß uns allen gehören. Wenn wir untereinander streiten, was bleibt uns dann noch für Hoffnung?«

Die Frauen schwiegen unvermittelt und gingen dann alle drei auf sie los, überschütteten sie mit Spott und Hohn. Aqamdax schloß die Augen, um nicht zu weinen. Als sie sie wieder öffnete, sah sie Chakliux neben sich.

Er nahm sie bei der Hand, führte sie fort aus den rauchenden Trümmern über den Pfad in die kühle Stille des Waldes. »Dies ist nicht dein Volk, Aqamdax«, sagte er. »Warum bleibst du hier? Komm mit mir, nimm Yaa und Ghaden mit. Wir werden Sok finden und im Sommer gemeinsam fischen und jagen. Unsere Behausungen werden warm sein im nächsten Winter, und wir werden genug zu essen haben. In den langen Monden, während wir auf den Frühling warten, werde ich den Rahmen für ein *iqyax* bauen. Und im folgenden Sommer dann, wenn wir genügend Vorrat an Fisch haben, um eine lange Reise zu überstehen, kehren ich und du zu deinem Volk zurück.«

»Chakliux, ich kann Ghaden nicht verlassen«, wandte sie ein. »Yaa will vielleicht zu ihrer Mutter zurück, aber ...«

»Yaas Mutter ist beim Kampf gestorben«, sagte Chakliux leise. Er ergriff Aqamdax' Hände, die in Fäustlingen steckten. »Ich werde zwei *iqyan* bauen. Wir warten, bis Ghaden alt genug ist, um in einem davon zu paddeln, und dann fahren wir; aber bis es soweit ist, nimm deinen Bruder und Yaa, und komm mit mir.«

Aqamdax zog ihre Hände fort. »Ich kann meinen Mann nicht verlassen.«

»In diesem Dorf gibt es viele Frauen, die einen Mann brauchen. Er soll sich eine von ihnen nehmen.«

»Chakliux«, sagte Aqamdax und begann zu weinen. Sie legte eine Hand auf ihren Bauch. »Ich kann Nachtmann nicht verlassen. Ich trage sein Kind in mir.«

Sie bauten eine Behausung aus den Pfosten und Karibuhäuten, die das Feuer verschont hatte. Dort drängten sich die Kinder und die Frauen mit Säuglingen. Die anderen, Mütter mit älteren Kindern, die Jäger und die alten Frauen errichteten Verschläge. Sie ordneten sie unbeholfen im Kreis an, die offenen Seiten der Behausung zugekehrt, als wollten sie an der Wärme ihrer Bewohner teilhaben.

Sie erhoben die Stimmen zu Trauergesängen, und die Worte schwebten zum Nachthimmel auf, trieben dahin mit dem Rauch, der kreiselnd von den Feuerstellen emporstieg.

Chakliux näherte sich dem Verschlag, in dem Nachtmann auf seiner Schlafmatte lag, seine Schwester Stern zur einen Seite, Aqamdax zur anderen. Yaa und Ghaden hockten zusammengekauert im hinteren Teil des Unterschlupfs, und Sterns Mutter saß nur da, knetete die Finger und starrte in die Ferne, als wartete sie auf jene Toten, die nie zurückkehren würden.

Nachtmann drehte deutlich den Kopf zur Seite, doch Chakliux ging zu ihm und legte zwei große Hasen neben dem Feuer auf den Boden.

»Wir brauchen nichts, was du erlegt hast«, sagte Nachtmann.

Stern blickte ihren Bruder besorgt an und begann an ihrer Unterlippe zu kauen. »Wir brauchen das Fleisch«, sagte sie. »Und wir brauchen die Pelze.«

Nachtmann hob die Stimme. »Diese Behausung hat einen Jäger.«

»Ich bin gekommen, um eine Frau zu erbitten«, sagte Chakliux. »Es ist keine Schande, Fleisch von einem Mann anzunehmen, der Mann deiner Schwester werden wird.«

Aqamdax verstand wohl, daß Chakliux dies für sie tat, dennoch schmerzten seine Worte wie Messer in ihrer Brust. Chakliux war mit Stern aufgewachsen. Er mußte wissen, daß sie keine gute Frau wäre.

Es würde nicht leicht werden, mit ihm in derselben Behausung zu leben, ihn nachts in Sterns Schlafstatt zu wissen, aber er war ein Jäger. Er würde Fleisch bringen. Sie hob den Kopf, um Nachtmann anzublicken, und sah, daß Chakliux ihn mit seinem Angebot wankend machte. Chakliux hatte zum Feind gehört. Wie konnte Nachtmann ihn als Bruder willkommen heißen? Doch wenn er es nicht tat, setzte er dann damit nicht das Leben seiner Frau und ihres Kindes, das Leben seiner Schwester und seiner Mutter aufs Spiel?

»Würdest du ihn zum Mann nehmen?« fragte er Stern.

Stern erhob sich und ging langsam zu Chakliux hinüber. »Glaubst du, du könntest wieder als einer von uns leben?« fragte sie.

»Das kann ich«, antwortete er.

»Dann werde ich deine Frau sein«, sagte sie. »Hast du Geschenke als Brautpreis?«

»Nur mein Versprechen zu jagen.«

Stern verzog schmollend den Mund, aber Nachtmann sagte: »Das ist Brautpreis genug.« Er hob die gesunde Hand, als wolle er aus dem Kreis ihrer Verschläge auf die Trümmer des Dorfes jenseits davon deuten. »Was können wir mehr verlangen?«

»Eines muß ich zuvor noch tun«, sagte Chakliux. »Mein Bruder Sok, seine Frauen und Kinder, unsere Mutter und eine Tante haben drei Tagesmärsche von hier entfernt ihr Lager aufgeschlagen. Sie warten auf mich. Ich muß ihnen sagen, daß ich im Dorf bleibe.«

»Ich habe von dem Jäger Sok gehört«, erwiderte Nachtmann. »Sag ihm, daß er hier willkommen ist.«

»Ich werde es ihm sagen.«

»Wann brichst du auf?«

»Wenn du mir heute nacht einen Platz an deinem Feuer gewährst«, sagte Chakliux, »werde ich morgen aufbrechen und zurückkehren, sobald ich kann.«

»Du hast einen Platz an meinem Feuer«, antwortete Nachtmann.

Chakliux hob die beiden Hasen auf und reichte sie Stern. »Nicht als Brautpreis«, sagte er. »Eines Tages werde ich Besseres bringen.«

Sie nahm die Hasen, setzte sich, legte sie auf ihren Schoß und strich durch ihr Fell. Beißer schob sich von Ghaden weg, den Blick auf die Hasen geheftet, aber Yaa packte ihn um den Hals und hielt ihn zurück.

»Frau«, sagte Nachtmann zu Aqamdax, »häute sie. Wir brauchen Fleisch für den Abend.«

Aqamdax nahm Stern die Hasen aus der Hand, und Stern begann zu plärren wie ein Kind. Ihre Mutter sah sie erstaunt an, erhob dann ihre Stimme zu einem Trauergesang. Stern spähte zu Chakliux und wechselte von Zorngeheul zum Klagelied.

Eine Handvoll Tage verging, dann zwei Handvoll, und immer noch war Chakliux nicht zurück. Stern ließ ihren Ärger an den alten Frauen und den Kindern im Lager aus, und zweimal mußte Aqamdax eingreifen, als sie, das Messer in der Hand, die Seitenwände ihres Verschlags kurz und klein schneiden wollte.

Er würde nicht zurückkommen, sagte sich Aqamdax. Wenn er sich besann und ihm klar wurde, welche Widrigkeiten mit Stern als Frau auf ihn zukamen, würde er bei Sok bleiben und nie mehr zu Aqamdax zurückkehren.

Sie hatten eine weitere Behausung gebaut, kleiner als die erste, die Bespannung zusammengestückelt aus Karibuhäuten, die das Feuer angesengt und mürbe gemacht hatte. Doch wenigstens hatten die alten Frauen und einige der älteren Kinder nun einen sicheren Ort. Ghaden und Yaa verbrachten die Nächte in dieser Behausung; allerdings durfte Ghaden Beißer nicht mitnehmen.

In den ersten Tagen, nachdem Chakliux fortgegangen war, hatte Stern gemeinsam mit Yaa und Aqamdax Fallenschlingen ausgelegt. Nun tat Stern nichts mehr, als ihrem Zorn freien Lauf zu lassen oder sich im Verschlag zu verkriechen, ohne zu essen, ohne zu sprechen.

Jeden Morgen mühte sich Nachtmann, länger aufrecht zu sitzen, und endlich war er imstande, sich hochzustemmen, erst auf die Knie, dann auf die Füße, wenn er auch nur kurze Zeit stehen konnte. Sein rechter Arm hing immer noch schlaff herab, und Aqamdax band ihn mit einer Schlinge an seinem Körper fest.

Einige alte Frauen fertigten Fischfallen aus den Resten halbverbrannter Körbe. Die drei Männer, die noch kräftig genug zum Jagen waren, richteten Speere und Waffen für die Karibujagd her. Die Knaben schnitzten Wurfsteine, um Vögel zu erlegen, die bald aus dem Süden kommen würden.

Am zwölften Tag, nachdem Chakliux sie verlassen hatte, suchte Aqamdax mit Beißer die Fallen ab. Sie hoffte, der Hund würde einen Hasen oder ein Schneehuhn erlegen. Bei einem Dickicht von hohen Moosbeerenbüschen machte sie halt, pflückte einige verschrumpelte Beeren und hielt Beißer ein paar davon hin. »Im nächsten Winter gibt es Besseres«, sagte sie zu ihm. Beißer, zerzaust und abgemagert, wie er war, winselte, als verstünde er ihre Worte. Plötzlich sprang er von ihr fort und flitzte los. Sie folgte ihm ein kurzes Stück, sah dann, daß er einem Hasen nachjagte, und kehrte zu ihren Fallen zurück. Alle Schlingen waren leer.

So war es nun einmal um diese Jahreszeit, hielt sie sich vor. Die meisten kleinen Tiere, die nahe beim Dorf lebten, waren bereits in die Winterfallen geraten. Sie müßte die Schlingen weiter entfernt auslegen.

Beißer kam zurück, die vordere Hälfte eines Hasen im Maul. Sie lobte ihn und staunte, daß er überhaupt etwas brachte, da sie ihm so wenig Futter gaben.

Der Hase war ein Zeichen, dachte Aqamdax, eine Erinnerung an alles, was gut war. Sie lebte und trug tief in ihrem Bauch ein Kind – einen Sohn, aus dem ein starker Jäger werden konnte, oder eine Tochter, die nähte und webte und Aqamdax eines Tages Enkel schenken würde.

Sie lächelte und blickte in den blauen Himmel empor. Der Wind war ein Frühlingshauch, er strich durch den Wald und zog mit seiner Wärme die letzten Reste der winterlichen Kälte aus der braungrauen Erde. Aqamdax stimmte leise einen Lobgesang an, ein Dankeslied für ihr Leben, das Leben von Nachtmanns Kind, für Ghaden und Yaa. Für ihren Mann und seine Familie.

Plötzlich spitzte Beißer die Ohren. Er winselte, legte den toten Hasen ab, setzte eine Vorderpfote darauf und bellte.

Aqamdax zog ihr Messer aus der Scheide und kauerte sich neben den Hund, hielt ihm die Schnauze zu, um ihn am Bellen zu hindern. Sie wartete und hörte, wie jemand ihren Namen rief. »Gibst du ihn mir?« fragte sie Beißer und griff nach dem Hasen.

Er hob die Pfote, und sie nahm den Kadaver bedächtig in die Hand, ließ ihn in die Tasche gleiten, die sie über der Schulter trug. Beißer blickte noch einmal zu ihr zurück und lief los. Sie folgte ihm, und dann sah sie sie, alle miteinander – Chakliux und Sok, Rotes Blatt und Schnee-im-Haar, Schreit-laut und Tagfrau und als letzte, mit ihrer Stimme alle übertönend, die alte Ligige'.

»Wir sind mit meinem Bruder hergekommen«, rief Sok. »Wir haben gehört, hier gibt es ein Dorf, das Jäger braucht.«

Aqamdax gestattete sich, Chakliux in die Augen zu schauen, ein langer Blick der Freude und des Willkommens. Sie rief Beißer zu sich und wartete, während die anderen an ihr vorbeigingen und ihren Gruß erwiderten, alle bis auf Rotes Blatt, die wortlos weiterschritt, die Hände über dem Bauch gewölbt.

Aqamdax gesellte sich zu Ligige', die als letzte folgte. »Ich bin froh, daß du mitgekommen bist, Tante«, sagte sie, »aber selbst mit Sok und Chakliux haben wir nur fünf kräftige Männer, die für uns jagen.«

»Ach Kind«, erwiderte Ligige'. »Es ist ja richtig, daß wir nur fünf Jäger haben, aber wie viele Dörfer haben wohl zwei Geschichtenerzähler? Du und Chakliux, ihr werdet uns helfen, nicht an unsere Bäuche zu denken. Eure Geschichten werden uns Stärke verleihen in allem, was uns bevorsteht, und uns daran erinnern, daß das Leben heilig ist und die Erde ein guter Ort.«

ANHANG

Glossar der Eingeborenensprachen

AQAMDAX (Alëut.) Moltebeere *(Rubus chameamorus).* Siehe Pflanzenkunde. [Die *a* sind kurz. Das *q* ist wie ein *k*, das *d* ähnelt sehr dem englischen *th*. Das *x* ist ein stimmloser Velar-Reibelaut.]

AYAGAX (Alëut.) Ehefrau, Gattin. [Die Vokale sind kurz, das *y* wird wie ein *j* gesprochen. Das *g* ist guttural. Das *x* wird korrekt *x̂* geschrieben und ist ein stimmloser Gaumenreibelaut.]

BABICHE (Wahrscheinlich von dem Cree-Wort *assababish*, der Verkleinerungsform von *assabab*, Faden.) Band aus ungegerbter Schlachthaut.

BITAALA' (Ahtna-Athabask.) Ein fußlanges Organ zwischen Magen und Leber beim Schwarzbären. Unter den Ahtna ist es verboten, daß jemand außer den Ältesten das *bitaala'* ißt. [Das *b* wird fast wie ein *p* ausgesprochen. Das *i* ist ein kurzer Laut wie das *i* in *Tisch*. Das *aa* klingt ähnlich wie ein offenes *o*, und das *a* ist ein kurzer Laut wie das *a* in Faß. Der Apostroph bezeichnet einen Kehlkopfverschlußlaut. Die Betonung liegt auf der zweiten Silbe.]

CEN (Ahtna-Athabask.) Tundra. [Das *c* wird wie *k* ausgesprochen. Das *e* ist ein kurzer offener Laut wie das *e* in *Bett.*]

CET'AENI (Ahtna-Athabask.) Geschöpfe einer alten Ahtna-Legende. Sie sind geschwänzt und leben in Bäumen und Höhlen. [Das *c* klingt wie unser *k*. Das *e* ist ein kurzer offener Laut wie das *e* in *Bett*. Dem *t'* folgt ein offener Laut. Der Diphthonglaut *ae* klingt ähnlich wie das *ä* in *Träne*. Das *i* am Schluß ist ein kurzer Laut wie das *i* in *Tisch*. Das *t'aen* ist betont.]

CHAGAK (Alëut.) Obsidian, rote Zeder. [*Schogok* ausgesprochen, mit offenem, langem *o*, die Betonung liegt auf der zweiten Silbe.]

CHAKLIUX (Ahtna-Athabask., wie 1872 von Pinart verzeichnet) Seeotter. [Das *x* am Schluß des Wortes ist ein stimmloser Velar-Reibelaut.]

CHIGDAX (Alëut.) Ein wasserdichter Parka, aus Seelöwen- oder Bärendärmen, Robben- oder Seelöwenspeiseröhren oder einer Walzunge gefertigt. Die Kapuze hatte ein Zugband, und die Ärmel wurden für Reisen auf dem Wasser am Handgelenk zugeschnürt. Diese knielangen Kleidungsstükke waren oft mit Federn und Stücken gefärbter Speiseröhre verziert. [Das *ch* wird wie *tsch* gesprochen, das *g* guttural, und das *d* gleicht dem englischen *th*. Die Vokale sind kurz. Das *x* wird korrekt *x̂* geschrieben und ist ein stimmloser Gaumenreibelaut.]

CHUHNUSIX (Alëut.) Wolliger Storchschnabel *(Gera-*

nium erianthum). Siehe Pflanzenkunde. [Das *ch* wird wie *tsch* gesprochen, die Vokale sind kurz, das *n* ist nasal, das *s* leicht gelispelt. Das *x* wird korrekt *x̂* geschrieben und ist ein stimmloser Gaumenreibelaut.]

CILT'OGHO (Ahtna-Athabask.) Ein aus Birkenrinde ausgehöhltes Gefäß zum Wassertragen. [Das *c* wird wie *k* gesprochen. Das *i* ist ein kurzer Laut wie das *i* in *Tisch*. Das *l* wird korrekt *ł* geschrieben und ist stimmlos. Die Zungenspitze wird unmittelbar hinter den Schneidezähnen an den Gaumen gedrückt, und zugleich wird so ausgeatmet, daß beiderseits der Zunge Luft ausgestoßen wird. Auf das *t'* folgt ein offener Laut. Das *o* ist ein kurzer offener Laut ähnlich dem *o* in Kopf. Das *gh* ähnelt dem französischen *r*. Die Betonung liegt auf *t'ogh*.]

DAES (Ahtna-Athabask.) Untiefe, seichte Stelle eines Sees oder Flusses. [Das *d* wird gesprochen, indem die Zungenspitze die hintere Seite der Schneidezähne berührt. Es klingt fast wie ein *t*. Der Diphthong *ae* klingt ähnlich wie das *ä* in *Träne*. Das *s* am Schluß wird fast wie *sch* ausgesprochen.]

DATS'ENI (Ahtna-Athabask.) Wasservogel. [Das *d* wird gesprochen, indem die Zungenspitze die hintere Seite der Schneidezähne berührt. Es klingt fast wie ein *t*. Das *a* ist ein kurzer Laut wie das *a* in *Faß*. Das *ts'* klingt ähnlich wie *tz*, gefolgt von einem Kehlkopfverschlußlaut. Das *e* ist ein kurzer offener Laut wie das *e* in *Bett*. Das *i* am Schluß ist ein kurzer Laut wie das *i* in

Tisch. Die Betonung sollte auf *ts'en* liegen.]

DZUUGGI (Ahtna-Athabask.) Ein Lieblingskind, das von klein auf eine besondere Schulung erhält und insbesondere in mündlichen Überlieferungen unterwiesen wird. [Das *dz* klingt wie *ds*. Das *uu* ist ein langes *u*. Das *gg* ist stark guttural und wird gesprochen, indem man die Rückseite der Zunge gegen den weichen Gaumen hält. Das *i* ist ein kurzer Laut wie das *i* in *Tisch*. Die Betonung liegt auf der ersten Silbe.]

GGUZAAKK (Koyukon-Athabask.) Eine Drossel *(Hylocichla minima, H. ustulata* und *H. guttata)*. Diese Vögel singen eine vielfältige schöne Melodie. Das Koyukon-Volk glaubt von alters her, daß dieser Gesang von der Anwesenheit einer unbekannten Person oder eines Geistes kündet. [Das *gg* ist stark guttural und wird gesprochen, indem der Zungenrücken an den weichen Gaumen gedrückt wird. Das *u* klingt ähnlich wie das kurze *u* in *Schluß*. Das *z* wird weich und stimmhaft ausgesprochen. Das *aa* klingt ähnlich wie ein offenes *o*. Das *kk* ist wie ein sehr hartes *ck*.]

GHADEN (Ahtna-Athabask.) Ein anderer Mensch. [Das *gh* ähnelt stark dem französischen *r*. Das *a* ist ein kurzer Laut wie das *a* in *Faß*. Das *d* wird gesprochen, indem die Zungenspitze die hintere Seite der Schneidezähne berührt. Es klingt fast wie ein *t*. Das *e* ist ein kurzer offener Laut wie das *e* in *Bett*.]

HII (Alëut.) Ein Ausruf der Überraschung oder

des Abscheus. [Das *ii* wird wie ein langes *ie* ausgesprochen. Das *h* ist eher ein Verschlußlaut denn ein gesprochener Laut.]

IITIKAALUX (Atkan.-Alëut.) Wolliger Bärenklau *(Heracleum lanatum).* Siehe Pflanzenkunde. [Das *ii* wird wie ein langes *ie* ausgesprochen. Das *i* und das *u* sind kurz, das *aa* ist lang. Das *k* ist guttural. Das *x* wird korrekt *x̂* geschrieben und ist ein stimmloser Gaumenreibelaut. Die Betonung liegt auf der vorletzten Silbe.]

IQYAX (Alëut.) Ein mit Häuten bespanntes Boot mit Holzrahmen. Ein Kajak. [Die zwei Vokale sind kurz. Das *q* wird wie *k* gesprochen, das *y* wie ein *j*, und das *x* ist ein stimmloser Velar-Reibelaut. Die Betonung liegt auf der ersten Silbe.]

KIIN (Alëut.) Wer. [Das *k* ist guttural. Das *ii* ist ein langes *ie*. Das *n* ist nasal.]

K'OS (Ahtna-Athabask.) Wolke. [Das *k* wird mit einem sehr rauhen, gutturalen Laut hinten im Hals gesprochen. Der Apostroph bezeichnet einen Kehlkopfverschlußlaut. Das *o* ist ein kurzer offener Laut ähnlich dem *o* in *Kopf*. Das *s* wird fast wie *sch* ausgesprochen.]

KUKAX (Alëut.) Großmutter. [Die Vokale sind kurz, das *k* ist guttural. Das *x* wird korrekt *x̂* geschrieben und ist ein stimmloser Gaumenreibelaut.]

LIGIGE' (Ahtna-Athabask.) Büffelbeere, Hundsbeere *(Shepherdia canadensis).* Siehe Pflanzenkunde. [Das *l* wird korrekt *ł* geschrieben und ist stimmlos. Die Zungenspitze wird unmittelbar hinter den Schneidezähnen an den Gaumen gedrückt, und zugleich wird so ausgeatmet, daß beiderseits der Zunge Luft ausgestoßen wird. Das *i* ist ein kurzer Laut wie das *i* in *Tisch*. Das *g* entspricht weitgehend unserem *k* und wird hinten im Hals gesprochen, das *e* am Schluß klingt wie das *e* in *Bett*. Der Apostroph am Ende bezeichnet einen Kehlkopfverschlußlaut. Die Betonung liegt auf der letzten Silbe.]

NAYUX (Alëut.) Eine Schwimmblase aus Robbenhaut oder einer Robbenblase, mit Luft gefüllt. [Die Vokale sind kurz. Das *n* ist nasal, das *y* ähnlich einem *j*. Das *x* ist ein stimmloser Velar-Reibelaut.]

QIGNAX (Alëut.) Feuer oder Licht, das von einem Feuer kommt. [Die Vokale sind kurz. Das *q* wird wie *k* gesprochen, das *g* guttural, das *n* nasal. Das alëutische *x* ist ein stimmloser Velar-Reibelaut.]

QUNG (Alëut.) Höcker, Buckel. [Das *q* am Anfang wird wie *k* gesprochen. Das *u* ist kurz, und der Digraph *ng* ist nasal, sehr ähnlich dem *ng* in *Klang*.]

SAEL (Ahtna-Athabask.) Gefäß aus Rinde. [Das *s* wird fast wie *sch* ausgesprochen. Der Diphthonglaut *ae* klingt ähnlich wie das *ä* in *Träne*. Das *l* wird korrekt *ł* geschrieben und ist stimmlos. Die Zungenspitze wird unmittelbar hinter den Schneidezähnen an den Gaumen gedrückt, und zugleich wird so ausgeatmet, daß beiderseits der Zunge Luft ausgestoßen wird.]

SAX — (Alëut.) Ein langer, kapuzenloser Parka aus gefiederten Vogelhäuten. [Das *s* wird leicht lispelnd gesprochen, das *a* ist ein kurzer Selbstlaut. Das *x* ist ein stimmloser Velar-Reibelaut.]

SHUGANAN — Altes Wort unbekannten Ursprungs. Genaue Bedeutung ungewiß, bezieht sich auf ein altes Volk. [*Schu-gä-nen* ausgesprochen. Die Betonung liegt auf der zweiten Silbe.]

SIXSIQAX — (Alëut.) Beifuß *(Artemisia unalaskensis).* Siehe Pflanzenkunde. [Die Vokale sind kurz. Das *x* ist ein stimmloser Velar-Reibelaut, das *q* ist wie ein *k*. Das *s* wird leicht gelispelt.]

SOK — (Ahtna-Athabask.) Rabenschrei. [Das *s* wird fast wie *sch* ausgesprochen. Das *o* ist ein kurzer offener Laut ähnlich dem *o* in *Kopf*. Das *k* ist guttural.]

TIKAANI — (Ahtna-Athabask.) Wolf. [Das *i* ist ein kurzer Laut wie das *i* in *Tisch*. Das *k* wird mit einem sehr rauhen, gutturalen Laut hinten im Hals gesprochen. Das *aa* klingt ähnlich wie ein offenes *o*. Die Betonung liegt auf *kaan*.]

TIKIYAASDE — (Ahtna-Athabask.) Menstruationshütte. [Das *i* ist ein kurzer Laut wie das *i* in *Tisch*. Das *k* wird mit einem sehr rauhen, gutturalen Laut hinten im Hals gesprochen. Das *aa* klingt ähnlich wie ein offenes *o*, das *s* wird fast wie *sch* ausgesprochen. Das *d* wird gesprochen, indem die Zungenspitze die hintere Seite der Schneidezähne berührt. Es klingt fast wie ein *t*. Das *e* ist ein kurzer offener Laut wie das *e* in *Bett*.]

TSAANI (Ahtna-Athabask.) Grizzlybär *(Ursus arctos).* [*Ts* klingt ähnlich wie *tz*. Das *aa* klingt ähnlich wie ein offenes *o*, das *i* ist ein kurzer Laut wie das *i* in *Tisch*. Die Betonung liegt auf der ersten Silbe.]

TS'ES (Ahtna-Athabask.) Felsen, Stein. [Das *ts* klingt ähnlich wie *tz*, gefolgt von einem Kehlkopfverschlußlaut. Das *e* ist ein kurzer offener Laut wie das *e* in *Bett*. Das *s* wird fast wie *sch* ausgesprochen.]

TUTAQAGIISIX (Alëut.) Gehör. [Die Einzelvokale sind kurz, das *ii* wird wie ein langes *ie* ausgesprochen. Das *g* wird korrekt *ĝ* geschrieben und als stimmhafter Gaumenreibelaut gesprochen. Das *x* wird korrekt *x̂* geschrieben und ist ein stimmloser Gaumenreibelaut. Das *s* wird leicht gelispelt. Die Betonung liegt auf der vorletzten Silbe.]

ULAX (Alëut.) Eine in die Erde gegrabene Behausung mit Sparrenwerk aus Treibholz, mit Stroh und Grasnarben gedeckt. [*Uu-lax* ausgesprochen, mit der Betonung auf der ersten Silbe. Das *a* ist ein kurzer Selbstlaut, und das *x* am Schluß ist ein stimmloser Velar-Reibelaut. Plural *ulas* oder *ulam.]*

YAA (Ahtna-Athabask.) Himmel. [Das *y* wird wie *j* ausgesprochen. Das *aa* klingt ähnlich wie ein offenes *o*.]

YAYKAAS (Ahtna-Athabask.) Wörtlich »Blitzender Himmel«. Die *Aurora borealis*. [Das *y* wird wie *j* ausgesprochen. Das *k* wird mit einem sehr rauhen, gutturalen Laut hinten im Hals gesprochen. Das *a* ist ein kurzer Laut wie das *a* in *Faß*. Das *aa* klingt ähnlich wie ein offenes *o*, und das *s* am Schluß wird fast wie *sch* ausgesprochen. Die Betonung liegt auf der letzten Silbe.]

YEHL (Tlingit.) Adler, auch Rabe.

Die Wörter in diesem Glossar sind gemäß ihrer Verwendung in *Der Gesang des Flusses* definiert.

Kleine Pflanzenkunde

Die folgende Liste verschiedener Pflanzen ist nicht *als Empfehlung zum Gebrauch gedacht, sondern lediglich als Ergänzung zum Roman. Viele Giftpflanzen ähneln Nutzpflanzen, und selbst einige der harmlosesten können, im Übermaß verwendet, schädlich sein. Am klügsten fährt man, will man Wildpflanzen zum Gebrauch als Arznei-, Nahrungs- oder Färbemittel sammeln, wenn man sich der Gesellschaft eines Experten versichert. Die Pflanzen sind in alphabetischer Reihenfolge entsprechend des in* Der Gesang des Flusses *verwendeten Namen aufgeführt.*

AUFRECHTER BEIFUSS, *Artemisia tilesii*: Diese perennierende Pflanze erreicht eine Höhe von einem halben bis einem Meter an einem einzigen Stengel. Die behaarten, gelappten Blätter sind an der Unterseite silbern und auf der Oberseite dunkelgrün. Im Spätsommer wächst oben am Stengel ein kleines Blütenbüschel. Die frischen Blätter werden für einen Tee verwendet, der das Blut reinigen und innere Blutungen stillen soll, und um Schnitte und wunde Augen auszuwaschen. Die Blätter werden erhitzt und schichtweise auf arthritische Gelenke gelegt, um Schmerzen zu lindern. Vorsicht: Blätter des Aufrechten Beifuß können in größeren Dosen giftig sein.

BLUTWURZ, *Potentilla tormentilla*, Sumpf-Blutauge oder Blutauge, *Potentilla palustris*: Diese Potentilla-Pflanzen (Gattung Fingerkraut) haben fünffingrige handförmige Blätter und treiben Wurzeln an den Verbindungen. Pflanzen der Gattung *Potentilla* haben gelbe Blüten, ausgenommen *palustris*, die purpurne Blüten hat. Sie verzweigen sich von der Wurzel her und haben Blüten am Ende der 45 bis 50 Zentimeter hohen Stengel. Die Blätter der *Potentilla palustris* werden für Tee (nicht medizinisch) verwendet. Die Wurzel der *P. tormentilla* wird gekocht und als Umschlag auf Hautausschläge und Gürtelrosen aufgebracht. Sie gilt als wirksames Lungentonikum, als fiebersenkend und dient zum Gurgeln bei Gaumen- und Mundwundheit.

CHUHNUSIX, Wollblütiger Storchschnabel, *Geranium erianthum*: Eine perennierende Pflanze mit dunkelgrünen gefingerten Blättern und purpurnen Blüten. Sie wird gut einen halben Meter hoch. Die getrockneten Blätter werden zu Tee aufgebrüht, der zum Gurgeln bei Halsweh und zur Spülung bei nässenden Wunden verwendet wird.

DREIBLÄTTRIGE GOLDWURZ, *Coptis trifolia*: Eine faserige perennierende Kriechwurzel. Jeweils drei Blätter wachsen an fußhohen, von den Blütenstielen getrennten Stengeln. Tee aus der gekochten Wurzel gilt als Stärkungsmittel und dient auch zum Gurgeln bei rauhem Hals und wundem Mund.

GOLDRUTE, *Solidago multiradiata*, Vielstrahlige Goldrute, *Solidago lepida*, Zierliche Goldrute: Gezackte Blätter wachsen in wechselnder Formation an Stengeln, die einen Meter hoch werden können. Goldene Blütenbüschel wachsen im August und September oben am Stengel. Pulverisierte oder frische Blätter und Blüten werden zur Wundbehandlung verwendet. Tee aus den Blüten soll bei inneren Blutungen oder Durchfall helfen. Die Blüten werden zur Herstellung gelber Farbe verwendet.

GELBES VEILCHEN, *Violaceae*: Kleine gelbe fünfblättrige Blüten wachsen an Stengeln, die schätzungsweise 25 bis 30 Zentimeter hoch werden. Die Blüten haben ungleichmäßige dunkle Linien in der Mitte jedes Blütenblattes. Die gezackten Blätter sind herzförmig. Blätter und Blüten sind eßbar. Die Blätter sind eine gute Vitamin-C-Quelle. Die Blätter werden mit Fett vermischt und als Salbe bei Hautquetschungen verwendet. Vorsicht: Blätter und Blüten können eine abführende Wirkung haben.

GRÜNERLE, *Alnus crispa*: Ein kleiner Baum mit grauer Borke. Die mittelgroßen Blätter haben gezackte Ränder, sind an den Enden abgerundet und vorne spitz zulaufend. Die Blütenbüschel ähneln winzigen Tannenzapfen. Die innere Schicht der Borke wird getrocknet (frische Borke reizt den Magen) und für Tee verwendet, der hohes Fieber senken soll. Sie wird ebenfalls als Adstringens und zum Gurgeln bei Halsschmerzen verwendet. Die Borke findet als braunes Färbemittel Verwendung.

LABKRAUT, *Galium boreale*: Jeweils vier schmale Blätter wachsen unter den wohlduftenden weißen Blütenzweigen. Junge Pflanzen, in heißem Wasser gewärmt (nicht gekocht) und auf äußerliche Wunden gelegt, sollen helfen, das Blut gerinnen zu lassen. Die getrocknete Pflanze, mit weichgemachtem Fett zu einer Salbe verarbeitet, wird zur Behandlung äußerer Hautreizungen verwendet. Tees (aufgebrüht, nicht gekocht) aus jungen Blättern, Samen oder Wurzeln können harntreibend wirken. Aus den Wurzeln läßt sich eine purpurrote Farbe herstellen.

LIGIGE', kanadische Büffelbeere, Hundsbeere, *Shepherdia canadensis*: Ein Busch, der bis zu zwei Meter hoch wird, mit glatten, an der Spitze abgerundeten dunkelgrünen Blättern.

Die orangeroten Beeren reifen im Juli und sind eßbar, aber bitter. Sie schäumen wie Seife, wenn man darauf schlägt.

MOLTEBEERE, *Rubus chamaemorus*: Diese kleine Pflanze – nicht zu verwechseln mit der größeren, strauchartigen »Prächtigen Himbeere«, *Rubus spectabilis* – wird ungefähr fünfzehn Zentimeter hoch und trägt eine einzige weiße Blüte und eine lachsfarbene Beere, die wie eine Himbeere geformt ist. Die grünen Blätter sind gezackt und haben fünf Hauptlappen. Die Beeren sind eßbar, aber nicht so aromatisch wie Himbeeren, und reich an Vitamin C. Der Saft der Beeren gilt als Heilmittel bei Nesselausschlag.

RAIGRAS, Korbgras, Strandroggen, *Elymus arenarius mollis*: Ein hohes, rauhblättriges Gras, das, getrocknet und gespalten, von aleutischen Flechterinnen für fein geflochtene Körbe und gewebte Matten verwendet wird.

RAUSCHBEERE, *Vaccinium uliginosum*: Ein niedriger, Äste tragender, extrem harter Strauch. Die Blätter sind mittelgrün und haben abgerundete Spitzen. Die kleinen, runden, blauschwarzen Beeren reifen im August. Die Beeren werden frisch oder getrocknet gegessen und haben einen hohen Eisengehalt.

SAUERAMPFER, Kleiner Sauerampfer, *Rumex crispus*, Arktischer Ampfer, *Rumex arcticus*: Die Blätter sind geformt wie Speerspitzen, an den Rändern gewellt, sie breiten sich fächerförmig vom Fuß der Pflanze aus. Der mittlere Stengel erreicht eine Höhe von 1 bis 1,20 Meter und trägt Büschel von eßbaren rötlichen Samenkörnern. Die gedämpften Blätter sollen Warzen entfernen. Die Wurzel dieser Pflanze wird gestampft und als Breiumschlag bei Hautausschlägen verwendet. Die frischen Blätter enthalten viel Vitamin C und A, aber auch Oxalsäure, weswegen der Genuß mäßig sein sollte.

SIXIQAX, (Alaska-)Beifuß, *Artemisia unalaskensis*: Einige aleutische Völker verwendeten die Blätter dieser Pflanze für heiße Umschläge. Vgl. AUFRECHTER BEIFUSS.

STRAHLENLOSE KAMILLE, *Matricaria matricarioides*: Feingefiederte Blätter wachsen an bis zu 30 Zentimeter hohen Stengeln. Die strahlenlosen gelben Blütenköpfe verströmen einen Ananasgeruch, wenn man sie zerreibt. Die Pflanzen werden für Tees verwendet, die Magenverstimmungen lindern sollen. Vorsicht: Manche Leute bekommen Hautreizungen, wenn sie diese Pflanzen anfassen. Große Dosen können Übelkeit und Erbrechen hervorrufen.

WASSERDOST, Purpur-Wasserdost, *Eupatorium purpureum*: Eine hohe (1,50 bis 1,80 Meter) perennierende Pflanze, ihre büschelartig wachsenden lila Blütenköpfe erscheinen im September. Die rauhen Blätter wachsen in Dreier- oder Fünfergruppen. Die in einer Wasserlösung zerstoßene Wurzel soll harntreibend, stärkend und auch entspannend wirken.

WEIDE, *Salix*: Ein schmalblättriger Strauch oder kleiner Baum mit glatter grauer, gelblicher und/oder bräunlicher Rinde. Gegenwärtig gibt es in Alaska mehr als dreißig Weidenarten. Die Blätter sind eine sehr gute Vitamin-C-Quelle, schmecken aber bei manchen Arten sehr bitter. Die Blätter und innere Rinde enthalten Salizin, das schmerzlindernd wirkt wie Aspirin. Die Rinde kann man schnipseln und kochen, um einen schmerzstillenden Tee zu erhalten. Die Blätter kann man ebenfalls als Tee kochen. Die Blätter werden gekaut und auf Insektenstiche gelegt, um den Juckreiz zu mildern. Wurzeln und Äste werden für Körbe und geflochtene Fischreusen verwendet.

WOLLIGER BÄRENKLAU, wilder Sellerie, *Heracleum lanatum*: Eine dickstielige, kräftige Pflanze, die bis zu drei Meter hoch wird. Die rauhen, dunklen Blätter haben drei Hauptlappen mit gezackten Rändern. Stiele und Blatthalme schmecken wie scharfer Sellerie, müssen aber vor dem Verzehr abgezogen werden, weil die Außenschicht hautreizend wirkt. Oben an den Pflanzen wachsen weiße Blüten in schalenförmigen Trauben. Auch die Wurzeln sind eßbar, und die Blätter werden getrocknet, um Suppen und Eintöpfe zu würzen. Die Wurzel wird roh gekaut, um Halsweh zu lindern, und erhitzt wird ein Stück von ihr in einen schmerzenden Zahn gesteckt, um Wurzelschmerz abzutöten. Vorsicht: Bei der Ernte sollte man Handschuhe tragen. Wolliger Bärenklau gleicht im Aussehen dem giftigen Wasserschierling.

Nachwort der Autorin

Wenn ein Roman seinen Leserinnen und Lesern ermöglicht, die Grenzen von Zeit und Raum zu überwinden und das Leben seiner Charaktere zu leben, ist das ein großes Geschenk. Wenn wir von uns selbst Abstand nehmen und mit den Augen anderer sehen, werden wir nicht nur belohnt mit einer Sichtweise, die sich von der unseren unterscheidet, sondern auch mit einem genaueren Bild von uns selbst, von unserem politischen und sozialen Umfeld sowie den begrifflichen Vorstellungen, die unser Denken prägen.

Wenn ich auch nicht behaupten will, daß *Der Gesang des Flusses* diese Wirkung auf seine Leser ausübt, so habe ich doch während der Recherchen und beim Schreiben dieses Romans festgestellt, daß ich ein besseres Verständnis für jene menschlichen Schwächen entwickelt habe, die Kriege auslösen, für die Vorurteile, die uns als Rechtfertigung dienen, und für die Verheerungen, die durch Haß herbeigeführt werden können.

Auch wenn ein Krieg auf die Ebene eines innerdörflichen Konflikts reduziert ist, werden traditionelle Vorurteile und Überlegenheitsmythen zur Rechtfertigung für elitäres und sogar außerordentlich abwegiges Verhalten herangezogen. Sowohl in primitiven wie in hochentwickelten Gesellschaften verschleiern materielle Annehmlichkeiten gern die destruktivsten aller gesellschaftlichen Übel; nicht diejenigen, die uns Wohlstand und Muße verwehren, sondern diejenigen, die die grundlegendste und lebenswichtigste Ebene unserer Existenz treffen: unsere Seelen, unser Gewissen – ebenjene Dinge, die uns zu Menschen machen.

Wohl ist man sich allgemein darüber einig, daß die Vorfahren des heutigen alëutischen Volkes vor Tausenden von Jahren auf dem alëutischen Archipel lebten, doch sind sich Archäologen, Anthropologen und Ethnologen uneins über die Identität der Nachkommen des Denali-Komplex-Volkes, jener Menschen, die vor Tausenden von Jahren in Alaska gelebt und Mikroklingen verwendet haben.

Obgleich Romanautoren sich Freiheiten herausnehmen dürfen, die Wissenschaftlern nicht gestattet sind, können Sie versichert sein, daß meine Mutmaßungen gezügelt wurden durch die Erforschung zahlreicher nordamerikanischer und asiatischer Eingeborenenkulturen, prähistorischer wie historischer, darunter Alëuten, Diuktai, Nenana, Denali, Denbigh, Yup'ik, Athabasken, Cree, Eyak, Tlingit, Tsimshian, Haida, Kwakiutl, Nootka, Koryak, Even, Chukchi, Itelmen und Yakuten.

Ich glaube seit langem, daß man ein Volk am besten über seine Sprache kennenlernen kann. In *Der Gesang des Flusses* verwende ich eine Anzahl Worte der Eingeborenensprache, überwiegend aus dem Alëutischen und Ahtna-Athabaskischen, in der Schreibweise, wie sie im *Aleut Dictionary, Unangam Tunudgusii*, gesammelt von Knut Bergsland, und im *Ahtna Athabaskan Dictionary*, gesammelt und herausgegeben von James Kari, festgelegt ist. Beide Wörterbücher sind im Alaska Native Language Center, University of Alaska Fairbanks, erschienen.

Diejenigen unter den Lesern, die meine ersten drei Romane kennen – *Vater Himmel, Mutter Erde, Schwester Mond* und *Bruder Wind* – und mit den alëutischen Ausdrücken in jenen Texten vertraut sind, werden geringfügige Änderungen in der Schreibweise bemerken. Als ich *Vater Himmel, Mutter Erde* und seine Fortsetzungen schrieb, stand mir Berglands großartiges Wörterbuch (erschienen 1994) nicht zur Verfügung, und daher griff ich für die alëutischen Worte auf verschiedene Quellen zurück. Da ich glaube, daß Berglands Wörterbuch das definitive Wörterbuch der alëutischen Sprache ist und bleibt, verwende ich in *Der Gesang des Flusses* seine Schreibweise.

Mein Entschluß, dem Flußvolk eine athabaskische Sprache zu geben, beruht nicht auf reiner Willkür, sondern auf der Tatsache, daß die athabaskischen Volksstämme Alaskas eine Uferkultur entwickelt haben und außerdem Karibus, Bären und verschiedene kleinere Tiere und Vögel jagen.

Die athabaskische Sprachfamilie umfaßt an die fünfunddreißig Sprachen, die in Alaska, Kanada sowie den südwestlichen und westlichen Vereinigten Staaten gesprochen werden. Zum Zeitpunkt des Erscheinens von diesem Roman sprechen weniger als hundert Menschen, die meisten älter als fünfzig, Ahtna-Athabaskisch, obwohl es mehr als tausend Menschen gibt, die ahtnaischer Abstammung sind.

Durch *Der Gesang des Flusses* und meine anderen Romane hoffe ich ein Bewußtsein für die den nordamerikanischen Eingeborenensprachen innewohnenden Schätze zu wecken, und zu diesem Zweck ergeht meine Bitte an die Leser, den Worten der Eingeborenensprache in diesem Roman nicht mit Verärgerung oder Resignation, sondern mit Verwunderung und Freude zu begegnen.

Die Rätsel in diesem Roman sind Rätseln des nördlichsten athabaskischen Volkes, der Koyukon, nachempfunden. Jedes Rätsel ist jedoch ein Original, keines imitiert ein bekanntes Koyukon-Rätsel, so daß Eigentumsrechte anerkannt und gewahrt bleiben.

Für diejenigen unter den Lesern, die die Eigenarten und Möglichkeiten einer Sprache bewundern: In Chakliux' Rätsel, von dem im 8. Kapitel die Rede ist (»Schau! Was sehe ich? Es läuft weit, es singt, und Sok ist der erste, der seinen Mund mit Fleisch füllt.« Antwort: Soks Speer), ist das Ahtna-Wort für einen Karibu- oder Bärenspeer mit Knochenspitze und Birkenschaft *c'izaeggi*, von der Wurzel *zaek*, sehr ähnlich dem Wort *zaek'*, das Stimme oder Speichel bedeutet, und auch dem Wort *zaa*, das Mund bedeutet. Chakliux gibt nicht nur ein Rätsel auf, sondern macht zudem ein Wortspiel, was der Lösung eine zusätzliche Würze verleiht.

Die Leserinnen und Leser, die meine ersten Romane kennen, werden in *Der Gesang des Flusses* ein ähnliches Glossar finden. Um den Leserinteressen entgegenzukommen, habe ich auch ein Pflanzenverzeichnis angefügt. Ich möchte die Leser ermahnen, daß die aufgeführten Pflanzen nicht zum Gebrauch empfohlen werden, sondern die Erklärungen lediglich als Ergänzung zum Roman gedacht sind.

Zwei abschließende Bemerkungen: Viele athabaskische Jäger verwenden keine Hunde, um Bären zu erlegen. Sie betrachten eine solche Jagdmethode als Beleidigung für den Bären. Zweitens, bitte halten Sie die Verachtung, die einige meiner Charaktere für Körbe aus Fischhaut hegen, nicht für eine Widerspiegelung meiner eigenen Einstellung. Diese Verweise sind lediglich dazu gedacht, die kleinen Vorurteile herauszustreichen, die unser Alltagsleben prägen. Körbe aus Fischhaut, wie sie in vielen Museen Alaskas zu sehen sind, sind Beispiele für die Schönheit, Vielfalt und Zweckmäßigkeit der von den eingeborenen Völkern hergestellten Gegenstände.

Danksagung

Keiner meiner Romane hätte geschrieben werden können ohne die Geduld, die Ermutigung und den klugen Zuspruch meines Mannes Neil Harrison. Er ist mein bester Freund, mein Geschäftspartner, Vertrauter und Reisegefährte. Tiefe Dankbarkeit schulde ich auch unseren Kindern Krystal und Neil, unseren Eltern Pat und Bob McHaney sowie Shirley und Clifford Harrison und unseren Geschwistern. Eine liebende Familie ist ein Geschenk, das ich niemals vergelten kann.

Meiner Agentin Rhoda Weyr, die ich sowohl Freundin als auch Ratgeberin nennen darf, gilt mein Dank für alle Zeit. Sie sah Möglichkeiten, wo andere keine sahen, und abgesehen von ihrer enormen Geschäftstüchtigkeit bereichert sie mein Leben unentwegt als Förderin, Ratgeberin und Zuhörerin. Mein tiefempfundener Dank gilt Ellen Edwards, einer Lektorin, die mit Tüchtigkeit, Weitsicht und Geduld gesegnet ist. Ich schätze mich glücklich, weil meine Arbeit ein außerordentliches Maß an allen drei Qualitäten erfordert. Meine Wertschätzung gilt auch ihren Mitarbeitern.

Vielen, vielen Dank sage ich jenen Freunden und Angehörigen, die die Geduld besaßen, *Der Gesang des Flusses* in seinen verschiedenen Stadien zu lesen: neben den bereits Genannten meine Freundin Linda Hudson, eine begabte Schriftstellerin, und meine Schwester Patricia Walker.

Mit jedem meiner Romane und mit jeder Reise, die Neil

und ich nach Alaska unternehmen, sehen wir uns tiefer in der Schuld jener, die uns ihr Wissen, ihre Sachkenntnis und ihren Rat zukommen lassen, die uns ihre Häuser und Herzen öffnen.

Vielen Dank den Familien, die uns während unserer Alaska-Reisen ihre Gastfreundschaft gewährt haben: Dort und Ragan Callaway sowie Mike und Rayna Livingston aus Anchorage, Karen und Rudy Brandt, Kaydee Caraway und ihrer Familie, Candie, Joe und Hollie aus Anchorage und Beluga, dem Direktor des Pribilof Islands School District, Mark Schellinger (der uns den Besuch der Pribilof Islands ermöglichte, uns einen Platz in seinem Haus gab und uns auf unglaublichen Wanderungen über die Insel begleitete), B. G. und Lois Olson von St. Paul Island, Bonnie, Chris und Samantha Mierzejek von St. George Island (die uns einen Platz in ihrem Heim boten und uns behandelten, als gehörten wir zur Familie), Mike und Sally Swetzof sowie ihren Töchtern Crystal und Mary aus Atka (unglaublicher Rentier-Eintopf), dem Direktor des Aleutian Region School District, Bill Walz, seiner Frau Lani und ihrem Sohn Wilson aus Unalaska (die unsere Reise nach Unalaska und Atka ermöglichten und in deren Haus wir wohnen durften, die uns zu Veranstaltungen begleiteten und an der wunderbaren alëutischen Woche in Unalaska teilnehmen ließen), dem Vorsitzenden des Akutan Traditional Council, Jacob Stepetin, und seiner Frau Annette (die unseren Besuch in Akutan ermöglichten).

Unser tiefempfundener Dank gilt außerdem der Lehrerschaft, dem Personal und den Schülern der Schulen St. George und St. Paul, die sich rasch einen Platz in unseren Herzen eroberten, und jenen Menschen in den Gemeinschaften von St. Paul und St. George, die uns mit Empfängen, warmen Speisen und warmen Herzen willkommen hießen, den Tänzern von St. George und St. Paul sowie den Mitgliedern der russisch-orthodoxen Kirchen von St. George und Atka, die mir als

Methodistin gestatteten, an ihren Gottesdiensten teilzunehmen, und mir erkennen halfen, daß Andacht Sprachgrenzen überwindet; Chris Lokanin, der mich auf Atka an eine alte Barabara-Stätte brachte und mir eine alëutische Nasennadel schnitzte, und Tamara Guil, die mich auf einem Gefährt mit Vierradantrieb durch Atka führte, Katia Guil, Ethan Pettigrew und den Atka-Tänzern (wie können Worte meine Dankbarkeit ausdrücken, daß sie für Neil und mich ihre schönen Gewänder angelegt und getanzt haben?), dem Personal und den Lehrkräften der Unalaska School, die mich in ihren Klassenzimmern willkommen hießen und uns Marmeladen und Gelees, Lachs und viele schöne Erinnerungen mit nach Hause gaben, dem Personal und den Lehrkräften der Atka School und der Bevölkerung von Atka für ihre Gastfreundschaft, der Bevölkerung von Akutan für Speisen und Kameradschaft und dem verstorbenen Nick Sias und seiner *Blue Goose*. In unseren Herzen werden beide für immer durch den alëutischen Himmel fliegen.

Jeder historische Roman erfordert zahlreiche Stunden des Recherchierens. Ich stehe bei vielen Menschen unglaublich tief in der Schuld, die mir ihre Erfahrungen, ihre Kenntnisse und ihr Quellenmaterial zur Verfügung stellten. In *Der Gesang des Flusses* enthaltene Fehler und Irrtümer gehen allein auf mein Konto und nicht auf das derjenigen, die in dieser Danksagung aufgeführt sind.

Mein besonderer Dank gebührt Andrew Gronholdt und seiner Unterweisung in der traditionellen alëutischen Gerbkunst auf den von Jerah Chadwick veranstalteten Abendkursen der University of Alaska Fairbanks in Unalaska. Neil wurde die Ehre zuteil, dieses alte Handwerk bei Andrew zu lernen und sich zudem an Andrews Witz und Weisheit zu erfreuen. Ray Hudson, dessen Bücher mich angeregt, informiert und unterhalten haben, gilt mein Dank für die Ehre, *The Bays of Beaver Inlet* (Epicenter Press) vorweg lesen zu dürfen. Für

Leserinnen und Leser, die einen Geschmack vom modernen Leben auf den Alëuten bekommen wollen, ist Rays Buch ein Muß. Sie werden viel lernen, doch darüber hinaus werden Sie feststellen, daß es zu Ihrem Herzen spricht.

Meinen tiefempfundenen Dank an: Dr. William Laughlin und seine Tochter Sarah für ihre Unterstützung und die Beantwortung von Fragen zu ihrer archäologischen Arbeit über die Alëuten, Dr. Mark McDonald für Informationen über Geologie und Meeresbewohner, Forbes McDonald für Informationen über die Bärenjagd, Don Alan Hall am Center for the Study of the First Americans, Oregon State University, Herausgeber der ausgezeichneten Zeitschrift *Mammoth Trumpet,* Dr. Douglas Veltrie, weil er sich die Zeit nahm, uns viele Gebrauchsgegenstände von Eingeborenen zu zeigen, die an der University of Alaska Anchorage aufbewahrt werden, und mir meine zahlreichen Fragen zu beantworten, Dr. Rick Knecht für Diavorführungen über seine diversen Ausgrabungsstätten auf den Inseln während der alëutischen Woche in Unalaska, Clint Groover, Doktor der Veterinärmedizin, und Barbara, seiner Frau und Assistentin, für die Beantwortung meiner Fragen über Hunde, Crystal Swetzof und Clara Snigaroff für Informationen über die alëutische Sprache, besonders den Atkan-Dialekt, Mike Swetzof für historische Sichtweisen auf das Volk der Alëuten und für die Demonstration eines original alëutischen Wurfbretts mit Harpune, Katia Guil für Tanz und Koryak-Legenden, Ethan Petticrew für alëutische Tänze und Legenden, Bonnie Mierzejek für die Stunden, die sie für die Beantwortung meiner Fragen aufgewendet hat, für das Erzählen von Geschichten aus der alëutischen Kindheit und weil sie mir gestattete, ihrem alëutischen Sprachunterricht in der St. George School beizuwohnen, Edna an der St. Paul School, weil sie mir gestattete, ihrem alëutischen Sprachunterricht beizuwohnen, Jakob Stepetin, der uns die Gebrauchsgegenstände im Akutan Library Museum zeigte und Fragen zur

Fischerei beantwortete, Denise Wartes, University of Alaska Fairbanks, für ihre geduldige Beantwortung meiner Fragen zu ihrer Arbeit im Inneren Alaskas, Okalena Patricia Lekanoff-Gregory für das Erzählen von alëutischen Geschichten und für ihre Präsentation der Korbflechterei während der alëutischen Woche, Candie Caraway für Informationen über Bären, Kaydee Caraway für Informationen über Wölfe, June McGlashan für Gedichte, die das fragile und robuste Echo der alëutischen Seele sind, und Phia Xiong für die Beantwortung meiner Fragen zur Hmong-Kultur.

Mein Dank geht ferner an jene, die mir ihr Quellenmaterial zur Verfügung stellten: Ernest Stepetin, Richard Herring, Phyllis Hunter, Mick und Kathleen Herring, Jerah Chadwick, Kristi und Mike Lucia, Bill White, Don Darling, Margaret Lekanoff, James und Esther Waybrant, Ann Chandonnet, Dort und Ragan Callaway, Mike und Rayna Livingston.

Aufrichtig danke ich meinem Mann Neil, der per Computer die Karte für dieses Buch erstellt hat.

Und Dora: Deine Worte, als ich St. Paul verließ, werden auf immer in meinem Herzen sein.

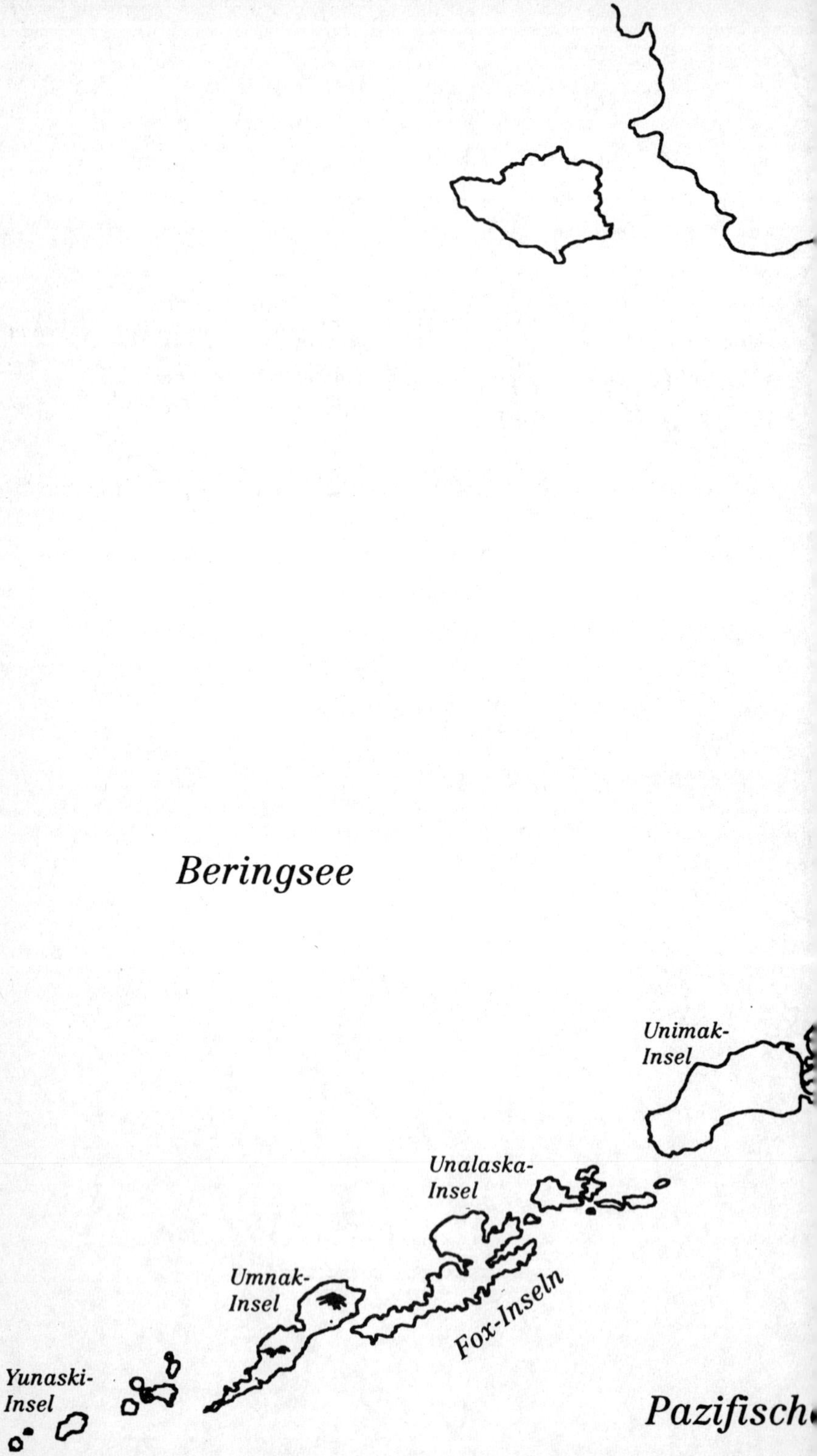
Beringsee
Unimak-
Insel
Unalaska-
Insel
Umnak-
Insel
Fox-Inseln
Yunaski-
Insel
Pazifisch

Iliamna-See
Winterdorf der Vetter-Fluß-Menschen
Sommerfischlager der Vetter-Fluß-Menschen
Winterdorf der Nahe-am-Fluß-Menschen
Sommerfischlager der Nahe-am-Fluß-Menschen
Dorf der Walroß-jäger
Becharof-See
Alaska-Halbinsel
Kilometer
0 50 100 150 200